Poupée

36 rue Pierre Blachon 42100 St-Étienne
ISBN : 9782493739209
Photo de couverture : ©Faustine Grenard
Couverture mise en page par : www.niaksniaks.com

Sylvie Callet

Poupée

Collection Roman noir

N°11

Éditions du Caïman

Précédentes publications de l'auteure

Aux éditions du Caïman

Roman
Fatum

Aux éditions Les Presses du Midi

Romans
Sainte Uranie, priez pour nous
Marie et le ciel autour
Le vin des Maures
Moulin à vent
Un petit jaune
Gentille Alouette
Le Sang des pierres
Patin-Coufin

Récits, témoignages
Les murs noirs - Parcours de vie des "Jeunes filles incurables" d'Ainay
Les mots derrière les murs - De la lecture, des mineurs et de la prison

Aux éditions du Poutan

Poésie
Les couleurs du vent (aquarelles J. Augagneur)

Récits, témoignages
Ceux du C.A.P

Humour
Ciel que la noix d'octobre est excitante (illustrations Z. Milshtein)
Jeux de couples (illustrations J. Gillham)

À Christiane et Peter, amis d'art et de cœur

« Trois petites notes de musique ont
plié boutique au creux du souvenir
C'en est fini d'leur tapage, elles
tournent la page et vont s'endormir
Mais un jour sans crier gare, elles vous
reviennent en mémoire… »

« Trois petites notes de musique »
Auteurs-compositeurs :
Georges Delerue, Henri Colpi.

La nuit dégringole de la colline jusque dans la petite crique enfouie au creux des falaises rouille, grevées de pins au tronc tors. Son ombre humide s'étend sur le sable en tache monochrome, mouche entre ses doigts gantés de noir la flamme scintillante des vagues ourlées d'écume qui lèchent la plage. Au loin, l'horizon s'effiloche en filaments de brume pâle, désagrégés par une soudaine rafale. Vaincu, le ciel chavire. Une chape d'obscurité, rendue plus profonde encore par une parenthèse de lune qui tente une timide percée, s'abat sur la mer qui renâcle, gronde, râle, s'ébroue. En vain. Des entrailles liquides sourdent des pulsations lourdes, vibrations caverneuses et puissantes qui appellent à la transe.

Adossée à un rocher calleux qui lui cisaille les reins, elle contemple cette masse sombre, mugissante, qui se dilate et se rétracte au rythme de ses battements de cœur. Flux, reflux, flux, reflux, flux reflux… Elle perçoit dans cette scansion la prière du tréfonds, elle entend le cri de délivrance perpétuel qui émane du monstre liquide dont la peau noire luit par intermittence sous la verdeur lunaire. Elle pense à une gigantesque baleine dont les fanons seraient du corail et le ventre une grotte tapissée de sable et d'algues molles où il ferait bon se lover, oublier la morsure des années, l'affront de la maladie, la cruauté des hommes. Un havre pour sirènes en perdition où savourer l'éternité.

Elle saisit la brassée de lys posée à côté d'elle – ses fleurs préférées, celles qu'elle s'est offertes elle-même tous les dimanches que Dieu fait jusqu'à ce que la petite prenne le relais… mais non, elle ne veut surtout pas penser à ça maintenant. Elle se redresse à grand-peine, écorchant ses mains arachnéennes aux aspérités du rocher. Elle se tient un instant immobile pour reprendre son souffle, frêle silhouette diaphane dont la robe de mousseline blanche mouillée d'embruns flotte au vent, mariée dérisoire esseulée au flanc du crépuscule, prête à s'unir aux éléments implacables.

Elle se dirige clopin-clopant vers la mer, maudissant cette foutue sclérose en plaques qui gâche sa sortie. Un rai de lune éclaire un instant son visage, un masque de farine encadré de deux tresses anémiques. Ses paupières, alourdies de fard comme pour compenser le bleu fatigué de ses yeux, s'étirent en pointillés charbonneux jusqu'à ses tempes marbrées de veinules pourpres ; ses pommettes creuses, plus roses que les fesses d'un nourrisson, forment deux auréoles incongrues sur sa face aride et pâle. Geisha sur le retour ou vieille petite fille ? Malgré la douleur qui irradie dans tout son corps, un rictus satisfait élonge ses lèvres, deux lignes fines qu'on dirait tracées à l'encre violette. Elle a confiance. La vengeance est un plat qui se mange froid. Elle qui a toujours chipoté dans son assiette s'est longtemps nourrie de cette maxime, qui prend tout son sens aujourd'hui.

Elle pénètre dans la gueule du monstre comme une novice entre dans les ordres, la tête haute, le regard droit, animée d'une foi absolue. L'eau glacée la saisit. Elle dépose en guise d'hommage à la déesse Némésis son bouquet virginal sur les flots et choit aussitôt dans l'eau, renversée par une vague. La mer l'engloutit sans état d'âme. Les lys de la Madone s'éparpillent avant de disparaître, aspirés à leur tour par le tourbillon infernal du ressac. À peine troublé par ces immersions inattendues, le monstre au goût de sel referme sur ce menu fretin sa gueule noire et reprend, inlassable et buté, ses mouvements de houle.

Poupée n'est plus.

PRÉLUDE D'HIVER

I

L'aube repousse la nuit. Laurie se pelotonne sous sa couette, comme lorsqu'elle était petite. Les bruits d'en bas, elle voudrait ne plus les entendre. Les pas qui cognent, les mains qui tirent, secouent, ébranlent, referment à grand fracas on ne sait trop quoi, des tiroirs, des placards, la grosse voix qui éructe et gronde, son râle en courroux qui enfle l'air, monte dans les étages, s'infiltre sous la porte de sa chambre et s'en vient bourdonner tel un vent de menace au-dessus de son lit, les objets métalliques qui tombent sur le carrelage aux lignes tremblantes dans une cascatelle de tintements aigus dont la stridence transperce son crâne transmué en pelote d'aiguilles, tous ces accrocs au silence qui abîment l'aurore, déchiquettent dès l'éclosion de la journée ce qui aurait pu être tendre, serein – le glissement soyeux d'un rêve vers la réalité, un pâle rayon de lumière hivernale dessinant au plafond une aile de nacre, un bouquet de café venant se mêler dans un songe aromal à la tiédeur des draps… – le père de Laurie en est coutumier.

Benoît Gastaud est un homme qui brise. Les élans, les joies, les désirs. Les autres. Il brise, il brime, il éteint, rarement avec ses poings : sa parole ponctuée d'éclats lui suffit.

En fin stratège du langage, le père de Laurie manie comme personne les mots-vertiges qui font tourner les têtes, les mots-harpons qui épinglent les cœurs, les mots de miel qui attirent et engluent les âmes naïves dans leur gangue de cire, les mots-pièges tendus comme un fil invisible entre deux silences.

Une fois sa proie ferrée, il peut enfin s'amuser. Il connaît les mots qui cinglent, ces mots-fouets dont les traces de sang noir logées au fond du cœur ont l'avantage d'être indécelables à l'œil nu. Il sait les mots qui affament et ceux qui rapetissent, les mots qui déchirent, piétinent, enfoncent, anéantissent. Il maîtrise toute la gamme des mots-poisons, de ceux qui tordent à ceux qui asphyxient, de ceux qui étouffent à ceux qui pétrifient. Parmi eux, ses préférés sont les mots de fiel, des insidieux qui, tels une rigole souterraine gorgée de boue corrosive, serpentent entre les synapses de sa victime, s'insinuent dans ses pensées les plus secrètes, souillent ses sentiments, érodent ses certitudes et finissent par lui grignoter la cervelle.

Il sait les mots qui assiègent et ceux qui assomment, les mots qui soufflent le chaud et le froid, les mots du paradoxe qui disent oui alors que tout le reste dit non, ces mots sans fond ni fondement facteurs de désarroi qui mènent, lorsqu'on est pris dans leurs rets nébuleux, aux confins de la folie.

En marge du vacarme généré par son père, qui supporte mal que sa *feignasse de fille se la coule douce* quand lui part chaque matin *se tuer au travail* et qui s'évertue à lui adresser des coups de semonce par tintamarre interposé, Laurie devine les gestes effacés de sa mère, levée et apprêtée bien avant son seigneur et maître. Elle imagine Ingrid rêvassant devant la bouilloire chuintante, souriant au grésillement du grille-pain, écoutant le frigo roucouler à la façon d'une tourterelle, postée derrière les fenêtres aux rideaux opaques tirés en permanence sur ordre du mari par souci, prétend-il, de préserver leur intimité familiale.

Elle oublie que sa mère ne rêvasse jamais. Pas plus qu'elle ne sourit.

La porte d'entrée qui claque, le portail du garage qui miaule, un moteur qui ronronne et enfin le bruit de la BM paternelle qui s'éloigne. Laurie voit comme si elle y était le veston de bonne facture et la chemise blanche repassée par sa mère se balancer au bout d'un cintre en métal suspendu au-dessus de la portière arrière-droite du véhicule. Étendu sur la banquette arrière de la voiture, un pantalon de flanelle profite lui aussi de la balade. Car son père a quitté la maison vêtu d'un collant de trail noir moule-bite et d'une veste coupe-vent ouverte sur sa poitrine mate et velue pour s'adonner comme chaque jour à son jogging matinal.

Il ne rejoindra qu'ensuite son lieu de travail, une agence immobilière franchisée située à une dizaine de kilomètres de Pradanne, dans la périphérie de Toulon, dont il occupe le poste de directeur depuis de nombreuses années. Il y prendra sa douche et s'y changera, puis s'enfoncera dans son large siège en cuir pivotant, prêt à intimider voire terroriser certains de ses employés et à en caresser d'autres dans le sens du poil, maniant avec la dextérité d'une capitaine de majorettes la carotte et le bâton, distribuant bons et mauvais points, jouant avec les nerfs de chacun avec un naturel confondant ; n'hésitant pas à tailler dans le vif et à sacrifier certains pions pour assurer la rentabilité de son agence. À plier ainsi ses subalternes à sa volonté, quitte à les voir se décomposer, Benoît Gastaud récoltera les lauriers de ses responsables régionaux. La satisfaction des actionnaires est à ce prix – la sienne également.

Dans son agence, Gastaud cultive les inimitiés comme d'autres leurs roses ou leurs salades : avec soin et constance.

En ce moment, il en a surtout après un de ses employés, un petit roquet syndiqué dénommé Barbade, atteint de calvitie précoce, qui essaie de monter contre lui tout le personnel de l'agence sous prétexte que ses méthodes de management seraient pathogènes.

Il y a eu des mots récemment entre lui et le représentant syndical. Bien qu'en réalité cela ne lui fasse ni chaud ni froid, Benoît Gastaud a affirmé publiquement qu'il ne comprenait pas ce que la secrétaire de l'agence, une grosse blonde un peu vulgaire qui se pique de chiromancie et autres conneries du genre, pouvait bien trouver à ce nabot de Barbade, à qui elle dispense force sourires et gloussements. À croire que ces deux-là fricotent ensemble !

Prenant ses collègues à témoin, le syndicaliste outragé a menacé de porter plainte contre la direction. Mais, fort de sa verve habituelle, le boss a su mettre les rieurs de son côté grâce à une blague douteuse sur la perruque arborée par son détracteur. Barbade, persuadé de duper son monde, court dix fois par jour aux toilettes rajuster sa moumoute chevaline – ce qui n'a échappé à personne.

Gastaud a poussé la plaisanterie jusqu'à lui remettre au vu et au su de tous une brochure sur une start-up française installée en Grèce, spécialisée dans la greffe d'implants capillaires. *« Je me suis renseigné, ils ont un très bon rapport qualité-prix et ils obtiennent d'excellents résultats »*, a-t-il assuré en gratifiant son subordonné d'un clin d'œil faussement amical. Il a ensuite enfoncé le clou en suggérant que l'aigreur récurrente du syndicaliste pourrait être liée à son complexe d'être chauve.

Humilié d'avoir été démasqué et raillé, Barbade a perdu pied et a tourné les talons en proférant devant tous des menaces terribles à l'encontre de son supérieur. Sa blonde prophétesse n'a pas osé quitter son bureau pour le suivre mais elle a mitraillé leur directeur du regard. Ce dernier a ri de plus belle et s'est frotté les mains : le licenciement du fauteur de troubles ne saurait tarder. Et hop, dégagé, le nain activiste !

Un ou deux flagorneurs ont continué à ricaner de concert avec le boss. Les autres employés, choqués mais muets, ont préféré baisser la tête et se concentrer sur leur tâche plutôt que d'essuyer à leur tour les foudres sarcastiques du patron et risquer de perdre à la fois leur job et leur dignité.

Tout cela, Laurie l'ignore. Son père n'évoque jamais son boulot à la maison. À peine sait-elle qu'il gagne très bien sa vie, s'octroyant la plus grande partie de son salaire pour assouvir ses menus et moins menus plaisirs ; et qu'il alloue chaque semaine une somme ridicule à sa mère pour faire tourner la maison.

Ce qu'elle sait en revanche, c'est que son paternel n'est pas de ces hommes mûrs dont la bedaine proéminente signe la réussite sociale et flatte l'ego. Car Benoît Gastaud est un homme qui s'entretient. En tant que mâle conquérant, sûr de lui, estampillé « alpha » par lui-même et par ses congénères prompts à s'auto-congratuler, il estime qu'il a une réputation à tenir, un look à cultiver. Il court donc chaque matin, soulève de la fonte, boxe et rame en salle. Il nage aussi, toujours en piscine, alors que la mer toute proche lui tend les bras. Bien qu'il soit né dans son giron, il prétend que cette étendue d'eau aux plages souillées par des touristes au cul poisseux est bien trop populacière pour lui.

Pour avoir failli, adolescent, se noyer dans ses vagues soudain déchaînées alors qu'il paradait loin de la côte pour épater une gironde véliplanchiste, Benoît connaît bien les ruses de gourgandine de la Méditerranée, capable de se montrer un instant sous son meilleur jour, paisible, enjôleuse, puis de se métamorphoser au moindre coup de vent en gorgone implacable.

Il ne l'avouerait à personne mais, s'il s'y trempe parfois pour donner le change, il appréhende désormais de plonger dans sa perfide écume.

II

Ce matin, comme chaque jour, Benoît Gastaud part courir dans les calanques. Après s'être rendu en voiture au Carquet, le village côtier limitrophe de Pradanne, et avoir garé sa BM dans un parking poussiéreux en râlant pour la forme, il s'engage dans un chemin qui domine la mer, au-dessus de falaises ocre.

Concentré sur sa montre cardio, il passe sans les regarder au-dessus de calanques rocailleuses, ignore les plages de galets où de larges dalles en grès érodé composent un paysage lunaire propice à la méditation. Il longe au petit trot quelques jardins de particuliers, insensible en ce doux mois de février au parfum poudré des mimosas baignés de lumière qui débordent des clôtures et aux amandiers en fleur, dont les pétales de soie blanche et rose floconnent dans l'azur.

Il croise au détour d'un virage un figuier de Barbarie peu engageant avec ses larges palmes trouées d'aiguilles, adresse un doigt d'honneur à un cycliste qui vient de le dépasser en le frôlant d'un peu trop près.

Il pousse sa course jusqu'à la pointe d'une avancée rocheuse dont la base semble fendre les eaux telle la proue d'un navire. Contre cette falaise abrupte aux teintes brunes et vineuses découpée sur le ciel, les vagues, furieuses d'être réfrénées dans leur course folle par le géant de pierre, viennent cogner et cogner encore, explosant en gerbes d'amertume et retombant, vaincues, en cascades penaudes.

Ainsi planté au sommet de la falaise, son regard victorieux rivé sur l'horizon, son pied droit posé sur une verrue pétrée qui surplombe le vide, n'éprouvant de vertige autre que celui de sa toute-puissance, Benoît Gastaud se sent le maître du monde.

Et profite de cette halte pour reprendre son souffle.

Lorsqu'il rebrousse chemin, il louche discrètement en contrebas, sur la petite plage graveleuse où une niche creusée dans la roche, délimitée par des galets empilés par une main humaine, abrite le campement de fortune d'un sans-abri : sac de couchage dont les nombreuses déchirures laissent entrevoir une bourre noirâtre, seau fendu empli de canettes vides, amoncellement de sacs plastiques boursouflés d'objets divers.

Tel un ermite, vit et dort à cet endroit un vieil homme hirsute au visage raviné par l'âge, l'alcool, le sel, le vent. Sa présence dans cette crique peu accessible est tolérée sinon adoubée par les policiers municipaux qui ont essayé à plusieurs reprises de le diriger vers un foyer pour SDF. Peine perdue. Malgré la difficulté d'accès à son campement et en dépit de sa démarche de plus en plus branlante, le clodo, que Benoît surnomme en son for intérieur le cloporte, est toujours parvenu à s'échapper et rejoindre bon gré mal gré ce qu'il considère comme son « chez-lui ».

Les années passant, le SDF est même devenu une attraction locale. Quelques autochtones, séduits par le concept de vie de ce pseudo-anachorète, lui jettent depuis la falaise des vivres, des vêtements, des médicaments. Un couple d'homosexuels friand de nature sauvage, prêt à venir se faire dorer la pilule recto-verso quelle que soit la saison pourvu que le soleil soit de la partie, le fournit à demeure en boissons diverses, de préférence alcoolisées. En échange, l'ermite permet aux deux intrus de s'installer à proximité de sa grotte de Hobbit et leur fout une paix royale.

Mais d'autres habitants du cru, ulcérés par cette vision abjecte qui gâche selon eux un paysage idyllique et déroute, quand elle ne les fait pas fuir, les touristes estivaux, militent pour son évacuation de force.

Benoît n'ignore pas que le cloporte l'observe d'en bas avec ses petits yeux vicelards et il se retient de lui cracher dessus. Il refuse de donner à ce rebut du genre humain la satisfaction de croiser son regard. Car lui ne le connaît que trop bien, contrairement à tous ces allumés qui confondent sainteté et décadence ! À chaque fois qu'il le voit, c'est pour ainsi dire tout son passé qui lui saute à la gueule.

Gastaud sait en effet tout ou presque de la vie de ce militaire défroqué qui, dans sa jeunesse, vira proxo et maqua une junkie squelettique qui faisait commerce de ses charmes déclinants sur le port de Toulon, à l'époque où les bas-fonds des villes portuaires accueillaient derrière leurs arsenaux, dans des ruelles grouillant de tripots et de lupanars, des marins permissionnaires de toutes nationalités.

Lorsque leur rencontre advint, la junkie en question, une certaine Émilie Gastaud plus connue sous le pseudonyme aguicheur de Gabriella, était grosse d'un marin américain de passage, reparti depuis belle lurette sur son porte-avions flamboyant. Le bougre ignorait avoir fait œuvre de procréation lors de sa brève escale à terre. En eût-il eu vent qu'il aurait sûrement embarqué encore plus vite.

La toute jeune Émilie accoucha un onze juillet d'un bébé chétif de sexe masculin, dans une chambrette prêtée par Sylvaine, une collègue plus âgée qu'elle qui l'avait prise sous son aile. Son souteneur ne se montra pas. Ce jour-là on fêtait la Saint-Benoît. Le prénom de l'enfant était tout trouvé.

« Encore bien beau qu'elle ait trouvé un plumard pour faire son affaire ! » entendit quelques années plus tard le petit Benoît dans le boui-boui barbouillé de lumière rouge où sa mère, selon ses dires, travaillait comme serveuse mais où elle ne l'emmenait que trop rarement. L'enfant aurait préféré l'y accompagner plus souvent, même s'il détestait les bouches trop mûres de ses copines les « rouleuses » qui se ruaient sur lui dès qu'elles l'apercevaient et mordillaient son visage tendre en l'appelant « mon

pitchounet ». Les hirondelles de nuit cocottaient un mélange de parfum bon marché, de sueur, de whisky et d'anisette : leur odeur l'écœurait. Il faisait la grimace, elles rigolaient, lui pinçaient la joue, posaient leurs grosses lèvres rouges et baveuses sur son front, le serraient à l'étouffer contre leur buste dépoitraillé. Le garçonnet avait cela en horreur.

La phrase entendue à propos de sa naissance resta longtemps gravée en lui comme une énigme irrésolue. Benoît comprit plus tard que tout le prédestinait à naître dans un caniveau imprégné d'urine matelote ou sur la table poisseuse d'un bar à putes plutôt que dans un vrai lit.

La mère confia très vite son rejeton aux bons soins de son mac, un homme alcoolique et hargneux qui aboya sur son beau-fils pendant des années et vint chaque nuit dans la chambre du petit garçon voler son plaisir brutal. Pendant ce temps, la gagneuse des deux mâles, défoncée à l'héro, tapinait derrière le port de Toulon en arpentant en long et en large les rues étroites et malodorantes du petit Chicag'.

Les années passèrent. En première année de collège, Benoît, élève régulier, s'inscrivit au club de lutte du foyer. Il monta en graine et s'étoffa rapidement.

Une nuit vint où celui qui était devenu un préadolescent ombrageux mais costaud attendit de pied ferme son agresseur dans sa chambre et lui flanqua une raclée mémorable. Sa rage, sa fureur étaient à la mesure de la terreur éprouvée à chaque déclin du jour durant toutes ces dernières années. Il aurait tué son violeur si celui-ci, pourtant bien amoché, n'était parvenu à lui glisser entre les pattes.

Peu de temps après, Gabriella fut retrouvée morte dans une cambuse malodorante. Overdose. Son compagnon se carapata dare-dare sous d'autres cieux. L'orphelin fut pris en charge par les services sociaux et trouva son salut dans les études.

Devenu un homme, le fils d'Émilie Gastaud choisit de faire table rase de son passé et de jeter aux oubliettes les deux tristes figures parentales qui avaient bousillé son enfance ; jusqu'à ce qu'une inondation l'oblige à modifier son circuit de footing habituel et le remette, bien des années plus tard, face à son tortionnaire d'antan.

Ou plutôt juste au-dessus de lui.

Depuis son promontoire, Benoît eut d'abord un peu de mal à reconnaître son ex-beau-père dans l'ascète loqueteux dont il avait parfois entendu parler au village.

Il s'assura en y regardant à deux fois qu'il s'agissait bien de lui, obtint confirmation, dompta comme il le put le feu qui se propageait dans sa poitrine et menaçait de le consumer séance tenante et exécuta au bord de la falaise une chorégraphie débridée : il exultait, se tapait sur les cuisses, sautait sur la bande rocheuse comme un cabri énervé, hurlait de rire, crachait, rauquait, lançait un poing rageur vers le ciel, risquant à tout moment de perdre l'équilibre.

Depuis son antre, son unique spectateur le contemplait, perplexe, un index vissé sur la tempe pour signifier à ce grand singe bondissant sur son rocher qu'il était complètement maboul. Reconnaissait-il en Benoît le fils de son ancienne compagne ? Se souvenait-il seulement d'Émilie, alias Gabriella ?

Peu importait, au fond. Le militaire déchu était devenu une pauvre cloche échouée dans un accul pierreux ! L'enfant cadenassé dans le cœur de Benoît qui tentait chaque soir d'étouffer ses pleurs sous un tombereau de haine n'aurait pu rêver meilleure vengeance.

Le premier choc passé, Gastaud, bien décidé à faire valoir son avantage, adopta ce nouvel itinéraire de jogging de façon à pouvoir défier l'air de rien chaque matin le monstre qui, lorsqu'il était un petit garçon sans défense, avait abusé de lui tant et plus – jusqu'à ce qu'il parvienne enfin à le terrasser. L'ogre d'autrefois avait fait place à un gnome, un cloporte errant, un gueux privé de foyer et de dignité ; tandis que lui, Benoît Gastaud, était confortablement installé dans ses rôles de directeur d'agence immobilière et de chef de famille. Justice était rendue. La morale était sauve.

Benoît ne s'ouvrit de cette parentèle indésirable à personne. Il s'était depuis longtemps inventé pour la galerie un conte à faire pleurer dans les chaumières, une enfance orpheline de père et de mère – Rémi sans famille, c'était lui ! – un séjour chez des grands-parents aimants, hélas décédés trop vite, suivi d'hébergements provisoires dans des familles d'accueil interchangeables, ne devant sa rédemption qu'à une volonté de fer et une scolarité sans faille – cette partie-là au moins était véridique.

À présent, Gastaud attend avec impatience le jour où le vieux sagouin, qu'il part chaque matin narguer en courant mais qui revient chaque soir hanter ses cauchemars, crèvera dans sa merde. Il souhaite au cloporte les pires souffrances et maudit *in petto* les imbéciles heureux qui considèrent cette rognure comme un vertueux ascète et persistent à prendre soin de lui. Le jour béni où ce salaud finira par clamser, Benoît se fera une joie et un devoir d'aller cracher sur sa tombe et piétiner son ombre.

Il ignore que le fatum a pour lui des projets bien différents.

III

Après son départ de la maison, la chape d'air vicié qui alourdissait l'air ambiant se dissout peu à peu, laissant dans l'atmosphère quelques particules aigres qui ne s'en iront plus, mélange d'odeur de renfermé et d'exsudation épeurée.

Laurie s'extirpe de sa couette au son lointain d'un medley des années 80 – elle seule, avec Ingrid, connaît l'existence de la minuscule radio que sa mère dissimule dans la poche kangourou de son tablier de parfaite ménagère.

Ingrid allume son transistor de poche dès que son mari s'éloigne et s'empresse de l'éteindre dès qu'elle entend son pas et capte les effluves de son parfum, dont elle déteste l'arôme qualifié de « viril et vif » par son fabricant.

Mais elle n'en dira rien car, outre que cela aurait le don d'irriter Benoît encore plus que de coutume, cette fragrance tapageuse est son alliée, elle la renseigne sur la proximité de l'époux, familier des retours inopinés et des brusques apparitions à des heures incongrues destinées à prouver que, tel un Dieu suprême, il possède le don d'ubiquité et que rien, absolument rien, ne peut échapper à son œil inquisitorial.

Si Benoît est le plus souvent déçu de trouver sa femme affairée aux fourneaux ou penchée comme un vieux pin tordu au-dessus de sa table à repasser, plongée dans le silence monacal qu'il lui impose depuis tant d'années qu'elle ne paraît même plus songer à se rebeller, il n'en laisse rien paraître. Il se contente d'asseoir son pouvoir d'un trait narquois destiné, sous couvert d'humour, à humilier Ingrid.

Il n'y pas si longtemps, cette dernière accusait le coup. À présent, les remarques désobligeantes de son mari semblent glisser sur elle comme de l'eau sur le dos d'un canard. En désespoir de cause, Benoît s'en est pris à Laurie en chargeant la mule, affirmant haut et fort à ses deux femelles sans cervelle qu'il se serait bien passé du retour à la maison de cette *Tanguy* anémiée, incapable de garder un boulot et encore moins de dégotter un mec pour la baiser et l'entretenir, une mauviette tout juste bonne à venir chialer chez ses parents à vingt-cinq ans passés, un sac d'os qui ne fait même pas honneur à son sexe et dont il peine de plus en plus à croire qu'il est pour quelque chose dans sa conception. S'il ne la fout pas dehors après son pétage de plomb au boulot – burnout, tu parles, flémingite aiguë oui ! – c'est uniquement pour empêcher l'entourage de jaser. C'est surtout, pense Laurie amère, que le simulacre de famille unie et heureuse que son père entretient depuis toujours avec grand soin au seul bénéfice des voisins ne résisterait pas à un abandon filial manifeste.

Or Ingrid, qui autrefois se montrait si maternelle, ne lève pas le petit doigt, ne prononce pas un seul mot pour défendre sa fille. Elle se contente de baisser les yeux, un vague sourire contrit flottant sur les lèvres, comme si les déblatérations odieuses de son époux ne la concernaient en aucune façon. Gastaud fulmine.

Échaudé par une expérience de jeunesse qui, en son temps, lui a foutu une trouille bleue, le dissuadant d'user de violence physique envers une femme, il n'a jamais cogné son épouse, si on excepte quelques baffes anodines par-ci par-là. Mais devant tant d'obstination à se taire, ses poings commencent à le démanger. Ingrid a de la chance que sa conne de gamine soit de retour, tiens. Parce qu'en l'absence de témoin…

L'apathie de sa mère désoriente et exaspère Laurie.

Concernant la cruauté paternelle, ce couteau mental toujours mieux aiguisé, toujours plus tranchant, auquel elle a appris à opposer une indifférence de façade bien que chaque nouvelle salve de mots la réduise en charpie, la jeune femme sait depuis longtemps à quoi s'en tenir.

Mais elle éprouve une sourde irritation envers Ingrid qui ne feint même pas d'être indignée par les allégations de son mari et se laisse traiter par lui comme une moins-que-rien, toujours courbant la tête, ployant les épaules, voûtant l'échine.

En enfilant ses vieux chaussons Snoopy, Laurie tente de faire taire la petite voix qui lui glisse à l'oreille que le mieux, pour sa mère et elle, serait que cet homme cruel disparaisse de leur vie. Elle pressent qu'il est indécent de nourrir de telles pensées. *Ce n'est pas bien !* lui souffle son moi enfantin, celui qui, malgré les larmes versées ou peut-être à cause d'elles, veut encore croire au miracle de l'amour paternel.

Mais la jeune adulte a gagné en lucidité ; elle sait que le temps n'est plus aux miracles. Et la petite voix vengeresse qui résonne dans sa tête est tenace : elle est loin d'avoir dit son dernier mot.

Après s'être douchée, Laurie enfile rapidement un sweat et un jean sombres.

Elle a retourné contre le mur la vieille psyché constellée de gouttes d'ombre prompte à la dévisager d'un air narquois sous sa voilette dépolie, s'épargnant ainsi les longues séances d'auto-flagellation qu'elle s'infligeait lorsqu'elle était adolescente, histoire de bien enfoncer le clou de sa hideur planté par son père dès sa naissance. Comme si la soi-disant laideur de sa fille était la preuve tangible de l'incapacité de son épouse à le satisfaire, lui qui, au début de leur mariage, appelait un héritier de tous ses vœux, rêvant d'un fils au teint hâlé qui lui ressemblât et non d'une crevette dépigmentée.

Combien de fois, plantée devant sa glace, Laurie resta-t-elle à grimacer devant ses cheveux caramel brûlé qui persistaient, malgré de longues et douloureuses séances de démêlage, à s'entortiller sur son crâne comme des brins de raphia noués par le vent ? Combien de fois maudit-elle son teint de lait caillé éclaboussé d'éphélides roussâtres dont son père lui avait déclaré un jour qu'il lui donnait l'air d'une pomme criblée de taches amères ou d'un flan raté et qui, lorsqu'elle se trouvait sous le coup de l'émotion, virait de façon déloyale à la framboise écrasée ? Ingrid lui répétait pourtant à l'envi qu'elle était bien jolie avec ses grands yeux liquides couleur « julmust »[1], ses boucles de miel ambré, ses lèvres couleur fraise des bois. Elle n'était jamais parvenue à la croire.

Elle avait un temps réussi à apprécier ses jambes, qualifiées de fuselées par une ancienne collègue de travail. Mais son père, avec son redoutable instinct dévastateur, a récemment comparé ses cuisses désespérément blêmes malgré les efforts méritoires du soleil méridional pour les hâler, à des asperges sans saveur qu'aucun homme normalement constitué ne saurait avoir envie de toucher.

C'était la première fois que sa fille souhaitait aussi clairement et ardemment sa mort.

---

[1]Littéralement « Jus de Noël » : boisson gazeuse suédoise marron foncé à base de malt.

IV

Laurie rejoint sa mère dans la cuisine. La pièce, dont les fenêtres sont occultées par d'épais rideaux en polyester beige, est éclairée par un néon livide censé imiter la lumière du jour. La jeune femme ne peut s'empêcher d'avoir un pincement au cœur en constatant qu'Ingrid est, comme toujours, fidèle au poste. Il semble à Laurie que, depuis qu'elle a quitté le domicile familial il y a plusieurs années de cela, ne revenant plus que pour le sacro-saint Noël, son père a resserré de façon drastique son emprise sur sa femme. Cette dernière ne sort quasiment plus, sauf pour les passages obligés chez le dentiste ou le médecin – un homme bon que ce toubib-là, un cador enrobé de mansuétude qui, plutôt que de la gaver de pilules roses et bleues, s'évertue à recouvrir de mots onguents les plaies vives qu'il flaire chez sa patiente.

Loin de se rebeller, Ingrid affirme ne pas avoir envie de sortir, le monde extérieur l'angoisse, le soleil l'agresse, les lumières artificielles des magasins l'aveuglent, les commères avec leurs cancans incessants, leurs regards de travers, leurs questions huileuses la terrorisent. Un livreur vient à domicile une à deux fois par semaine lui remettre ses courses commandées via internet, son mari rapporte chaque jour à la maison le journal et le pain frais… et c'est très bien ainsi !

Affublée de son éternel tablier à motifs provençaux dans la poche duquel le mini-poste de radio a repris du service, la ménagère a disposé un monceau de nourriture sur la table. Benoît n'aime pas partir courir le ventre vide et il entend que l'argent qu'il attribue à sa femme pour subvenir aux soins du ménage soit avant tout investi dans du solide, du roboratif. Pour satisfaire à ses exigences, Ingrid a dû apprendre à jongler en ligne avec les promotions.

Tout en continuant à s'affairer devant la pile en pierre de Cassis[2], elle ébauche un sourire à l'adresse de sa fille. Elle vire, s'agite et tourne comme une toupie, à en donner le tournis. Une légère rougeur colore ses joues ordinairement pâles ; quelques mèches de cheveux cendrés échappées de leur carcan de caoutchouc volettent sur ses tempes, comme si elle revenait d'une promenade mouvementée. Peut-être est-elle sortie après le départ de son mari ? Peut-être entretient-elle une liaison secrète à l'extérieur ? Un amant ? Ou une amante, pourquoi pas ? *Si seulement !* soupire Laurie in petto. Mais mieux vaut ne pas se faire trop d'illusions.

Comme si elle avait lu dans les pensées de sa fille, Ingrid entreprend de rajuster sa queue de cheval, rattachant d'une main rude ses mèches indisciplinées.

Laurie choisit dans la boite un sachet de thé à la bergamote, saisit un mug publicitaire provenant de l'agence paternelle illustré par un logo en forme de toits, attrape la bouilloire électrique emplie d'eau frémissante et prépare sa boisson. Elle s'attable

---

[2]Évier provençal

avec un sourire crispé, joue en silence avec une miette de pain prélevée du bout de l'index sur la table recouverte d'une nappe bon marché à grosses fleurs rouges et jaunes – *quel goût de chiotte !* pense-t-elle – passe la miette sur sa langue puis l'évacue d'une pichenette.

Elle lape son thé brûlant à petites gorgées, écoutant distraitement les infos qui émanent en sourdine du ventre de sa mère. Comme toujours, les nouvelles sont mauvaises : virus ultra-contagieux, guerres, catastrophes écologiques, malversations financières, suicides d'agriculteurs... Ici, dans cette pièce confinée, ces informations revêtent un écho étrange, comme si elles provenaient d'une autre planète, une partie de l'univers à laquelle ni sa mère – dont la vie étroite est régie par un tyran domestique – ni elle – qui connaît d'autres enfermements intimes – n'ont accès. Laurie ne parvient même pas à compatir, tant elle se sent déconnectée de ce monde hostile dont on lui a certifié qu'il était le sien mais auquel, depuis sa naissance, elle n'a jamais vraiment eu l'impression d'appartenir. Elle a même cru dur comme fer, au temps de l'adolescence, qu'elle était une extra-terrestre égarée sur Terre – des élucubrations qui lui ont valu quelques quolibets paternels assortis d'une gifle bien sentie destinée à lui mettre du plomb dans la tête.

Malgré tout, elle se sent affectée par le sinistre défilé d'annonces sur-commentées par les journalistes et politiques de tous bords. Un écrasement de plus.

— Mange un peu ! la supplie Ingrid.

Laurie soupire, entreprend de beurrer avec une lenteur exagérée une tartine dont elle fait mine de grignoter un des bords grillés. À peine a-t-elle entamé son pain qu'elle le repose avec une expression de dégoût, s'empare d'un kiwi brun et velu qu'elle coupe en deux sur une petite assiette et reste perdue dans la contemplation du fruit ouvert. De son cœur doré cerné d'un halo de gouttes noires rayonnent en étoile, en alternance avec des traits vert sombre aux pointes en ogive, de fines stries blanches qui font vibrer le vert citron-miel de sa pulpe. La jeune femme pense à un iris, un soleil, une roue de bicyclette. Devant ce motif éclatant, l'envie lui prend de ressortir son carnet de croquis, oublié il y a longtemps dans un tiroir secret de sa chambre, une « boite à rêves » d'adolescente emplie de carnets à dessin, peinture, fusains...

À l'époque son père, en refusant qu'elle s'inscrive aux Beaux-Arts et en la contraignant à suivre une formation d'assistante de direction dont elle n'avait cure, avait scellé ce tiroir, sans doute mis à sac depuis longtemps maintenant, plus sûrement qu'avec du ciment. Il avait enterré ses rêves, mis fin à sa carrière artistique avant même qu'elle ne débute.

Bah. À quoi bon réveiller ces mauvais souvenirs ? Ce qui est fait est fait. Laurie fixe à nouveau son assiette. Elle se souvient d'avoir lu quelque part que le premier nom du kiwi, un fruit venu d'Asie avant de connaître ses heures de gloire en Nouvelle-Zélande, était : « groseille de Chine ». Des soieries d'un rouge éclatant, des tuniques en satin brodées de fleurs et d'oiseaux par le peuple de l'Empire céleste viennent poudroyer ses pensées.

— On peut tirer les rideaux ? demande-t-elle brusquement.

— Tu sais bien que ton père…

Mais Laurie s'est déjà levée. Elle dégage les fenêtres qui donnent au nord, sur l'une des allées au nom d'arbre fruitier qui traversent leur lotissement pavillonnaire. Quelques grammes de poussière voltigent sous l'outrage. Une clarté timide s'infiltre dans la pièce, étonnée par ce dévêtement inattendu.

— Il le saura pas, il est pas là. Et même s'il vient… je lui dirai que c'est moi.

Une pointe de triomphe rageur perce dans sa voix. Ingrid ne réplique pas. Déboussolée par la douce patine de bronze née de la lumière naturelle qui recouvre ses meubles et chatoie dans l'espace, elle recommence à s'agiter de plus belle. Comme pour s'étourdir, éviter d'avoir à penser, à ressentir. Elle jette de temps à autre un regard désolé sur la tartine quasi-intacte et le fruit tranché délaissés par sa fille.

Laurie se rassoit devant son thé qui refroidit. Elle examine sa mère de biais, son teint brumaille, ses cernes bleuâtres, ses rides qui froncent ses sourcils et froissent le coin de ses yeux sans les faire pétiller, ses paupières flaccides, ses joues dont la rougeur passagère s'est déjà estompée qui s'affaissent et entraînent dans leur débâcle des lèvres au rose éteint, ses cheveux délavés si fort tirés en arrière qu'on en a presque mal pour ses tempes aux veines saillantes.

À quel moment cette femme magnifique est-elle devenue si terne ? Si vieille ?

À quel moment de sa vie s'est-elle transformée en un servile pantin mécanique dénué de joie, de désir, d'amour-propre ?

Comme si les sentiments de sa fille venaient de heurter son cerveau de plein fouet, Ingrid interrompt tout à coup l'essuyage d'un bol et, torchon en main, se laisse choir sur une chaise cannée à côté de Laurie. Son visage hébété traduit un épuisement incommensurable. Si on demandait à Laurie d'illustrer l'expression « porter le poids du monde sur ses épaules », c'est sans hésiter sa mère qu'elle dessinerait à cet instant-là. Cette dernière lui adresse un regard lourd où se lisent accablement et tendresse. Laurie retient une envie de pleurer. Elle avance sa main pour serrer celle d'Ingrid, la retire aussitôt. Une pudeur imbécile l'empêche de manifester sa sollicitude.

Dans le ventre fatigué d'Ingrid, l'oiseau de mauvais augure recommence à égrener sa litanie de catastrophes, comme s'il récitait un mantra maléfique. Si seulement il pouvait se taire !

— Je vais faire un tour à la plage, déclare Laurie d'une voix retenue, en vidant le reste de son thé dans l'évier. Je passerai au village en revenant. Tu veux que je prenne quelque chose ?

V

Pour rejoindre le passage piéton depuis la sortie de leur lotissement, il faut marcher pendant une centaine de mètres sur un accotement en béton agrémenté de part et d'autre de plantes grasses mais Laurie, animée de l'envie d'en découdre avec la Terre entière, ne s'y résout pas.

Elle retient son souffle, jette un œil rapide autour d'elle, coupe la piste cyclable délimitée par de simples bandes blanches, prend son élan pour traverser la nationale où les voitures passent en trombe, évitant de justesse de se faire écraser.

Mortifiée par les coups de klaxon qui sanctionnent son inconséquence, elle repart de plus belle, traverse à grands pas rageurs un champ de boue craquelée qui ressemble à un gâteau trop cuit et, dédaignant les larges escaliers en bois aménagés un peu plus loin, elle dévale à toute vitesse le flanc abrupt de la colline qui s'échoue sur une longue plage vierge de toute construction. Parvenue sur le sable caillouteux, elle arpente la grève en serrant d'une main crispée, roulé en boule dans la poche de ses jeans, le filet à provisions ridicule que sa mère a tenu à lui confier.

Le mistral se lève. La mer, jusqu'alors étale, tressaille et gondole. Les yeux de Laurie l'effleurent sans la voir. La jeune femme ne perçoit pas non plus le grincement plaintif des pins tors qui se serrent contre les uns contre les autres pour mieux résister aux aléas venteux.

Au fil de ses longues enjambées, elle écrase à son insu quelques tessons de coquillages, piétine sans en prendre conscience des agrégats d'algues séchées semblables à des queues de lapin. Elle ne tourne pas la tête vers la roche friable mordue par la colline où une longue traîne verte dévale l'à-pic et s'évanouit sur la plage dans un ru végétal, évoquant une mariée s'enfuyant vers la mer. Elle ne sent pas davantage sur ses joues la gifle des poudrins sableux. Elle est tout entière tournée vers ses pensées.

Elle ressasse sa récente déconvenue professionnelle dans une société de service informatique où elle venait enfin d'obtenir un CDI après plusieurs missions intérim. Pour une raison inconnue, sa cheffe de service l'avait aussitôt prise en grippe, rendant plus oppressante encore l'ambiance délétère de l'*open space*. Incapable de faire front, Laurie avait démissionné sur un coup de tête.

Quelques jours plus tard, ayant fait chou blanc dans les agences d'intérim et ne se résignant pas à réintégrer le domicile familial, elle s'était présentée à Pôle Emploi. Elle était dans ses petits souliers. Comme elle le subodorait, elle n'avait droit à rien et le travail ne courait pas les rues, ni celle où elle se trouvait ni celle d'en face, contrairement à ce qu'affirmait haut et fort certain chef d'État. Et puis elle était « *fragile, peu sûre d'elle* » lui déclara sa conseillère.

Les employeurs potentiels n'ont que faire des gens qui doutent.

Au bout de quelques semaines, ses maigres économies ayant fondu, elle n'avait eu d'autre choix pour éviter la rue que de revenir vivre chez ses parents.

À présent, sa seule perspective de travail, bien lointaine mais tout de même réconfortante, est d'aller faire les vendanges en septembre chez la bien-aimée Marianne, la sœur de Jean-Gérald – Jeg pour les intimes – un conscrit de Benoît originaire du Beaujolais. L'unique relation amicale qu'elle ait jamais connue à son père, en fait.

Depuis sa majorité, Laurie se rend tous les ans dans cette région viticole où Marianne et son mari Hans l'accueillent comme si elle faisait partie de la famille. Elle ne raterait cette parenthèse enchantée pour rien au monde.

Laurie sourit sans même s'en rendre compte en pensant à Marianne, cette femme intelligente, ultra-énergique, dotée d'un charisme et d'une autorité naturelle. Une vraie cheffe des armées, qui sait motiver mais aussi consoler ses troupes lorsque c'est nécessaire.

Son frère Jeg, le pote de son père, n'est pas de la même trempe que sa sœur, loin s'en faut !

Dans leur jeunesse, Benoît et Jeg ont fait leurs classes ensemble dans la marine varoise, affublés d'un béret à pompon rouge dont ils n'hésitaient pas à vanter les vertus bénéfiques auprès des jolies filles pour tenter de les emballer.

C'est en tout cas ce qu'a raconté Jeg à Laurie un soir de vendanges où le vin généreusement offert par sa sœur Marianne coulait à flots. La jeune femme accueillit cette révélation avec une moue dubitative. Elle connaissait cette superstition qui voulait que toucher le pompon d'un marin portât chance, mais elle imaginait mal son père en train de draguer, pompon ou pas : le Benoît qu'elle connaissait n'était pas du genre à faire le joli cœur auprès de donzelles émoustillées par l'uniforme.

Devant son air sceptique, Jeg, déjà bien imbibé, fouilla dans son portefeuille pour lui montrer une photo de mauvaise qualité aux bords dentelés où posaient trois jeunes gars vêtus de maillots rayés bleu et blanc et de vareuses sombres. Laurie n'eut aucun mal à reconnaître son père qui dépassait les deux autres d'une bonne tête et souriait d'un air féroce à l'objectif.

D'après Jeg, dont l'enthousiasme s'émoussa dès que Laurie souhaita en savoir un peu plus sur lui, le troisième larron sur la photo s'appelait De Mirandal, Aymar De Mirandal – un drôle de patronyme, ça, digne d'un chevalier d'antan – mais, après l'armée, les relations entre De Mirandal et ses deux conscrits s'étaient distendues jusqu'à cesser d'exister, si l'on en croyait Jean-Gérald.

« Nos chemins se sont écartés, c'est la vie », conclut d'une voix pâteuse un Jeg étonnamment sentencieux avant de reprendre avec une grimace d'excuse la photo des mains de Laurie et la remettre tant bien que mal dans son étui d'origine avec ses gros doigts tremblants.

Laurie n'osa pas poser d'autres questions malgré la légende manuscrite aperçue au verso du cliché : *Les inséparables.*

Elle bute dans une pierre, retient un juron et considère son pied avec rage, ça fait un mal de chien ! La jeune femme secoue la tête, découragée. La période des vendanges est encore bien loin et son échec professionnel continue à la tarauder. Être obligée de revenir vivre chez ses parents à vingt-cinq ans passés alors qu'elle s'était promis de ne quasiment plus foutre les pieds chez eux. Quelle régression lamentable !

Elle rejoint le fond de la plage et se laisse choir au pied d'une coulée de schiste bleu traversé de veines rouges. Elle éclate en sanglots, se mouche dans le seul objet trouvé dans sa poche, le filet à provisions, parfaitement inadapté à cet usage. Elle jette la résille souillée devant elle puis la récupère en s'admonestant à travers ses larmes – manquerait plus qu'elle se mette à polluer la nature ! Elle passe ses doigts morveux dans le sable grège, écrase quelques perles grenues dans sa main. Malgré le vent, la mer n'a pas trop grossi encore. Mais la fraîcheur est là.

Laurie resserre son blouson, replie ses genoux contre elle et se laisse happer par la gestuelle hypnotique des vagues qui, de leur main gantée, viennent caresser un petit rocher au ventre creux avant de se retirer avec grâce, telles de vaporeuses sylphides. De la cuvette pierreuse s'écoule alors un filet d'eau qui dessine un sillon moiré sur la paroi du roc. Inlassablement, la langue moussue des vagues revient frôler le pavé impavide, le recouvre, se rétracte avec une douceur perfide. De temps à autre, une gerbe d'écume au panache explosif rompt le rythme de leurs lèchements.

Les larmes de Laurie finissent par sécher. Elle regrette de ne pas avoir emporté au moins un carnet de dessin et quelques pastels gras pour fixer la scène.

Au loin résonne une sirène de pompiers. Laurie frémit. Elle pense à tous les accidents survenus sur la côte au fil des ans, dont elle a été parfois le témoin involontaire.

Elle ne comprend pas la fascination morbide de sa mère pour ces drames. Depuis plusieurs années, sourde aux railleries maritales, Ingrid collecte dans un gros album sépia les coupures de journaux relatives aux noyades qui surviennent chaque année dans la région. Une façon comme une autre de tuer le temps ?

Passant outre le haut-le-cœur qui la submerge à chaque fois qu'elle s'en saisit, Laurie a très récemment feuilleté ce recueil au contenu sordide. Accidents de bateau, hydrocutions, actes suicidaires... La liste des victimes s'est beaucoup rallongée depuis qu'elle a quitté la maison !

Quelques mois auparavant, le corps d'une femme, qu'un correspondant de presse peu délicat qualifie dans son article de *« dépressive chronique atteinte de maladie dégénérative »*, a été repêché non loin de là. Son identité n'est pas dévoilée mais le pisse-copie indique, dans un langage suranné qui trahit son âge avancé, que la victime était connue autrefois dans la région sous le sobriquet de *« Poupée »* pour avoir gagné, alors qu'elle était « *toute jeunette et bien joliette* », un télécrochet, l'ancêtre des concours de chant actuels, où elle interprétait la chanson de France Gall : *« Poupée de cire, Poupée de son ».* Son unique moment de gloire, a priori, puisqu'elle semble n'avoir plus fait parler d'elle par la suite. Jusqu'à sa mort récente, du moins.

La coupure de journal est chiffonnée, comme si on l'avait roulée en boule puis défroissée pour la glisser dans l'album. Quand Laurie s'en est étonnée auprès d'Ingrid, celle-ci a haussé les épaules.

La nuit suivante, Laurie s'est réveillée sur le coup des trois heures du matin en proie à la panique. Elle se trouvait à la limite de l'asphyxie. Il lui a fallu du temps pour reprendre son souffle et se départir de la sensation d'angoisse qui continuait d'étreindre sa poitrine, comme si quelqu'un avait posé dessus une lourde pierre et appuyait de toutes ses forces.

La jeune femme venait de rêver qu'elle se noyait dans un puits sans fond sous les yeux fixes d'un poupon en celluloïd, un de ces baigneurs au rose éteint qu'on trouve dans les brocantes. Petit à petit, les traits de la figurine se métamorphosaient. Son air devenait de plus en plus froid tandis que Laurie continuait à se débattre, à supplier et à suffoquer tant et plus. En lieu et place de la poupée, les bras croisés sur son torse velu, son père la regardait s'enfoncer dans l'eau sans ciller.

Le bruit des sirènes s'estompe. Le mistral forcit, soulève des paquets de mer et fait ronfler la colline. Laurie se remet en marche. En rejoignant la route puis en coupant à travers le petit bois planté de vieux chênes, régulièrement labouré par les sangliers, elle arrivera d'ici vingt minutes maximum au village pour quérir les pâtisseries réclamées par sa mère. Des religieuses, elle adore ça. *Pas étonnant pour quelqu'un qui vit comme une nonne*, persifle Laurie à part elle. Elle n'a pas fait trois pas que son portable sonne. « Maison » s'affiche. Ingrid, sans aucun doute, qui l'appelle depuis le fixe. Elle n'a jamais possédé de téléphone mobile, son époux ayant décrété qu'elle n'en avait pas besoin. Sa fille résiste à la tentation de ne pas décrocher.

— Laurie ?

Sa mère semble avoir le souffle court, comme si elle avait couru. Sa voix résonne étrangement dans le combiné. Le vent ? Laurie sent son corps se tendre.

— Oui ?
— Il faut que tu rentres.

Puis, très vite :

— Il est arrivé quelque chose à ton père.

SONATE DE PRINTEMPS

VI

Cette sensation d'être prise dans la tourmente, tombée dans la nasse d'épais nuages au goût de cendres, secouée par des rafales de grêlons gros comme des pignes qui viennent lui marteler le crâne, arrachée au réel par des séismes successifs, ballottée comme un brimborion de carne entre des vents contraires, Laurie l'éprouve en ce moment.

Bien que la déferlante de calamités se soit étalée sur plusieurs jours, plusieurs semaines peut-être, le temps semble s'être compacté. Depuis le coup de téléphone de sa mère, les heures s'agrègent les unes aux autres pour finir par ne plus former qu'un magma informe, un flot continu de lave noire et brûlante d'où émergent et s'évaporent, dans une évanescence plombée, des silhouettes, des gestes, des voix. Et des mots aussi, une flopée de mots à l'écorce rêche qui ne parviennent pas à faire sens.

Le match qui vient de se jouer en huit rounds la laisse HS. KO debout. Et la jeune femme pâle qui chemine ce matin en tête d'un cortège de funérailles sous un ciel d'hiver au bleu électrique insolent, accrochée mollement au bras inerte de sa mère, ne parvient plus à s'incarner.

Laurie marche littéralement à côté de ses pompes. Elle a l'impression de s'être dédoublée. Elle est comme décalée. Disjointe. Incapable de faire s'emboîter les deux parties dissociées de son être. Son esprit floué par on ne sait quel génie maléfique a migré dans une ombre fantôme qui lui colle aux basques, telle une siamoise encombrante. Dépossédée d'elle-même, elle est incapable de réintégrer son corps physique pour retrouver son unicité. Elle a beau serrer de toutes ses forces son poing gauche en se griffant la paume pour tenter de sortir de ce cauchemar, retrouver des sensations nettes, se départir de ce sentiment intolérable de n'avoir plus les yeux en face des trous, rien n'y fait.

Le cortège s'immobilise devant une tombe chichement fleurie, ce qui met d'autant plus en valeur la magnifique gerbe champêtre dans les tons vanille menthe envoyée par Marianne et Jeg. Laurie aimerait rapetisser et se glisser incognito au fond de cette corbeille de fleurs, fermer les yeux, oublier tout. Alors que sa mère se laisse choir sur un trépied obligeamment glissé sous ses fesses, quelque chose en elle trouve pourtant la force de se secouer : *« Putain, reprends-toi ! Ça va passer, il faut que ça passe. Mais qu'est-ce que tu peux être conne, ma pauvre ! »*.

Mais, aussi désespérée et virulente soit-elle, sa tentative de diversion tourne à l'aigre. Comme pour se venger d'avoir été bafoué dans son emprise toute puissante, le cerveau de Laurie lui décoche en guise de semonce une série de flashs aveuglants, plus rudes et douloureux que des coups, qui la renvoient inexorablement dans les cordes. Un dieu mal luné, sûrement pote avec son père, a dû décider que toute sa vie se jouerait désormais sur un ring blafard âcre de larmes, de sueur et de sang, sous les huées d'une foule invisible et hostile, sans lui laisser la moindre chance de réchapper un jour de cette poisseuse expiation – et encore moins d'en sortir victorieuse.

Premier round

Après le coup de téléphone sibyllin d'Ingrid, Laurie rentre en trombe chez elle. Elle trouve sa mère attablée à la cuisine avec deux flics en uniforme, un vieux bedonnant engoncé dans un camaïeu de bleu et un autre, beaucoup plus jeune, aux joues dévorées de cicatrices d'acné et au menton arrogant.

« *Ça sent pas bon* » pense-t-elle. Les policiers, qu'elle a d'emblée surnommés en les voyant Petit coq et Gros ventre, se sont levés quand elle a pénétré dans la pièce, mais pas sa mère. Non qu'Ingrid paraisse particulièrement affectée. L'œil vague, elle semble flotter dans une autre dimension. Les policiers la fixent avec insistance, espérant qu'elle intervienne. Ingrid se contente de leur adresser un petit sourire en coin qui les déconcerte. Petit coq se tortille, se pince l'épine nasale d'un geste particulièrement disgracieux, lève les yeux au ciel et examine avec une attention soutenue le lustre de la cuisine, un truc vieux et moche mais qui, par la grâce des années et celle de l'inconstance des hommes, deviendra peut-être un jour vintage et convoité, s'il ne l'est pas déjà. À croire que cet agent de police tout juste sorti du berceau est venu jusqu'ici pour admirer cette antiquité couverte de poussière. Laurie réprime un fou-rire.

Gros ventre secoue la tête, s'éclaircit la voix et profère d'un ton rogue qu'il s'efforce d'adoucir :

— Nous sommes désolés mademoiselle. Nous avons une bien triste nouvelle à vous communiquer. Ce matin, votre père a chuté de la falaise du Picou, au Carquet. Il est tombé sur un éperon rocheux juste avant d'atteindre la mer.

Une déglutition, puis :

— J'ai… J'ai le regret de vous apprendre que votre père n'a pas survécu à ses blessures.

Le malheureux messager s'éponge le front avec un mouchoir en papier roulé en boule et se rassoit immédiatement, comme si ce geste pouvait le ramener à l'instant d'avant, celui où il n'avait pas encore prononcé devant Laurie ces paroles fatidiques, celui où tout espoir n'était pas perdu. Pas encore.

La jeune femme reste incrédule. Les mots « père » et « chute » se percutent dans sa tête sans parvenir à s'accoler, à faire sens. Son père est un homme qui accable, qui anéantit, qui soumet, qui… Oui, Benoît est tout cela et même pire, mais ce que vient d'affirmer ce flic en forme d'amphore n'est tout bonnement pas possible. Son père… son papa… il est comme un roc. Inébranlable. Invincible. C'est bien simple : Benoît Gastaud n'est pas un homme qui tombe. Benoît Gastaud – n'est pas – un homme – qui tombe. Point à la ligne.

— Chuté ? répète-t-elle d'un ton dubitatif. Vous êtes sûr de ça ?

Gros ventre hoche la tête, navré.

— Comment vous pouvez être sûr que c'est lui ? insiste-t-elle.

— Benoît Gastaud, c'est bien votre père ?

— Oui, mais…

Petit coq consent enfin à détacher ses yeux du luminaire :

— On nous a téléphoné pour nous prévenir, on a vérifié : ce matin, votre père était en train de faire son jogging, on a retrouvé sa voiture gar…

— Qui ?

— Hein ?

— Qui vous a appelés ?

Toujours affublée de son sourire débile, Ingrid saisit une carafe jaune parée d'une cigale aux yeux exorbités et se sert un verre d'eau avec lenteur, comme s'il était primordial pour elle de ne pas perdre une goutte du précieux breuvage.

— On ne sait pas encore, avoue Petit coq en grimaçant. L'appel était anonyme et on n'a pas réussi à…

— On ne sait pas encore, le singe Laurie en outrant sa voix nasillarde.

Le jeune flic va pour se rebiffer. Gros ventre, rompu à ce genre de réaction, lui fait signe de faire profil bas.

— Alors comme ça il n'aurait pas survécu à sa chute, mon père ? les agresse Laurie, hors d'elle. Où est-ce qu'il est maintenant ? On peut le voir au moins ?

Seul lui répond le ronflement narquois du réfrigérateur.

Deuxième round

Après être sortie de ses gonds, Laurie se tient maintenant prostrée sur une chaise. Du discours heurté de Gros ventre, elle n'a perçu que des bribes hérissées de points d'interrogation, des sous-entendus odieux, des formules dignes d'une série policière tels que : *« mort accidentelle ? », « suicide ? », « homicide ? », « mort suspecte ? »* qui tournent en boucle dans sa tête et y dansent une ronde infernale. Tout ce qu'elle retient, c'est qu'elle ne pourra pas voir son père de sitôt.

— Dans l'état où il est, vaut mieux pas ! laisse échapper un Petit coq aussi maladroit que vindicatif, aussitôt interrompu par la toux opportune de son supérieur.

Troisième round

À l'annonce de l'ouverture d'une enquête judiciaire assortie d'une autopsie médico-légale exigée par le Procureur de la République, Ingrid émerge de sa léthargie. Autant apprendre la mort de son époux l'a, semble-t-il, laissé indifférente, autant la nouvelle veuve se montre contrariée par cette décision qu'elle juge inique.

À la surprise de tous, elle se lève et, soudain volubile, s'insurge avec véhémence contre cette…, ce charcutage ! Ses mots, pressés de quitter sa gorge après plusieurs décennies de privation, de refoulement, de réclusion forcée, se lancent à l'assaut de leur auditoire avec l'énergie du désespoir : ils piaffent d'impatience, raclent sa glotte, écorchent son palais, se chevauchent sur sa langue, se ruent contre ses lèvres tels des pur-sang avides de liberté, empruntant le moindre souffle d'air pour laisser enfin échapper leur dit. Et voilà Ingrid métamorphosée en Furie auréolée de serpents qui déblatère contre l'idée qu'on ouvre, qu'on triture, qu'on dépèce le corps de son mari – ce corps musclé, hâlé, soigneusement entretenu qu'elle a chéri autrefois et qu'elle a continué à trouver séduisant malgré tout, ce corps qui était le plus beau fleuron de son époux et le sien par ricochet, ce corps indestructible duquel la pesanteur a pourtant eu raison bien avant l'heure. La vision d'un Benoît découpé, disséqué, malmené, lui qui ne supportait pas, à quelque exception près, qu'on le touche ni même qu'on l'effleure, lui est intolérable.

Et ce même si Petit coq, déclenchant une nouvelle quinte de toux chez son coéquipier, croit bon de lui préciser de sa voix nasillarde qui semble n'avoir jamais fini de muer que son mari lui sera rendu comme neuf après cet *« examen destiné à déterminer les circonstances du drame »*. Ingrid n'en a cure :

— Foutez-lui la paix, c'est tout ! clame-t-elle, troquant l'accent neigeux venu de sa Suède natale contre une intonation beaucoup plus cinglante.

Gros ventre déclare alors qu'au vu de la situation, la famille du défunt n'est pas habilitée à refuser l'autopsie. Aucun permis d'inhumer ne sera fourni tant que Benoît n'aura pas été examiné sous toutes les coutures. Lancée sur la voie grisante de l'insurrection, Ingrid continue à s'indigner de plus belle puis se met à hurler dans un ultime baroud d'honneur contre l'inéluctable. Les verres tremblent, la suspension frémit, on frôle l'hystérie. Laurie est soufflée. Elle n'aurait jamais cru que sa mère puisse être aussi loquace, déterminée… et aussi remontée ! Elle jette un œil craintif aux deux flics.

À des signes infimes, un sourcil levé, un frémissement de lèvre supérieure sous l'ombre de sa moustache grisonnante, un buste qui se redresse et se penche un peu en avant, la jeune femme remarque le regain d'intérêt que la diatribe de sa mère suscite chez Gros ventre. Comme on ôte un masque devenu inutile, ce dernier se débarrasse soudain de son air bonhomme et interrompt sèchement la harangue de son interlocutrice, dont les phrases trouées de pics exclamatifs se décousent à présent une à une.

— Vous savez, madame Gastaud, que votre refus de coopérer pourrait paraître suspect à la longue ?

— Suspect ?

— Oui. On pourrait croire que vous avez quelque chose à cacher et que c'est pour cela que vous vous opposez à un examen approfondi du corps de votre mari.

Petit coq pousse un grognement de satisfaction... qui se transforme bien vite en un juron fleuri quand il s'aperçoit que Laurie est en train de gerber sur ses grolles.

Quatrième round

Des « experts » – *j'hallucine,* se dit Laurie, *on nage en pleine fiction* – viennent ensuite recueillir son témoignage et celui de sa mère. Cela faisait un bail que la maison n'avait accueilli tant de visiteurs.

En parallèle a lieu une enquête de voisinage. Laurie se demande ce que les pipelettes du lotissement, qui se réunissent parfois en grappes sur la terrasse de l'une d'entre elles pour comparer leurs régimes, leurs posts Instagram ou leur vernis à ongles, vont bien pouvoir raconter aux flics.

Les soirs et week-ends, ses parents sont toujours restés reclus dans leur villa. À sa connaissance, ils n'ont jamais répondu à aucune invitation de leur entourage du style fête des voisins, soirée rosé pour saluer l'arrivée du printemps ou de l'automne. En guise de relation avec les riverains, son père s'est toujours contenté des indispensables *« bonjour, bonsoir »* et du sempiternel *« comment allez-vous ? »*, une question de pure forme dont il ne prenait jamais le temps d'écouter la réponse, toujours positive au demeurant – personne n'aurait eu l'outrecuidance ni éprouvé le moindre désir de se plaindre auprès de cet homme si peu engageant.

Benoît souhaitait pourtant donner une image irréprochable de lui et de sa famille et il forçait son sourire quand il croisait un de « *ces connards de voisins* », prêtant parfois la main, quand il eut été incorrect voire grossier d'agir autrement, pour aider à déplacer un meuble trop lourd ou tenir l'échelle bancale d'un bricoleur du dimanche – sans jamais accepter néanmoins le petit verre de remerciement post-entraide qui aurait pu sceller une quelconque entente entre lui et son obligé.

Quant aux ménagères en mal d'amour séduites par son aura de macho sportif et bronzé qui tentaient de le coincer entre les boites aux lettres et le local à poubelles pour lui faire du gringue, il les évitait autant que faire se peut. Lorsqu'il se trouvait acculé par l'une d'elles, il rejetait ses avances avec une sévérité feinte, arguant d'une fidélité sans faille alors qu'il était en réalité bien peu attiré par la chose.

Sa sexualité depuis toujours très capricieuse avait fini par se tarir, hormis quelques soubresauts bien utiles pour manipuler sa femme, lorsqu'il avait compris qu'Ingrid ne lui donnerait pas de fils. Il avait bien entendu attribué la responsabilité de son inappétence sexuelle à son épouse, lui reprochant tantôt sa passivité qui, renaudait-il, lui donnait l'impression de baiser une morte, tantôt l'exacerbation de ses besoins sexuels, qu'il qualifiait de rédhibitoire. Pas la peine d'essayer de lui mettre le nez dans ses contradictions, il niait tout avec aplomb et finissait toujours par se poser en victime. S'il bandait mou, ce ne pouvait être que de la faute d'Ingrid, tour à tour frigide et nymphomane. Fallait-il qu'il ait un grand sens moral pour ne pas aller voir ailleurs. Connaissant sa situation, personne n'aurait pu l'en blâmer, au reste. Et bla bla bla.

Ingrid avait donc dû se débrouiller seule pour satisfaire sa libido. Peu à peu, miné par les critiques maritales, son désir s'était à son tour évaporé. Après avoir racorni son cœur, son époux avait réussi l'exploit d'assécher son corps.

De ces considérations oiseuses, Benoît n'avait cure. S'il en avait eu les moyens, il aurait acheté sur la côte une villa isolée pour y parquer son gynécée. Un lieu où il aurait pu faire régner sa loi sans entrave plutôt que de se retrouver coincé dans ce clapier pavillonnaire, sans cesse obligé de composer avec des intrus trop curieux et des femelles en chaleur. Mais trouver une baraque retirée à un prix abordable dans ce coin mité par les constructions tenait de la gageure – en tant qu'agent immobilier, il en savait quelque chose ! Il préférait donc se la jouer homme farouche dans un environnement qu'il qualifiait d'hostile, sans s'avouer que disposer d'un public à demeure n'était pas pour lui déplaire. À qui, sinon, aurait-il pu donner le change ?

Laurie soupçonnait que l'étrange couple formé par ses parents alimentait les rumeurs. C'est vrai qu'avec un peu d'imagination, la vie secrète des Gastaud qui vivaient planqués derrière leur haie de cyprès sans jamais voir personne pouvait sembler diablement mystérieuse. De quoi donner du grain à moudre à toutes les *Desperate Housewives* du quartier.

À la question des enquêteurs : *« Pensez-vous que votre père ait pu attenter à ses jours, était-il dépressif, manifestait-il des intentions suicidaires ? »*, Laurie leur pouffe au nez. Son père, mettre fin à ses jours ? Disparaître de son plein gré ? Quelle supposition ridicule !

Elle réagit avec un rire encore plus aigu à la question suivante : *« Nous sommes désolés de devoir vous demander cela, mais savez-vous si votre père avait une maîtresse ? Voire plusieurs ? »*. Embarrassés par sa réaction, les flics n'insistent pas. Si Gastaud paraît peu apprécié de ses pairs en règle générale, il semble ne traîner derrière lui aucune réputation sulfureuse. Au grand regret de certaines dames, a priori.

À la question : *« Connaissiez-vous des ennemis à votre père, savez-vous s'il avait reçu des menaces ? »*, Laurie reste silencieuse.

Elle se rend compte qu'elle connaît bien peu de chose de son géniteur en dehors du cadre familial. Benoît Gastaud avait l'art de cloisonner ses différentes vies. Elle ignore tout de son travail, de ses loisirs, de la nature de ses relations professionnelles. S'est-il forgé des inimitiés ici ou là ? Sûrement. Si son père avait toujours mis un point d'honneur à se montrer sous son meilleur jour lors de leurs rares sorties en famille, réservant au huis clos domestique ses sautes d'humeur et son despotisme, le mot « cordialité » semblait banni de son vocabulaire. Elle ne lui connaissait aucun ami à part Jeg ; mais les relations des deux hommes se limitaient à un coup de fil annuel le 1er janvier et à des salutations réciproques qu'elle devait transmettre à l'un et à l'autre lorsqu'elle partait faire les vendanges dans le Beaujolais et qu'elle en revenait.

Avait-il des ennemis ? Laurie ne saurait le dire. Elle soupçonne que sa mère, entendue dans une pièce voisine, n'est pas mieux renseignée qu'elle à ce sujet. Quant à cette histoire de maîtresse… elle a l'intime conviction que son père n'a jamais trompé sa mère. Il était bien trop occupé à la faire tourner en bourrique, presqu'un boulot en plein temps.

À la question : *« Où vous trouviez-vous à l'heure de la mort de votre père ? »* puis *« Où se trouvait votre mère ?* » Laurie répond crânement : *« Ben ici, où voulez-vous qu'on soit ? »*.

Puis elle pâlit en se souvenant d'Ingrid ce matin-là. Lorsqu'elle est descendue prendre son petit-déjeuner, elle a trouvé sa mère rose et échevelée. Cela l'a surprise. Elle s'est même demandé avec amusement si elle ne cachait pas un amant. Sa mère venait-elle de sortir ? Et si oui, où avait-elle bien pu aller ?

Incapable de continuer à subir le regard inquisiteur de ses interlocuteurs, Laurie, prétextant un malaise qu'elle n'est pas loin de ressentir, demande à interrompre l'entrevue. D'ailleurs, elle trouve que celle-ci s'apparente davantage à un interrogatoire qu'à un entretien. N'a-t-elle pas droit à un avocat ? Du calme, personne ne l'accuse de rien.

Bien que Benoît ne soit plus là pour l'y contraindre, Ingrid tire les lourds rideaux sur leur intimité mère-fille dès le départ des enquêteurs.

— Pour chasser le froid, murmure-t-elle.

Laurie n'est pas dupe. Quelques curieux sont restés plantés de l'autre côté de l'allée pour tenter de les apercevoir, elle et sa mère – que les plumitifs du canard local, jamais avares d'un bon mot, ont surnommée « la veuve blanche », l'opposant à la noire du fait de sa peau de lait ; un surnom ambigu qui peut désigner Ingrid aussi bien coupable qu'innocente.

Des paparazzis sans envergure tentent de prendre les deux femmes en photo, sans doute pour poster leurs trombines dévastées sur leurs feuilles de chou et leur saleté de réseaux sociaux. Ne pourraient-ils pas se contenter de compatir après l'accident tragique qui a coûté la vie à leur mari et père plutôt que tirer des plans sur la comète dans le seul objectif de faire du buzz ? L'appât du gain, la recherche de la notoriété passeront donc toujours avant la plus élémentaire humanité ? Laurie secoue la tête, blasée.

Cinquième round

Le résultat de l'autopsie corrélé au témoignage d'un vagabond qui a élu domicile dans une petite grotte en contrebas de la falaise du Picou, « *à prendre avec des pincettes* » selon la presse qui ne se gêne pas néanmoins pour en faire ses choux gras, précipite les événements. L'examen interne a en effet permis de révéler qu'un coup violent a été porté au thorax de la victime avant sa chute.

Le SDF interrogé, après avoir tenté de monnayer son témoignage contre un pack de bières et reçu en échange une menace d'expulsion immédiate, a certifié avoir vu « *une salope blonde* », s'avancer sur la falaise au bord de laquelle *« le grand fada qui vient tous les jours me montrer son cul »* se tenait perché. Arrivée à son niveau, la blonde aurait crié

« *un truc* » rendu inaudible par *« tout ce boucan »* – allégation soulignée par un geste ample englobant tout à la fois la mer, les collines et le ciel.

Surpris par cette interpellation, *« l'ensuqué »* se serait retourné brusquement *« et là, la blonde : pif paf ; le fada : Aaah ! Plouf ! »* a conclu le vieux briscard en mimant d'un air réjoui la scène du coup de poing flanqué par l'une et la perte d'équilibre subie par l'autre. *« Bien fait pour cet ensuqué ! Pif, paf… plouf ! Aaah… »*.

Voyant qu'ils n'en tireraient plus rien, les enquêteurs ont laissé à ses divagations ce loqueteux dégénéré, réfrénant une forte envie de le coffrer. Son scénario semble plausible toutefois, au vu des résultats de l'autopsie. Reste à retrouver la fameuse blonde, si blonde il y a. Les experts se méfient des fantasmes du va-nu-pieds. Sans compter sa vision qui n'a pas l'air au top… sans parler de son alcoolisme flagrant.

Quant à la personne qui a donné l'alerte et a omis de révéler son nom de peur d'être inquiétée, on a fini par la localiser. C'est un plongeur qui, en remontant à la surface, a aperçu un homme à demi-embroché sur une pointe rocheuse chatouillée par les vagues. Pour le reste, il n'a rien vu ni entendu et pour cause. Il batifolait sous l'eau avec des girelles paons et des serrans écritures aux écailles incendiées de lumière.

Sixième round

Coup de grâce ! Ingrid aurait été aperçue le matin du drame à quelques encablures de son domicile par l'assistante de son dentiste qui se rendait à son travail. La mère de Laurie serrait un sac contre elle. Elle aurait rougi en reconnaissant l'employée du praticien et filé sans même lui dire bonjour – elle qui se montre toujours si polie au cabinet ! Si cela prouve qu'Ingrid ne se trouvait pas à proximité de feu son mari lors de sa chute, cela signifie également qu'elle a menti aux enquêteurs en prétendant être restée chez elle le matin du drame ; ce que ces derniers apprécient moyennement.

À leurs questions pressantes, la veuve blanche oppose un front buté qui lui vaut une rude semonce et une non moins sévère mise en garde.

Une autre blonde se trouve cependant sur la sellette. Il s'agit d'une subalterne de Benoît, dont ce dernier aurait humilié en public le fiancé syndicaliste, un dénommé Barbade. Selon ses collègues, la blonde secrétaire aurait ensuite proféré des menaces à l'encontre de *« ce salaud de directeur »* dans l'arrière-salle du Nautilus, le bar où les employés de l'agence dirigée par Gastaud ont leurs quartiers. Elle aurait même montré à certains, dans le plus grand secret, une poupée vaudou confectionnée avec des chiffons sales : une dagyde nommée Ben, transpercée de dizaines d'aiguilles et brûlée à l'emplacement du sexe et des yeux, censée générer douleur, maladie et échec chez son homologue humain.

En guise d'alibi pour le jour J, cette vengeresse en puissance ne possède guère que le témoignage de son pseudo fiancé, un petit homme plutôt mal fagoté mais toujours bien peigné, qui affirme qu'à l'heure où leur directeur a été poussé de la falaise, sa belle et lui se préparaient à partir au turbin après une intense sauterie matutinale qui lui a mis du baume au cœur (ricanement discret des enquêteurs qui pensaient plus à une autre partie de son anatomie).

Cependant Barbade, victime de harcèlement moral de la part de Gastaud, pourrait tout aussi bien être complice des méfaits de sa dulcinée et les mener en bateau. Une piste à creuser, donc.

Septième round

Déboussolée, Laurie crible sa mère de questions à propos de son emploi du temps à l'heure fatidique. Ingrid finit par fondre en larmes et avouer l'inavouable. Depuis quelques mois, elle… fume en cachette.

— Tu fumes ? répète Laurie abasourdie.

— Oui mais… pas des cigarettes… enfin tu vois.

Après être restée interdite pendant quelques secondes, Laurie explose :

— Ben on s'en fout de ça !

Ingrid baisse la tête. Laurie n'en revient toujours pas.

— Mais comment tu… ? Où est-ce que… ? Qui est-ce qui te fournit ?

Après quelque hésitation, Ingrid capitule.

— C'est le livreur. Celui des courses. D'habitude il m'apporte mon… paquet à domicile, mais là il s'est absenté quelques jours. J'ai dû aller chercher la… la chose chez lui ; enfin devant chez lui, il avait caché une enveloppe pour moi dans son auvent.

— Son auvent ? Me dis pas que c'est un gitan !

— Mais non qu'est-ce que tu racontes ! Il vit dans un van aménagé, au Camping des Oliviers, en haut du village. Il a pas les moyens de louer un appartement. C'est pas loin, j'ai fait vite.

— De mieux en mieux. Et tu t'es baladée avec ce machin sur toi ?

— Oh mais j'avais planqué son enveloppe dans un sac, t'inquiète pas, je suis pas folle !

Laurie a envie de rire à présent. Enfin elle ne sait plus trop. Elle est soulagée que sa mère ne soit pour rien dans la chute de son père, même si elle n'a jamais vraiment cru à son implication. Une part d'elle est admirative de la duplicité d'Ingrid ; une autre se sent flouée par tant de malignité.

— Eh ben y a plus qu'à aller raconter ta petite histoire aux flics.

— Ah non !

— Comment ça non ? On nage en plein délire, là.

— Je ne veux pas que les agents pensent que je suis une droguée. Et… je ne veux pas que Dany ait des ennuis à cause de moi. De toute façon, à quoi ça va serv…

— Dany ? C'est qui ? Ton fameux livreur ? Tu l'appelles par son prénom ? Vous êtes intimes ou quoi ?

— Non mais… il est gentil. À force qu'il me livre les courses, on a papoté. Il a vu que j'étais au bout du rouleau, il a compris que j'avais besoin… de me détendre. Il est à peine plus vieux que toi, tu sais. Deux ou trois ans tout au plus.

Puis :

— C'est pas un dealer. Il fume un peu de temps à autre, c'est tout. C'est un pote qui la lui procure. Elle est bio et tout. Pas trafiquée.

Ingrid rougit mais ne peut s'empêcher d'esquisser un sourire mutin qui dément son embarras. Et la transfigure en une jeune fille malicieuse totalement étrangère à Laurie.

— Un médicament, quoi ! ironise cette dernière, irritée malgré elle. Et ton trafiquant est un petit saint qui agit pour le bien public.

Sa mère se retient de répondre. Laurie devine ce qu'elle pense. Maintenant que son mari n'est plus là pour la brimer, voilà que sa coincée de fille se mêle de prendre le relais, avec ses idées arrêtées et ses remarques blessantes.

— Et on peut savoir comment tu arrives à te payer ce… truc ? Avec quel fric ?

Laurie se fustige intérieurement. On dirait son père ! Elle était pourtant la première à souhaiter que sa mère s'émancipe. Mais c'est plus fort qu'elle. Une pulsion qu'elle a du mal à expliquer la pousse à se poser en censeur de sa génitrice.

Cependant, Ingrid n'a pas peur de sa fille, à la différence de son mari qui lui inspirait une terreur sans nom. Maintenant qu'elle a commencé à tout déballer, elle compte bien aller jusqu'au bout.

— Quand je commande les courses, j'achète des choses en double pour lui. De la nourriture, des produits d'entretien… On fait du troc, quoi. Il est cool je te dis.

Ingrid prononce le mot « cool » avec délectation, comme si elle suçait un bonbon au caramel. Laurie est déboussolée. Pote, cool… Pas l'habitude d'entendre sa mère utiliser ce genre de vocabulaire.

— Dany connaît ma situation, il n'a jamais essayé de se faire de l'argent sur mon dos, reprend cette dernière.

Puis, alarmée soudain :

— Si je le dénonce, il pourra plus continuer à me fournir !

Laurie secoue la tête. Elle se demande si c'est bien avec sa mère qu'elle a cette conversation. Sans doute est-elle en train de rêver. De cauchemarder, plutôt.

— Si c'est juste de la beuh que tu veux, réplique-t-elle avec une assurance qu'elle est loin d'éprouver, je me débrouillerai pour t'en trouver.

Et, bon an mal an, elle parvient à convaincre Ingrid d'aller témoigner.

— Comme ça, les flics nous foutront peut-être la paix une bonne fois pour toutes ! conclut-elle.

Mais sa mère se rétracte au dernier moment. Elle s'est renseignée sur internet à propos de la peine encourue par son petit protégé pour vente de produits illicites. Il risque la prison et une amende astronomique. Qu'est-ce qu'ils croient, là-haut ? Dany est livreur, pas milliardaire. Il est le seul à avoir perçu sa détresse, sa solitude et à avoir tenté de lui apporter un peu de réconfort. Et il s'est toujours montré très respectueux envers elle. Il devrait être décoré pour ça, pas sanctionné. Elle ne veut pas que toute cette histoire lui retombe dessus. Que les enquêteurs croient ce qu'ils veulent, elle a sa conscience pour elle.

Huitième round

Le corps de Benoît a révélé tous ses secrets, il n'intéresse plus désormais le médecin légiste. Sa veuve et sa fille sont invitées à se rendre à l'institut médico-légal pour *« se recueillir auprès de la dépouille »* avant la fermeture définitive du cercueil. Ensuite, les funérailles pourront avoir lieu. *« Dépouille, quel terme affreux »*, se désole Laurie qui refuse dans un premier temps d'aller voir son père, même s'il a été *« retapé à neuf »* comme le lui a annoncé cyniquement Petit coq. Les morts lui foutent une trouille bleue, va savoir pourquoi. Mais Ingrid insiste. Laurie l'accompagne à contrecœur. Imaginer son père reconstitué, rembourré avec ses propres boyaux, recousu et conservé dans un caisson réfrigéré en attente de leur venue la bouleverse.

Murs crème, vitrail aux teintes douces et motifs abstraits, effluves chimiques lointains – formol ? – balayés par des fragrances d'huile essentielle, chants d'oiseaux en léger fond sonore, cercueil en bois blanc surélevé sur une espèce d'estrade en chêne clair dont un employé zélé leur apprend qu'on appelle cela un catafalque… on se croirait dans un salon Ikea. Laurie est presque déçue. Elle s'attendait à découvrir des tables en inox recouvertes de sacs plastique et équipées d'outils de boucher, des murs gris sale maculés de sang séché. La faute aux séries comme Dexter. Les deux visiteuses n'ont pas accès à la salle d'autopsie ; on les a conduites directement dans la pièce réservée aux familles. Bien que cet endroit soit dépourvu d'éléments religieux, on l'a baptisé « la chapelle ». Une façon de sacraliser la mort ? On accorde à la veuve et l'orpheline une trentaine de minutes pour faire leurs adieux.

Benoît Gastaud, débarrassé du rictus hautain qui, de son vivant, barrait en permanence son visage, paraît plus apaisé qu'il ne l'a jamais été. Devant son corps sans vie, Laurie est soudain submergée par une vague de culpabilité. N'a-t-elle pas souhaité son trépas à plusieurs reprises ? N'est-elle pas responsable, du fait de ses vœux maléfiques, de la disparition de son père, cet homme qu'elle a chéri avec tant d'ardeur avant de le haïr avec tout autant de force ? Après l'avoir longtemps déploré, elle s'est félicitée de ne ressembler en rien à ce type implacable qui, toute sa vie, n'a eu de cesse de les rabaisser, elle et sa mère. Pour autant, lui est-il aussi étranger que cela ? N'a-t-elle pas hérité de lui sa dureté envers autrui ? Jusqu'à ce jour, elle a imputé sa solitude amicale et amoureuse à sa réserve naturelle, ce côté sauvage qui l'a toujours préservée, croit-elle, de la bêtise de ses semblables et dont elle a toujours tiré en secret une certaine fierté. En vertu de l'adage qui prétend que « mieux vaut vivre seul que mal accompagné », elle s'est persuadée d'avoir choisi son mode de vie, un isolement requalifié par elle en liberté. Mais, à bien y réfléchir, sa réclusion volontaire dans une tour d'ivoire ne serait-elle pas surtout due au fait que, à l'instar de Benoît, bien peu de ses congénères trouvent grâce à ses yeux ? Inintéressants, stupides, méchants... ce sont les premiers adjectifs qui lui viennent à l'esprit lorsqu'elle pense à ses semblables.

Et si, physiquement, elle a très peu pris de son géniteur, au point de douter parfois de leur parenté, elle se souvient très bien de ce jour béni où elle a découvert, par la porte entrouverte de la salle de bain, son père torse nu en train de se raser. Au bas de son dos, au-dessus de la fesse droite, saillait un grain de beauté semblable à une framboise sèche. Elle possédait le même, au même endroit. Quelques mois auparavant, son médecin lui avait conseillé d'aller consulter un dermatologue ; d'après lui, il fallait surveiller de près ce nævus atypique dont Laurie ignorait alors l'origine génétique. Pas de doute, elle était bien la fille de Benoît Gastaud !

Travesti en prince au bois dormant, ce dernier semble inoffensif, presque doux. Sans trop savoir s'il s'agit de laver sa culpabilité ou de soulager un chagrin dont l'intensité la surprend – comme si la mort, ayant réussi à ôter à son paternel son masque de cruauté, révélait en lui une troublante vulnérabilité, faisant naître chez elle interrogations et regrets, comme une nostalgie douloureuse de ce qui aurait pu être et n'avait pas été – Laurie se fait une promesse qui, hier encore, ne lui aurait sûrement pas effleuré l'esprit : celle de veiller à ce que justice soit rendue à son père. Son père, son papa.

Elle s'écroule en pleurs tandis que le cercueil où Benoît repose désormais *ad vitam aeternam*, suivi par une Ingrid droite et stoïque, est acheminé vers le « salon de départ ».

VII

Indifférent à l'époque hivernale, le soleil darde des rayons de plus en plus féroces sur les membres du cortège qui s'agglomèrent à présent devant la tombe de Benoît. Chacun se défait l'air de rien de son surplus vestimentaire, qui en ôtant un gilet superflu ou une veste trop épaisse, qui desserrant avec soulagement un nœud de cravate en passe d'étrangler une glotte grêlée de picots rouges à la suite d'un rasage par trop hâtif.

Cachée derrière des lunettes noires qui lui mangent le visage, libérée du bras de sa mère, Laurie reprend peu à peu ses esprits et observe en biais l'assemblée disparate, constituée à parts égales d'hommes et de femmes : une seule blonde parmi toutes ces personnes au physique plutôt méditerranéen, une créature tellement frêle qu'un coup de mistral pourrait la faire s'envoler. Ce n'est sûrement pas cette stoquefiche[3], comme on dit par ici, qui aurait pu flanquer un coup de poing à son père et encore moins l'envoyer valdinguer par-delà la falaise.

Mais qui peuvent bien être tous ces gens ? Des voisins ? Laurie pense en reconnaître deux ou trois, sans certitude cependant. Des employés de son père ? Elle serait bien en peine de le dire, elle ne les a jamais vus. Des commerçants du village ? Elle n'en a pas l'impression, mais il est vrai qu'elle ne les connaît plus vraiment. Des notables locaux

---

[3]Personne très maigre en argot provençal

en mal de visibilité ? Au vu de la dégaine coincée, ultra-classique sinon classieuse de certains, peut-être bien. Ici la balance politique penche très à droite et le code vestimentaire de certains électeurs, membres de familles influentes – de pâles silhouettes vêtues de bleu de France ou de jaune pastel qu'on aperçoit chaque dimanche à la sortie de la messe quand les mécréants attablés en terrasse, à deux pas de l'église, cherchent leur salut dans l'anisette – ne souffre pas la moindre fantaisie.

La jeune femme est intriguée depuis tout à l'heure par la présence de deux aïeules vacillantes, deux copies conformes au visage olivâtre calciné par le brasier des ans et l'ardeur des étés, dont les doigts couverts de bagues éclaboussent d'or les mains bossuées, tavelées de lentilles brunes. Les vieilles femmes se tiennent un peu en retrait, offrant sans rancune leur cuir parcheminé à la morsure du soleil. Il y a peu, elles cheminaient cahin-caha en queue de peloton ; à chacun de leurs pas, leurs colliers à pendeloque carillonnaient, remplaçant des cloches qui ne sonneraient pas – Benoît honnissait aussi bien la religion que les religieux, ses funérailles seraient donc civiles. Durant la procession, Laurie n'a pu s'empêcher de jeter un regard en arrière pour comprendre d'où provenait ce tintouin aigrelet qui apeurait les oiseaux.

À présent, elle s'interroge. Qui peuvent bien être ces vieilles biques qu'on s'attend d'une minute à l'autre à voir crouler sous le poids de leur ferraille ? Une paire de maquerelles égarées dans des catacombes qui viennent juste de retrouver le chemin de la sortie ? D'où connaissaient-elles son père ? Peut-être meublent-elles leur vie, ou du moins ce qu'il en reste, en assistant à tous les enterrements de la région ? Il y a sûrement un nom pour ce genre de personnes. Des *funérophiles* ? Une envie furieuse vient à la jeune femme de saisir le carnet à dessin glissé dans son sac de toile pour y croquer ces deux personnages improbables. Mais elle se retient, désireuse de ne pas attirer davantage d'attention qu'elle n'en provoque déjà malgré elle, du fait de son statut peu enviable de fille de la victime.

Personne, pas même l'esprit du mort si tant est qu'il flotte toujours dans les parages, ne soufflera à Laurie que ces deux « mamés » furent, dans leur jeunesse, des dames dont la beauté était inversement proportionnelle à la vertu. Elles étaient aussi les compagnes de macadam d'une certaine Émilie Gastaud, plus connue dans les bas-fonds toulonnais sous le nom de code de Gabriella. Quand cette dernière, encombrée de son fiston qu'elle ne réussissait pas toujours à faire garder, se trouvait en main dans l'arrière-salle d'un troquet ou sous une porte cochère, les jumelles prenaient le relais pour s'occuper du petit garçon, un enfant un peu boudeur mais tellement craquant ! Elles l'adoraient et ne se privaient pas de le couvrir de baisers gloutons tout en riant de ses grimaces dégoûtées.

Sylvaine et Sylvette se sont souvent demandé par la suite ce qu'était devenu leur petit Benoît, sans toutefois aller jusqu'à rechercher sa trace. Dans le monde trouble qui était le leur, il valait mieux ne pas trop poser de questions, ni à soi ni à quiconque. Peu à peu, leurs consœurs prostituées ont toutes disparu, décédées à l'hôpital pour les plus chanceuses, dans un gourbi insalubre ou au fond d'un local à poubelles pour les autres. Quand on trime dans la rue, il est rare d'y faire de vieux os.

Grâce à un petit héritage familial et à la relative clémence de leur mac intéressé à l'affaire, les jumelles ont eu la chance de pouvoir se ranger des voitures : elles ont repris un bar à hôtesses dans la basse-ville, derrière le port de Toulon. Finies les passes hasardeuses dans des lupanars miteux. N'oubliant rien de leurs débuts dans le métier, elles ont toujours mis un point d'honneur à veiller sur les filles qui travaillaient pour elles. Ensemble, elles formaient une vraie famille, se soutenant dans les coups durs et chassant manu militari les indésirables persuadés que lâcher quelques billets leur donnait droit de vie ou de mort sur les marchandes d'amour qui leur louaient leur corps. Mais, à leur grand regret, la jeune Émilie Gastaud, à l'instar de tant d'autres, n'était déjà plus de ce monde à cette époque. La blanche aux dents noires avait eu raison d'elle.

Puis le métier a évolué. Les bateaux venus de l'étranger ont cessé d'arriver et les marins à pompon d'affluer. La vieille ville a été restructurée, le bar des jumelles a fermé, les habitants du lieu ont été évacués. Les filles à matelot, privées à la fois de clients et de territoire, se sont exportées sous d'autres cieux, dans des squares anémiques ou sur des parkings poussiéreux en bordure de route. Expropriées, les deux sœurs ont été relogées loin du port par la municipalité, dans un petit appartement propret et insipide qui ne leur ressemble guère.

Il y a trois jours, Sylvaine et Sylvette ont frémi en découvrant un avis de décès sur le journal. Elles n'ont eu besoin que d'un regard échangé pour prendre leur décision. Pradanne est à quelques kilomètres de chez elles. Sans rien dire à leur médecin qui, pour sûr, leur aurait déconseillé cette épopée irraisonnable dans leur état, elles se sont débrouillées pour appeler un taxi.

La jeune Émilie, une orpheline qu'elles avaient prise sous leur aile quand elle avait atterri sur le trottoir, avait été leur première perte, elles avaient longtemps pleuré sa mort. Pas question que son fils, *« un homme bien établi décédé dans des circonstances mystérieuses »* au dire de l'article concomitant à l'avis de décès, se défile à son tour sans que ses tatas ne l'accompagnent dans son voyage vers l'au-delà. Émilie l'aurait voulu ainsi, elles en sont persuadées. Où qu'elle soit, la pauvrette peut être fière de la réussite de son fiston ! Oh, Sylvaine et Sylvette se doutent bien que la famille de Benoît, composée d'une épouse et d'une fille si l'on en croit l'encart de Var-Matin, n'est pas au courant des turpitudes de la grand-mère paternelle ! Elles se garderont bien de moufter à ce sujet, prétendant être deux vagues cousines du défunt si on leur demande quoi que ce soit.

Laurie poursuit son examen. Peu de journalistes à l'horizon. Leur intérêt a faibli. À l'instar des membres du cortège suivi par deux policiers, l'enquête piétine depuis que la blonde secrétaire de l'agence immobilière dirigée par Gastaud a enfin vu son expressivité récompensée.

En effet, avoir *« hurlé oh oui oh oui comme une dégénérée »* dixit son voisin du dessus, un vieil échalas distingué qui cultive un faux air de VGE et *« gueulé à en faire péter les carreaux et trembler le plafond, putain con ! »* selon sa voisine du dessous, une ménagère au parler rude qui ne s'est pas privée de monter dire ses quatre vérités à « *cette pouffiasse* » dès le silence revenu, tout cela au moment-même où son supérieur hiérarchique abhorré se faisait trucider, lui a sauvé la mise. Aux enquêteurs incrédules, la jouisseuse impénitente a déclaré qu'ayant été réincarnée lors d'une de ses vies antérieures en baleine bleue dont le chant avoisine les 188 décibels, il lui était impossible de prendre son pied en silence – ceci bien que ses orgasmes ultra-bruyants lui aient déjà valu des amendes pour troubles du voisinage. Le dénommé Barbade n'aurait donc pas menti à propos de ses ébats matutinaux avec la pulpeuse assistante.

Un excès de volupté sonore en guise d'alibi, les experts ont bien dû reconnaître à part eux que ce n'était pas banal… et ils ont rongé leur frein, revenus à la case départ du fait du témoignage de la voisine énervée qui innocente leur principale suspecte. Pourtant, ils auraient bouclé avec un certain plaisir cette amante tapageuse qui commence sérieusement à leur courir sur le haricot avec ses jetages de sort et ses délires de cétacé !

Mais s'il ne s'agit pas d'elle, qui peut bien être la mystérieuse blonde à l'énergie peu commune qui a envoyé bouler leur victime par-delà la falaise ? Quelles sont ses motivations ? Existe-t-elle vraiment ou est-elle le fruit des errements du crève-la-faim qui prétend avoir été témoin de la scène et refuse de démordre de sa version, défendue avec force mimiques et doigts d'honneur ?

Une chose demeure certaine, rapport scientifique à l'appui : Benoît Gastaud n'est pas tombé tout seul de son piédestal. On l'y a quelque peu aidé.

Sur les conseils de l'agence de pompes funèbres, Ingrid et Laurie ont sollicité un maître de cérémonie pour organiser l'enterrement de leur mari et père.

Elles ont donc rencontré en amont des funérailles un homme grand, épais, tatillon, au regard plombé par des paupières en rideau, au cou engoncé dans un bastion d'épaules voûtées et à la voix melliflue plus irritante que lénitive. L'homme a paru fort déçu quand ses deux clientes ont décliné de concert sa proposition d'écrire leur éloge funèbre pour le déclamer devant public au cimetière.

— Per-so-nna-li-sé-c'est-beau-coup-plus-zé-mou-vant ! a-t-il plaidé en vain, martelant ses propos pour leur donner plus de crédit.

Il a tellement appuyé sur le « vant » final que Laurie a rêvé d'une tornade qui l'emporterait loin de cet homme, loin de ce salon reconstitué, loin de la mort, loin de tout. Quant à Ingrid, elle brillait par son absence, faisant parfois l'aumône au bonhomme déconcerté d'une réponse évasive. Seule son enveloppe charnelle semblait avoir fait le déplacement. Dieu sait ce qu'elle avait pu fumer avant de venir !

Avec un soupir destiné à marquer sa discrète désapprobation, le maître de cérémonie a tendu à ses deux clientes un classeur contenant une trentaine de poèmes ornés d'arabesques florales et d'oiseaux éthérés. Chaque texte était dûment plastifié – fort de son expérience, le maître de cérémonie se méfie des larmes et des cafés renversés qui font gondoler le papier et le souillent irrévocablement.

Ses épaules se sont encore affaissées quand ses clientes lui ont demandé, après avoir tourné quelques pages en les effleurant à peine du regard, de choisir textes et musiques pour elles. De mémoire d'officiant, il ne s'était jamais heurté à une telle indifférence de la part de proches parents d'un défunt.

En voilà, des gâcheuses de funérailles ! À vous dégoûter du métier ! a-t-il pensé, atteint dans son amour-propre, lui qui vise la perfection à chaque nouveau dossier et aime à se targuer avec un petit sourire modeste d'être un rouage essentiel dans la grande machinerie de la mort.

À présent, le voilà qui pérore en tribune, sur une mini-estrade installée par ses soins. Après avoir infligé à l'assemblée une musique plombante à souhait, il lui sert avec conviction une ribambelle d'inepties, écœurantes de bons sentiments, à propos du défunt.

C'est sûrement mieux ainsi, toute vérité n'est pas bonne à dire, pense Laurie mi-figue mi-raisin. Elle profite de ce panégyrique insolite pour se poster encore plus en retrait. Il faut dire à la décharge de l'officiant que sa mère et elle, peu désireuses de s'épancher, n'ont pas facilité la tâche de ce dernier, se montrant incapables de lui fournir le moindre indice tangible à propos du héros du jour. Pas d'anecdote personnelle, pas ou peu de mots pour le dépeindre *« ben, il était comme il était, comme tout le monde quoi »,* aucun témoignage amical ni carte postale ni rien pour apporter de l'eau au moulin à paroles du pauvre homme, dont le dos s'est mis à ployer de plus en plus sous la charge inattendue qui lui tombait dessus : le poids du néant.

Mais le maître de cérémonie, dont Laurie a pensé qu'il allait devenir bossu à force de tassement, a rebondi depuis ! Convaincu que l'univers l'a mis à l'épreuve, il brode, il improvise, il magnifie Benoît à tel point que ça en devient comique. Redressée sur son tabouret, Ingrid écarquille de grands yeux étonnés. De qui parle cet homme ? Se serait-elle trompée d'enterrement ? Certains membres de l'assemblée qui ont eu affaire à Gastaud de son vivant arborent des moues dubitatives ; d'autres secouent la tête ou se raclent la gorge avant de retrouver l'attitude compassée qui convient en pareil lieu, surtout lorsqu'on risque de se retrouver sous le feu des projecteurs – on n'est pas à l'abri d'un paparazzo plus malin que les autres qui les mettrait, beaucoup l'espèrent en secret, sur le devant de la scène au JT de France 3.

Seules les deux vieilles peaux semblent sincèrement émues. Laurie craint de les voir s'effriter d'une minute à l'autre en petit tas de poussière dorée tant elles sont décrépites. Le temps qu'elle balaie l'horizon du regard à la recherche d'un banc salvateur, les jumelles vaincues par la fatigue ont déjà tourné les talons et fuient à pas étriqués vers la sortie du cimetière où un taxi les attend.

Dans la petite assemblée, on se jauge, on s'épie à la dérobée, au grand dam du maître de cérémonie qui tente de reconquérir l'attention de ses ouailles en entonnant une chanson d'enterrement de sa composition – le clou de sa prestation. Mais c'est peine perdue, ses paroles mièvres n'intéressent plus personne. On n'a pas oublié qu'une mystérieuse blonde suspectée de meurtre court toujours dans la nature.

Les femmes louchent sur les têtes de leurs consœurs pour y déceler une teinture récente, à l'affût d'une racine oubliée qui trahirait une clarté naturelle. Si elles découvraient cette falsificatrice capillaire, elles la signaleraient d'un regard discret mais éloquent aux policiers restés en faction un peu en arrière et s'en retourneraient chez elles le pas léger et la tête haute, avec le sentiment du devoir accompli. Car on en est quasi certain, la suspecte se trouve dans les parages. Qu'on soit lecteur de romans noirs ou féru de séries policières, personne n'ignore que l'assassin, fût-elle une assassine, assiste souvent aux obsèques de sa victime.

Le soleil s'éteint et cet obscurcissement soudain, en concentrant la scène dans un carré frileux, lui confère enfin la solennité un poil lugubre qui sied à l'événement. Laurie lève les yeux pour saluer le complice inattendu venu à sa rescousse : il s'agit d'un joli petit nuage noir aux contours crénelés qui paraît issu d'un livre d'images et parvient à lui seul à absorber le feu solaire, tel David terrassant Goliath.

Lorsqu'elle baisse le regard, la jeune femme a la surprise d'apercevoir sa mère en compagnie d'un inconnu qui vient tout juste d'arriver. Ingrid lui tourne le dos aux trois-quarts mais, à l'inclination de son cou, au tressautement de ses épaules, à ses mains qui virevoltent, aux éclats à peine émoussés de sa voix, Laurie perçoit chez elle une exaltation qui frôle l'indécence. Témoins les regards en coin, intrigués ou franchement réprobateurs, des personnes en présence.

Face à sa mère transfigurée se tient un jeune homme élancé aux cheveux de jais dont les flammes dansantes viennent chatouiller les épaules. Une ou deux mèches collées sur son front par la transpiration semblent attester qu'il a couru. Cette imperfection temporaire lui donne un air vulnérable qui réussit à magnifier sa beauté de prince des ténèbres – comme dans cet art japonais, le kintsugi, où des jointures en or volontairement visibles sont utilisées pour réparer, tout en le sublimant, un bel objet cassé. Pour le reste tout est parfait chez lui, presque trop. Carnation bronze à peine ombrée par une barbe naissante, traits délicats mouvants sans être mous, yeux de chat d'un vert électrique, nez droit, menton fier, bouche carminée aux lèvres charnues – mais point trop cependant –, ouverte sur des incisives opales et acérées, telle une fleur carnivore appelant au baiser et à la morsure. Il semble que son visage ait été modelé avec de la cire par un artiste avant d'être patiné avec soin.

Vêtu d'un jean déchiré aux genoux et d'un pull fin noir qui moulent de façon avantageuse son corps svelte et musclé, le jeune homme tient à bout de bras, rehaussé de feuillage vert sombre, un bouquet de fleurs blanches qui pointent leurs têtes pomponnées vers le sol. À ses mimiques embarrassées, Laurie devine qu'il doit être en train de s'excuser pour son retard. À quoi sert de venir à un enterrement, rage in petto Laurie, si c'est pour arriver à la toute fin ? Son courroux la surprend elle-même.

L'inconnu, dont elle estime qu'il doit être à peine plus vieux qu'elle, s'écarte lorsque les deux policiers qui fermaient la marche tout à l'heure, toujours dotés du regard suspicieux qui les caractérise, viennent saluer militairement Ingrid avant de tourner les talons. Puis il reprend sa place et ses salamalecs auprès de sa mère qui semblait n'attendre que ça.

Laurie est décontenancée. En une poignée de secondes, une kyrielle d'émotions contradictoires lui vrille le cerveau : colère de voir Ingrid s'exhiber ainsi le jour de l'enterrement de son époux, admiration contrainte pour cet éphèbe sorti de nulle part tel le nuage noir apparu dans le ciel, curiosité de savoir qui il est, impression étrange de déjà-vu, répulsion pour cet homme qui est en train de lui voler sa mère et son deuil – elle perçoit, lorsqu'elle la traverse, l'incongruité de cette pensée pour le moins excessive mais la sensation d'être dépossédée de quelque chose de crucial demeure tout de même ancrée en elle – envie féroce, dérangeante, de se trouver en ce moment même à la place d'Ingrid qui se pavane sans vergogne sous les yeux contrits du bellâtre.

Peur aussi de cette attirance-répulsion qu'elle n'a pas conscientisée encore mais qui, déjà, fait caramboler son cœur, comme dans ces montagnes russes de fête foraine où le vertige le dispute au plaisir, la terreur à l'excitation, l'appréhension à la jouissance sans qu'on sache très bien quel sentiment dominera à la fin. Alors qu'une petite voix en elle lui enjoint de couper court et passer son chemin, Laurie, comme aimantée, s'approche du couple improbable formée par sa mère et ce jeune homme au regard magnétique.

Autour d'eux, le cortège frissonnant sous le dais nuageux s'égaye à regret par grappes de deux ou trois, ne trouvant plus de raison valable pour rester sur place et assouvir sa curiosité morbide. Le maître de cérémonie, satisfait de sa prestation, met du temps à plier bagage, en quête d'un remerciement… qui ne viendra pas. Il a été payé, qu'il dégage à présent ! Laurie l'esquive sans beaucoup d'égards alors qu'il tente de l'alpaguer avec son petit air obséquieux, à défaut de parvenir à attirer l'attention d'Ingrid. Tant pis pour la bienséance, la jeune femme n'a aucune envie d'entendre à nouveau sa voix onduleuse, collante comme du papier tue-mouches, dégouliner dans ses oreilles.

Elle ne fait pas plus cas d'un petit homme sec et nerveux qui, manquant de la percuter, grommelle quelque excuse inaudible… et fourre à son insu un bout de papier plié en deux dans le sac de toile qu'elle porte à l'épaule.

Pour l'heure, elle a bien d'autres chats à fouetter.

VIII

Et voilà c'est plié ! Mais qu'est-ce qu'elle croyait ? Qu'un garçon beau comme un dieu allait tomber instantanément amoureux d'une petite personne insignifiante comme elle, un laideron qui ne s'est jamais fait un mec ou alors si vite que ça ne compte pas, une rouquine anémiée sans plus d'avenir que de passé, un boulet ?

Par ses remarques acides, son père a certes distillé leur poison en elle mais désormais Laurie génère seule le terreau où s'épanouissent ces fleurs vénéneuses gorgées de sang noir qui ont pour nom autodénigrement et mésestime de soi.

Quand sa mère lui a présenté Dany, son fournisseur de beuh et d'on ne sait quoi d'autre, ce dernier l'a d'abord considérée d'un œil froid avant de se composer un air cordial qui n'a trompé personne et surtout pas elle. Il a ensuite prononcé d'une voix certes envoûtante mais qui sonnait faux en diable un « condoléances » tellement plat que Laurie aurait aimé le lui faire ravaler séance tenante.

Puis le garçon livreur a repris en chuchotant, sans plus se soucier d'elle ni de l'endroit où il se trouvait, ses transactions illégales avec Ingrid, s'adressant à sa mère comme si elle était une de ses potes, du genre *« Tu en veux combien ? », « Deal, ma belle ! »*. Laurie est devenue cramoisie et Dany l'a regardée en coin d'un air narquois qui l'a mortifiée. Non mais, quel gros connard imbu de sa personne ! Si ce n'était pour sa mère qui, elle le sent bien, ne lui pardonnerait jamais une telle trahison, elle dénoncerait illico ce zèbre à la brigade des stups.

Dans le taxi du retour, Ingrid et elle ne se sont guère parlé, l'une rêvant sans doute à sa prochaine fumette, l'autre ressassant ses griefs contre le monde entier et contre ce type en particulier. Au moins, sa colère a eu le mérite de lui faire oublier un peu son chagrin.

Arrivée à la maison, Laurie, abandonnant sa mère à ses desseins herbeux qui semblent l'avoir miraculeusement requinquée, grimpe quatre à quatre les marches de l'escalier qui conduit à sa chambre, balance son sac à terre sans se soucier d'en éparpiller le contenu, ôte ses chaussures et s'écroule sur son lit. Assommée par les émotions qui l'ont assaillie ces derniers jours, elle s'endort sur-le-champ. Le sommeil a toujours été son refuge, son meilleur allié.

Restée en bas, Ingrid prend une profonde inspiration puis se dirige résolument vers le salon où elle allume une petite lampe d'ambiance avant de s'affaler dans le fauteuil-club jusqu'alors monopolisé par Benoît. Une transgression qu'elle goûte à sa juste mesure en se roulant un joint avec soin, comme le lui a appris Dany. Un ange, même si sa fille ne semble pas trop l'apprécier.

Une cascade de questions dérangeantes débaroule dans sa tête, avant de s'évaporer dans la fumée âcre et boisée du cannabis : l'enquête est-elle enfin terminée ? – déjà un peu partie, Ingrid se demande si elle a vraiment envie de savoir qui a précipité son mari dans le vide ; elle ne sait même pas si elle doit honnir cette personne ou la remercier pour son geste… Quelles sont les formalités à accomplir à présent ? Sera-t-elle convoquée par un notaire ? Pourra-t-elle rester dans cette maison – le souhaite-t-elle d'ailleurs ? Comment, avec quoi va-t-elle survivre… ? Devra-t-elle se mettre à travailler ? Elle ne sait pas faire grand-chose. Garder des enfants peut-être… Benoît avait-il souscrit une assurance-vie ? Il faudra qu'elle se renseigne.

Son mari s'est toujours occupé de ces choses-là, les comptes, la banque... Il ne tenait pas à ce qu'elle fourre son nez dans leurs papiers, qu'il conservait dans un endroit connu de lui seul, tant il était méfiant. *« Moins tu en sais, mieux c'est ! »* lui a-t-il toujours affirmé avec morgue, comme si ses petites combines de radin revêtaient l'envergure de truanderies mafieuses.

Au début de leur relation, Ingrid riait sous cape de cet orgueil mal placé qui lui évitait de se coltiner avec ces tracas administratifs dont les Français semblent tellement friands. Puis, lorsqu'elle avait voulu s'en mêler, elle avait compris que Benoît ne le tolérerait pas. Depuis qu'il lui avait posé un ultimatum, lui intimant de choisir entre ses parents et lui – ces trois-là s'étaient vus une seule fois au début de leur relation et leur rencontre avait viré au fiasco ; or, Ingrid était très amoureuse de son beau Sudiste – les relations avec sa famille avaient été rompues : ici, en France, elle n'avait que lui. Il assurait sa protection en échange d'une obéissance aveugle.

Si elle dérogeait, il le lui faisait payer au centuple, à sa manière bien particulière. Il se montrait charmant pendant plusieurs semaines, la grisant de vin et de bouquets champêtres, la saoulant de mots liquoreux, de chatteries teintées de gaudriole plus enivrantes encore que des câlins, pris d'une frénésie de caresses et de baisers moites qui laissaient sur ses lèvres une saveur douceâtre. Il la cajolait après l'amour, l'invitant aux confidences les plus intimes. Puis, sans qu'elle décelât aucun signe annonciateur, la métamorphose survenait : l'homme affable laissait place au monstre. Benoît démolissait son épouse point par point. Il lui démontrait, en utilisant contre elle avec un à-propos remarquable ses récents épanchements, combien elle était fade, conne, inutile. Un fardeau. Une plaie. Une merde. Ses paroles dures, précises, cognaient plus fort encore que des poings. Ingrid ressortait de ces scènes anéantie, couverte d'ecchymoses invisibles. Incapable de répliquer quoi que ce soit. Elle aurait sans doute porté plainte si son mari l'avait battue. Mais cette violence-là… comment s'en défendre ? Prouver quoi ? À qui ? À bien y penser, n'était-elle pas en partie responsable de ce démontage en règle ? Le doute et la culpabilité grignotaient sa raison.

Peu à peu, la mécanique de la joie s'était grippée en elle. Elle avait oublié comment c'était, de rire. Elle avait fini par courber l'échine en permanence pour ne plus donner prise à rien : plus que les coups, elle craignait désormais les jours où son mari se piquait de tendresse, tentait de l'amadouer avec des fleurs des champs qui ne lui coûtaient rien ou une bouteille de piquette achetée en solde au supermarché du coin. Elle savait ce que ça augurait. Elle avait mis beaucoup de temps, bien trop de temps, à décrypter le mécanisme de douche écossaise utilisé par Benoît car ce dernier, en maestro de la manipulation, variait ses approches, changeait le tempo, parvenait encore, au bout de plusieurs années, à la prendre à contre-pied.

Lorsqu'elle avait fini par comprendre ses stratagèmes, c'était trop tard. Elle était isolée de tous, engluée dans le piège de dépendance psychique et financière qu'il lui avait tendu, mère de surcroît d'une fillette malingre qui fournissait à son époux tout-puissant, privé par sa faute de descendance mâle, un grief supplémentaire contre elle.

Ses questionnements évacués comme par miracle – on verra ça plus tard ! – et sa deuxième cigarette de chanvre, accompagnée de deux grands verres de whisky pour faire bonne mesure, fumée en un rien de temps, Ingrid somnole sur le fauteuil-club. Elle savoure cette soudaine accession au trône marital, envahie par une torpeur bienfaisante qui lui donne l'impression de flotter dans un bain de mousse neigeuse.

Un parfum pâtissier, mélange de vanille et de fleur d'oranger, se répand dans l'atmosphère puis se dilue en notes de musique, jouant une partition d'une suavité presque insupportable tant elle est soyeuse – un frou-frou de taffetas qui fait frissonner l'air. Les lourds rideaux dansent avec les ombres dans un froissis lascif. Le parquet ronronne à l'unisson, sa fourrure ondoie en vagues fauves, s'épand et se diapre tel un lagon de moire.

Ingrid se glisse avec délice dans l'eau tiède, la mousse blanche forme autour de ses yeux hallucinés un halo nacreux, une couronne opaline qui la consacre enfin reine, reine de sa propre vie. Des flocons d'or voltigent autour d'elle avant de se nicher dans ses cheveux ; ses mèches blondes caracolent sur sa tête en poussant de petits cris joyeux. Les yeux clos, proche de l'extase, la veuve blanche soupire et pose ses mains en pétale sur les accoudoirs liquides pour embrasser l'entièreté de son nouveau royaume.

Mais quand elle veut récupérer ses doigts-plumes pour sculpter des méandres dans le nuage d'écume, rien ne va plus. Des anneaux en fer, solidement arrimés aux accotoirs, se sont refermés sur ses bras et les maintiennent prisonniers. D'abord incrédule, Ingrid commence à s'agiter pour se libérer. En vain. Affolée, elle se débat de plus belle et voit avec horreur la mousse immaculée qui nimbait son corps se teinter en rouge sombre puis monter s'écraser au plafond en larmes de sang, telle une pluie inversée. Évanouies, les fragrances vanillées. En lieu et place, un goût froid et métallique râpe sa gorge, irrite ses narines distendues. Ingrid grelotte. Elle ne saurait dire si elle a chaud ou froid. Une armée de fourmis rouges aux antennes dressées court sur sa peau. Pourquoi appelle-t-on cela chair de poule ?

Toujours arrimée au fauteuil, elle sent avec horreur ses poils s'allonger démesurément. Ils s'entremêlent avec ses cheveux, se transforment en tentacules grisâtres. Les appendices charnus se détachent d'elle, exécutent devant ses yeux apeurés une drôle de sarabande. Leurs longs doigts tubéreux, greffés de petites ventouses de gélatine rose chair, tentent de s'introduire dans les orifices de son visage pour fouiller son cerveau.

Terrifiée, Ingrid se recule au maximum dans le fauteuil-club mais celui-ci proteste, se cabre, lui imprime de vives secousses. Alors qu'elle est sur le point d'être désarçonnée, jetée à la merci des tentacules pilleurs de cervelle, le siège trapu s'immobilise. Ingrid se rencogne à nouveau contre son dossier pour échapper à ses gluants prédateurs. Elle s'enfonce dans un cuir bourru qui tanne ses cuisses. Son cœur bat la chamade.

Privés de pitance, les tentacules se dissolvent en cendres dans une plainte lugubre. Ingrid claque des dents. Des ronces vultueuses croissent sur ses membres et barbèlent sa peau. Elle cherche à s'extraire de son assise. En vain. Elle s'enlise de plus en plus. Dans le même temps, le fauteuil semble rétrécir ; il resserre son emprise autour d'elle, comme s'il voulait la broyer. Sous ses fesses, la peau épaisse du cuir craque de toutes parts et creuse un puits béant qui plonge bien en deçà du sol, jusque dans les entrailles de la terre. Un rire sardonique en jaillit. Ingrid le reconnaîtrait entre mille. Pétrifiée, elle comprend tout à coup que l'âme de Benoît l'a attirée dans ce piège pour lui faire payer ses velléités d'indépendance. Furieux de voir sa mémoire trahie, le fantôme de son époux utilise *son* fauteuil, celui où il a tant de fois empreint sa marque jusqu'à ce que *ses femelles* viennent s'y vautrer sans sa permission, pour l'entraîner avec lui dans les limbes blafards où il végète, hagard et vindicatif. Quoi de plus logique ?

Blême de terreur, Ingrid se fait toute petite, demande pardon plusieurs fois à son mari défunt. Les anneaux qui retenaient ses bras, derniers remparts à présent contre l'inéluctable, se descellent un à un. L'ampoule de la lampe brunit, grésille et meurt.

Une ombre mouvante, violacée et épaisse comme un caillot de sang, s'étale dans la pièce, ondulant entre le plafond et le sol telle une méduse géante. Prise de hoquet, Ingrid relève la tête et perçoit au travers de la masse visqueuse un œil blanc qui la fixe avec cruauté. Elle pousse un hurlement dont elle ne perçoit qu'un écho assourdi, comme si elle était à la fois ici et très loin, coincée dans les rouages d'un fauteuil hanté, happée par le ventre de la terre. Prise de panique, elle mobilise l'ensemble de ses forces, parvient à s'arracher d'un bond à l'emprise du siège infernal et court comme une folle jusqu'à la porte d'entrée. Fuir, il lui faut fuir à tout prix ! La poignée lui résiste tandis que derrière elle, le parquet se met à couiner comme un porc qu'on égorge. Pantelante, Ingrid se retourne. Elle demeure bouche bée devant la vision du parquet à moitié éventré. Le lourd fauteuil, sur l'appui-tête duquel passent en boucle, comme sur un écran, des dizaines de regards accusateurs appartenant tous à Benoît, s'est mis en branle. Bridé par son allure pataude, il n'en fonce pas moins droit sur elle.

Ingrid recommence à s'escrimer de plus belle sur la poignée qui tourne dans le vide puis cède in extremis. La nuit avale aussitôt dans sa gueule noire cette femme échevelée à la nuque trouée par une kyrielle d'yeux rancuneux, affûtés comme des poignards.

IX

Laurie sursaute. Autour d'elle, il fait noir. Elle se redresse sur son lit, en proie à la nausée. Sa tête est lourde d'un cauchemar dont elle ne sait déjà plus les contours mais qui continue de siffler à ses oreilles comme un mauvais présage. Tête en capilotade, estomac décroché, bouche en carton-pâte, muscles endoloris, haleine de chacal… la jeune femme ricane à part elle. Voilà qu'elle se paye des gueules de bois sans même avoir picolé, à présent !

Elle se lève, groggy, émet un juron feutré en écrasant sous son pied gauche un objet non identifié, se dirige à tâtons vers la salle de bain sans éclairer le couloir. S'effacer, frôler les murs, se fondre dans l'obscurité pour éviter de donner prise au réel. Elle ouvre le robinet, penche sa tête de côté et boit de longs traits d'eau froide qui disjoignent ses lèvres conglutinées par un mastic laiteux et coulent en ruisseau de larmes le long de son menton. Un peu revigorée, elle repart en sens inverse.

Pour rejoindre sa chambre, elle doit repasser devant l'escalier droit qui prend sa source dans le vestibule, face à la porte d'entrée, et dessert l'étage où se trouvent les chambres.

Elle s'étonne du rai de lumière en provenance du salon qui projette des ombres dansantes sur les murs. Elle ne s'en était pas aperçue avant, sa mère a dû oublier d'éteindre. Ça se voit que son père n'est plus là pour faire régner l'ordre !

C'est alors qu'un bruit de serrure qu'on trifouille puis de poignée qu'on actionne la cloue sur place. Comme mue par une main invisible, Laurie se rejette vivement contre le mur, à gauche du palier. On dirait que… mais oui, quelqu'un est en train d'essayer d'entrer dans leur villa par effraction !

Le cœur de la jeune femme se met à palpiter. La porte en bas s'ouvre sans résistance apparente, dans un couinement de souris apeurée. Benoît avait prévu de lubrifier les charnières, il n'en a pas eu le temps. À cette pensée, un sanglot s'étrangle dans la gorge de la jeune femme. Elle ne sait que faire. Risquer un œil ? Impossible. Comment ils font dans les films ? Dans ces moments de suspense insoutenable où elle plaque ses mains devant ses yeux pour ne surtout pas voir ce qui va arriver ? Une couarde, voilà ce qu'elle est.

Glacée, elle entend des bribes de voix hachée, un timbre grave qu'elle ne remet pas. Un homme. À qui parle-t-il ? À son complice ? Ils sont plusieurs ? Un fou peut-être ? Des bruits indistincts. La voix plus diffuse encore. À l'oreille, Laurie comprend que l'intrus ne se trouve plus dans le vestibule. Il a dû suivre la lumière et pénétrer dans la salle à manger, située à droite de l'entrée. Cette pièce ouvre au fond sur le coin salon, concrétisé par une légère surélévation du sol. Si le cambrioleur cherche des bijoux ou des objets de valeur, il va en être pour ses frais ! Pourvu que son échec ne le mette pas hors de lui !

Laurie n'entend plus grand-chose. Une inflexion autoritaire perce parfois le silence. Sa poitrine se serre. Son souffle s'affole. Dyspnée. Combien de minutes demeure-t-elle là, tapie dans l'ombre, à l'affût de la moindre vibration ? Impossible de le savoir. Les secondes se sont figées, caillées sur l'éclisse du temps.

Soudain une femme geint. Son gémissement monte jusqu'à l'étage tel un serpent aux crocs aigus charmé par un psylle, s'enroule autour de Laurie, la ligote dans son épouvante. C'est sa mère, c'est sa mère qui geint ! Que fait-elle en bas ? Elle la croyait couchée. Que lui a fait cet homme ? Laurie pense aussitôt agression ; viol ; meurtre. C'est sûr, elles vont y passer toutes les deux !

Connasse ! Elle secoue la tête, se mord les lèvres. Pour un peu, elle se mettrait des claques. Ça ne sert à rien d'imaginer le pire, il faut agir tant qu'il est temps ! Mais elle reste là, indécise, imbécile, flageolante, ne sachant s'il lui faut essayer de gagner sa chambre en catimini pour y récupérer son portable et tenter de joindre la police, dénicher en vitesse une arme de fortune – des ciseaux ? un objet lourd ? quoi d'autre ? – et descendre secourir sa mère, hurler pour ameuter le voisinage – mais la maison est tellement calfeutrée que personne alentour ne l'entendrait excepté leur agresseur… ou enfoncer sa tête dans le sable occultant du déni et attendre que le ciel lui tombe dessus et l'écrase en un châtiment bien mérité. Elle doit bien se l'avouer, elle est morte de trouille à l'idée que l'inconnu découvre sa présence.

Non non, elle ne peut pas penser comme ça. Elle se doit de réagir, merde ! Se montrer héroïque, pour une fois, serait-ce au péril de sa vie. Après tout ce qu'elle vient de traverser, après le choc de la disparition de son père, elle ne supportera pas de perdre aussi sa mère. Allons, il y a sûrement quelque chose d'intelligent à tenter. Si seulement elle avait appris le kung-fu ! Ou le karaté. Ou la boxe… Ou l'escrime, tiens ! En quelques secondes, des tas de scénarii de self-défense défilent dans son cerveau survolté.

Las, ce dernier ne semble plus relié à son corps qui continue à trembler comme un oisillon tombé du nid, indifférent aux sommations de sa tour de contrôle. Laurie en pleurerait.

Des pas qui ne s'embarrassent pas de discrétion. L'homme revient vers l'entrée. Laurie se crispe, ferme les yeux très fort, à s'en froisser les paupières. Elle tente la pensée magique : *« Pars ! Pars ! Pars ! »*

— Là, là, ça va aller Ingrid.

Le ton est amène, à peine las, pas agressif pour un sou. C'est quoi ça, encore ? Un piège ? Comment cet horrible individu connaît-il le prénom de sa mère ?

— Je reviens ma belle, ne t'inquiète pas. Je reviens tout de suite.

Le son, plus clair que tout à l'heure, provient de la cuisine. Mais ce *« ma belle »*… cette voix d'une onctuosité sans pareille évoquant un fondant au chocolat… cette façon de faire chalouper les mots… Laurie les reconnaît ! Qu'est-ce que… ?

Le corps de la jeune femme consent enfin à lui obéir. Une colère formidable chasse sa peur. Elle dévale l'escalier à toute vitesse. Il était moins une, elle était sur le point de se pisser dessus. Elle entre en trombe dans la salle à manger. Un homme tenant à bout de bras un verre empli d'eau l'y précède. Elle hurle :

— Mais ça va pas non ! Qu'est-ce que tu fous là ?

L'interpellé tressaille mais réussit à ne rien renverser. Laurie avise alors sa mère. Elle gît sur le canapé telle une poupée démantibulée. Ingrid ne semble pas remarquer l'arrivée fracassante de sa fille. Silencieuse, elle couve le jeune homme qui lui tend son breuvage avec de grands yeux éperdus de reconnaissance. Ses prunelles dilatées, striées de vaisseaux rouges, forment deux taches sanglantes dans sa figure livide.

— Qu'est-ce que tu lui as fait ?

Le tutoiement lui est venu d'emblée. Dany ne s'en émeut pas. Sa joue droite encore marquée par un pli d'oreiller, ses yeux noyés de sommeil lui donnent un air inoffensif. *Ce qu'il est craquant !* pense Laurie à contrecœur. Craquer, c'est justement tout ce qu'elle veut éviter.

— Eh oh on se calme princesse !

— Quoi ? Qu'est-ce que tu… ?

— Tu m'écoutes, OK ! Ta mère a débarqué devant mon van en hurlant comme une folle. Elle a failli ameuter tout le camping. J'ai réussi à la calmer et je l'ai ramenée ici. J'ai pas ton numéro sinon je t'aurais appelée. La porte de votre maison était ouverte, pas très prudent ça d'ailleurs, du coup on est entrés. Je l'ai mise… j'ai installé Ingrid sur le canapé. J'ai dû pas mal insister pour qu'elle reste un peu tranquille puis je suis allé lui chercher un verre d'eau. Et c'est là que tu m'as sauté dessus en m'engueulant !

Dany a débité son laïus à toute allure, sans doute pour empêcher que Laurie ne l'interrompe. Pendant qu'il débagoulait sa tirade, la jeune femme a capté sur son visage une moue fugace : l'éclair d'un instant, un rictus rogue ou amer, elle ne saurait dire, a durci ses traits et modifié son expression d'une façon étrange. En même temps, normal qu'il soit contrarié. Le livreur le plus sexy de la planète n'a pas dû apprécier qu'une de ses clientes le traque jusque chez lui au beau milieu de la nuit et fasse un foin de tous les diables pour l'obliger à sortir de sa tanière. Du moins si tout ce qu'il prétend est vrai, ce qui reste à prouver.

— Quoi ? Qu'est-ce que tu racontes ? Pourquoi ma mère aurait… ?

— Bad trip, j'imagine.

D'un hochement de menton fataliste, Dany désigne la petite table à côté du fauteuil-club de Benoît : bouteille de whisky largement entamée, verre renversé, papier à cigarettes éparpillé, boulettes de cannabis. Toujours avachie sur le canapé, Ingrid a fini par fermer les yeux. Sa fille reste pantoise devant ce tableau qui lui paraît hautement saugrenu. Puis s'énerve à nouveau :

— C'est de ta faute tout ça ! Je fais quoi maintenant ? Je planque l'herbe et j'appelle un médecin ? Je lui dis quoi, moi, au toubib ?

— À ta place je la laisserais dormir. Elle va bien finir par se remettre.

Ils sont là, la fille et le gars, à se fixer en chiens de faïence, quand Laurie prend soudain conscience de sa dégaine. Ce qu'elle doit être moche avec ses chaussettes tombantes au bout troué et ses cheveux auburn en pétard, montée sur ses ergots devant ce beau mec qui vient de leur rendre service, à sa mère et à elle, mais qu'elle ne se résout pourtant pas à remercier ! À son grand dam, elle sent son visage s'empourprer. Et sa rage, bien commode au demeurant pour masquer son trouble, de refluer.

— Je crois que tu ne te rends pas vraiment compte de la situation !

— Tu sais que t'es très mignonne quand t'es furax ?

— C'est bon, t'en as assez fait, tu te barres mainte… Quoi ? Qu'est-ce que tu viens de dire ?

Dany ne répond pas. Il se contente d'un petit sourire en coin qui exaspère Laurie. Il se fout d'elle ou quoi ? Sans prévenir, il coule vers elle un regard… un regard… un regard d'archange qui balaye aussitôt la colère de la jeune femme, l'emmaillote de la tête aux pieds dans une gangue de tendresse à nulle autre pareille. Cette gangue-là est la plus douce et la plus irrésistible des prisons.

Puis l'archange se penche vers elle, si près qu'elle a un mouvement de recul. Si elle s'écoutait, elle happerait sa bouche de petit morveux trop sûr de lui et lécherait jusqu'à plus soif ses lèvres moelleuses, qu'elle imagine juteuses et sucrées comme un fruit bien mûr. Peut-être même qu'elle mordrait dedans à pleines dents. Un je-ne-sais-quoi la retient.

— Je te laisse alors. À bientôt princesse, murmure ledit morveux en caressant sa joue.

Nulle arrogance ne transparaît plus dans ses propos. Dany s'écarte puis s'évanouit tel un chat dans la nuit. Laurie se sent soudain liquéfiée. Fondue enchaînée.

Le jeune homme s'est éclipsé si promptement qu'elle se demande tout de même si elle n'a pas rêvé tout ça, cette intrusion, sa terreur, sa colère et enfin ce « *princesse* » qu'un mâle beau à se damner lui a servi par deux fois, la première en aboyant après elle comme un chien hargneux, la deuxième en chuchotant à son oreille comme on ferait une promesse secrète, presqu'un serment amoureux.

Interrompant ses élucubrations, un ronflement intempestif en provenance du canapé la ramène à la sordide réalité. Non, elle n'est pas en train de rêver.

Après avoir déniché dans le placard sous l'escalier un plaid élimé à motifs écossais imprégné d'une forte odeur de lavande, bordé sa camée de mère avec cette couverture de fortune puis fermé le verrou de la porte d'entrée à double tour, Laurie remonte à pas lents vers sa chambre. Complètement déboussolée.

Elle éclaire la pièce en entrant. À quoi bon se planquer dans le noir quand le destin persiste à vous jouer à chaque instant un de ses tours bien tordus ?

Elle aperçoit son sac en toile jeté sur le sol et ses affaires éparpillées autour. Soupire. S'approche, intriguée par une feuille vert pastel pliée en deux qu'elle ne reconnaît pas. Se baisse, ramasse le feuillet. Le déplie avec circonspection. Y déchiffre ces quelques mots griffonnés d'une écriture nerveuse : *« Je dois vous parler. Appelez-moi. Surtout ne dites rien à personne »* Cette dernière injonction est soulignée par deux fois.

Suivent un numéro de téléphone mobile et un patronyme qui fait aussitôt tilt dans la tête de Laurie : *A. De Mirandal.*

X

Elle grimace. Son oreiller dégage un relent âcre, une odeur de bébé mal lavé. Sa taie humide colle à la peau ivoire du coussin, l'auréole d'une large tache brune. Le tissu bouchonné du drap-housse, à moitié arraché, la ouate du matelas mise à nu, offrent un spectacle de désolation après la tempête. Pourtant Laurie se souvient à peine de s'être débattue sous sa couette, suant une fièvre rouge, une fièvre d'âme diraient les anciens, gémissant à chaque nouvelle houle, gueulant parfois, empêtrée jusqu'au tréfonds de son sommeil dans une gluance de sentiments contradictoires.

Tout cela a dû se dissoudre dans une flaque d'oubli. Parce que ce matin, Laurie se lève avec une patate d'enfer – ce sont-là les premiers mots qui lui viennent à l'esprit, patate d'enfer. Elle est ravie. Et interloquée de l'être. Elle se sent parfaitement ravigotée, fraîche et dispose comme on dit, d'une humeur bleu pétant : un ciel d'été lavé par la pluie.

Il y a pourtant cette drôle de béance qui dilate sa gorge, ouvre sa poitrine, gonfle son ventre, comme si son corps abritait soudain un puits sans fond. Elle met un certain temps à comprendre l'origine de cette sensation tant le désir physiologique qui la motive lui est devenu étranger. Enfin elle réalise. Elle a faim ! Elle a la fringale ! Elle, affamée ? Elle peine à le croire, elle en rirait presque tant cet état lui paraît saugrenu, quasi surréaliste. Mais l'évidence est là, qui distend ses chairs et lui donne la banane dans le même temps. C'est ce mot qui lui vient, la banane. Elle prend alors conscience que les expressions qui virevoltent dans sa tête depuis son réveil ont toutes à voir avec de la nourriture.

Elle descend à la cuisine en fredonnant une vieille chanson entendue elle ne sait où, elle ne sait quand, salade de fruits jolie jolie jolie tu plais à mon père tu plais à ma mère. Décidément. Elle a envie d'avaler le monde entier. Son corps, son cœur lui semblent assez grands pour embrasser, pour contenir, pour absorber tout l'univers !

Jusqu'ici elle a vécu dans la marge, elle a avancé sur les bords de la vie à petits pas timorés en faisant bien attention de ne pas tomber dans la marmite bouillonnante de l'existence – de ne pas même en fleurer le fumet tentateur – par crainte de s'y complaire peut-être, mais surtout de s'y perdre. Jusqu'à présent, elle s'est cantonnée en elle-même, se satisfaisant d'un destin étriqué qui lui interdisait l'accès au bonheur mais ne balayait aucun de ses repères, ne bousculait aucune de ses certitudes. Enchaînée à ses peurs et à ses croyances délétères, voilà ce qu'elle était.

Eh bien aujourd'hui, tout va changer ! La nouvelle Laurie est arrivée. Vous allez voir ce que vous allez voir !

Et de courir illico s'empiffrer à la cuisine. Elle tire les rideaux d'un geste vif, repousse en grand les volets, salue d'un sourire encourageant le soleil frileux qui se pique d'éclairer la pièce. Elle ouvre les portes des placards à grand fracas, plonge un nez fouineur dans le réfrigérateur et rapporte de ses incursions une flopée d'ingrédients qu'elle laisse choir en vrac sur la table centrale. L'avalanche de formes et de coloris pétillants lui donne envie de se remettre à peindre. Elle ne s'est jamais essayée aux natures mortes, dont elle exècre le nom : pour elle, la couleur a une âme, elle vibre au gré de la lumière, imprègne les émotions et fouette le mental. Elle est tout sauf inerte. Laurie considère avec l'œil du peintre les victuailles serrées dans leurs gaines de plastique et leurs fourreaux de carton : amoncelées sur la table, elles forment un monticule instable défiant les lois de l'équilibre, une tour branlante et dynamique qui semble sur le point de dégringoler mais se maintient en place bon gré mal gré, comme douée d'une vie propre. Morts, ces sujets-là ? Pas une seconde. Si Laurie venait à les peindre, elle nommerait sans hésiter son œuvre : nature vivante.

La jeune femme beurre joyeusement une biscotte qu'elle a pris soin de poser sur une tranche jumelle pour ne pas la casser. Il n'y a plus de pain frais dans la maison depuis que Benoît est mort mais ce matin, Laurie refuse d'y penser. Elle ouvre un pot en verre à l'étiquette effacée, y plonge une petite cuillère qu'elle ramène pleine à ras-bord d'un magma écarlate qui doit sûrement plus à la chimie qu'à la nature, l'étale grossièrement sur sa tartine beurrée et croque sans la moindre parcelle d'appréhension dans le toast dégoulinant.

Malgré son appétit démesuré, la jeune femme s'astreint à bien mâcher et savourer sa première bouchée. Cela fait longtemps qu'elle n'a pas dévoré de la sorte, son estomac pourrait croire à un putsch ! Et puis elle entend jouir au maximum de la texture de sa tartine, en apprécier le croquant, fondre sous le moelleux du beurre, se délecter de la pointe d'acidité qui vient contrarier avec bonheur le trop-sucré de la gelée – même si elle tente en vain d'identifier le fruit qui a préludé à la fabrication de celle-ci.

Un bruit lui fait tourner la tête. Figée dans le couloir, une main posée sur le mur comme pour l'empêcher de tomber, un zombi aux joues creuses et aux yeux perdus la fixe sans la voir. Ingrid. Laurie laisse tomber son moignon de tartine. Sa mère entreprend de gravir l'escalier. Son pas lourd fait trembler la maison. Laurie ramasse avec une pelle et une balayette le reste de sa biscotte en miettes, jette le tout à la poubelle, passe une éponge mouillée sur le carrelage pour absorber la tache grumeleuse semblable à du sang coagulé. Elle se relève, avise la profusion de nourriture éparpillée sur la table. Devant ce kaléidoscope aux teintes criardes, un écœurement la prend. Sa gorge se noue, sa poitrine se serre. L'appétit est parti.

Dans la poche de sa veste de pyjama, son téléphone portable émet un bruit sourd annonciateur de message. Dany ? Pleine d'un espoir débile – par quelle magie le garçon connaîtrait-il son numéro, elle n'a même pas eu la présence d'esprit de lui donner hier soir ? – Laurie se saisit de l'appareil et lit : *« Rendez-vous samedi 14 h bar La Royale port de Toulon. Venez seule SVP. A. de Mirandal ».*

Mais qu'est-ce qu'ils ont tous à vouloir lui pourrir la vie aujourd'hui ? Rendez-vous samedi 14 h ! Non mais pour qui il se prend ce… ce petit monsieur ? Il croit qu'elle est à sa botte ou bien ? Disponible quand ça lui chante ? Et comment elle va le reconnaître d'abord ? C'est vrai que lui l'a vue au cimetière et qu'il l'a certainement frôlée pour lui fourguer en douce son bout de papier. Cette pensée lui donne la chair de poule. Mais bon, lui saura l'identifier.

Faut bien reconnaître que tout ça, c'est un peu sa faute. Quand elle a trouvé son mot hier soir, elle n'a pas réfléchi, elle a composé sur le champ le numéro indiqué. Pas de réponse. En plein milieu de la nuit, ça peut se comprendre. N'empêche, le ton impersonnel du répondeur l'a mise hors d'elle. Sans doute parce qu'elle aurait préféré s'endormir lovée dans la voix chaude de Dany, bercée par le souvenir de ses intonations caressantes qui résonnent encore en elle comme un doux tam-tam onirique, prometteur de langueurs embuées, de bouches secrètes, d'aveux défendus glissés entre deux soupirs… plutôt que plombée par une opératrice au timbre synthétique psalmodiant son morne rabâchage.

Elle se rappelle avoir craché un truc du genre : *« Ici c'est Laurie Gastaud. Vous me voulez quoi en fait ? »* et avoir précipitamment raccroché.

Eh ben voilà, elle a fait chou blanc. Si elle veut savoir ce que lui veut ce mec à particule, il va falloir qu'elle se confronte à lui, ce soi-disant conscrit de son père qui a brillé par son absence toutes ces dernières années. Tellement brillé qu'elle ne l'a jamais vu. Et qu'elle en a un peu rien à faire, donc.

Une éternité qu'elle ne s'était pas levée aussi légère. Aérienne, presque ! Mais il a fallu que cette chienne de vie la ramène et fasse choir sur ses épaules frêles son faix de déveine quotidienne. *C'est pas Laurie que je devrais m'appeler, c'est Maudit*, ironise-t-elle pour elle-même.

Puis une idée lui vient. Exaltante. Si elle veut se montrer honnête avec elle-même, cette pensée lui trotte dans la tête depuis qu'elle s'est levée. Il lui fallait juste un prétexte plausible pour la concrétiser. Et elle vient de le trouver.

Des craquements localisés à l'étage lui indiquent que sa mère s'est effondrée sur le lit conjugal. Tant mieux, qu'elle roupille un max et lui épargne sa tête de déterrée pour le restant de la journée !

Elle se précipite vers le placard au fond de la cuisine, un réduit aux murs piqués de vieux clous où Ingrid suspend son tablier, à côté des balais. Elle farfouille dans la poche centrale du vêtement, plus profonde qu'il n'y paraît, dans laquelle règne un bric-à-brac sans nom. Après plusieurs tentatives infructueuses, elle met enfin la main sur le petit répertoire en similicuir sépia dans lequel sa mère note depuis toujours, à l'ancienne, les numéros de téléphone utiles.

Fébrile, Laurie feuillette le carnet aux feuilles ornées d'arabesques jusqu'à la page de la lettre D, qu'elle parcourt en diagonale : dentiste, docteur, dératiseur… pas de Dany. Elle aurait pu s'en douter, Ingrid a toujours usé de ruses de Sioux pour ne pas donner prise aux sarcasmes maritaux. Elle n'aurait jamais noté un prénom dans son répertoire, beaucoup trop intime : si Benoît l'avait découvert, il le lui aurait fait payer cher.

Voilà qui n'arrange pas Laurie. Elle ne connaît pas le patronyme du beau Dany. Comment va-t-elle pouvoir dégotter son 06 ?

Puis la jeune femme s'avise que sa mère classe ses contacts par fonction plutôt que par nom. Le cœur battant, elle ouvre le carnet à la lettre L. Bingo. Laurie est certaine que derrière le mot « Livreur », inscrit au stylo vert clair dans une écriture tarabiscotée, avec une étrange fleur conique en guise de point sur le « i », se cache le jeune homme qu'elle cherche. Surprise par la pointe de jalousie qui vient de l'effleurer – jamais sa mère n'a posé une fleur, pas même un seul pétale, sur le « i » de son prénom à elle – elle secoue la tête pour chasser ce sentiment ridicule, rejoint le salon et enregistre le numéro du BG[4] sur son portable avant de l'appeler séance tenante.

[4]Beau gosse.

— Allo ?

— Allo ?

— Bonjour. C'est Laurie ici. Euh… En fait, j'aurais besoin d'un service, si tu…

— C'est qui ?

— Laurie. La fille d'Ingrid.

— Comment t'as eu mon numéro ?

— Ben… euh… trouvé dans le répertoire de ma mère.

— OK.

— Je te dérange pas ?

— J'ai pas beaucoup de temps mais vas-y, dis toujours.

— Donc voilà. J'ai un rendez-vous super important à Toulon samedi à 14 h avec un ex-pote de mon père qui veut à tout prix me rencontrer mais… je sais pas comment y aller. Tu pourrais pas m'y conduire ? Si t'es libre, bien sûr.

— …

— Euh… T'es toujours là ? T'as entendu ?

— Un pote de ton père, tu dis ?

— Ouais, un certain De Mirandal, je crois qu'il a des révélations à me faire… Pourquoi tu ris ?

— Des révélations, carrément ? Tu te la joues pas un peu là. On se croirait dans un film !

— Je te rappelle que mon père a été victime de meurtre et qu'on n'a pas encore retrouvé la salo… celle qui a fait le coup. Il peut peut-être m'apprendre des choses.

— D'accord. Et ils se voyaient souvent ? Ton paternel et son pote ?

— Euh… Non, jamais, je crois.

— MDR[5].

— …

— Tu réponds plus ? T'es vexée ? Excuse-moi. De toute façon je peux pas samedi, je travaille. T'as pas le permis ou t'as juste pas de tire ?

— Ça fait rien, laisse tomber, j'irai en bus. Bon ben, à un de ces…

— Et Ingrid ?

— Quoi Ingrid ?

— Elle va mieux

— Ça t'intéresse ?

— Oui. Je l'aime bien, ta mère.

— Ah. Ben non, elle va pas très bien en fait.

— Je suis désolé. J'espère qu'elle va vite se remettre… Et pour toi aussi, j'suis désolé.

— OK. On est tous désolés donc.

— Bon je vais devoir y all…

— Attends ! Tu comptes venir la voir ?

— Ingrid ? Oui, sans doute.

— Quand ?

— Je sais pas.

— Viens dimanche alors ! Tu travailles dimanche ?

— Ce dimanche ? Non.

— Tu peux pas savoir comment c'est mortel le dimanche toute seule avec elle.

— Eh ça va l'orpheline, arrête un peu de nous jouer du violon ! T'es pas la seule à avoir des galères avec tes vieux.

— Ah bon. Parce que toi aussi tu… ?

---

[5]Mort de rire.

— Bon, écoute, j'ai une proposition à te faire : je viens chez vous dimanche sur le coup de 13 h et j'apporte des pizzas et des bières. Ça te va, princesse ?

Laurie pourrait protester mais le ton du garçon s'est considérablement radouci. Ce qui ne l'empêche pas de rester sur ses gardes.

— Tu veux quoi en contrepartie ?
— Rien, pourquoi tu me demandes ça ? C'est bizarre comme question.
— Excuse, je me suis mal exprimée… je pensais juste à un dessert, un truc comme ça.
— Un dessert ? Si tu veux. Je mange pas beaucoup, tu sais.
— Moi non plus. À dimanche alors. Je te raconterai, pour samedi.
— Ça marche. Prends soin de ta mère. Et de toi par la même occasion. Ciao princesse.

Indifférente au désordre qui règne autour d'elle, Laurie se laisse glisser à terre, le dos collé à l'assise du canapé. Elle reste songeuse longtemps après que Dany a raccroché, tournant et retournant leur conversation dans sa tête. C'est dingue comme ce garçon est doué pour changer de registre en un éclair, se montrant tour à tour persifleur et enjôleur, passant sans transition du rejet à la connivence, modulant sa voix de telle façon qu'elle semble appartenir à des personnes différentes, tantôt rauque, acide, pétrie d'âpreté, tantôt lourde de douceur, avec de surprenantes inflexions argentines qui tintent dans l'air tels des échos d'enfance. Et ce « princesse » dont il l'affuble à tout bout de champ, comment l'interpréter ?

Une chose est sûre en tout cas : elle est raide dingue de ce mec à tiroirs et son cœur joue des castagnettes dans sa poitrine rien qu'à l'idée de le revoir bientôt, là, chez elle.

Même si elle pressent que ce ne sera pas simple de vivre une histoire avec lui – par superstition, elle évite d'accoler le complément « d'amour » à « histoire » – la simple évocation de ce terme pourtant galvaudé, usé jusqu'à la moelle, fait naître en elle un tumulte d'espoir couplé de sensations inédites, frissons intérieurs, commotions électriques, branlements ineffables, une exaltation qui lie dans la même tourmente son esprit et son corps et qu'elle s'empresse de refouler comme on tente, dans un baroud d'honneur, de résister à une déferlante dont on sait bien qu'elle finira tôt ou tard par nous engloutir.

Pour ne pas tomber de trop haut, elle se répète à l'envi que son physique de chat roux efflanqué est le pire des repoussoirs, qu'il est impossible qu'elle plaise à cet Apollon tombé du ciel… même si elle peine à croire que celui-ci accepte de passer chez elles un dimanche juste pour voir sa mère.

Elle peut se tromper mais, à son avis, Ingrid et lui n'ont pas de liaison. Leur relation est purement amicale. Ou commerciale, si l'on considère le troc inusité auquel ces deux-là se livrent depuis plusieurs mois. Laurie n'en revient toujours pas de la roublardise de sa mère. Elle qui l'a toujours plainte, qui a longtemps espéré un revirement de sa part, un sursaut de fierté face à son despote de père, un geste de révolte… elle découvre que sa génitrice est bien plus astucieuse qu'il n'y paraît, elle bricole ses petites affaires dans son coin, mène ses batailles sans tambour ni trompette avec une redoutable efficacité. Depuis combien de temps agit-elle ainsi, dans le dos de tous ? Il y aurait de quoi se sentir flouée.

Les aigreurs filiales de Laurie s'évaporent, laissant flotter dans leur sillage un léger malaise dont elle choisit de faire abstraction pour l'instant. Car il y a bien plus crucial. Lors de la conversation téléphonique avec Dany, elle a senti la fêlure dans la voix du garçon quand il a évoqué à mots couverts ses propres galères familiales. Cela a éveillé en elle une femme-soin pleine d'empathie, dont elle ignorait jusqu'alors l'existence.

Laurie se sent soudain pousser une âme de guérisseuse.

XI

Samedi, 13h30. Parvenue au centre-ville de Toulon, Laurie descend du bus et rejoint le cours Lafayette, vêtue de ses sempiternels jeans et sweat noirs. Elle est en avance, il va lui falloir flâner un peu si elle ne veut pas faire le pied de grue sur le port. Elle soupire, en proie à un mauvais pressentiment qui lui intime de rebrousser chemin. Mais elle se reprend, ce n'est pas le moment de flancher. Elle ira à ce maudit rendez-vous, un point c'est tout, et découvrira ce que lui veut ce De Mirandal.

Bien qu'on soit en fin de semaine, le cours Lafayette est quasi-vide en cette heure postprandiale. Laurie se souvient de la flopée de piétons qui grouillait dans les rues du centre-ville le samedi lorsqu'elle était petite. Mais les galeries marchandes et autre village de marques construits à la périphérie de la métropole ont contribué à tuer le cœur de ville. Depuis quelques années cependant, un vaste projet de rénovation urbaine tend à redonner à la cité portuaire ses lettres de noblesse, afin d'attirer les touristes et de fidéliser les autochtones. De nouvelles enseignes voient le jour, des bars à thème sont créés, des rues autrefois mal famées sont rebaptisées et deviennent l'emblème du quartier créatif. L'art et l'artisanat sont mis à l'honneur, la culture reprend des couleurs.

Mais cela ne suffit pas, se désole Laurie en passant devant les vitrines d'une boutique fermée depuis belle lurette, à la devanture masquée par d'immenses affiches au rose délavé. D'autres magasins, recouverts de panneaux cache-misère, moisissent dans un jus de poussière verdâtre. Les ruelles aux buées nidoreuses, les échoppes engoncées dans de sombres recoins, les petits groupes d'hommes serrés sur un pan de trottoir qui marmonnent entre eux en roulant des yeux torves, forment une zone d'ombre, mouvante et insaisissable, dans ce patchwork citadin coloré d'optimisme. On dirait que le passé trouble de la ville, défigurée au cours des précédentes décennies par la pègre, la prostitution, la drogue, le racisme, l'endettement, le chômage… continue à ronger en souterrain, tel un cancer insidieux, cette commune gorgée de soleil qui déploie ses oripeaux saphir entre mer et colline.

Aujourd'hui Laurie veut croire en la capacité de résilience de la ville des fontaines ! La prochaine fois qu'elle viendra à Toulon – avec Dany peut-être ? – elle ira boire un café ou même grignoter un bout dans les halles art déco réhabilitées depuis peu, *« un endroit très vivant où l'offre gastronomique est variée et raffinée bien qu'un peu onéreuse »*, dixit un article lu il y a quelques mois dans le quotidien que son père avait coutume de rapporter chaque soir à la maison après sa journée de travail.

Du marché du cours Lafayette glorifié par Gilbert Bécaud – un brouhaha de senteurs, pigments, textures, épicé de galéjades, d'interpellations chantantes, d'invectives joyeuses et de coups de gueule où se pressent chaque matin badauds et ménagères – ne subsistent plus à présent que quelques vestiges : ici une cagette orpheline, là un empilement branlant de cartons, ailleurs une salade défraîchie dont les feuilles déployées en couronne, piétinées par la foule, mettent à nu le cœur blême. Comme chaque jour, les services municipaux sont à pied d'œuvre pour effacer toute trace de transaction fruitière ou légumière.

Au bas du cours, quelques camelots ont déjà installé pour l'après-midi leurs éventaires bigarrés où se chevauchent montres, lunettes, ceintures, sacs… Des vendeurs africains, pour la plupart.

Alors qu'elle devait avoir dix, onze ans, Laurie, attirée par le velouté prune de sa peau sans nuages, avait un jour croqué sur son carnet fétiche un de ces marchands ambulants. Elle avait ensuite déchiré la page pour offrir fièrement à son modèle ce portrait très réussi à son goût. Or l'homme, un jeune noir aux joues creuses et aux sourcils effrayés, avait à peine regardé l'esquisse, n'avait même pas semblé s'y reconnaître. Il persistait à tendre à Laurie une pochette de mauvaise facture en tissu imprimé fleurettes en lui répétant avec insistance : *« Pas cher, fleurs très jolies, toi acheter moi ! »*. Ses grands yeux suppliaient, sa main se crispait, faisant saillir des jointures mâchurées. L'artiste en herbe avait abandonné son dessin sur l'étal et s'était enfuie en courant. Bien qu'elle n'eût pas un sou en poche, elle s'était sentie affreusement coupable ; sans trop savoir de quoi, au juste.

Parmi les camelots de ce samedi après-midi, tranchant sur la sombreur de ses collègues, une femme mauve et rondelette aux frisottis vanille, crémeuse à souhait dans un bouillon de mousseline saupoudré de dentelle, alpague les rares passantes pour leur refourguer un des parfums contrefaits qu'elle a disposés sur un plateau, dont elle asperge l'entour au petit bonheur. De sa voix pointue d'oiselle endimanchée, elle interpelle Laurie. Celle-ci jette un œil rapide à ses flacons vitreux. Son cœur bat la chamade. Depuis son expérience malheureuse avec le jeune marchand noir, elle a beaucoup de mal à résister aux injonctions des vendeurs de rue et se ruine en pacotilles dont elle n'a que faire. Comme la cocotte blonde continue, entre deux boniments, à vaporiser dans l'air ses eaux frelatées, un effluve fumeux vient agacer les narines de Laurie et lui déclenche une série d'éternuements providentiels.

Le nez plongé dans un mouchoir en papier, la jeune femme adresse un vague signe d'excuse à la pomponnée et s'éloigne rapidement pour rejoindre enfin le port.

Une fois sur le quai, elle fait volte-face et tourne résolument le dos à la mer. Son regard glisse vers le lointain, se perd par-delà les toits d'immeubles aux façades ocres pour s'arrêter sur la barrière naturelle qui surplombe la ville. Calée contre le ciel, hiératique et muette, la crête rocheuse du mont Faron trône sans ostentation.

Laurie en ignore la raison mais la vision de cette colline aux gerces crayeuses évoquant un éléphant de pierre sourd aux remous humains, un plissé calcaire piqué d'épais bosquets verts dans lesquels se dissout l'azur, la rassure et la rassérène.

C'est ragaillardie qu'elle se remet en route et arpente d'un pas léger les larges dalles beige rosé de forme irrégulière, lissées par des bataillons de semelles, qui habillent le port. Elle a pris à droite, laissant loin derrière elle les vieux pointus de pêcheurs aux croupons écaillés, emberlificotés dans des nids de cordages aux senteurs de fretin.

Mars pointe à peine le bout de son nez mais le printemps l'ignore, qui a déjà pris ses aises aux terrasses des cafés et des restaurants alignés sur le quai. Il arrose d'un soleil généreux les dîneurs en bras de chemise installés aux tables extérieures, qui dégustant une boule de glace festonnée de chantilly, qui sirotant un petit noir signant la fin du repas. Face à eux, amarrés de part et d'autre des pontons, rangés en parallèle tels des petits soldats sur une mer étale aux reflets saurés peu engageants, voiliers et bateaux de plaisance au bleu-blanc monotone frémissent à peine, gagnés par l'indolence générale. Même les bateliers de la rade, prompts à hucher le chaland pour l'attirer dans leurs filets dispendieux, semblent momentanément avoir jeté l'éponge.

Laurie dépasse des boutiques-souvenirs qui exhibent sous leurs auvents encombrés de tourniquets des sacs pailletés à l'effigie de Saint-Tropez, des maillots de bain échancrés, des pulls marins, des porte-savons ornés de cigales grossières, des couverts en bois d'olivier, des céramiques aux couleurs criardes censées symboliser le Sud.

Un peu plus loin, elle aperçoit, dressée sur son socle de marbre, la statue du Génie de la navigation autour duquel un petit train de touristes peinturluré en crème et doré tourne en carillonnant. Ce bronze majuscule a été rebaptisé par les facétieux Toulonnais du nom de l'amiral Cuverville, sous prétexte que le personnage a le cul tourné vers la ville. L'index démesuré de la statue est pointé vers l'arc de cercle qui ferme l'horizon et donne à Laurie l'impression de se trouver sous cloche, comme dans ce film rediffusé il y a longtemps, *The Truman Show*, prémisse des émissions de télé-réalité : depuis sa naissance, le héros, interprété par Jim Carrey, est enfermé à son insu sous un dôme géant, dans une ville totalement factice qui se veut paradisiaque. En fait de ville, il s'agit d'un gigantesque plateau de tournage, sa famille, ses voisins, ses amis et jusqu'à ses conquêtes sont tous des acteurs et des actrices. Lui seul ignore qu'il est filmé et que sa vie est suivie en continu par des milliers de téléspectateurs. En quête d'un amour perdu, Truman finit par découvrir un jour la supercherie dont il est victime.

Cette fiction avait bien fait cogiter Laurie à l'époque où elle l'avait découverte, lorsqu'elle espérait encore être le jouet d'une illusion et se réveiller un matin dans une autre vie que la sienne, une bien meilleure ! Sauf qu'elle avait bien dû se rendre à l'évidence : son monde à elle était pourri et persistait à se répéter d'un jour sur l'autre, il y avait donc de grandes chances pour qu'il soit réel, hélas.

Du fait de la surveillance drastique exercée par son père durant son adolescence, Laurie n'a pas eu souvent l'occasion de venir traîner avec ses camarades de lycée sur le port de Toulon qu'elle apprécie pourtant particulièrement car aucune route, aucune circulation ne s'interpose entre les terrasses de bar et la mer. Déambuler sur ce quai rythmé par les cris aigus des gabians et les sirènes de ferries en partance pour la Corse, s'enivrer d'air marin aux accents salés et se laisser bercer par les clapotis de l'eau où ricochent des picots de soleil tout en guignant sur les touristes attablés devant un aïoli ou un loup au fenouil, c'est déjà un voyage !

Elle croit cependant se rappeler que La Royale, un des rares établissements qui n'ait pas changé dix fois de nom en quinze ans, se trouve quelques mètres avant le carré du port où se dresse, impudique et fier, le fameux Génie de la navigation, chapeauté pour l'heure d'une mouette rieuse qui scrute les alentours et ne manquera pas de laisser une fiente reconnaissante sur la tête du grand homme avant de s'éclipser. Mais Cuverville se moque autant des chiures d'oiseau qui souillent son corps de géant vert que des yeux curieux ou concupiscents levés vers lui. Vexé par le surnom trivial que lui ont attribué les autochtones, il ne daigne jamais leur accorder un seul regard et fixe inlassablement la mer.

Il est 13h50. Au bar La Royale, un couple, affalé dans des fauteuils en plastique canné imitation rotin et deux jeunes filles aux lèvres trop rouges, affairées à comparer leurs ongles vernis en orange fluo pour l'une et en vert canard avec des étoiles argentées pour l'autre, se prélassent en terrasse ; une famille bruyante est en train de débarrasser les lieux. Laurie prend une grande inspiration et s'avance jusqu'à l'entrée du café dont la porte est grande ouverte. Elle balaye la salle d'un œil rapide. Personne, à part un joueur de flipper qui s'excite tout seul au fond du troquet sur une antique machine réchappée des années 80. Banquettes en velours lie de vin et terre d'ombre, comptoir en chêne massif, tout cela sent la restauration récente à plein nez. Elle ressort, s'installe à une petite table ronde en faux marbre cerclée de laiton, chausse ses larges lunettes de soleil qui lui dévorent la moitié du visage, extrait de son sac une revue froissée qu'elle feuillette sans conviction, pianote au hasard sur son portable. Dès qu'elle entend des pas approcher, elle lève les yeux. Mais il s'agit toujours d'une fausse alerte. Le sieur De Mirandal demeure invisible.

Trois hommes, trois commerciaux si l'on en croit leur tenue classique et leur conversation truffée de sigles et de mots anglais qui pètent dans l'air comme une incongruité, s'attablent à côté de Laurie. Un regard en coin les dissuade de s'occuper d'elle. Trop maigre, trop timorée sans doute. Les deux jeunes filles aux lèvres engageantes et décolleté suggestif placées juste devant eux recueillent davantage de suffrages dans leur petit groupe. Sensible à l'hommage muet mais palpable des trois lascars dont les pompes hors de prix, aussi lisses et lustrées que des fesses de bébé après le bain, ne laissent aucun doute quant à leur niveau de vie, les deux copines gloussent et se trémoussent à l'envi tandis que la triplette masculine fort émue continue, tout en gonflant ses pectoraux, à roter de plus belle à la face du monde des « prospect », des « facing », des « management », des « marketing », des « B to B » et des « B to C » supposés prouver sa maîtrise absolue du lexique commercial, assortie d'une virilité sans faille.

« Marchands de vent ! Fumistes ! » maugrée Laurie à part elle. Et d'ajouter in petto un *« connards »* bien senti pour faire bonne mesure. Depuis son burnout, ce genre de macho professionnel prompt à se pavaner, traité comme un roi dans la sphère entrepreneuriale bien que son unique talent consiste à jeter de la poudre aux yeux au client pour le ferrer et l'enfumer, enclin à tyranniser à toute heure « son » assistante – une femme dans 99 % des cas, corvéable à merci – et à lui faire supporter sans vergogne le poids de ses manquements, l'insupporte.

Un serveur blasé daigne enfin venir prendre les commandes. *« Un café »*, murmure Laurie d'une voix serrée. Lorsque le breuvage lui est servi avec une noisette enrobée de chocolat, elle pardonne au garçon sa lenteur et prend tout son temps pour déguster sa boisson après avoir déposé le petit œuf brun et sucré sur sa langue. Elle a faim de douceur.

Les commerciaux pressés quittent les lieux à regret sitôt leur moka consommé (« *bon débarras !* »), non sans avoir insisté auprès des deux pécores pour leur filer leur 06. Celles-ci ont enregistré leurs numéros avec force sourires enjôleurs ; elles s'empressent de les effacer en pouffant dès que leurs chevaliers servants, bien trop « yeuves » pour elles, ont eu le dos tourné.

« Quelles cagoles, ces gamines ! » a pensé Laurie, que l'hilarité contagieuse des filles a tout de même fini par dérider un peu.

Les promeneurs venus se réchauffer au soleil d'hiver affluent désormais sur le port.

Les rares fois où Laurie est venue boire un coup en terrasse, elle a aimé les regarder passer, observer leur tenue, leur coupe de cheveux, leur attitude, leur démarche. Elle s'est plu à imaginer la vie de chacun, à saisir un de ces anonymes au vol et tenter de fixer ses traits sur son carnet à dessin.

Mais là, elle n'est pas d'humeur. Pour la énième fois, elle jette un œil à l'horloge de son téléphone. 14H20. Aucun message et toujours pas de De Mirandal à l'horizon.

Mais qu'est-ce qu'il peut bien foutre, ce con ?

XII

Il est venu ! Il est venu ! Il est venu.

Et déjà elle ne se souvient plus de ces longues, ces très longues heures d'attente pendant lesquelles elle n'a pas réussi à se poser tant elle était fébrile, en proie à une exaltation quasi indécente qui finissait par l'embarrasser elle-même mais dont elle était incapable de se départir, tentant de se raisonner, de se préparer au pire – leur rendez-vous manqué, annulé sans même un mot d'excuse, sans aucune promesse de revoyure ; la lucarne à peine entrouverte sur un coin d'avenir déjà refermée sur sa morne solitude, devenue plus lourde et plus cruelle encore après ce jaillissement d'espoir inespéré – s'essayant au cynisme, à l'autodérision pour se prémunir contre ce cataclysme de la déception, *« après tout, le pire, c'est ton lot quotidien, ma fille, tu dois pouvoir gérer ! »* ne pouvant s'empêcher de guetter au dehors, bien avant l'heure fatidique, le moindre bruit, le moindre mouvement inhabituel, maudissant sa mère coincée dans son lit depuis hier, sa mère amorphe et maussade qui a décrété qu'elle ne descendrait pas, qu'elle ne descendrait plus, qui se nourrit à peine et passe son temps à roupiller comme si elle, Laurie, avait besoin de ça, là, maintenant !

Cette exaspération contre sa larve de mère qui lui jette au visage sa molle indifférence quand elle aurait préféré, quitte à ne pas être soutenue, une harangue ou une paire de claques, n'a faibli qu'une fois le rez-de-chaussée briqué de fond en comble, lorsque Laurie s'est avisée qu'elle ressemblait à une souillon. Il était grand temps d'arrêter de remâcher ses griefs et de s'occuper d'elle.

Après s'être frottée, douchée, coiffée et recoiffée en vain et avoir honni la masse rousse ensauvagée qui lui tient lieu de chevelure ; après s'être désespérée de n'avoir que du noir, que du gris, que du triste à se mettre ; après avoir vitupéré l'horloge de son téléphone qui changeait les minutes en heures sans pour autant cesser d'accélérer le temps ; après s'être demandé si le garçon n'allait pas trouver louche qu'Ingrid ne soit pas de la partie, s'il n'allait pas croire à un traquenard et s'enfuir aussi sec ; après avoir cru, une fois sonnée la demie de 13 heures, que son invité ne viendrait plus ; après avoir stoppé net toute activité pour venir écraser ses lèvres baveuses de désillusion contre la vitre du salon… Laurie s'est reculée précipitamment lorsque Dany, plus attendu encore que le Messie, est apparu derrière la fenêtre souillée par ses baisers fangeux en forme de poissons rouges, les bras chargés de deux cartons à pizza sur lesquels vacillait un pack de bières. La bouche sèche, la jeune femme s'est empressée d'aller lui ouvrir. Son visiteur s'est incarné à contre-jour dans l'embrasure de la porte, séraphique et altier, affichant en guise d'excuse pour son retard un petit sourire acidulé laqué comme une pomme d'amour que Laurie a gravée dans sa rétine pour l'éternité et dont elle ne s'est toujours pas remise.

Ce soir, ce serait peu dire qu'elle flotte sur un petit nuage. Elle ne flotte pas, elle rebondit sur un cumulus de bonheur, légère, aérienne tel un ballon de baudruche, elle saute sur une masse moelleuse et élastique qui la propulse toujours plus haut tel un trampoline céleste, elle vole, elle cabriole, elle décolle. Elle fait rire le velours dans sa chambre vide.

Elle danse une joie féroce qui ne la tient pas en place, prise d'une jubilation jamais ressentie jusqu'alors, un feu intérieur qui décuple ses forces et grise ses neurones. Elle est à la fois ici et là, elle est une et elle est plusieurs, aucun doute ne la transperce plus, aucun frein n'enraye plus ses pulsions, toutes ses digues ont crevé, oubliée la bonne mesure, balayée la modération, vaincue la pudeur, elle est en roue libre, propulsée dans un monde parallèle où elle défie les lois de la gravité en un ballet tribal, animale et guerrière, carnassière et martiale. Tour à tour louve aux babines retroussées à l'échine hérissée, panthère musculeuse au regard acéré, aigle royal enserrant sa proie dans de puissantes serres, elle rauque, elle feule, elle glatit, elle s'exalte dans une transe tellurique qui déchire ses cordes vocales et fait pousser ses ailes.

Puis, pantelante soudain, comme on peut l'être après une nuit d'amour – et d'ailleurs, n'est-ce pas là ce qu'elle vient de vivre, ne vient-elle pas de baiser avec l'univers ? – elle chute dans une mollesse de fleur fanée sur son matelas aux ressorts fourbus avant de sombrer dans une voluptueuse aboulie.

Dérangée par le boucan qui a percé la barrière de ses bouchons d'oreille puis s'est heurté sans crier gare à un calme touffu, épaissi par un influx chuintant, une rémanence d'ondes qui sature l'atmosphère, Ingrid a fini par se lever, la cervelle en charpie et l'humeur rebourse.

Poisseuse de sucs torpides dans sa chemise de nuit passée de travers sur laquelle elle a enfilé à la va-vite un vieux peignoir au col râpeux, elle glisse un œil par la porte entrouverte de la chambre de Laurie, dont l'extase béate se lit sur la figure. La pâmoison de sa fille lui arrache un ricanement : celle-ci n'a même pas besoin de consommer de drogue pour paraître défoncée ! Peu lui chaut à vrai dire. Pourvu qu'elle ne se remette pas à gueuler comme un putois, c'est tout ce qu'elle lui demande. Désireuse de rejoindre au plus vite les limbes oublieux du sommeil, Ingrid se hâte de rejoindre sa couche en marmottant des brimborions de mots inintelligibles.

Mais Laurie n'en a cure. Dany est venu et le carcan maléfique qui la sangle, la corsète, l'asservit depuis sa naissance, ce collier de fer qui depuis toujours étouffe sa voix, bride son ego, étrangle son moi, s'est enfin brisé, la libérant d'un boulet qu'elle ne savait même pas devoir traîner derrière elle tant elle le croyait inhérent à son être.

Enfin elle respire.

Enfin elle va pouvoir avancer.

Certes, la conversation avec son hôte n'est pas allée comme sur des roulettes. En fait de conversation, des bribes de dialogue plutôt, des aveux avortés, des épanchements ténus… une causerie par saccades jalonnée de rares pics d'éloquence. Ah, ce frisson tendu quand la verve saillait, éclaboussant le silence tel un geyser de notes perlées !

Mais de longues pauses aux yeux vagues, à peine égratignées par de discrètes mastications – les deux jeunes gens s'efforçant de ne pas abîmer la soie fragile de l'entour par quelque craquètement trivial susceptible de brusquer leur neuve intimité – mitaient leur tête-à-tête, pareil à un ruban de dentelle constellé d'ajours.

Même si le garçon s'est montré plutôt avenant dans l'ensemble, Laurie a de fait eu l'impression de se transformer à son contact en archéologue, sommée de déterrer avec moult précautions, serrés dans son gosier compact, des fragments de paroles, des lambeaux d'émotion, des tessons de confidences livrés au compte-gouttes… dont il lui faudrait plus tard tâcher de reconstituer le puzzle. Une totale énigme que ce mec-là ! De quoi la rendre raide dingue de frustration. Et de désir aussi.

Cependant, des deux heures et quelque qu'ils ont passées ensemble posés côte à côte sur le canapé du salon, elle n'est pas sortie bredouille, loin de là.

Il y eut ce moment étrange où, inquiet pour la santé d'Ingrid, Dany, partagé entre une « Genovese » et une « Quattro formaggi », confia à la jeune femme qu'il aimait beaucoup sa mère. Elle lui rappelait la sienne. Laurie se pencha en avant et retint son souffle, prête à écouter la suite. Mais les secondes crièrent minute sans qu'aucune parole supplémentaire ne soit prononcée. Dany, qui s'était finalement décidé pour la fromagère, mâchonnait sa pizza d'un air inexpressif. Laurie saisit une bouteille de bière décapsulée pour se donner contenance.

— Pourquoi ? osa-t-elle dans un murmure.

— Pourquoi quoi ?

— Ben… Pourquoi tu dis que ma mère te rappelle la tienne ?

— Ah, ça…

Le garçon reposa dans sa boîte en carton le morceau dégoulinant de chèvre et de gorgonzola fondus qu'il tenait en main. Ses pupilles de jade se rétractèrent et parurent fixer au loin un point invisible à l'œil nu. Laurie eut la sensation qu'il s'était retiré dans une sphère surréelle à laquelle elle n'avait pas accès. L'espace d'une seconde, elle éprouva l'intime conviction que Dany flottait entre deux mondes : engloutie par les ombres, sa psyché s'était déjà envolée ailleurs, n'attendant plus que son enveloppe corporelle la rejoigne pour rallier le ruisseau de l'oubli – à moins qu'il ne s'agisse du fleuve du chagrin ? Cette intuition fulgurante la traversa comme une évidence, un fait si inéluctable qu'elle n'eut même pas le réflexe de s'en émouvoir. Tout au plus pensa-t-elle qu'elle aurait adoré croquer au fusain ce bel Apollon en ce moment précis où son éclipse de conscience permettait qu'elle le contemplât à loisir et s'imprégnât au maximum de sa mâle beauté, comme on s'empiffre de nourriture en vue d'une période de disette ou d'un prochain régime.

Mais Dany se mit soudain à gringotter entre ses lèvres, dont la pulpe grenat appelait au baiser sinon à la morsure, une espèce de ritournelle fredonnée d'une voix grêle, si basse que Laurie fut obligée de tendre l'oreille pour en percevoir les paroles. *« Elle est morte maman, l'est morte cet hiver, elle est morte maman, l'est morte d'un cancer, elle est morte maman… »* psalmodiait-il en boucle. Lorsqu'elle saisit enfin le sens de son propos, Laurie sentit un frisson lui glacer l'échine. Lui revint à l'esprit cette vieille chanson française qu'affectionnait Ingrid mais qu'elle n'avait jamais pu écouter jusqu'au bout sans se mettre à pleurer, « *Les roses blanches* ». Elle avala de travers et fut prise d'une violente quinte. Son invité se tut alors. Il leva vers elle un regard mouillé, si tendre et si démuni que la toux de Laurie en fut stoppée net et se mua en un hoquet aussi surpris qu'adoratif. Brûlante de compassion et d'autres pulsions moins avouables, la jeune femme posa sa main sur celle du garçon. Elle était douce et lisse comme du bois pétrifié, munie de longs doigts effilés aptes à susciter une trouble convoitise.

Dany la laissa faire sans regimber. Elle s'enhardit et se rapprocha subrepticement de lui.

— Je suis désolée… hic… pour ta mère hic… Je savais pas… Et ton père ? Il est où ? Hic.

Pour une fois, la réponse ne se fit pas attendre.

— Disparu en mer quand j'étais bébé. Il était pêcheur. Pas d'autre famille… Maman m'a élevé seule, grands-parents ni vus ni connus, rajouta Dany de façon mécanique, comme s'il récitait une leçon apprise par cœur.

Un temps, puis :

— Je te remercie. Pour maman. Ça s'est passé très vite. Je ne pensais pas que... On s'y attend jamais, de toute façon. Elle avait fondu à la fin, t'aurais vu ça… Saloperie de cancer !

À ce moment, le jeune homme se tourna vers elle. Il se lisait une telle colère sur son visage que Laurie recula, effrayée par ses traits déformés. De vert électrique, son regard avait viré au noir et la transperçait comme une pluie drue, glaçant jusqu'à ses os. Elle pouvait presque entendre tonner son courroux et sentir des éclairs livides zébrer ses joues. Mais, très vite, si vite qu'elle se demanda si elle ne venait pas tout bonnement de rêver cet instant, l'orage disparut. Dany redevint en un clin d'œil ce garçon si beau et si attirant avec qui elle n'aurait jamais imaginé pouvoir partager une telle intimité, quand bien même elle se réduisait à déguster ensemble un bout de pizza. Pourquoi alors avait-elle eu cette impression que la foudre n'était pas tombée loin ?

— Ça va ton hoquet ? Tu veux que je te fasse peur ?

Secouée de spasmes, Laurie, touchée par le ton amical de son hôte, refusa sa proposition avec un sourire contrit. Ça ne marchait jamais avec elle, ce truc de la peur… la preuve, vu ce qu'elle venait de vivre ! Encouragée par la gentillesse de Dany et bien que, sans qu'elle sût trop pourquoi, son premier réflexe ait été de se rencogner contre l'accoudoir opposé au sien, elle saisit le prétexte d'une secousse plus forte que les autres pour venir se coller à lui et poser sa main sur la sienne. Le contact de sa cuisse musclée contre sa jambe enserrée de coton noir lui fit l'effet d'un électrochoc. Une houle délicieuse roula dans son bas-ventre, plage trempée de lune, sable humide ondulant dans les plis de l'aure, terre baignée d'aiguail prête à recevoir l'empreinte d'amour pour mettre fin à l'exquise torture.

Le jeune homme eut un sourire indéfinissable. Puis, sans brusquerie mais avec fermeté, il ôta sa main de dessous la sienne et se leva pour faire quelques pas. Il se rassit ensuite à plusieurs centimètres d'elle et entreprit de terminer avec voracité son morceau de pizza, comme si de rien n'était. Laurie s'efforça de masquer son dépit en avalant une nouvelle gorgée de bière. Son hoquet disparut comme par magie.

Il y eut ce moment polaire suivi d'un dialogue inouï où Dany se leva pour commencer à débarrasser la table malgré les protestations de Laurie, peu pressée de mettre un terme à leur déjeuner. Le portefeuille du jeune homme, un mince étui en cuir grainé rouge sang, glissa de la poche arrière de son jean et tomba ouvert sur le canapé. Dany récupéra aussitôt son maroquin et le referma d'un coup sec avant de le glisser sous son pull, coincé entre son bas-ventre et son pantalon.

— J'y tiens, c'est maman qui me l'a offert.

Avant qu'il ne dissimule l'objet contre ses chairs tièdes, Laurie avait eu le temps d'entrevoir, glissée dans une poche transparente, la photo d'une jeune femme en bustier lamé or, au visage en grande partie masqué par une épaisse mèche serpentine couleur banquise. Le poinçon de la jalousie la transperça aussitôt.

— Cette fille… c'est ta copine ? réussit-elle à demander en affectant la nonchalance, trahie par un petit trémulement de voix qui n'était rien comparé aux bulles d'irritation, de doute, de peur, d'espoir qui bouillonnaient dans sa tête en un ballet chaotique.

Dany joua d'abord l'idiot.

— Hein ?

— La fille dans ton portefeuille. Elle a l'air très belle, non ? *(Allez, enfonce le clou, pauvre idiote !)*

En fait elle l'avait à peine aperçue. Mais elle avait été à bonne école avec son père : Benoît excellait à ce jeu du « prêcher le faux pour savoir le vrai ». Elle en fut pour ses frais.

— Ah. Elle. Oui. Elle est magnifique.

— …

— Enfin, plus maintenant.

— Comment ?

— Elle est toujours très belle je veux dire, mais c'est plus ma copine. C'est mon ex en fait.

— Ton ex ?

À demi-soulagée, Laurie se fendit d'un sourire dubitatif.

— Et tu gardes la photo de ton ex dans ton portefeuille ? insista-t-elle tout en s'intimant de la fermer ; après tout cela ne la regardait en aucune façon.

Dany différa sa réponse mais ne s'offusqua pas.

— Oui… C'est compliqué. On a cassé y a pas longtemps, j'ai pas encore eu le temps de faire le tri.

— Ah. Tu regrettes ?

— Regretter quoi ?

— Ben je sais pas… votre rupture ?

— Ah non, alors là pas du tout. Elle est complètement toxique cette nana. Belle oui, ça c'est sûr, mais dangereuse. Elle m'en a fait voir de toutes les couleurs. Une femme, ça ? Une fleur vénéneuse, oui. Putain de Dahlia ! Elle porte bien mal son nom, tiens. *Le Dahlia noir*, tu connais bien sûr ?

Euh… Laurie déglutit. Ce titre lui disait vaguement quelque chose, mais de là à connaître ! Il s'agissait d'un livre, non ? D'un film peut-être ?

Peu désireuse d'afficher son ignorance, la jeune femme préféra botter en touche. Elle se sentait par ailleurs un peu honteuse d'avoir catalogué d'emblée Dany, parce qu'il était « juste » livreur et aussi peut-être parce qu'il était très beau, dans la catégorie des hommes incultes. Elle qui disait détester les *a priori* réalisait qu'elle n'était pas à l'abri des poncifs.

À mille lieues de ses élucubrations, Dany s'échauffait.

— Ben elle, tu vois, ça serait plutôt le Dahlia rouge. Tout l'inverse d'une victime. Une tueuse d'amour ! Une vraie salope, sans vouloir t'offenser. Une hyène. Jalouse, mauvaise, inconstante... Du poison à l'état pur. Je suis bien content de m'en être débarrassé, tiens !

Laurie, estomaquée par tant de véhémence, aurait adoré être rassurée par ce jugement sans appel. Mais quelque chose dans le ton du garçon la faisait tiquer. Tant d'impétuosité à propos d'une ex sonnait à ses oreilles de façon suspecte. Et puis, les critiques implacables de Dany ne collaient pas avec la présence de la photo dans le portefeuille. Pour sa part, elle détestait déjà cordialement cette peroxydée en toc qui avait fait tant de mal à « son » Dany. Morue, va !

— Elle s'appelle vraiment Dahlia ? demanda-t-elle avec une moue censée attester de son peu d'intérêt pour le sujet.

— Oui, enfin… C'est son nom de scène.

— Parce que c'est une artiste ?

— Oui.

Laurie rongeait son frein. En amour, elle n'avait jamais réussi à rivaliser avec n'importe quelle fille lambda, alors avec une artiste, pense un peu ! Dany poursuivit :

— Je l'accompagnais dans son tour de chant.

— Tu quoi ?

— Je l'accompagnais. En tant que… au piano.

— Tu es pianiste ?

Laurie avait crié. Un bruit de chasse d'eau se fit entendre à l'étage. La jeune femme pria pour que sa mère ne descende pas. Ce n'était vraiment pas le moment qu'Ingrid se ramène !

— Ouais, aussi, confirma Dany avant de filer dans la cuisine où elle l'entendit fureter dans un placard et se remplir un verre d'eau.

Désorientée par cette révélation, passablement irritée par le laconisme du garçon qui la contraignait à mendier des bouts de phrase comme une pauvresse quêtant l'aumône, Laurie essaya de faire taire les interrogations et les suppositions qui se bousculaient dans sa tête : Pourquoi Dany était-il livreur s'il était pianiste ? Sans doute ne gagnait-il pas suffisamment bien sa vie comme musicien. Mais où jouait-il ? Comment s'exerçait-il ? Il n'avait quand même pas réussi à faire entrer un piano dans son van ? Un clavier numérique peut-être ?

La jeune femme sentait bien qu'elle devait garder pour elle ce flot de questions sous peine d'être perçue comme la chieuse de service par son hôte. Pour la première fois, elle regrettait de ne pas être davantage connectée. Elle s'était toujours refusée à fréquenter les réseaux sociaux qu'elle considérait comme des outils diaboliques, truffés d'espions à la solde du pouvoir et des publicistes. Même avec les mails, elle se montrait circonspecte. Pourtant, si elle avait su comment s'y prendre, elle aurait volontiers fureté sur Facebook, Instagram ou Tiktok pour essayer d'en apprendre un peu plus sur Dany et sur cette Dahlia de malheur.

Mais pour l'heure, sa priorité numéro un était de ne pas indisposer le garçon afin qu'il reste le plus longtemps possible auprès d'elle. Elle resta donc coite lorsqu'il revint de la cuisine, son verre d'eau à la main et qu'il se tint debout, l'œil rivé sur la fenêtre derrière laquelle le printemps frémissait.

S'installa entre eux un silence gonflé comme un soufflé, prêt à retomber à la moindre bévue en entraînant dans sa débâcle leur relation naissante. Laurie cherchait en vain comment amorcer un nouveau dialogue, affolée à l'idée que Dany, accablé d'ennui, ne prenne ses cliques et ses claques et ne la laisse sur le carreau.

Dany échangea son verre vide contre la dernière bière et se rassit sur le canapé. Laurie ferma les yeux, remerciant très fort en son for intérieur un Dieu auquel elle ne croyait pas.

Il y eut enfin ce moment d'effondrement lorsque le jeune homme reprit la parole. Il annonça tout de go à Laurie qu'il avait décroché un contrat de pianiste de bar sur un bateau de croisière italien et s'apprêtait à partir en mer pour plusieurs mois. Il avait non seulement besoin d'argent, mais surtout celui d'oublier « *toute cette merde* ».

— Mais tu reviendras ? s'écria Laurie.

Elle se mordit les lèvres au sang, ravalant d'un coup sec le flux de larmes qui menaçait de monter à l'assaut de ses paupières. Des années de cohabitation avec Benoît lui avaient permis de devenir experte en refoulement lacrymal.

— Ne t'inquiète pas, je ne vais pas me la jouer Novecento !

Il avait prononcé ce nom à l'italienne en mimant avec espièglerie la moue enjôleuse du séducteur méridional. Mais au moins, là, elle pensait savoir de quoi il parlait.

— Tu veux dire comme dans ce film, là, avec l'histoire du bébé qui est né sur un paquebot ?

— Je pensais plutôt au roman. J'aime beaucoup Baricco. Pas toi ?

— Euh… ouais Barco. T'es un grand lecteur on dirait.

— Maman en a bavé des ronds de chapeau toute sa vie mais elle s'est saignée pour que je reçoive une bonne éducation artistique et littéraire. C'était très important pour elle.

Des ronds de chapeau ? Qui employait encore des expressions pareilles ?

— Quelle chance tu as ! observa Laurie qui pensait à son rêve de s'inscrire aux Beaux-Arts tué dans l'œuf par son paternel.

— Ça dépend de quel point de vue on se place, princesse, siffla Dany dont le ton chargé d'acrimonie fit sursauter Laurie. Maman aurait pu bénéficier de bien meilleurs soins si on en avait eu les moyens. Les derniers temps, j'ai dû l'héberger dans mon van car elle ne pouvait plus payer son loyer. Alors pour la chance, tu repasseras.

Laurie avait toujours trouvé ridicules ces adultes qui persistaient à dire « maman » quand ils parlaient de leur mère à des tierces personnes – outre que cela lui paraissait puéril, cette façon d'employer un surnom familier et personnel pour imposer à autrui une génitrice qui n'était pas la leur l'indisposait – mais elle se garda bien de moufter à ce sujet.

— Excuse-moi, je…

— Je n'ai jamais eu de famille stable avec un père qui ramenait un salaire à la maison tous les mois, moi ! continua Dany impitoyable.

Moi moi moi, ironisa Laurie à part elle. Elle eut envie de lui répondre tout aussi vertement que son père à elle venait de mourir et qu'il pourrait *a minima* respecter son deuil. Quant à la stabilité… Croyait-il vraiment que le fait d'être éduquée par ses deux parents soit le garant d'un quelconque équilibre familial ?

Plutôt que de risquer de s'enliser dans un conflit, elle opta pour une manœuvre de diversion.

— Tu pars pendant combien de temps ?

Bien qu'elle s'efforçât de parler d'un ton détaché, sa voix couinait comme une manivelle mal graissée.

— Mon contrat se termine fin août, répondit Dany d'un air revêche qui ombrait son front et amenuisait son visage.
— Fin août ! répéta Laurie blanche comme un linceul.

Un silence nourri de rancœur et de désolation, à peine éraflé par un lointain cri d'enfant, reprit ses droits.

— Tu seras là à mon retour ? demanda Dany tout à trac d'une voix flûtée, légèrement fêlée. On eût dit un petit garçon timide quémandant une récompense sans être vraiment certain de l'avoir méritée.

Ce revirement surprit la jeune femme. Sous ses dehors donjuanesques, le garçon était-il plus fragile qu'il n'y paraissait ? Cherchait-il seulement à dissiper le malaise qui s'était installé entre eux ? Ou se souciait-il réellement d'elle ?

— Qu'est-ce que tu crois ? J'ai des projets moi aussi. Fin août, je serai sur le départ. Je vais chaque année faire les vendanges dans le Beaujolais chez Marianne, la sœur de Jeg… Un ami de mon père, précisa-t-elle devant l'œil interrogateur de son invité. Le seul je crois. En tout cas le seul que je connaisse.

Soudain cette perspective qu'elle avait jusque-là considérée comme son unique porte de salut ne lui parut plus aussi réjouissante.

— J'ai jamais fait les vendanges, avoua Dany. Ça doit être sympa, l'ambiance, tout ça.

— Oh oui, surtout que là-bas on est vraiment accueillis comme des rois. C'est pas le cas partout.

Une idée folle lui traversa l'esprit.

— Mais… j'y pense… ça te dirait de venir avec moi ? Faire les vendanges ? Je suis certaine que Marianne serait d'accord. Tu adorerais ça, j'en suis sûre.

Elle s'avançait peut-être un peu, là, mais elle était prête à tout pour garder Dany en ligne de mire, dût-elle pour cela l'attendre pendant plusieurs mois. Elle s'imaginait déjà s'isoler dans un coin du dortoir avec son Adonis un soir de vendanges, ferrer sa bouche tendre et délivrer à son oreille quelque torride confidence, prélude à d'ardents ébats. Holà, calmos ma fille !

Lui rit de la voir si enthousiaste.

— Je n'y avais pas pensé mais… pourquoi pas ? déclara-t-il, l'air songeur.

Laurie exultait. Elle s'évertua à n'en rien laisser paraître et reprit d'une voix presque sévère :

— Si tu acceptes, il faudra que tu fournisses des papiers à Marianne pour qu'elle puisse t'enregistrer, ton numéro de sécu, tout ça. Elle comptera sur toi, alors il ne faut surtout pas que tu promettes à la légère !

— Banco princesse, c'est plié, je déclare sur l'honneur que je viendrai faire les vendanges avec toi. Tu m'enverras un texto pour me dire tout ce dont tu as besoin. Mais maintenant je dois vraiment y aller, je pars après-demain et j'ai encore pas mal de trucs à régler.

— Après-demain ? Déjà !

L'escadron lacrymal tenta un nouveau raid. Laurie cligna des yeux pour contenir sa percée et arbora un sourire crispé. Dany effleura sa joue. Tout son corps tressaillit.

— Oui, mais on se revoit cet été, n'oublie pas. Croix de bois, croix de fer…

Il laissa sa phrase en suspense et entreprit de plier les cartons à pizza couverts de tâches graisseuses.

— Je les jetterai dans la poubelle jaune en sortant.

Beau à couper le souffle… et vertueux avec ça ! Elle n'était pas sortie de l'auberge.

Il y eut enfin cet ultime moment de grâce quand Dany se retourna vers elle au moment de passer la porte.

— C'est bien ça, cet été. Ça me laisse un peu de temps. J'en ai besoin, tu sais. Et après, peut-être que nous deux…

Laurie aurait été chatte, elle aurait ronronné tant ses inflexions de voix s'étaient faites chaudes et caressantes. Il déposa le tas de cartons par terre, s'approcha d'elle, la serra contre lui et appuya longuement ses lèvres sur les siennes. Elles avaient le goût et le moelleux d'une grosse cerise mûrie au soleil. Puis, alors qu'elle cherchait à en forcer l'entrée avec la pointe de sa langue, la bouche de l'homme migra vers sa tempe à coups de petits baisers hâtifs, comme pour la picorer.

— Tu m'écriras ? murmura-t-il dans le creux de son oreille.

— Des… des lettres ? bafouilla-t-elle.

Elle le sentit amusé et s'en voulut d'avoir brisé le charme.

— Je pensais plutôt à des SMS.

À son grand désarroi, il se détacha d'elle et lui prit les mains.

— Tu embrasseras Ingrid pour moi ?
— OK, fit Laurie tout aussi dépitée que déboussolée.

Il sourit en plantant ses yeux magnétiques dans les siens. Des rayons verts. Elle se désagrégea.

— J'ai besoin de toi, tu sais. Ne m'oublie pas, princesse. Ne m'oublie pas.

Dany cala les cartons sous son bras et, après un dernier baiser soufflé, il disparut comme par magie, laissant dans son sillage une odeur de cèdre et de basilic.

La jeune femme resta un moment immobile, les yeux clos, pour prolonger au maximum cet instant, le plus beau qu'elle ait vécu jusqu'alors. « Mièvre à vomir » aurait sûrement raillé Benoît ; mais elle écarta son père de ses pensées d'une simple pichenette mentale.

Elle monta les marches en souriant aux anges, oublieuse de sa déconvenue de la veille. Le sieur De Mirandal ne s'était en effet jamais pointé au rendez-vous qu'il lui avait fixé. Ne le voyant pas arriver au café, elle avait tenté de le joindre à plusieurs reprises et s'était à chaque fois heurtée à la voix monocorde du répondeur. Elle avait laissé un premier message agacé ; un deuxième, désabusé. À la troisième tentative, elle avait renoncé à dire quoi que ce soit et avait quitté le port en maudissant cet abruti qui l'avait fait venir jusqu'à Toulon pour lui poser un lapin.

De Mirandal ne l'avait jamais rappelée.

Dès qu'elle avait entendu la porte d'entrée se refermer, Ingrid avait précipitamment quitté le palier du premier étage d'où elle épiait sa fille et son livreur préféré. Elle n'avait pas perdu une miette de la scène qui s'était jouée dans le vestibule entre les deux tourtereaux.

Revenue dans son lit, elle saisit ses protections auditives en mousse, les enfonça dans ses oreilles et ferma les yeux, appelant le sommeil de tous ses vœux.

***

En ce début d'après-midi printanier, les jumelles faisaient la sieste sur leurs fauteuils serrés côte à côte sur leur minuscule balcon. Comme à leur habitude, elles se trouvaient exposées au soleil sans autre protection qu'une visière de casquette noire et rouge aux couleurs du RCT[6], agrémentée d'un brin de muguet vert et blanc. Enfin, la sieste… Sylvette ronflotait la bouche ouverte tandis que Sylvaine, qui n'avait jamais réussi à dormir après manger, feuilletait le journal du jour, fourni de mauvaise grâce par une aide-ménagère aussi morose que moustachue – ce qui n'était pas peu

---

[6]Rugby club toulonnais

dire. Heureusement, cette dernière avait déguerpi sitôt le repas dominical servi. Le dimanche, personne ne tenait à faire des heures sup.

Soudain Sylvaine sursauta et donna un coup de coude à Sylvette qui sursauta à son tour, faisant tintinnabuler les breloques suspendues à son bras maigre, semblable à une baguette trop cuite guillochée de coutures violacées.

— Hé ! De Mirandal, tu te souviens ?

— Hein ? Qui ?

— Mais si, le jeune milord, là, qui aimait se faire fouetter et qui demandait pardon à tout bout de champ. Spé, qu'on l'appelait. Note bien, il ne touchait jamais aux filles. Et il payait rubis sur l'ongle. Un cave, mais un cave sympathique somme toute.

Dans le cerveau embrumé de Sylvette, se dessina un bordel enfumé saturé de cris, de vapeurs d'alcool et de lumière rouge. Mais que tout cela était flou.

— De qui tu parles ? demanda-t-elle d'une voix ensommeillée.

— O fan ! Faut tout te répéter à toi. De Mi-ran-dal.

— Ah oui oui, Mirandal, soupira Sylvette pour faire plaisir à sa sœur.

Elle n'avait aucune idée de qui ça pouvait être.

— Non, pas Mirandal. De. De Mirandal.

— Il y en a deux ?

— Non, à ma connaissance il n'y en a qu'un. Et maintenant, peuchère, il n'y en a plus du tout. Parce qu'il est mort, figure-toi ! Noyé dans sa piscine. Une piscine couverte, note bien. Dans des circonstances encore floues, qu'ils disent. De Mirandal, ça alors. Va savoir dans quelle sale limonade il est allé se fourrer, ce ravi !

— Qué ravi ?

— Rendors-toi vé, tu m'escagasses. Je t'expliquerai plus tard.

FUGUE D'ÉTÉ

XIII

— Il est 7h20, on décolle dans dix minutes ! Ten minutes ! Capito ?

Marianne, soixante-neuf ans et des poussières, couchée tous les soirs à plus de minuit et levée à l'aube pour gérer la paperasse avant que le jour ne s'installe, se tient sur le pied de guerre. Qu'importent les cernes, les articulations douloureuses, la tête en charpie après les excès de la veille et le manque de sommeil, elle a depuis longtemps gommé de son vocabulaire, comme on se débarrasse d'un cadeau inutile, l'adjectif « fatiguée », un mot mou et lourd, un édredon de paresse dans lequel ses contemporains – des petites natures pour la plupart – courent se vautrer au moindre coup de Trafalgar, les yeux battus et les joues blêmes, arborant tel un pavois leur pâleur triomphale.

À commencer par Jean-Gérald dit Jeg, sa feignasse de demi-frère, un veuf de quinze ans son cadet, qui vit seul dans une petite maison à l'autre bout du village. Chômeur de longue date, Jeg tient à participer aux vendanges pour prouver à Pôle Emploi sa bonne foi de travailleur patenté et ne pas perdre ses allocations mensuelles. Marianne accepte le deal pour ne pas risquer de l'avoir sur le dos le reste de l'année. Conclusion, Jeg se pointe en retard tous les matins après des nuits blanches qu'il impute à son sort de veuf inconsolé mais dont son aînée sait parfaitement à quelles turpitudes avinées et libidinales il les consacre. Jeg ne rejoint en général sa tanière d'ours solitaire qu'à une heure avancée de la nuit. Marianne irait bien jouer du clairon devant chez lui dès potron-minet pour lui secouer un peu les puces, si seulement elle n'avait que ça à faire – et si elle possédait un clairon.

La viticultrice a revêtu sa tenue de combat habituelle en période de vendanges : large t-shirt bariolé, vieille salopette en jean usée jusqu'à la corde, casquette à visière et léger coupe-vent ouvert sur sa poitrine généreuse ; sans oublier la pochette fourre-tout arrimée à sa hanche.

D'origine polonaise, venue toute petite avec ses parents s'installer dans ce village du Beaujolais qu'elle n'a quasiment plus quitté depuis, Marianne est de celles à qui la vie n'a pas toujours souri. Mais son instinct affûté, sa vivacité d'esprit, sa joliesse slave – port de reine, blondeur de chanvre, yeux de ciel – sa volonté sans faille lui ont permis de surmonter tous ses déboires. Avec l'aide de son mari Hans, elle a repris le domaine familial à la mort de ses parents. À force de persévérance, elle a même réussi à le faire fructifier. Elle est désormais *persona grata* dans cette région qu'elle aime par-dessus tout et qu'elle revendique comme la sienne.

Dans ses vignes, c'est elle qui mène la danse. Tout en elle, son œil vigilant qui jamais ne cille, son menton volontaire, sa posture martiale, sa voix qui fait trembler les carreaux embués d'un reste de nuit dans sa longue cuisine de vendanges qui n'en finit pas de s'étirer, indique qu'elle est ici la patronne. Un statut que personne ne lui conteste, du reste.

— Allez, on se dépêche ! Hurry up !

Sidérés par son énergie de tous les instants qu'ils jugent quasi surhumaine – à croire que Marianne, à l'instar d'Obélix, est tombée dans une marmite de potion magique quand elle était petite – ses vendangeuses et vendangeurs, dont les plus vieux accusent à peine trente ans, n'osent guère protester malgré leurs paupières lourdes d'un sommeil écorné un peu plus chaque nuit. Marianne les contemple avec une tendresse un peu rude, fière de réunir sous son toit des étudiants de grandes écoles, des routards, des paumés, des artistes, des intellos, des manuels, des musiciens, des hippies, des carriéristes, des tatoués… en provenance de tous les continents. On baragouine toutes les langues ici. Il y a un peu plus de gars que de filles cette année mais la parité est presque respectée. Ce petit monde travaille et festoie en bonne intelligence au domaine depuis une douzaine de jours déjà. Marianne veille au grain.

Répartis autour de la longue table en bois dans un silence quasi monacal, ses ouailles encore engourdies se hâtent de terminer qui son café noir, qui son bol de thé, qui son chocolat chaud agrémenté de moult tartines. Ici on ne lésine ni sur la qualité de la pitance, ni sur la quantité : des travailleurs bien nourris auront la reconnaissance du ventre et redoubleront d'efficacité dans les vignes.

Le regard de la viticultrice s'attarde sur Laurie. Contrairement à son habitude, la jeune femme ne s'est pas installée à l'extrémité de la longue table, à l'écart de ses pairs. Marianne remarque avec satisfaction que sa petite protégée, presqu'un membre de la famille depuis le temps qu'elle vient vendanger au domaine, discute avec animation avec Clément.

Pendant plusieurs années, Laurie a couvé avec des yeux éperdus de désir le séduisant serveur breton, récemment promu chef de rang dans un grand restaurant. Clément prend chaque année exprès ses congés début septembre pour venir faire les vendanges chez Marianne et Hans. Bien conscient de l'attirance que Laurie a développée pour lui au fil des ans, il a eu jusque-là tendance à la fuir, lui préférant des conquêtes plus avenantes et surtout moins compliquées.

Mais voilà que cette année, il se met à flirter avec elle alors qu'elle n'a à la bouche que le prénom de ce mystérieux garçon, Dany, dont elle est fort déçue qu'il n'ait pu la rejoindre comme prévu. Son contrat de pianiste sur un bateau italien a en effet été prolongé de plusieurs jours et il n'a pas pu, ou pas voulu, refuser l'aubaine. Marianne a réussi à le remplacer sans problème – la place est bonne et ce ne sont pas les prétendants qui manquent – mais, devant l'air accablé de Laurie, elle a accepté que ce Dany, dont elle se demande bien à quoi il ressemble, vienne participer aux deux derniers jours de vendanges qui se concluront comme chaque année par une mémorable soirée festive.

Laurie lui a sauté au cou.

C'est indéniable, pense Marianne, *depuis la mort de son père, il y a quelque chose de changé en elle.*

La première fois qu'elle a rencontré celle qui n'était encore qu'une adolescente farouche, la viticultrice a pensé à un chat sauvage, un de ces matous rachitiques au dos arqué prêt à mordre quiconque prétend l'approcher. Elle s'est prise d'une affection aussi vive qu'inexplicable pour cette gamine qui semblait si mal dans ses baskets, cette écorchée vive dont tous les autres s'écartaient par instinct.

Pourquoi cette tendresse soudaine ? Peut-être parce ce que le mal-être de Laurie, le rejet qu'elle suscitait, faisaient écho à ce que Marianne avait vécu en France dans son enfance, quand elle n'était qu'une petite Polonaise maigrelette exclue des jeux et des anniversaires ? Peut-être parce que, avec Hans, ils n'avaient pas pu avoir d'enfant et que l'arrivée de cette jolie jeune fille au visage pointillé de charmantes éphélides, qui s'évertuait à se cacher sous des vêtements sans éclat, ses beaux yeux toujours baissés et ses magnifiques cheveux de feu tyrannisés par des armées de barrettes avait réveillé chez elle une fibre maternelle enfouie dans le tréfonds de son être ?

Marianne s'en fout un peu à vrai dire. L'introspection, c'est pas trop son truc, elle préfère l'action. Ce qu'elle sait, c'est que Laurie compte pour elle et ça lui suffit. Elle a même tendance à penser que cette rencontre avec la jeune fille est la seule bonne chose qui lui soit venue de son frère, par collègue interposé.

— Allez, le raisin n'attend pas ! insiste-t-elle.

Seuls quelques grognements indistincts lui répondent. Marianne ne s'en formalise pas mais darde un œil autoritaire sur les éternels traînards. Elle a une exploitation à faire tourner, elle !

Ses deux cuisinières, Nancy et Bernadette, des amies septuagénaires venues comme chaque été lui prêter main-forte, sont déjà à pied d'œuvre. Leur âge ne fait rien à l'affaire, leur enthousiasme communicatif et leur virtuosité culinaire, si ! Les deux femmes rivalisent d'inventivité pour concocter aux jeunes gens des repas aussi substantiels qu'esculents, sans pour autant exploser le budget.

On empile les bols sales en bout de table. On saisit au vol une dernière madeleine avant que l'assiette ne disparaisse. Un petit malin fait une allusion à Proust que personne ne relève. Causer littérature à 7 heures du mat', merci bien ! On fait la queue devant la porte des toilettes. Laurie est déjà dehors, prête à partir. Clément saute d'un pied sur l'autre sur le seuil de la cuisine. Fidèle à celle que les jeunes surnomment avec une malice affectueuse la générale, il houspille les retardataires.

— Come on ! On se grouille now ! clame-t-il en secouant vivement la tête.

Sa queue-de-cheval, qu'il a blonde, mousseuse, annelée comme des boucles à l'anglaise, s'agite de concert.

C'est le signal du départ.

XIV

Fort de son ancienneté conjuguée à son aura de meneur, Clément s'installe d'autorité à la place du passager dans le fourgon conduit par la boss, lequel peut accueillir deux personnes seulement. Laurie lui envie ce privilège qu'elle n'a jamais osé revendiquer alors qu'elle vient ici depuis plus longtemps que lui.

En attendant son tour de grimper dans la camionnette cabossée communément appelée la bétaillère, elle embrasse du regard le paysage environnant, séduite par les lignes vallonnées qui se déclinent à l'infini en un doux camaïeu de vert. Elle est sensible aux variations de teinte et de lumière qui l'accueillent chaque matin et lui donnent, croit-elle, le ton de sa journée. Aujourd'hui, elle remarque avec dépit la prédominance d'un vert épinard moucheté de points rouille, en passe de damer le pion au smaragdin tendre et tonique qui, hier encore, flattait ses prunelles. Elle fronce le nez devant cette découverte qu'elle ne goûte guère et en conclut que sa journée ne sera peut-être pas aussi sereine que les précédentes. Puis elle s'efforce de chasser de son esprit ce mauvais pressentiment tout en se morigénant. En quoi l'évolution du paysage pourrait-elle avoir valeur de présage ?

Assis sur la banquette avant du fourgon, Clément s'impatiente tandis que Marianne fulmine en refermant le lourd portail qui clôt sa propriété.

Son frère Jeg, chargé de conduire la bétaillère, est en retard comme chaque matin.

Le voilà qui débarque enfin sans se presser. Sa trogne rubiconde et son pas flageolant témoignent de ses excès de la veille.

— Eh, même pas le temps de boire un café dans cette baraque ! clame-t-il, rigolard.

Et d'adresser un clin d'œil complice aux jeunes gens qui l'attendent, agglutinés à l'arrière de la camionnette sur une toile de jute qui a dû connaître des jours meilleurs. Qu'ils comprennent ou non le français, tous ont capté le mot *café* et rongent leur frein. Ce bonhomme qui se la joue un coup bon pote, un coup chefaillon de mes deux sous prétexte qu'il est le frangin de la patronne et qui se permet de les mettre en retard alors qu'eux ont écourté leur nuit déjà bien entamée pour être à l'heure, les agace au plus haut point.

Laurie, désireuse d'évoquer avec le seul ami qu'elle lui ait jamais connu la jeunesse de son père, a plusieurs fois tenté d'amorcer une conversation avec Jeg, après avoir renoncé à le prendre en flagrant délit de sobriété – le bougre est pinté du matin au soir.

Elle n'a obtenu en tout et pour tout que quelques paroles de condoléances usées jusqu'à la corde, marmonnées d'un ton gêné. Jeg a ensuite éludé toutes ses questions sur Benoît avec le même sourire niais et horripilant qu'il arbore à chaque fois qu'on lui sert un reproche ou qu'on le somme de se justifier pour telle ou telle vilenie. Laurie a dû se retenir pour ne pas le baffer. Elle se demande comment Marianne et Hans parviennent à le supporter. La seule information qu'elle soit parvenue à lui arracher un soir tient en deux phrases sibyllines, prononcées – bavées plutôt – de ce ton sentencieux et haché caractéristique des poivrots déjà bien atteints : *« Ton vieux, ma poulette, c'était un… sacré baiseur, nom de Dieu ! Dommage qu'il… attirait autant la merde… que les filles ! Mais je vais te dire… moi… »*.

À cet instant, Jeg s'est écroulé à ses pieds, ivre mort, et s'est mis à ronfler comme un volcan en éruption. Par la suite, Laurie, passablement surprise par ce donjuanisme paternel insoupçonné et déroutée autant qu'intriguée par cette « merde » mystérieuse qui aurait collé au train de Benoît, n'a jamais plus réussi à lui faire aborder le sujet.

Le véhicule démarre en cahotant puis prend de la vitesse, indifférent aux nids-de-poule qui creusent le bitume et occasionnent de nombreux soubresauts. La jeune femme doit se tenir aux anses en plastique pour ne pas basculer dans les virages. Elle a mal au cœur. Malgré l'heure matinale, des clopes fraîchement roulées circulent entre ses collègues. La fumée sombre des cigarettes, âcre comme un sel d'amertume, accentue sa nausée.

« Heureusement qu'on ne va pas très loin ! » pense-t-elle, éprouvant un bref élan de solidarité pour ces migrants clandestins dont on cause à l'antenne, obligés de s'entasser comme des bêtes dans des

fourgons de passeurs pendant plusieurs heures, voire plusieurs jours.

Elle s'étonne de cette prise de conscience. C'est comme si un pan du voile noir et épais qui lui masquait jusqu'à présent le reste de l'univers, la maintenant dans une commode indifférence à l'égard de tout ce qui ne la concerne pas directement, venait de se déchirer.

« Est-ce cela qu'on appelle mûrir ? » se demande-t-elle encore.

Un virage négocié un peu trop vite la propulse sur son voisin d'en face, un jeune Moldave timide au teint crayeux qui rosit illico. Laurie lui adresse une grimace plus irritée que contrite et reprend sa place en se massant le bras, comme s'il l'avait agressée intentionnellement. Le visage du jeune Slave vire au rouge capucine. Mais ce n'est pas après lui que Laurie en a. Elle s'en veut d'avoir pensé, l'espace d'une seconde, qu'elle aurait préféré tomber sur Clem plutôt que sur ce tendron aux pommettes saillantes et aux longs cils de fille. Ce regret lui donne l'impression d'avoir trahi Dany.

Car son bel Apollon la rejoint – enfin ! – demain et la moindre des choses serait de se focaliser sur sa venue et non de faire une fixette sur le séduisant jarlot[7]… même si, comme un fait exprès, Clément semble cette année s'intéresser à elle. Las, il est trop tard, le cœur de Laurie vibre à présent pour un autre. Mauvais timing, comme on dit.

---

[7]Nom local du porteur. On dit aussi « jarlottier ».

À la décharge de la jeune femme, il faut dire qu'elle ne sait pas trop sur quel pied danser en ce qui concerne sa relation avec Dany. Clément, qui ne se gêne pas pour lui susurrer à tout bout de champ que les absents ont toujours tort, le surnomme moqueusement l'Arlésien : celui dont on parle sans cesse mais qu'on ne voit jamais. Blessée par cette maxime au parfum de vérité, Laurie s'abstient de répliquer. Et si elle poursuivait une chimère ?

De fait, après le départ de Dany pour l'Italie, leur échange de textos a tourné court, aucun des deux jeunes gens n'étant à l'aise avec ce mode de communication.

Au bout de quelques jours d'échanges heurtés, frôlant la rupture diplomatique à chaque nouveau SMS malgré la copieuse garniture d'émojis censés enrober de tendresse ou adorner d'humour leurs reproches larvés, les deux jeunes gens ont décidé de concert de stopper là toute conversation virtuelle et de reprendre leur dialogue en direct quand ils se reverraient, au début des vendanges.

Quelques jours avant le départ de Laurie pour le Beaujolais, Dany s'est cependant fendu d'un bref appel téléphonique pour la prévenir du prolongement de son contrat et de son arrivée différée. Un expéditif « *Peu de réseau, à bientôt princesse* » a clos de façon brutale leur conversation. Entendre la voix du jeune homme a suffi à Laurie pour la rendre fébrile, rallumer sa frustration, réactiver sa soif de le voir, l'étreindre, l'embrasser avec toujours ce désir étrange, animal, de planter ses dents dans ses lèvres, son cou, lécher son sang, laisser la marque de ses canines pointues sur sa peau d'ombre.

La jeune femme s'arrime résolument au sol, colle ses genoux à sa poitrine, enserre ses bras entre ses jambes et pose son front au creux de ce cocon improvisé pour éviter de se laisser distraire par son entourage – chose d'autant plus aisée que Clément ne se trouve pas dans les parages. Ainsi isolée du monde, elle entreprend de récapituler tout ce qu'elle a prévu de dire à Dany quand elle le reverrait. Car il s'en est passé des choses, depuis son départ !

Le point noir, tout d'abord : l'enquête sur la mort de son père piétine à tel point qu'elle semble reculer. Rien d'officiel mais Laurie pense que les enquêteurs ont jeté l'éponge concernant la femme qui aurait agressé Benoît et cela lui reste en travers de la gorge. Elle sait qu'elle ne pourra pas respirer à fond tant que cette cuisante blessure d'injustice ne sera pas guérie. Parfois – cela la prend comme une envie pressante – elle se met à prier de toutes ses forces pour que la police mette la main sur la coupable et lui fasse enfin cracher le morceau. Car seule la vérité pourra adoucir sa brûlure, sinon panser sa plaie.

Cette non-résolution d'enquête qui lui pèse tant ne semble pas gêner sa mère outre mesure. Contre toute attente – contre celle de sa fille tout du moins – Ingrid s'est entichée de son médecin traitant. À force de mansuétude, le bon docteur à la rotondité lénifiante a su réparer les sentiments meurtris de la veuve blanche, colmater ses brèches mentales, souffler du beau dans ce qui était laid, du lumineux dans ce qui était triste. Grâce à son entremise, la cure de désintoxication de sa patiente favorite se déroule en douceur.

Laurie a réussi à faire taire les doutes qui l'ont taraudée au début de cette relation : sa mère aurait-elle eu une liaison avec Georges avant la disparition de Benoît ? Elle se souvient qu'Ingrid revenait toujours apaisée, presque détendue, de ses visites chez le médecin. Et, si adultère il y avait eu, celui-ci aurait-il pu avoir une incidence quelconque sur la mort de son père ? Puis Laurie s'est ravisée, a fait taire ses soupçons ridicules. *Tu regardes trop de séries, ma fille,* s'est-elle admonestée. *Tu deviens complètement tordue.*

Pour tout dire, Laurie est rassurée que sa mère soit en passe de se caser avec un homme gentil, qui saura prendre soin de sa santé mentale et physique qui plus est. Un gros souci de moins à gérer.

Un dernier cahot, l'arrêt de la bétaillère et les portes qui s'ouvrent à l'arrière ne laissent pas à la jeune femme le loisir de terminer sa « *liste des choses à dire à Dany* ». Dehors, la distribution de seaux et de sécateurs a déjà commencé. Laurie enfile des gants épais qui la protégeront des coupures, des piqûres de bestioles et des taches diverses. Aujourd'hui, on cueillera du chardonnay.

— Les pieds sont chargés, il va falloir être réactif, murmure Michel, le vigneron retraité qui vient chaque année donner la main à Jeg et Doumé, l'ouvrier engagé par Marianne.

— On commence ici, décide la cheffe. Deux par rang, comme d'hab.

Et de désigner nommément chaque duo de vendangeurs. Laurie se retrouve en binôme avec Dimitru, le jeune Moldave, de plus en plus cramoisi. Ça ne la dérange pas, même si elle aurait préféré un partenaire moins emprunté. Mais elle sait qu'à chaque changement de rang, Marianne modifie l'agencement de ses équipes. Sa façon à elle de lutter contre l'esprit clanique.

Le soleil qui pointe son nez brasillant dans un mouchoir de ciel promet une journée aussi chaude que les précédentes. Chapeau de paille, casquette ou turban seront bientôt de rigueur. Mais pour l'heure, une brise frisquette embuée de rosée titille les épidermes et l'on supporte encore bien une petite veste.

Marianne harangue ses troupes pour qu'elles tiennent la cadence. Quelqu'un entame un chant italien révolutionnaire, repris par d'autres. Laurie se redresse, éponge son front, adresse un signe à Clément qui, torse nu, sillonne la vigne de long en large en s'égosillant pour encourager ses camarades, son large panier en résine sur le dos. Lorsqu'il arrive à son niveau, Laurie se saisit de son gros seau noir empli à ras-bord de fruits juteux pour en déverser le contenu dans le vendangeoir.

Le sémillant porteur lui facilite la tâche en s'agenouillant devant elle et en lui présentant sa hotte – un privilège auxquels bien peu ont droit. La jeune femme capte quelques regards amusés ou narquois autour d'elle. Elle ne peut s'empêcher de rougir.

En milieu de matinée, même si la parcelle entamée est loin d'être terminée, on marque une pause d'une demi-heure. C'est l'heure bénie du casse-croûte.

Laurie, restée sur place, attend que tous aient rallié le point de ravitaillement pour s'accroupir, baisser son pantalon de toile et uriner vite fait entre deux rangs de ceps tout juste délestés de leurs chapelets de nacre. Le moyen de faire autrement ? Alors qu'elle se rajuste, un ricanement goguenard la fait tressaillir. Son cœur s'emballe.

À travers le feuillage touffu des pampres, écarté par une main invisible, deux petits yeux plissés injectés de sang la fixent sans se gêner. Jeg ! Il a encore dû se cacher pour écluser le piètre whisky – son péché mignon, selon ses propres mots – qu'il transporte, discrètement croit-il, dans une flasque en étain planquée dans une poche de son vieux treillis. Depuis quand se tient-il là, à la mater comme un pervers ?

Mortifiée, Laurie termine fissa de se rhabiller puis s'empresse de rejoindre ses pairs en affichant un air dégagé. Elle ignore le petit sourire complice que lui adresse Clément, flattée malgré elle que ce dernier se soit aperçu de sa brève absence. Mais elle est encore sous le choc de sa rencontre inopinée. Pour donner le change et tenter d'oublier son humiliation, elle promène son regard au-delà des marées de vignes, se laisse bercer par les ondulations paisibles du paysage. Entre les mamelons verdoyants émergent des villages patinés de miel qui happent la lumière et ocrent l'horizon : c'est le pays des pierres dorées.

Fromage, charcuterie, chocolat, café, eau… Il y a deux bidons à disposition dans le camion, l'un pour se tremper les mains et se verser de l'eau sur la tête, l'autre pour boire, il s'agit de ne pas se tromper. Marianne conseille d'économiser le précieux liquide, il faut tenir jusqu'à midi, quand aura lieu le prochain ravitaillement. Ça va être difficile. Le soleil qui en a fini de mégoter fond sur les vendangeurs tel un assassin sur ses proies… et il est à peine dix heures ! Sûr qu'après le déjeuner, l'enlumineur céleste les dévorera tout crus – ou plutôt tout cuits. À peine éclos, son feu blond éclabousse de reflets métalliques les plants de vigne jusqu'alors sagement alignés, semblables dans le gris mauve du petit matin à un troupeau d'écolières endormies. Son écho vibrant les entraîne à présent dans un tourbillon d'or, essaime à grand tapage ses paillettes de quartz dans les champs striés de sarments olivâtres, vernisse les feuilles tendues vers le ciel de patines rousses et argentines.

Cette symphonie de lumière qui résonne comme un fracas de cuivres agit comme un baume d'oubli dans le cœur de Laurie, gomme le râpeux du matin, estompe le cri térébrant du vil augure.

Lors de la reprise, la jeune femme, casquette en jean noir vissée sur la tête, se retrouve à nouveau face à Dimitru. Décidément ! Elle profite de sa compagnie silencieuse pour poursuivre sa *« liste des choses à dire à Dany »*, la dernière n'étant pas la moindre : pendant son absence, elle a trouvé un job à deux pas de chez elle !

En pénétrant dans la coquette librairie de Pradanne baptisée « Mille promesses » pour y acquérir un carnet de croquis et quelques pastels gras, elle ne pensait pas tomber sur cette petite annonce affichée en caisse : *« Cherchons vendeuse à temps partiel pour gérer le rayon papeterie / beaux-arts »*.

Avec cette brusquerie qui est l'apanage des grands timides, Laurie a demandé tout à trac à Helena, l'une des deux libraires :

— Je pourrais faire un essai ? Je suis disponible immédiatement.

Quelques jours ont suffi à tous pour se rendre compte que Laurie, peu à son aise quand il s'agissait de commérer avec les clients, se trouvait en revanche totalement dans son élément dans l'univers de papier, peinture, pâte à modeler… qui lui était dévolu. Constatant son goût pour le dessin, Pierre-Yvon, l'associé d'Helena, tout aussi sympathique que sa consœur, lui a même proposé d'animer à la rentrée un atelier « couleurs » pour les enfants. Laurie hésite. Bien qu'elle soit terrifiée par l'aventure, cette expérience la tente beaucoup : les petits l'intimident bien moins que les adultes.

Au bout d'un mois, la jeune femme a obtenu son CDI à la librairie, non sans avoir négocié au préalable une quinzaine de jours de congés estivaux pour aller faire les vendanges. Une victoire dûment fêtée le soir même autour d'une coupe de Dom Pérignon avec Ingrid et Georges, qui avait tenu à offrir la bouteille.

Malgré son envie d'annoncer la grande nouvelle de son embauche à Dany, Laurie a résisté à son impulsion de lui écrire, rechignant à lui relayer un événement de cette envergure via un banal texto.

La journée de vendanges, rythmée par les pauses et un pique-nique roboratif pris dans l'herbe, se poursuit sans fait notable, si ce n'est une transpiration de plus en plus abondante qui pique les yeux des travailleurs et les contraint à s'essuyer régulièrement le front et la nuque.

Dès que Clément et Robin, les deux porteurs, ont empli de raisins la remorque-benne attelée au tracteur dans laquelle ils déversent régulièrement le contenu de leur hotte, Doumé, secondé par Jeg – toujours partant quand il s'agit de se carapater – conduit l'engin vers le pressoir attenant au corps de ferme rénové et investi par Marianne et Hans.

En milieu d'après-midi, Doumé revient seul sur son tracteur. Jeg est resté au cuvage sous prétexte d'aider çà et là, étalant distraitement avec une vieille fourche le raisin dans les cuves en inox et s'éclipsant dès que possible dans les sombres recoins de l'immense salle encombrée de matériel agricole, propices à une discrète picole. Sa sœur râle, elle n'aime pas le voir traîner là-dedans.

Irritée et inquiète mais également désireuse d'aller inspecter ses cuves, Marianne disparaît à son tour avec Doumé lors de l'avant-dernier voyage du tracteur vers le pressoir, laissant ses vendangeurs terminer seuls leur besogne. Clément et Robin rapporteront le fourgon et Michel conduira la bétaillère.

Le plafond de tulle qui tamise le soleil et obombre la nudité des pampres signe pour les vendangeurs la fin de leur journée de travail. Piétinée, malmenée, dépouillée des baies flaves qui faisaient sa fierté, la vigne accueille avec soulagement la promesse vespérale. Le voyage du retour paraît plus court qu'à l'aller à Laurie, fourbue, sale, « pégueuse », mais habitée d'une sensation rarement éprouvée dans ses précédentes missions : la satisfaction du travail accompli.

Ses pensées dérivent à nouveau vers Dany, bien que son visage, auquel se superpose de façon incongrue mais beaucoup plus précise celui de Clément, devienne de plus en plus flou dans sa tête. La fatigue, sans doute. Même le prénom Dany, à force d'être murmuré, écrit, chanté, calligraphié sous toutes les coutures, entouré de farandoles de cœurs puérils sur son carnet fétiche, a perdu de sa saveur et semble une coque vide, à l'instar de ces mots qui confèrent à l'absurde quand on les répète plusieurs fois de suite.

Recroquevillée sur la toile rugueuse entre deux camarades tout aussi flapies qu'elle, la jeune femme somnole, en proie à une douce rêvasserie. Le véhicule se gare sans à-coup. Ce n'est que lorsque ses portes arrière s'ouvrent, déversant un lot de vendangeurs avides de douches, de repos et de bières fraîches, qu'elle commence à émerger.

Quand, encore groggy, elle descend bonne dernière de la bétaillère, un « *Laurie !* » aigre et impératif la tire de sa torpeur.

Elle ouvre des yeux ronds, résiste à la tentation de se les frotter.

Derrière Marianne se détache une silhouette – pourquoi pense-t-elle aussitôt à une liane vénéneuse ? – qui attire tous les regards. Parmi les vendangeurs qui n'ont pas encore franchi la lourde porte en chêne pour se ruer qui sur une cabine de douche, qui sur le réfrigérateur débordant de boissons, les gestes se sont ralentis jusqu'à l'immobilisme, la parole s'est raréfiée jusqu'à l'extinction. Même les corbeaux ont interrompu leurs croassements. Comme un arrêt sur image.

Intrigué par le duo insolite formé par Marianne et l'inconnu, alerté par la stridence de la voix directoriale, happé malgré soi par une bulle de suspens, on attend.

Laurie s'avance d'un pas. Sensation de s'enfoncer dans un torchis de silence gras et boueux, une paroi opaque qui se referme aussitôt derrière elle sans lui laisser aucune échappatoire.

— Mais tu… tu devais pas arriver demain ? balbutie-t-elle, en proie à un sentiment d'irréalité.

À force de penser à Dany, de se passer et se repasser le film de leurs rencontres, de l'espérer, de temporiser, de projeter leurs retrouvailles sur l'écran de ses désirs, elle s'aperçoit que son cerveau a affadi son image. Il l'a émoussée, délavée comme une peinture sans fard mais dépourvue d'aspérités. Il l'a enjolivée ; ce faisant, il l'a dénaturée.

Non pas que Dany soit moins beau que dans son souvenir, au contraire. Mais voilà, elle n'est pas prête. Elle n'est pas prête parce que… parce que cet homme qui se tient là, devant elle, est bien trop présent, trop charnel, trop… brûlant. C'est ce mot qui lui vient à l'esprit, brûlant. À la fois incandescent et insaisissable.

Son apparition inattendue contraste de façon dérangeante avec le souvenir brouillé qu'elle s'est construit de lui, un portrait emmiellé par la sépia du temps, imprégné d'un fantasme de conte de fée auquel elle a succombé après seulement quelques jours d'absence, donnant à celle-ci une valeur d'épreuve, Pénélope moderne tricotant le jour des tresses de sagesse et de résignation, détricotant la nuit son ouvrage de patience en sanglots d'abandon – des larmes d'alcool blanc infusé de racines essouchées, d'absinthe à ravaler, de mille écorces amères – suivis d'étreintes désespérées avec son traversin.

Mais le temps a accompli son œuvre. Peu à peu, les pleurs de l'esseulée se sont taris et elle a délaissé pour un oreiller sec et doux son boudin de coutil tout écrasé d'amour, auréolé de chagrin aqueux. Peu à peu, le sommeil lui est revenu… et même un semblant d'appétit. À quoi bon se morfondre dans une navrance stérile ? Un jour, c'était promis sinon écrit, son amoureux reviendrait et des centaines de nuits torrides s'ensuivraient. Plutôt que de dépérir, ne valait-il pas mieux prendre des forces pour se préparer à cette folie des sens ?

Et de songer chaque matin, dans un déferlement de vocables féminins ondulant sous son palais comme de lascives bayadères, à ses futures retrouvailles avec son Adonis, figurées tour à tour somptueuses, voluptueuses, fabuleuses, langoureuses…

Et de s'enivrer chaque soir, comme d'autres fleurent des hydrolats ou chuchotent des prières pour affaiter la nuit, de sa mièvre romance trempée dans l'eau des roses.

Nourrie au lait des rêves qui, petit à petit, sans qu'elle en prît conscience, avaient noyé le réel, Laurie s'était mise à attendre le prince charmant.

Or c'est un mâle au charisme insensé qui s'avance vers elle, arborant une moue dont elle ne sait trop si elle est amusée ou contrariée.

Il va pour parler mais Marianne le prend de vitesse :

— Eh bien non, tu vois, il est déjà là, ton petit chéri, qui arrive sans prévenir, quand ça lui chante ! Un peu sans-gêne, quoi. Mais moi ça ne m'arrange pas du tout pour le dortoir, il va falloir que…

— Pas besoin de dortoir, répond Dany dont le timbre mat, souterrain, déconcerte Laurie – encore une chose qu'elle avait oubliée, cette capacité de l'élu à changer de registre vocal comme de chaussettes.

— Tu…

— Je ne veux déranger personne, poursuit Dany dont les prunelles jade s'assombrissent de seconde en seconde. Je dormirai dans mon van.

Marianne n'est pas dupe. Elle a bien senti la colère contenue dans la voix du garçon, même s'il a pris soin d'en lisser les reliefs. Mais elle n'a que faire de la susceptibilité de ce jeune coq ombrageux. Elle en a vu d'autres.

— Et tu l'as garé où, ton van ?

— Dans le pré là-bas, répond Dany de mauvaise grâce en désignant vaguement une direction.

— Sans demander à personne avant ? Tu as vraiment du culot, toi. Tu as de la chance que les terrains autour nous appartiennent. Rigolo, va !

Elle a jappé ces derniers mots plus qu'elle ne les a prononcés. La verdeur de sa prosodie en amuse certains qui se pincent les lèvres pour ne pas pouffer. Au loin, un âne braie en une véhémente protestation. On rit sous cape. La générale ne bronche pas.

Descendu il y a peu du fourgon qu'il vient de garer derrière la bétaillère, Clément ne pipe mot. Chaque syllabe prononcée par Marianne dégouline d'acrimonie. Il est rare que la boss se montre aussi hargneuse. Mais à sa façon elle est une guerrière, une cheffe des armées et elle semble avoir repéré en Dany un adversaire à abattre. Un adversaire ? Ou bien un rival dans le cœur de Laurie ?

De plus en plus désorientée par cette joute surréaliste entre deux personnes qu'elle chérit et dont elle ne comprend pas l'animosité réciproque, n'imaginant pas une seconde qu'elle puisse être l'enjeu de leur duel, la jeune femme s'interpose.

— Je… Je vais t'accompagner, murmure-t-elle à Dany, conciliante. Juste le temps de me doucher et…

— Non.

— Non ?

— Tu n'as qu'à rester là avec tes amis *tellement* accueillants ! On se verra demain, je préfère. Ciao.

Et de planter dans les siens des yeux d'une noirceur abyssale, deux sabres d'obsidienne dégouttant d'une encre luisante, épaisse comme une coulée de lave. Laurie esquisse un geste pour retenir Dany, y renonce de peur de se ridiculiser encore davantage. Son menton tremble. Ses joues se consument. Son cœur décousu palpite comme un oiseau blessé.

Clément a la décence de ne pas se réjouir du camouflet infligé à la jeune femme au vu et au su de tous, contrairement à Dolorès. Restée un peu en arrière, l'ardente Espagnole ricane bruyamment et adresse à l'éphèbe français son sourire le plus aguicheur lorsqu'il passe à son niveau.

Maigre consolation, ce dernier ne lui prête aucune attention. Redoublant de morgue, il s'éloigne d'un pas chaloupé, hyper provocant et sexy en diable.

Sonnée, Laurie regarde partir Dany d'un côté et Marianne de l'autre, frappée d'une horrible évidence : les deux êtres qu'elle aime le plus au monde ne se connaissent pas encore que déjà ils se vouent une haine féroce.

XV

Les vendanges touchent à leur fin. Dans les vignes, l'excitation est palpable. Ce soir, au domaine, on fêtera la revole. Chaque vendangeur doué d'un talent quelconque sera invité à en faire profiter les personnes présentes. Quelques convives triés sur le volet viendront s'agréger à leur fine équipe. Nancy et Bernadette se surpasseront comme à l'accoutumée pour offrir à tous un repas digne d'un étoilé. Puis on dansera dans la cour intérieure, sous les reflets dorés des bâtisses empierrées, et l'on boira jusqu'à plus soif. La nuit sera belle.

Julien a prévu de scander des textes de rap de son cru, composés sur les trottoirs parisiens où il fait souvent la manche en compagnie de son chien. D'autres joueront d'un instrument ou improviseront une chorégraphie. Ali aux mains d'or présentera ses dernières créations. Michel, adepte du temps des cerises et du petit vin blanc, poussera la chansonnette.

Clément, qui s'enorgueillit d'un ancêtre troubadour, a choisi de garder la surprise quant à sa prestation. *« Vous allez en rester baba ! »* a-t-il clamé haut et fort, provoquant une incompréhension rieuse chez les non-francophones.

Laurie avait pensé se défiler comme à son habitude mais, sur l'insistance de Marianne, elle a accepté d'exposer sur un panneau placé dans la cour quelques dessins crayonnés sur le vif dans les vignes. Elle n'a pas osé demander à Dany s'il accepterait de jouer du piano. De son côté, lui n'a pas moufté quand la boss s'est enquise à la cantonade d'autres volontaires pour le spectacle vespéral.

Laurie est soulagée cependant. Pendant ces deux jours, obligeant même Marianne à reconsidérer son opinion sur lui, le jeune homme a bossé d'arrache-pied sans jamais se plaindre. Mais il a continué à lui battre froid.

— On dirait que tu as fait ça toute ta vie ! lui a murmuré Laurie dans une tentative de réconciliation alors qu'il vendangeait avec une surprenante célérité la rangée juste derrière elle.

Dany n'a d'abord rien répondu. Puis, en fin de rang, juste avant de rejoindre un nouveau partenaire désigné par Marianne – Dimitru en l'occurrence, dont chacun a bien remarqué qu'il se pâmait devant lui :

— Si tu savais le nombre de petits boulots que j'ai dû faire dans ma vie pour survivre… Que veux-tu, je ne suis pas une princesse, moi.

Blessée par le sarcasme, Laurie ne lui a plus adressé la parole de la journée. Elle s'est répandue en sourires charmeurs à l'intention de Clément, histoire de faire enrager Dany. Mais autant donner un coup d'épée dans l'eau : cela a semblé lui faire ni chaud ni froid.

Son bien-aimé a continué à observer un silence poli, obéissant sans un pli aux injonctions de la générale. Pourtant, malgré son apparente humilité, émanait de lui une fragrance vaguement sulfureuse, un effluve à peine musqué qui rendait les filles un brin plus frémissantes que d'habitude, les gars un poil plus belliqueux, une houle de rien qui faisait imperceptiblement ondoyer la vigne et voltiger les vrilles des coursons étonnés.

Marianne se disait qu'elle ne pouvait raisonnablement pas tenir rigueur au garçon de sa troublante aura ; elle gardait pourtant, enfouie au fond d'elle, une méfiance atavique, dérangée dans son instinct de terrienne par l'infime vacillation de l'air, ébranlée par son chant élastique qui, aussi ténu soit-il, stridait à ses oreilles et effarait le temps.

XVI

Un tourbillon.
Comme prise dedans.

Prise.
Grise.
Éprise.

Est-ce le chatoiement automnal de sa robe sirène, un fourreau évasé aux mollets signé Ali coulé sur elle comme une seconde peau, une eau de satin vert olive aux motifs de feuillage marron chaud et pourpre profond, portée avec des escarpins rouge feu qui claquent sur le sol pierreux comme un défi ?

Est-ce son teint lilial rehaussé de blush abricot, ses paupières alourdies d'or cuivré, ses yeux soulignés d'une ombre kaki s'étirant jusqu'aux tempes, sa bouche couleur mûre écrasée, ses cheveux ambre et cognac ébouriffés en savant décoiffage, une audace à plaire transgressive et jouissante qui la sacre ce soir, elle l'a lu dans leurs yeux, elle l'a perçu dans leurs silences interloqués jaloux troublés admiratifs… reine de la fête ?

Est-ce la profusion de nourriture, de chants, de rires, de musique, ce foisonnement de vies qui fourmillent autour d'elle et l'entraînent sans qu'elle désire au fond s'en défendre, dans sa folle sarabande ?

Est-ce ce petit vin, un beaujolais blanc préféré au rouge, dont la robe champagne se pare telle la carapace d'un scarabée doré de reflets émeraude et bronze, bu d'abord à petites gorgées prudentes, se trouvant à présent en parfaite osmose avec son palais, glissant le long de son gosier – ô soyeuse harmonie – avec une facilité déconcertante ?

Est-ce la rondeur complice de la lune qui veille ce soir sur ce pan d'univers où s'ébrouent jeunes et moins jeunes dans une contagieuse pétulance, nimbant d'une auréole cristalline les mèches fauves de Laurie – et celle-ci de se voir, au hasard d'une virevolte, sur une photo prise au vol, sorcière magnifique auréolée de flammèches incandescentes, et d'opérer alors un geste de recul – d'habitude, pense-t-elle, d'habitude, je n'accroche pas la lumière ?

Est-ce cet enthousiasme non feint pour ses croquis punaisés sur des planches, on ne la savait pas douée d'un tel talent, pourquoi n'a-t-elle jamais rien montré, exposé, illustré, publié ?

Est-ce cette divine surprise en début de soirée, les lèvres de Dany, flexueuses chenilles enveloppantes et douces comme du papier de soie, se posant sur les siennes avec une conviction inégalée jusqu'alors, scellant dans un parfum ouaté leur réconciliation sans qu'aucun mot n'ait eu besoin d'être prononcé ; puis les bras du garçon, possessifs et solides, entourant ses épaules pendant la première partie du spectacle, sa bouche lui glissant à l'oreille d'une voix gourmande qu'il doit songer à se préparer car il a finalement décidé de participer à la deuxième partie du spectacle, et elle de l'embrasser follement, ivre de joie à l'idée d'entendre enfin sa musique, se jetant après un ultime baiser dans la danse échevelée qui marque l'entracte, cédant dès la première pause musicale à l'appel du bar et de son armada d'amuse-gueule ?

Laurie ne sait.

Toujours est-il qu'elle flotte désormais dans un état second, un univers parallèle au sien où la vie semble fluide et sereine, où son sourire fleurit sans effort, où sa parole coule d'une source limpide et inaltérable, où le présent rejoint l'oubli pour offrir à ses hôtes un concentré d'ici et maintenant, une quintessence de temporalité, un cocon volatil dense en plaisirs fugaces et nu de repentir.

Clément lui fait la tête depuis qu'il l'a vue embrasser Dany mais, bien qu'il se soit promis de l'ignorer durant toute la soirée, il ne peut s'empêcher de l'apostropher alors que, postée un verre à la main devant le bar installé dans un coin de la cour, elle est en train de s'esclaffer avec Dolorès. À voir les deux filles se gondoler de la sorte, on pourrait croire qu'elles sont les meilleures amies du monde. Quelle mascarade ! Clément, ça le fait doucement rigoler.

— Ça va être à moi ! J'espère que ça va te plaire. Enfin bon, tu as sûrement mieux à faire que de me regarder !

D'un geste solennel, le jarlot se drape dans sa cape de soirée et s'éloigne en arborant un air mortifié. Sa moue de petit garçon vexé contraste de façon burlesque avec sa prestance. Laurie et Dolorès pouffent derechef mais ne tardent pas à s'approcher de la « scène », une estrade de fortune composée de palettes en bois rassemblées au centre du patio.

Quelqu'un a baissé la lumière des spots, la musique a été mise en sourdine. Une chouette ulule au loin et son cri résonne comme un appel poignant. Des chauves-souris zigzaguent au-dessus des têtes, vampires silencieux empreignant la nue de leurs ombres éphémères. La nuit éclairée de lune projette des reflets bleutés sur les convives intimidés, presqu'inquiets. On plaisante pour dissiper le malaise qui point. Les murs de pierre s'animent, chuchotent en aparté des secrets inaudibles.

Quelques minutes plus tard, Clément apparaît, torse nu sous sa cape et chaussé de hautes bottes dans lesquelles il a glissé le bas de son pantalon bouffant. Il a fière allure, ainsi accoutré. Marianne regrette que Hans ne soit plus là pour voir ça. En proie à une migraine persistante, son époux a déclaré forfait il y a quelques minutes et il est parti se coucher, remerciant le ciel que sa chambre donne côté jardin, à l'opposé de la fête.

Clément est muni d'une torche qu'il embrase après avoir fait reculer son public au maximum. Puis il porte une bouteille à sa bouche et récupère une gorgée de liquide inflammable. On le sent éminemment concentré. Les rires ont cessé, le public retient son souffle. Le cœur de Laurie palpite d'effroi et d'admiration. Elle jette un œil en arrière pour voir si elle aperçoit Dany, croit distinguer au fond sa haute silhouette, empêchée de venir la rejoindre par la masse compacte des spectateurs. A-t-il réussi à apporter son instrument ? Elle imagine un piano portatif, un clavier numérique, elle ne sait pas trop en fait. A-t-il le trac ? Elle lui adresse un petit signe de connivence avant de se tourner à nouveau vers Clément.

Ce dernier crache sur sa torche et une boule de feu jaillit dans la nuit, vibrante, rutilante, marbrant de moirures écarlates et d'orbes tangerine son visage halluciné. Des « hourra ! » saluent l'exploit du bateleur en herbe. Mais ce n'est pas fini. Une musique puissante, explosive, fait trépider l'air, enveloppe les corps de vibrations inouïes. Devant son public électrisé, Clément saisit un deuxième puis un troisième flambeau et se lance dans une véritable chorégraphie, jonglant, tournoyant, faisant jaillir de sa bouche devenue forge des gerbes de soleil, des volutes de sang et des geysers d'airain, fulgurantes arabesques qui exhalent dans l'atmosphère leur haleine brûlante avant de s'évanouir en traînées incendiaires. Captivée par ce ballet hypnotique, Laurie est soufflée. Où, quand, comment Clément a-t-il appris à faire cela ? C'est très beau mais extrêmement dangereux, non ?

Elle est à fois déçue et soulagée quand elle voit le garçon étouffer ses torches pour en éteindre la flamme. Tandis que la musique s'achève et qu'on rallume les lumières, elle ôte spontanément ses escarpins dans l'idée de courir vers lui pour le féliciter.

Un cri terrible la stoppe net dans son élan.

Tous se tournent vers le pressoir d'où provient le gueulement. Le bâtiment donne à l'extérieur du domaine par un vieux portail en bois accessible aux tracteurs, fermé à double tour à cette heure, mais il possède également une porte de dimension plus modeste qui ouvre directement sur l'angle ouest de la cour. Marianne ne tarde pas à apparaître dans l'embrasure de la porte. Une Marianne courbée en deux, soutenue par Michel. Spectacle incongru s'il en est, quand on connaît le tempérament de ces deux-là.

Laurie est la première à réagir. Escarpins en main, elle se précipite vers son hôtesse aussi vite que sa robe ajustée le lui permet.

— Il est arrivé quelque chose à Hans ? demande-t-elle d'une voix blanche.

Marianne secoue la tête sans parvenir à répondre et s'affale plus qu'elle ne s'assoit sur le bord d'un muret. Michel s'avise de la petite foule agglutinée devant lui. Il fait signe à tous de reculer pour laisser la boss respirer, puis s'éclaircit la voix :

— Tout à l'heure… hum… pendant que Clément faisait son truc avec le feu, là… hum… j'ai vu un truc bizarre…

Il s'interrompt, pas trop l'habitude de parler en public et puis l'émotion... Devant les visages de plus en plus interrogateurs, il se force à poursuivre.

— Enfin le truc c'était… hum… une blonde. Très… sexy. Sans doute une… hum… professionnelle. Je l'ai vue de loin mais elle avait l'air magnifique, ne peut-il s'empêcher d'ajouter en rougissant.

Quelques ricanements fusent. Laurie blêmit. Les allophones ouvrent des yeux ronds, ne comprenant rien à ce qui se passe. Ils sollicitent une explication de leurs collègues. Guère plus avancés qu'eux, ces derniers leur font signe de patienter avec un brin d'agacement.

— Et ? relance Clément
— Elle sortait du cuvage. Elle a filé très vite.
— Par où ?

Michel hausse les épaules.

— Par-là, tiens, dit-il en désignant du menton le porche principal qui mène à la lourde porte en chêne restée ouverte pendant la soirée. Bref, ça m'a turlupiné et j'ai décidé d'aller faire un tour dans le cuvage pour vérifier si tout allait bien et éteindre la lumière. Tout semblait en ordre. J'ai quand même jeté un œil dans les cuves, au cas où. Et c'est là que…

Michel déglutit, se reprend :

— C'est là que je l'ai vu. Oh là là ! Avec le gaz carbonique tu parles, ça n'a pas traîné…

Laurie n'en peut plus.

— Mais tu as vu QUI ?

— Qui ? Ben, Jeg. Il est mort. Je suis tout de suite allé prévenir la générale, précise-t-il en jetant un coup d'œil à Marianne, toujours prostrée à l'arrière sur son pan de mur.

— Mort ? répètent plusieurs personnes incrédules.

— Ouais, acquiesce Michel en se grattant la tête. C'est tout à fait possible qu'il ait amené cette pu… cette femme ici et qu'il ait voulu faire le fanfaron en lui montrant les cuves, ça lui est déjà arrivé. Mais cette fois, pas de chance, il est tombé dedans et il y est resté. Pauvre vieux ! Ça fait drôle tout de même de le voir macérer là-dedans.

— Sans compter que ça va nous gâcher le vin, murmure Bernadette.

— Ça a dû lui faire un vrai choc, à la meuf, pour qu'elle se tire comme ça en loucedé ! Ou alors elle veut surtout pas avoir affaire aux flics, c'est pour ça qu'elle a prévenu personne, s'exclame Julien, très au fait de la psychologie humaine depuis qu'il est exposé à toutes sortes de vicissitudes dans la rue où il a élu domicile avec son chien.

— Tu crois qu'il voulait lui montrer la technique du remontage, à la blonde, pour lui expliquer comment on arrose le gâteau ? glisse en douce Bernadette à Nancy.

Celle-ci ne peut s'empêcher de glousser – elle n'a jamais aimé Jeg et ses mains baladeuses, et ce n'est pas parce qu'il est mort que ça va changer quelque chose – mais elle se reprend très vite devant l'air offusqué de Michel. Et puis, voir leur amie ainsi effondrée la peine.

— Allez, viens, dit-elle à Bernadette en se dirigeant vers Marianne, on ferait mieux de s'occuper de notre copine. Il faut aussi aller prévenir Hans, je crois qu'il est couché. Et toi, déclare-t-elle d'un ton impérieux en se tournant vers Michel qui se renfrogne aussitôt, dépêche-toi d'appeler la police !

XVII

Elle court. Sa robe fourreau s'est déchirée sur le devant, Ali ne sera pas content.

Elle court, éclairée par la torche du téléphone portable de Clément. Son smartphone n'avait plus de batterie, elle s'est ruée sur le jeune homme en train d'envoyer un SMS pour lui piquer le sien. Besoin de lumière malgré la nuit claire. Clément a refusé le prêt, il a voulu la dissuader de partir. Pour aller où, d'abord ? D'une voix contenue, il lui a intimé l'ordre de rester là, d'attendre avec eux tous l'arrivée imminente de la police. Elle lui a jeté ses escarpins rouges à la figure, lui a arraché son mobile des mains et s'est enfuie. Clément a craché par terre, écœuré, et s'est détourné d'elle. Personne à part lui n'a semblé s'apercevoir de son départ, obnubilés qu'ils étaient tous par la mort de Jeg, dégoûtés, terrorisés, excités pour certains à l'idée de ce cadavre aviné flottant tout près d'eux dans une cuve emplie de raisins, comme si des dieux cyniques avaient décidé de le punir par là où il avait péché.

Elle court. Elle a coupé à travers champs. Malgré ses pieds nus, elle ne perçoit pas les aspérités de la terre qui se fait tantôt fange tantôt croûte, redouble de rugosité, accentue ses failles, aiguise ses saillies, se mue en gadoue… dans l'espoir de lui faire obstacle. Elle n'entend pas la plainte humide de l'herbe bleue qui s'aplatit, bien obligée, à son passage et se redresse aussitôt pour tenter, en vain, d'entraver ses mollets. Elle ne prend pas garde aux bruits perdus de la nuit, à tous les coassements, glapissements, crécelles épeurées et autre piaulis du vent qui lui enjoignent de rebrousser chemin. Elle passe outre les haut-le-cœur qui chavirent son estomac irrité par l'alcool et l'invitent à décélérer. Un miracle qu'elle ne se soit pas encore pété la gueule, pense-t-elle dans un sursaut de lucidité. Elle vise une minuscule lueur là-bas, un petit point jaune perdu dans la sorgue abyssale.

Elle court. Lorsqu'elle s'est aperçue que Dany demeurait introuvable, elle a paniqué. Peur qu'il se soit évanoui dans la nature, qu'il ait disparu pour de bon cette fois. Peur qu'il ait décidé de la fuir à tout prix, elle, la faiseuse de catastrophes, la sorcière maléfique, la pue-la-mort ! Peur qu'il pense qu'elle contamine tous les hommes qu'elle côtoie, d'abord son père, maintenant Jeg…

Mais peut-être que Dany n'a pas encore appris pour Jeg ? Peut-être que ce n'est pas vraiment lui qu'elle a aperçu tout à l'heure quand Clément faisait son numéro ? Elle aura mal regardé, elle se sera trompée, il aura été retardé, empêché par un imprévu. Elle se cramponne à cette idée comme à un phare dans la tempête : Dany ne sait rien encore.

Elle court parce qu'il lui faut en avoir le cœur net.

Elle ne court plus à présent. Le souffle est venu à lui manquer. Elle se tient les côtes, avance en ahanant, hypnotisée par la vignette jaune qui grossit, prend forme, devient de plus en plus nette à mesure qu'elle s'approche. Elle croit entendre une sirène dans le lointain. Les flics, déjà au domaine ? Ils n'ont pas traîné. Elle désactive la lampe torche du téléphone et s'approche du fourgon aménagé qu'elle aperçoit tout entier maintenant dans la nuit nimbée de lune. Il s'agit d'un gros van noir ou gris charbon, elle ne saurait dire, qui lui évoque davantage un corbillard qu'un douillet habitacle. L'unique fenêtre éclairée laisse entrevoir une table en bois clair, vide. Laurie pense sans savoir pourquoi au petit Poucet découvrant la maison de l'ogre.

Elle hausse les épaules, se traite de nulle, de gamine. Elle se campe devant la porte latérale de l'utilitaire restée entrouverte et s'apprête à toquer quand un son l'arrête net.

Du van s'échappe un chant entonné a capella. D'abord ténu, il enfle et gagne très vite en puissance, à l'instar d'un discret feu de bois se muant tout d'un coup en brasier dévorant. Il s'agit d'un air d'opéra connu, même si Laurie serait bien en peine d'en donner le titre. Une voix vibrante, charnue, empreinte de rage triomphante, s'abat sur les ténèbres comme un serpent de foudre, disloque l'atmosphère, électrise la lune qui grésille de blancheur livide. Une série de vocalises très maîtrisées, denses et coupantes comme du verre, déchire la voûte céleste, semble vouloir défier l'univers.

Un dernier éblouissement sonore, vertigineux de maestria. Puis le chant meurt brusquement, laissant place à un silence médusé. Du grand art. Pourtant, ce n'est ni la virtuosité ni l'intensité de ses trilles qui ont stupéfié Laurie. Ce timbre, cette tessiture... Elle en est certaine, la voix qu'elle a entendue est celle d'une femme ! Aussitôt, comme s'il était resté tapi là pendant de longs mois et n'attendait que cette occasion pour en émerger, un prénom honni s'imprime dans sa tête : Dahlia. Dahlia la poison. Dahlia la vénéneuse. Dahlia, la chanteuse. L'ex de Dany.

Comme par un fait exprès, une silhouette féminine passe furtivement devant la fenêtre éclairée. Laurie a tout juste le temps de distinguer une cascade de cheveux platine dégoulinant en vagues gaufrées sur une épaule nue, entre lesquelles oscille une longue boucle d'oreille argentée dont la forme effilée rappelle celle d'une feuille de châtaignier.

Un maelström d'émotions – incompréhension, inquiétude, jalousie, colère, envie de pleurer – la submerge et menace de l'engloutir séance tenante. Alors que les créatures de la nuit, effarées par la tornade vocale qui s'est abattue sur elles, recommencent timidement à se mouvoir et à vagir, Laurie, sans plus réfléchir, pénètre dans le van.

Elle se retrouve dans une kitchenette si propre et si bien rangée qu'elle en est flippante. D'où elle se tient, elle peut apercevoir au fond du fourgon l'extrémité de deux lits recouverts d'une épaisse fourrure blanche, éclairés par une lumière tamisée. Sur l'un des couchages, une longue robe noire, dont la soie de jais semée de paillettes tranche sur le pelage neigeux de la courtepointe, est posée à plat ; une de ses manches en sequins pend au sol, évoquant un bras lascif de femme abandonnée.

Un passage, étroit car partiellement obturé par un sas cloisonné d'où provient un bruit d'eau qui coule, mène à la petite chambre. Laurie se demande si Dany et Dahlia se trouvent tous les deux à l'intérieur de cette minuscule salle de bain, en train de faire dieu sait quoi sous la douche. Le cœur battant, elle hésite à faire glisser la porte coulissante pour confondre les amants, mais elle n'ose pas. Et puis elle a de sérieux doutes sur le fait qu'on puisse tenir à deux dans cette pièce exiguë. Y a-t-il seulement une douche ? Ou juste un lavabo ?

Attirée comme par un aimant par le chatoiement de l'étoffe dont les pastilles scintillent à la façon de clins d'yeux, Laurie s'avance à pas de loup jusqu'à la cabine sobrement meublée de lits-jumeaux et placards muraux. On sent que l'espace est compté ici. La jeune femme ne peut s'empêcher de saisir et plaquer contre elle la robe légère, dont la jupe fluide et soyeuse s'ouvre aussitôt en une longue fente. *« Magnifique ! »* murmure-t-elle.

La percutent alors en boomerang les paroles de Michel à propos de la femme entraperçue avec Jeg juste avant que ce dernier ne passe l'arme à gauche : *« Une blonde très sexy… l'air magnifique ».*

Laurie blêmit. Elle vient seulement de réaliser que la chanteuse qu'elle vient d'entendre et la meurtrière de son père – et de Jeg, aussi ? – ne sont peut-être qu'une seule et même personne !

Vent de panique. Une myriade d'interrogations tournoie dans sa tête. Des tas de questions s'y télescopent et zigzaguent en tous sens à la façon de mouches folles. Pourquoi Dahlia aurait-elle tué Benoît et Jeg ? Cela n'a aucun sens ! Quel rapport avec Dany ? Où est-il ? Serait-il en danger lui aussi ? Dahlia l'a-t-elle tué ? On nage en plein délire là, non ?

Laurie a l'impression que son cerveau s'est transformé en une toupie géante lancée à toute allure sur un immense lac gelé. À travers ce cataclysme cérébral, une certitude s'impose : elle doit partir, et vite. Il ne faut surtout pas que Dahlia la trouve ici ! La jeune femme lâche la robe qui choit avec mauvaise grâce sur le sol, se retourne… et se retrouve face à une grande femme serrée dans un paréo éponge d'un blanc polaire, dont le visage lourdement maquillé est en partie barré par une épaisse mèche crantée tout aussi nivéenne que son drap de bain.

Dahlia – car c'est elle, assurément – pointe sur Laurie un pistolet incrusté de nacre, si élégant et délicat qu'il peine à inquiéter. Laurie reste un instant hypnotisée par les faux-ongles couleur de lune qui étreignent l'arme. Puis elle relève les yeux et s'oblige à fixer son agresseuse, qui n'a toujours pas prononcé un mot. Outre la trouille qui lui tord le ventre, la jeune femme éprouve une sensation troublante.

« On se connaît, non ? » finit-elle par balbutier d'une voix qui chevrote.

XVIII

Dahlia ne répond pas. Elle repousse du bout d'un pied glissé dans une mule de satin grège la robe chiffonnée qui gît au sol. Elle fait signe à Laurie de reculer puis de s'asseoir sur un des lits. Sans cesser de pointer son pistolet sur l'intruse, elle se laisse tomber face à elle sur le second couchage.

Impressionnée tant par l'œil azur cerné de khôl de sa rivale qui lui décoche des flèches d'acier que par l'arme braquée sur elle, Laurie baisse la tête. Dahlia relève son menton avec rudesse et la fixe pendant plusieurs secondes avec une douloureuse intensité. Puis, sans que rien n'ait laissé présager son geste, elle porte sa main libre à sa tête et arrache d'un coup sec sa chevelure blonde… qui se dissocie de son crâne sans difficulté. La cantatrice considère son scalp avec une expression indéchiffrable – dégoût, indifférence ? – avant de le jeter à terre. Des tentacules décolorés s'épandent en ondulant sur le vinyle imitation marbre, figurant une pieuvre couverte de fourrure. Une perruque ! Laurie fixe abasourdie le bonnet couleur chair qui enserre à présent la tête déplumée de son assaillante, laissant tout juste apparaître deux lobes charnus au bout desquels oscille avec indolence, comme pour la narguer, une paire de pendants argentés.

Les lèvres mues par un singulier rictus, Dahlia ôte à son tour le casque de nylon, libérant une masse de cheveux noirs bouclés. Délivrés de leur carcan de tissu, les frisons ébène retrouvent aussitôt du gonflant ; ils se déploient, gondolent et se contorsionnent autour du visage de leur propriétaire en un fouillis anarchique tels de grouillants têtards.

Alors, malgré la veloutine qui apâlit son teint, malgré le bronze qui alourdit ses paupières, malgré la laque carminée qui étire son sourire, malgré les ombres charbonneuses qui ourlent ses yeux et les lentilles fallacieuses qui bleuissent son regard, Laurie reconnaît la personne qui lui fait face.

En elle l'horreur le dispute à l'incrédulité.

Elle se tasse contre la paroi au fond du lit dans l'espoir bien dérisoire de disparaître, devenir invisible.

— Dany ? souffle-t-elle, espérant encore être le jouet d'une illusion.

L'apparition ricane et baisse son bras, sans toutefois lâcher son arme.

— Bingo, Princesse ! clame-t-elle d'un ton pointu en se fendant d'un sourire sadique – une moue de prédateur satisfait d'avoir ferré sa proie.

Laurie frémit, épouvantée par la vision de cette créature horrifique, sorte de Joker bisexué aussi imprévisible que hideux. Dany perçoit sa répulsion. Toute trace de jubilation s'efface de ses yeux. Son expression se durcit. Son corps perd son aspect délié et adopte un maintien beaucoup plus martial. Comme en écho à sa conversion posturale, son fond de teint ivoire se craquelle le long des sillons de sa peau bistre. Son épais eyeliner dégouline, créant deux vallées de cendres sur sa figure blafarde dont les traits se font plus rudes, plus saillants.

Laurie contemple, sidérée, la métamorphose en train de s'opérer devant elle.

Toujours drapé dans sa longue serviette éponge, Dany se penche vers une table de chevet coincée entre les deux lits, extrait du tiroir supérieur une pochette transparente dont il extrait une feuille qu'il dépose sur les genoux de son otage.

— Lis, ordonne-t-il.

Nulle trace de clémence dans sa voix caméléon qui a retrouvé des intonations mâles. Laurie essuie ses yeux larmoyants avec le revers de son bras nu. Dany se lève et colle son arme contre sa tempe.

— Lis, je te dis !

— Mais je ne comprends pas, tu es… tu n'es pas…

— LIS !

Vaincue, la jeune femme tente de se concentrer sur la lettre, calligraphiée d'une écriture très fine, tantôt tremblée, tantôt anguleuse et sèche, sans marge ni lignes vierges. Les mots étroitement imbriqués entre eux comme les mailles d'un tricot serré forment un tissu rêche qui rend le déchiffrement ardu. Saturé de signes, même le papier semble suffoquer.

— *« Ma… Ma petite Dany, tu…*

Enchifrenée, Laurie s'interrompt. Renifle. Dany intensifie la pression du canon sur sa peau. Sa prisonnière gémit, se racle la gorge dans l'espoir de chasser le grelot rouillé coincé au fond de son gosier qui appointit sa parole et transmue chacun de ses mots en chapelet de clous.

— OK, OK, couine-t-elle. *« Ma petite Dany, tu sais que je suis bien malade. Mes symptômes s'aggravent. Je refuse de devenir un légume. Quand tu trouveras cette lettre, je ne serai plus là. »*

Laurie sent le calibre frémir au coin de son front. Elle se fige. L'arme se stabilise à nouveau. Elle glisse un œil vers la signature qui se détache au bas de la feuille en lettres capitales : *TA MAMAN QUI T'AIME*. Sa mère ? Elle n'est donc pas morte d'un cancer ?

— Continue, lui intime Dany d'une voix sourde.

— *« Ma Daniella…* – Laurie marque un temps puis reprend – … *Ma Daniella chérie, ne pleure pas. Tu es la plus belle chose qui me soit arrivée dans la vie. Mais tu sais combien je déteste les hommes. Je veux que tu saches pourquoi. C'est à cause de ton « père »…*

— Il était pas pêcheur, ton père ? ne peut s'empêcher de demander la lectrice, maudissant l'émotion incontrôlable qui commue sa parole en un strident murmure.

— Ta gueule. Continue.

Dany a beau se tenir devant elle raide comme un piquet et jouer au gros dur, Laurie a perçu l'altération de son souffle. Elle lève les yeux vers lui.

À le voir ainsi déguisé dans sa toge de pacotille en tissu éponge, surmontée d'un masque plâtreux en train de s'effriter, elle est soudain prise d'une forte envie de rire. Elle-même, avec ses pieds sales, sa robe déchirée, ses cheveux ébouriffés par la course, ne doit guère être plus reluisante. Elle vit peut-être ses derniers instants et il faut que ce soit dans cette turne de romanichel squattée par un pantin pathétique, un gros mytho dont elle a cru dur comme fer qu'il pourrait être son âme sœur ! Ridicule, elle est parfaitement ridicule. Depuis sa naissance, sa vie tout entière n'est qu'une grosse farce, une mascarade. Ce n'est peut-être pas plus mal si elle se termine plus tôt que prévu.

— Je vais la lire, ta foutue lettre, annonce-t-elle d'une voix résolue qui fait sursauter son agresseur. Mais seulement si tu enlèves ton truc, là. Sinon je me tais et tu fais ce que tu veux, je m'en contrefous.

Dany appuie plus fort, imprimant la marque du pistolet au creux de son front. Laurie serre les dents mais demeure impassible.

— Bon, mais n'essaie pas de me la faire à l'envers, gronde-t-il finalement en s'asseyant près d'elle, l'arme calée entre ses cuisses.

La jeune femme hausse les épaules et recommence à lire de façon mécanique, à l'instar d'un robot dénué d'affects.

— …*Quand j'étais jeune, j'ai gagné un concours de chant au village. Après je suis partie vers la mer avec trois matelots pour fêter ça. Il était tard, la plage était déserte…*

La voix de Laurie se brise. Elle pressent la suite et n'a pas du tout envie de la lire. À ses côtés, Dany triture nerveusement son pétard. *Il va finir par se tirer une balle dans le pied, ce con*, pense Laurie, brièvement tentée de l'y aider.

— Pourquoi tu t'arrêtes ? vocifère soudain son ravisseur en la dévisageant, comme s'il avait lu dans ses pensées.

— Oh, ça va, j'ai le droit de respirer non ? … *Les marins se sont soudain transformés en monstres. Tu devines ce qu'ils m'ont fait !* – Laurie déglutit. *Ils ont dit qu'ils me tueraient si je les dénonçais. J'avais tellement honte. Je n'en ai jamais parlé à personne, même pas à ma meilleure amie. À l'époque les gens auraient pensé que tout était de ma faute.*

Laurie jette un regard de biais à Dany. Aucune réaction.

— … *Puis je suis tombée enceinte de toi. Je ne savais même pas qui était le père. J'ai essayé de te faire passer mais ça n'a pas marché. Je vomissais tout le temps. Mes parents ont compris. Ils ont voulu me faire enfermer. Sales petits bourgeois ! Je me suis enfuie, je me suis débrouillée comme j'ai pu…*

— Désolée, marmonne Laurie.

Dany ne pipe mot. Tendu à l'extrême, il semble attendre la suite.

— … *Ces monstres ont détruit ma vie. Je les hais ! Ils m'ont tout pris, ces chiens ! Mon honneur, ma santé. Même ma voix. Je n'en peux plus. Je préfère disparaître. Ils doivent payer pour tout le mal qu'ils ont fait. Il faut qu'ils payent ! Ma Dahlia chérie, je sais que tu me comprends !...*

Laurie prend alors la mesure des tourments endurés par cette femme ; de sa détestation absolue des mâles, dont son propre fils a le premier fait les frais ; de sa froide détermination à punir ses agresseurs, coûte que coûte ; de son chantage affectif à peine voilé vis-à-vis de Dany. Elle éprouve un sentiment d'immense gâchis. Elle croyait s'y connaître en termes de manipulation parentale, mais là…

Une fatigue atroce s'abat sur elle. Elle considère son compagnon avec une pitié mâtinée de culpabilité et, avec le peu d'énergie qui lui reste, tente de lui faire entendre raison.

— Tu sais, moi aussi je comprends ta mère. Ce qu'elle a subi est… inqualifiable. Mais c'est son histoire, pas la tienne. Elle n'a pas à te faire porter le poids de son malheur. Il ne faut pas que tu…

— Termine la lettre, je te prie, raille Dany avec une fausse courtoisie – la soudaine compassion de sa prisonnière semble beaucoup l'amuser. Tu vas voir, Maman nous a gardé le meilleur pour la fin.

Nous ? De qui parle-t-il ? Il est aussi siphonné que sa mère, pense Laurie à part elle. Elle reprend sa lecture à contrecœur :

— … *Voici leurs noms (le premier s'est marié et a eu une fille. Sûr qu'elle a jamais crevé la dalle comme nous* …

Anéantie, Laurie lâche la feuille. Dany la récupère et énonce d'un ton neutre :

— … *Benoît Gastaud. Aymar De Mirandal. Jean-Gérald Lukowski. Et la fille, Laurie Gastaud. Une fois, quand tu étais bébé, j'ai croisé ce connard De Mirandal dans la rue. J'étais maigre comme un clou. Il m'a donné un peu d'argent. Il répétait « Je suis désolé » avec son petit air hypocrite. Rien à foutre de ses remords qui puent. C'est un pervers et un salaud comme les autres. Regarde dans le coffre sous mon lit. J'ai laissé un cahier pour toi. J'ai noté tout ce que j'ai pu sur ces trois crevards. Je compte sur toi, mon adorée. Sois prudente et continue toujours à chanter pour ta pauvre mère. Moi, je ne le peux plus.*

TA MAMAN QUI T'AIME

PS Détruis cette lettre, puis brûle le cahier quand tu l'auras lu.

— Pas réussi à faire disparaître la lettre, constate Dany avec regret.

— Alors c'est toi qui as tué mon père ?

— Pas moi ! Dahlia.

— Ah oui bien sûr. Dahlia.

— J'ai tout vu, remarque, j'étais près d'elle. Je ne suis jamais loin. Je sais que je devrais arrêter de la fréquenter, mais je n'arrive pas à m'en séparer, soupire Dany avec un petit air contrit qui fait frissonner Laurie.

— De Mirandal aussi, tu l'as… Dahlia l'a tué ? C'est pour ça qu'il n'est jamais venu au rendez-vous sur le port de Toulon ?

— Bravo, princesse ! Quelle perspicacité ! Ceci dit, tu aurais vu leur tronche à tous quand Dahlia leur a gueulé « Salut papa ! » avant de les envoyer valdinguer dans le grand bain ! C'était géant !

— Le grand bain ?

— Ben oui. Maman a choisi de se noyer pour disparaître. Dahlia et moi avons trouvé juste que ces trois merdes crèvent de la même façon. Malheureusement pour ton père, ça a raté à cause d'un rocher qui a arrêté sa chute. Mais c'était l'idée.

En tout cas, on te remercie beaucoup pour ton aide.

Laurie bâille, prise d'un coup d'une irrépressible envie de dormir. Dans son cerveau amorphe, les pensées peinent à s'aligner. Son hôte l'aurait-il droguée ? Non, ça n'a pas de sens, elle n'a rien avalé depuis qu'elle a pénétré dans le van. Décidément, ça ne tourne pas rond chez elle. Alors qu'elle devrait être en proie à une panique intense, sous le coup d'une grosse colère ou révoltée par l'ironie de son kidnappeur, voire les trois à la fois, elle a juste envie de s'écrouler dans les bras de Morphée… et surtout ne plus jamais se réveiller.

— Mon aide ? s'enquiert-elle mollement.

— Ben oui. On te doit une fière chandelle. C'est grâce à toi qu'on a appris que ce connard de De Mirandal se doutait de quelque chose après la mort de ton père. Pour tout te dire, Dahlia avait déjà pris contact avec lui sur Internet, déguisée en rousse pour brouiller les pistes : elle savait grâce aux renseignements donnés par maman que ce monsieur recherchait des dames un peu… spéciales pour assouvir ses fantasmes sexuels. Que voulait-il te dire au cimetière ? Peut-être de te méfier ? Dans le doute, Dahlia a dû précipiter un peu le mouvement. De Mirandal a eu le tort d'accepter de se baigner avec elle dans sa piscine après leur petite séance de flagellation. Après ça, elle et moi avons préféré prendre le large, par prudence.

— Le large ?

— Tu comptes répéter comme ça tout ce que je dis ? On dirait un perroquet savant, la tance Dany avec humeur.

Puis, de ce ton mi-indulgent mi-condescendant que l'on prend pour expliquer une chose basique à un demeuré :

— Oui, le large. L'Italie. Le paquebot. Le bateau de croisière. Dahlia y a décroché un tour de chant. Un numéro de cabaret, si tu préfères.

— Mais toi, tu es bien pianiste ?

— Jamais de la vie ! J'ai dit ça comme ça. C'est Dahlia l'artiste. Une vraie diva ! Et c'est toi aussi qui nous as servi cet obsédé de Jeg sur un plateau… de raisin, si je puis dire. Il était si vicelard celui-là et tellement imbibé que ça a été un jeu d'enfant de le convaincre de faire visiter le pressoir de sa sœur à une jolie blonde sexy un peu perdue… puis de le pousser dans la cuve.

— OK. Toi et ta Dahlia de malheur avez gagné le badge du serial killer le plus tordu de l'année. Et maintenant ?

— Bon, je vois que tu ne goûtes pas trop mon humour viticole. Maintenant princesse, dit Dany en se redressant et pointant à nouveau son arme vers elle, je suis désolé mais Dahlia m'a missionné pour terminer ce qu'elle a commencé. Ceci dit, merci pour ton écoute, ça m'a fait beaucoup de bien de pouvoir me confier à toi.

Le pire, c'est qu'il semble sincère. Soudain l'énergie reflue dans le corps de Laurie. Et avec elle un vertige de terreur qui fait palpiter son cœur, échauffe son derme, vinaigre son haleine.

— Tu devrais t'enfuir avec Dahlia tant qu'il est encore temps ! brame-t-elle, hystérique. Les flics ne vont pas tarder à vous retrouver. Je ne comprends pas pourquoi vous n'êtes pas déjà loin d'ici. Laissez-moi sortir et partez tous les deux ! Vite ! Je te promets que je ne dirai rien à personne.

Un petit sourire de clown triste se forme sur les lèvres de Dany. Son expression résignée effare Laurie plus encore que tout le reste.

— Pense à ma mère ! s'écrie-t-elle en désespoir de cause. Je croyais que tu l'aimais bien ! C'est faux ça aussi ?

— Non, c'est vrai. Je te l'ai dit, Ingrid me rappelle maman. Je ne lui veux aucun mal. Je la plains plutôt. Je me suis juste servi d'elle pour me rapprocher de ton père, connaître ses habitudes. Dahlia me l'avait demandé, rajoute-t-il sur le ton de la confidence.

— Alors ne me tue pas. Si je disparais, ma mère ne s'en remettra pas. Elle n'a plus que moi, geint Laurie, omettant sciemment d'évoquer Georges.

— Maman est morte. Hormis Dahlia, je n'ai toujours eu qu'elle. Tu sais, princesse, il y a longtemps que je ne crois plus à la justice en ce bas-monde.

— Oui mais toi tu es Dany, pas Dahlia. C'est elle la mauvaise, la poison, la tue-l'amour. Toi, tu n'es pas comme elle. Tu es sensible. Tu es tendre. Tu es sain. Tu sais combien je t'aime. Tu n'as pas envie que je meure.

Dany la tient toujours en joue mais Laurie le sent troublé. Dans un geste d'apaisement, elle lève une main vers lui. Le regard de l'homme bascule. Il saisit son poignet et le broie méchamment. Elle pousse un cri de douleur. Il la lâche aussitôt, comme surpris. D'un geste rapide, sans la quitter du regard, il saisit la lettre de sa mère, la déchire en morceaux qu'il fourre dans sa bouche.

— Allez, ferme les yeux maintenant, princesse. Ça vaudra mieux pour toi.

— S'il te plaît, tu ne vas pas…

La détonation, assourdissante, coupe court à ses protestations.

***

Des coups, frappés à la porte. Des cris. Des injonctions.

— Laurie, tu es là ? Qu'est-ce qui se passe. Qui a tiré ?

— Police, ouvrez !

Clément déboule comme un fou à l'intérieur du van. Saisi par une odeur ferreuse, il se précipite illico vers le fond du véhicule.

Il étouffe un cri en apercevant la cabine éclaboussée de giclures vermeilles. Un homme à genoux, penché sur le corps ensanglanté d'une jeune femme étendue sur un lit, inerte, semble prier. Il est complètement nu. Une serviette de bain blanche cramoisie par endroits gît à ses pieds. Du sang afflue sous lui, continuant d'imbiber le tissu éponge. En état de choc, Clément fixe le dos lisse et musclé de Dany. Au-dessus de sa fesse droite, provocante et incongrue, saille une grosse fraise violacée.

Clément ne parvient pas à détacher le regard de cette protubérance grenue. Il reste figé sur place jusqu'à ce qu'un des policiers l'attrape sans brusquerie par les épaules pour l'arracher à ce tableau macabre et l'empêcher de polluer davantage la scène de crime.

XIX

Engoncés dans des plaids en mohair rouge pétard tricotés par Sylvaine, les jumelles, repues malgré un déjeuner dominical frugal, boivent le soleil de décembre sur leur balcon miniature.

Tandis que Sylvette s'enfonce comme à son habitude dans une torpeur mousseuse, Sylvaine feuillette bruyamment le journal local. Une photo en noir et blanc sur la page de Pradanne attire son attention.

— Té, pas possible !

Les yeux clos, Sylvette fait mine de ne rien avoir entendu. Le soleil, qu'elle a toujours considéré comme son meilleur allié malgré les oiseaux de mauvais augure qui fustigent ses rayons soi-disant nocifs, picote agréablement son derme, infuse d'une douce lumière irisée ses paupières parcheminées. Elle n'a aucune envie de s'arracher à cette délectation solitaire pour donner la réplique à sa sœur.

— Eh bé ! Qui l'aurait cru ?

Le ton de Sylvaine a monté d'un cran. Sylvette ouvre un œil à contrecœur. Pas la peine de feindre le sommeil, sa sœur ne serait pas dupe – elle ne l'est jamais.

— Quoi encore ?

— Regarde ! Là !

Sylvaine pose d'autorité la feuille de chou sur les genoux de sa jumelle. Cette dernière, sans prendre la peine de chausser ses lunettes de vue, jette un regard distrait sur la photo pointée par sa sœur : des mariés un peu flous, dont elle ne parvient pas à déchiffrer les noms, posent sur le parvis d'une église.

— Tu les connais ? bâille-t-elle.
— Un peu que je les connais ! Et si tu mettais tes yeux, tu verrais que toi aussi, tu les connais !

Comme Sylvette, qui s'intéresse de moins en moins aux potins mondains qui passionnent sa sœur, semble sur le point de retomber dans sa bienheureuse léthargie, Sylvaine se hâte de lui délivrer son scoop :

— C'est la fille de Benoît qui marie son héros ! déclare-t-elle avec une emphase qui sied, d'après elle, à cette annonce de poids.
— Tu veux parler de la petite Gastaud ?

Sylvette a sursauté. Il faut dire que cet automne, l'histoire du « tueur bigenre » a défrayé la chronique : après avoir assassiné trois hommes – dont deux bien connus des jumelles – un jeune gars pas mal tordu, accoutumé à se travestir en femme, s'est suicidé devant Laurie qu'il avait prise en otage et menacée d'une arme. Une sombre histoire de vengeance commanditée par la mère du garçon, originaire de la région, serait à l'origine de cette folie meurtrière qui a commencé dans le Sud et s'est terminée dans le Beaujolais.

Durant plusieurs semaines, Sylvaine a collecté toutes les coupures de journaux relatives à ce fait divers d'envergure. Son titre préféré : *« Une jeune femme évanouie, couverte du sang de son ravisseur, retrouvée saine et sauve par son chevalier servant »*. L'article précise que le ravisseur en question s'est avéré par la suite être le demi-frère de Laurie, soit le fils de Benoît, ce qui n'a pas manqué d'interpeller la vieille dame. Tarabustée par les journalistes, Laurie Gastaud n'a souhaité apporter aucun éclairage supplémentaire à ce sujet.

Peu à peu, détrônée par d'autres drames tout aussi sordides, l'affaire du tueur bigenre s'est tassée et on n'en a presque plus entendu parler dans les médias. Et voilà que la petite se marie, à présent ! Les tabloïds vont à nouveau s'en donner à cœur joie.

La voix ensommeillée de sa sœur tire Sylvaine de ses réflexions.

— Comment il s'appelle déjà, le novi[8] ?

— Clément. Clément Le Gall. C'est un Breton.

— Ah. Et tu penses qu'ils vont vivre ici ou là-haut ?

---

[8]Jeune marié en Provençal

Sylvaine secoue la tête et observe sa jumelle d'un air affligé.

— Ici, pardi ! Qu'est-ce qu'elle irait faire dans un pays où il pleut tout le temps, notre belle nine[9] ?

Sylvette sourit. Bercée par un chant de mer qui lui parvient par-delà les immeubles, le cœur gonflé d'amour comme une brioche d'enfance, elle referme doucement les yeux. Sans savoir si elle les rouvrira un jour.

---

[9] Jeune fille

CAPRICCIO D’AUTOMNE

30 ans plus tôt…

C'est le grand soir. En cette fin septembre, l'été indien, un incontournable des séries de slows chanté par Joe Dassin, tient toutes ses promesses. Même si les jours sont désormais moins vifs, teintés de sourde mélancolie, un cuir de feuilles jaunissantes et de rentrée des classes, il fait encore bon se baigner dans les eaux félines de la Méditerranée, enfin lavée de sa horde d'estivants.

Depuis plusieurs semaines, Isabelle, dix-sept ans et des poussières, se prépare à « l'Événement », un concours de chant itinérant proposé par une télé régionale ; ce que ses parents, de vieux bigots qui l'ont eue sur le tard, empêtrés de bibles, chapelets, crucifix et autres vierges en plastique emplies d'eau bénite, hypocrites et méchants comme la gale avec ça, coutumiers de vilipender au secret de l'alcôve clients et paroissiens en disant d'eux pis que pendre, appellent radio-crochet – une expression impropre aussi désuète qu'eux.

Ces deux culs-bénits, comme les surnomme Isabelle, bouchers-charcutiers de leur état, ont interdit à leur fille de se rendre ce soir sur la place du village où, en vue du festival, une estrade a été dressée, des projecteurs installés et des gradins alignés entre les platanes, face à la fontaine ronde et moussue surmontée d'un faux obélisque dont s'enorgueillissent les autochtones. Monsieur et madame Tron sont formels. Pas question que leur petite merveille, leur beauté, leur prodige, aille s'abîmer dans un tel lieu de perdition.

Les époux Tron ont vite compris que la physionomie avantageuse de leur fille, sa classe naturelle et pour tout dire inespérée en faisaient un morceau de choix, qu'il fallait à tout prix conserver pur et intact pour le céder au plus offrant le moment venu. Le fils d'un châtelain des environs, calotin comme c'est pas permis, a leur préférence. Qu'importent son physique de gros chat mou et sa légère claudication qui semblent rebuter la petite, sans compter la rumeur qui prétend qu'il est de la jaquette ! Quand on souhaite évoluer dans les hautes sphères de la société, on ne s'arrête pas à de pareils détails.

Isabelle renonce donc à son rêve de concourir avec un sourire contrit, juste assez douloureux pour que ses géniteurs croient à son chagrin et promettent de la gâter encore plus que d'habitude. Elle loue la sagesse parentale avant d'écraser en douce quelques somnifères dans la soupe au lard qu'elle leur sert chaque jour à 20 h pétantes, une fois la boucherie fermée et les comptes de la journée clôturés. Elle est coutumière du fait. Le fils du pharmacien, qui bave après elle comme un chien après un os, ne sait rien lui refuser et n'hésite pas à chaparder pour elle des soporifiques dans l'officine paternelle. Grâce à elle, ses parents ne sont-ils pas persuadés d'échapper aux affres de l'insomnie qui rongent la plupart de leurs semblables ? En les leurrant, leur fille leur rend service.

On a souvent comparé Isabelle à un angelot, une poupée, une nymphe. Il faut dire qu'elle est bien aimable, avec ses grands yeux qui clignent doucement, ses mèches bouclées qui auréolent d'écume vaporeuse son petit visage ovale, sa carnation rose pâle, sa bouche en cœur aussi luisante qu'un fruit confit. Rien à voir avec le faciès doguin de sa mère ou la figure jaunâtre, étrangement oblongue, de son père, qui s'apparente plus à l'idée qu'on se fait d'un croque-mort que d'un boucher. À se demander comment deux personnes aussi quelconques ont pu engendrer pareille Grâce.

La seule chose dont Isabelle pourrait savoir gré à ses parents, c'est de l'avoir obligée à intégrer très tôt la chorale de l'église, qui lui a permis de découvrir et exercer sa belle voix. Le curé l'a toujours eue à la bonne et l'a souvent choisie pour des solos lors des veillées pastorales.

Mais Isabelle n'est reconnaissante en rien à ses géniteurs, à qui elle reproche tout et n'importe quoi : son prénom, qu'elle juge banal et pas assez moderne, le patronyme horrible qu'ils lui ont légué, leur faciès répugnant, leur âge indécent, leur peau fripée, leur haleine rance, leurs idées surannées, leur métier aussi sanguinaire que trivial, leurs tabliers blancs auréolés de taches rosâtres, leur bondieuserie dévorante, l'adoration ambiguë qu'ils lui portent, leur capacité à étouffer la joie, leur fourberie et leur arrivisme bien trop grossiers pour ne pas être éventés. L'adolescente méprise ses parents presqu'autant qu'elle s'aime, ou croit s'aimer. Et ce n'est pas peu dire.

À l'école, Isabelle a très tôt compris le bénéfice qu'elle pouvait tirer de sa gueule d'ange… et ne s'est pas privée de l'exploiter. Quand, lors de sa puberté plutôt précoce, elle a pris la mesure de l'effet que son corps de sylphide et ses mines de biche point trop effarouchée produisaient sur les garçons, elle a eu l'impression de toucher le jackpot !

Quelques filles de son âge gravitent autour d'elle comme des mouches autour d'un pot de miel, prêtes à satisfaire les moindres de ses exigences. Elles forment sa cour. Fabienne, la fille de madame Daudet qui emploie Isabelle, titulaire d'un CAP couture, dans son petit atelier de confection, se targue à qui veut l'entendre d'être sa meilleure amie – sa favorite en quelque sorte. Isabelle n'en a cure mais elle a bien compris la nécessité de se forger des alliances dans cette vie qui ressemble à un jeu de stratégie géant… quitte à trahir celles-ci sans regrets ni remords au moment opportun.

Beaucoup de ses conscrites jalousent Isabelle, sans pouvoir se défendre toutefois d'une certaine admiration à son endroit. Qu'elles voient ou non clair dans son jeu, qu'elles la vénèrent ou la honnissent, toutes reconnaissent en elle une rivale de poids. Son habileté à retourner les mâles comme des crêpes force le respect. Du grand art.

La jeune fille a choisi d'interpréter ce soir, lors du concours qui sera retransmis sur la 3 : « Poupée de cire, poupée de son », de France Gall. Une chanson bien nunuche qui a tout, selon elle, pour séduire un jury provincial. Elle s'est fait une promesse : celle de monter à la capitale après son succès – qui ne fait aucun doute, croit-elle – pour y brûler les planches. Elle se voit déjà au Zénith, ovationnée par une foule en délire.

Dans les coulisses, matérialisées par un grand rideau noir accroché derrière le plateau, Isabelle a aperçu ses trois concurrentes, une grande perche aux dents chevalines en sous-pull acrylique, une petite boulotte avec des frisottis ridicules catapultée là par une mère survoltée et une binoclarde aux cheveux gras qui chante avec elle dans la chorale de l'église : une voix acceptable mais aucun charisme. Elle ne craint pas grand-chose.

Dès son entrée en scène dans une robe blanche éthérée qu'elle a cousue elle-même, elle sent un frémissement dans le public. Fabienne, qui a réussi à se hisser jusqu'au deuxième rang, pousse un cri admiratif. Lorsqu'Isabelle commence à chanter, sa voix sable et carillon, pareille à celle d'une fée au timbre légèrement fêlé, sexy en diable, ensorcelle jusqu'au plus coriace des spectateurs.

À l'issue de sa prestation, le public bisse le premier couplet de sa chanson ; la candidate a droit à trois rappels avec, à chaque fois, des applaudissements nourris. Ses trois acolytes, qui n'ont pourtant pas démérité, rongent leur frein. On les fait revenir sur scène pour les gratifier d'un lot de consolation puis on remet à Isabelle le premier prix, un affreux trophée en forme de cigale dorée. On félicite la lauréate, les membres du Conseil municipal au grand complet posent avec elle pour la photo-souvenir. Une commentatrice aux yeux bleu persan coiffée à la lionne lui promet monts et merveilles pendant qu'un cameraman aux cheveux noués en catogan, complètement sous le charme, la filme sous toutes les coutures, certain qu'elle va crever l'écran. Ses amies, ou prétendues telles, se pâment, tentent de la cramponner en espérant qu'un peu de son succès rejaillisse sur elles. Un journaliste vient l'interviewer. Isabelle rayonne. La gloire lui tend les bras.

Depuis la scène, la jeune fille a remarqué trois jeunes hommes qui, bière en main, la regardent depuis tout à l'heure avec des yeux de merlan frit. Elle ne les a jamais vus auparavant. Enfin un peu de chair fraîche à se mettre sous la dent ! Le grand brun baraqué a l'air pas mal du tout. À son air opiniâtre, presque bestial, elle pressent qu'il est le mâle dominant de la bande, le chef de meute. Le meneur. Et même si elle trouve un brin vulgaire sa chemise blanche ouverte sur une poitrine velue où s'imprime une lourde chaîne dorée, elle est troublée par la sensualité féroce qui transpire de cet homme. Il est plus âgé que ses compagnons habituels, à qui elle permet parfois des baisers avec la langue et un pelotage « du haut » en échange de faveurs ou de petits billets. Pardi, c'est qu'il faut du fric quand on prévoit de monter à Paris, en cachette de ses parents de surcroît ! Et ce ne sont pas ses maigres appointements d'aide-couturière qui vont changer la donne.

Comparés à lui, ses deux camarades font piètre figure, mais Isabelle a du flair : le chétif au visage hâve, au vu du raffinement de sa mise, chemisette siglée, chaussures lustrées et tutti quanti, tient de l'aristocrate fin de race, du genre que voudraient lui refourguer ses parents. À ne pas négliger. Le rougeaud à l'air graveleux ne présente, lui, pas grand intérêt… encore que la chaleur ordurière de son regard dégage inexplicablement un puissant fluide sexuel.

En voyant ces trois benêts venus se perdre ici sans doute dans l'espoir d'y mater des filles – Isabelle, qui a vu juste, apprendra un peu plus tard que ces appelés en civil effectuent leur service militaire dans la marine et qu'ils se sont échappés de l'Arsenal le temps d'une permission – une idée un peu folle, un peu floue, germe dans sa tête.

C'est décidé, ce soir, puisqu'il faut bien y passer un jour et que, au vu de la destinée aventureuse qu'elle s'est choisie, son pucelage l'encombre bien plus qu'il ne l'honore, elle perdra sa virginité. Elle espère y gagner en expérience et en maturité… mais pas seulement. Ce jour, ou plutôt cette nuit, qui signe le début de sa renommée et la fin de son innocence, sera marqué d'une pierre blanche.

Elle ne croit pas si bien dire.

Voilà donc les quatre jeunes gens réunis une heure plus tard dans une crique caillouteuse cernée de pins noirs aux crânes hérissés. Obligée de réintégrer le domicile familial – ses parents, sortis de leur côté avec des amis, ne transigent pas sur le couvre-feu du samedi soir fixé à 23 h –, Fabienne a accepté sans trop de réticences de servir d'alibi à son amie : si on l'interroge, elle prétendra qu'Isabelle a dormi dans sa chambre, comme cela lui arrive parfois. À la demande de sa copine, Fabienne a même réussi à subtiliser une bouteille de vodka dans le meuble-bar de son père et à la lui refiler en douce.

Grisée par son succès, Isabelle a pépié comme un oiseau tout au long de la route forestière qui conduit à la mer, faisant circuler la bouteille de vodka entre ses trois compagnons, buvant comme eux au goulot, s'enquérant l'air de rien de leur pedigree, répétant plusieurs fois leurs noms dans sa tête pour les enregistrer.

Ces derniers n'ont pas trop compris pourquoi, en quittant la place du village, elle a jeté des petits cris d'orfraie en s'agrippant à eux comme une naufragée… avant de les lâcher quelques mètres plus loin dans un grand rire et de leur emboîter le pas d'un air serein. C'est tout de même elle qui leur a suggéré d'aller terminer la soirée dans un lieu tranquille ! Elle s'est plainte que ses copines aient toutes dû rentrer chez elles et a argué de son désir de continuer à festoyer pour célébrer sa victoire. D'abord surpris par sa proposition, puis convaincus par les explications de cette gironde demoiselle et flattés de son intérêt, les marins déjà bien éméchés ont accepté son offre et ont conversé avec elle sans défiance en se dirigeant vers la mer. Seul le beau brun, dit Gastaud, est resté davantage sur la réserve.

La petite plage est déserte ; la fraîcheur relative a dû décourager les afficionados du bain de minuit, nombreux durant l'été. Après une journée de soleil et mistral, le ciel est dégagé. Une lune ovoïde aux reflets cristallins nickelle la crête des vagues, des rafales sporadiques vaporisent d'embruns argentés le sable rocailleux.

Malgré l'alcool qui rosit ses joues et échauffe son front, Isabelle frissonne. Benoît lui tend obligeamment le pull fin angora que De Mirandal tenait noué sur ses épaules. Dépouillé de son chandail, le gringalet grelotte sans cesser de fixer la jeune fille avec des yeux énamourés. Elle se retient de lui tirer la langue. Le lourdaud profite de la situation pour lui frictionner le dos et lui peloter un peu les fesses par la même occasion. Isabelle se dégage sèchement de son emprise. Sous couvert de protection, elle se serre contre Benoît qui hésite… puis perd la tête quand la coquine lèche ses lèvres d'un bout de langue rose et pointue et se frotte à lui sans équivoque.

D'un geste impérieux, il fait signe à ses compagnons de s'éloigner et les laisser tranquilles.

Le pas lourd et un peu chancelant, Benoît entraîne sa conquête derrière le redan d'une falaise creusée par la mer. Il la plaque au sol, arrache sa culotte, dégage son sexe, la pénètre brutalement. Isabelle l'accueille sans un cri. Son premier homme. Elle ne ressent aucune douleur. Aucun plaisir non plus, même si sentir ce corps puissant et dense écraser le sien n'est pas désagréable. Aucune émotion ne la traverse. Peut-être est-elle totalement anesthésiée par l'alcool ? Elle n'a pas l'habitude de boire autant. Elle a déjà goûté de la vodka, bien sûr, mais celle-ci était noyée dans du jus d'orange.

Benoît finit son affaire dans un râle et s'affale à côté d'elle, sans même la gratifier d'un baiser ou d'une caresse. Elle comprend que c'est terminé, s'interroge. Est-ce cela qu'on appelle l'orgasme ? Pas de quoi en faire tout un plat !

Elle perçoit alors tout près d'elle des halètements saccadés. Effrayée, elle tourne la tête. Une débandade s'ensuit. Deux silhouettes baignées de lune s'éloignent en courant tout en essayant de remonter leur pantalon, titubant dans le sable humide.

Aymar et Jeg n'ont rien perdu du spectacle.

Isabelle se sent mal soudain. Souillée. Avilie. Elle s'en veut à mort d'avoir ourdi ce plan débile, qui aurait pu plus mal tourner encore si ces deux sales voyeurs avaient exigé de participer aux ébats. Elle se rassoit, rabat les pans de sa robe sur ses jambes et éclate brusquement en sanglots, les yeux rivés sur la tache de sang rouge coquelicot qui tranche sur le tissu blanc de son vêtement.

— Tu n'étais pas vierge, quand même ! s'enquiert Benoît en coulant vers elle un regard suspicieux.

Piquée au vif, Isabelle ravale ses pleurs. Ce n'est pas le moment de mollir. Son pragmatisme reprend le dessus. Qu'elle n'ait pas subi tout cela pour rien ! Elle se recompose illico une mine défaite.

— Si, gémit-elle. Et en plus tes copains ont… Ils nous ont… les salauds ! J'ai trop honte ! larmoie-t-elle.

Elle paraît complètement anéantie. Benoît hausse les épaules, se lève, rajuste ses vêtements, s'éloigne de quelques mètres, allume une cigarette. Bien emmerdé d'avoir défloré une gamine. Se jurant en son for intérieur qu'on ne l'y reprendra plus, à se torcher de la sorte. D'habitude il arrête les frais avant de perdre le contrôle. Il ne sait pas ce qui lui a pris ce soir. Les alcools forts ne lui valent rien, c'est un fait.

Mini-Mir, comme ses conscrits appellent leur copain De Mirandal en une allusion moqueuse au célèbre slogan publicitaire « mini-Mir, mini-prix mais il fait le maximum » est revenu vers eux après s'être rhabillé, suivi par un Jeg goguenard. Penaud, Il s'approche d'Isabelle pour tenter de la consoler.

— Me touche surtout pas avec tes sales mains qui pèguent !

Puis elle relève fièrement la tête et poursuit avec un trémolo dans la voix, en un savant mélange d'émotion et de fermeté :

— Parfaitement je suis… j'étais vierge. Et mineure. Vous m'avez entraînée ici contre mon gré. Et vous m'avez violée ! Tous les trois !

— Ça va pas non ! sursaute Benoît.

De la mer monte une lueur diaphane qui gomme peu à peu la nuit, huile l'azur, estompe les contours de lune. L'aube point. Gastaud scrute la jeune femme pour s'assurer que sa sortie est juste une plaisanterie de mauvais goût. Mais elle semble croire aux inepties qu'elle raconte.

— Ça peut s'arranger, glisse froidement Isabelle, son petit minois d'ange déchu à présent dur comme de la pierre. Si vous me refilez cinq mille francs chacun, je ne dirai rien à personne.

Jeg éclate d'un gros rire qui ne parvient pas à masquer son inquiétude. Cette petite allumeuse essaierait-elle de les piéger ? Il imagine assez bien ce que pourrait leur coûter un détournement de mineure assorti d'une accusation de viol en réunion.

— Eh là, on t'a pas touchée, nous ! Adresse-toi à lui si tu veux faire chanter quelqu'un. Cinq mille francs ! Tu crois qu'on est millionnaires ou quoi ?

Son manque de solidarité n'émeut pas Benoît. Il n'aurait pas agi autrement à sa place.

— C'est ma parole contre la vôtre, déclare Isabelle, le regard fixé sur l'horizon qui confond ciel et mer dans une même nébuleuse ondée parcourue de frissons parme et orangés.

— Allez venez, elle est complètement tarée, cette morue. On se tire de là ! De toute façon, elle ne sait rien sur nous.

— Je connais vos noms et je dirai que vous m'avez obligée à vous suivre. On m'a sûrement entendue crier tout à l'heure au village. J'affirmerai que vous m'avez enlevée contre ma volonté. C'est bien assez pour porter plainte ! Et si ça ne suffit pas, mon amie Fabienne pourra témoigner en ma faveur.

— Qui ? Elle n'est même pas…

— En plus, son oncle est médecin. Il confirmera sans problème que j'ai subi un… plusieurs viols !

Bordel, c'est quoi cette fille ? Satan en personne ?

— Je… Je ne peux pas risquer de salir ma réputation… ni celle de ma famille, tremble De Mirandal.

— Ça ne tient pas debout, son histoire, s'entête Benoît. C'est elle qui m'a sauté dessus. C'est du bluff tout ça. Elle ne portera pas plainte, elle sait très bien ce qu'on dirait d'elle. On se casse et on la laisse se démerder.

— Cinq mille francs chacun ou je vous dénonce tous les trois. C'est mon dernier mot.

Benoît s'éloigne sans se presser en sifflotant, encore plus furieux contre lui-même que contre cette effrontée dont il ne peut s'empêcher d'admirer le cran et la duplicité. Et puis, sans vouloir se l'avouer, il est flatté qu'elle l'ait choisi pour être son « premier ».

La peur au ventre, mini-Mir et Jeg lui emboîtent le pas. En les voyant filer sans autre forme de procès, Isabelle panique.

— Violeurs, violeurs, violeurs, violeurs, violeurs ! chante-t-elle crescendo.

— Ta gueule, lui crie Benoît sans se retourner.

Aymar et Jeg continuent à progresser derrière lui en baissant la tête, comme s'ils craignaient de recevoir un châtiment divin. Bien que la plage soit encore vide à cette heure, ils n'ignorent pas que la mer amplifie et propage les sons ; ils aimeraient bien que leur soi-disant victime la mette un peu en sourdine.

— Violeurs, violeurs, violeurs ! s'égosille Isabelle en désespoir de cause. Sales pédophiles !

Elle a braillé ces derniers mots. Le visage de Benoît s'empourpre. Il fait demi-tour et fonce vers elle.

— Gastaud, qu'est-ce que tu… ?

Mais Benoît est déjà sur la fille. Il lui allonge une violente torgnole qui la couche illico.

— Qu'est-ce que tu as dit ? Répète un peu pour voir, répète !

— Mais ça va pas ! Tu n'es qu'un sa…

— Ta gueule je t'ai dit, ta gueule ! Tu comprends ce que ça veut dire ? gronde l'homme hors de lui en emprisonnant la gorge d'Isabelle entre ses mains puissantes et commençant à serrer.

— Arrête, hurle De Mirandal parvenu à sa hauteur avec Jeg. Arrête ! Tu vas la tuer !

Gastaud semble ailleurs, incapable de détacher son emprise du cou fin et délicat de la fille. Il faut toute la force de Jeg, qui le tire en arrière en soufflant comme un bœuf, pour l'empêcher de l'étrangler.

— Si tu racontes quoi que ce soit à quelqu'un, je reviens t'arracher la langue et je te la fais bouffer ! hurle Benoît avant de tourner les talons.

Malgré sa douleur, Isabelle voudrait pouvoir gueuler plus fort que lui. Gueuler sa stupeur.

Gueuler sa rancœur. Gueuler son dégoût. Gueuler sa haine. Mais seul un filet de voix émane de son gosier broyé.

Aymar, resté à ses côtés, se penche vers elle comme s'il s'apprêtait à recueillir les dernières paroles d'une moribonde :

— Je vous maudis… tous… tous les trois. Je maudis… votre famille. Je…

L'homme n'attend pas la suite. Il se relève, se signe en vitesse et court rejoindre ses camarades.

— Qu'est-ce qu'elle a dit ? demande Jeg.

Et Aymar, troublé par la malédiction proférée par la fille, de s'entendre marmonner :

— Je ne sais pas, j'ai pas compris.

Incapable de réagir, Isabelle regarde les trois hommes disparaître dans la brume pâle du petit matin où flottent çà et là des taches d'or, semblables à des fleurs de lis.

Son échec la frustre et la blesse plus encore que la souffrance physique. Elle ne digère pas d'avoir été humiliée. Elle a peur aussi. Elle ne doute pas que, si elle parle, ce barbare de Gastaud la retrouvera et mettra à exécution sa menace de lui couper la langue – elle a pu lire la folie dans son regard, elle en a bu la noirceur. De se retrouver ainsi pieds et poings liés, en butte à un sentiment d'impuissance jamais éprouvé jusqu'alors, décuple son amertume et accroît son désespoir.

Un gabian moqueur posé sur un rocher voisin la fixe de ses petits yeux ronds et méchants. Elle n'a pas la force de le chasser. Elle tremble de tous ses membres. Elle essaie de se redresser et retombe en arrière, sonnée.

Lorsqu'elle reprend conscience quelques minutes plus tard, la réalité s'est comme disloquée ; elle se réagrège peu à peu autour d'Isabelle en incorporant à sa substance élastique, dans un amalgame inextricable de vrais-faux souvenirs, les délires de la jeune fille.

Isabelle est désormais persuadée que les trois mâles qui viennent de fuir en la laissant presque pour morte – des brutes, des pervers, des bourreaux, des tortionnaires, des tyrans… aucun terme ne sera jamais assez puissant pour qualifier leur ignominie – l'ont traînée à dessein sur cette plage déserte pour pouvoir abuser d'elle à loisir.

Elle déglutit machinalement et pousse aussitôt une longue plainte : son larynx lui fait un mal de chien. Elle se tend comme un arc puis s'affaisse sur-le-champ, comme fauchée en plein vol : elle vient tout juste de réaliser l'ampleur des dégâts. Leur irréversibilité.

Elle ne bouge plus, elle ne pleure pas. Ses yeux comme son cœur sont à sec.

Elle ignore qu'après la diffusion du télécrochet et la parution de sa photo dans le journal, on se souviendra longtemps d'elle comme d'une jolie jeune fille auréolée de gloire répondant au surnom de Poupée.

Elle ignore qu'elle hébergera bientôt, dans son ventre froid comme la mort, un zygote de sexe masculin.

Elle ignore qu'une bile corrosive, un fiel de rancune aux vapeurs soufrées, a commencé à grignoter son cerveau malade ; et que, plus tard, il s'attaquera aussi à son corps.

Mais elle sait déjà qu'elle ne pourra plus jamais chanter.

Je remercie…

Pour la superbe photo de couverture prise à Athènes : ma fille Faustine Grenard.

Pour leurs premières – indispensables – relectures attentives : mon amie graphiste Cécile Caramelli et mon sculpteur de mari Jean-Michel Debilly.

Pour le regard acéré, la confiance renouvelée et l'aventure humaine : l'équipe du Caïman, pilotée par Jean-Louis Nogaro.

Pour leur soutien indéfectible : ma famille, mes ami.es, la bande à Bonnettes, mes fidèles lectrices et lecteurs grâce à qui je peux et souhaite continuer à écrire.

Pour leurs précieux relais : les libraires et les organisatrices/organisateurs de festivals du livre qui défendent activement l'édition indépendante.

Je me suis librement inspirée, dans ce roman, de lieux « habités » et de superbes régions, comme le village et les plages du Pradet dans le Var, la librairie Mille Paresses, la ville de Toulon ou encore les vignobles du Beaujolais et le magnifique domaine de la Grange des Maures. Cependant, toute ressemblance avec des faits et des personnages existants ou ayant existé serait fortuite et ne serait que le fruit d'une pure coïncidence.

Autres titres parus aux
Éditions du Caïman

Collection Polars en France

La guerre a son parfum, JL Nogaro
Alpes noires, Philippe Paternolli
Gurs 10.39, Patrick Amand
Les six naïades, Laurent Corre
La morte des tourbières, JL Nogaro
Camarguestan ! , Philippe Paternolli (Prix Instant polar, Poitiers)
Enfin (tous) réunis, Annabelle Léna
Sinon… L'Hermione coulera, Marie-Claude Aristégui et Arnaud Develde
Les Belges reconnaissants, Martine Nougué
Nozze nere 1, Jérôme Sublon
Tunnel, Éric Courtial
Cécile et le monsieur d'à côté, Philippe Setbon (Prix Spécial 2016 Dora-Suarez-le-blog)
T'es pas Dieu, petit bonhomme, Philippe Setbon
Un avant-goût des anges, Philippe Setbon
Nozze nere 2, Jérôme Sublon
Carré noir sur fond noir, Philippe Paternolli
Le vrai du faux, et même pire, Martine Nougué
Fourbi étourdi, Nick Gardel
Je servirai la liberté en silence, Patrick Amand
Les gens comme Monsieur Faux, Philippe Setbon

Le sécateur, Éric Courtial
Droit dans le mur, Nick Gardel
Arrêtez-moi là, Annabelle Léna et Philippe Paternolli
Haïku, Éric Calatraba (Prix des lectrices, salon du polar de Plaine-Haute, Prix du salon L'Instant polar, Prix du Polar, salon de Riez-La-Romaine)
Laisse tomber, Nick Gardel
Le manuscrit improbable, Patrick Amand
Jouer le jeu, Philippe Paternolli
La confrérie des louves, Florence Rhodes (Prix Dora-Suarez du Premier roman, 2020)
Corps rouge dans le Vercors, Jérôme Sublon
Munera, Éric Calatraba
Syzygie, Philippe Paternolli
Le marquis prend le maquis, Jérôme Sublon
Rosine, une criminelle ordinaire, Sandrine Cohen (Grand Prix de Littérature Policière 2021, Prix Dora-Suarez du Premier roman, 2021, Prix Noir Dissay 2022)
Pleine balle, James Holin
Tout droit, Philippe Paternolli
Le pif dans la truffière, Gilles Del Pappas
Un autel rue de la Paix, Florence Rhodes (Prix polar à l'ancre, festival polar du Havre 2022)
Une héroïne stupéfiante, Didier Esposito (Prix Lucien Neuwirth, Fête du livre de St-Étienne 2022)
Nuits blanches en Normandie, Jérôme Sublon
Venture, Philippe Paternolli

Skaer, Philippe Setbon
Aimez-vous les uns les autres !, James Holin
La solitude des Bois Noirs, Maria P. Mischitelli (Prix Dora-Suarez, catégorie Émotion)
Nore, Philippe Paternolli
Les lampourdes de Magellan, Patrick Amand
Bad run, Jérémy Bouquin
Candeur fatale, Didier Esposito
La mort imaginale, Philippe Paternolli
La surface de vérité, Jean-Noël Blanc
Criminel show, Jérôme Sublon

Collection Polars du monde

La balade électrique d'Emily Archer, Jof Brigandet
Mexico bronco, Patrick Amand

Collection Romans noirs

Quatre morts et un papillon, Valérie Allam (Prix Dora-Suarez du Premier roman, 2019)
L'absolue verticalité de l'horizon, Jof Brigandet
Chien de guerre, Jérémy Bouquin
On dirait que t'étais mort, Jof Brigandet
Tableau noir du malheur, Jérémy Bouquin
L'urne après l'autre, Annabelle Léna

Envole-moi, Valérie Allam
Fatum, Sylvie Callet (Prix Dora-Suarez, catégorie Lyon Polar)
La valse des McKinleys, Richard Canal

Collection Thrillers

La couleur des âmes mortes, Gilles Caillot (Prix du polar 2016 « Petits mots des libraires »)

Collection Nouvelles Dora-Suarez

Le Diable vous emporte, Collectif, 2019
Kintsugi, Collectif, 2021
Kaléidoscope, Collectif, 2022
C'est à la fin du bal qu'on paie les musiciens, Collectif, 2024

Collection Noires Nouvelles

Omaha blues, Patrick Amand
Brigadistes !, Collectif
Des nouvelles de Mai 68, Collectif
C'est l'anarchie ! Collectif
Vive la Commune !, Collectif

Au-delà des colères muettes, Collectif
Merci la Résistance !, Collectif, 2024

Collection Grand format

Tant qu'il y a de l'amour, Sandrine Cohen
(Mention spéciale du jury Prix de l'Ailleurs, 2023)

Collection Caïman jeunesse

L'ami interdit, roman, Vincent Dumas (Prix Coup de pouce 2012)
Fatou n'a qu'une jambe… mais dans sa tête, elle en a deux, roman, Valérie Allam
100 papiers, album, Jeanne Taboni Misérazzi et Mat7ieu Radenac
Adrien, album, Sandrine Lamour
Renardot et le souvenir volé, album, Isabelle Wlodarczyk et Than Portal

Pour retrouver l'actualité des Éditions du Caïman

www.editionsducaiman.fr

Dépôt légal 4 ème trimestre 2024
Imprimé par Ulzama
Espagne

Renz

Land
um den
Ararat

Alfred Renz

Land
um den
Ararat

Osttürkei – Armenien

Prestel-Verlag
München

Zugeeignet den Freunden,
die mitfuhren ins
Land um den Ararat

Mit 46 Zeichnungen des Verfassers

2., durchgesehene Auflage 1985
Passavia Druckerei GmbH Passau
ISBN 3-7913-0605-7

INHALT

I

LAND TIEFER VERGANGENHEIT

SO STEHT es im ehrwürdigen Bericht vom Urbeginn menschlicher Dinge: »Am 17. Tage des siebenten Monates ließ sich Noahs Arche nieder auf dem Gebirge Ararat.«

Selbst buchstabengläubige Ausleger der Schrift geben zu, es müsse nicht gerade der Große Ararat Schauplatz dieses Ereignisses gewesen sein, auch auf einem anderen Berg im Lande ›Urartu‹ könne es stattgefunden haben, wahrscheinlich viel weiter südwestlich, an den Randbergen der mesopotamischen Ebene. Gleichviel: Name und Bild haben schon des Kindes Phantasie beschäftigt. Und mochte sie auch Ida und Olymp mit bunteren Bildern bevölkern, immer mächtiger zog der Wunsch zum Ararat. Ist er doch, wenn man die biblische Ur-Kunde wörtlich nehmen will, der Ort, von dem aus das Menschengeschlecht einen neuen Anfang nahm, nachdem Gottes Zorn alles Leben ersäuft hatte bis auf Noah und die Seinen und »alles Getier, das mit in dem Kasten war«.

Wer sich aufmacht zu dem Berg und in das Land ringsum, begegnet unterwegs immer wieder dem Euphrat und seinen Zuflüssen. Der Genesis-Bericht kennt ihn als einen der vier Ströme, die dem irdischen Paradies entspringen. Diese selige Stätte des ersten Menschenpaares, den mythischen Ursprung, wird man vergebens suchen, denn von dort ist Adams Same auf immer vertrieben. In dem Land zwischen dem ›Firat Nahr‹ und dem Tigris, dem anderen großen Gewässer, aber stand die Wiege der ersten Hochkultur, deren späte, vielleicht letzte Erben wir Heutigen sind.

Ganz ohne biblische Bilder geredet: Das Land um den Ararat ist zwar immer noch ein kaum durchforschtes Gebiet, enthüllt sich jedoch dem Auge der Wissenschaft Schritt für Schritt als eines der Ursprungsländer der

Menschheit. Weiter westlich in Anatolien, in der Konya-Ebene, fanden sich Zeugnisse einer frühesten Stadtkultur: die steinzeitliche Stadt von Çatal Hüyük, die um 6250-5400 v. Chr. datiert wird. Zur gleichen Zeit wurde der Mensch, der im damals stärker bewaldeten und daher wasserreicheren Ostanatolien schon seit 300000 Jahren als Sammler und Jäger schweifte, auch in den Zagros-Bergen im Süden seßhaft, drang von dort aus in die Flußtäler vor und unternahm es, sein Ackerland künstlich zu bewässern.

Wenn für das Hochland um den Ararat das 5. und 4. Jahrtausend v. Chr. heute noch eine ›dunkle‹ Zeit sind – erst für das 4. Jahrtausend sind in der Umgebung von Eriwan ›städtische‹ Lebensformen bezeugt –, so darf man anhand kleinerer Fundstätten doch eine seit dem 6. Jahrtausend stetige Entwicklung annehmen – und zugleich ein weitgespanntes Netz von uralten Handelsbeziehungen. Bereits für die Zeit um 30000 v. Chr. sind an weit voneinander entfernten Stellen Pfeilspitzen, Klingen und Schaber aus Obsidian nachgewiesen, von vulkanischem Glas also, aus dem scharf schneidende Werkzeuge gewonnen werden konnten und das nach spektrographischen Untersuchungen vom Nemrud Dağ am Westufer des Van-Sees stammt. Bei Van selbst fand sich ein Zentrum altsteinzeitlichen Obsidianhandels.

Nach dem mittleren 4. Jahrtausend setzte ein deutlicher kultureller Aufschwung ein. Die keramischen Funde zwischen 3250 und 1750 v. Chr. weisen auf eine ziemlich einheitliche bäuerliche Kultur hin mit Rundhüttendörfern und Kleintierhaltung. Wissenschaftler der Sowjetunion, wo diese Kulturschicht am besten erforscht ist, nannten sie ›Kura-Araxes-Kultur‹ oder auch ›äneolithische Kultur Transkaukasiens‹, andere, nicht einfacher, doch genauer ›frühtranskaukasisch-ostanatolisch‹. Als ihr Ursprungsgebiet wird das Araxestal um Eriwan angesehen (Schengavit bei oder besser in Eriwan ist die fund- und aufschlußreichste Siedlungsstelle), doch finden oder fanden sich dicht besiedelte Zentren dieses Kulturhorizonts auch im Becken des Keban-Stausees, in der Ebene von Muş, am Westufer des Urmia-Sees, verstreute Zeugnisse im ganzen Bereich Ostanatoliens und Transkaukasiens.

Das 3. Jahrtausend mag im Schutz der mütterlichen Gottheit der fruchtbaren Erde eine relativ friedliche Zeit und zugleich eine merklichen zivilisatorischen Fortschritts gewesen sein. Kupfer wurde als neues Material entdeckt (das Metall fand sich an verschiedenen Stellen des Gebietes), und schließlich, etwa um 2300 v. Chr., kam man auch hinter das Geheimnis der Bronze. Das für ihre Herstellung nötige Zinn mußte der Handel heranbringen, und auf seinen Wegen vollzog sich auch der geistig-kulturelle Austausch. Das Land um den Ararat wurde ein erstes bedeutendes Zentrum der Metallurgie.

In ihrem und des Handels Gefolge hat offenbar Unruhe diese frühe Welt erfaßt. Neue Wohn- und Bestattungsformen kamen auf, die wohl einen Wandel auch der religiösen Vorstellungen signalisieren. Das bronzezeitliche 2. Jahrtausend sah statt der Einheit eine Vielfalt, statt bäuerlicher Statik weitreichende Völkerbewegungen. Von jenseits des Kaukasus fielen indoeuropäische Stämme nach Vorderasien ein: die Hethiter, die sich im Halysbogen festsetzten, die Mitanni, welche ins Herz des Hurriterlandes, die Meder und Perser, welche in den Iran vorstießen. Der Gebrauch von Pferd und Wagen drang mit den Hyksos im 17. Jahrhundert v. Chr. bis nach Ägypten vor. Am Ende dieses Jahrtausends kam der Gebrauch des Eisens auf, für dessen Verarbeitung und Verbreitung dieser unser Raum eine bedeutende

Rolle spielte. Neue Völkerbewegungen schließlich, wie die Wanderungen der ›Seevölker‹ und die der Phryger, welche das Hethiterreich zerstörten, führten ein neues Zeitalter herauf, eines von Blut und Eisen.

Ein Land, das unerwartete Perspektiven eröffnet. Dem rückschauenden Geiste weite Horizonte und dem Auge Landschaftsbilder von so nackter Größe, daß uns verwöhnten Nachkömmlingen schaudern könnte, ließen wir solche Gefühle an uns herankommen. Es ist kein freundliches Land, keines für sonnenhungrig-gedankenlose Tage eines Badeurlaubs. Nein, ›freundlich‹ ist es keineswegs. Es fordert den Besucher und unterwirft ihn mancherlei Beschränkungen, aber es ist eines der fesselndsten Länder für jeden, der mehr Wert legt auf Begegnung mit großer Landschaft und großen Kulturen, mit menschlichen Vergangenheiten und menschlicher Gegenwart als auf blütenweiße Bettwäsche und perfekten Service. Die Hotels, auch wenn sie sich als ›komfortabel‹ anpreisen, scheinen dem Westeuropäer eher bescheidene Unterkünfte.

Ein Land für Tramper und Individualisten also? Nicht unbedingt. Hier bewegt man sich doch besser gruppenweise wie die Karawanenreisenden von einst. Natürlich kann man in Dörfern und Städten ohne Bedenken frei umherspazieren, und es ist sogar gescheiter, sich dort von seiner Gesellschaft zu trennen, weil der Einzelgänger weniger auffällt als eine Herde mit teuren Apparaten behängter Touristen. Aber wer allein mit seinem Automobil unterwegs ist, sucht seinen Übernachtungsplatz lieber doch nicht in romantischer Einöde, sondern bei Menschen: Der Gast ist hier immer noch heilig. Wer ganz sichergehen will, wählt die Nähe eines Gendarmerie- oder Militärpostens – es gibt sie in der östlichen Türkei zur Genüge. Man ist dort immer wohlgelitten.

Und schließlich: Das Gebiet ist heute von Grenzen durchschnitten, die sich nicht immer als durchlässig erweisen. Kein bequemes Reiseland, aber ein faszinierendes.

Der biblische Mythos erzählt vom Dankopfer Noahs, von Gottes Bund mit diesem zweiten Stammvater. Zeichen dieses Verspruchs sollte fortan der ›siebenfarbige Bogen in den Wolken‹ sein. Dem Menschen als Bundpartner des Höchsten wird da – denn »das Trachten seines Herzens ist böse von Jugend an« – ausdrücklich verboten, seinesgleichen zu töten – nicht nur den leiblichen Bruder Abel –, und Vergeltung wird ihm gedroht. »Ich will des Menschen Leben rächen an einem jeglichen Menschen, weil der sein Bruder ist. Wer Menschenblut vergießt, des Blut soll auch wieder durch Menschen vergossen werden.«

Immer wieder ist auf Erden dieses Ur-Verbot mißachtet worden, aber kaum irgendwo sonst so gründlich und häufig wie gerade hier, wo es zum ersten Male erging. Wieder und immer wieder trank die Erde hier Menschen-Brüder-Blut. Man meint, sie sei noch immer davon gerötet, es schreie noch immer zum Himmel. Ist deshalb dieses Land so rauh und oft unwirtlich, liegt deshalb über ihm eine so tiefe Melancholie auch dann, wenn die winterliche Schneedecke weicht, die tiefhängenden Wolkenschichten sich auflösen, die sich zwischen den Bergen verfingen und auf die Talweiten drückten, auch wenn der Himmel sich glasklar zeigt und eine steilstehende Sommersonne gnadenlos ihre weißen Pfeile verschießt? Atemraubend herrlich und groß ist dieses Land, aber auch arm und wie ausgelaugt von vieler Völker Vergangenheiten. Menschenleer und fern der Zivilisation unseres Jahrhunderts will es uns da und dort erscheinen, rauh und manchmal öde, aber gar nicht ›primitiv‹ im Sinne von jugendlichem Beginn. Selbst die Kinder hier haben so alte Augen, als wüßte ihr Blut von all den Rassen, Reichen und Religionen, die einst in diesem Hochland zusammenstießen. In der Tat wäre es leichter, jene Völker zu nennen, die nie hier erschienen, als jene aufzuzählen, die nicht irgendwie – und sei es auch auf seltsamen Umwegen – mitgewirkt haben am blutigen Geschick rings um den biblischen Berg.

Das Land ist heute unter Erbfeinde aufgeteilt. Knappe 50 Kilometer östlich des Araratgipfels stoßen Türkei, Iran und Sowjetunion aneinander. Grenzen schneiden also durch sein Herz, nach außen aber schützen es keine Grenzen. Wie es trotzdem umreißen?

Wir setzen auf einer Landkarte die eine Spitze eines Zirkels halbwegs zwischen den hohen Berg und das nordöstliche Ende des Van-Sees ein, etwa beim Ort Çaldıran, und lassen die andere einen Kreis beschreiben, der durch Erzurum verläuft. Die Linie zieht etwa entlang des Çoruh und der oberen Kura, führt im Norden entlang der Bergkette südlich dieses Flusses, über die Höhen des Kleinen Kaukasus, umschließt also die heutige Sowjetrepublik Armenien, überquert den Aras/Araxes dort, wo er etwa 80 km östlich von Djulfa seinen Lauf nach Nordosten richtet, verläuft durch Iranisch-Aserbeidschan hart westlich an Täbriz vorbei, schneidet den Urmia-See in seinem südlichen Drittel, berührt beinahe das türkisch-iranisch-irakische Dreiländereck, folgt am Südrand der kurdischen Berge in einigem Abstand der irakisch-türkischen Grenze und dann dem Tigris, der seit den zwanziger Jahren des 20. Jahrhunderts ein Stück der Grenze gegen Syrien bildet. Etwa dem Batmansuyu entlang führt dieser Kreis wieder nach Erzurum.

Ein größerer Zirkelschlag, der ringsum noch einen etwa 150 Kilometer breiten Gürtel einbezieht, umgreift auch Sowjet-Georgien, Teile Aserbeidschans, das Kurdenland südlich des Urmia-Sees, Erbil, Mosul, Mardin und Diyarbakır, Bayburt und die Schwarzmeerküste zwischen Trabzon und Batumi. Jenseits dieser imaginären Kreise: Zentralanatolien, Syrien, Mesopotamien, der Iran, das Skythenland nördlich des Kaukasus: Kulturbereiche, die immer wieder fruchtbar hereinwirkten ins Land um den Ararat, von wo aber auch immer wieder furchtbare Stürme hereinbrachen.

Das schaut auf dem Papier fast schematisch-einfach aus: In der Mitte der Berg in der Nähe der Grenze dreier Staaten, in jedem von ihnen ein großer Binnensee. Die geographische Wirklichkeit indes ist weniger übersichtlich. Östlich des Meridians von Sivas und Maras rücken die anatolischen Randketten, das Pontische Gebirge im Norden und der Taurus im Süden, immer enger zusammen, das Land gewinnt zunehmend an Höhe, die Bergzüge steigen bis über die 3000-Meter-Marke, verknäueln sich und umfassen Beckenräume, die meist schon um die 1500 Höhenmeter liegen. Je weiter nach Osten wir vorstoßen, um so ›kontinentaler‹ wird das Klima: Acht Monate des Jahres kann hier Schnee liegen, die winterlichen Temperaturen erreichen zentralasiatische Tiefen. Die kurzen Sommer dafür sind extrem heiß und trocken. Spärlich-winterharte Gewächse flecken die Berghänge. Reis, Wein und Olive kennt man hier nicht mehr, höchstens etwas Getreide- und Obstbau in den Tälern. Kleinvieh bildet hier seit jeher den wirtschaftlichen Rückhalt der Landbevölkerung. Es grast das Land ab, leistet damit der Bodenerosion Vorschub: Die Niederschläge sind hier ergiebiger und wilder als in Zentralanatolien oder im mesopotamischen Süden.

Kahl, menschen- und kulturfeindlich mag das Land stellenweise erscheinen, in Talschaften zerrissen und daher kaum von einer Zentrale aus beherrschbar. Aber da die Gebirgszüge fast alle in west-östlicher Richtung ziehen, erweist sich die Durchquerung dieses Hochlandes weniger schwierig, als man erwarten würde. Die Talböden waren seit alters gleichzeitig Verbindungswege. Die Quellgebiete der beiden großen Flüsse, des westlichen Euphrat (Kara Su) und des Aras, liegen in den Bergen nur wenige Kilometer südlich von Erzurum. Der eine Fluß strebt zunächst nach Westen, wendet sich erst in der Grenzzone zwischen Ostanatoliens Bergland und den Steppen Zentralanatoliens scharf nach Süden, durchbricht windungsreich den Taurus, um dann in südöstlicher Richtung dem Persischen Golf zuzustreben. Der Aras hingegen verfolgt von Anfang an die entgegengesetzte Richtung, strömt nach Osten, ins Tiefland des östlichen Transkaukasien und über die Kura zum Kaspischen Meer. Auf dem Euphrat-Aras-Weg war und ist im Sommer eine Durchquerung ohne grundsätzliche Schwierigkeiten möglich.

Weniger bequem, aber oft genützt, war die Talfurche, die den Çoruh abwärts, über die Berge oder an der Schwarzmeerküste entlang und dann im Tal der Kura ostwärts führt. Ein anderer alter Weg, vielleicht der wichtigste, lief von Täbriz aus nach Nordwesten, südlich am Ararat vorbei über Ağri und Erzurum nach Westen, ein weiterer vom Urmia- zum Van-See und durch das Tal des Murat Nahr oder über Diyarbakır. Über diese Stadt führte schließlich auch die Route, die dem Verlauf des Tigris folgte.

Westlich des Ararat waren die Nord-Süd-Verbindungen eher prekär, sind es zum Teil heute noch. Erst südöstlich des großen Vulkans zeichnet das Bodenrelief die Möglichkeit auch einer Verbindung von Süden nach Norden (oder umgekehrt) vor, und auf diesen Wegen stießen wiederholt Völker von jenseits des Kaukasus nach Süden.

Im Grunde folgen die meisten der großen Straßen, die eine Landkarte von heute verzeichnet, jenen Routen, auf denen sich schon seit frühester Zeit – mochten die Gebirgsbarrieren auch einen völkisch-politischen Zusammenschluß erschweren – der Güteraustausch vollzog, auf denen jedoch auch beutelüsterne Kriegsscharen immer wieder Tod und Verwüstung brachten. Über eine Bergbevölkerung, die sicherlich nicht nur ein friedlich-frommes Volk der Hirten war, sondern wie Gebirgler überall: eigenwillig, trotzig, konservativ und zäh, zugleich wach und kriegerisch, auf offensive Weise defensiv und von unbeugbarem Stolz.

Wie es aber nennen, dieses Land um den Ararat, da es doch geteilt, durch Grenzen zerschnitten ist? Was heute auf iranischem Boden liegt, heißt offiziell West-Aserbeidschan, die türkischen Gebiete – obwohl landschaftlich vielfältig gegliedert – werden heute summarisch als ›Osttürkei‹ bezeichnet. Einzig die Landschaft zwischen dem Aras/Araxes und dem Kleinen Kaukasus bewahrt als ›Armenische SSR‹ den alten Namen Armenien. Kaum hundert Jahre sind es her, da hieß fast noch das ganze Land um den Ararat so: Östlich des oberen Euphrat erstreckten sich bis an die Grenzen Rußlands und Persiens die ›armenischen Provinzen‹ des Osmanischen Reiches. Aber im zweiten Jahrzehnt unseres Jahrhunderts wurde hier das armenische Bevölkerungselement ausgerottet: der erste Völkermord des völkermordenden 20. Jahrhunderts. Seitdem kennen die türkischen Statistiken ›Armenier‹ nur noch als Glaubensgemeinschaft in Istanbul.

Rhyton, gefunden in der urartäischen Festung Arinberd,
5. Jahrhundert vor Christus. Eriwan, Historisches Museum

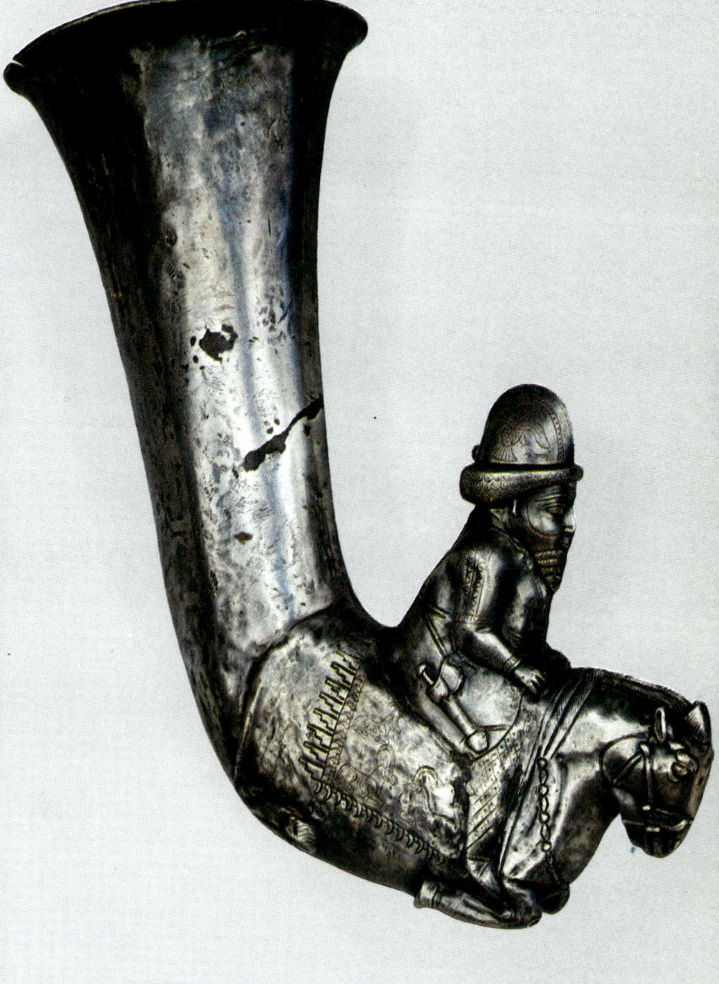

Aber die gleichen Statistiken kennen auch keine Kurden, sondern nur ›Bergtürken‹ – und doch deckt sich ›Armenien‹ zu einem guten Teil mit einem anderen Begriff, mit ›Kurdistan‹. Indessen, wenn sich auch Kurden selbst im Gebiet um Eriwan finden (1 Prozent der Bevölkerung der Armenischen SSR), die meisten leben in den Bereichen südlich des Van-Sees und weit noch jenseits der Linie unseres imaginären Zirkelschlags. Obwohl sich also die Gebiete von Armenien und Kurdistan auf weiten Flächen überschneiden, sind sie nicht identisch. Armeniens Kernland liegt nordöstlich von Van- und Urmia-See, das Kurdistans südwestlicher: zwischen dem oberen Tigris und den Ölfeldern von Kirkuk und bis vor die Tore Bagdads.

Diyarbakır gilt als die ›heimliche Hauptstadt‹ der Kurden in der Osttürkei, Mosul ist die der Kurden im Irak, Sanandadj, das Zentrum des iranischen Kurdistan, erscheint zur Stunde immer wieder in Meldungen aus dem unglücklichen Iran, wo Kurden wieder einmal versuchen, etwas von einer ihnen immer wieder zugesicherten Autonomie unter schwersten Opfern an Blut und Leben durchzusetzen.

Zugleich liest man Meldungen von Terroranschlägen einer ›Armenischen Befreiungsbewegung‹. Doch wie die Dinge liegen, so wird keinerlei Gewalt in absehbarer Zeit zur Gründung eines Kurdenstaates oder eines ›Freien‹ Armenien führen. Die Sowjetunion wird auf keinen Fußbreit ihres Machtbereichs verzichten, obwohl ihre Verfassung jeder der 15 Unionsrepubliken gestattet, aus dem übergeordneten Verband auszutreten. Auch die anderen Anrainer denken nicht daran, Gebiete an ein

Reliquar des Fürsten Proschjan, Silber vergoldet, 1300.
Edschmiadsin, Schatzkammer der Kathedrale

zweifelhaftes Zukunftsgebilde abzutreten. Jeder Nationalstaat, der hier entstünde, müßte ja zwangsläufig zu neuen blutigen Auseinandersetzungen zwischen den verschiedenen Bevölkerungsteilen, zwischen ›Staatsvolk‹ und völkischen oder konfessionellen Minderheiten führen. Irgendeine – gar nicht in Aussicht stehende – Veränderung der heutigen Grenzen würde dem Raum auch keine Stabilität, keinen Frieden bescheren. Armenier und Kurden sind wohl für immer ›betrogene Völker‹, sind Opfer im Machtkampf Fremder um das bergige Durchgangsland rings um den biblischen Berg.

II

URARTU –
DAS ERSTE REICH AM ARARAT

IM Etruskermuseum der Villa Giulia in Rom steht ein archaischer Dreifußkessel. Er wurde in Palestrina gefunden, ist jedoch kein Erzeugnis Italiens, sondern kam aus dem Osten, aus dem ersten großen Reich am Ararat, von dem noch vor hundert Jahren niemand etwas wußte, obwohl das Alte Testament (2. Kön. 19, 37) es erwähnt.

Inzwischen ward der ›vergessene Rivale Assyriens‹ wiederentdeckt als eine der großen Mächte in der ersten Hälfte des ersten vorchristlichen Jahrtausends, als ein zweieinhalb Jahrhunderte hindurch aktives und schöpferisches Reich, das sich selbst ›Biainili‹ nannte, das wir heute mit seinem assyrischen Namen ›Urartu‹ nennen, denn seine erste Erwähnung stammt aus assyrischen Quellen. Die Bibel kennt es als ›Land Ararat‹, was das gleiche bedeutet. Als Salmanassar I. in seinem ersten Regierungsjahr (1274 v. Chr.) gegen ›Ur(u)arti‹ zog, gab es also schon die Urartäer, aber noch keinen einheitlichen Staat. Immerhin wohl einen losen Verband von Stämmen, von Dorf- und Talschaften, die sich zur Abwehr assyrischer Raubzüge zusammengetan hatten und die als ›Nairi-Länder‹ in den Kriegsberichten des Tukulti-Ninurta (1244-1208) auftreten. Vier Jahrhunderte lang, bis ins 9. Jahrhundert hinein, unterrichten einzig assyrische Zeugnisse über die Völkerbünde der Ur(u)arti oder Nairi im Bergland zwischen dem oberen Euphrat und dem Urmia-See.

Woher diese Stämme kamen, ist dunkel. Sie mögen wohl ein recht lockerer Bund gewesen sein, als sie sich um die Mitte des 9. Jahrhunderts v. Chr. der Assyrer zu erwehren hatten. Salmanassar III. ließ die Hauptstadt plündern und verbrennen und das Ereignis auf einem Torflügel des Palastes von Balwat festhalten (London, Britisches Museum).

Der Druck des assyrischen Feindes scheint die Stammeshäuptlinge und Kleinkönige bewogen zu haben, ihre partikularen Interessen einer höheren Notwendigkeit unterzuordnen. So stieg aus vorgeschichtlichem Dunkel das Reich Urartu auf. Unter einem König, der nicht nur primus inter pares war. Stammvater der Dynastie war *Sarduri I.* (etwa 840-825), Sohn des Nairi-Königs Lutipri. Er ließ auf einem steil am Ostufer des Van-Sees aufragenden Felsrücken eine Burg errichten, die heute Van-Kale heißt und den Kern seiner Hauptstadt Tušpa bildete. Einige Jahrzehnte später begann König *Išpuini*, ermutigt durch innere Schwierigkeiten Assyriens, eine Expansionspolitik, die sich aus dem Kernland nördlich und östlich des Nairi-Sees (wie der See von Van damals hieß) nach Südosten richtete, ins Urmia-Becken und ins Land der Mannäer. Assur suchte zwar zu verhindern, daß diese wichtige Region – schließlich war Urmia von Van nicht weiter entfernt als von Ninive und Khorsabad – mit ihren Handelswegen und ihrer altberühmten Pferdezucht (Remonten für das assyrische Heer!) in die Hand eines Konkurrenten fiele. Vergebens, wie Inschriften bezeugen, die neben Išpuini auch schon seinen Sohn *Menua* (810-785/80) nennen. Unter ihm schob Urartu seine Grenzen nach allen Seiten vor und stieß dabei mit allen seinen Nachbarn zusammen: Ein schon straff organisiertes Großreich zeigte seine Macht. Die Könige *Argišti I.* und *Sarduri I.* berichten der Nachwelt in Keilinschriften am Felsen von Van über ihre Taten. Jenseits des Araxes gründete Argišti im fünften Regierungsjahr die Festung Arinberd (Erebuni, die Keimzelle des heutigen Eriwan) und in seinem elften Jahr Argištihinili (Armavir) am Ufer des Araxes, schuf damit Stützpunkte für weitere Eroberungen nördlich des Araxestales und sicherte die fruchtbare Ebene am Flusse, die reiche Erträgnisse verhieß.

Die Urartäer waren in ihren Bergtälern merkwürdig kompetente Meister der Landwirtschaft, die sich auf Bodenmeliorisation, auf künstliche Bewässerung verstanden, die auf den Talböden Obst, an den Hängen Wein anbauten, die Rinder und alle anderen Arten von Vieh zogen, vor allem aber Pferde züchteten. Sie verstanden sich auch auf die Fertigkeiten des Handwerks, auf die Herstellung von bronzenen Werkzeugen, von zierreichen Gürtelblechen, von Dolchen und Schilden, von Möbeln mit elfenbeinernen Einlagen, von Keramik verschiedenster Art, von bunten Textilien, die sich nach den Vorbildern der Wandmalerei richteten oder umgekehrt. Denn Wände gab es genug zu bemalen in den Palästen und Burgen, die damals gebaut wurden. In einer Zeit, da Urartu zu einer Einheit zusammengewachsen war, eben durch die Tatkraft seiner Könige, entstanden in deren Auftrag Be- und Entwässerungsanlagen, Straßen, Bergforts und Burgen mit schweren Mauern, mit heimlichen Poternen-Tunnels, mit Speichern, wo in versenkten riesigen Krügen die Abgaben der Dörfler für den königlichen Hof und für Notzeiten magaziniert wurden. In den Forts fanden diese Dorfbewohner Zuflucht, wenn ein Feind sengend und mordend in ihre Täler einfiel. Mochte er die Lehmhütten auch zerstören – sie waren bald wieder aufgebaut. Schlimmer war es, wenn er sich die Mühe machte, die Baumkulturen zu vernichten. Den eigentlichen Reichtum der Urartäer bildeten jedoch ihre Herden von Kleinvieh, von Rindern und besonders die berühmten drahtig-sprungtüchtigen Pferde.

Urartu beherrschte dazu altwichtige Handelsrouten. Auf ihnen vollzog sich der Export auch jener Erzeugnisse der Metallurgie, die ihren Weg nach Hellas und bis Etrurien fanden, wie der eingangs erwähnte Kessel.

Seinen Höhepunkt erreichte das Reich um den Ararat unter *Sarduri II.* (etwa 764-730). Schwach war damals Assyrien, sein König geschlagen, und Urartu ward Herr über das Land zwischen den drei Seen. Ein großes Reich – aber ohne einen Zugang zum Meer. Ein Reich auch, zwischen dessen Regionen besonders im winterlichen Halbjahr die Verbindungen schwierig waren, das sich eigentlich kaum zentralistisch verwalten ließ. Örtliche Gouverneure leiteten die Provinzen, schufen das System von Fluchtburgen, in welche die Bauern auch ihre Abgaben zu entrichten hatten. Diese Steuern wurden in segensreiche Wasserversorgungs- und Bewässerungsanlagen investiert, die wiederum den Ertrag des Bodens steigerten.

Bedeutendste – und in Teilen noch heute genutzte – Wasserführung war der einst 70 Kilometer lange ›Kanal der Semiramis‹, der die Hauptstadt und ihr Umland mit Süßwasser aus dem Tal des Hoşap Cay versorgte. Er wurde bereits unter Menua angelegt.

Assyrien fühlte sich eingekreist, führte unter Tigletpilesar III. (744-727 v. Chr.) eine Reihe von blutig-erfolgreichen Feldzügen gegen Urartu und seine Verbündeten, stieß bis Tušpa (Van) vor. Doch Urartu raffte sich wieder auf, erlebte (unter *Rusas I.*) eine Periode des Friedens, in der die Assyrer zu immer gefährlicheren Gegnern wurden. Sargon von Assur führte 714 seinen großen Achten Feldzug, über den er genaue Berichte aufzeichnen ließ. In einer blutigen Feldschlacht wurde das Heer der Urartäer geschlagen, die Hauptstadt war in Gefahr. Aus Ulhu und Musasir schleppten die Assyrer reiche Beute fort. Der Assyrer ließ die Eroberung von Musasir in einem Relief festhalten, es versank nach seiner Entdeckung tigrisabwärts im Strom. Einzig eine Zeichnung blieb erhalten als aufschlußreiches Doku-

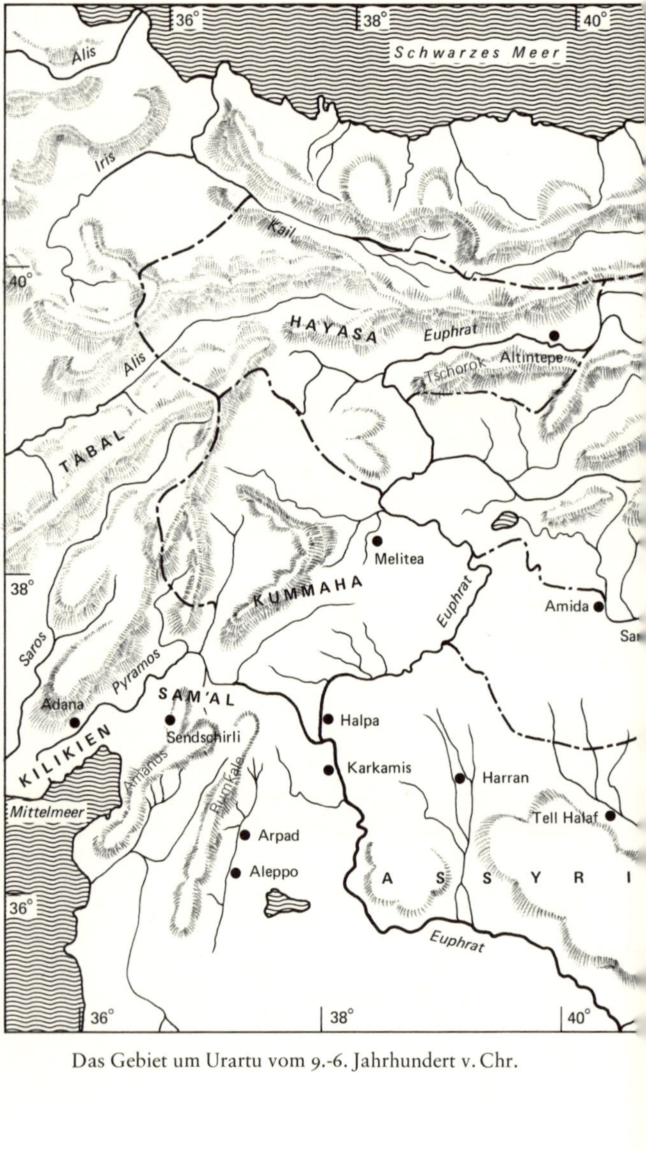

Das Gebiet um Urartu vom 9.-6. Jahrhundert v. Chr.

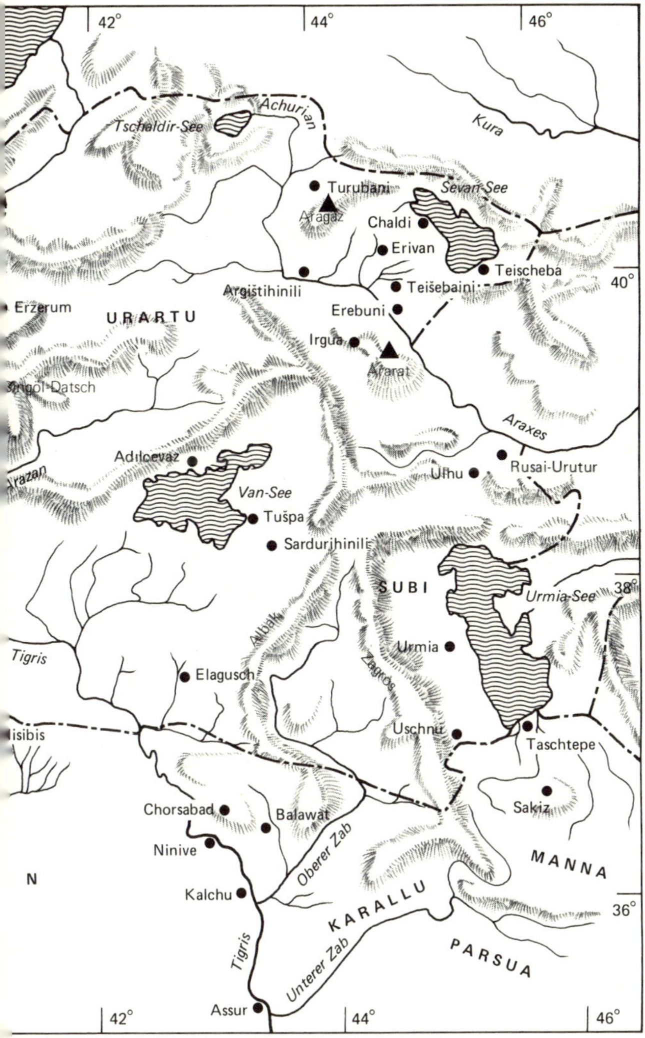

42°
44°
46°
Achurian
Tschaldir-See
Kura
Turubani
Sevan-See
Aragaz
Chaldi
Erivan
Teischeba
Argištihinili
Teišebaini
40°
Erzerum
URARTU
Erebuni
Irgua
Ararat
Araxes
Adılcevaz
Rusai-Urutur
Ulhu
Van-See
Tušpa
Sardurihinili
SUBI
Urmia-See
38°
Tigris
Urmia
Elagusch
Zagros
Uschnu
Taschtepe
Sakiz
Chorsabad
Balawat
Ninive
Oberer Zab
MANNA
N
Kalchu
KARALLU
36°
Tigris
Unterer Zab
PARSUA
Assur

Reliefplatte aus Khorsabad mit der Darstellung der Eroberung von Musasir

ment. Nur: sie beantwortet nicht die Frage, wo Musasir eigentlich gelegen habe.

Die tödliche Gefahr für Urartu kam von einer anderen Seite. Zunächst von den Kimmeriern, kriegerischen Nomaden, die von jenseits des Kaukasus sengend und plündernd vorbrachen, ihrerseits vorwärtsgeschoben von den nicht weniger wilden Skythen, welche schließlich selbst die Meder unter ihre Botmäßigkeit zwangen. Jenes iranische Volk, dem Urartu am Ende anheimfiel.

Mit dem alten Feind Assyrien dürfte es zu einer Art Interessenausgleich gekommen sein, jedenfalls hört man kaum mehr etwas von tätlichen Auseinandersetzungen. Vermutlich weniger, weil den assyrischen Königen die Expeditionen ins unwegsame Gebirgsland zu mühsam und kostspielig erschienen, sondern weil sie Urartu die Rolle eines Bollwerks gegen die nomadischen Barbaren zuweisen wollten. Urartu und Assyrien haben sich gelegentlich gegenseitig des Einverständnisses mit Kimmeriern und Skythen beschuldigt, und ohne Zweifel hat jede der beiden Mächte mehr als einmal mit dem Gedanken eines Bündnisses mit den Steppenvölkern geliebäugelt, aber zu wirksamen Koalitionen kam es nicht.

Da die Assyrer Urartu nicht mehr als einen ihrer Hauptfeinde ansahen, da es kaum mehr Kriege zwischen den beiden Mächten gab, werden auch die Hinweise auf das Land am Ararat in den assyrischen Quellen recht spärlich, und da die einheimischen sehr wortkarg sind, läßt sich für das letzte Jahrhundert Urartus nicht einmal mehr eine zweifelsfreie Abfolge der Könige aufstellen. Freilich ist *Rusas II.*, der die Westgrenze des Reiches zu wahren verstand, durch Inschriften als einer der größten Bauherren Urartus bezeugt. Viele Anlagen, die man einst dem ersten König dieses Namens zuschrieb, werden nun für ihn reklamiert: die Gründung jener neuen Residenzfestung nördlich von Tušpa, die heute Toprakkale heißt, die der Burg von Adilcevaz am Nordufer des Van-Sees, die von Stadt und Festung Bastam im iranischen Aserbeidschan, genannt Rusaurtur, ›die kleine Stadt des Rusa‹, und die der neuen Provinzhauptstadt Teišebaini (Karmir Blur), die das ältere Arinberd (Erebuni) verstärken und ersetzen sollte.

Als Urartus letzter König gilt *Rusas III.*, Sohn des Erimena. Merkwürdig klingt dessen Name an jenen an, den das Land Urartu – nachdem es Teil des medischen Reiches gewesen war – als Satrapie der Achämeniden tragen sollte: Ariminia/Armenien.

Lang vergessen war Urartu, das Land der Berg- und Hochlandstämme – und noch immer ist es nicht leicht, sich einen umfassenden Eindruck, ein ›Bild‹ seiner künstlerischen und allgemein kulturellen Bedeutung zu verschaffen. Den größten Ruhm genießt die Metallurgie der Urartäer. Was davon aufgefunden wurde, ist verstreut über Sammlungen in aller Welt: in den unzugänglichen Tresoren privater Kunstfreunde und Händler, in den Vitrinen und Magazinen des Britischen Museums, der Museen von Istanbul und Ankara, von Van, der Ermitage von Leningrad. Mehr als irgendwo sonst bekommt man in Eriwan zu sehen. Das meiste von dem, was die Einheimischen zufällig fanden, wurde ihnen von Händlern abgeschwatzt, die es an Sammler in aller Welt verkauften. Im gleichen Maße, wie die Preise kletterten, die solche Käufer zahlten, stiegen die Profitgier der Zwischenhändler und der Eifer der Aufspürer. Daß intakte Werke der Bronzegießer Urartus – wie der Kessel von Altıntepe oder eben jener von Palestrina – bewahrt blieben, ist eher eine Ausnahme. Die Regel vielmehr ist, daß von den Bauern in den Einsamkeiten der Osttürkei und West-Aserbeidschans Gefundenes ohne Angaben von Herkunft und Fundumständen durch dunkle Kanäle in die Hände kaufkräftiger Snobs abwandert und damit als Zeugnis für die Forschung seinen Wert verliert. Was die modische Sammelwut bewirkt, das ist – nach J.H. Kellner – ›eine zweite Zerstörung Urartus‹.

Urartäische Bildwerke zeigen auf den ersten Blick eine verblüffende Verwandtschaft mit denen ihrer assyrischen Zeitgenossen – aber darüber hinaus doch eine eigene Note. Auf urartäischen Metallarbeiten finden sich die gleichen Löwen und Stiere, Prozessionen und Kultszenen am Heiligen Baum wie auf assyrischen Steinreliefs, und mit den gleichen Details. Dazu aber auch Motive, die Assyrien nicht kennt. So ist es durchaus berechtigt, zu fragen, ob Urartu schlicht dem Vorbild Assyriens folgte oder ob nicht vielmehr die Beziehung umgekehrt verlief – so wie auch in der Agrartechnik Assyrien von Urartu lernte. Daß vom Reich am Ararat die Kunst der Skythen im Norden manche Motive entlehnte, ist unbestritten.

Das Wegenetz, das entlang der Wasserläufe und über Höhen hinweg die Talschaften der Bauern im Land um den Ararat verbunden hatte, ist durch neue Straßen ersetzt. Teile der auf Befehl der Könige gegrabenen Bewässerungskanäle werden hier und da noch heute benützt. Von den Forts jedoch, welche den Menschen als Fluchtburgen dienten und die das Land gegen Feinde zu decken hatten, blieben keine eindrucksvollen Ruinen. Der neugierige Reisende, der nach beschwerlichen Wegen endlich auf einem der Hügelkämme steht, findet oft nur noch die unregelmäßig treppenartigen Abarbeitungen im anstehenden Gestein. Die Betten also der einstigen Steinfundamente. Angesichts der starken winterlichen Schnee- und Regenfälle mußten die Festungsmauern fest gegründet werden, auf dem gewachsenen Fels ruhen. In diesen wurden auch Abzugsrinnen für Schmelz- und Regenwasser eingearbeitet. So läßt sich oft der Verlauf der Mauer, ihrer Risalite oder der vorspringenden Verteidigungstürme nur noch anhand dieser Abtreppungen nachweisen. Die Fundamente, zyklopische Blöcke oder präzis behauene und geglättete Quadern, sind häufig Steinräubern zum Opfer gefallen. Das aufgehende Mauerwerk, bis 5 Meter dick, bestand aus Lehmziegeln, und der Regen der Jahrhunderte hat es weggewaschen.

Trotzdem sind Burgen und Festungen die sichtbarsten Überbleibsel aus der Urartäerzeit im Land am Ararat. Ihr Ausmaß reicht vom kleinen Post- und Polizeiposten, also einer Wegstation an den wichtigen Straßen, bis zu den strategisch bedeutsamen ausgedehnten Burgen. Bei aller Unterschiedlichkeit in Dimension und Bedeutung haben sie alle gemeinsame Züge. Da ist die massive Ringmauer mit Risaliten, die, sich der Bergform anpassend, vom Rundzingel bis zum reinen Rechteck variiert. Da ist die Zinnenbekrönung, die wir von zeit-

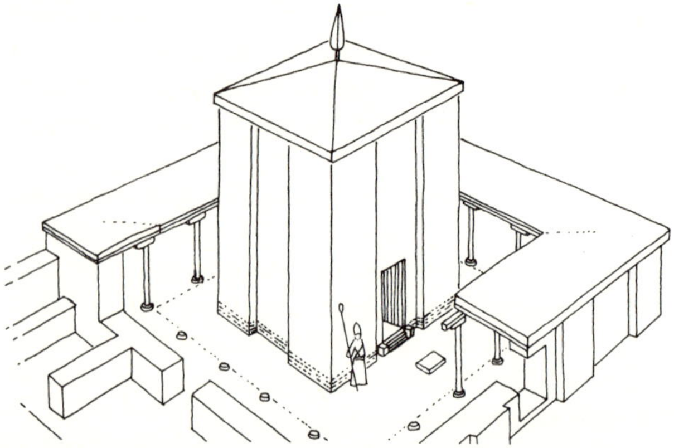

Rekonstruktion des Tempels von Altintepe

genössischen Abbildungen her kennen. Da ist das Prinzip der Rechtwinkeligkeit, dem innerhalb des Zingels die Wohnbauten der Garnison, die Speicher und Felskammern folgen und auch die Tempel und Hallen in den Residenzen. Diese Hallen mit ihren Balkendecken auf schlanken Stützen müssen wie Vorstufen achämenidischer Apadana-Hallen ausgesehen haben, die Tempel wie Vorbilder jenes von Parsagadae oder vor den Felsgräbern von Naqš-i Rustam. Das belegen die Tempelgrundrisse von Toprakkale, Adilcevaz und Cavuştepe und der später umgebaute Tempel von Arinberd. Es mag noch einen zweiten Tempeltypus gegeben haben – jedenfalls legt das die Darstellung eines urartäischen Tempels auf der Umzeichnung des Reliefs aus Khorsabad nahe, das beim Abtransport leider im Tigris versank.

Was sich sonst noch auf den Burgbergen findet, sind Felsgänge und -treppen, unterirdische Kammern, die trotz ihrer Weite beklemmen, in den Felsboden eingetiefte Hallen und Magazine, wo in gewaltigen, in der Erde steckenden Tonkrügen Getreide, Wein und Öl für Notzeiten von Krieg und Belagerung gespeichert wurden: Abgaben der fleißigen und geschickten bäuerlichen Bevölkerung.

Von der schöpferischen Kraft der Bergleute, der Schmiede, Töpfer, Steinmetzen zeugen noch Artefakte. Von der Leistung der Bauern und Gärtner in den Ebenen zwischen hohen Bergen, der Viehzüchter in den Gestüten auf den Hochebenen um den Urmiasee ist nichts geblieben außer den neidischen Berichten der assyrischen Könige über die Blüte des Landes um den Ararat. Kein Zweifel aber, daß dieses Land Urartu eine zivilisatorische Leistung hervorgebracht hat, die sich mit dem Besten seiner Zeit messen darf.

III

DEM ARARAT ENTGEGEN

DER RUF des Muezzins aus dem krächzenden Lautsprecher hat uns geweckt. Am Himmel verblassen die Sterne. Als wir ins Auto steigen, steht die Sonne schon hell über der Weite des Landes. Vor ein paar Jahren waren wir an einem solchen Morgen von Ankara aus nach Osten aufgebrochen. Das einzigartige Museum alter Kulturen Anatoliens hatte uns gezeigt, wie tief der Brunnen der Vergangenheit in diesem Lande ist. Da waren die erstaunlichen Dinge, die in Çatal Hüyük (6500-5650 v. Chr.) ans Licht kamen, die Funde aus Hacılar (um 5700-5600 v. Chr.) und die aus Alaca Hüyük, da waren die Schöpfungen der Hatti und der Hethiter, der Phryger und der Urartäer: jenes Volkes also, das zur Zeit der Assyrer das Land um den Ararat bewohnte.

Wir hatten den Kızıl Irmak, den Halys der Alten, überschritten, ohne wie Krösus von Lydien ein großes Reich zu zerstören, aber wir sahen die Stätten eines zerstörten großen Reiches: Hattuşa bei Boğazkale und Alaca Hüyük, die von der einstigen Macht der Hethiter reden. Wir hatten Çorum und Merzifon passiert, im reizenden Amasya mit seinen schönen Bauten aus islamischen Jahrhunderten einen beschaulichen Tag verbracht, in Tokat wenigstens der Gök Medrese unsere Aufwartung gemacht. Eine Stunde später mündete von rechts die Straße, die von Ankara über Yozgat nach dem Osten führt, in die unsere, und bald war dann wieder der Kızıl Irmak erreicht.

Bei Sivas mit seiner alten Moschee und seinen formenreichen Medresenportalen fließen die Wasser noch mit dem Halys ins Schwarze Meer. Etwa 60 Kilometer südlich, in den Bergen südöstlich des Städtchens Tecerhan, scheiden sie sich. Während die einen noch dem Pontos zustreben, laufen die anderen über Yenice und Sayhun ins Mittelmeer, die dritten eilen zum Euphrat und enden also im Persischen Golf. Unsere Straße folgte noch einem Quellfluß des Halys, überstieg, vorbei an urzeitlich anmutenden, aber von den Randerscheinungen der Cocacola-Zeit doch nicht mehr unberührten Dörfern die 2100 Meter hohe Paßschwelle des Kızıldağ, der ›Roten Berge‹, und fiel hinunter in die von Dreitausendern umstandene Ebene von *Erzincan*. Da hatten wir die unsichtbare Grenze nach Ostanatolien überschritten.

Hier fließt schon der Firat, der Euphrat, einer der Flüsse des Paradieses, hier schlugen die Mongolen 1243 die Seldschuken und machten sie zu ihren Vasallen. Von 1916 bis 1918 war Erzincan von den Russen besetzt, 1939 hat ein schweres Erdbeben die alte Stadt zerstört, die als eine der schönsten Anatoliens galt, die im 17. Jahrhundert – wie Evliya Çelebi erzählt – siebzig Moscheen besaß, deren Wollwebereien und Kupferschmieden schon Marco Polo bewundert hatte, als er hier 1271 mit Vater und Onkel durchkam. Ibn Batuta, der große Reisende aus dem Maghrib, war sechs Jahrzehnte später hier, der Kastilianer Ruy Gonzales de Clavijo 1404 auf seiner Gesandtschaftsreise an den Hof Tamerlans nach Samarkand. Den Namen sollen ihre türkischen Eroberer aus ›Aziris‹ verballhornt haben. So hieß die Stadt, wo der Legende nach König Trdat und Sankt Gregor der Erleuchter auf ihrer frommen Christianisierungsrundreise das goldene Bild der Anahita und die Mithrastempel zerstörten. In der Nähe dieses Ortes verbrachte Gregor seine letzten Jahre, beim Dorf Tortan soll er begraben worden sein. Armenische Vergangenheit. Vergangen wie die Armenier, die noch am Ende des 19. Jahrhunderts hier ein gutes Sechstel der Bevölkerung ausmachten. Seit dem Rückzug der Russen ist die Stadt rein türkisch.

Wir fuhren dann am Euphrat entlang aufwärts. War uns der Name seit Kindertagen nicht Chiffre für Ferne –

Ferne in Raum und Zeit? Seltsames Gefühl, nun in einem Motorwagen diesen Fluß zu begleiten: ein ungebärdiges Bergwasser, das noch gar nichts von Würde weiß und hier gar nicht majestätisch ›strömt‹.

Nach 20 Kilometern – abseits-nördlich der Straße – eine Fundstätte aus Urartäertagen: *Altıntepe.* Ohne Mühe ist der Felsen mit schroff abfallenden Flanken erreicht, dessen flache Höhe genügend Platz zur Anlage von Baulichkeiten bot. 1939 entdeckten hier Leute aus der Umgebung einen bronzenen Dreifußkessel, doch erst in den fünfziger Jahren begann die wissenschaftliche Erforschung. Was zutage kam, wird noch in die Zeit von Argišti II. (714-685) datiert: die Vorratsspeicher, die Grundmauern eines Palastes, dessen Halle einst Freskenschmuck trug, die eines Tempels, der wie die Halle als Vorbildtypus persisch-achämenidischer Baukunst erscheint. So reiches Material trat ans Licht, daß man vermutet, die Stätte sei nie von Feinden geplündert worden. Die hier entdeckten Gräber gehören zu den wenigen, die aus urartäischen Tagen bekannt sind. Die vielfältigen kostbaren Beigaben wanderten ins Museum von Ankara.

Bei *Tercan*, das schon beinahe 1500 Meter hoch liegt, trafen wir auf ein sehenswertes Ensemble seldschukischer Zeit: Karawanserei und Brücke – beides menschenfreundlich-zivilisatorische Werke. Für das Grabmal der Stifterin, einer saltukidischen Prinzessin, ein Mausoleum auf achtpaßförmigem Grundriß, umgeben von einer Rundmauer mit einem schönen Portal und Alkovennischen, zeichnet ein ›Muffadal der Schielende‹ aus Ahlat verantwortlich. Ein Armenier? Jedenfalls weist dieses seldschukische Grabmal wie alle seinesgleichen Züge auf, die ohne armenisches Vorbild undenkbar wären.

Diesmal aber haben wir *Trabzon* als Ausgangspunkt für die Fahrt nach Osten gewählt. Jakob Philipp Fallmerayers so exakte wie farbige Schilderungen von Trapezunt/Trebisonda, die der Geschichtsschreiber des nach dieser Stadt benannten byzantinischen Kleinkaiserreichs im Jahre 1840 von seinem Aufenthalt gibt, haben uns auf die Begegnung mit diesem Ort neugierig gemacht. Zu Fallmerayers Zeit war Trapezunt, das ihm die älteren Autoren geschildert hatten (Kardinal Bessarion zum Beispiel, der 1440 hier zur Welt kam und rückblickend den Glanz des komnenischen Hofes pries), nur noch ein halb idyllisches, halb vernageltes Schattenbild einstiger Herrlichkeit, grün umbuscht, aber ohne Erinnerung an das Leben, das einmal hier geherrscht hatte, als am breiten Hafenkai die Faktoreien der Venezianer und Genueser standen, als um Sklaven von den Nordufern des Schwarzen Meeres und um russische Pelze gefeilscht wurde, als Karawanen aus Persien Teppiche und Gewebe, Juwelen und Spezereien heranführten. Als die von Venedig korrumpierten Ritter des Vierten Kreuzzugs Konstantinopel eroberten, gründete Alexios Komnenos, Sohn des 1185 ermordeten Kaisers Andronikos I., hier ein eigenes griechisches Kaisertum, ein christliches Bollwerk gegen Seldschuken und Mongolen. Es hat das Ende des Reiches am Bosporus um neun Jahre überlebt. Dann nahm Mehmet II. die Stadt ein und überlieferte den letzten ihrer Kaiser dem Henker.

Seit Fallmerayers Zeit hat sich nun wieder viel verändert. Damals, 1840, hatte Trabzon etwa 30000 bis 35000 Einwohner, das heißt, es lebten hier 5800 Familien, etwa 5000 türkische, über 400 griechische, dazu gab es ungefähr 300 armenische Haushalte gregorianischen Bekenntnisses und 98 katholische (Armenier und Franken). Unter dem 28. Juli 1915 berichtete der amerikanische

Konsul aus Trabzon: »Am Sonntag, dem 26. Juni, wurde der Befehl, die Deportation der Armenier betreffend, in den Straßen angeschlagen. Am Donnerstag, dem 1. Juli, wurden alle Straßen von Gendarmen mit aufgepflanzten Bajonetten bewacht, und das Werk der Austreibung der Armenier aus ihren Häusern begann. Gruppen von Männern, Frauen und Kindern mit Lasten und Bündeln auf dem Rücken wurden in einer kleinen Querstraße in der Nähe des Konsulats gesammelt, und sobald etwa 100 zusammengekommen waren, wurden sie von den Gendarmen mit aufgepflanztem Bajonett am Konsulat vorüber in Hitze und Staub auf der Straße nach Erzurum hingetrieben. Außerhalb der Stadt ließ man sie halten, bis etwa 2000 beisammen waren ... Drei solcher Gruppen, zusammen etwa 6000, wurden während der ersten drei Tage von hier verschickt ... Das Weinen und Klagen der Frauen und Kinder war herzzerreißend ... Viele Leute, die Besitztümer hatten, mußten zu Fuß gehen, mittellos und nur mit dem versehen, was sie in ihren Händen zusammenraffen und auf dem Rücken tragen konnten. Sie wurden, wenn sie infolge von Erschöpfung zurückbleiben mußten, mit dem Bajonett erstochen und in den Fluß geworfen. Ihre Leichen wurden an Trapezunt vorüber ins Meer getrieben ... Mit Dienstag, dem 6. Juli, waren alle armenischen Häuser in Trapezunt, etwa 1000, geleert und ihre Bewohner deportiert worden. Es wurde nicht festgestellt, ob jemand der Teilnahme an irgendeiner gegen die Regierung gerichteten Bewegung schuldig war. Wenn jemand Armenier war, so genügte das, um als Verbrecher behandelt zu werden ...« – Ein paar Jahre später genügte es, wenn jemand Grieche war.

Heute ist Trabzon eine rein türkische Stadt. Allenfalls gibt es noch ein paar Familien lasischer Herkunft, die sich als Moslems von den Türken kaum unterscheiden, bis auf den Gebrauch ihrer kaukasischen, dem Georgischen verwandten Umgangssprache, die nie zum Rang einer Schriftsprache aufstieg. Längst ist es mit seinen 80000 Einwohnern über die Mauern des alten Trapezunt hinausgewachsen. In der Altstadt zwischen zwei grünen Bachschluchten und erst recht droben auf der verlassenen Zitadelle noch immer malerischer Verfall, sonst aber die Betonbauten und Reklametafeln unseres Jahrhunderts, breite Straßen neben engen Gäßchen, Autos und Leitungsdrähte, das gemächlich pulsierende Leben einer kleinen Hafenstadt.

Noch in der Umgestaltung zur Moschee verrät die *Fatih Camii* ihre byzantinische Herkunft. Einst die Kirche der Panaghia Chrysokephalos (›goldköpfig‹ genannt wegen der vergoldeten Kuppel), offenbart der Blick vom westlichen Narthex her, wie der Bau einst gedacht war. In der Ostapsis blieb sogar noch ein Rest der marmornen Wandverkleidung. Nur ein paar hundert Meter jenseits der westlichen Bachschlucht die *Moschee der Gülbahar Hatun* (wohl 1514/15) mit der schon um 1505 errichteten Türbe der Stifterin, der Gattin Sultan Bayezits II. und Mutter Selims I.

Die letzte byzantinische Kaiserstadt weist noch immer eine Reihe von byzantinischen Kirchen auf, die entweder verbaut sind, verfallen oder dem Verfall preisgegeben, wenn sie nicht als kleine Moscheen dahinkümmern. Wer kann schon alle Denkmäler erhalten? Der Mensch ist vergänglich – sollten seine Werke dauerhaft sein? Doch es gibt ein sorgsam restauriertes und gepflegtes Erinnerungsstück an die große Vergangenheit: die *Aya Sofya* in einiger Entfernung westlich vom Stadtzentrum – ein Museum. Auf einer natürlichen, durch Mauern verstärkten Terrasse hoch über dem Meeresblau thront die Kirche, gelbrosa schimmernd. Sie mag im frühen

Trabzon, Aya Sofya

13. Jahrhundert entstanden sein, als die Komnenen hier ihre Residenz aufschlugen. Einige Jahrzehnte später mögen Umbauten stattgefunden haben. Jedenfalls folgt der Bau dem in Trapezunt vorherrschenden Schema einer dreischiffigen Basilika mit zentraler Kuppel. Der Giebel der südlichen Vorhalle ist – eine Besonderheit – reliefgeschmückt. Wir erkennen einige Szenen der Adams-Geschichte. Was aber den Ruhm dieses ›Museums‹ ausmacht, das sind die Malereien an den Wänden, in Vorhalle und Kirche und in der Kuppel. Seit dem 13. Jahrhundert ist ihnen zwar manche Unbill widerfahren, wurde ihnen vieles von ihrer Lesbarkeit geraubt, nichts jedoch von jenem Glanz, der über das Irdische hinausgeht. Tief gebückt und mit verhüllten Händen umstehen die Engel den Allherrscher Christus, der im Zentrum der Kuppel schwebt. Geistlodernd die Formulierung des Verkündigungsthemas über dem Westportal.

Von Trabzon führt die Straße nach Süden aufwärts durch das Tal des Değir Mendere, gesäumt von grünen Höhen, an deren Flanken Haselnußbüsche herabsteigen. Haselnußstauden auch begleiten den Weg. Die Schwarzmeerküste ist das wichtigste türkische Anbau- und Exportgebiet für die begehrte Nuß. Der Hauptausfuhrhafen freilich ist nicht Trabzon, sondern das weiter westlich gelegene Giresun. Auf den Feldern des Talgrunds wird Tabak angebaut. Zwischen frisches Grün tupft sich das Weiß blühender Kirschbäume. Der Südtiroler Fallmerayer fühlte sich heimatlich angerührt.

In Maçka zweigt links ein Sträßlein ab, eher ein Schotterweg, und führt in einem Waldtal an einem Wildwasser weiter aufwärts. Kurznadelige pontische Fichten, gelbe und weiße Azaleen und violettblühender Rhododendron, Platanen und hellstämmige Pappeln, große gelbe Aurikeln und wilde Iris. Nach etwa einer Stunde Fahrt erreicht unser Geländewagen den Picknickplatz ›Meryemana‹, von dem aus man in Begleitung des Schlüsselgewaltigen, falls der nicht gerade oben schon seinen Dienst versieht, einen Zickzackpfad hinaufsteigt zu dem 300 Meter über dem Tal wie ein Schwalbennest an die Felswand – *unter den schwarzen (Felsen)* – angeklebten *Sumela-Kloster*. Die mehrstöckige Front – heute mit leeren Fensterhöhlen – hat ihm erst das 19. Jahrhundert vorgeblendet. Eine schmale Treppe führt steil hinan zur Pforte (erst seit ein paar Jahren durch ein Gittertor geschlossen) und dann gleich wieder abwärts zu den Ruinen dessen, was bis in die blutigen Jahre nach dem Ersten Weltkrieg ein großes Heiligtum war, dann verfiel und erst in den letzten Jahren als ›Sehenswürdigkeit‹ vor weiteren mutwilligen Zerstörungen gesichert wurde.

Das Gründungsdatum des Klosters ist unbekannt. Sicher, daß es bereits zur Zeit Justinians (527-565) bestand. Die Seldschuken sollen es zerstörend heimgesucht haben. Ihre Glanzzeit erlebte die Mönchsniederlassung unter den Komnenen von Trapezunt. Alexios III. (1350-1390), der Wiederhersteller des Reiches nach inneren Krisen, war hier gekrönt worden, beschenkte das Kloster reich und bestätigte dies durch eine Goldene Bulle.

Fallmerayer durfte die wertvolle Urkunde, deretwegen er so weit gereist war, nur kurz besehen. »Es war das erste Dokument dieser Art, das mir je zu Gesicht gekommen, und die Väter konnten die Hast nicht begreifen, mit der ich es aufrollte, die sechs Zoll hohen Porträts des Imperators und seiner Gemahlin Theodora, in schönster Farbenpracht, mit Diadem und Purpurkleid, betrachtete und den in kalligraphischen Schnörkeleien wunderbar verschlungenen Text zu lesen versuchte. Die Rolle bestand aus Seidenpapier und hatte etwas über einen Fuß in der Breite, aber achtzehn bis zwanzig Fuß in der Länge. Die beweglichen Goldsiegel unterhalb der fürstlichen Bilder waren, man weiß nicht seit wann, verschwunden ...«

Kaiser Manuel II. (1391-1425) stiftete den Mönchen eine Partikel des Heiligen Kreuzes, aber Ruhm und Bedeutung des Klosters beruhten vor allem auf dem Besitz einer der fünf angeblich vom heiligen Lukas persönlich gemalten Marien-Ikonen. Bei ihr suchten Christen wie Moslems von weitum Hilfe vor allem gegen Heuschrekkenplage, gegen Fieber, gegen weibliche Unfruchtbarkeit, aber auch in allen anderen Nöten des Leibes und der Seele. Fallmerayer, der das Bild sah, nennt es »ein byzantinisches Farbengekleckse auf Holz, im gewöhnlichen Mönchsstil, ungefähr eine Spanne hoch und durch die unzähligen Huldigungen der Andächtigen fast zur Unkenntlichkeit entstellt« und »erschrak nicht wenig über Sankt Lukas' Künstlertalent«. Hören wir ihn weiter. »Die Legende erzählt ausführlich, wie dieses kostbare Überbleibsel aus der ersten Zeit des Christentums durch die besondere Fügung Gottes allen Zufällen glücklich entrann, wie es nach St. Lukas' Hinscheiden zu Theben in Böotien von seinen Erben nach Athen gebracht .... wurde. Aber um die Zeit des Imperators Theodosius verließ das Bild ohne menschliches Zutun seine Tempelwohnung an der Akropolis und wanderte, von Engeln getragen, durch die Wolkenhöhe morgenwärts bis in die liebliche Waldeinsamkeit oberhalb von Trapezunt, hatte aber vorher zwei fromme Jünglinge, Sophronios und Barnabas von Athen, zu gleicher Wanderschaft nach Kolchis eingeladen. Mystischem Zuge folgend, entdeckten die beiden Athener an den Quellen des Pyxites, mitten unter Laubwald und Wasserfällen, fern aller menschlichen Wohnung, die hohe Felsengrotte und auf einem Steine ruhend das entflohene Bild. Die Grotte wurde erweitert, eine Kapelle hineingebaut und Hütten errichtet für die beiden Einsiedler aus Athen. Das war, sagt die Legende, der Anfang des Höhlenklosters der Panaghia von Sumelas, das bald an Größe, Reichtum und Mirakeln wuchs.« Größe und Reichtum sind längst verweht.

Die Grottenkirche, der geistliche Kern des einstigen Klosters, ist eine Höhle unter der überhängenden Felswand, nach außen hin nur durch eine aufgemauerte Apsiskapelle in Erscheinung tretend, deren Wände bemalt sind. Noch heute entziffert man Szenen aus dem Leben Jesu, des Elias. An der Wand über der Tür unter anderem die Krönung des Kaisers Alexios III. Abergläubischer Mutwille hat den Figuren die Augen ausgestoßen, die Gesichter zerkratzt. Schlimmer noch: Andenkenhungrige ›Kunstfreunde‹ haben ganze zusammenhängende Partien in handlicher Größe herausgeschnitten und mitgenommen. Auch das Innere der Grotte bewahrt noch seine Bilder. Sie stammen zum Teil aus dem 14. Jahrhundert. Wir erkennen an der Decke den Pantokrator, die Panaghia, die Wurzel Jesse, Jugendszenen Jesu. Am besten erhalten die erst im 19. Jahrhundert entstandene Darstellung der Gottesmutter an der Wand rechts über dem Eingang. Von der Klosteranlage, die sich auf dem schmalen Felsensims unter dem Überhang hinzog, blieben nur Ruinen. Da ist ein heiliger Brunnen, sind die Reste kleiner Gelasse. Das am Fuß der Treppe rechts muß die Bibliothek gewesen sein, die Herberge für die Urkunden und Freibriefe des Klosters, von byzantinischen Kaisern ausgestellt und von deren osmanischen Nachfolgern. Welche Mühe hat es unseren Gewährsmann von 1845 gekostet, diese Dinge gegen den Widerstand von Mißtrauen, mönchischem Aberglauben und bildungsfeindlicher Indolenz einsehen zu dürfen.

Die Straße von Maçka nach Erzurum führt am Hang eines scharf eingeschnittenen Tales immer höher empor. Drunten grüne Wiesenhänge, darüber dunkle Nadelwälder, spärlicher werden die Siedlungen, dann bleiben auch die Bergbäume, die sich noch zwischen karge Almweiden gesprenkelt haben, unter uns. Endlich: der *Zigana-Paß* (1975 m). Voraus staffeln sich die Parallelkämme des Pontischen Gebirges. Auch in die Richtung, aus der wir kamen, geht weit der Blick. Doch selbst in wolkenlosen Momenten bleibt das Meer unsichtbar, von Bergzügen verdeckt. Eine der benachbarten Höhen, von denen man tatsächlich ein Stücklein mit dem Horizont verschwimmender Meeresbläue erspäht, mag die Freudenrufe der heimziehenden Zehntausend Xeno-

Bayburt

phons gehört haben. Ihnen war das Meer schon etwas wie Heimat, in seinem Anblick war ihnen Hellas gegenwärtig. Wenn wir dem Meere den Rücken kehren und den Paß überschreiten, lassen wir alles Griechische für lange Zeit hinter uns. In weiten Kehren geht es abwärts. Die Kilometer dehnen sich. Eine Bergbarriere und noch eine und dann der endgültige Sieg anatolischer Kargheit über die freundliche Flora der Küstenzone. Steinig die Hänge, fahl, grau, rötlich. Grün aber, juwelenhaft grün die schmalen Felder in den engen Talböden, leuchtend hinter dem silbrigen Gitterwerk noch unbelaubten Pappelgeästes, das weiße Ornamente zeichnet, so köstlich wie auf einer alten Miniatur. Zwischenhinein weiße Wolken blühender Kirschbäume, frischgelbe Tupfer sich entfaltender Blätter.

Hinter *Torul* wird's dramatisch mit melancholischen Einsamkeiten, wilden Schluchten, bizarren Höhen, mit Schneeflecken noch gezeichnet auch im späten Frühling. Kahles, Felsen, grüne Baumspitzen, Wasser und Bewässerungen. In *Gümüşhane*, dem ›Silberhaus‹, wurde einst Edelmetall gefördert.

Über *Bayburt* hockt ein mächtiger Zeuge der kriegerisch zerrissenen Jahrhunderte. Die Urartäer schon mögen die Fundamente gelegt haben, dann saßen hier die Armenier, später die Türken. Und Militär ist da oben heute noch stationiert. Immer wieder wurden solche Stützpunkte erweitert, zerstört und wieder aufgeschichtet.

Die Straße hatte den Vavuk-Paß (etwa 1900 m) zu überwinden und zieht nun aufwärts zum Paß von Kopdağ (2390 m). Und von dieser letzten Bastion des Gebirgswalles tut sich ein großes Panorama auf über das abendlich verblauende anatolische Hochland, in das wir nun in weiten Kehren hinabrollen, um auf der von Ankara über Sivas und Erzincan herankommenden Straße glücklich *Erzurum* zu erreichen.

Die Stadt liegt fast 2000 Meter hoch und ist eine der klimatisch rauhesten der Türkei. Kurzen, heißen Sommern folgen lange, kalte, schneereiche Winter. Schon im Oktober fällt häufig der erste Schnee. Ein paar Wochen später ist alles gefroren, und erst der April bringt Tauwetter. Flockenwirbel selbst noch im späten Frühling sind keine Seltenheit, und noch lange tragen die Berge ringsum weißglänzende Häupter. Mag Evliya Çelebis Geschichte von der Katze, die beim nächtlichen Weg über die Dächer steiffror und erst im April wieder zum Leben auftaute, auch eines Münchhausen würdig sein: Daß in den kalten Monaten die Wölfe bis ins Universitätsgelände vordringen, dafür gibt es glaubhafte Zeugen. Es ist verständlich, daß sich Leute aus den milderen Gegenden des Landes nicht gerade um eine Versetzung nach Erzurum reißen, und mancher mag bedauern, daß die 1958 gegründete Universität – die einzige in der östlichen Türkei – nicht doch in Van errichtet wurde.

Erzurum in seiner bergumschlossenen Ebene beherrscht eine wichtige Ost-West-Straße, war im 17. Jahrhundert so bedeutend, daß die Briten bereits 1690 hier eine ständige Handelsvertretung einrichteten. Noch im späten 19. Jahrhundert sollen jährlich 30000 bis 40000 Kamele mit ihren Lasten hier durchgezogen sein, die Waren aus Persien nach Trapezunt trugen zur Verschiffung nach Istanbul.

Seitdem Theodosius und Schapur III. Armenien unter sich geteilt hatten, war ›Theodosiopolis‹ eine wichtige Grenzfestung, die mehrfach den Besitzer wechselte, von Persern und Arabern eingenommen wurde, zum Armenien der Bagratiden gehörte, dann den seldschukischen Türken, von ihnen mit schönen Bauten geschmückt.

Die *Zitadelle*, die nach der Eroberung durch die Osmanen unter Selim I. eine Garnison der Janitscharen beherbergte, ist nun vom Militär geräumt, man darf sie betreten, findet aber an Interessantem lediglich eine von türbenartiger Kuppel bekrönte Moschee und den Schaft des Ziegelminaretts aus dem 12. Jahrhundert mit einem ›barocken‹ Obergeschoß. Um den Überblick über die Stadt zu gewinnen, umwandern wir die Burgmauern von außen, überblicken gen Norden die von weißbemützten Bergen umringte Ebene, schauen hinunter auf die grauen Blechdächer der neueren Häuser, sehen da und dort die Kuppel einer Moschee, ein Minarett sich über die flachen Lehm- und Grasdächer der älteren Wohnstätten erheben, Pappeln mit erstem schütteren Grün. Im Süden des Burgbergs, vor der Kulisse firnig schimmernder Schneegipfel die bedeutendste seldschukische Baugruppe der Stadt, die alle Erdbeben und russischen Bombardements überstanden hat: die Große Moschee, die Çifte Minar Medrese und das Ensemble der ›Drei Türben‹.

Die *Ulu Cami*, 1179, ist nicht nur der größte, sondern auch der älteste Betsaal von Erzurum, ein nach außen ganz schmuckloser Block mit sieben Schiffen zu je sechs Jochen. Altertümlich, mit kräftigen Pfeilern und sparsam profilierten Bogenläufen in perfekter Steintechnik, in der Strenge zisterziensischen Bauten vergleichbar.

Unmittelbar benachbart steht die *Çifte Minar Medrese*, eine der größten Koranschulen des 13. Jahrhunderts im seldschukischen Kleinasien und eine der edelsten dazu. Da keine Stiftungsinschrift erhalten ist, bleibt die Datierung dieses kunstgeschichtlich bedeutenden Bauwerks unsicher. Ihren Namen der ›doppeltürmigen‹ hat die Medrese von dem Minarettpaar, das den Tortrakt flankierend bekrönt. Ohne Balkone für den Gebetsruf, gekappt und mit Notdächern versehen, wirken die beiden Minars ›unfertig‹, und der Volksmund weiß dafür auch eine Erklärung. Der Baumeister nämlich und sein Lieblingsschüler seien übereingekommen, um die Wette jeder eines der Minarette zu bauen. Als der Meister sah, daß das Werk seines Schülers schneller wuchs, soll er sich beschämt von der Höhe seines Werkes hinabgestürzt haben. Der Schüler aber, als er hörte, was seinen Meister zum Selbstmord getrieben hatte, sprang von seinem Minar aus ebenfalls in den Tod.

Traurige Sagen, die uns indes die Freude nicht rauben sollen an den – leider sehr beschädigten – türkisgetönten Fayenceeinlagen in den Ziegelschäften des Turmpaares, nicht die Freude an dem plastischen Reichtum des Portal-

1 Bronzebeschlag mit der Darstellung von Streitwagen und Kriegern und Inschrift Argišti I., 783 v. Chr.

2 Urartäische Bronzeplatte aus Toprakkale, mit dreigeschossigen Häusern. London, Britisches Museum

3 Votivtafel aus Bronzeblech mit Darstellung einer Gottheit auf einem Löwen, davor Frau mit Standarte, 7.-6. Jh. Paris, Louvre

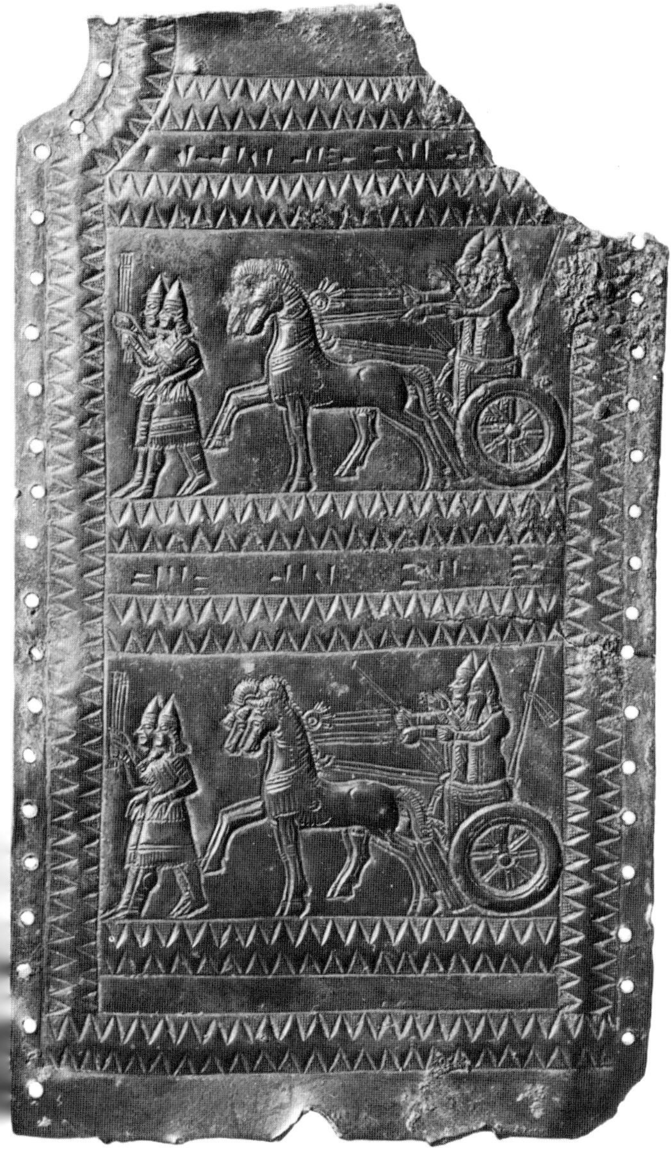

I

3

2

4 Steinrelief, ausgegraben nahe Adilcevaz mit geflügelter Gottheit auf einem Löwen. Ankara, Archäologisches Museum

5 Urartäischer Stierkessel aus Altıntepe bei Erzincan, 2. Hälfte 8. Jh. v. Chr. Ankara, Archäologisches Museum

6 Bronzefigur des urartäischen Gottes Teischeba, ausgegraben in Toprakkale bei Van, 7. Jh. v. Chr. London, Britisches Museum

7 Freigelegte Wandmalerei in Altıntepe
8 Bronzestatuette einer geflügelten Gottheit ausgegraben in Toprakkale bei Van, Teilstück eines Thrones, 685-645 v. Chr. Leningrad, Ermitage
9 Rhyton, gefunden in der urartäischen Festung Arinberd, Silber, 3. Jh. v. Chr. Eriwan, Historisches Museum

8

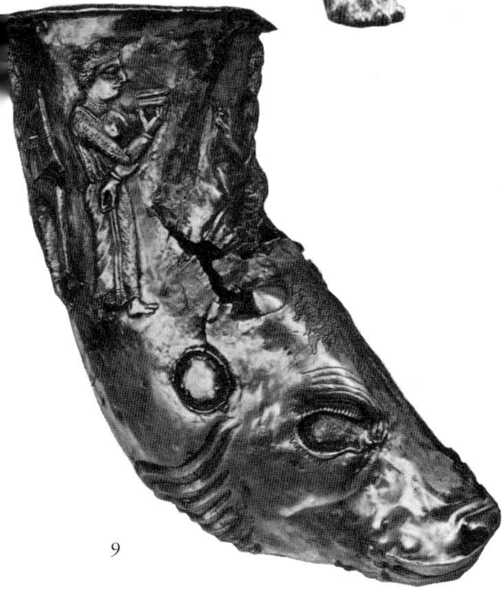

9

10 Votivtafel aus Bronzeblech mit Darstellung einer geflügelten Gottheit, vor ihr eine Frau mit einer Standarte, die eine Bergziege an den Hörnern hält, 7.-6. Jh. v. Chr. Paris, Louvre

vorbaues mit dem schön gerahmten Mittelfeld, das wie ein Vorhang weggerafft ist vor der tiefen Stalaktitnische über dem Tor. Die untere Zone rechts und links zeigt in kräftigen und reichen Rahmen große Palmettgebilde. Über dem rechten ein Doppeladler, ein Totembild, schon seit Hethitertagen in Anatolien daheim, Wappentier der Byzantiner wie der Seldschuken. Das Auge ergötzt und verliert sich im ornamentalen Reichtum der wie ziselierten Rahmenleisten.

Die Medrese gehört zum verbreiteten zweigeschossigen Typus mit je einem Iwan, einer gewölbten, nach einer Seite offenen Halle persischen Ursprungs also, in der Mitte jeder Hofseite und ist – für anatolische Bauten des Typs charakteristisch – mit Arkaden vor den Wohnzellen versehen. Sein Adel hat den Bau später freilich nicht davor bewahrt, zum Magazin degradiert zu werden. Dann nahm er ein kleines lokales Museum auf. Es war bei unserem letzten Besuch ausgelagert, denn Restaurierungsarbeiten waren im Gange. Der tiefe Iwan, der – den langgestreckten Hof noch verlängernd – einst den Grabbau der Padişah Hatun mit der Medrese verbunden hatte und der seit langer Zeit in Trümmern lag, soll wiedererstehen. Man kann die kreuzförmige Krypta der Türbe betreten wie den über zwei symmetrische Treppenläufe erreichbaren gewölbten Raum darüber, der einst den Kenotaph barg. Den besten Blick auf das Äußere des Bauwerks, das rundbogige Blendnischen gliedern, das ein Ornamentband unter dem rötlichen, gleichfalls mit rundbogigen Blenden geschmückten Dachkonus umzieht, gewinnen wir auf dem Weg zu den *Drei Türben* (Üç Türbe) – einem kleinen Denkmäler-Park. Die beiden kleineren (anonymen) Grabmäler wiederholen – bescheidener in Maßen und künstlerischer Zier – Züge des Mausoleums, das wir soeben

Erzurum, Üç Türbe

sahen, und sie finden Parallelen nicht nur hier in Erzurum, sondern auch im seldschukischen Kernland um Konya und Kayseri. Das größte der drei jedoch, nach einem ›Emir Saltuk‹ genannt, zeigt Züge, die – von der Verwendung verschiedenfarbigen Steins bis zu den Profilbändern – an Armenisches erinnern, ebenso wie die stabdünnen Doppelsäulen der gliedernden Blendarkaden bei den anderen Mausoleen. Armenier hatten einst in Erzurum nur eine Minderheit ausgemacht, aber diese Türben zeigen augenfällig, welche Bedeutung armenischen Bauleuten für die Entwicklung der seldschukischen Kunst zukommt. In der Türkei von heute hört man derartiges freilich nicht gern.

Entlang der Gasse, die östlich der seldschukischen Bauten abwärts zieht: kleine Läden, Marktalltag, Teestuben, bescheidene Häuser, Handwerke – und auf einem winzigen Platz dann, eingeklemmt ins Gewühl, wieder eine alte Türbe. Ein zielloser Bummel durch die

Stadt führt in manchen pittoresken Winkel, zu mancher menschlichen Begegnung.

Auch wer sich für Erzurum nur wenig Zeit nimmt, wird wenigstens noch der Hauptstraße in westlicher Richtung folgen, um einem weiteren Werk mittelalterlicher Baukunst zu begegnen, der Yakutiye Medrese. Unterwegs rechts in die Straße vorspringend eine Türbe des frühen 14. Jahrhunders, dann eine osmanische Moschee: die des *Lala Mustafa Paşa*. Der grausame Eroberer Zyperns ließ sie 1563 errichten. Der Zentralkuppelbau auf achteckigen Pfeilern mit vier Eckkuppeln, der sich an anatolische wie hauptstädtische Vorbilder anlehnt, gilt als Schöpfung des großen Sinan, des Chefarchitekten unter Süleyman und Selim I., der die klassische osmanische Architektur vollendete, neben der Süleyman-Moschee die schönsten Moscheen der Hauptstadt und die Selimiye in Edirne schuf. In seinem Werkverzeichnis wird die Moschee von Erzurum tatsächlich aufgeführt, aber er kann nur für den allgemeinen Entwurf verantwortlich gewesen sein.

Die *Yakutiye Medrese* stammt aus dem beginnenden 14. Jahrhundert, ist eine Stiftung eines Nachkommens des Dschingis Khan, des Ilkhans Üldschaitü von Persien (1304-16), folgt aber seldschukischen Überlieferungen. Selbst wenn sie versperrt sein sollte: allein das Äußere lohnt, vor allem wegen der Hauptfront. Sie weist (der Bau ist west-östlich orientiert, und der Betsaal mit Mihrab ist im südlichen Iwan untergebracht) nach Westen. Die beiden Minarette sitzen wie Bastionen in den Ecken der Front. Das nördliche ist nicht über Sockelhöhe hinausgediehen und mit einer Kegelhaube gedeckt, das südliche, zwar auch gekappt, zeigt noch eine glanzvolle Ornamentik aus himmelblauen Fayence-einlagen im Gewirk der Ziegel. Aus der Mitte der Westfassade springt der Portalrisalit vor als ein allseitig schöngerahmtes Feld, in dem sich – von geschmückten Säulenstäben flankiert – die Stalaktitnische des Tores auftut. An den Schmalseiten unter Arabeskenfeldern wieder Palmettwedel wie an der Cifte Minar, flankiert von Löwen und bekrönt von Adlern. Sie sind zwar heraldisch stilisiert, aber widerlegen durch ihr bloßes Dasein die Legende von der absoluten Bildlosigkeit aller islamischen Kunst.

Als wir uns durch die Gassen der kleinen Leute den Weg zu unserem Hotel zurücksuchen, stoßen wir noch auf eine Kostbarkeit: den Han des Rüstem Paşa. Mit überkuppelten Gelassen – einst beheizbar, wie die vielen viereckigen Kamine mit ihren Dachpyramiden zeigen –, ist er heute nur noch ein ›Markt‹ für die paar Handwerker, die sich eingenistet haben. Kein Zeugnis reklamiert den Bau für Sinan, aber er würde dem Architekten keine Schande machen. Erzurum ist herb und gar nicht farbig. Bezeichnend, daß die Schmuckschmiede am liebsten den schwarzen Gagat zu Gebetsketten verarbeiten, als Anhänger oder Ohrringe in Silber fassen. Wie um die Wahrheit aller Klagen über das Klima zu belegen, beginnt es, als wir die Stadt verlassen, aus heiterem Frühlingshimmel zu stürmen und zu schneien.

Über den 2200 Meter hohen ›Kamelhals‹ zieht die neue Straße weiter nach Osten, in eine Ebene, die ein Nebenlauf des Aras/Araxes bewässert. Auf einem Hügelrücken über dem Ort *Pasınler* sitzt die Festung Hasankale, eine der mittelalterlichen Grenzfestungen und noch heute ein martialisches Quartier. Eine Straße zweigt hier nach Süden ab, über die Bingöl-Berge nach Muş und weiter an den Van-See, aber wir halten nach Osten. Niemand stört, als wir versuchen, mit ein paar Strichen

Brücke von Çobandede

die seldschukische Brücke von Çobandede (was verdeutsch etwa ›Großväterchen Hirte‹ hieße) festzuhalten, die sich gelassen-spitzbogig erbietet, uns südwärts zu leiten. Aber wir widerstehen auch hier. Uns zieht es zum Ararat, und darum zweigen wir auch diesmal nicht bei Horasan auf die Straße nach Kars ab, nach Ani mit seinen herrlichen Kirchen.

Der 5156 Meter hohe, als erloschen geltende Vulkankegel des *Großen Ararat* (sein letzter Ausbruch erfolgte 1840), den der *Kleine Ararat* (Kücük Ağri Dağı, 3903 m) flankiert, gilt zwar – besonders im Frühherbst – als alpinistisch nicht besonders schwer (die erste Besteigung erfolgte bereits 1707 durch Pitton de Tournefort), erfordert jedoch die Ausrüstung für eine drei- bis viertägige Expedition mit allem Zubehör, vor allem aber die Genehmigung des militärischen Befehlshabers, die mit Rücksicht auf die Grenznähe des Berges schwer zu erlangen ist. Die Reste der Arche freilich wird jeder Bergsteiger vergebens suchen. Alle Nachrichten, man habe sie entdeckt, haben sich als Enten erwiesen, alle Suche bleibt spinnöse Spekulation. Wir wollen den

Im Aras-Tal

heiligen Noah-Berg, der von 1828 bis 1920 die Grenze zwischen Rußland und der Türkei bildete, ja nur sehen.

Wir bleiben also auf der E 23 mit ihren Lastwagen, Staubfahnen, Schlaglöchern und Schotterstrecken. In weiten Kehren zieht sie hinauf zum Tahir-Paß (2475 m). Seitab Dörfer mit niedrigen flachen Lehmhütten, mit Heuschobern auf den Dächern, damit, wenn alles eingeschneit ist, man das Futter für das mit den Menschen in einem Raum hausende Vieh durch eine Dachluke hereinholen kann. Sahen so die »halb in die Erde versenkten Dörfer« der Karduchen aus, von denen Xenophon erzählt?

In diesem sonst nicht weiter bekannten Volk sehen manche die Ahnen der Kurden, andere verweisen darauf, daß in den Bergen um das Zweistromland, an Zab und Chabur, wo seit frühesten Zeiten Völkerschaften lebten, wie die Gutäer um 2350 v. Chr. oder vor der Mitte des 2. Jahrtausends v. Chr. die Kassiten, im 7. und 6. Jahrhundert v. Chr. iranische und iranisierte Stämme ihre Herden weiden ließen. Und sie seien die Vorfahren der

Kurden, deren Dialekte ja heute noch Verwandtschaft mit den iranischen Sprachen verraten. Man tastet im dunklen. Der Name ›Kurdistan‹ taucht erst im 12. Jahrhundert in der Seldschukenzeit auf, als Benennung für eine eigene große Provinz, aber wurde seit dem 15. Jahrhundert immer inhaltsloser. Das offiziell so genannte Gebiet schrumpfte immer mehr, bezeichnete schließlich nur noch einen Teil des von Kurden bewohnten Gebietes. Einzelne ihrer Sippen- oder Stammesführer stiegen zwar zu herrscherlicher Macht empor – am bekanntesten wurde der aus Takrit südlich von Mosul stammende Sultan Salah-ed-Din (Saladin) –, zu einem eigenen Staat haben es die Kurden jedoch nie gebracht. Die Schlacht von Çaldıran 1514 legte jene Grenzlinie fest, die – oft umstritten und doch kaum verschoben – in der Folgezeit das Land um den Ararat, das Land der Kurden und der Armenier zwischen dem osmanisch-türkischen und dem safawidisch-persischen Reich teilte. Sie schnitt nicht durch einen einheitlichen Volkskörper, denn die Kurden waren nie ein einzig Volk von Brüdern gewesen, sondern immer untereinander uneins und von Stammesfehden zerrissen. Die bildeten das stetige Motiv der kurdischen Geschichte, wenn man eine derartig ziellose Wiederkehr immer gleicher Situationen überhaupt ›Geschichte‹ nennen mag. Jenseits von Clan und Stamm gab es für die Kurden nur die übergreifende Einheit des Islam. Den Begriff eines ›kurdischen Volkes‹ kannten sie nicht. Erst das 19. Jahrhundert schleppte den Bazillus des Nationalgedankens auch ins Kurdenland ein.

Die Reformen Sultan Mahmuds II. seit 1826 zielten unter anderem darauf ab, die Stellung der selbständigen Feudalherren in den fernen Provinzen zu schwächen. Das führte wiederholt (1828, 1829/30, 1837, 1843) zu Aufständen eben dieser lokalen Machthaber. Den ersten mit einer ›nationalen‹ Note entfesselte 1843 ein Emir Badr Khan, der die Einsetzung einer eigenen Regierung für ›Kurdistan‹ forderte. Er genoß die Unterstützung der Kurden Persiens, aber die persische Regierung verweigerte jede Hilfe. 1847 mußte Badr Khan sich ergeben und ins Exil gehen. In den nächsten Jahren verschwanden auch die meisten anderen halbsouveränen kurdischen Feudalherren. Während des Krimkrieges aber erhoben sich die Kurden im Hakkari-Gebiet, und bald stand das Land zwischen Van und Bagdad in Flammen.

Die letzte bedeutende Kurdenrevolte des 19. Jahrhunderts war 1878-1881 gegen Persien gerichtet. Ihr Anführer hatte einem britischen Vertreter geschrieben: »Das kurdische Volk ist eine eigene Nation, durch Religion, Gesetze und Gebräuche von anderen unterschieden ....« Töne, nie erhört, solange das Reich des Padişah ein übervölkisch-islamisches war.

Im Ersten Weltkrieg, den der Sultan zum ›Heiligen Krieg‹ (Dschihad) erklärte, kämpfte die überwiegende Zahl der Kurden freudig für den Padişah. Nur einigen religiösen Führern wollte der Krieg keineswegs als ein ›heiliger‹ erscheinen, und westlich Gebildete unter den Kurden sahen in ihm eine Chance für ihre ›nationalen‹ Ideen.

Abd ul-Hamid hatte es verstanden, die Kurden zur aktiven Teilnahme an den von ihm organisierten Armenierpogromen aufzustacheln. Nach der jungtürkischen ›Endlösung‹ der ›Armenischen Frage‹ tauchten Pläne zur ›Umsiedlung‹ auch der Kurden auf. Dazu kam es nicht. Vielmehr suchte Mustafa Kemals Nationalpartei nach dem Waffenstillstand von Mudros das Vertrauen der Kurden zu gewinnen und somit ihre Unterstützung im Kampf um das Überleben der Türkei. – Im Ausland freilich wirkten kurdische Nationalisten unter Berufung auf Wilsons Selbstbestimmungsrecht der Völker für einen Kurdenstaat, und der Vertrag von Sèvres sah wenigstens kurdische Autonomie für ein Gebiet östlich des Euphrat und südlich Armeniens vor. Doch dieses Papier fegten Kemal Atatürk und die Seinen vom Tisch. Im Vertrag von Lausanne (1923) war von Kurden nicht mehr die Rede. Die Kurden fühlten sich ja immer noch nicht so sehr als ›Volk‹ denn als – mehrheitlich sunnitische – Moslems. Die Abschaffung des Kalifats, die brutal ins Gewohnte schneidenden Edikte Atatürks (Kleider-, Kalender-, Schriftreform) trieben sie in eine konservative Opposition. Eine erste, weit ausgreifende Erhebung (Anfang 1925) unter Führerschaft des Scheikh Said vom Naqşbandi-Orden wurde nach wenigen Wochen brutal niedergeschlagen. Eine in nationalistischen Kategorien denkende Minorität entfesselte 1927 – nach Verständigung mit den vertriebenen Armeniern – durch Ausrufung einer ›kurdischen Regierung am Ararat‹ eine neue Erhebung. Die Kämpfer unter Führung des ehemaligen osmanischen Offiziers Ihsan Nuri Paşa operierten zum Teil von persischem Territorium aus und unter verschwiegener Hilfe der Teheraner Regierung. 1930 stand das gesamte Kurdenland zwischen Diayarbakır und Van in Flammen. Massivster Einsatz von modern gerüstetem Militär schuf – in mittelalterlicher Grausamkeit – Ruhe: die Ruhe eines Kirchhofs.

Was wollten die Kurden? Eigentlich nur so leben können wie bisher: in den überlieferten sozialen Ordnungen, treu dem alten Gott und dem alten Glauben, in ihrer Sprache reden dürfen und verstanden werden – auch und gerade in den Schulen. Die Regierung in Ankara aber wollte die Bewohner der östlichen Vilayets gut preußisch auf Vordermann bringen. Von ›Kurden‹ war nicht mehr die Rede. Man sprach von ›Bergtürken‹, und ihre iranischen Dialekte sollten offiziell als türkische Mundarten gelten, was einfach zum Lachen war. Die Verbannung heller Köpfe, auch der konservativen Feudalherren, die Einschränkung nomadischer Bewegungsfreiheit, die Verpflanzung bäuerlicher Familien, der lange Wehrdienst für die jungen Männer, dazu der Bau von Straßen und der Bahnlinie Ankara–Teheran, die Einrichtung von Militär- und Gendarmerieposten und manches mehr sollten helfen, die traditionellen Lebensformen der Kurden im Sinn eines ›Fortschritts‹ zu modeln.

Nach dem Sturz der demokratisch gewählten Regierung Menderes wurde erneut verkündet, die Kurden seien nach Rasse und Sprache Türken. Was halfen Proteste! Schon im Januar 1961 wurden kurdische Führer verhaftet, bald prominente Wortführer der Kurden in Bursa vor Gericht gestellt. Als ein neuer antikurdischer Prozeß über die Bühne gehen sollte, kam es in den größeren Städten der östlichen Türkei zu Demonstrationen. Auf Transparenten konnte man lesen: ›Wir sind Kurden, keine Türken!‹ Militär schoß in die Menge, in Mardin und Diyarbakır gab es weit über hundert Tote. Neue Prozesse folgten, und Kriegsrecht waltete bald über allen östlichen Provinzen. Es hinderte weder die ›kleinen‹ noch die alten Männer daran, ihren geistlichen Ratgebern zu folgen, auch nicht die engagierten jungen Mauermaler. An Felswände und Fassaden pinselten sie die Buchstaben DDKD. Sie stehen für Devrimci Demokratik Kültür Derneği (Revolutionärer demokratischer Kulturbund). Nur in dieser Form kann sich – nach geltender Verfassung – eine nichttürkische Gruppe zu Wort melden. Seit dem Staatsstreich der Generäle vom 12. September 1980 sind auch diese Lettern verblaßt, liest man von neuen Prozessen und harten Urteilen gegen Kurden. Trotzdem erinnern uns kurdische Parolen auf unserem Weg immer wieder an die Probleme, die sich aus der kruden Kreuzung von archaischer Land- und Gesellschaftsstruktur mit Gedankenimport des 19. Jahrhunderts im 20. Jahrhundert ergaben. Sie entstanden in jenem angeerbten Bereich eines Volkes, den immer schon Grenzen zerschnitten haben und der immer schon ein Kampffeld gewesen war, den aber erst unser Jahrhundert zu einem ›Entwicklungsland‹ gemacht hat: menschenarm, sozial rückständig (nämlich mit einer der Willkür des Staates und der Bodenbesitzer ausgelieferten breiten Schicht Entrechteter), landwirtschaftlich auf primitiver Stufe, bildungsmäßig so unterversorgt wie im Gesundheitswesen. Im ostanatolischen Kurdenland, wo es Kurden nicht geben darf, sondern nur ›Bergtürken‹, gelten diese als Menschen zweiten Ranges, die nirgendwo ihr Recht finden können.

Von *Eleşkirt* bleibt uns wenig im Gedächtnis, auch nicht mehr von *Ağri*. Die Stadt hieß einst Karaköşe, also ›dunkler Winkel‹ – trübseliges Nest. Nun heißt sie nach dem Ararat (Ağri Dağ), und der Ararat-Name macht's, daß wir nach jeder Bodenwelle, welche die schlaglöchrige ›grande route‹ zu überkriechen hat, Ausschau halten nach dem fernen Schneegipfel. Wir dürfen froh sein, wenn ein Windstoß die Staubfahnen der schweren Laster beiseitefegt und wir überhaupt etwas sehen. Wir mokieren uns selbst über unsere kindische Erwartungsfreude, wissen wir doch, daß etliches Glück dazugehört, den heiligen Berg Armeniens überhaupt zu erblicken, denn entweder verschleiert ihn Hitzedunst, oder sein Haupt verhüllt sich hinter Gewölk. Diesmal lächelt uns der Himmel: Schemenhaft taucht der helle Kegel vor uns auf.

Blick zum Ararat von Norden

Bis zu seinem Fuß sind es noch etliche ungute Kilometer. In *Doğubayazit* ist immer Betrieb, findet der Landfahrer die nötigen Werkstätten, Proviant jeglicher Art, auch Unterkunft und Benzin. Hier, in der Nähe der iranischen Grenze, kommt vielerlei vorbei und ›geht‹ allerhand außerhalb der Legalität. Der Schmuggel blüht. Aber nicht deswegen fährt man hierher. Die junge Stadt ist eigentlich nicht mehr als eine Straßenstation, die in die Länge und Breite zerlaufen ist. Eine Station auf dem uralten Weg zwischen Anatolien und dem Iran.

Freilich folgt die Autostraße nicht dem alten Karawanenpfad. Der verlief einst über die Paßhöhe südlich des Ortes. Auf ihm trugen jährlich 160000 Kamele ihre Lasten aus Indien und Persien nach Westen. Schon seit früher Zeit suchte man diese Route zu sichern und zu beherrschen. Reste von Befestigungen schon aus urartäischer Zeit fanden sich dort droben, und auf ihren Fundamenten wuchsen später neue Mauern. Aus der Zeit Selims I., der das ganze Gebiet fürs ottomanische Imperium eroberte, stammt die Moschee an der Paßenge.

Sie ist heute der einzige noch halbwegs intakte Bau jener alten Stadt, die während der Kurdenaufstände 1930 eine Straf- und ›Befriedungs‹aktion zerstört hat.

Dieser Reste wegen würde wohl niemand auf der sich immer steiler windenden Straße hier herauffahren, horstete da oben nicht eine der phantastischsten Burgen des Ostens. Ein orientalisches Neuschwanstein? Nein – etliche Generationen älter als die Burg Ludwigs II. und kein romantisches Märchenschloß, sondern eine sehr handfeste Zwingburg, von der aus sich der Paßweg überwachen und notfalls sperren ließ. Ihr Herr konnte Wegzölle und andere Abgaben von den vorbeiziehenden Händlern erpressen. Diese *Ishak Paşa Kalesi* trägt den Namen eines örtlichen Befehlshabers, der den fernen Sultan durch Tribute zufriedenstellte und sich und die Seinen – mehr als nur halb unabhängig von der Pforte – bereicherte. Wie sehr, das zeigt eben diese Burg. Ishak Paşa, dessen Namen der Bau bewahrt, war 1724 Gouverneur von Georgien. Er ließ die Anlage beginnen. Sie stammt im wesentlichen aus den achtziger Jahren des 18. Jahrhunderts, wurde vollendet unter Mahmut, einem späten Enkel. Jüngst wurde das Bergschloß vor bedrohlichem Verfall gerettet, das Mauerwerk bis zum oberen Gesims restauriert und gesichert. Ein Höhenrücken versperrt zwar die Sicht zum Ararat, trotzdem ist der Blick auf die nah-bunten Felsberge und in die verblauende Ferne über die Maßen herrlich.

Was wir finden, ist ein absonderliches Gemisch von Formen und Bauideen. Die Fachwissenschaft, soweit sie sich überhaupt mit dieser entlegenen Schöpfung beschäftigt hat, beurteilte sie als ›typisch osmanisch‹ oder als ganz und gar atypisch. Einig ist man sich nur darin, daß es sich um einen aus verschiedenen Inspirationsquellen stammenden, also eklektischen und somit eben doch originellen Komplex handelt. Das zu sehen bedarf es keiner schwerfälligen Hochgelahrtheit mit vielen Fußnoten. Das äußere Portal bereits schlägt den Ton an. Es ist der einer barock übersteigerten ›seldschukischen Renaissance‹ – am augenfälligsten im Stalakit- und Alveolarwerk des Tympanons. Den beherrschenden Akzent setzt die Burgmoschee mit Kuppel und Minarett. Zu ihren Füßen erhebt sich ein Gebilde, das wie eine seldschukische Türbe aussieht, aber nur eine steile und enge Treppe zum unterirdischen Grabraum maskiert, der Luft und spärliches Licht durch die beiden ›Hundehütten‹ neben dieser Türben-Larve empfängt. Sie ist mit reichen Lebensbaumreliefs und üppigen Gehängen geschmückt, in denen man – wie auch anderwärts in dem Schloß – die Hand georgischer Werkleute erkennen wollte.

An der nördlichen Langseite des Hofes der einstige Audienz- und Gerichtssaal des Paschas. Durch die

Ishak Paşa Kalesi über Doğubayazit

›Bibliothek‹ erreichen wir die Moschee, ein überkuppeltes Quadrat mit einer Empore. Der Mimber ist ein Unikum: nicht eine ›Himmelsleiter‹, sondern ein Blütenkorb, den der Prediger durch eine in die Mauermasse gehöhlte Treppe erklomm. Von der Empore aus führt eine enge Spiraltreppe auf den Umgang des Minaretts. Etwas außer Atem überblickt man von diesem hohen Punkt das Gesamt der Anlage, sieht hinein in die deckenlosen Wach- und Wohnquartiere und selbst in die einst so verschlossenen Gemächer des Harems.

Ein Tor – wiederum voll seldschukischer Anklänge und flankiert von archaischen Löwen, aber noch stärker als das erste einem vegetabilen Barock verpflichtet – leitet in die Wohnquartiere. Zunächst in den mit farbigen Steinplatten ausgelegten einstigen Speisesaal mit schönen Bogenstellungen, die gerade so weit restauriert wurden, daß weiterem Verfall für ein paar Jahre gewehrt ist. Im Verlauf unseres Rundganges betreten wir die schwarzverräucherte Burgküche mit einem mächtigen Kamin, sehen die Reste der bequemen Badeeinrichtungen. Sogar aus seinem ›heimlichen Gemach‹ konnte der Burgherr die Straße im Auge behalten, die ihm die Mittel zu Bauen und Wohnbehagen liefern mußte.

Unterhalb des Burggärtleins formlose Trümmer der vor einem halben Jahrhundert zerstörten alten Siedlung. Sie erinnern wieder einmal daran, daß das Leben in dieser Grenz- und Überschneidungszone vielfältiger Kulturkreise immer hart war und niemals gesichert. Stets war hier der Mensch des Menschen Wolf.

IV

SCHICKSAL
ZWISCHEN OST UND WEST

DIE ARMENIER nennen sich selbst ›Hay‹ und ihr Land ›Hayastan‹. Noch lebendige Legenden – wunderliches Gebräu aus christlichem und altorientalischem Mythengut – überliefert bereits der Geschichtsschreiber Moses von Choren (8./9. Jahrhundert). Haik, der Stammvater, habe sich nach dem Desaster, in dem der babylonische Turmbau endete, gegen den gottlosen Tyrannen Belus erhoben und sich mit ein paar hundert Anhängern ins nördliche Bergland abgesetzt. In der Nähe des Van-Sees habe er ›Haikachen‹ gegründet, habe die ihn verfolgenden Kriegsscharen des Belus geschlagen und den Sieg durch den Bau einer Burg verherrlicht, die er nach sich selbst benannte.

Herodot dagegen berichtet (VII/72), die Armenier seien von Westen, also von Phrygien aus, als Kolonisten ins Land um den Ararat eingewandert, und Historiker weisen darauf hin, daß die Quellen aus den Tagen Urartus westlich des Euphrat, etwa zwischen Erzincan und Malatya, ein Land ›Hayasa‹ kennen. War dies das erste Land der ›Hay‹? Doch wichtiger als die Frage, woher die Einwanderer kamen, ist die Tatsache, daß aus ihnen und den Eingesessenen ein neues Volkstum entstand.

Xenophon, der Sokrates-Schüler, der nach der Schlacht von Kunaxa (401 v. Chr.) den Heimzug der 10000 griechischen Söldner quer durch Ostanatolien zum Meer hin geleitet hat, erzählt in seinem Kyros-Roman, wie der erste persische Großkönig nach seinem Sieg über Medien auch im Land am Ararat Frieden stiftete. Er entschied, daß die ›Alarodier‹ – wohl die Nachkommen der Urartäer – den inzwischen eingewanderten fremden Herren für die Nutzung fruchtbaren Landes Abgaben entrichten sollten. Es dauerte wohl nicht lange, bis aus den Kömmlingen und den dunkellockigen früheren Besitzern des Landes ein neues Volk geworden war, das sich einer mit hurritischen Elementen versetzten indo-europäischen Sprache bediente, die sich später durch mehrfache Lautverschiebungen höchst eigenwillig weiterentwickelt und dazu noch eine Menge von Vokabeln aus den Sprachen der umwohnenden Völker entlehnt hat.

In der Inschrift von Behistun, die Dareios der Große (521-485 v. Chr.) bald nach seiner Thronbesteigung in die Felswand an den ›Toren Asiens‹ einmeißeln ließ, ist zum ersten Male amtlich die Rede vom Lande ›Arminyia‹ und seinen Bewohnern, den ›Armina‹. Eine Inschrift seines Sohnes Xerxes im Fels der Zitadelle von Van bekräftigt: Das Land um Van-See und Ararat, das voreinst Urartu geheißen hatte, war fortan als ›Armenien‹ Teil der 13. Satrapie, nach Herodot (III/93) »gebildet von Paktyika und den Armeniern und ihren Nachbarn bis an den Pontos Euxeinos«. Der Satrap dieser Provinz, die also auch Teile Georgiens umfaßte, residierte in Van, der alten Hauptstadt der Urartäer.

Alexanders Eroberungszug führte nicht durch dieses Gebiet. Nach seinem Sieg bei Gaugamela (331 v. Chr.) setzte der Makedone dort als Statthalter einen persischen Großen namens Orontes ein, und dieser begründete die erste Dynastie, welche, praktisch unabhängig, einen großen Teil des alten armenischen Gebiets regierte und erst um 200 v. Chr. abgelöst wurde durch Artaxias (Artaxerxes, armenisch Artasches), dem der Seleukide Antiochos III. der Große in den Sattel verholfen hatte. Damals machte sich der Einfluß hellenistischer Kultur auch im Land um den Ararat bemerkbar und bewirkte vielfältige Wandlungen. Ein weltweiter Handel zog Geldwirtschaft nach sich, Städte und städtische Lebensformen traten dem agrarisch-patriarchalischen Stammesleben konkurrierend an die Seite, ein absolutistisches Königtum mit bürokratischem Beamtensystem wurde zum Vorbild. Häuptlinge und Dorfälteste wandelten sich in Höflinge und Adelige, die nach immer höherem Lebensstandard strebten.

Seine höchste Machtentfaltung erlebte das Reich der Artaxiden unter Tigranes II. dem Großen (95-55 v. Chr.). Damals war es zeitweise umfangreicher als einst das Reich Urartu. Tigranes hatte lange als Geisel bei den Parthern gelebt. Deren König verhalf ihm zum Thron. Bald jedoch kehrte er die Machtverhältnisse um. Gestützt auf seinen Schwiegervater, den erstaunlichen Mithradates VI. Eupator von Pontos, der in Sinope hofhielt, eroberte er zunächst den kleinarmenischen Schwesterstaat Sophene, griff dann Kappadokien an, ward Oberherr über Kommagene, entriß den Parthern die Talschaften bis zum Kaspischen Meer, dazu Teile Mesopotamiens und Syriens, gewann schließlich Syrien selbst, fühlte sich als Erbe der Seleukiden und als ›König der Könige‹. Seine Hauptstadt war – neben dem reichen Antiochia am Orontes – Tigranocerta (heute Silvan) am Südrand des eigentlichen ›Armenien‹: eine prächtige Neugründung, in die Tausende umgesiedelt wurden, Kappadokier und Kilikier, Syrer und Gefangene aus den Griechenstädten. Maßloses Selbstgefühl, theatralisch-prunkhaftes Auftreten, Eitelkeit und Wankelmut sagten seine Gegner dem Tigranes nach. Das Bündnis mit Pontos und seine Expansionspolitik führten ihn zu dauerndem Konflikt mit Rom, das nacheinander Sulla, Lucullus und Pompeius an der Spitze seiner Legionen gegen ihn entsandte. Lucullus – er brachte aus dem Osten die ersten Kirschbäume nach Rom – nahm 69 v. Chr. Tigranocerta ein und zerstörte es. Den Ruhm des Siegers beanspruchte allerdings Pompeius. Ihm mußte der König sich im Jahre 65 unterwerfen und seine großen Eroberungen übergeben. Dafür durfte er – als römischer Vasall – weiterhin über das armenische Kernland herrschen: Fürst eines Pufferstaates gegen die Parther, die großen Rivalen Roms im Osten. Eine Situation, wie sie sich als eine der Grundkonstellationen armenischer Geschichte unter wechselnden Vorzeichen immer wieder erneuern sollte, immer wieder furchtbares Leid über die Menschen brachte.

Im Gravitationsfeld überlegener Nachbarn stand Armenien auch, als Ostrom gegen die Sassaniden stritt, Byzanz gegen die Moslems, gegen Araber und Seldschuken, die Osmanen gegen die Perser kämpften und schließlich auch gegen den russischen Imperialismus. Zwischen den benachbarten Großmächten ward Armenien immer wieder zermahlen, ward das Blut seiner Menschen vergossen. Und doch: die Anrainer bekamen das kleine Land kaum je wirklich in den Griff, und gelang es ihnen, dann kam es sie teuer zu stehen. Höher aber waren immer wieder die Opfer der Armenier, eines Volkes, das im Lauf seiner Geschichte so viel gelitten hat wie nur wenige andere.

Wohl vermochte Rom die Euphratgrenze zu halten, seine Hoheit über Armenien jedoch blieb Fiktion, denn ethnische, kulturelle und vor allem religiöse Bande knüpften das Reich am Ararat enger an das zoroastrische Persien als an den Westen. Nach einem wirr-bewegten Jahrhundert, in dem das Land ständig im Spannungsfeld zwischen Ost und West stand, gelangte Tiridates (Trdat) I. (53-112) auf den armenischen Thron, Bruder des Partherkönigs Vologaeses I. aus dem Geschlecht der Arsakiden, die nun drei Jahrhunderte und länger die Könige Armeniens stellen sollten. Trotz siegreicher Feldzüge konnte Rom seine ›Oberhoheit‹ nur in symbolischen Gesten zeigen, wie in dem feierlichen Akt, in dem Nero im Jahre 66 in Rom den neuen König eigenhändig mit einem goldenen Kranze krönte. Die überlegene Macht war jedoch das Partherreich. Trajan konnte sich nur für kurze Zeit als Herr einer Provinz ›Armenia‹ betrachten. Die Arsakiden in Armenien überdauerten gar ihre Verwandten in Persien, denen 226 dort die Sassaniden die Herrschaft entrissen. Grund zu neuer Feindschaft der Dynastien.

Das für die weitere Geschichte Armeniens entscheidende Ereignis fällt in den Beginn des 4. Jahrhunderts: die Erhebung des Christentums, das durch syrische Mönche ins Land gekommen war und Widerhall gefunden hatte, zur Staatsreligion durch König Tiridates (Trdat) III.; ihn hatte der Missionar Gregor ›der Erleuchter‹ für das Evangelium gewonnen, zu offenen oder versteckten Auseinandersetzungen.

Ein kunterbunter Legendenkranz hat sich um diese beiden Gestalten gerankt. Gregors Vater soll den Vater des Trdat ermordet haben, und der Sohn – inzwischen in Kappadokien zum Christen erzogen – diente zur Sühne dafür unerkannt dem König während dessen zeitweiliger Verbannung. Doch als er das Ansinnen seines Herrn ablehnte, im Tempel der Anahita von Erzincan Opferkränze zu weihen, kam es zum Bruch. Gregor wurde in ein Erdloch, eine Kloake der Festung Artaschat, gesteckt, blieb aber dort wunderbarerweise 13 Jahre am Leben. Als christliche Jungfrauen um diese Zeit auf der Flucht vor der diokletianischen Verfolgung nach Wagharaschapat kamen, gefiel eine von ihnen dem König so sehr, daß er sie zur zweiten Gemahlin begehrte. Die keusche Dame wies ihn ab. Da schlug seine Liebe in Haß um, und er ließ Hripsime mit ihren Gefährtinnen töten. Nicht lange darauf erkrankte der König. An unheilbarem Aussatz wie die eine, an Wahnsinn, wie eine andere Version erzählt. Nach einer dritten soll ihm ein Schweinerüssel gewachsen sein, und erst als er auf Zureden seiner Tochter den Glaubenskünder Gregor begnadigte, wurde er von seinem Leiden befreit. Die apostolische Wahrheit überzeugte ihn, er ließ sich mit seinem ganzen Haus und Hof taufen und erklärte das Christentum zur einzigen und verbindlichen Religion Armeniens.

Das geschah, wie man allgemein glaubt, im Jahre 301, jedenfalls etliche Zeit, bevor Konstantin der Große dem Christentum im Römerreich bloße amtliche Duldung gewährte. Noch heute betrachten sich die Armenier mit Stolz als die erste christliche Nation. Und mag auch in der schlichten – oder komplizierten – Wirklichkeit nicht alles so idealisch-glatt vonstatten gegangen sein: im Zeichen des Kreuzes sollte Armenien seine Identität finden. Aber unter diesem Zeichen auch wurde es selbst ans Kreuz geschlagen.

Nicht nur, daß die großen Feudalherren in dem zerklüfteten Land sich dem König widersetzten und die Kirche versuchte, einen Staat im Staate zu bilden: das Christentum brachte Armenien in Konflikt mit dem zoroastrischen Iran der Sassaniden, später – da es auf seiner eigenen Kirche beharrte – auch in Gegensatz zur oströmischen Kaiserkirche. Im Jahre 387 verständigten sich Kaiser Theodosius der Große und Schah Schapur III. und teilten das zerrissene Land unter sich auf: Der Westen um Erzurum wurde als ›Kleinarmenien‹ römisch, das Gebiet zwischen Araxes und Van-See fiel an die Perser.

Mochte aber auch das Land zerrissen und geteilt sein: die armenische Nation überlebte, geeint in ihrer Sprache, ihrer Schrift, ihrer Kirche. In ihrer Sprache, die der Mönch Mesrop Mashtotz (um 396), also gerade in einer

Zeit der Krisen und Gefahren, durch die Erfindung eines eigenen Alphabets von 36 Zeichen (später kamen noch zwei dazu) zum Range einer Schriftsprache erhoben hatte. Nun waren die Christen Armeniens nicht mehr auf griechische oder syrische Texte angewiesen. Wer lesen lernte, konnte bald die heiligen Schriften in seiner Muttersprache lesen, denn eine ganze Übersetzerschule war am Werk und übertrug die Bibel, die Schriften der Väter, aber auch die Werke der ›klassischen‹ Literatur ins Armenische und schuf damit die Grundlagen für eine bald eigenständige theologische und historiographische Literatur.

Als Nation überlebten die Armenier aber vor allem im Haus ihrer eigenen christlichen Kirche. Die älteste aller christlichen Kirchen war – bei aller Abgrenzung im Organisatorischen – der ›orthodoxen‹ Lehre gefolgt, hatte die Entscheidung des Ersten Ökumenischen Konzils von Nizäa gebilligt, das – gegen die Arianer – den Logos als wesensgleich (homoousios) mit dem Vater definiert hatte, hatte auch die Lehrentscheidungen von Konstantinopel (381) und Ephesos (431) sanktioniert, wo die Ansicht des Nestorius verdammt wurde, der die Mutter Jesu nicht als ›Theotokos‹ (Gottesgebärerin) gelten lassen wollte, weil sie nur den Menschen Jesus geboren habe.

Die Nestorianer, im Römischen Reich verfolgt, fanden Zuflucht in Persien, missionierten von hier aus bis nach Zentralasien, Indien und China. Um das Jahr 1000 besaß ihre Gemeinschaft mehr Anhänger als irgendeine andere christliche Kirche. Aber dann haben Verfolgungen, die Mongolenstürme, haben Katastrophen aller Art ihre Zahl dezimiert. Heute bestehen im Osten nur noch kleine nestorianische Gruppen.

Im Jahr 451, in dem das christliche Armenien sich gegen die zoroastrischen Perser verzweifelt zu wehren hatte, in dem sie unter ihrem Nationalhelden Wartan Mamikonian bei Awarair den Persern unterlagen, das rot-weiß-grüne Kreuzbanner verlorenging, in eben diesem Jahr traten die Bischöfe des Westens erneut zu theologischen Haarspaltereien zusammen: zum Konzil von Chalkedon. »Wir alle lehren einstimmig einen und denselben Sohn, unseren Herren Jesus Christus, vollständig der Gottheit und vollständig der Menschheit nach ... in zwei Naturen, unvermischt und unverwandelt, ungetrennt und ungesondert, die beide in einer Person und einer Hypostase zusammenkommen« – das war ihre ›diophysitische‹ Entscheidung. Als der Perserschah dem heimgesuchten Armenien endlich religiöse Selbstbestimmung gewährte, da trat (491) eine Synode in Wagharschapat zusammen und lehnte die Akte von Chalkedon ab.

Uns heute erscheinen derartige Probleme grotesk – damals, als das Christentum sich selbst erst zu definieren begann, waren das aktuelle Fragen, und die Synoden stellten die Weichen für die Zukunft. Eine solche Weichenstellung war gerade diese ›monophysitische‹ Entscheidung. Die Kaiserkirche von Byzanz ließ niemals mehr ab von ihren Versuchen, die Armenier zu unterwerfen, tat sich sogar mit dem persischen Erbfeind zusammen und schwächte ein Bollwerk durch politisch unsinnige Aktionen. Kaiser Maurikios (582-602) zum Beispiel ließ zahlreiche Armenier zur Abwehr der Bulgaren nach Thrakien und Makedonien umsiedeln. (Die späteren Kaiser der ›Makedonischen Dynastie‹ waren Nachkommen solcher Verschleppter.)

Das weltgeschichtliche Duell zwischen Byzanz und Persien endete mit der Niederlage der Sassaniden und dem Sieg des Kaisers Herakleios (627). Aber dann kamen die durch den Propheten Mohammed geeinten Araber, überrannten nicht nur Syrien-Palästina, nein, sie wurden 642 Herren Persiens – und traten in die Rolle der Perserschahs ein: des einen, des nichtchristlichen Feindes.

Erst um 660 konnten sie sich als wirkliche Herren Armeniens betrachten, das sie zwar dem Islam unterwerfen, nicht aber ihm zu gewinnen vermochten. Anders als Persien, das bald die Religion des Propheten annahm. Dort wie anderswo war die Konversionsfreude der Unterworfenen den Siegern eher eine Verlegenheit, entging ihnen dadurch doch die Kopfsteuer, die Christen und Juden und andere ›Schriftbesitzer‹ zu zahlen hatten. Die Armenier ersparten ihnen solche Gefühle, blieben ihrer Kirche treu, zahlten die Steuer und durften sich weitgehender Duldung erfreuen.

Was nicht heißt, es habe niemals Gewalt von seiten der Eroberer gegeben. Gegen die landläufige Auffassung jedoch, die Krieger des Islam hätten das Land mit Feuer und Schwert verheert, spricht immerhin die Tatsache, daß gerade im 7. Jahrhundert die armenische Baukunst ihre höchste Entfaltung erlebte. Dann geriet Armenien erneut zwischen die Mahlsteine seiner größeren Nachbarn. Freilich hätte es auch eine Bastion der Christenheit gegen den Islam bilden können, doch gegen den Druck der byzantinisch-orthodoxen Kirche wollten die Armenier lieber ›arabisch‹ als ›griechisch‹ werden – ähnlich wie 800 Jahre später die Byzantiner die türkische Herrschaft einer Union mit den ›Lateinern‹ vorzogen.

Wirtschaftlich profitierten die Armenier vom Anschluß ans weltweite Imperium der Kalifen. Doch als mit der Thronergreifung der Abbasiden (750) dessen Zerfall einsetzte, erzeugte auch im armenischen Hochland Druck Gegendruck, rief Aufsässigkeit blutige Vergeltung herauf. Ausbeutung und Unterdrückung führten 778 zu einem Aufstand des ganzen Landes – wieder unter dem Banner eines Mamikonian-Fürsten. Der Kalif ließ ihn durch seine türkischen Söldner so brutal niedertrampeln, daß ungezählte Armenier es vorzogen, ihre Heimat zu verlassen. Sie wandten sich vor allem nach Byzanz, wo man sie, falls sie nur die Kirchenhoheit des Patriarchen anerkannten, freundlich aufnahm. In den führenden Kreisen der Hauptstadt wimmelte es ja bereits von Armeniernachkommen, und unter ihnen waren bedeutende Leute. Kaiser Leo III., der ›Isaurier‹ (716-741), der den folgenreichen Bilderstreit einleitete, den Kampf also gegen die ›götzendienerische‹ Verehrung der Ikonen, soll ebenso armenischer Abkunft gewesen sein wie Leo V. (813-820), unter dem die Parteikämpfe einen zweiten Höhepunkt erreichten, und Michael III. (842-867), welcher durch die ›Wiederherstellung der Orthodoxie‹ den verhängnisvollen Streit beendete. Zu dieser Zeit war selbst der Patriarch von Konstantinopel ein Armenier.

Vom theologischen Gezänk ließen auch die zu ›Griechen‹ gewordenen Armenier nicht ab. Der arabische Kalif allerdings merkte schließlich, daß sein Vorgehen ein Bollwerk gegen Byzanz schwächte. Er warf das Steuer seiner Politik herum, ließ die in Samarra inhaftierten armenischen Feudalherren frei, setzte sie wieder in Amt und Würden ein und ernannte (um 860) Aschot Bagratuni zum Statthalter, verlieh ihm bald darauf den Titel ›Großfürst von Armenien, Georgien und des christlichen Albanien‹ (= Aserbeidschan). Aschot regierte weitblickend, gerecht und energisch. Seinem arabischen Lehensherrn gegenüber streng loyal, suchte er zugleich die Kleinfürsten für den Aufbau eines geeinten Armenien zu gewinnen. Das Land durfte endlich einmal aufatmend Frieden und Ruhe genießen. Aschot kümmerte sich um Landwirtschaft, Handwerk und Handel, ließ Münzen prägen, das Geldwesen kontrollieren, Straßen anlegen, Städte und Festungen erbauen. Und auch die Kunst, diese lebensnotwendigste Nebensache, begann sich wieder zu regen. Es entstanden besonders schöne Kreuzsteine (Khatschkar). Als Kalif und Kaiser wieder einmal gegeneinander Krieg führten und Armenien als Zünglein an der Waage erschien, da erhob der Beherrscher der Gläubigen, indem er ihm nebst reichen Geschenken eine goldene Krone übersandte, Aschot I. (859-890) zum König. Kaiser Basileios I. (867-886) schickte schnell auch ein Diadem, um den byzantinischen Anspruch auf Oberhoheit zu dokumentieren. Der Katholikos Georg II. krönte in der 636 erbauten (heute zerstörten) Kathedrale von Bagaran unter dem Jubel des Volkes den neuen König. Armenien hatte, nach Orontiden, Artaxiden und Arsakiden, wieder eine eigene Dynastie. Sie sollte fast zweihundert Jahre herrschen, wenn auch nicht ohne Schwierigkeiten.

Aschot starb in Trapezunt, auf der Rückreise von einem diplomatischen Besuch beim Kaiser. Sein Nachfolger mußte sich gegen rivalisierende Verwandte durchsetzen, zwischen verschiedenen Gruppen versöhnend lavieren und konnte doch nicht verhindern, daß sich Gagik I. (908-937) aus der Arzruni-Familie die Anerkennung als selbständiger König eines Teilreiches Vaspurakan am Van-See verschaffte. Dessen Denkmal ist die Kirche von Achthamar. Das Monument der Bagratiden aber ist die Ruinenstadt Ani. An diesen Stätten wollen wir uns der beiden Dynastien des armenischen Mittelalters erinnern.

Wieder war es die byzantinische Kirchenpolitik, die mit List und frommer Tücke den Rivalen in Christo zu lähmen suchte und ihm jede Unterstützung verweigerte, als die türkischen Seldschuken Armenien bedrohten. Aus ihren Weidegebieten jenseits des Oxus waren diese oghusischen Türken vorgestoßen, die Persien erobert hatten und sich nun gegen Westen wandten. Auch die Armenier selbst trugen wie in Verblendung zu ihrem Unheil bei. In einem fortgesetzten Spaltungsprozeß löste sich das Königreich der Bagratiden in ein Nebeneinander von Kleinstaaten auf, die eigensüchtige Zwecke verfolgten und einander bekämpften.

Es läßt sich nicht leugnen: den armenischen Riegel gegen die Türken haben sie Christen selbst zerbrochen. Der letzte König von Vaspurakan, Senherim, überließ sein Erbe den Byzantinern. Deren herrischer Orthodoxiewahn versagte den bedrängten Mitchristen nicht nur jede Hilfe, sie suchten vielmehr 1045 selbst Ani kriegerisch heim und unterjochten das, was vom Reich der Bagratiden geblieben war. Ein politischer Fehler. Byzanz hatte gierig einen ›Pufferstaat‹ verschlungen, sich des armenischen Schildes beraubt. Die Seldschuken eroberten 1052 Kars, stießen 1056/57 bis Malatya/Melitene vor, nahmen Edessa und brandschatzten 1067 Caesarea/Kayseri. Der Kaiser Romanos IV. Diogenes selbst führte ein riesiges, aber bunt gemischtes und wenig zuverlässiges Heer heran, um die Gefahr aus dem Osten abzuwehren. In der Entscheidungsschlacht von Manzikert (Malazgird) siegten 1071 die Scharen Arp Arslans. Nun stand den Türken der Weg nach Westen offen. Sie gewannen Kappadokien und das zentralanatolische Hochland, stießen immer weiter nach Westen vor. Die Schlacht entschied nicht nur das Geschick Kleinasiens, auch das Armeniens. Es verlor für immer seine Freiheit. 1079 endete die ruhmreiche Bagratidendynastie.

Zuflucht vor den Einfällen der Türken hatten einige armenische Adlige mit ihrem Anhang im kilikischen

Taurus gesucht. Dort übernahmen sie Land, das durch die Grenzkämpfe zwischen Griechen und Arabern fast entvölkert war, als byzantinisches Lehen. Es war dies der Beginn eines ›Kleinarmenien‹, das – meist mit den Kreuzfahrern zusammenarbeitend – sich gegen Türken wie Byzantiner wehren mußte, das unter Leon (1199 bis 1219) in den Rang eines Königreiches aufstieg und eine kurze Blüte erlebte, die sich unter anderem in bedeutenden Leistungen der Buchmalerei manifestierte, das schließlich aber, von allen im Stich gelassen, 1375 den Angriffen der ägyptischen Mamluken erlag.

Die Einnahme von Ani (1064) und ihr Sieg bei Manzikert brachten Arp Arslans Seldschuken in den Besitz des armenischen Hochlands. Doch die Weideweiten Zentralanatoliens erschienen ihnen verlockender. So überließen sie Ostanatolien einheimischen Herren zur Verwaltung, die alle erdenklichen Steuern und Abgaben zu erpressen hatten. Nicht alle Summen freilich flossen in die Kassen der Türken. Aus den Eingängen wurden auch Kirchen und Klöster restauriert, ward ein Schulwesen unterhalten, lebte also jene armenische Geisteskultur weiter, die dem Armeniertum festen Halt gab. Trotz der massiven Abwanderung nach Kilikien hätte sich das in kleine Bezirke zersplitterte ›Großarmenien‹ langsam erholen und zur einstigen Größe zurückfinden können, wären nicht im Gefolge der ersten türkischen Eroberer immer neue Nomadenscharen in das Land eingerückt, angezogen zunächst vom Ruhm der seldschukischen Sultane von ›Rum‹ (was eigentlich den griechisch-oströmischen ›Westen‹ meint), bald aber auf der Flucht vor einer neuen Macht und Gottesgeißel: vor den Mongolen Dschingis Khans. Neun Jahre nach dessen Tod verwüsteten die Mongolenreiter Ani. Trotzdem ließen die Armenier in diesen Leidenszeiten die Hoffnung nicht sinken. Trost und Hilfe fanden sie in einer verstärkten Hinwendung zu ihrem alten Erbe. Die schon bestehenden Klöster wurden erweitert, neue Kapellen errichtet, Kreuzsteine gemeißelt, Bücher geschrieben und mit Miniaturen geschmückt, Philosophie und Theologie gepflegt. Klöster wie Haghbat, Sanahin, Goschavank, Geghard und andere (alle im Bereich der heutigen UdSSR) entsandten Impulse weit über ihren engeren Bereich hinaus.

Dschingis Khan war als Schamanist religiös tolerant gewesen, noch seinen Urenkeln lag jeder Glaubensfanatismus fern, auch nachdem sie Moslems geworden waren. Das große Grausen brachte erst eine zweite Welle aus Innerasien. Der unheimliche Timur Lenk verheerte Armenien auf seinem Zug nach Westen, der ihn bis an die Gestade des Mittelmeers führte. Er ließ ganze Städte buchstäblich leermorden wie Van, ließ Tausende hinmetzeln, lebendig begraben, von Pferden zerstampfen, Tausende starben entkräftet am Rand des unendlichen Weges in innerasiatische Sklaverei. Die Heimsuchung durch diesen Todesengel wurde erst durch Abd ul-Hamid und die Massaker von 1915 überboten.

Den Erben des blutigen Tamerlan gewannen die turkmenischen Stammesverbände der ›Schwarzen‹ und ›Weißen Widder‹ (der Kara und der Ak Koyunlu) – so genannt nach ihren Stammestotems – den Osten Anatoliens ab, nisteten sich hier ein, kämpften miteinander und gegen die Timuriden um Macht und Weidegebiete. Armenien war hilfloses Opfer der Nomaden, immer wieder verheert, Hungersnöten preisgegeben. Wer noch die Kraft besaß, verließ die unglückliche Heimat. In all den Wirren trat (1441) im damals relativ abseits gelegenen Kloster Edschmiadsin eine Generalsynode der gregorianischen Kirche zusammen, die beschloß, den

Sitz des armenischen Katholikos an diesen Ort zurückzuverlegen. Und so geschah es, obwohl weder das in Sis residierende Kirchenhaupt von Kleinarmenien noch der Gegenkatholikos von Achthamar im Van-See auf ihren Rang verzichten wollten. Edschmiadsin wurde damit die heimliche Hauptstadt Armeniens.

Zwölf Jahre später eroberte der Osmanensultan Mehmet II. (1451-1481) Konstantinopel und begann, die seit 1204 heruntergekommene byzantinische Kaiserstadt zum Zentrum eines entstehenden neuen Weltreiches umzuschaffen. Hierher lockte und preßte er Bewohner von überall her, Moslems wie Christen. Diesen, den Griechen wie den Armeniern, gewährte er staatlichen Schutz ihrer Religionsgesetze in Stadt und Reich, indem er ihr jeweiliges religiöses Oberhaupt zum Hirten ihrer ›Herde‹ bestimmte, als letzte Instanz bei allen zivilrechtlichen Streitigkeiten innerhalb ihrer Glaubensgemeinschaft. So konnten sie zugleich mit ihrer Religion ihre geistigen Überlieferungen, ihre Sprache und ihre Sitte inmitten eines islamischen Staates bewahren. Wie er den Patriarch von Konstantinopel zum Oberhaupt aller Griechisch-Orthodoxen einsetzte, so hat Mehmet auch den Armeniern in seinem Reich einen Patriarchen gegeben. Der armenische Bischof von Bursa, Howhakim, wurde aus der Gefangenschaft freigekauft und auf den Stuhl des Patriarchen befördert. Obwohl kirchenrechtlich dem Katholikos von Edschmiadsin untergeordnet – aber der residierte ja im feindlichen, damals persischen Ausland –, war er Haupt und Vorsteher aller Armenier im Osmanischen Reich und in seiner Hauptstadt und ihr Vertreter gegenüber dem Sultan. Im Haus ihrer Kirche

Doğubayazit, Ishak Paşa Kalesi, spätes 18. Jahrhundert

haben die Armenier ihr Volkstum und ihre Kultur durch Jahrhunderte der Knechtschaft bewahrt.

Mehmet II., als Renaissancefürst selbst sprachgewandt und hinreichend gelehrt, überall interessiert und praktisch tätig, wußte die Fähigkeiten der Armenier zu schätzen und ebnete den sprachenkundigen, klugen und anstelligen Gliedern dieser Volksgruppe den Weg zu bedeutenden Stellungen. Aber ein wenig waren sie auch so etwas wie später die ›Hofjuden‹: als willige Werkzeuge benutzt, weggeworfen, wenn sie ihre Schuldigkeit getan hatten.

Bald gerieten die Armenier als Volk erneut zwischen die Mühlsteine der großen Politik. Selim I. (1512-20) dehnte das Reich der Osmanli durch Gewinn Syriens, Ägyptens und der heiligen Stätten Arabiens so weit aus, daß er Anspruch auf das panislamische Kalifat erheben durfte. Die Auseinandersetzung mit den schiitischen Gegnern dieses Anspruchs war – wie es bei interkonfessionellen Kämpfen traurige Regel ist – besonders blutig. Tausende von Schiiten in Anatolien wurden als potentielle Verbündete des Feindes im Osten ›ausgelöscht‹. Der grimmig-gestrenge Selim brachte dem schiitischen Safawidenschah Ismail 1514 bei Çaldıran eine so gründliche Niederlage bei, daß dem für immer das Lachen verging. Und doch beendete dieser Sieg so wenig wie alle folgenden türkisch-persischen Kriege die Rivalität zwischen den beiden großen islamischen Mächten. Wer immer wieder unter den Auseinandersetzungen zu leiden hatte, das waren die Leute im Lande, die Armenier. Um sich ihres umkämpften Berglandes gegen die Schiiten zu versichern, lockte Selim I. Kurden, also entschiedene

Landschaft bei Garni

Anhänger der islamischen Sunna, in die östlichen Provinzen seines Reiches. Und diese wurden als parasitäre Nomaden zur Geißel für die armenischen Bauern, welche dem kargen Land mit mühevollem Fleiß Erträgnisse abrangen, und für die armenischen Handwerker und Händler in den Städten. Immer wieder auch suchte der Krieg zwischen den beiden Großmächten des Ostens ihr Land heim. Schon unter dem Gesetzgebersultan Süleiman (1520-1566) war das Osmanenreich an die Grenzen seiner Ausdehnungsmöglichkeiten gestoßen. Trotzdem brach der Enkel Murad III. (1574-1595) einen zwölfjährigen Krieg gegen Persien vom Zaun, in dem selbst Tiflis eingenommen wurde. Als einige kurzlebige Sultane – willenlose Geschöpfe, unterm Fittich ihrer Mütter – einzig vom Serail aus ihre Kriege führten, ward Persien unter Schah Abbas I. (1588-1628) aktiv und gewann Täbriz und selbst Eriwan zurück, erreichte 1611 einen kurzen Frieden.

Abbas der Große war es, der die Armenier von Djulfa und Umgebung nach seinem Isfahan verschleppen ließ. Um diese wertvollen und wichtigen Untertanen nicht an den Feind zu verlieren, ließ er sie nach orientalischer Despotenweise in seine Hauptstadt deportieren. Mitten im Winter wurden 50000 Menschen weggeführt – knapp die Hälfte überstand den langen Marsch. Wer überlebte, erhielt in Neu-Djulfa, der südlichen Vorstadt Isfahans, Haus und Hof und viele Privilegien.

Der Friede von 1620 teilte Armenien wieder einmal auf, und die damals festgelegten Grenzen hatten Bestand und Dauer, obwohl der blutig-energische Murad IV. (1623-40) wieder die Initiative ergriff und an der Spitze seiner Janitscharen Bagdad und Eriwan eroberte. Er setzte seinen Taten mit den nach diesen Städten benannten Pavillons im vierten Hof des Topkapı-Saray ein

Denkmal. Sonst zeugen von den ›großen Taten‹ nur noch die schmeichelnden Berichte der Hofhistoriographen. Aus ihnen schreiben die Schulbücher ab, und sie schweigen von den Heimsuchungen und Leiden einer Bevölkerung, die nichts weiter im Sinn hatte als die Fristung ihres Lebens und nur eine Hoffnung: ein paar Jahre ohne Furcht und Schrecken. Aber auch die Jahre ohne kriegerische Heimsuchung waren nicht ohne Harm. Dann erschienen die Reiter des Sultans, um von den unterworfenen Christen die Knabensteuer einzuziehen. Die hübschesten und kräftigsten Buben wurden nach Istanbul überstellt, dort im Islam und der türkischen Sprache unterwiesen und zu unbedingten Sklaven des Sultans geschult, um ihm als Elitekrieger oder als hohe und höchste Beamte bis zur willenlosen Hingabe zu dienen.

Es grenzt ans Unglaubliche, daß Flucht und Auswanderung, der immer wieder geforderte Blutzoll und die Schrecken eines ›Dreißigjährigen Krieges‹ nicht eine negative Auslese bewirkten, daß die Armenier vielmehr eines der aktivsten Völker innerhalb des osmanischen Vielvölkerreiches blieben. Nicht nur Hofjuweliere und Goldschmiede von legendärem Ruf und clevere Kaufleute mit weitreichenden Verbindungen. In Istanbul waren es Armenier, welche die ersten Druckereien einrichteten, die in Konkurenz zu den kaum weniger wendigen Griechen Schulen, Kranken- und Waisenhäuser und Altersheime unterhielten. Unter den nach Iznik verschleppten Meistern einer farbleuchtenden Keramik sollen viele Armenier gewesen sein …

Kein Wunder, daß die heimgesuchten Menschen in der Heimat um den Ararat einen Helfer und Befreier ersehnten. Sie glaubten, ihn im Zarenreich zu finden. Rußland, das schon unter Peter dem Großen im Kampf mit der Türkei gelegen hatte, wurde in der zweiten Hälfte des 18. Jahrhunderts deren Hauptgegner. An Peter hatten sich die Armenier gewandt, und Hilfe ward ihnen versprochen. Katharina II., Peters gelehrige Nachfolgerin, sagte 1768 den Armeniern Selbstverwaltung zu. Der Friede von Kücük Kainarcı (1774) machte Rußland zur Schutzmacht für die Christen in der Türkei.

Aber Rußland wurde auch für Persien gefährlich. Im Jahre 1801 überschritten Truppen des Zaren den Kaukasus, besetzten Georgien und wenig später die Khanate Schirvan und Scheki. In einem neuen Krieg gegen Persien ließ Zar Nikolaus I. (1825-1855) Alexandropol (heute: Leninakan) und die Aras-Ebene mit Eriwan und Edschmiadsin besetzen. Seine Truppen stießen auch in angrenzende Bezirke des Osmanischen Reiches vor, freudig begrüßt von den Armeniern.

Doch die wurden bald bitter enttäuscht. Im Frieden von Adrianopel/Edirne (1829) verzichtete Rußland auf seine Gebietsgewinne. Ungezählte Familien flohen aus Furcht vor türkischer Rache über den Aras. Sie erhofften unter russischer Herrschaft Recht, Gesetz und größere Sicherheit für Glauben und Leben als unter Persern und Türken. Tatsächlich konnte sich die armenische Kirche zunächst reorganisieren, der vergleichsweise ›moderne‹ russische Staat eröffnete den Armeniern gesellschaftliche und wirtschaftliche Chancen, so daß die ›transkaukasischen Gebiete‹ aufzublühen begannen.

Zu bald nur erwies sich der Zar als echter Erbe von Byzanz. Von ›Freiheit‹, womöglich gar in einem Grenzland, wollte er ganz und gar nichts hören. Dem sturen russischen Verwaltungszentralismus war jede ›Selbstverwaltung‹ ein Dorn im Auge. Ein solcher war auch die »steifnackige und ketzerische« armenische Kirche im Auge des russisch-orthodoxen Heiligen Synod. Bald setzte eine Unterdrückungs- und Russifizierungspolitik ein, welche die Armenier an ihrer empfindlichsten Stelle traf. Die moslemischen Herren von einst hatten sich wenigstens nicht in das geistige und geistliche Leben des Volkes eingemischt. Der christliche Zar ließ seit 1836 armenische Volksschulen schließen, verbot armenischen Sprachunterricht an allen öffentlichen Anstalten, verpflichtete die Armenier zum Dienst in der russischen Armee, schaltete sich immer massiver in die Kirchenverwaltung ein. Der Katholikos Nerses Aschtaraketsi (1843-1857), der 1827 als Bischof mit Kreuz und Schwert an der Spitze einer von ihm gegründeten Freischar für die Russen gegen die Perser gezogen war, ließ Protest auf Protest folgen. Vergebens. Verbittert starb er im bessarabischen Exil. Damals mag zum ersten Mal das Wort gefallen sein: »Lieber soll mein Leib in der Türkei sterben als in Rußland meine Seele.« Eine bittere Wahl. Der Leib nur zu vieler Armenier starb innerhalb weniger Jahrzehnte in der Türkei. Freilich wußte der Reformer-Sultan Mahmud II. (1808-1839) es zunächst zu würdigen, daß die Armenier loyal geblieben waren, als die Griechen sich 1821 zum Freiheitskampf erhoben. Allein der Abfall der Griechen und der christlichen Balkanvölker säte und nährte Mißtrauen und Haß gegenüber den Christen allgemein. So wuchsen Not und Bedrückung der Armenier, obwohl Sultan Abd ul-Aziz (1861-1876) sie ausdrücklich als ›autonome Nation‹ im Rahmen des Osmanischen Reiches anerkannt hatte.

V

ARMENISCHE PASSION

GELITTEN und geduldet hatten die Armenier immer, seitdem ihr Land unter türkische Herrschaft gefallen war. Eine ›armenische Frage‹ aber als internationales Politikum ist erst die Ausgeburt des europäischen – nicht zuletzt des britischen – Imperialismus. Sie brachte den Armeniern nicht nur neue unendliche Leiden, sondern unzähligen schließlich den Tod.

Daß korrupte Beamte als lokale Tyrannen mit räuberischen Kurdenhäuptlingen wetteiferten, die christlichen Armenier in ihrem angestammten Lande auszuplündern und auszurauben, das war hinten weit in der Türkei eine alte und immer die gleiche traurige Geschichte. Nun aber rückte die Welt näher zusammen, die schlimmen Dinge blieben in Europa nicht unbekannt. Immer lauter wurden die Stimmen, welche Hilfe für die bedrängten christlichen Brüder forderten. Gladstone (der fromme Liberale war damals gerade nicht Prime Minister) schrieb 1876 seinen zornflammenden Aufruf gegen die türkischen Missetaten an den Armeniern. An einem Volk, das eben wieder ins Interessenfeld der europäischen Großmächte trat. Diese allesamt betrachteten das Osmanische Reich als reif zum Fall, aber jede wollte den großen Schnitt machen und möglichst viel aus dem Erbe einheimsen. Derartiges nannte sich Diplomatie oder gar Politik. Die Proteste zugunsten der Armenier waren solchen Staatsmännern nur Vehikel, um dem ›kranken Mann am Bosporus‹ für ihre eigenen Ziele günstige Zugeständnisse abzupressen.

Als 1878 im russisch-türkischen Krieg die Russen Batumi, Kars, Erzurum und das obere Euphrattal besetzten und zusammen mit den Bulgaren bis vor die Tore Istanbuls vorstießen, wo sie dem Sultan den Frieden von S. Stefano (heute: Yeşilköy) diktierten (in ihm waren auch Reformen in den armenischen Provinzen und

Schutz der Armenier gegen Kurden und Tscherkessen vorgesehen), da vermeinte Britannien seinen Weg nach Indien gefährdet und verlangte den russischen Rückzug aus den meisten der besetzten Gebiete. Der Berliner Kongreß von 1878, auf dem Bismarck als ›ehrlicher Makler‹ die bedrohliche Krise löste, zwang das Zarenreich, einen Teil seiner Beute herauszugeben. Neben balkanischen Gebieten auch das Land um Erzurum. Doch durfte es Kars, Ardahan und Batumi behalten.

Damals hatten es die europäischen Diplomaten bereits mit Abd ul-Hamid II. zu tun (1876-1909), der über die Leiche seines Onkels Abd ul-Aziz und über seinen nach drei Monaten als ›geisteskrank‹ abgesetzten Bruder Murad V. hinweg den Thron bestiegen hatte. Er liebäugelte mit den Reformisten, galt als liberal, aber entpuppte sich als einer der gerissensten und blutigsten Tyrannen, der es verstand, all die weisen europäischen Politiker an der Nase herumzuführen. Sicherlich war er nicht ›gebildet‹, aber nur ein amerikanischer Diplomat konnte in schöner Naivität über ihn berichten, sein Gesichtskreis reiche nicht über die vier Wände von Yldiz Köşk hinaus. Sehr schnell fand der Sultan heraus, daß hinter allen Vorstellungen, Protesten, allen scharfen und drohenden Noten der Großmächte nichts weiter stand als das Mißtrauen jeder christlichen Macht gegen alle anderen. Er baute – mit Recht, wie sich zeigte – darauf, daß sie sich nie zu gemeinsamem Vorgehen würden einigen können. Frankreich stand gegen England, dieses rivalisierte mit Rußland, das in mißtrauischem Bund mit Frankreich Britannien in Schach zu halten suchte. Dazu kamen noch die Stimme Österreichs und nach 1871 die des jungen Deutschen Reiches, dessen ›strahlender junger Kaiser‹ Wilhelm II. 1898 als ›Kreuzfahrer‹ ins Heilige Land den hinterhältigen Despoten als dem Kalifen von 300 Millionen Moslems seiner allzeitigen Freundschaft versicherte.

Abd ul-Hamid wußte, daß all die diplomatischen Demarchen zugunsten der Armenier weniger wert waren als das Papier, auf dem sie standen. Doch sie machten ihm, der sein ganzes Reich selbst regieren wollte, nicht nur lästige Arbeit, sie erweckten auch sein Mißtrauen gegen die Armenier. Wenn sich die Aasgeier so um diese Minderheit bemühten, dann mußte diese doch wohl unzuverlässig sein. So beschloß der Sultan – Sohn einer armenischen Mutter –, diesen Störfaktor auszutilgen. Er brauchte nur noch einen Vorwand.

Die Großmächte erweckten bei den schlicht-gutgläubigen Armeniern am Ararat unterdessen die Zuversicht auf eine baldige ›Befreiung‹. Zugleich begannen auch armenische Exilierte in Europa, ihre daheimgebliebenen Landsleute zum ›Freiheitskampf‹ aufzustacheln. Zu einem Kampf, dessen Ziel und Ausgang völlig nebelhaft sein mußte, bildeten doch die Armenier in ihrem Lande nach all den Aderlässen und Leiden nur noch eine – wenn auch die stärkste – völkische Minorität. Ihr Ziel konnte daher nicht Eigenstaatlichkeit sein, sondern bestenfalls eine ›Autonomie‹ als Garant für bürgerliche Sicherheit und menschenwürdiges Dasein.

Allerdings gab es auch eine kleine Gruppe Radikaler, die bereit waren, ihrem Volk zur Erreichung ihrer utopischen Ziele jedes Leiden zuzumuten, weil sie eiskalt damit kalkulierten, daß türkische Greueltaten gegen die Armenier schließlich das Gewissen Europas ebenso aufwecken und die öffentliche Meinung die Mächte ebenso zum Eingreifen bewegen würden wie seinerzeit während des griechischen Freiheitskampfes zugunsten der Griechen. Aber schon damals war die ›Hilfe‹ ja schäbig gewesen. Nur einige wenige Idealisten hatten sich selbstlos der griechischen Sache verschrieben und geopfert. Wer aber verschrieb sich der armenischen? Wer waren diese Armenier denn schon? Sie waren nicht Nachfahren von Homer, Sophokles, Pindar, Perikles oder Platon. Wenn überhaupt, waren sie nur als hartnäckige und gerissene Händler ins allgemeine Bewußtsein getreten, und ihr Land lag so weit dahinten, daß man es getrost den ›Staatsmännern‹ als Feld für ihre Schachpartien überließ. Die Terroristen verrechneten sich gründlich.

Zwar gehört es zum Wesen aller ›Diplomatie‹, sich mit einem Schleier zu umgeben – und der ist im Orient noch dichter als anderwärts –, trotzdem lassen sich im nachhinein das kleinkarierte Vorgehen der europäischen Mächte und die meisterhaften Ausweichmanöver des Sultans wie seine für Europas Augen geheime Mordpolitik fast lückenlos nachzeichnen. Dokumente sind inzwischen genug veröffentlicht. Hier aber nur einige Züge und Etappen des makabren Spiels.

1891 rief der Sultan die Hamidiye-Grenzreiterei ins Leben, rekrutiert aus Kurden und kurdischen Anführern unterstellt, die nichts anderes war als eine staatlich gedeckte Räubertruppe. Wer sich gegen ihre willkürlichen Übergriffe zur Wehr setzte, der erwies sich als ›Feind des Staates‹, und gegen Staatsfeinde war jede Strenge erlaubt. Im Gebirge zwischen Bitlis und Diyarbakır kam es 1894 zu blutigen Zusammenstößen. Daraufhin wurden etliche Dörfer verbrannt und ›nur‹ mehrere hundert Armenier geschlachtet, Weiber und Kinder vergewaltigt, verschleppt, versklavt, verkauft. Vorspiel für Schlimmeres. Darauf: Protest Britanniens, halbherzig sekundiert von Frankreich und Rußland. Auf deren Vorschlag hin konzedierte Abd ul-Hamid ›Reformen‹ in den armenischen Vilayets. Diese fielen allerdings anders aus, als sich die Diplomaten es vorgestellt hatten. Im Januar 1895 wurde eine ›Kommission zur Untersuchung des verbrecherischen Treibens armenischer (!) Räuber‹ eingesetzt. Der Sultan fand sich schließlich bereit, die »Verdächtigen« – das heißt die Opfer – zu »amnestieren«, während er heimlich deren Henker gut bezahlte. Der altliberale Gladstone hielt in seinem 86. Lebensjahr in Chester eine seiner letzten großen Reden. Er brandmarkte den »roten Sultan«, den »Verbrecher im Palast«, klagte ihn an als »Mörder auf dem Thron«. Aber der Beherrscher der Gläubigen wandte sich – ganz beleidigte Unschuld – ausgerechnet an den Heiligen Vater der Katholiken. Und während der Papst sich bemühte, England zu besänftigen, ließ der Sultan durch seine Polizei allen seinen armenischen Untertanen ihre Waffen abfordern oder -foltern. Alles war bereit für die Nacht der langen Messer. Es fehlte nur noch das Stichwort, ein aller Welt offensichtlicher Anlaß.

Den lieferte ein Zug armenischer Bittsteller zur ›Hohen Pforte‹. Aus »ungeklärtem Anlaß« kam es dabei zu einem Handgemenge, das in eine Schießerei ausartete. Viele Teilnehmer am Zug wurden verhaftet, auf den Polizeirevieren niedergemacht, einige wenige durch die fremden Gesandten gerettet. Da war nun endlich der ›Aufstand‹, der Vorwand für schärferes Vorgehen gegen die armenischen ›Reichsfeinde‹, für ein organisiertes Pogrom. So lautete der geheime Befehl des Sultans: »Alle Armenier töten, ihre Häuser plündern und niederbrennen. Nicht ein einziger darf geschont werden.« (Nansen, Betrogenes Volk, Seite 297) Vom August 1895 bis zum Februar 1896 fielen den staatlich organisierten Massakern zwischen 70000 und 90000 Menschen zum Opfer. Wie viele verhungerten, auf der Flucht liegenblieben, hat niemand gezählt. Wer ermißt die fühllose Grausamkeit auf der einen, die Summe von Leid, Qual

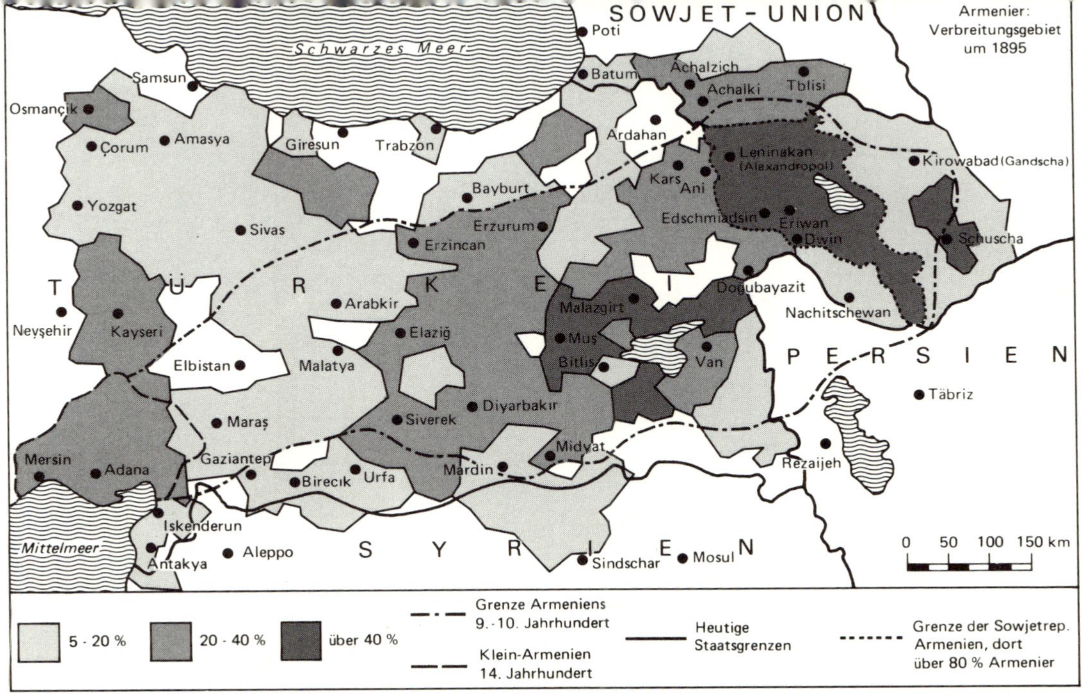
Armenier:
Verbreitungsgebiet
um 1895
SOWJET-UNION
TÜRKEI
PERSIEN
SYRIEN
Schwarzes Meer
Mittelmeer
Poti
Batum
Achalzich
Achalki
Tblisi
Samsun
Osmançik
Çorum
Amasya
Giresun
Trabzon
Ardahan
Leninakan
(Alexandropol)
Kirowabad (Gandscha)
Kars
Ani
Bayburt
Yozgat
Sivas
Edschmiadsin
Eriwan
Dwin
Schuscha
Erzurum
Erzincan
Dogubayazit
Nachitschewan
Neyşehir
Kayseri
Arabkir
Malazgirt
Elazig
Muş
Bitlis
Van
Elbistan
Malatya
Täbriz
Diyarbakır
Siverek
Maraş
Midyat
Mersin
Adana
Gaziantep
Birecık
Urfa
Mardin
Rezaijeh
Iskenderun
Aleppo
Antakya
Sindschar
Mosul
0
50
100
150 km
5 - 20 %
20 - 40 %
über 40 %
Grenze Armeniens
9.-10. Jahrhundert
Klein-Armenien
14. Jahrhundert
Heutige
Staatsgrenzen
Grenze der Sowjetrep.
Armenien, dort
über 80 % Armenier

und Todesnot auf der anderen Seite, die als Wirklichkeit hinter so dürren Zahlen stehen?

Tausende retteten sich über die Grenze ins russische Armenien, wo ihnen ihre Landsleute alle nur mögliche Hilfe leisteten. Natürlich blieben die Greuel vor der Welt nicht verborgen, doch der Sultan erklärte sie als ›Notwehr‹ der ›bedrohten Moslems‹ – und Europa beließ es beim bloßen Empörtsein. England hatte seine politischen Rücksichten, und während armenisches Blut in Strömen floß, erklärte der russische Außenminister, die Regierung des Zaren denke nicht daran, mit Gewalt gegen die Türkei vorzugehen, ja werde sich gegen etwaige Zwangsmaßnahmen anderer Länder wenden, und betonte am 16. Januar 1896, es sei nichts geschehen, was »sein Vertrauen in den guten Willen des Sultans erschüttern könne«. Man müsse diesem die für die Durchführung von Reformen nötige Zeit lassen. Und Abd ul-Hamid selbst hatte die Stirn, auf diplomatischem Umweg England zu ersuchen, es möge ihm doch helfen, den »aufrührerischen Sinn« seiner armenischen Untertanen zu beruhigen.

Ein aufsehenerregender Vorfall schien den blutigen Despoten zu bestätigen. Am 26. August 1896 besetzten 26 junge Armenier die Ottomanische Bank in Istanbul und drohten, das Gebäude in die Luft zu sprengen. Ein so verzweifeltes wie sinnloses Terrorunternehmen, dessen Drahtzieher allerdings schon Zeitgenossen im ›Hohen Palast‹ selbst vermuteten. Zu wohlorganisiert nämlich erschien die ›Volkswut‹, die nun durch die Hauptstadt raste. Schon lange vor ihrem ›spontanen‹ Ausbruch standen die Karren bereit, um 7000 Armenierleichen abzufahren. Die Gesandten der Schutzmächte der Armenier erlangten zwar für das Grüppchen der Bankbesetzer freie Ausreise, den Toten aber halfen keine papierenen Proteste mehr. Auch den Hinterbliebenen nicht, denn aus den von der Hohen Pforte zugesagten Entschädigungen wurde nie etwas.

Der Sultan glaubte, er habe nun die Armenier ›unschädlich‹ gemacht, ließ sich zu einer ›Amnestie‹ für alle Armenier bewegen. Sogar ein Gerichtshof zur Aburteilung der blutigsten Mordknechte wurde gebildet. Über seine Tätigkeit ist nichts bekannt. Die Überlebenden des zähen armenischen Volkes krochen aus ihren Verstecken im Gebirge hervor, kehrten in ihre verheerte Heimat zurück und begannen den Wiederaufbau: ohne Vieh, ohne Geräte, ohne kräftige Hände. Überdies wurde das Land in diesen Jahren von einer besonderen Dürre heimgesucht. Den vielen ›Vereinigungen der Freunde der Armenier‹ in Europa verbot Abd ul-Hamid jede Hilfeleistung. Es sei einzig seine Sache, für seine notleidenden Untertanen zu sorgen. Wie diese Sorge ausfiel, läßt sich denken. Immerhin durften die gequälten Armenier ein Jahrzehnt ohne Massaker leben.

Der Despotismus Abd ul-Hamids ließ die oppositionelle ›freisinnige‹ Partei ›für Einheit und Freiheit‹ erstarken. Armenier traten ihr bei, gehörten bald zu ihren Führern. Ihnen kam es mehr auf Freiheit und Menschenrecht, den echten ›Jungtürken‹ mehr auf die Erlangung der Macht an.

Im Juli 1908 brach von Makedonien aus die ›Revolution‹ los. Binnen 24 Stunden war der Sultan entmachtet. Er behielt zwar Leben und nominelle Herrschaft, aber auf Zeit: nur solange er selbst und seine Anhänger sich den neuen Machthabern fügten. So mußte er eine freiheitliche Verfassung mit Gleichberechtigung aller Nationalitäten und Glaubensbekenntnisse annehmen. Die Bevölkerung der Hauptstadt, auf der das Spitzelsystem und die willkürlichen Verhaftungen am drückendsten gelastet hatten, konnte aufatmen und jubelte. Istanbul wurde illuminiert.

Im April 1909 versuchte Abd ul-Hamid durch einen Militärputsch die Macht zurückzugewinnen, ward aber nun vom Thron gestoßen und durch seinen Bruder Mehmet V. (1909-1918) ersetzt. Den alttürkischen Christenhassern jedoch hatten die wenigen Tage genügt, sich auf die Armenier in Kilikien zu stürzen, wo viele Dörfer den früheren Pogromen entgangen waren. 20000 Menschen sollen – so gibt Nansen an – zum Teil mit widerlicher Grausamkeit getötet worden sein. Die Art, wie die neue Regierung diese Greuel ahndete, verhieß nichts Gutes für die Zukunft. Die großen Rädelsführer ließ man laufen, ein paar beliebige kleine Missetäter wurden gehenkt, gehenkt aber auch Armenier, weil sie in Notwehr von der Waffe Gebrauch gemacht hatten.

Die jungtürkischen Machthaber waren zwar frei von religiösen Vorurteilen, dafür aber befallen vom Bazillus des Nationalismus. Alles, was im osmanischen Vielvölkerstaat nicht türkisch war, das sollte türkisch werden. Was ihre Pläne von denen Abd ul-Hamids unterschied, war ihre methodische Konsequenz.

Nach dem Verlust des größten Teils der europäischen Besitzungen in den Balkankriegen (1912/13) wurden Tausende von Flüchtlingen und Aussiedlern (erbitterte Feinde der Christen, weil sie vor Christen ihre Heimat hatten räumen müssen) in Mittel- und vor allem den zum Teil christlich besiedelten Regionen Ost-Anatoliens ansässig gemacht.

Führende Köpfe unter den Armeniern ahnten Düsteres und suchten Rückhalt bei den europäischen Mächten. Der Zar forderte europäische Aufsicht über die armenischen Vilayets. Auf Deutschlands Betreiben wurde ein

Vermittlungsvorschlag angenommen. Ein norwegischer und ein holländischer Oberst, als Inspektoren nach Anatolien entsandt, waren kaum auf ihren Posten in Sivas und Van eingetroffen, als der Erste Weltkrieg ausbrach, in den die Türkei am 12. November 1914 auf der Seite der Mittelmächte eintrat. Der Sultan und Kalif erklärte ihn am 21. November zum ›Heiligen Krieg‹ im Sinne des Islam.

Im Juli dieses Jahres noch hatte ein armenischer Nationalkongreß in Erzurum darüber beraten, wie man sich im Falle eines bewaffneten Konflikts zwischen Rußland und dem Osmanischen Reich verhalten solle. Abgesandte der türkischen Regierung hatten dort versucht, durch feierliche Versprechungen zukünftiger Autonomie die Armenier in Rußland zum Aufstand zu bewegen. Ihr Ansinnen wurde zurückgewiesen. Die Delegierten warnten die Türkei vor einem eventuellen Kriegseintritt. Sollte es jedoch zu einem Krieg kommen, wollten sie loyal ihre Pflicht erfüllen.

Vom russischen Armenien aus hatten seit 1892 immer wieder nationalistische Revolutionäre, die ›Daschnaken‹, zum bewaffneten Kampf gegen die Türken aufgerufen, hatten türkische Siedlungen und Posten jenseits der Grenze überfallen. Etwa seit der Jahrhundertwende führten sie ihren Kampf auch auf russischem Territorium, wo ja auch Türken lebten. Es kam zu erbitterten Kämpfen in Aserbeidschan und als Antwort darauf dort zu Armenierpogromen, gegen welche die Regierung in St. Petersburg nichts unternahm. Später wurde sogar behauptet, der Vizekönig Transkaukasiens, Fürst Galitzin, habe die Pogrome von Baku und Tiflis 1905 selbst angestiftet. Seinem liberaleren Nachfolger gelang es, durch wirtschaftliche Zugeständnisse an die bürgerlichen Schichten die als ›links‹ geltenden Daschnaken zu isolieren (sie schlossen sich, ohne je Marxisten zu sein, 1907 der 2. Internationale an) und sie mit Gewalt zu unterdrücken, um sie schließlich sogar als Werkzeug seiner Regierung zu benützen.

Ein im Februar 1915 in Tiflis tagender all-armenischer Nationalkongreß nämlich rief die Türkisch-Armenier zum Aufstand gegen den Sultan auf – und die Regierung des Zaren überließ den Daschnaken Geld und Waffen zur Entfesselung einer solchen Volkserhebung im Rücken der türkischen Front. Das war's, was den Jungtürken den äußeren Vorwand lieferte für ihr längst schon ins Auge gefaßtes Vorhaben, die Armenier gänzlich und systematisch auszurotten.

Während so gut wie alle armenischen Männer zwischen 20 und 43 Jahren zum Militär- oder Arbeitsdienst in der türkischen Armee einberufen wurden, durchkämmte türkische Gendarmerie, unterstützt von Freischaren aus allerhand räuberischem Gesindel, die armenischen Häuser nach Waffen. Die über die anfänglichen Versuche der Jungtürken, Recht und Gesetz zu schützen, verärgerten Kurden ließ man wissen, der Sultan gedenke ferner nicht mehr seine Hand über die ›Ungläubigen‹ zu halten. Die Messer waren gezückt.

Über die Verfolgung und Ausrottung der Armenier während des Ersten Weltkrieges gibt es viele Augenzeugenberichte von Mitgliedern ausländischer Missionen. Der selbstlose Pastor Johannes Lepsius hat sie gesammelt und unter dem Titel ›Deutschland und Armenien 1914-1918, Sammlung diplomatischer Aktenstücke‹ in Potsdam 1919 herausgegeben. Viele der Berichte stammen von deutschen Konsuln, Offizieren, Botschaftern. Frithjof Nansen (Betrogenes Volk, Seite 309) bemerkt dazu: »Es ist nicht anzunehmen, daß die deutschen Beamten ihre türkischen Bundesgenossen mehr als nötig bloßstellen wollten, noch hatten sie eine Veranlassung, die Armenier in günstigerem Licht erscheinen zu lassen, als sie es verdienten.«

Was hier – oft Nansens Darstellung benützend – in dürren Worten zu berichten ist, klänge unglaublich, wüßten wir nicht von Nazi-Konzentrationslagern, nichts vom ›Archipel Gulag‹, nichts von den Vertreibungen des Jahres 1945, nichts von Kambodscha oder irrwitzigen Diktatoren in Afrika, dächten wir nicht des Flüchtlingselends in aller Welt.

Der Völkermord begann in Kilikien. Das bisher ungebeugte Zentrum Zeitun im Taurus ward überwältigt, seine Bevölkerung trat als erste den Todesmarsch in die mesopotamischen Wüsten an. Ihr folgten die Leute von Dörtyol an der Küste, die sich 1909 erfolgreich zur Wehr gesetzt hatten. Die Dorfschaften von Suediye allerdings flüchteten sich auf einen küstennahen Berg, von dem aus sie sich mehrere Wochen gegen eine türkische Übermacht verteidigten, bis ein französisches Geschwader sie rettete. Franz Werfel hat ihrem Widerstand in seinem bannenden Roman ›Die 40 Tage des Musa Dagh‹ ein Denkmal gesetzt, »um das unfaßbare Schicksal des armenischen Volkes dem Totenreich allen Geschehens zu entreißen«. Das Buch – gleich nach seinem Erscheinen 1933 von den Nazis verboten – ist zum immer wieder erschütternden Sinnbild für Leid und Todesmut aller verfolgten Minderheiten geworden, der Armenier wie der Juden.

Der ›Aufruhr von Van‹ (siehe Kapitel XI), aus geringfügigem Anlaß provoziert, führte zur Beschießung der armenischen Wohnviertel in der Stadt, in die sich auch die Wehrlosen aus den benachbarten Dörfern geflüchtet hatten. Armenische Angaben sprechen zwar von vielen türkischen Verwundeten, doch nur von 18 Toten. In den nach Berlin übermittelten und von dort aus in die Welt gehenden Berichten wurden daraus 18 000 tote Moslems. Die Jungtürken waren gelehrige Schüler des von ihnen so gehaßten Abd ul-Hamid, wenn es galt, die Vernichtung der – entwaffneten – Armenier vor der Welt als ›notwendige militärische Maßnahme‹ zu rechtfertigen.

In der Nacht vom 24. auf den 25. April 1915 wurden auf Anordnung des Innenministers Talaat Bey alle gebildeten – also die ›führenden‹ – Armenier Istanbuls verhaftet und in den anatolischen Osten deportiert. Von mehr als 600 Verschickten überlebten nur acht.

Vom Juni an wurde ein östlicher Regierungsbezirk nach dem anderen von Armeniern ›gesäubert‹. Die im Heer diensttuenden Männer wurden entweder gleich entwaffnet und erschossen oder in Arbeitsbataillone gesteckt und später füsiliert. Aus den Städten und Dörfern wurden alle Armenier zusammengetrieben. Es waren zumeist Frauen, Kinder, Greise und Krüppel. Alles mußten sie zurücklassen: Haus, Hof, Heimat. Das wenige, das sie auf dem Buckel mitschleppten – Wertloses, denn weder Geld noch Gold durfte darunter sein –, wurde ihnen unterwegs geraubt, unterwegs auf dem Marsch ins Nichts. Wer nicht vor Hunger und Erschöpfung am Wegrand umkam, von den Bewachern niedergemacht oder – wie Mädchen und schöne junge Frauen – unterwegs verhökert wurde, endete in den Hungerlagern der mesopotamischen Wüste. Diese Deportationen waren »eine höfliche Form des Massakers«, mit ihren unmenschlichen Schindereien jedoch schlimmer noch und grausamer als blanker Mord. Aus bloßer Faulheit waren manche lokalen Befehlshaber barmherzig genug, die zusammengetriebenen Armenier einfach niederschießen zu lassen, wie in Nisibis, Muş, Malatya, Urfa. In Bitlis wurden über 900 Frauen – nachdem man sie genotzüchtigt hatte – mit ihren Kindern im Fluß ersäuft. Die Feder sträubt sich, all die Schändlichkeiten zu protokollieren, und keine Vorstellungskraft ist der Qual und Verzweiflung von Hunderttausenden gewachsen. Sie registriert nur noch die Zahlen.

Die genaue Zahl der Opfer konnte nie ermittelt werden. Die Schätzungen schwanken zwischen 800000 und einer Million Toten. Andere veranschlagen, daß von 1845000 armenischen Bürgern ein Drittel überlebte, ein Drittel gleich ermordet wurde und der Rest, deportiert, den ›langsamen‹ Tod erlitt. Das Maß der Leiden und des grauenvollen Verbrechens wird nicht geringer oder größer durch einige Tausende, die man hinterher wegzuhandeln sucht. Wie bei den Vernichtungslagern der deutschen Nazis: das Furchtbare ist, daß so etwas überhaupt geschehen konnte – und sich immer wiederholen mußte. Mußte?

Die Schrecknisse blieben der Welt nicht verborgen. Die deutschen Geschäftsträger sandten Berichte über Berichte nach Berlin, doch die Reichsregierung war weder imstande noch willens, ihrem Bundesgenossen in den Arm zu fallen, wenn dieser die ›Umsiedlung‹ der Armenier als kriegsnotwendige Maßnahme deklarierte. Weder der Kriegsminister Enver Paşa (den einmal armenische Regimenter aus einer fast aussichtslosen Lage bravourös herausgehauen hatten) noch der Innenminister Talaat Bey ließen sich von ihrem Programm der »Erledigung der armenischen Frage durch die Vernichtung der armenischen Rasse« abbringen.

So hatte ein Chiffrentelegramm Talaats gelautet: »Es wurde schon früher mitgeteilt, daß die Regierung auf Befehl des Komitees beschlossen hat, alle in der Türkei wohnenden Armenier auszurotten. Wer sich diesem Befehl widersetzt, kann nicht als Freund der Regierung angesehen werden. So bedauerlich auch die Mittel der Vernichtung sein mögen, so muß doch ohne Rücksicht auf Frauen, Kinder oder Kranke, ohne auf die Stimme der Gefühle oder des Gewissens zu hören, ihrem Dasein ein Ende gemacht werden.« (Nansen, Volk, S. 317)

Ein schauerlicher Text. Immerhin erwähnt er noch Gefühl und Gewissen, die zwei und drei Jahrzehnte später in den Mordbefehlen der Nazis gegen Juden und ›Judenknechte‹, das heißt alle für Geistes-, Glaubens-, Gedankenfreiheit Eintretenden, überhaupt nicht mehr existieren.

Das angeführte Telegramm stammt vom 15. September 1915. Zwei Wochen vorher schon hatte der Innenminister dem deutschen Botschafter erklärt: »La question arménienne n'existe plus.« Damals ging es nur noch um ein paar Wochen, bis die letzten Opfer der Deportationen in ihren Hungerlagern verendet, verscharrt oder von Geiern gefressen waren.

Die Weltöffentlichkeit war empört über die Türken, lastete deren Verbrechen auch dem deutschem Bundesgenossen an, der solchen Massenmord aus politischen oder militärischen Rücksichten nicht zu verhindern wußte. Tatsächlich hat das Reich der Tätigkeit von Pfarrer Lepsius jedes nur mögliche Hindernis in den Weg gelegt und den selbstlosen Freund der Armenier mundtot gemacht. Im Reichstag wollte sich einzig der Abgeordnete Karl Liebknecht des armenischen Problems annehmen. Er wurde niedergeschrien.

Die Empörung der Welt nutzte die Entente zu starken und feierlichen Versicherungen. Die Armenier sollten sich ihr anschließen, ihre Waffenfähigen an der Seite der Alliierten in den Kampf schicken, um nach dem Sieg von Recht und Frieden volle Unabhängigkeit und Freiheit zu erreichen. Jenen, die jungtürkischen Massakern entkommen waren, blieb gar keine andere Wahl als der ›freiwillige‹ Dienst im russischen Heer. Mehr als 200000 armenische Soldaten fielen im Krieg 1914 bis 1918. Wenn man die ermordeten Zivilisten mitrechnet, war etwa jeder zehnte Kriegstote ein Armenier.

Während die türkischen Heere die Dardanellen, Syrien und Mesopotamien halten konnten, stießen russische Divisionen unter schweren Verlusten nach Van, Bitlis, Muş, Anfang 1916 nach Erzurum und bis Erzincan und Trapezunt vor. Um der Rache der Armenier zu entgehen, mußten nun die Türken Hals über Kopf fliehen, erfroren im strengsten Winter oder verhungerten am Wegrand. Als dann in der Revolution von 1917 die Widerstandskraft der russischen Truppen zusammenbrach, ging die Initiative wieder auf die Türken über. Sie eroberten am 11. März 1918 Erzurum zurück und rückten gegen Kars vor, das sie am 27. April besetzten – und nun schwappte die Woge von Haß und Rache wieder zurück.

Das Ende des Ersten Weltkriegs brachte den Armeniern keinen Frieden. Wieder waren sie Spielball zwischen feindlichen Nachbarn und europäischen Interessen. Franz Werfel erzählt nichts vom Schicksal der vom Musa Dagh Geretteten. In Alexandria, wohin die französischen Schiffe sie brachten, wurden sie in Lager eingewiesen. Aus den Waffenfähigen rekrutierten die Franzosen die ›Légion d'Orient‹ und setzten sie in Alexandrette (Iskenderun) am 28. November 1918 an Land, um ein von Frankreich abhängiges Kilikien zu schaffen. Der Gouverneur in Syrien rief die dorthin entkommenen 150000 Armenier auf, ins einstige Kleinarmenien zu ziehen und es in Besitz zu nehmen. Doch die Türken waren nicht bereit, sich ihr Land wegnehmen zu lassen, und leisteten allen derartigen Versuchen Widerstand.

Kemal Paşa, der unter dem Namen Atatürk als Vaterfigur am Anfang der modernen Türkei steht, ließ damals nicht nur den großgriechischen Traum in einer blutigen Katastrophe zerrinnen. 600000 Griechen kamen ums Leben, und ungefähr anderthalb Millionen, deren Vorväter schon seit mehr als 2500 Jahren in Kleinasien ansässig gewesen waren, konnten gerade noch ihr nacktes Dasein ins europäische Hellas retten. Mit ihnen flohen 50000 Armenier aus den westanatolischen Bezirken.

Jene Armenier, welche französischen Verheißungen folgend nach Kilikien gezogen waren, erhielten gerade fünf Panzer und drei Maschinengewehre zu ihrer Verteidigung, blieben im übrigen bald sich selbst überlassen. Als Frankreich am 20. Oktober 1921 die besetzten Gebiete offiziell zurückgab, da wurden in Maraş und an anderen Orten mehr denn 30000 Menschen erschlagen, weitere 30000 flohen nach Zypern und Ägypten, 75000 nach Syrien. Als die französische Kolonialmacht 1936 den Sandschak von Alexandrette an die Türkei abtrat, da setzte erneut eine Massenflucht ein, in alle Welt hinaus, bis nach Amerika.

Warum das alles – wenn auch nur kurz – berichtet wird? Nicht um die Türken als ein Volk von Mördern zu denunzieren. Das sind sie so wenig wie die Deutschen. Aber ein Hitler soll mit seiner zynischen Frage »Wer spricht denn heute noch von den Armeniermorden?« nicht recht behalten.

Auch die Bewohner Russisch-Armeniens standen in Gefahr, im Zusammenbruch des Zarenreiches und im Vorstoß der Türken auf Baku zugrunde zu gehen. Pogromen, Massakern und Hungersnöten fielen hier zwischen 1917 und 1920 Zehntausende zum Opfer. Als die Februarrevolution von 1917 die militärische Kraft Rußlands lähmte, da glaubten die bürgerlichen Parteien in Russisch-Transkaukasien ihre Ziele erreichen zu können. Sie bildeten regionale Komitees, die mit der Provisorischen Regierung in Petersburg konform gingen. Auch die Daschnaken erklärten sich im April 1917 für loyal. Sie traten für die Weiterführung des Krieges ein. Der Dichter Awetis Aharonian, wurde Präsident des im Oktober 1917 gewählten Nationalrats, der sich als oberstes Organ der Armenier betrachtete und für eine Autonomie innerhalb der russischen Republik eintrat.

Alle Parteien und Organisationen (mit Ausnahme natürlich der kleinen Gruppe der Bolschewiki) wandten sich gegen die proletarische Oktoberrevolution. Sie ließen sich auch nicht durch Lenins am 15. November 1917 veröffentlichtes Dekret über die ›Selbstbestimmung der Nationen‹ gewinnen, das allen Völkern des einstigen Zarenreiches Gleichheit und Autonomie verhieß. Die Parteien Transkaukasiens erklärten am 24. November 1917 ihre Selbstverwaltung und wollten den Kampf gegen die Türken fortsetzen. Doch die russische Armee löste sich auf, und im Kaukasus begann der Bürgerkrieg, in dem armenische Daschnaken und ›Weiße‹ Tausende türkische Aserbeidschaner totschlugen.

Der Friedensvertrag von Brest-Litowsk (22. April 1918) gestand den Türken die Regionen von Kars, Ardahan und Batumi zu, also verdrängten sie die Armenier aus diesen Gebieten. Zur gleichen Zeit riefen die heillos zerstrittenen armenischen, georgischen und aserbeidschanischen Politiker die kurzlebige ›Transkaukasische Demokratische Föderalistische Republik‹ aus, welche dem Vertrag von Brest-Litowsk zustimmte. Die Türken dagegen anerkannten zwar das neue Staatsgebilde, doch rückten sie bis Tiflis vor und besetzten am 27. April Kars. Bei neuen Verhandlungen, die 14 Tage später in Batumi begannen, verlangten sie mehr, als ihnen in Brest-Litowsk zugestanden worden war, und besetzten am 15. Mai 1918 Alexandropol und sein Umland. Zwar forderte die deutsche Heeresleitung ihren Verbündeten energisch auf, sich an die ausgehandelten Bedingungen zu halten, doch unbekümmert darum drang dieser weiter vor, ringsum Schrecken verbreitend.

Am 26. Mai 1918 löste sich die Transkaukasische Republik auf. Georgien rief deutsche Interventionstruppen zu Hilfe. Die Armenier wurden wieder einmal allein gelassen. Vier Tage nachdem sie in verzweifeltem Kampf den strategischen Zugang zum Aras-Tal verteidigt hatten (24. Mai 1918), deklarierten sie eine unabhängige Republik, die einen harten Frieden mit der Türkei akzeptieren mußte (4. Juni 1918).

Das war noch immer nicht das Ende der Leiden. In Georgien und Aserbeidschan starben armenische Flüchtlinge zu Hunderten an Hunger oder als Opfer ›unbedeutender‹ Pogrome. Im Oktober griffen die Georgier den jungen Staat an, stießen jedoch auf erbitterten Widerstand. Die Lage war verzweifelt. Jeder zweite war als Flüchtling völlig mittellos, bei rapider Inflation herrschte allgemeine Hungersnot. Für den Samen kommunistischer Propaganda war der Boden bereit, doch wurden die ersten Sowjets von der ›bürgerlichen‹ Regierung mit Hilfe der Daschnaken zerschlagen.

Im selben Monat begann der Zusammenbruch der Mittelmächte und ihrer Verbündeten. Am 30. Oktober mußte die Türkei den Waffenstillstand von Mudros unterzeichnen, ihre Truppen hinter die Grenze von 1914 zurückziehen. Die Armenier konnten nun wieder Alexandropol, Kars, Ardahan besetzen. Zu mehr reichten ihre Kräfte nicht. Der Arbeitseifer des lebenszähen armenischen Volkes ermöglichte der Regierung in Eriwan (an ihrer Spitze stand Dr. Chatissian, einstiger Bürgermeister von Tiflis), nach und nach geordnete Verhältnisse herzustellen, Gewerbe und Handel wieder in Gang zu setzen, die Flüchtlinge unterzubringen. Ihrer und der Tausenden von Waisenkindern nahm sich die ›Near East Relief‹ unter Vickrey rettend an.

Am 28. Mai 1919 wurde die Unabhängigkeit des einst russisch- wie des einst türkisch-armenischen Gebiets proklamiert. Aber diese ›Vereinigte Armenische Republik‹ war im internationalen Kräftespiel einzig auf sich gestellt. In Paris verhandelten die Sieger über die Friedensverträge. Dort trat auch ein panarmenischer Kongreß zusammen, der in einer vom 12. Februar 1919 datierten Adresse an die Friedenskonferenz jene staatliche Selbständigkeit forderte, welche die Alliierten den Armeniern immer verheißen hatten. Tatsächlich erkannte der Friedensrat den neuen Staat de jure an. Der Völkerbund, der das Mandat für ihn übernehmen sollte, ließ jedoch wissen, er verfüge nicht über die Organe für eine derartige, seine Kompetenzen überschreitende Aufgabe. So ersuchte der Friedensrat den amerikanischen Präsidenten Wilson, den Vater des ›Selbstbestimmungsrechts der Völker‹, das Mandat zu übernehmen, was der US-Senat verhinderte (31. Mai 1920). Trotzdem wurde Wilson Schiedsrichter. Ihm blieb im Vertrag von Sèvres (10. August 1920), den auch der Präsident der Armenischen Republik unterzeichnete, überlassen, die neuen Grenzen zwischen der Türkei und Armenien festzulegen. Die ›Wilson-Linie‹ vom 22. November 1921, die eine Grenzziehung etwa von Trabzon über Erzincan und Bitlis nach Südosten vorsah, blieb eine Linie auf dem Papier. Die Signatarmächte unternahmen nicht den geringsten Versuch, den Armeniern Hilfe zu leisten, als Mustafa Kemal Atatürk sich weigerte, den Vertrag von Sèvres anzuerkennen, und einen Volkskrieg organisierte, in dem die kampferfahrenen Türken der erstaunten Welt zeigten, daß sie keineswegs ›verrottet‹ und am Ende waren.

Die kemalistisch-nationalistischen Kongresse von Erzurum und Sivas hatten schon im Sommer 1919 erklärt, daß »kein Fußbreit türkischen Landes« abgetreten werden dürfe. Nur mit papierenen Versprechungen freigebig versehen, aber von niemandem unterstützt, mußte die junge Armenische Republik am 18. November 1920 einen Waffenstillstand mit der Türkei unterzeichnen und 75 Prozent ihrer Waffen abliefern. Gespenstige Groteske: Genau in den Tagen, da Wilson seine Grenzziehung verkündete und die Diplomaten in Genf und Paris ihr Beifall zollten (ohne sich freilich zu irgendeiner Intervention zugunsten der Armenier zu entschließen), mußte deren schwacher Staat im Frieden von Alexandropol (2. Dezember 1920) als de facto rechtloser Vasall der Türken mehr als die Hälfte des ihm zugesprochenen Gebietes abtreten. Unmittelbare Folge: Sturz der Regierung. Vom demokratischen Westen im Stich gelassen, sahen die Armenier den einzigen Ausweg in der Ausrufung einer Sowjetregierung. Dagegen putschten zwar die Daschnaken und besetzten Eriwan am 18. Februar 1921, doch als im April die Rote Armee – ›herbeigerufen‹ wie immer, wenn sie eingreift, um ›Freunden‹ zu helfen – die Macht übernahm, da atmeten hier tatsächlich viele auf. Zu verlieren hatten sie nichts. Der Vertrag von Alexandropol (das bald in Leninakan umbenannt wurde), ward annulliert, und am 30. Dezember 1922 schloß sich Sowjet-Armenien der UdSSR an. Ein in Kars unterzeichneter Vertrag legte die Grenzen fest, innerhalb derer fortan das armenische Volk seinen Lebensraum finden sollte.

Ein recht enger Bereich – und das Glück, das die leidgeprüften Armenier innerhalb der von Moskau gelenkten roten Union fanden, war in höchstem Maße fragwürdig. Die Hungersnöte der frühen zwanziger Jahre, die ideologischen Wirtschaftsexperimente mit ihren verheerenden Folgen brachten neue Nöte und forderten neue Opfer. Lenin hatte den unter dem Decknamen Stalin zu Revolutionsruhm gekletterten Georgier Dschugaschwili zum Volkskommissar für Minderheiten ernannt, und dieser regelte die verwickelten Nationalitätenprobleme in zunächst zufriedenstellender Weise. Aber einmal hinaufgelangt, zeigte sich der blutige Despot als georgischer Nationalist. Um die Bevölkerungszahl der Armenischen Sowjetrepublik so weit zu mindern, daß sich ein verfassungsmäßiger Grund ergab, sie an die georgische Nachbarrepublik anzuschließen, ließ er Tausende Armenier deportieren. Erst nach dem Tod des schnauzbärtigen Massenmörders kann Armenien aufatmen. Die weitaus kleinste der Sowjetrepubliken genießt heute den Ruf einer ›Schweiz‹ der UdSSR, in die selbst Auslandsarmenier als in ihre Heimat zurückkehren – nicht als touristische Besucher, sondern um hier zu leben.

Aber immer noch leben Armenier auch in aller Welt verstreut. Ihre Zahl läßt sich schwer schätzen – wieweit sind sie noch ›Armenier‹, wieweit sind sie bereits in ihren Gastvölkern aufgegangen? Die vermuteten Zahlen bewegen sich zwischen 1,2 und 3 Millionen.

Flucht und Verbannung, Zerstreuung und Exil gehörten von früh an zum armenischen Schicksal. Schon vor dem Jahrhundert Justinians hatten Armenier das Christentum in die Welt hinausgetragen, bis ins Spanien der Westgoten. Die Rolle der Armenier in Byzanz wie die massenhafte Auswanderung nach Kilikien wurden bereits erwähnt. Die Zerstreuung und das Wanderschicksal der Armenier aber hoben so recht eigentlich erst an mit der Bedrohung durch die seldschukischen Türken. Vor ihnen flüchteten Ungezählte übers Schwarze Meer auf die Krim, an die Donaumündung, zogen vor den Tataren weiter nach Polen, Ungarn, Bulgarien. Aus dem heimgesuchten Ani retteten sich ganze Sippen in die Moldau, nach Galizien. Der polnische König Kasimir III. (1333 bis 1370) verlieh 1344 den Armeniern von Kamenenz ein Autonomiestatut, zwölf Jahre später wurde es auch auf die weit über 10000 Seelen zählende Armeniergemeinde Lembergs ausgedehnt. Wo die Flüchtlinge auch hingelangten, überall befruchteten sie nicht nur die Wirtschaft, sondern die gesamte Kultur. Ihre weltweite Diaspora verschaffte ihnen weltweite Verbindungen im Handel. Seit dem 16. Jahrhundert war das Geschäft des Königreichs Polen mit Isfahan und Indien fest in armenischer Hand. Privilegien genossen die Armenier auch in Transsylvanien. Emigranten aus Kilikien wanderten nach Zypern, Rhodos, Kreta und Ägypten, zogen weiter nach Italien, Frankreich und Holland. Die dortige Kolonie verfügte seit 1668 über eine eigene Druckerei. Bereits im 17. Jahrhundert wurden in Amsterdam, Venedig, Marseille und auch in Eriwan armenische Bibeln, Grammatiken und Traktate gedruckt. Die erste armenische Zeitung erschien 1794 in Madras in Indien. Die Verbindung aber zwischen Armenien und diesem Land geht wohl auf viel tiefere Vergangenheit zurück, aufs frühe Mittelalter zumindest. Großmogul Akbar gestattete schon 1562 den Armeniern von Agra den Bau einer eigenen Kirche. Schah Abbas der Große hatte 1605 die Armenier von Djulfa despotisch nach Isfahan umgesiedelt. Nadir Schahs (1736-1747) armenierfeindliche Maßnahmen trieben einen neuen Flüchtlingsstrom in die indischen Hafenstädte. Als die Engländer Kalkutta besetzten, fanden sie dort bereits eine armenische Christengemeinde vor. Seit 1722 gab es in Madras eine armenische Druckerei, seit 1898 eine armenische Schule, eine ›Akademie‹ in Kalkutta, wo seit 1844 eine Zeitung ›Askasser‹ erschien, herausgegeben von dem umgetriebenen Publizisten Mesrop Taghitian (1803-1858) aus Eriwan. Die in Venedig seit 1512 tätige Druckerei arbeitete für den Katholikos von Edschmiadsin. Istanbul wurde der Schauplatz einer intellektuellen ›armenischen Renaissance‹ und entwickelte eine neue und ›fortschrittliche‹ Schriftsprache.

Die Pflege armenischen Kulturgutes und die Führung der Armenier außerhalb der islamischen Um- und Gegenwelt war das Werk einer ›Opposition‹, die sich mit Rom uniert hatte und gegen die Patriarch und Sultan gemeinsam vorgingen. Manug Petrosian aus Sivas (1676-1749) war 1700 katholisch geworden, hatte ein Jahr später in Pera einen Mönchsorden gegründet, mußte über Kapuzinerklöster auf der Peloponnes nach Westen flüchten, trat dort in den Benediktinerorden ein, fand 1715 mit seinen Anhängern in Venedig Aufnahme, wo er als ›Tröster‹ (Mechitar) das Kloster auf der Laguneninsel S. Lazzaro gründete, vor dem Nordwestufer des Lido. Wo einstmals Aussätzige abgesondert lebten, feiern noch heute armenische, mit Rom unierte Mönche die Liturgie nach ihrem alten Ritus, unterhalten sie eine Schule und eine Druckerei, aus der bereits 1730 eine alt- und 1737 eine neuarmenische Grammatik und seit 1760 ein Wörterbuch hervorgingen, und eine der größten armenischen Bibliotheken. Nur vorübergehend hatte Napoleon sie als ›türkische‹ Staatsbürger vertrieben. Das armenische Kolleg befindet sich seit 1850 im ehemaligen Palazzo Zenobio an den Fondamenta del soccorso. – Ein ›konservativer‹ Flügel der Gemeinschaft übersiedelte 1772 nach Triest und 1789 nach Wien, wo das Kloster der Mechitaristen – ein ehemaliges Kapuzinerkloster von 1603 im Siebten Bezirk – eine ausstrahlende Pflegestätte der Armenistik wurde, von der aus Schulen im Osten und Westen erhalten werden. In Rom haben die unierten Armenier ihr Kolleg bei S. Nicola da Tolentino unweit der Piazza Barberini. Hier fand Kardinal Agadschanian sein Grab, einer der bekanntesten Armenier dieses Jahrhunderts – kaum weniger oft in der Presse genannt als seine Landsleute Anastas Mikojan, die Schriftsteller William Saroyan, Michael Arlen sen. und jun., Henri Troyat, der Chansonnier Charles Aznavour oder ›Mr. 10%‹ Calouste Gulbenkian, an den wissenschaftliche und künstlerische Stiftungen wie die in Lissabon erinnern, der Komponist Aram Khatschaturian und der Maler Arshile Gorky.

Armenier leben heute außerhalb der Armenischen SSR als verunsicherte Minderheit in Istanbul, im Iran und Irak, im Libanon, in Syrien, Ägypten, Indien und Pakistan und vereinzelt in fast allen europäischen Staaten, in Frankreich vor allem (etwa 200000). In den USA bilden sie eine rege Kolonie – und sie kann beinahe als ein Beispiel für die armenische Diaspora gelten. Allein schon dadurch, daß über sie exakte statistische Angaben fehlen. Wittke (We who built America, New York 1946) schätzt für die Zeit vor 1894 die Zahl der Armenier auf ungefähr 3000. In der Zeit zwischen den Pogromen Abd ul-Hamids und den Massakern während des Ersten

11 König Antiochos I. von Kommagene mit dem Lichtgott Mithras, 1. Jh. v. Chr. Steinrelief des Hierothesions auf dem Nemrud Dağ

12 Die hethitische Göttin Kupaba. Basaltrelief aus Kargamiš, 1050-850 v. Chr. Ankara, Museum

13 Tetradrachme des Königs Tigranes II., des Großen (95-55 v. Chr.). Oxford, Ashmolean Museum

12

13

14 Armenier, geführt von einem achämenidischen Offizier, als Gabenbringer am Hof des persischen Großkönigs. Ausschnitt aus dem Relief der Apadana von Persepolis, 6.-5. Jahrhundert v. Chr.

15

16

17

Weltkriegs suchten »weit über 70000« Armenier – sechsmal mehr Männer als Frauen, meist Bauern und kleine Handwerker – Zuflucht und Arbeit in den USA. Erst für die Jahre zwischen 1920 und 1931 liegen exakte Angaben vor: 26 146 Armenier wanderten in diesem Zeitraum ein. Es wären also bis zu diesem Zeitpunkt insgesamt knapp 100000 Menschen aus Armenien in die Neue Welt gekommen – andere Autoren nennen eine fünfmal höhere Zahl. Daß sich verläßliche Angaben nicht gewinnen lassen, liegt in der Natur der Dinge: Viele der Einwanderer galten rechtlich – da Untertanen des Sultans – als Türken. Und waren sie US-Bürger geworden, zählten auch ihre nachkommenden Familienangehörigen als Amerikaner. Viele der Immigranten waren von Missionaren schon der monophysitischen armenischen Kirche abgewonnen worden – und in der Fremde gaben sie bald auch ihre herkömmlichen Bräuche auf, assimilierten sich, nur in der Küche ihre heimischen Traditionen wahrend.

Schon 1888 erschien in New Jersey die erste amerikanische Zeitung in armenischer Sprache, ›Arekag‹. 1899 wurde in New York die Zeitung ›Hairenik‹ gegründet, die seit 1916 von Boston aus als Tagblatt erscheint. Derselbe Verlag bringt auch in englischer Sprache ›The Armenian Weekly‹ heraus, für diejenigen, denen Schrift und Sprache ihrer Väter schon zur Fremdsprache geworden ist. Wie Juden und Deutsche sind die Armenier zum ›Kulturdünger‹ in der Welt geworden.

15 Bronzekopf der armenischen Göttin Anaid (pers. Anahita), gefunden bei Satala. London, Britisches Museum

16 Der Tempel von Garni, 1. Jahrhundert v. Chr.

17 König Mithridates II. Kallinikos von Kommagene mit Herakles-Verethagna. Relief vom Hierothesion von Arsameia

VI

ANI UND DIE ARMENISCHE BAUKUNST

»ANI IST entschieden der Höhepunkt unserer Reise, durch die Fülle der Denkmäler wie durch die unerhörte Schönheit der Landschaft«, notierte J. Strzygowski 1913 in sein Expeditionstagebuch. Die Worte gelten noch heute – mit einigen Einschränkungen freilich. Von der Fülle der Denkmäler ist nämlich nur ein Teil zugänglich. Die Landschaft aber ist immer noch von nackter Größe.

Heute ist *Ani* eine öde Stätte, eine knappe Fahrstunde östlich von Kars, genau an – nein: auf – der Grenze zur UdSSR gelegen. Zweihundert Jahre lang war Ani die lebendigste Stadt Armeniens, ein Jahrhundert hindurch Residenz der Könige aus dem Haus der Bagratiden. Diese Familie hatte schon in der Partherzeit zu den großen Geschlechtern gehört, König David den Psalmisten betrachtete sie als ihren Ahnherrn. Doch erst im 9. Jahrhundert stieg sie zu königlichem Range auf. Der Kalif al-Motawakkil (847-861), der seine Truppen gegen das unruhige Armenien und seine zerstrittenen Kleinfürsten gesandt hatte, merkte bald, daß er damit nur ein Bollwerk gegen den Erbfeind Byzanz schwächte. Er warf das Steuer seiner Politik herum und ernannte Aschot I. Bagratuni zum Gouverneur, dann auch zum ›Großfürsten von Armenien, Georgien und des christlichen Albanien‹. Als solcher ward er auch vom Kaiser anerkannt. Seine königsgleiche und schließlich königliche Stellung rief die Eifersucht mancher Teilfürsten wach, doch auch die Rebellion seines Schwiegersohnes Georg Artzruni von Vaspurakan blieb Episode. Kaum jedoch war Aschot I. in seiner Krönungskirche bestattet, da geriet die junge Dynastie in ernsthafte Schwierigkeiten. Smbat I. (890-914) mußte sich gegen die Thronansprüche eines Vaterbruders wehren, sein Nachfolger Abas (929-953) drängte – die Gegner gegeneinander ausspielend – Araber und Byzantiner aus dem Land, unterdrückte die Umtriebe der Großen, baute Kars aus und erwarb die Provinz Schirak mit der Festung Ani. Im Kampf ums väterliche Erbe erhielt Aschot III., der ›Barmherzige‹ (953-977) Ani als seine Hauptstadt. Hier ließ er sich vom Katholikos Ananias krönen. Mit ihm begann die leuchtende Zeit der Stadt. Auf dem südlichen Geländesporn errichtete er seinen Burgpalast. Ani entwickelte sich zum bedeutendsten städtischen Zentrum am Handelsweg von Dwin nach Trapezunt. Von ihm aus führten Verbindungen zu den Nachbarreichen und über sie in fernste Fernen, dahin Karawanen Teppiche, Metallgerät, edlen Schmuck, Pelze und Waffen führten, um dafür andere Luxusgüter heranzubringen: Porzellane aus China, duftende Gewürze aus Indien, aus Ägypten Glas und Baumwollstoffe. Zahllose Betriebe verarbeiteten halbfertige Importe zu einträglichen Exportgütern. Ani zog Händler und Handwerker aus aller Welt an, Karawansereien und mehrstöckige Wohnhäuser entstanden, die Märkte waren bunt von Waren und Menschen.

König Smbat II. (977-989), der seinem Bruder Gurgen die Provinz Lori als Teilreich überlassen mußte, fand sich vor der Notwendigkeit, das Stadtgebiet zu erweitern und über der Senke im Norden durch die noch heute so eindrucksvolle Mauer zu sichern. Sie ist kaum weniger imposant als die Landmauer Konstantinopels, ist versehen mit Türmen und mehreren Toren, durch deren eines eine breite Verkehrsader für Wagen und Lasttiere zum zentralen Markt führte. Smbat ließ den königlichen Palast aufstocken, mit Fresken und Reliefs schmücken und mit Heizungsanlagen versehen. Er auch legte den Grundstein für die in jeder Hinsicht erstaunliche Kathedrale der Stadt. Sie ist das Werk des Architekten Trdat und wurde 1001 unter König Gagik I. (990-1020) vollendet. Dieser König bewog das Oberhaupt der armenischen Kirche zur Übersiedlung von Arhina in die Residenzstadt und war ein so eifriger Stifter von Kirchen und Klöstern, daß Ani den Beinamen ›Stadt der 1000 Kirchen‹ erhielt. Armeniens Klöster waren – ähnlich den Benediktinerabteien Europas – nicht bloß Stätten von Weltflucht und Askese, sondern auch Zentren von Bildung und gedeihlicher Arbeit. Das kosmopolitische Ani wurde zum Schauplatz einer kulturellen ›Renaissance‹, die sich als haltbarer erwies denn die politische Wiedergeburt.

Unter Gagik I. war das neutrale Armenien eine Insel des Friedens inmitten verheerender Kriege ringsum. Dem Chronisten, der nicht nur die glücklichen Anfangsjahre des 11. Jahrhunderts, sondern auch das bittere Ende der Dynastie zu berichten hatte, erschien das Land zu jener Zeit als »ein lachender Garten«, in dem das Volk »tanzte und fröhliche Lieder sang«.

Dann wieder das Bild der Zerrissenheit in dem zerklüfteten Land, wieder Armenier als ihres eigenen Unglücks Schmiede, wieder im Streit auch mit dem Kaiser, der den jungen König Gagik II. arglistig nach Konstantinopel lockte und zum Thronverzicht erpreßte, just als die türkischen Seldschuken auf der Bühne erschienen. Dreimal hintereinander suchten sie Kars heim, 1065 plünderten sie Ani, nach dem Sieg von Manzikert stand ihnen ganz Kleinasien offen.

Das Ende von Ani ist in dürren Worten schnell berichtet. Im Jahr 1080 verschied der Exkönig von Kars, einige Monate vorher wurde König Gagik II. ermordet. Seine Söhne starben – so heißt es – an byzantinischem Gift. Mit ihnen endete nach acht Generationen die Herrschaft der Nachkommen der Familie in Armenien. In der Provinz Lori hielt sich eine Seitenlinie noch einige

Jahre – nur in Georgien regierten Bagratiden bis ins 19. Jahrhundert.

Nachdem um die Mitte des 13. Jahrhunderts die Mongolen verwüstend den ganzen Osten auf den Kopf gestellt hatten, suchte der Handel sich andere Routen. Ein schweres Erdbeben gab 1319 der Stadt den Todesstoß. Ani ward und blieb verlassen und vergessen. Timur Lenk ließ die öde Stätte schon verächtlich links liegen.

Die Stadt der Bagratiden besetzte einen Bergsporn, ein schmales Hochplateau, das sich wie eine Zunge zwischen zwei Cañons vorschiebt. Eine Naturfestung also. Einzig an der Nordseite stürzt das Gelände nicht steil ab, doch zieht es sich hier zusammen und bildet zugleich eine Senke, die sich als natürlicher Graben für den Mauergürtel Smbats II. anbot. Ringsum schauen an sonnigen Tagen graublaue Bergzüge herab, zerklüftet von veilchenfarbenen Schatten. Das Areal zwischen den beiden phantastisch zerrissenen Schluchten aber ist heute leer und fahl. Schwer kann man sich vorstellen, hier seien einstmals 100000 Menschen oder mehr fleißig und aufgeweckt ihrem täglichen Geschäft und Vergnügen nachgegangen. Nichts mehr spricht auf dem hügeligen Gefild von den Straßen, den Märkten, den wimmelnden Wohnungen einer Stadt, die zu ihrer besten Zeit sich mit Konstantinopel, Bagdad, Córdoba messen konnte. Damals warteten ja Kairo, Venedig und Paris erst auf ihre großen Tage. Heute ragen einzig ein paar abstrakte Gebilde wie wurmstichige Pilze auf, rostrot im Graugrünen: die Ruinen der Kirchen aus dem hohen Mittelalter.

Das reichliche Dutzend von Bauten verschiedensten Typs könnte immer noch ein unvergleichliches Museum armenischer Architektur zwischen dem 10. und dem

13. Jahrhundert bilden – aus einer Zeitspanne also, die bei uns daheim der zwischen ottonischer Früh- und staufischer Spätromanik und der ersten Gotik entspräche. Könnte es, läge das nicht unseligerweise unmittelbar dort, wo zwei Erbfeinde aneinandergrenzen. Der Arpa Cay (Achurian), der sich in jahrtausendelanger Geduld den die Felszunge östlich begrenzenden Cañon gesägt hat, bildet die Grenze der Türkei zur UdSSR. Man kann von Ani hinüberschauen ins Land hinterm Stacheldraht und von dort herüber.

Noch vor einigen Jahren war das alles hier absolutes Sperrgebiet. Auch heute noch ist der Besuch von Ani mit allerlei Schwierigkeiten verbunden. Man darf sich zum Beispiel nur eines Fahrzeugs mit türkischem Kennzeichen bedienen, braucht einen türkischen Begleiter (den in der Regel der Besitzer des Hotels Temel in Kars gegen ein saftiges Bakschisch stellt), muß bei der dortigen Kommandantur zwei- und dreifach lange Formulare ausfüllen, die dann doch kein Mensch liest. Der Pascha zeigt seine Bedeutung dadurch, daß er stundenlang warten läßt. Endlich dürfen wir uns auf den Weg machen, werden aber unterwegs noch zweimal peinlich kontrolliert. Die Straße, die keine Karte einzeichnet, ist besser und kürzer, als uns Berichte erwarten ließen. (Reine Fahrzeit etwa 45 Minuten.) Überm spärlichen Frühlingsgrün ferne Bergketten mit Schneegipfeln und großen weißen Schneeflecken.

Ein Militärposten, ein Schild, das vielsprachig allerstrengstes Fotoverbot verkündet. Alles, was nach Kamera oder Tasche aussieht, muß im Fahrzeug zurückbleiben. Gerade ein Taschentuch darf man einstecken. An Kopf und Schwanz eskortiert von Soldaten mit Maschinenpistolen wird unser Grüppchen eilig durchs Gelände getrieben.

Diese Umstände nehmen dem Höhepunkt etwas von seiner Höhe, dem Blauhimmeltag etwas von seinem firnigen Leuchten, verkürzen in jedem Sinne das Schau-Erlebnis und würzen es zugleich – wenn auch in nicht ganz erwünschter Weise.

Durch das ›Löwentor‹ in der Stadtumwallung aus der Zeit König Smbats II. (es heißt so nach dem Relief einer Raubkatze, das es schmückt) betreten wir mit unserer Eskorte das einstige Stadtgebiet, das spärlich bewachsene, steinige Gelände, leicht gewellt, auf dem verstreut die ockerroten blauschattenden Kirchenruinen stehen, umrahmt von Bergzügen jenseits der Talschluchten. Am südlichsten Ende, dunkelviolett und wirr, die einstige Zitadelle: Das, was vom Palast der Bagratiden geblieben ist. Ein Bild, so trist wie atemversetzend.

Wir haben kaum Zeit, rückschauend wahrzunehmen, daß schwärzliche Basalteinlagen teppichartige Muster in den hellen Tuff der Stadtmauer einzeichnen, da hat man uns schon zu dem ersten Bau geleitet, den wir hier besehen dürfen, der *Erlöserkirche* (6), auch Petruskirche (Surb Prkitsch) genannt. Sie wurde 1036 vollendet, anderthalb Jahrhunderte später erneuert, 1324 wiederum restauriert. Wenn man sich auf dem vorgezeichneten Weg dem Rundbau nähert, glaubt man ihn – bis auf den Dachkonus – vollständig erhalten. Täuschung. Nur die eine Hälfte steht noch aufrecht, die andere ist in Trümmer gesunken. Vom rechten Standort aus meint man, ein Architektur-Präparat vor sich zu haben, sieht man doch zugleich Außen- und Innengestalt des durch Blendarkaden gegliederten Neunzehnecks. Angesichts der Risse und Sprünge in dem halbierten Rundbau – einem besonders instruktiven Beispiel für diesen Typus – möchte man nach eiligstem Eingreifen eines sachkundigen Restaurators rufen. Aber hier in Ani wird ja nicht

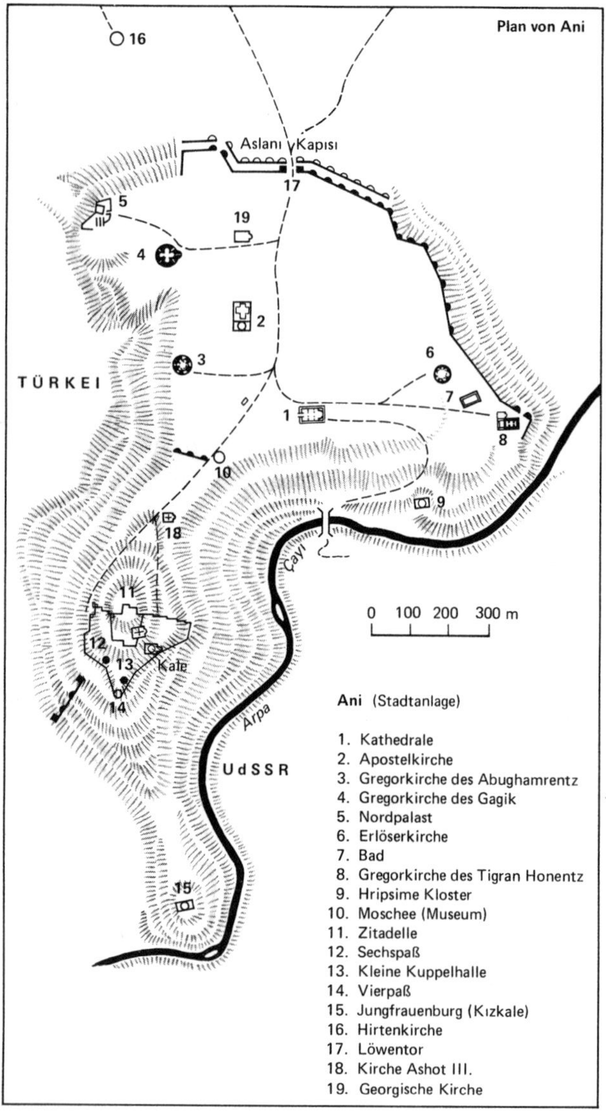
Plan von Ani
16
Aslanı Kapısı
17
5
19
4
2
3
TÜRKEI
6
7
1
8
10
9
18
Çayı
0 100 200 300 m
11
12
13
Kale
14
Arpa
UdSSR
15
Ani (Stadtanlage)
1. Kathedrale
2. Apostelkirche
3. Gregorkirche des Abughamrentz
4. Gregorkirche des Gagik
5. Nordpalast
6. Erlöserkirche
7. Bad
8. Gregorkirche des Tigran Honentz
9. Hripsime Kloster
10. Moschee (Museum)
11. Zitadelle
12. Sechspaß
13. Kleine Kuppelhalle
14. Vierpaß
15. Jungfrauenburg (Kızkale)
16. Hirtenkirche
17. Löwentor
18. Kirche Ashot III.
19. Georgische Kirche

gegraben, nicht geforscht, nicht restauriert ... Schwache Beruhigung: die Fotos, die am Anfang dieses Jahrhunderts entstanden, zeigen diese Ruine wie die anderen in genau dem gleichen Zustand wie heute. Was armenische Bauleute schufen, ist offenbar stabiler, als man meint.

Und es enthüllt sich uns auch das Geheimnis dieser Stabilität. An dieser Ruine nämlich kann man ganz besonders klar jene Mauertechnik studieren, die für die armenische Baukunst von Anfang an charakteristisch und für ihre künstlerische Entwicklung von entscheidender Bedeutung war. Armenische Mauern bestehen weder aus Hausteinblöcken wie griechisch-hellenistische noch aus Ziegeln wie römische, denen nachträglich eine Steinhaut vorgeblendet werden konnte. Allenfalls die Gußzementtechnik, deren sich Roms Ingenieure für Kuppeln und Wölbungen bedienten, fände in Armenien eine Entsprechung – eine ungenaue allerdings. Armenische Bauten nämlich bestehen von der Basis bis zur Spitze aus zwei Schalen von Blöcken, die an den sichtbaren Seiten sorgsam geglättet sind und so schön gefügt wie die Tempelsockel der Urartäer. Zwischen diese nach innen roh belassenen Schalen wurde schichtweise ein schnell steinhart abbindender Zementmörtel gegossen, vermischt mit Kieseln und Schotterbrocken. Wo einem solchen Bau die Oberfläche geraubt wird, tritt ein unförmig-zerrissenes Negativrelief zutage, darauf sich wie Bergrücken die Furchen zwischen den einzelnen Blöcken abzeichnen. Ausdrücke wie ›Verkleidung‹ für ein solches Mauerwerk sind bloße Verlegenheit.

Von Anfang an waren in derartiger Mauertechnik entstehende Bauten auf Einwölbung angelegt. Es gibt im gesamten Bereich der armenischen Architektur keine flachgedeckten Räume. Und sie waren nicht von den tektonischen Spannungen eines Stütze-Last-Systems erfüllt, sondern einzig von körperlicher Geometrie. In Armenien blieben – anders als in Georgien – Außen- und Innengestalt mit Hilfe dieser Technik voneinander ganz unabhängig. Was sich von außen als sehr sparsam dekorierter Körper aus kantigen Kuben, Prismen und vielseitigen Pyramiden zeigt, birgt im Inneren komplizierte Raumgebilde, die ausgerundet in die Höhe steigen, sich in der Halbkugel der Kuppel schließen.

Die *Gregor-Honentz-Kirche* (8), schon am Hang der Arpa-Cay-Schlucht gelegen, ist ein einschiffig-längsgerichteter Bau von 1215 mit einer Kuppel über der Vierung. Man hat später seiner Westseite eine Vorkirche angefügt. Sie ist zu mehr als der Hälfte eingestürzt, ihr Freskenschmuck verblichen. Die Malereien in der Kirche aber erzählen noch immer in ›griechischer‹ Weise vom Leben Jesu und seiner Mutter, vom Erleuchter Gregor und vom syrischen Säulenheiligen Simon. In der Apsis erkennen wir einen ernsten Pantokrator, darunter die Apostelkommunion, die in der östlichen Kirche übliche Darstellung des Abendmahls. Und dann entdecken wir auch Teppichbilder mit Medaillons, die den pfauengeflügelten Löwendrachen zeigen, den Simurgh (Senmurv), dessen glückverheißendes Bild, immer wieder in persische Seiden eingewoben, bis in den fernen Westen gelangte. Der ritterliche Waffenrock des Sassanidenkaisers in der Grotte von Taq-i-Bostan trägt dieses Heilszeichen – und in der Bildwelt des romanischen 12. wie des gotischen 13. Jahrhunderts taucht es erneut auf, dem Westen vermittelt über Armenien und Byzanz. – Zur Betrachtung der Außengestalt mit ihren reichen dekorativen Skulpturen bleibt uns leider wenig Zeit.

Der Entwicklungsgang der Baukunst im christlichen Armenien kennt zwei Blüteperioden: eine erste, die vom 4. bis ins 7. Jahrhundert reicht, also mit der Christianisierung beginnt und nach der Besetzung durch die Araber endete. Einer ›Zwischenzeit‹, in welcher die Kämpfe gegen die Bedrücker kaum Zeit ließen für bau- und andere künstlerische Tätigkeit, folgte mit dem Aufstieg der Bagratiden jene zweite goldene Epoche, zu deren Ruhmestiteln eben die Kirchen von Ani zählen und die erst mit der neuerlichen Eroberung durch islamische Nachbarn ihr Ende fand.

Die originell-schöpferische dieser beiden Epochen war die erste, denn damals trat nicht nur die selbständig-armenische Architektur mit ihrer besonderen Mauertechnik zuerst ans Licht, sie entwickelte auch alle jene Züge, die für sie charakteristisch werden sollten, definierte also das speziell ›Armenische‹ im Unterschied zur Baukunst der christlichen und nichtchristlichen Nachbarvölker. Sie gestaltete und erprobte bereits fast alle für die spätere Entwicklung fruchtbaren Grundriß- und Raumtypen, vom einfachen tonnengewölbten Apsidensaal über die dreischiffige Pfeilerbasilika zu den längsgerichteten oder zentralisierenden, das heißt in einer oder mehreren Achsen symmetrischen Gebilden, für welche stets die über einem schlanken Tambour halbrund, nach außen als Pyramide oder Konus in Erscheinung tretende Kuppel bezeichnend ist, ob sie sich nun unmittelbar auf den Außenmauern, ob sie sich auf Wandpfeilern oder auf freistehenden Stützen erhebt.

In der Türkei gibt es kaum mehr Reste aus dieser ersten Periode. Drüben, jenseits der mißtrauisch bewachten Grenzen, wo Forschung und Denkmalspflege in den letzten Jahrzehnten eifrig am Werk waren, gäbe es etliche der frühen Bauten zu sehen. Sie bilden die Grundlage für die unter den Bagratiden von Ani einsetzende ›Renaissance‹. Für eine echte Neugeburt, die ältere Vorbilder nicht einfach wiederholt, sondern sie in einem neuen Geiste modelt und bereichert. Ein Beispiel dafür war bereits die Erlöserkirche, welche im 11. Jahrhundert einem Plan des 7. Jahrhunderts neues Leben verlieh (Eghvard, Zoravor-Kirche). Ein weiteres ist die *Kathedrale* (1) (989-1001) – eine grandiose Variation des Typus der Gayane-Kirche von Edschmiadsin (630/631). Ihr Schöpfer war Trdat, der bedeutendste armenische Baumeister des Mittelalters, dessen Ruhm so weithin erklang, daß man ihn nach Konstantinopel berief, um die durch das Erdbeben von 989 schwer beschädigte Hagia Sophia zu restaurieren und ihre Kuppel vor dem Einsturz zu retten. Inzwischen ist zwar die Kuppel seiner eigenen Schöpfung eingestürzt, ist deren Bedachung ihrer Außenhaut beraubt, doch die Mauern über dem dreistufigen Sockel sind prachtvoll erhalten.

Beim Näherkommen überrascht uns, wieviel mächtiger der Bau in der Wirklichkeit atmet als auf allen Fotos, die wir sahen. Erinnerungen an lombardische Romanik stellen sich ein. Aber als wir das Innere betreten, glauben wir uns in einen Raum der aufblühenden Gotik versetzt. Was jedoch der erste Blick als gotische Bündelpfeiler zu erkennen meint, das ähnelt solchen nur äußerlich; was wie Dienste erschien, hat keine logischtragende Funktion, sondern dient wie die Gurtbogen und Gewölberippen nur dazu, den Raum zu definieren, ihn ›lesbar‹ zu machen als ein bewegungsloses Volumen, als einen Raum, den keine Kraftlinien in Unruhe versetzen. Es wäre ja in den Augen strenger Kunstrichter bereits die Inkongruenz von Innen- und Außengestalt an ein und demselben Bau ein ›Fehler‹, während der armenische Baumeister sie geradezu sucht. – Den Bau nach europäischen Maßstäben zu messen ist so verwegen wie die schnellfertige Konstruktion eines direkten Einflusses der armenischen Baukunst um die Jahrtausendwende auf die des europäischen 12. Jahrhunderts. Es ist schlicht unbescheiden, die Bedeutung der armenischen Baukunst einzig danach zu messen, ob sie dem Westen ›Vorbilder‹ geliefert habe. Als wäre Europa der Nabel der Welt. Die Architektur der Armenier ist groß, weil sie in ihrer Art vollkommene Gebilde schuf.

Die seldschukische *Moschee*, die wir als nächstes besehen dürfen, bietet sich einigermaßen verwirrend dar. Kein bildhafter Eindruck, aber von der Höhe des Minaretts geht der Blick über die Grenzen hinaus, über das Stadtgebiet und zur Zitadelle auf dem südlichen Sporn. Dort hat Strzygowski seinerzeit kleine Kirchen von Vier- und Sechspaßplan aufgenommen und vermessen. Aber dorthin darf seit Jahren niemand mehr vordringen. Und schon gar nicht zur ›Kuppelhalle‹ auf dem Jungfernfels, dem alleräußersten Ausläuferhügel. Gerade noch ein Blick hinunter ins Tal des Arpa Cay, auf die Reste der alten Brücke, die einst den heutigen Grenzfluß überspannte, und auf das *Hripsime-Kloster* hart an seinem Ufer.

Die kleine *Gregorkirche des Abughamrentz* (3) aus dem 10. Jahrhundert, ein Zwölfeck, gegliedert durch Dreiecknischen, liegt über dem Absturz der westlichen Bachschlucht im Angesicht der jenseits ansteigenden kahlen Höhen. Auch in diesem nordwestlichen Teil des Stadtgebietes wären einige Bauten (oder deren Reste) sehenswert, doch selbst der Zugang zu der *Apostelkirche* (2), nur wenige Schritte abseits des markierten Pfades, ist verwehrt. Sie wäre interessant wegen des ihr später vorgebauten ›Gawit‹, der Vorkirche, die sich von einem byzantinischen Narthex durchaus unterscheidet. Sie stammt aus später Zeit – jenseits der Grenze gibt es Beispiele schon aus dem 11. Jahrhundert. Der Typus kommt vermutlich aus der bäuerlichen Baukunst, die Funktion: lokales Verwaltungszentrum der Klöster, die nach dem Schwinden der weltlichen Macht an deren Stelle getreten waren.

Einzig der Besuch der gänzlich in Trümmern liegenden *Gregorkirche des Gagik* ist noch vorgesehen: wieder ein Werk des großen Trdat und ein bezeichnendes Beispiel für die bagratidische ›Renaissance‹. Als der Architekt in der Kaiserstadt am Bosporos auch eine intime Kenntnis der dortigen Baukunst erworben hatte, war er bereit, den ›byzantinischsten‹ Bau der altarmenischen Zeit neufassend zu variieren: die Palastkirche von Zwarthnotz bei Edschmiadsin. Dieses größte Gotteshaus Armeniens hatte kurz vorher ein Erdbeben niedergeworfen. Wenn König Gagik in seiner Hauptstadt nun einen geschwisterlich ähnlichen Bau errichten ließ, dann wohl in der Absicht, den Rang der neuen Residenz zu bekunden, in deren Mauern inzwischen auch das Haupt der Kirche seinen Sitz aufgeschlagen hatte. Im Schutz des Königs, dessen Bildsäule sich auf der höchsten Spitze erhob.

Byzantinische Säulenarchitektur aber war im Land um den Ararat, wo Seismos immer wieder rüttelt und schüttelt, nicht widerstandsfähig genug, und so blieb in Ani wenig mehr als vom Vorbild ›drüben‹. Des Trdat Neufassung mag sich von diesem so unterschieden haben wie ein romanischer von einem frühchristlichen Bau. Genaueres läßt sich nicht sagen.

Der *Nordpalast*, einer der raren armenischen Profanbauten, weist bereits eindeutig islamische Motive auf. Armenier haben sie im Auftrag ihrer neuen Herren entwickelt, haben damit später ihre eigene Baukunst bereichert.

Alles hat seinen Preis hinieden. Parallel zur Entfaltung neuer Schmuckformen verläuft ein Schrumpfungsprozeß. Die Vielfalt der kirchlichen Raumgestaltungen verengt sich. In Ani sind noch vielerlei Typen vertreten: die Kuppelbasilika durch die Kathedrale, der Vierpaß mit Umgang durch Gagiks Gregorkirche, der Sechspaß durch kleine Kapellen im Bereich der Zitadelle, durchs Hripsime-Kloster und die Gregor-Abughamrentz-Kirche, das ins Viereck eingeschriebene griechische Kreuz durch die Apostel-, der Rundbau mit acht Halbkreisnischen durch die Erlöserkirche, der sternförmige Grundriß endlich durch die außerhalb der Mauern gelegene ›Hirtenkapelle‹ (16), der Typus der ›Kuppelhalle‹ durch die Gregorkirche des Tigran Honentz und die ›Kirche auf dem Jungfrauenfels‹. Beide entstanden erst im 13. Jahrhundert. Gerade dieser Raumgestalt, einschiffig, mit Seitenkapellen, Querhaus und zentraler Kuppel, gehören die Hauptkirchen der meisten Klöster an, die seit dem frühen 11. Jahrhundert gestiftet wurden.

Wir durften in Ani nicht zwei Tage, sondern nur zwei Stunden verbringen, nur ein paar Bauwerke wie im Vorübergehen betrachten. Und doch gelten die Worte Strzygowskis – wenn nicht *der*, so ist Ani immer noch einer der Höhepunkte unserer Reise.

Und es ist, wenn auch unglücklich gelagert, ein relativer Glücksfall, denn die armenischen Kirchen in seiner näheren und weiteren Umgebung, welche die ältere Fachliteratur nennt, sind – nicht nur der Wegverhältnisse wegen – unzugänglich (wie das nur zehn Kilometer von Ani entfernte ›Römerkloster‹ Horomosvank, gegründet in der ersten Hälfte des 10. Jahrhunderts) oder fast völlig zerstört (wie die Kathedrale von Argina [972-992], ein Werk des Baumeisters Trdat).

In *Kars* immerhin können wir noch einem vollständigen Bau aus dem zweiten Viertel des 10. Jahrhunderts begegnen: der *Apostelkirche*. Sie hat Abas Bagratuni gestiftet als einen Zentralbau, dessen überkuppeltes Quadrat vier Apsiden aussendet. Östlich gliedern sich Nebenräume an. Die allseits angeklebten Vorhallen sind traurige Produkte des 19. Jahrhunderts und beeinträchtigen die Körperklarheit des Kirchenbaues. Doch auch von ihnen abgesehen: Dieser Variation von Vorbildern des 7. Jahrhunderts (Mastara, Artik) fehlt ein wenig von der federnden Eleganz der Bauten Anis. Nicht bloß das düstere Tuffgrau gibt ihr einen Stich ins Provinzielle. Mögen die Flechtwerkgesimse der Apsiden und des Tambours auch sorgsam gemeißelt sein, die Apostelgestalten in den Zwickeln über den Blendarkaden haben etwas von Pfefferkuchenmännlein. Freilich hat der Bau auch wechselvolle Schicksale hinter sich, war seit der türkischen Eroberung Moschee, zwischen 1878 und 1920 dem orthodoxen Kult geweiht (und mit einer Ikonostase versehen), war Magazin, Kino, Museum. Als solches dient er nun auch nicht mehr. Wohin die Ausstellungsobjekte gewandert sind, weiß keiner der befragten Nachbarn. Einer von ihnen hat rings um die alte Kirche eine Art Werkstatt aufgemacht, lagert hier Drähte, Eisengitter und Betonrohre. An die musealen Zeiten erinnerten vor kurzem noch die Totemwidder der turkmenischen ›Weißen Widder‹, blockhafte und bestechend ›moderne‹ Gebilde aus schwarzem, cremefarbigem und purpurrotem Tuff.

Kars besitzt auch noch die in eine Moschee verwandelten Reste einer bescheidenen basilikalen Kirche unbestimmter Datierung, aber es lohnt nicht, sie zu suchen. Genießen wir lieber das, was sich uns vom Platz der Apostelkirche aus bietet: wie Pappeln das Minar einer benachbarten Moschee in seinem ›Auf!‹-Ruf unterstützen, die steinerne Brücke den Weg hinüberschlägt zum alten Hammam und zu alten Behausungen. Und droben die Burg. Was für Geschicke könnte sie künden! Wo einst die Armenier eine Festung errichtet hatten, setzten sich die Seldschuken fest, bauten die Osmanen eine Zitadelle, welche im Krimkrieg zum zweiten Mal den Russen in die Hände fiel. Diese haben sie bei ihrem Abzug gründlich zerstört. Was wir heute sehen, stammt aus der zweiten Hälfte des 19. Jahrhunderts. Seitdem türkische Truppen diese antiquierte Position räumten, ist sie zwar nicht mehr militärisches Sperrgelände, dafür aber findet man sie meist versperrt. Das freilich ist kein arger Verlust, sind wir doch heraufgestiegen nicht um einiger Kasernenreste willen, sondern wegen des Überblicks über Landschaft und Stadt, die sich weit im Weiten dehnt. Bergketten umsäumen das Flußtal. Silberstämmige, schnellwüchsige Pappeln begleiten den Wasserlauf. Lehmfarbene Dächer und solche aus hellem Blech; weiße Minaretts zielen zum Himmel, setzen Akzente ins Gewirr der Häuser.

Die neuen Viertel, auf einem ungefähren Schachbrettplan errichtet, sind, von nah besehen, gesichtslos. Staubig im Sommer, bei Regen ein Morast, machen sie jedem deprimierend klar, daß er sich hier an einem Ende der Welt befindet. Die nahe Grenze ist ein eiserner Vorhang. Nur an einer Stelle kann man sie passieren: auf der Bahnlinie, die von Kars hinüberführt nach Sowjet-Armenien, über Leninakan nach Eriwan.

VII

ERIWAN

EREBUNI (Irpuni), so heißt die urartäische Bergfeste, welche die Keimzelle jener Stadt bilden sollte, die noch immer den kaum veränderten alten Namen trägt: Eriwan (Jerewan, Yerewan), Hauptstadt der Armenischen Sozialistischen Sowjetrepublik. Einzig diese kleinste der 15 Unionsrepubliken – mit ihren 29800 Quadratkilometern (was kaum 1,3 Prozent des Gesamtgebiets der UdSSR ausmacht) ein Zwerg neben den 17075400 Quadratkilometern der Russischen Föderation – bewahrt noch offiziell die Bezeichnung Armenien, welche bis in den Beginn unseres Jahrhunderts dem gesamten Land um den Ararat zukam. Sie zählt etwa 2,9 Millionen Menschen, 88 Prozent davon Armenier. Den Rest bilden 6 Prozent Aserbeidschaner türkischer Zunge, 3 Prozent Russen, 1 Prozent Kurden, dazu Juden, Georgier und Splitter anderer kaukasischer Völkerschaften. Nach der moldawischen hat die armenische die höchste Bevölkerungsdichte von allen Sowjetrepubliken. Aber die 100 Menschen pro Quadratkilometer sind ein rein statistischer Wert. Gut ein Drittel der Bewohner nämlich lebt und arbeitet in Eriwan, die Stadt hat die Millionengrenze bereits überschritten und besitzt seit 1980 auch schon die U-Bahn, auf die jede sowjetische Millionenstadt verbrieften Anspruch hat. Vor hundert Jahren zählte man hier gerade 15040 Einwohner. Der Große Brockhaus von 1883 nennt die Stadt einen »herabgekommenen Ort«, der »sehr schlechte Häuser und enge, ungepflasterte Straßen hat«, einen »großen, jedoch nicht reichen Bazar, eine steinerne Brücke ... drei Moscheen, vier armenische und eine russische Kirche, eine Kanonengießerei und mehrere Kasernen«. Der Baedeker von 1897 widmet der Ortschaft gerade vier kleingedruckte Zeilen.

Das »herabgekommene« Eriwan von einst ist einer modernen Großstadt gewichen. In ihrem Bild fehlen allerdings Zeugen jener langen Vergangenheit, deren die Stadt sich rühmt, ist sie doch ein paar Jahrzehnte älter noch als Rom. Das ›Sieben-fünf-drei‹ der Ewigen Stadt ist ein legendäres Datum. Eriwan besitzt und hütet seine Geburtsurkunde: die Weiheinschrift von Erebuni, deren Keilzeichen König Argišti I. im Jahr 783 v. Chr. in Basalt meißeln ließ.

Die Osmanen besetzten 1587 das Gebiet bis zum Kaspischen Meer, 1608 entriß ihnen Schah Abbas der Große die Beute, doch eroberte Sultan Murad IV. Stadt und Festung wieder zurück. Noch mehrfach wechselte Eriwan seinen Herrn. Kein Wunder, daß es »herabkam«. Dann mischte sich auch Rußland ins Kriegsspiel der Mächte. Russische Truppen lieferten 1804 den örtlichen Machthabern ein erstes Gefecht, belagerten die Festung. Am 13. Oktober 1827 endlich erstürmten die Soldaten des Zaren Eriwan. General Paskiewitsch erhielt dafür den Ehrennamen Eriwanski. Im Frieden von Turkman-Cay (22. Februar 1828) mußte Persien Stadt und Provinz abtreten.

Eines der im Land um den Ararat häufigen Erdbeben hat im Juli 1840 die Stadt verwüstet, und wenig geschah, die Schäden zu beheben. Daß der Ort noch Jahrzehnte später jedem Besucher als ein mieses Nest erschien, ist nicht verwunderlich. Das Baedeker-Handbuch von 1897 rühmt an Eriwan eigentlich nur eines: den prächtigen Blick auf den Alagöz (Aragaz, 4095 Meter, ›Hausberg‹ der Stadt und der höchste der Armenischen SSR) wie auf den Ararat. Dieser heilige Berg der Armenier, den Türken wie Kurden nur mit ängstlicher Scheu betrachten, liegt – 50 Luftlinienkilometer entfernt – bereits jenseits der Grenze. Aber an klaren Tagen steht er winterlich weiß über der Stadt. Sein Bild, von Weinrebe und Weizenähren wirtlich umkränzt, prangt im Wappen der

Blick auf Eriwan und den Ararat

Armenischen Sowjetrepublik. In den dreißiger Jahren wurde die Türkei beim Völkerbund gegen die Wahl dieses Zeichens vorstellig. Begründung: Der Berg läge nicht auf armenischem Territorium. Der sowjetische Außenminister Litwinow fragte dagegen, ob – nebbich – denn die Türkei behaupten möchte, der Mond in ihrem Wappen sei Teil ihres Staatsgebiets?

Nicht immer allerdings zeigt sich der majestätische Berg, und mancher Besucher wird Eriwan verlassen müssen, ohne ihn erblickt zu haben. Es geht ihm dann nicht besser als weiland Seiner Majestät Nikolaus I. Der Zar war nach der Annexion Armeniens eigens angereist, um den Noah-Berg zu sehen. Der aber verbarg sich hartnäckig. Nach ein paar Tagen vergeblichen Wartens wurde es dem Kaiser zu dumm. Ob er die russische Variante des Götz-Zitats gebraucht hat oder nicht, bleibe dahingestellt. Jedenfalls erklärte er, der Ararat werde dann also eben nicht die Ehre haben, den Selbstherrscher aller Reußen zu erblicken, und fuhr beleidigt nach Petersburg zurück. Majestäten unter sich.

Wenn heute allerdings jemand dem Fremden ›Ararat‹ auf die staubige Karosserie schreibt (Autos sollten in der UdSSR immer sauber gewaschen sein!), dann will er wohl nicht dem heiligen Berg huldigen, sondern zeigt nur die Begeisterung für ›seine‹ Fußballmannschaft. ›Ararat‹ nennt sich die überaus populäre Nationalelf der Armenischen Republik.

Freilich ist der Fremde in der Sowjetunion gewissen Beschränkungen unterworfen, die Reisewege werden ihm vorgeschrieben, und das staatliche Touristikbüro Intourist führt ihn am Gängelband, weist ihm das Hotel zu und arrangiert alle Stadtrundfahrten und Ausflüge. Allerdings richtet sich der Führer dann oft nach den speziellen Wünschen und Interessen seiner Gäste, und außerdem bleibt einem in Eriwan Freizeit genug, sich noch zusätzlich das anzusehen, was einem sehenswert erscheint. Um dem Leser eine Hilfe bei dieser Programmgestaltung zu geben, darf im folgenden auf vieles hingewiesen werden, was es zu sehen gäbe (Museen und Öffnungszeiten, lohnende Ausflugsziele), doch halten wir uns im wesentlichen an die gängigen Intourist-Programme.

Von Kars aus besteht theoretisch die Möglichkeit, Eriwan mit der Eisenbahn zu erreichen. Die entsprechende Grenzstation ist dem ›internationalen Reiseverkehr‹ geöffnet, aber der bequemere Weg ins Eriwan von heute führt – ein Umweg über Moskau freilich – durch die Luft. Wer so gekommen ist und die penibelsachliche Zollprozedur schon überstanden hat, wird bereits auf den gut zehn Fahrkilometern vom Flugplatz zu dem ihm zugewiesenen Intourist-Hotel erste Beobachtungen machen. Die normierten Wohnblocks der Außenbezirke erscheinen ihm zwar nicht geräumiger oder origineller als in anderen sowjetischen Großstädten, doch nicht gar so trostlos-grau. Ihre Außenhaut ›lebt‹, besteht sie doch aus dem rosig-gelblichen Tuff des Landes. Dieses vulkanische Gestein kommt in mehr denn 800 Farbvarianten vor, von Kohlenschwarz bis Eischalengelb. Die armenischen Baumeister haben immer schon die warmen Tönungen bevorzugt, und das Eriwan von heute nennt sich gern die ›rosarote Stadt‹.

Daß nicht nur die Wohnblocks, sondern gerade auch die repräsentativen Bauten aus dem Stein des Landes bestehen (und sich dazu gern eines neoarmenischen Klassizismus bedienen), das werden wir bei der obligaten Stadtrundfahrt sehen.

Alle drei Ausländerhotels: ›Ani‹, das modernste, ›Eriwan‹ und ›Armenia‹, liegen im Zentrum, das letztgenannte am Leninplatz, der 950 Meter über dem Meeresspiegel gelegenen Mitte der Stadt. Das weite Platzoval mit Regierungsgebäude, Palast des Wirtschaftsrats, Post, Hotel und Museumsbau erhält seinen Akzent durch das 18 Meter hohe Denkmal Lenins (von S. Merkurow), dient ihm als Rahmen und Folie. Von diesem Platz aus kann man nicht nur den Gipfel des Ararat sehen, sondern auch einige andere Orientierungspunkte: auf den Hügeln im Norden den Obelisken im ›Siegespark‹ und das Riesenbild der Mutter Armeniens; und im Osten den Fernsehmast, einen der höchsten der Sowjetunion, wie uns der Intourist-Stadtführer lehren wird. Man ist in der UdSSR versessen auf Superlative. Auf den zentralen Platz münden die großen Verkehrsadern. Hier kreisen die Autos, und wenn abends die Fontänen aufgedreht sind, dann scheint sich hier ›ganz Eriwan‹ ein Stelldichein zu geben, um nach einem drückend heißen Sommertag ein wenig Kühle zu haschen.

Aber wer wird ausgerechnet im Sommer nach Eriwan fahren? Dann klettert selbst im Schatten das Quecksilber des Thermometers auf 40 Grad, und weißer Dunst lagert über der Talebene, in der die Stadt sich ausbreitet. Im Winter dagegen sollen die Temperaturen bis 20 Grad unter den Nullpunkt sinken. Im Frühjahr, wenn auf den Berggipfeln ringsum noch der Schnee liegt, in der Arasebene schon das Grün im ersten Saft steht, ist das Wetter leider nicht immer so recht beständig. Am schönsten ist's im frühen Herbst mit seinen klaren Tagen, wenn die drückende Mittagshitze sich zu nachsommerlicher Wärme mildert und die Abende Kühlung bringen, ohne einen frösteln zu machen.

Eriwan ist eine südliche Stadt, nicht nur, weil es etwas südlicher als Neapel, etwa auf dem Breitengrad von Madrid liegt, sondern auch dem Temperament seiner Menschen nach. Was sagt man ihnen nicht alles nach! Sie sollen so fleißig sein wie die Schwaben, als Händler noch gerissener als die Griechen, lebhaft wie die Neapolitaner. Jedenfalls sind sie nicht weniger gastfreundlich

Eriwan, Leninplatz und Ararat

und verschwenderisch großzügig als die Georgier, und sie sind in vielerlei Sprachen gewandt. Auch wer weder des Armenischen noch des Russischen mächtig ist, findet an jeder Ecke und auf jeder Parkbank einen Gesprächspartner, der sich nach Woher und Wohin erkundigt, ein wenig auch von sich erzählt – und nicht selten ist eine solche Begegnung der Anfang eines feuchtfröhlichen Abends, der den hilflosen Gast nicht nur auf unsicheren Füßen, sondern vor allem beschämt entläßt – er möchte sich doch irgendwie erkenntlich zeigen können für so viel hemmungslose Gastfreundschaft.

Was aber Eriwan von den Städten West- und Südeuropas unterscheidet: Vergeblich sucht man hier die kleinen Bistros und Bars mit ein paar Tischchen und Stühlen am Gehsteig, mit bunten Markisen oder Sonnenschirmen, wo man bei einem Espresso rasten, vergebens die schattigen Osterien oder Bodegas, wo man zwischendurch ein Gläschen Wein probieren kann.

Armenische Weine sind vorzüglich (und dazu auch preiswert) – gilt der Bibel doch Noah als der erste Winzer, und sein erster Rausch ist schriftnotorisch geworden –, wer jedoch auf Spaziergängen durch die Stadt seinen Durst löschen möchte, der ist auf einen der zahlreichen Trinkbrunnen angewiesen. Ihr Wasser ist kühl, klar und soll – wie Wasserkenner behaupten – ausgezeichnet schmecken – aber doch eben nach Wasser und nicht nach Wein. Und was den berühmten armenischen Cognac angeht, so bekommt man den, wenn nicht bei Freunden, so an der Hotelbar hundertgrammweise zu kosten oder (nicht billig) in ganzen Flaschen im Laden zu kaufen. Der sagenhafte Fünfsternige ist aber nicht einmal für harte Valuta zu haben. Er bleibt den Spitzenfunktionären von Staat und Partei vorbehalten. Von ihm heißt es, er sei so köstlich und feurig, daß einmal ein Mäuslein, das ein verschüttetes Tröpfchen geleckt hatte, auf den Tisch sprang, die Fäuste in die Seiten stemmte und ausrief: »Her mit der Katze, ich will sie fressen!«

Der unerläßlichen Stadtrundfahrt – drei Stunden auf die Minute genau – können und wollen wir uns nicht entziehen. Sie ist uns zur ersten Orientierung willkommen, erspart uns lange Wanderungen durch die endlosen schnurgeraden ›Prospekte‹ und zeigt uns auch, daß die Innenstadt keine historischen Bauten und ›Sehenswürdigkeiten‹ besitzt. Aber was man dabei sieht, zeugt von regem kulturellen Leben. Die Paläste der Jugend, der Pioniere, der Gewerkschaft, des Stadtsowjets, die rosarote neoarmenische Kiewer Straße, die Universität, die Akademie der Wissenschaften, die Fassaden diverser Hochschulinstitute, Bibliotheken; die Warenhäuser, die Markthalle, die Konzertsäle, das große Lichtspielhaus Rossija, die Theater. Außer dem staatlichen Schauspielhaus ›Gabriel Sundukian‹ gibt es ein russisches und ein armenisches Theater, ein Operettenhaus und die Oper, 1936 von A. Tamanjan erbaut, dem für die Planung des modernen Eriwan maßgebenden Architekten.

Man zeigt uns auch den hellen Bau von Radio Eriwan, dem beinahe schon legendären Rundfunk- und Fernsehsender, der vier Programme auf sieben Wellenlängen und in sieben Sprachen ausstrahlt: bei uns bekannt wegen seiner hintersinnigen Antworten auf ›Hörerfragen‹. Dabei ist das alles pure Erfindung – aber hinter vorgehaltener Hand erzählt man sich in Eriwan diese importierten Witze weiter.

Die paar überlebenden Kirchen aus älterer Zeit sprechen im Stadtbild nicht mit. Ein Überbleibsel vom Eriwan des 19. Jahrhunderts ist die *Sarkis-(Sergios-)*

Kirche am Südende des Leninprospektes über dem Tal des Razdan-Flusses. Sie ›arbeitet‹ noch, aber der Bau (von 1853) scheint uns nicht überaus sehenswert. Wir begnügen uns mit dem Blick aus der Ferne, während wir – wie wir es schon auf der Fahrt vom Flughafen zum Hotel taten – die *Siegesbrücke* überqueren, welche über die Razdan-Schlucht hinweg die weinbrandfarbene Cognacfabrik mit der dunklen staatlichen Weinkellerei ›Ararat‹ verbindet. Deren Tiefen verließ seinerzeit Maxim Gorki so schwer benebelt, daß er meinte, es sei wohl leichter, den Gipfel des Berges Ararat zu erklimmen als die Treppen des gleichbenannten Kellers. Natürlich hat Gorki sein Denkmal in Eriwan, ist die Stadt doch wie alle Großstädte der UdSSR mit Denkmälern aller Art gesegnet. Aber hier dienen sie nicht ausschließlich der Verherrlichung der Sowjetmacht oder jener Gestalten, die die offizielle Geschichtsschreibung als ›fortschrittlich‹ und als Vorläufer des Kommunismus einstuft. Eine ganze Zahl berichtet von armenischen Dingen. Und vor allem deswegen scheinen sie uns beachtenswert.

Neben der vom nordöstlichen Verkehrskreisel abzweigenden Straße nach Garni spannt ein herkulischer Halbakt seinen imponierenden Bogen: *Haik*, der mythische Stammvater der Armenier. Vorher schon, am Ende der nach ihm benannten Straße, unterhalb des ›Palastes der Jugend‹ mit seinem sich drehenden Turmrestaurant, grüßt von steinernem Postament *Khatschatur Abowjan* (1805-1848), der als Vater der neuen armenischen Literatursprache gilt. Seine ›Wunden Armeniens‹, 1840 geschrieben, durften allerdings erst zehn Jahre nach seinem Tod erscheinen. Unser Führer weist nicht ohne Stolz in der Stimme darauf hin, daß damals die Hoffnung auf nur 300 Schüler in Armenien nicht mehr als ein Dichtertraum sein konnte. Heute dagegen verfügt Armenien über mehr denn 1600 Schulen, allein die Universität Eriwan mit ihren 15 Fakultäten zählt an die 14000 Studierende, darunter auch solche aus dem befreundeten Ausland. Eriwan unterhält Beziehungen in alle Welt, leben doch viele Millionen Armenier heute außerhalb der UdSSR. Ihnen ist das sowjetische Restarmenien Garant ihrer nationalen Identität und also Heimat. Dafür nehmen sie wirtschaftliche Beschränkungen in Kauf, die das System ihnen auferlegt. Die Armenische SSR ist vielleicht nicht gerade das, was sich die Armenier erträumen. Kein Ideal, aber ein Optimum. Ein Reservat nämlich, das ihre Sprache und Traditionen schützt. Das Russische ist an den armenischen Schulen nur die erste (obligate) Fremdsprache (wie das Armenische an den russischen Schulen des Landes), armenische und – noch älter – urartäische Traditionen werden gepflegt und ›aufgehoben‹, man schreibt und redet armenisch, an Feiertagen läuten die Glocken der Kirchen. Moskau mit seiner Systemfrömmigkeit ist – nicht nur der Luftlinie nach – weiter entfernt als Athen und Alexandria. Zeichen der Freundschaft mit der Welt: in den Grünanlagen des Kolschewoi-Bulvar die *Hände* aus weißem Marmor, ein Geschenk der Partnerstadt Carrara.

Nicht vergessen als Denkmalsheld ist *Wartan Mamikonian*, der Führer Armeniens gegen das sassanidische Perserreich im 5. Jahrhundert. Sein Bild steht an der Uliza Knunjanza in dem Grüngürtel, der das Stadtzentrum umzieht. In derselben Anlage, am Prospekt Oktemberian, schräg gegenüber dem Rossija-Kinopalast, hat das dankbare armenische Volk einem seiner selbstlosen Freunde ein Gedenken geweiht, dem russischen Dichter *Alexander S. Gribojedow* (1793/94-1829), der als Gesandter des Zaren den Frieden von Turkman-

Cay aushandelte, durch den Ostarmenien an Rußland kam, der es auch fertigbrachte, das Leben von 40000 Armeniern zu retten, indem er sie ins nun russische Gebiet von Eriwan umsiedeln ließ, der selbst jedoch, kaum 36 Jahre alt, von persischen Fanatikern ermordet wurde.

Der Oktemberian-Prospekt führt schnurstracks nach Süden, vorbei an dem vielsäulig-spitzgetürmten Hauptbahnhof, vor dem ein muskulöser, wildgelockter Reiter, aufgerichtet im Sattel seines zum Sprung ausgreifenden Rosses, ein gewaltiges Breitschwert aus der Scheide reißt. Das von E. Kotschar 1959 geschaffene temperamentvolle Werk stellt *David von Sassun* dar, den Siegfried des armenischen Volks- und Nationalepos. Dessen Wurzeln reichen bis ins 9. Jahrhundert hinab. Ein Jahrtausend lang haben anonyme Sänger die Sage mündlich überliefert, erst das 19. Jahrhundert hat sie mit ihren vielen Varianten aufgezeichnet. Daß es in armenischen Lettern aufgezeichnet werden konnte, das verdankt Armenien dem *Mesrop Mashtotz*, der das armenische Alphabet schuf als Voraussetzung für die armenische Literatur. Seine Sitzfigur ziert das Schatzhaus armenischer Handschriften, das ›Matenaderan‹.

Im ›Siegespark‹ auf der Höhe darüber die 56 Meter hohe *Mutter Armeniens*. Sie hat den Schild niedergelegt zum Zeichen des Friedens, trägt aber das Schwert, um zu zeigen, daß sie bereit ist, jederzeit das Land gegen Angreifer zu schützen. Uns mag allerdings scheinen, man bekunde friedliche Absicht eher, indem man das geschliffene Schwert aus der Hand gibt, zum Schutz aber den Schild führt. Aber das hier ist halt ein Kriegerdenkmal, dem man einiges nachsehen muß. Die ›Ewige Flamme‹ und das Museum ›Armenisches Volk im Großen Vaterländischen Krieg 1941-1945‹ erinnern an

Eriwan, Hauptbahnhof und Denkmal des David von Sassun

die Opfer, die das Land damals zu bringen hatte. Von den Opfern jedoch, die Stalins Säuberungswellen gefordert haben, ist nirgends die Rede. Gilt für sie nicht das Denkmalsmotto ›Niemand ist vergessen, nichts ist vergessen‹?

Ein Denkmal jedoch gibt es in Eriwan, das nicht bloß historische Erinnerungen weckt oder durch markiges Pathos leicht belustigt, sondern das erschüttert und ergreift: Die *Gedenkstätte für die von den Türken ermordeten Armenier*, die ein Künstlerkollektiv – A. Tarhanian, S. Kalasian, O. Chatschatrian – 1967 schuf, auf der Höhe des Zizernaka-(Tschitschernaka-)Parks westlich über dem Razdan-Tal. Zwölf dunkle Steinmale neigen sich wie in namenlosem Schmerz erstarrte Nioben über das vertiefte Kreisrund, in dessen Mitte eine Ewige Flamme brennt, brennt wie Erinnerung an die mehr als anderthalb Millionen Opfer der Massaker von 1915. Gedämpft erklingt aus unsichtbaren Lautsprechern Musik: wortlos tönende Klage. Der Archimandrit Komitas hat die Töne gesetzt für die Opfer der Pogrome von 1895. Die

Greuel, denen während des Ersten Weltkriegs sein Volk – und seine eigenen Angehörigen – zum Opfer fielen, brachten den sensiblen Komponisten um den Verstand. 1935 starb er in einer Pariser Nervenklinik.

Es gibt in der UdSSR und sonstwo ungezählte ›Ewige Flammen‹, aber keines dieser Mahnmale vermag so zu ergreifen. Dieses hier predigt nicht Haß, zeigt nicht mit nacktem Finger auf einen Feind, schleudert nicht dem Nachfahren Rekordzahlen von Toten in die Zähne, protzt nicht mit bronzenen Muskelmännern und verbissenen Siegesgesten: Es ist nur Ausdruck unendlicher Trauer. Niemand, der hier nicht still würde und mit gefalteten Händen der Toten gedächte. Nicht nur der Armenier von 1915, nein, aller jener, die von den Schergen politischer, völkischer, rassistischer Ideologien gequält und gemordet wurden und immer noch werden, in so vielen Teilen der Welt. Trauer der Erde.

Doch es geht nicht nur um Klage. Der Schmerz verwandelt. Aus der schattigen Tiefe wieder ans Tageslicht steigend, erblickt der Besucher den spitzgleißenden himmelan schießenden Stahlpfeil, Symbol des Lebenswillens und der Lebenshoffnung, zweigipflig wie der Ararat, dessen weißes Haupt wie eine Wolke fern in der zarten Himmelsbläue schwebt. Drunten breitet sich die Stadt, weitgedehnt, im feuchten Hitzedunst verschwimmend, aber so lebendig: Manifest für die ungebrochene Lebenskraft dieses grausam heimgesuchten Volkes.

Zum Programm einer Stadtbesichtigung gehört auch der Besuch von *Erebuni*, der ältesten urartäischen Garnisonsfestung auf dem Arinberd-Hügel im Südosten am Stadtrand, am Ende der endlos geraden und schattenlosen Uliza Erebuni.

Hier fand man die schon erwähnte ›Geburtsurkunde‹ Eriwans. Ihre Keilschriftzeichen besagen, daß Argišti,

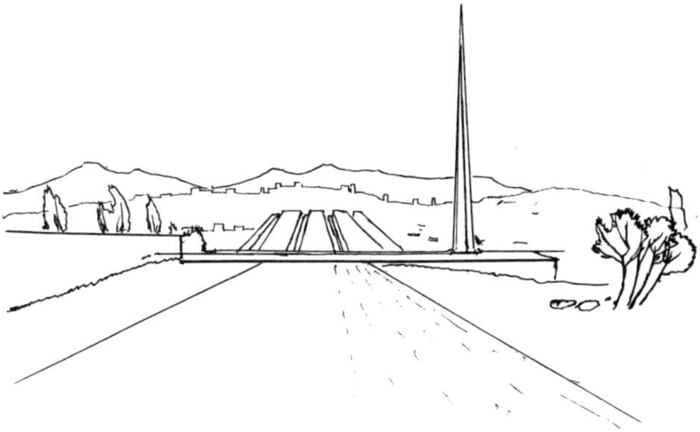

Eriwan, Gedenkstätte für die Opfer des Völkermords

Sohn des Menua, zum Ruhm des Gottes Chaldi diese mächtige Festung erbaut hat für die Macht des Landes Biainili und zum Schrecken seiner Feinde, »und er gab ihr den Namen Erebuni«. Das Original befindet sich in der Ermitage in Leningrad. Im Historischen Museum und hier im Gelände zeigt man nur noch eine Kopie. Und damit beginnt schon das Mißbehagen. Erebuni ist zwar seit 1950 sorgsamst ausgegraben worden, wurde aber auch teilrekonstruiert, was natürlich der Vorstellungskraft hilft, sie zugleich aber auch einengt und in bestimmte Bahnen lenkt. Es ist fast wie in Knossos: Man weiß nie, was man eigentlich vor sich hat – Originales, gutgemeinte Nachbildung oder gar freie Phantasie. Schon vor dem Eingang stehen seitlich einer mit Fresken geschmückten Halle mit hölzernen Stützpfeilern zwei Fabelwesen: eine geflügelte Sphinx mit Hörnerkrone und ein greifenartiger Vierbeiner. Gern fotografierte Figuren, aber bloße Dekoration, denn von urartäischer Großplastik ist nichts erhalten, obwohl die Siegesberichte Sargons wie das verlorene Relief aus Khorsabad bezeugen, daß die erfahrenen urartäischen Bronzegießer lebens- oder überlebensgroße Bilder zu schaffen verstanden. Zweifel beschleichen einen auch, ob es erlaubt ist, aus ein paar handgroßen Fragmenten die tapetenartige Bemalung ganzer Wände zu rekonstruieren. Da wird dem Besucher ein ›Bild‹ aufoktroyiert. Immerhin: ein ›Bild‹; nicht nur ein paar Fundamente wie anderwärts.

Wir wollen nicht mäkeln, sondern schauen, was es zu schauen gibt. Und das ist nicht wenig. Da sind die äußeren Mauern der Burg, aus mächtigen Blöcken weidlich getürmt, durch risalitartige Türme verstärkt. Ein Betonpfad führt vorbei an der kunstgewerblichen Orientierungstafel und der Kopie von Argištis Weihinschrift zum Burgtor. In seiner Nähe finden wir noch Mauerzüge, an denen sich klar die Bautechnik der Urartäer ablesen läßt: die auf den geglätteten Fels gegründeten steinernen Fundamente (oft nur wenige Spannen hoch), über denen das Mauerwerk aus Lehmziegeln aufging. Stellenweise sind sogar noch die ›Nähte‹ zwischen diesen Ziegeln erkennbar.

Jenseits des Burgtores finden wir uns auf einem freien Hof. Rechter Hand, etwas versenkt, ein Magazintrakt. Die einst gedeckte Halle mit Innenstützen war ein Weinkeller. Jeder der in den Boden versenkten Tonkrüge konnte gut 100 Liter fassen. Ringsum Lagerkammern für Getreidevorräte. Die Baulichkeiten links deuteten die Ausgräber als einen kultischen Komplex mit einem langgestreckten Haupttempel, bunt bemalt und mit einer doppelten Säulenstellung an seiner Vorderfront. Später – vermutlich in achämenidischer Zeit – wurde das Heiligtum zu einer Halle umgestaltet, deren flache Decke 30 schlanke Stützen trugen. Zu einer ›Apadana‹ also, wie man sie aus Persepolis und Susa kennt. Aber haben nicht vielmehr die Urartäer den Achämeniden die Vorbilder für solche Hallen geliefert? Ein Teil des Bauwerks ist – mitsamt der Innen- und Außenbemalung – lehrhaft rekonstruiert.

Dem Burgtor gerade gegenüber erhob sich der Palast, mit seinen Anhängseln den gesamten Nordsporn des Geländes einnehmend. Er bündelte eine Vielzahl von Funktionen, die wir heute als sakrale, militärische, administrative, wirtschaftliche sorglich voneinander trennen würden. In einer nichtpluralistischen Welt waren sie ungeschieden. Sie vertrugen sich nicht nur, sie bedingten einander. Ein von klar gemeißelten Keilinschriften flankierter winkliger Zugang führt hinauf in einen Peristylhof. An dessen Westseite ein einst turmartiger Vierecktempel. Bestehen die Fundamente der meisten Bauten aus grob behauenen Steinen, so sind die Basaltblöcke der Tempelfront aufs sorglichste gemeißelt und fugenlos gefügt. Inschriften berichten, Argišti I. habe der Göttin Ibuša das Haus errichten lassen. Östlich gegenüber Räume, vielleicht für zeremonielle Empfänge. Auch hier ist viel neugebaut und neubemalt. An der Nordseite des Festungshügels kleine dickmauerige Gelasse, Magazine, enge Durchlässe dazwischen – und über die Fundamente hinweg immer wieder Blicke hinab auf die Außenbezirke der Stadt von heute.

Am Fuß des Burghügels (Uliza Erebuni 30) liegt das Erebuni-Museum. Es steht nicht auf dem Intourist-Programm. Wer es besuchen möchte, muß eigens den langen Weg hier heraus unternehmen – und fühlt sich dann sehr enttäuscht, weil er keines der einzigartigen Originale findet, sondern nur eine ausführliche Dokumentation mit Plänen, Fotos, Rekonstruktionsskizzen, Modellen.

Eher lohnt sich da wohl der Ausflug nach *Teišebaini*, der zweiten Urartäerstätte Eriwans auf dem Karmir-Blur – das heißt dem Roten Hügel – am südwestlichen Stadtrand. Auch sie steht nicht auf dem ›normalen‹ Intourist-Programm. Auf der Fahrt nach Edschmiadsin sieht man sie linker Hand jenseits der Razdan-Schlucht liegen. Grabungen auf dem Gelände, wo man vor 50 Jahren noch Hasen jagte und das heute schon die hellen normierten vorstädtischen Wohnblöcke umdrängen, begannen im Jahre 1939. Innerhalb der durch quadratische Türme und Strebepfeiler verstärkten Zitadellenmauer mit einem bewehrten Tor im Süden fanden sich ein großer Hof und dort die steinerne Terrasse, welche dem Palast als Sockel diente und Vorrats- wie Wirtschaftsräume enthielt. Aus derartigen Räumen (man hat etwa 150 gezählt) bestand wohl auch das Obergeschoß. Die bastionsartig abgeknickten Nord- und Ostseiten des Bauwerks bildeten zugleich die Wehrmauer über der Flußschlucht. Rusa II. ließ in seinen ersten Regierungsjahren die ›Rüstkammer‹ der dem Gotte Teišpa geweihten Stadt unter Einsatz enormer Mittel errichten. Es war eine defensive Anlage, die zugleich ein bedeutendes Wirtschaftszentrum gewesen sein muß. Man hat Gründe zu der Annahme, der größte Teil des Inventars von Erebuni sei hierher überführt worden. Dort kamen nämlich nur wenige Gegenstände zutage, während der Karmir-Blur-Hügel den Ausgräbern ihre Mühe reichlichst lohnte. Nicht nur Tonwaren wurden gefunden (darunter etwa 400 ›Weinfässer‹ mit einer Gesamtkapazität von 40000 Litern, Öllampen, ein Lager von 1036 Weinkrügen), sondern auch bronzene Kessel und Becken, ein Satz von 97 blanken Bronzeschalen, dazu Waffen (Schilde mit den Namen der Könige Argišti I. und Sarduri II.), Helme, Köcher, Schwerter – »ein Museum mit urartäischen

Kriegsrüstungen des 8. Jahrhunderts« (Pjotrowski) –, Goldschmuck, bronzene und hölzerne Statuetten. Das macht die Ausgrabungen hier für die Erforschung der urartäischen Kultur so wertvoll: daß sich dank glücklicher Umstände auch organische Substanzen erhielten: Holz von Decken und Türen, Getreide (Weizen, Hirse, Gerste und Sesam – die Magazine boten Raum für etliche tausend Tonnen), Obst (Pflaumen, Äpfel, Quitten, Beeren), Garnknäuel und Reste von verkohlten – daher nicht mehr farbigen – Geweben. Dazu: Skelette von Opfertieren wie von Pferden, Eseln und Rindern, die beim Brand der Festung umkamen. Knochen auch jener Menschen, die der Katastrophe von Teišebaini zum Opfer fielen. Das Jahr des Unheils läßt sich nicht mehr genau bestimmen. Es mag um 600 v. Chr. gewesen sein, daß ein nächtlicher Angriff der Skythen sich gegen das nordwestliche Hintertor richtete. Dort jedenfalls staken massenweise skythische Pfeilspitzen in der Lehmmauer. Schon vorher hatte sich die Stadtbevölkerung vor dem anrückenden Feind in die Zitadelle geflüchtet. Die ›Barbaren‹ warfen Feuer in die Burg – bei hochsommerlicher Trockenheit muß sich der Brand so schnell ausgebreitet haben, daß es für die Belagerten kaum mehr Rettung gab, aber auch die Angreifer ihr Ziel nicht erreichten: die reiche ›Rüstkammer‹ der Teišeba-Stadt auszuplündern. Die Beute holten sich die Archäologen.

Freilich wanderten die kostbarsten und interessantesten Stücke nach Leningrad – in die Ermitage. In Eriwan blieb trotzdem noch genug. Und nicht nur Urartäisches. Vieles, was das Land um den Ararat betrifft, finden wir in den Museen der Stadt. Obwohl man sie uns als höchst sehenswert empfohlen hat, stehen sie – mit einer Ausnahme – nicht auf dem vorgefertigten Programm. Sie sind – mit einer Ausnahme – montags geschlossen, an den anderen Tagen von 10.30 bis 16 Uhr geöffnet, mit einer Ausnahme: Die Gemäldegalerie schließt erst um 17 Uhr.

In dem hohen Bau am Leninplatz, dem Denkmal genau gegenüber, finden wir gleich drei Sammlungen. Da ist zum ersten das bereits 1921 gegründete, hier 1935 neugeordnete *Historische Museum*. Das sollte man unbedingt sehen. Es kann in seinen 20 Sälen freilich nur einen Bruchteil seiner reichen Bestände zeigen, ist zudem als eine ›Lehrschau‹ angelegt, fügt also zu den originalen Exponaten Nachbildungen, Fotos, Karten, Skizzen, Modelle und schriftliche Erläuterungen – natürlich nur in armenischer und russischer Schrift und Sprache. Aber was zu sehen ist, spricht ja für sich selbst.

Da sind steinzeitliche Obsidianknollen, Faustkeile, Pfeilspitzen, die rekonstruierten Wagen, die man bei den Ausgrabungen von Tschaschan am Sevan-See fand, bronzezeitliche und urartäische Funde (Waffen, Kessel, Vorratsgefäße, feine Gebrauchskeramik, Freskenfragmente und Idole), Kopien von Funden aus römischer Zeit, die ersten Zeugnisse des christlichen Armenien, neben Fotos frühmittelalterlich-armenischer Bauten, ein paar prächtige Stücke mittelalterlichen Kunsthandwerks. Im ersten Obergeschoß dokumentieren weitere Säle – zum Teil anhand von Modellen (zum Beispiel der Königsstadt Ani in Saal 11), durch Münzen, Medaillen und Keramik – das Leben Armeniens seit dem bagratidischen Jahrhundert. Die Gewänder und Möbel aus dem 17. Jahrhundert verraten den Einfluß des persischen Geschmacks. Die Schau gewinnt dann zunehmend didaktischen Charakter, wenn sie das – russische – 19. Jahr-

Kurde aus der Osttürkei

JET

hundert zeigt und die türkischen Armeniermassaker dokumentiert. Die erste armenische Ausgabe von Franz Werfels ›Musa-Dagh‹-Roman nimmt einen Ehrenplatz ein. Obwohl mit ›Originalen‹ nicht überreich versehen, ist das Museum eine treffliche Lehrschau zur armenischen Vergangenheit.

Das *Museum der Revolution* auf demselben Stockwerk bildet gewissermaßen Ergänzung und Fortsetzung. Es dokumentiert – bei freiem Eintritt – die Ausbreitung des Marxismus und den Verlauf der sozialistischen Revolution in Transkaukasien vom parteiamtlichen Standpunkt aus.

Das Historische Museum Armeniens findet seine Parallele im *Museum der Stadt Eriwan* (Prospekt Lenina 12). Es besitzt reiches Fundmaterial aus der prähistorischen Zeit (Schengawit) und aus den urartäischen Festungen und ist deswegen sehenswert. In erster Linie der Stadtgeschichte gewidmet, vermittelt es allerdings keine überraschend neuen Einsichten. Wer jedoch ausgerechnet an einem Montag die Museen besuchen möchte, der muß sich an dieses halten. Es bleibt dann als einziges am Dienstag geschlossen. Dasselbe Haus beherbergt übrigens das *Naturkundliche Museum Armeniens*.

Im Museumsbau am Leninplatz ist auch die *Staatsgalerie* untergebracht. Sie gilt als eine der reichsten Gemäldesammlungen der Sowjetunion, auch wenn sie sich nicht mit den großen Galerien von Leningrad und Moskau messen kann. Alles zu sehen, fehlt uns die Zeit. Niederländer, Venezianer, Franzosen sind besser in den Galerien des Westens vertreten. Dort findet man zwar nicht die russischen Maler, doch deren Werke kann man

Teehauswirt in Diyarbakır

in Moskau und Leningrad studieren und kennenlernen. Der Malerei Armeniens aber, der begegnet man einzig hier. Die Namen der Künstler – bisher bloße Wortschälle oder nicht einmal das – mögen einem wieder entfallen. Ihre Werke bleiben im Gedächtnis als rein-gestaltete Abbilder des Landes um den Ararat und seiner Menschen, ihrer täglichen Mühen, ihrer Freuden und ihrer Leiden.

Da sind die realistisch-naiven Frauenporträts des Hakop Hownatanian (1806-1881), des Abkömmlings einer Familie mit generationenlanger Malertradition. Sein eindrucksvollstes Werk: das Bildnis des Katholikos Nerses Ashtaraketsi. Die zweite Hälfte des 19. Jahrhunderts vertreten die Landschaften des Gevork Bashinjaghian (1849-1923) und die nachimpressionistischen ›Historien‹ des Vardghes Sureniants (1860-1921), der sich, erschüttert durch die Massaker von 1915, gänzlich armenischer Thematik verschrieb. Dann die Werke der Maler, welche um die Jahrhundertwende glänzend hervortraten: Egishe Tatevosian (1870-1936), Hakop Kojoyan (1884-1959), der auch eine eigenständige armenische Buchgraphik begründete. Sedrak Arakelian (1884 bis 1972) schuf lyrisch-farbige Landschaften. Wie viele Namen! Wieviel froher Ernst und menschliches Engagement in den Bildern der um die Jahrhundertwende Geborenen: A. Bazhbeuk-Melikian (1891-1966), Ervand Kochar (1899-1979), J. A. Karaljan (geb. 1897), M. Abeghian (geb. 1909).

Immer wieder: das Land, seine Menschen, ihr Alltag, ihr Leid. Das alles faßt der große alte Mann der Generation von 1880 zusammen: Martiros Sarian (1880-1972), ein Proteus, der doch immer sich selbst treu blieb – bei aller thematischen Vielfalt (Landschaft, Stilleben, Porträt), trotz aller Wandlungen, die ihn von einer fauvistischen Ausgangsposition über immer kühnere Kontrast-Harmonien zu ganz ›armenischen‹ Bildern finden ließen. Von ihnen hat man gesagt, wer Armenien nicht kenne, der lerne es in Sarians Bildern kennen und lieben. Bis ins höchste Alter hinein von urgesunder Intensität, war er der ›Vater‹ der folgenden Künstlergeneration.

Sein Œuvre läßt sich noch eingehender in seinem zum Museum umgewandelten Wohnhaus (Uliza Sarjana 3) studieren. Andere ›Gedenkstätten‹, wie das *Museum für den Dichter Hovhanes Tumanian* (1869-1923) mit der peniblen Rekonstruktion seines Arbeitszimmers oder auch das *Domizil des Komponisten Aram Khatschaturian* (1903-1978), scheinen uns eher von lokaler Bedeutung.

Eriwan ist eine Stadt sehenswerter Museen – und dabei haben wir eines noch nicht aufgeführt, das mehr ist als bloß ein ›Museum‹: das *Matenaderan*, das Schatzhaus des armenischen Buches und der armenischen Literatur. Die Anfänge der Sammlung gehen bereits aufs 5. Jahrhundert zurück. Seit damals trug man im Kloster Edschmiadsin Bücher zusammen. Die folgenden blutigen Jahrhunderte haben Tausende von Manuskripten geraubt, zerfetzt, verbrannt, in die Ferne gerettet, nach Jerusalem, Venedig, Wien, Paris, London – und doch wuchsen die Bücherbestände unter der Aufsicht des Katholikos. Im Jahre 1923 wurden Bibliothek und Archiv des Klosters verstaatlicht und zum wissenschaftlichen Forschungsinstitut erklärt, 1939 hat man dieses aus dem geistlichen ›Dunstkreis‹ in die Hauptstadt und 1959 in die jetzige Unterkunft überführt, die seit 1945 nach den Plänen des Architekten Mark Grigorian im ›klassischen‹ armenischen Stil errichtet und von Owhanes Khatchaturian und anderen künstlerisch ausgestaltet wurde.

Das Institut ist nach Mesrop Mashtotz benannt – er thront als Denkmalsfigur an der Front –, jenem Heiligen, der 396 die armenische Schrift erfand und damit die Voraussetzung für eine armenische Schriftsprache schuf. Ihrer bedienten sich die Gelehrten bis ins 19. Jahrhundert, bis jene Literaten ›siegten‹, welche die Umgangssprache der armenischen Viertel Istanbuls auch in der Literatur anerkannt sehen wollten.

Das ›Matenaderan‹ ist mit seinen mehr denn 16000 Manuskripten die reichste Handschriftensammlung der Welt, bewahrt mehr als 11000 vollständige und etwa 2000 fragmentarische armenische Manuskripte, dazu fast 2500 nichtarmenische, das heißt griechische und lateinische, syrische und arabische, persische und georgische, altslawische, polnische, äthiopische, türkische und andere, aber auch die ältesten Druckwerke, die in armenischen Lettern erschienen, dazu ein Archiv mit etwa 100000 Urkunden. Doch ist es keine bloße museale Bewahr- und Restaurierungsanstalt, sondern eine Stätte philologischer, historischer, kunst- und musikwissenschaftlicher Forschung, der Editions- und Übersetzertätigkeit. Als ein Zentrum der Armenistik steht es in Verbindung mit allen bedeutenden Bibliotheken der Welt und ist bestrebt, wenigstens in Form von Mikrofilmen die in aller Welt verstreuten armenischen Handschriften zu sammeln.

Die etwa 20 Vitrinen des bescheidenen Schauraumes im Oberstock können nur einen Querschnitt durch den Reichtum zeigen: der aus bloßer Übersetzertätigkeit zunächst biblischer, dann auch philosophischer und anderer Texte (manche, wie die Kirchengeschichte des Eusebios von Caesarea, sind einzig in armenischer Übersetzung erhalten) erwachsenen eigenen theologischen, juristischen, naturwissenschaftlich-medizinischen, vor allem historischen Literatur. Was man hier sieht, öffnet weite Horizonte und dokumentiert in kostbaren Originalen die Vielfalt und Bedeutung der bei uns fast ungekannten armenischen Literatur und ihre weltweiten Verflechtungen.

Ein Besuch des ›Matenaderan‹ ist manchmal im Programm der Stadtführungen vorgesehen, aber wird dann in einiger Eile erledigt. Und wenn eine ganze Busladung schwitzender Touristen sich um ein beschriebenes Blatt oder eine handgroße Miniatur drängt, sieht keiner viel. Man beschaut die Sammlung besser allein. Wer die kyrillischen Zeichen lesen kann, wird die Beischriften mit einigen oberflächlichen Russischkenntnissen entziffern – und die beigefügten Daten sowieso. Wer sich aber genauere Belehrung wünscht, dem stellt Intourist einen Führer. Jene Organisation, ohne die in der UdSSR gar nichts ›geht‹, deren Hauptaufgabe es aber manchmal zu sein scheint, dem Touristen harte Währung zu entlocken und ihm dafür jeden Blick auf die sowjetische Wirklichkeit hinter den offiziellen Fassaden zu verwehren.

VIII

VOM VERHEIMLICHTEN REICHTUM

WIR HATTEN von Ani neugierig hinübergeschaut nach Sowjet-Armenien. Dort, das wußten wir, ist noch ein reicher Schatz altarmenischer Baukunst erhalten, noch vieles gerade aus jener ersten großen eigenschöpferischen Epoche, aus der auf türkischem Gebiet so gut wie nichts geblieben oder zugänglich ist. »Ganz Armenien gleicht einem einzigen riesigen Freilichtmuseum. Die Fülle der Kunstdenkmäler überrascht nicht nur den Laien, sondern auch den Wissenschaftler.« (K. Gombos) Die Hoffnung aber, dort drüben beliebig viele der alten Kirchen, Kreuzsteine, Mauern besehen zu können, sie trügt, denn wie oben ausgeführt, kann sich der einzelne nicht bewegen, wohin er will. Es wäre darum sinnlos, auch nur eine Überschau all der alt-würdigen Zeugen altarmenischer Architektur zu versuchen.

Ein Ausflug nach *Edschmiadsin* ist in jedem Eriwan-Programm vorgesehen. Von dem Kloster übernahm 1934 die ganze Stadt ihren Namen. Einst hieß sie Wagharschapat (Vagarshapat) und war – als Nachfolgerin von Artaschat – bis 387 Hauptstadt Armeniens. Hier bekehrte sich König Trdat/Tiridates III. zum Christentum und erklärte es 301 zur Staatsreligion, hier hatte er vorher die Jungfrauen Hripsime, Gayane und Schogakat hinrichten lassen. Zur Ehre dieser ersten Märtyrerinnen ließ Sankt Gregor Kapellen errichten, und er stiftete auch die erste Kathedrale. Eine bereits aus dem 5. Jahrhundert stammende Legende erzählt, der ›Erleuchter‹ habe in einem Traumgesicht Christus vom Himmel herabsteigen und mit einem glühenden Hammer die Stelle bezeichnen sehen, wo die Kirche erbaut werden sollte. Darum heißt sie noch heute ›Ort, wo der eingeborene Sohn zur Erde herabstieg‹.

Infolge des Persereinfalls des 5. Jahrhunderts wurde der Sitz des Katholikos nach der neuen Hauptstadt Dwin verlegt, doch sah Wagharschapat noch im 7. Jahrhundert bedeutende Bauwerke entstehen. Während der arabischen Besetzung trat es allerdings in den Schatten und gewann erst danach etwas von seinem alten Ruhm zurück. Auch wenn der Katholikos in Ani, dann in Sis, der Hauptstadt des kilikischen Königreiches, residierte: Das Kloster Edschmiadsin war immer ein Punkt geistig-künstlerischer Ausstrahlung, und seit 1441 ist es wieder Sitz des Katholikos. Hier schlug in den Zeiten islamischer Herrschaft das Herz Armeniens. Hier wurde 1771 die erste Druckerei im Lande eingerichtet, hier bewahrte man die reichen Bücherschätze auf, und hier hatte seit 1631 die Hohe Schule ihren Sitz, an der heute noch die Priester der armenischen Kirche studieren.

Man nennt den Katholikos oft den ›Papst der Armenier‹ und das Kloster den armenischen Vatikan. Es ist stets Ziel von Pilgern; zur Reisezeit auch von ausländischen Touristen. Wer an einem Sonntag herkommt, der erfährt, wie lebendig die Kirche in Armenien ist. Im Klosterbereich und seiner Umgebung bewegt sich eine feiertäglich gekleidete Menge, unzählige Votivkerzen brennen in der Kirche, die während des Gottesdienstes gesteckt voll ist. Und wer zur rechten Stunde da ist, kann Seine Seligkeit Vasgen I. unter Glockengeläut in die Kathedrale einziehen sehen, hört die feierlichen Hymnen des berühmten Chores. Der Laden, in dem er eine Schallplatte mit diesen Gesängen kaufen könnte, ist dann allerdings geschlossen.

Jeder Armenier weiß, daß er seine nationale Identität und das Überleben seines Volkes einzig seiner Kirche und ihren mutigen, wenn auch nicht immer ganz selbstlosen Wortführern verdankt, daß Volk und Kirche sich beinahe decken. Und die Staatsmacht weiß das auch und weiß auch, daß die Armenier es wissen. Seit die gregorianische Kirche – durch Zugeständnisse – einen Modus vivendi mit dem offiziell atheistischen Staat gefunden hat (oder er mit ihr), geht es ihr besser als den anderen Kirchen und Glaubensgemeinschaften in der UdSSR.

An der Stelle der Kathedralkirche des Klosters stand, wie Ausgrabungen anläßlich der Restaurierungsarbeiten 1955/56 erwiesen haben, bereits ein heidnisches Heiligtum. Sankt Gregor hat darüber im Jahre 303 eine dreischiffige Pfeilerbasilika mit vier Jochen und einer östlichen Apsis bauen lassen. Die Gestalt eines Zentralbaues gewann die Kirche erst am Ende des 5. Jahrhunderts, als Wartan Mamikonian sie neu errichten ließ. Damals entstand der fast quadratische Raum mit vier nach innen halbrund schließenden Apsiden, in dessen Mitte vier freistehende Pfeiler eine Kuppel tragen. Dieser armenische Typus einer Kreuzkuppelkirche wurde zwar nicht hier geboren, doch trug das Ansehen von Edschmiadsin wesentlich dazu bei, daß er sich nicht nur in Armenien selbst, sondern im ganzen Kaukasusgebiet verbreitete und weiterentwickelte.

Der Kern des heutigen Baues ist noch der des 5. Jahrhunderts, aber von späteren Zutaten überkrustet. Eineinhalb Jahrtausende gehen nicht spurlos dahin. Im 17. Jahrhundert wurden Dach und Kuppel erneuert, dann wurde der Boden erhöht. Der Glockenturm von 1658 ist ein prächtiges, mit reichen ornamental-figürlichen Reliefs geziertes Werk, das sich aber dem alten Bau nicht so recht anpassen will, obwohl auch dessen Außenseiten nicht unberührt blieben, obwohl jüngeres Steinwerk die alten Mauern verdeckt. Erst 1869 wurde im Osten – ein Fremdkörper – der Kuppelraum zur Aufbewahrung sakraler Geräte angefügt.

Zu Anfang des 17. Jahrhunderts hatte der Maler Nagarsch Hownatanian den Auftrag erhalten, das

Innere der Kathedrale mit Fresken zu schmücken, sein Enkel vollendete das Werk. Das 19. Jahrhundert hat alle Bilder weiß übertüncht, erst bei der Restaurierung von 1955/56 wurden diese an persische Vorbilder angelehnten Malereien freigelegt und farbenstark und goldstrahlend erneuert. Inzwischen hat der Rauch unzähliger Kerzen wieder für eine gewisse Patina gesorgt. Man nimmt es mit diesen »bedeutenden Zeugnissen armenischer Malerei« lieber nicht zu genau, versteht sie besser als farbige Folie für die farbigen Zeremonien, die sich an Feiertagen hier abspielen.

Im Klosterbereich – vor allem entlang seiner nördlichen Begrenzung – findet sich eine Auswahl sehr schöner Khatchkars.

Diese ›Kreuzsteine‹ (khatch = Kreuz, kar = Stein) repräsentieren einen der originellsten Zweige der armenischen Kunsttätigkeit. Ihre Wurzel reicht weit zurück, obwohl die ersten regelrechten Kreuzsteine erst zwischen dem 9. und 10. Jahrhundert auftreten, also nach der Befreiung von den Arabern. Plattenartige Stelen, die an ihrer westlichen Schauseite ein großes Kreuz aufweisen, den Blick des Betrachters also immer genau nach Osten lenken, dem Aufgang entgegen. Mit Hilfe der Inschriften, welche den Stifternamen nennen, manchmal auch den Steinmetzmeister (varpet) oder Angaben über den Anlaß der Stiftung festhalten, lassen sich die meisten genau datieren. Die ältesten erhaltenen Beispiele stehen noch ohne Sockel auf der Erde und zeigen das Kreuz, am Fuß von Akanthusrollen begleitet, von Weintrauben in den Zwickeln über seinen Armen. Im 11. und 12. Jahrhundert erhielt die durch Blendarkaden gegliederte Basis architektonisches Gewicht. Im 12. Jahrhundert setzt sich immer stärker der Typus der schlanken, mit einem vorkragenden oberen Gesims versehenen

Platte durch, gewinnt der Dekor in feinem Relief an Reichtum, wird das Kreuz selber dekorativer ausgestaltet, werden seine Enden reich geziert, die Füllungen zwischen den Armen zu meisterlichen Schaustücken. Das 13. Jahrhundert, welches da und dort noch den monumentalen Charakter betont, bringt Meisterwerke von zugleich einheitlich-reicher und harmonisch-leichter Wirkung hervor, wie die Kreuzsteine des Meisters Paghos von Goschavank (jetzt im Museum in Eriwan) oder des ›varpet‹ Momik, der zwischen 1282 und 1321 als Baumeister der ›kleinen‹ Marienkirche von Artik, der zweigeschossigen Mausoleumskirche von Noravank, dortselbst als Bildhauer von Kreuzsteinen, dazu als Wand- und Miniaturmaler und Schriftsteller bezeugt ist.

Auch auf diesem Gebiet war es nicht die seldschukische Invasion, die einer bedeutungsschweren Kunstübung ein Ende setzte, sondern der Einfall der Mongolen. Als seit dem späten 15. Jahrhundert in dem zwischen Persern und Türken geteilten, von Moslems abhängigen Armenien wieder Kreuzsteine gemeißelt werden, da zeigen sie sich – obwohl ihrerseits Vorbilder für türkische Grabstelen – deutlich vom islamischen Formengut beeinflußt. Sie stehen nun auch nicht mehr wie einst an Kreuzwegen, Straßen und Grenzen, sondern auf Gottesäckern: Grabsteine, in denen doch noch etwas von ihrer ursprünglich vielschichtigen Bedeutung fortlebt.

Besondere Beachtung verdienen jene reich gestalteten Khatschkars, welche die figürliche Darstellung des Gekreuzigten und darüber die des Auferstandenen tragen: die Erlöser-(Amenaprkitch-)Steine. Zu dem Mann am Kreuz können Maria und Johannes, Joseph von Arimathia und Nikodemus, die zwölf Apostel, Sonne, Mond, Engel und im Giebelfeld die Himmelfahrt treten. In solchen Schöpfungen gewinnt der Kreuzstein über seine komplexen Bedeutungen hinaus noch eine weitere Dimension. Er wird zur Ikone, zum ›Bild‹. Zum Bild nicht im trivialen Sinn einer Information, sondern zum Zeugnis der immerwährenden Gegenwart der Erlösung.

Noch bevor die Schnellstraße von Edschmiadsin den Stadtrand erreicht, weisen ein Adlerdenkmal in eine schattige Allee und ein Wegweiser nach *Zwarthnotz*, zu den Ruinen von Palast und Palastkirche des Katholikos Narses III. (641-661), seiner Bautätigkeit wegen ›der Erbauer‹ zubenannt. Die Kirche, der größte, ehrgeizigste und eigenwilligste Bau des 7. Jahrhunderts, war den ›die Pforten des Himmels bewachenden Engelsmächten‹ geweiht. Im 10. Jahrhundert warf ein Erdbeben den stolzen Dom wie den anschließenden Palast in Trümmer. Steinräuber schleppten weg, was noch nicht in Schutt und Erde versunken war. Seit 1900, nachdem man die ersten reliefgeschmückten Blöcke gefunden hatte, wurde die Stätte freigelegt und museal bewahrt, wurde es auch möglich, den genauen Plan dieser bedeutendsten Schöpfung der armenischen Architektur nachzuzeichnen und eine Vorstellung von Aufbau und Proportionen, von Raum- und Massenwirkung zu gewinnen. Ein Tetrakonchos auf vier Pfeilern, die über durchfenstertem Tambour eine hohe Kuppel tragen, bildete den Kern, den ein kreisförmiger Umgang mit Emporen umschloß. Der Säulenbau mit seiner nicht blockhaften, sondern ›diaphanen‹ Struktur darf aus römisch-byzantinischen Voraussetzungen verstanden werden (Mailand, S. Lorenzo, 4. Jahrhundert, Konstantinopel, Sergios und Bakchos, Ravenna, San Vitale, beide 6. Jahrhundert), diente seinerseits aber im armenischen und georgischen Bereich

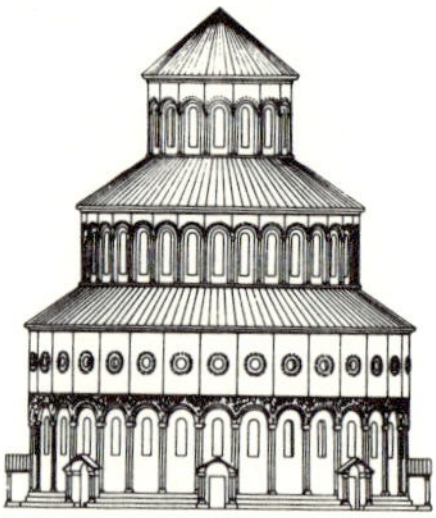

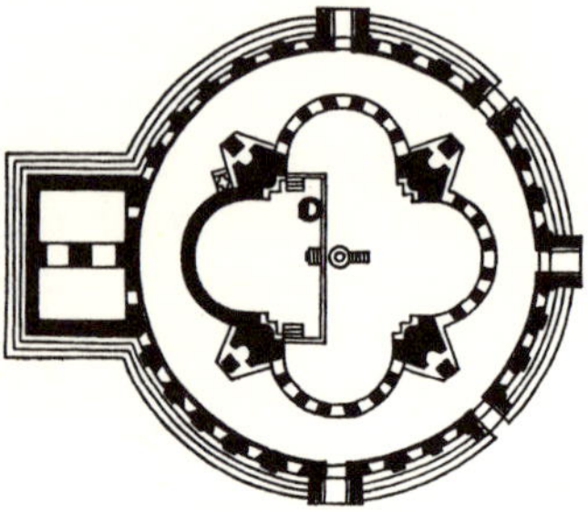

Zwarthnotz, Rekonstruierter Schnitt und Aufriß sowie Grundriß der Palastkirche

immer dann als Vorbild, wenn etwas Besonderes entstehen sollte: die Kirche von Ichkhan (8. Jahrhundert), die georgische von Bana (10. Jahrhundert), die Gregor-Gagik-Kirche von Ani (11. Jahrhundert). Sie alle sind Ruinen wie ihr großes Vorbild, doch muß dessen Ruhm noch lange lebendig gewesen sein. Die Türflügel des kleinen Museums, in dem Pläne, ein paar Fundstücke und skulptierte Blöcke gezeigt werden, sind mit zwei Reliefs in gotischen Vierpässen geschmückt. Es sind hölzerne Nachbildungen zweier Szenen aus der Noah-Geschichte, welche – ihrerseits Ersatz und Kopie des 19. Jahrhunderts für beschädigte Originale – das Portal der Oberkirche der Sainte-Chapelle in Paris zieren. In dem hochgebordeten Kahn, der die Arche meint, steht ein mehrgeschossig-vielfenstriger Rundbau, der aufs Haar dem gleicht, was uns die gelehrten Rekonstruktoren der Kirche von Zwarthnotz vorstellen, was wir im Modell im Museum von Eriwan gesehen haben. Wie dem französischen Bildhauer Kenntnis und Bild des schon seit langem zerstörten Baues zu Füßen des Ararat zukamen, ist ein Rätsel.

Die Silhouette des Noah-Berges steht am fernen Himmel, während wir den reichen bildnerischen Schmuck der Kapitelle, der Friese und Bogenläufe der Engelskirche betrachten – Flechtwerk, Weinranken, Kränze, Adler. Was allein vom Außendekor blieb (die Malereien und Mosaiken des Inneren sind ja längst dahin), das zeigt, daß diese größte Kirche des alten Armenien (Durchmesser 33 Meter) auch eine der am reichsten geschmückten war.

Nur ein paar hundert Meter entfernt, am Ortsrand, unmittelbar neben der Straße, etwas erhöht, in einem Zingel aus teils neuen, teils alten Ziegelmauern ein für die Geschichte der armenischen Architektur höchst bedeutsamer Bau: die *Kirche der heiligen Hripsime*. Der Katholikos Komitas ließ sie 618 errichten als Ersatz für

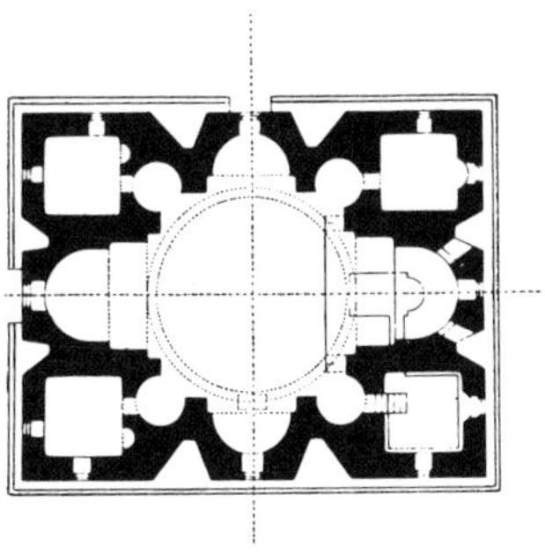

Edschmiadsin, Hripsime-Kirche, Grundriß

eine Kapelle, die seit dem 4. Jahrhundert das Grab der jungfräulichen Glaubenszeugin bezeichnet hatte. Zwar hat das 17. Jahrhundert (1635) Bedachung und Kuppel in seinem Sinn restauriert, dem Westportal einen der damals modischen Turmpavillons vorgesetzt, aber das tut dem Eindruck keinen Abbruch, verschleiert nicht die charakteristisch armenischen Züge. Nach außen gibt sich die Kirche als geschlossener Körper, nur sparsam gegliedert durch die steilen Dreiecksnischen, die jeweils die Apsiden flankieren. Erst das Dach definiert die Kreuzform, und der zentrale Konus läßt auf eine Kuppel schließen, zeigt jedoch nicht ihre Rundform. Das schön proportionierte Äußere verrät nicht das reiche und vielfältige Raumbild, welches den Besucher im Inneren erwartet. Der Plan formuliert die Idee der Zentralkuppelkirche in klassischer Reife. Die Vorstufe bildete vermutlich die kleine Kirche von Avan (das heute als ein nordöstlicher Vorort in Eriwan eingemeindet ist), das unmittelbare Vorbild möglicherweise die Dschwari-Kirche über Mzcheta in Georgien. Hier wie dort schließen an das überkuppelte Quadrat in den Achsen vier halbrunde Apsiden an, denen im Osten und Westen jeweils noch ein breiter Bogen vorgeschaltet ist. Während in Avan die runden Durchgänge an den Ecken des Quadrats zu den gleichfalls gerundeten Eckräumen noch eng sind, sind sie in Dschwari wie Hripsime weiter geworden, behaupten sie sich neben den Apsiden. Die von ihnen aus betretbaren Eckräume sind zu vollem Wert aufgestiegen.

Bereits der Grundriß erscheint wie ein symmetrisches Ornament. Noch mehr erfreut sich das Auge – nein: der ganze Mensch mit Leib und Seele – am gebauten Gebild. Es erweckt jenes ruhevolle Wohlgefühl, das Zentralbauten vermitteln, und verbindet es mit der feierlichen Wirkung eines längsgerichteten Schreitraumes: ein Ge-

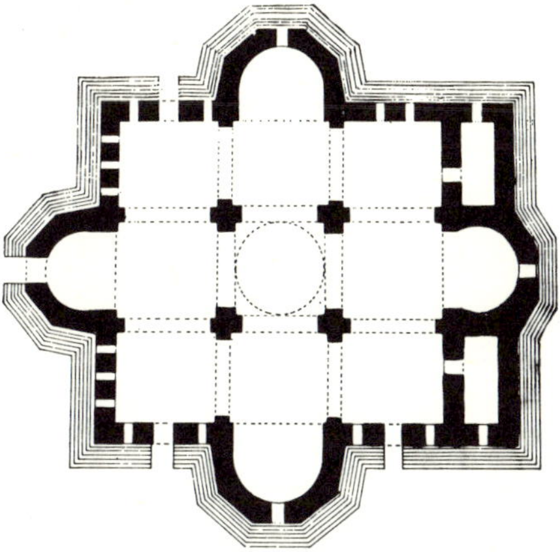

Edschmiadsin, Gayane-Kirche, Grundriß

bilde, wie es bei uns daheim erst Jahrhunderte später die Romanik hätte schaffen können. Ein Raum, der wächst. Je länger man in ihm verweilt, desto mehr beeindrucken die Freiheit und Monumentalität, die man bei eigentlich so bescheidenen Dimensionen gar nicht erwarten würde. Mag er letztlich auf die georgische Dschwari-Kirche über Mzcheta zurückgehen, sicher ist: Der Bautypus der Hripsime-Kirche war fruchtbar und folgenreich. – Ihm gehört schließlich auch die Kreuzkirche von Achthamar im Van-See an.

Ganz in der Nähe des Hripsime-Bezirks ragt die steile Kuppel der Kirche auf, welche der zweiten der Märtyrerinnen, der Jungfrau *Schogakat* (Chogakat), geweiht ist, eine einschiffige Anlage des 17. Jahrhunderts (1694) an der Stelle eines älteren Baues. Sie steht freilich nicht auf dem Intourist-Programm, sowenig wie die *Kirche der heiligen Gayane*, etwa 500 Schritte südlich des Klosters gelegen. Diese ist nur wenig jünger als die ihrer Märtyrergenossin, entstand schon 630/631 – gleichfalls als Ersatz für eine ältere Kapelle – in der Form einer fast quadratischen Basilika, deren vier freistehende Pfeiler über konischen Trompen die Kuppel tragen. Im Osten flankieren zwei geschlossene Viereckräume die halbrunde Apsis, binden sie also in die kubische Blockform ein.

Nicht weit südlich von Eriwan liegen die Stätten von *Artaschat*, der von König Artasches I. (190-159 v. Chr.) gegründeten Hauptstadt der Arsakiden, Vorgängerin von Wagharschapat, und von *Dwin*, der Nachfolgerin in der Hauptstadtrolle, wo Interessantes aus der römisch-frühmittelalterlichen Zeit gefunden wurde. Wegen der Grenznähe ist dieser Ausflug nicht möglich, dafür darf man Garni westlich von Eriwan besuchen. Der Weg dorthin steigt bald aus der Talbreite aufwärts, läßt zaghaft grünende Obstplantagen hinter sich, windet sich an graubraunen Hügeln empor: das gewohnte Bild des armenischen Hochlandes.

Man erzählt sich in Armenien eine melancholische Legende. Als der Herr die Welt schuf, da schüttelte er allen Boden durch ein Sieb, warf die Steine auf einen Haufen und verteilte das Ackerland an die einzelnen Völker. Als nun alles fruchtbare Land längst vergeben war, kamen die Armenier und begehrten ihren Anteil. »Wo wart ihr denn, meine Kinder, als die Erde verteilt wurde?« fragte der Herr. »Wir waren versammelt, Vater, um zu dir zu beten.« Da weinte Gott und wies auf den Haufen Steine hin. »Ich habe alles schon verschenkt, das allein ist's, was ich euch noch geben kann.«

Land der Steine wie jenseits des Araxes, aber nicht gar so traurig kahl und menschenleer. Wie eine Oase nach anderen das Dorf *Garni*. Wir zweigen zum Parkplatz ab vor den Mauern und dem Tor zur alten Burg, das einst

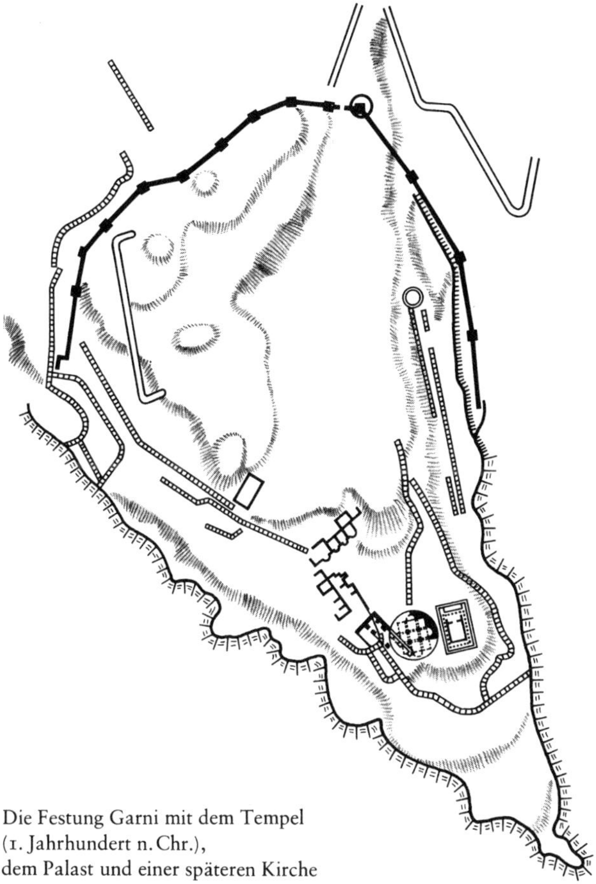

Die Festung Garni mit dem Tempel
(1. Jahrhundert n. Chr.),
dem Palast und einer späteren Kirche

wohl an die 20 Meter hoch aufragte, inzwischen zur Unansehnlichkeit verfallen ist.

Die Festung – Archäologen haben mindestens fünf Bauperioden festgestellt – bestand wohl schon im 3. Jahrhundert v. Chr. Aber es sind nicht die Burgmauern, die hier fesseln, sondern es ist der Tempel.

Einst mag es viele seinesgleichen in Armenien gegeben haben, dem Kult des Mithras oder der Anahita geweiht. Als der dritte Tiridates das Christentum einführte, wurden sie alle zerstört, durch Gotteshäuser des neuen Glaubens ersetzt. Einzig dem von Garni blieb dieses Geschick erspart, er wurde zum Audienzsaal eines königlichen Sommersitzes umfunktioniert. Nach Moses von Choren diente er der Königsschwester als Villa. Erst 1679 hat ihn ein Erdbeben niedergeworfen. 1843 hat der Schweizer Architekt F. Dubois eine Wiederherstellung vorgeschlagen. Nach sorgsamen Vermessungen machten sich sowjetische Archäologen und Ingenieure an die Rekonstruktion, wobei verlorene Bauglieder ergänzt wurden. Es ist der einzige hellenistisch-römische Tempel der UdSSR, und deswegen ist man besonders stolz auf ihn. Auf einem Podium römischer Art mit Atlantenreliefs an den Wangen der Freitreppe erhebt er sich als ionischer Peripteros, als ein Bau also, der um die Cella, die Wohnung des Götterbildes, sechs zu acht, im ganzen 24 ionische Säulen stellt.

Neben dem heidnischen Gotteshaus finden wir die Grundmauern eines christlichen Zentralbaues aus dem 7. Jahrhundert und ein paar Schritte weiter das, was vom einstigen königlichen Schloß blieb: Fundamente. Und – von einem gläsernen Pavillon geschützt – den Mosaikboden eines Bades aus dem 2. oder 3. Jahrhundert. Themen der griechischen Mythologie, in römischer Technik aus einheimischem Stein gestaltet in Formen, die eine Brücke bauen zur späteren, zur christlich-armenischen Bildkunst.

Im Norden von Eriwan – mit weiten Blicken ins Getal und Gebirge unterwegs – wartet unser eines der bedeutenden alten Klöster des Landes: *Geghard*, hoch am Hang auf einem Felsvorsprung, im letzten Winkel eines

Bachtales und vor einer Kulisse aus pittoresk zernagten Abstürzen vulkanischen Gesteins, die gefleckt sind vom dunklen Grün zäher Gesträuche. Geghardavank, das ›Lanzenkloster‹ – so genannt, weil es jahrhundertelang als kostbarste Reliquie ein Fragment des Speeres hütete, der die Seite des Gekreuzigten durchbohrte, heute im Kathedralmuseum von Edschmiadsin –, war einst auch bekannt als das ›Kloster der sieben Kirchen‹ oder ›der vierzig Altäre‹ oder einfach als das ›Felshöhlenkloster‹ (Ayrivank). Das deshalb, weil Teile des Komplexes sich in den Fels hineinziehen, Höhlen benutzen, die älter sind als die klösterliche Anlage. Diese besteht heute im wesentlichen – wenn man von den Wohn- und Wirtschaftsbauten aus dem 17. Jahrhundert und einigen neuen Baulichkeiten absieht – innerhalb des schützenden Mauerzingels aus einer Hauptkirche (Katoghike) mit großer Vorkirche (Gavit) und mehreren in den Felsen gehöhlten Kapellen, Zellen und Mausoleen. Frommer Überlieferung nach eine Stiftung Gregors des Erleuchters, sicher bezeugt freilich nicht vor dem 9. Jahrhundert, soll es im 10. Jahrhundert von Moslems verheert worden sein. Erst um 1160 ist hier die Rede vom Splitter der Heiligen Lanze, welche der Apostel Thaddäus – er war wohl kaum in Armenien – mitgebracht haben soll. Aus dieser Zeit stammen die ältesten Inschriften und Kreuzsteine an der Wand der außerhalb des heutigen Klostergevierts im Fels gelegenen ehemaligen Muttergottes-, jetzt Gregor-Kapelle.

Was wir sehen, datiert im wesentlichen aus dem 13. Jahrhundert. Um 1215 entstand die Hauptkirche, die zehn Jahre später ihre Vorhalle erhielt. Als am Ende des Jahrhunderts eine zweite Bauperiode ihre Spuren in den Felsen grub, war das Kloster schon eines der geistigen Zentren Armeniens, ward mit immer neuen Stiftungen begabt, unterhielt ein Skriptorium und eine Bibliothek, welche die Zeiten der Mongolen und den Einfall Timurs überstand. Den gewaltsamen Umsiedlungen durch Schah Abbas I. entging der Konvent nur mit genauer Not, begann sich zu erholen, bis ihn 1679 ein schweres Erdbeben heimsuchte. Es dauerte Jahrzehnte, bis alle Schäden behoben waren, aber seinen alten Glanz gewann das Kloster nie mehr zurück; es verkam im 19. Jahrhundert und wurde erst in jüngster Zeit zu einem touristischen Schaustück restauriert. ›Schaustück‹ ist ein irreführendes Wort. Man sollte doch lieber ›Wallfahrtsort‹ sagen. Wer hierher kommt, begegnet nicht nur der rauhen Landschaft und ihrer Größe, auch bedeutenden Denkmälern armenischer Kunst – und noch mehr.

Noch bevor wir den Klosterbezirk betreten, gewahren wir links oben in der Felswand die mit prächtigen Kreuzsteinen und einer langen Inschrift gezierte Außenmauer der schon erwähnten Felskapelle des heiligen Gregor, der Keimzelle des Klosters.

Wenn wir das westliche Haupttor passieren, steht uns die Hauptkirche gegenüber – genaugenommen nur ihre Vorhalle (Gavit), die teilweise dem gewachsenen Fels an-, ja in ihn hineingebaut ist und die nur der Kuppelhelm der eigentlichen Kirche überragt.

Vorkirchen – Gavit oder, wenn sie als Begräbnisstätten dienten, auch Zamatun genannt – finden sich der Westfront vieler armenischer Klosterkirchen vorgesetzt. Die schönsten gehen aufs 12. und 13. Jahrhundert zurück, und die von Geghard (errichtet bald nach Vollendung der Kirche, also um 1225) gehört zu den sehenswertesten ihrer Art, gilt zu Recht als ein besonderes Meisterwerk. Nicht so sehr der wohlkalkulierten Proportionen als des zurückhaltenden, aber einfallsreichen Dekors wegen. Vier gedrungene Rundpfeiler auf massiven Vierecks-

und Wulstbasen mit ebenso mächtigen, im Detail jedoch voneinander verschiedenen Kapitellen, von denen die leicht gespitzten, romanisch schweren Gurtbogen abspringen. Diese begleitet ein kräftiges Band, eine Art Viereck-Dreieck-Mäander. Ein Motiv also, das einem an so manchen seldschukischen Portalen schon begegnet ist. Jede der flachen Decken über den einzelnen Raumteilen ist von der anderen verschieden, am schönsten aber ist das prachtvolle Stalaktitwerk des mittleren Joches mit dem offenen Scheitel, durch den das Licht einfällt. Aus vorgefertigten Werkstücken von nur sieben verschiedenen Formtypen ist diese abstrakte Plastik zusammengefügt.

Man wird die Erfindung der für die islamische Baukunst so charakteristischen Stalaktiten nicht schlichtweg den Armeniern zuschreiben wollen, doch darf man sich daran erinnern, daß eines der frühesten Beispiele voll ausgebildeten Stalaktitwerks sich an einem der Stadttore des fatimidischen Kairo findet (spätes 11. Jahrhundert), dessen Bauherr wie Baumeister aus Armenien stammten. So viel Islamisches seit dem 12. Jahrhundert in die armenische Kunst eingeflossen ist, so stark war andererseits der Einfluß Armeniens auf die Baukunst der islamischen Völker und vor allem auf die der türkischen Seldschuken in Anatolien. Sie ist ohne armenische Vorbilder undenkbar.

Der Kreuzkuppelraum der Hauptkirche mit seinen vom Rauch ungezählter Kerzen geschwärzten Wänden ist kleiner, dafür steiler, konfrontiert den Besucher sofort mit der halbrunden Ostapsis, lenkt seinen Blick in die Höhe, wo sich, gleichmäßig-sparsam erhellt, die vollkommene Halbkugel der Kuppel rundet.

Schlank-vertikale Tendenz charakterisiert auch das Äußere, in dessen Block an Süd- und Ostfassaden steile

Dreiecksnischen einschneiden. Der Kuppeltambour mit seinen schlanken Blendarkaden (in jede zweite ist ein schmales Fenster eingeschlitzt) setzt den Höhendrang fort. Wie Juwelen sind in die Mauer des Tambours heraldische Figuren gesetzt: Wirbelrosetten, Menschengesichter, Stierschädel, Adler, Löwenhäupter ... – oben abgeschlossen durch einen Bandfries, unten durch eine Kette. Ein Motiv, das man auch an anderen Bauten antrifft. Über dem Hauptportal der Südfront in einem Rahmen aus geometrischem Flechtwerk ein von vegetabilem Gerank umzogenes Tympanon, gefüllt mit Granatäpfeln und Weintrauben, Sinnbildern für Eucharistie und zugleich für Fruchtbarkeit in einem Land, wo einzig Wasser die Gnade ausmacht, die von oben kommt – oder aus der Tiefe, die unten liegt. Auch die naiv-stilisierten Pfauen in den Zwickeln sind nicht nur ›Füllung‹, sondern Symbole: für ewiges Leben und Unvergänglichkeit, galt doch das Fleisch dieses Vogels seit dem spätantiken Physiologus als unverweslich. Über dem Fenster, das zwei Kreuze flankieren, das Relief eines Löwen, der einen Stier schlägt – ein uraltes Sonnensymbol als Wappenzeichen der Zacharidenfamilie, die damals die Herrschaft über das Kloster ausübte und die Kirche erbauen ließ. Die beiden Tiere sehen aber eher aus wie zwei Kühe, die miteinander scherzen.

Die zahlreichen Inschriften – auch im Inneren der kirchlichen Räume – enthalten für die Geschichte des Klosters bedeutsame Nachrichten, sind uns jedoch unlesbar und fesseln uns daher weniger als das abwechslungsreiche Spiel der verschieden getönten Tuffsteinblöcke, aus denen der kompakte Körper des Gotteshauses besteht.

Der anstehende Fels bildet die Nordwand des ›Gavit‹. In ihr öffnen sich zwei Türen. Die linke führt in die erste

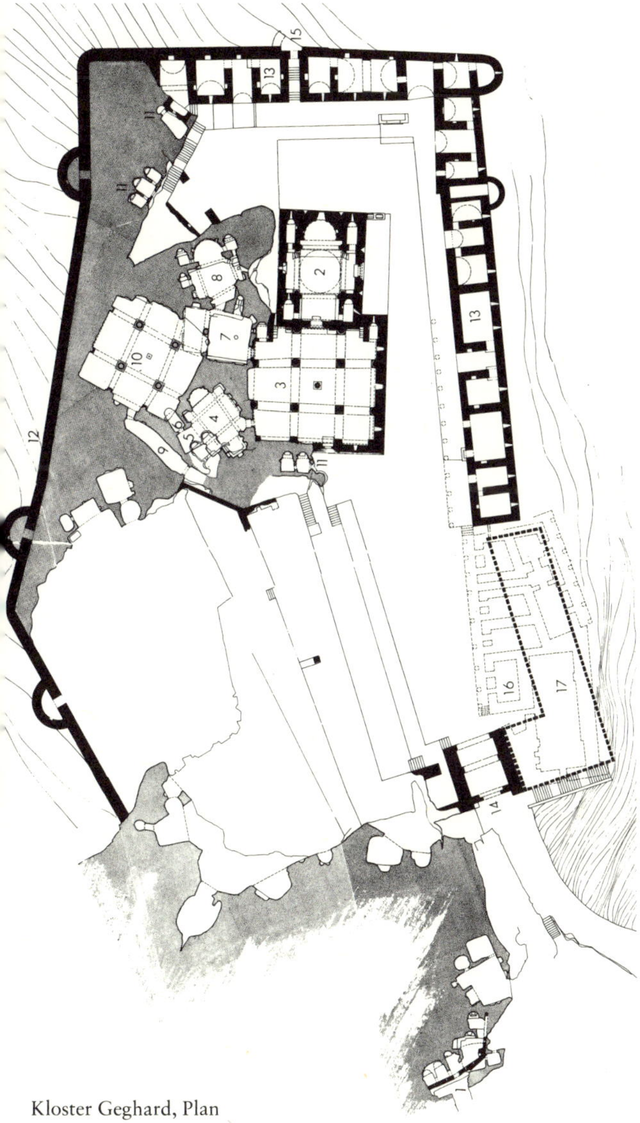

Kloster Geghard, Plan

der berühmten Felskirchen (4), die, obwohl gänzlich in das Gestein eingehöhlt, einen gebauten Raum imitiert. Sie folgt dem im 13. Jahrhundert gängigen Planschema einer kreuzförmigen Kuppelkirche mit sich überkreuzenden Gurtbögen, einer halbrunden Apsis, mit Stalaktitwerk gefüllt wie die Kuppel. In einer Nebenkapelle tröpfelt eine klare Quelle (6), die schon seit alter Zeit Verehrung genießt. Am Boden des Beckens glitzern Münzen, von Frommen hineingeopfert.

Die andere Tür in der Vorkirche führt in einen Vierecksaal (7), der 1283 als Grablege der Familie der Fürsten Prosh angelegt wurde, die inzwischen die Hoheitsrechte über das Kloster erworben hatte. Trotz des schwachen Lichtes fällt ein kräftiges Relief in die Augen: ein Stierkopf, der an zwei verschlungenen Seilen zwei recht bieder dreinblickende Löwen hält. Zwischen ihnen ein Adler mit halbgeöffneten Schwingen, ein zappelndes Lamm in seinen Fängen. Es heißt, das sei das Wappen der Proshian-Familie. Kreuze und immer wieder Kreuze sind in die Wände geritzt, am schönsten das große zwischen der Öffnung zu der schmalen Nische (mit Sirenen in den Bogenzwickeln) und dem mit Heiligengestalten geschmückten Durchlaß in die ›zweite Felsenkirche‹ (8).

Vor der Westseite des Gavit führt eine steile Treppe hinauf in eine Felsgalerie, deren Wände mit feierlichen Kreuzen geziert sind und die in den oberen ›Zamatun‹ (Grablege) führt. In den Felsen im nordöstlichen Winkel des Klosterbezirks erreichen wir über neue Treppenstufen noch ein paar kleinere Zellen. Khatshkars sind in die Felswand eingelassen, viele, viele reich verzierte Kreuze in den lebendigen Fels gehauen. Auch außerhalb der Klostermauern gibt es oben am Hang Felshöhlen und Kreuze, und nicht eines gleicht dem anderen. Diese Zellen dienten jenen Eremiten, die, dem Kloster zwar zugehörig, ein noch einsameres Leben führen wollten, als es im Verband der Gemeinschaft möglich war. Als ob es in diesem Felsental, wo das Auge keinen Weg sieht zu weiteren Horizonten, nicht schon einsam genug wäre.

Geghard ist zwar ein erstaunliches Bauensemble – und wir haben uns mit ihm stellvertretend für so viele andere eingehender beschäftigt –, aber es entstand nicht als Museum, sondern als Stätte für jene ›Tat‹, die paradox aus der Vita contemplativa entspringt: für Gebet und Liturgie. Die Mönche mußten seither ihre Zellen verlassen. Wer aber nicht versucht, dem Geist jener Menschen nachzuspüren, die den Komplex hier als ihren frei gewählten Lebensbereich ebenso schufen, wie er sich heute noch zeigt, begegnet nur leeren Gehäusen, nimmt das verstummte Instrument für die Musik, die einst aus ihm erklang.

An Werktagen ist's still hier draußen, am Sonntag jedoch ist der Parkplatz voll, am Bachrand ringelt Rauch auf. Mit Kind und Kegel sind Familien aus der stickigen Stadt heraufgekommen, Gemüse, Obst und Brot sind auf Tellern oder Papier geschichtet, einige Flaschen kühlgestellt, der Schaschlik brutzelt am Rost. Der Fremdling, der nur herumstreift, um einen Standpunkt für ein Foto zu finden, wird freundlich aufgefordert mitzuhalten, wird geehrt und verwöhnt – und als er dann doch aufbrechen muß, da sind die Adressen ausgetauscht. Vielleicht wird man sich nie wieder treffen, aber ab und zu werden doch freundliche Gedanken oder ein paar Grußzeilen die großen Entfernungen überfliegen.

Nicht weiter als Edschmiadsin oder Geghard – etwa 22 Kilometer – von Eriwan entfernt liegt *Ashtarak*, das sich als eine der ältesten kontinuierlichen Ansiedlungen des Landes betrachtet, malerisch am Ufer des Kassach-

Flusses, den eine alte Brücke überspannt. Da sähe man die – nur als Ruine erhaltene – ›Purpurfarbene‹, die Ziranavor-(Dsiranavor-)Basilika aus dem 5./6. Jahrhundert; im Friedhof am Ortsrand die ›Rotfarbene‹, Karmravor-(Garmravor-)Kirche, eine winzige Grablege-Kapelle mit einem originellen, von einer Restaurierung des 10. Jahrhunderts stammenden Ziegeldach. Auf einem Hügel im Nordosten steht die Mariane-Kirche (1281) mit späteren Anbauten, und in der Dorfschaft *Moughni* (Mogni) die Georgskirche, die einen letzten Ausläufer der mittelalterlichen Baukunst Armeniens darstellt: Mit reich-gewähltem Ornament mit islamischen Motiven, mit einem kalkulierten Muster verschiedenfarbigen Steinmaterials und einer gefalteten Schirmkuppel über dem farbigen Tambour prägt sie sich ins Gedächtnis. Östlich von Ashtarak liegt *Eghward* mit seinen Ruinen: denen eines Achteckbaus des 7. Jahrhunderts und denen einer dreischiffigen und fünfjochigen Pfeilerbasilika. Im 6. oder 7. Jahrhundert entstanden, war sie eine der kuppellosen Kirchen Armeniens.

Nur fünf oder sechs Kilometer von Ashtarak über der Schlucht des Kassach-Flusses das *Johanneskloster (Hovhannavank)*, ein befestigter Komplex des 13. Jahrhunderts. Einige Kilometer weiter, gleichfalls am Rand des Cañons, das *Kloster der Psalmen (Saghmosavank)*, beide sehr sehenswert, aber fast geflissentlich vor dem Fremden verborgen. Als einziges Ziel in dieser Region hat Intourist *Oshakan* auf sein fakultatives Ausflugsprogramm gesetzt, ein nicht sehr sehenswertes, eher denkwürdiges Ziel, denn von hier soll jener Mesrop Mashtotz stammen, der das armenische Alphabet schuf. Sein Grab zeigt man in der im 19. Jahrhundert stark restaurierten Kirche, das Andenken an seine Schöpfung hält das ›Denkmal des Alphabets‹ am Ortseingang fest.

Aber braucht jener Mann ein Denkmal, dessen Wirkung so lange bleiben wird, solange Armenier irgendwo in der Welt ihre Sprache lesen und sprechen?

Amberd wird in einem mit einer dreiviertelstündigen Wanderung verbundenen Ausflug angeboten. Er führt zu der einsam auf einem Felsausläufer des Aragaz thronenden, im Laufe des 11. und 12. Jahrhunderts verstärkten und erweiterten Festung mit mächtigen Türmen und Basaltmauern, die den Bagratiden, dann den Zakarian-Fürsten gehörte und das Land gegen Einfälle von Norden her schützen sollte. Innerhalb des Mauerkranzes finden sich die Reste eines Badehauses, von Zisternen und Wasserleitungen, einer kleinen zweikuppligen Basilika, eines feudalen Schlosses, verschiedener Wohngebäude. Die Kirche stellt sich dar als ein Kuppelsaal, in dessen Ecken vier kleine, tonnengewölbte Apsidenräume eingepaßt sind. Ein besonders schönes Beispiel für die Baukunst des 11. Jahrhunderts.

Die aus dem 7. Jahrhundert stammenden Kirchen von *Koch* (Koshk), von *Talich* (Talish) und *Thalin* sowie die Johanneskirche von *Mastara*, ein gut erhaltener, baugeschichtlich bedeutsamer Zentralbau – es seien nur diese westlich von Ashtarak gelegenen Bauten angeführt –, sind freilich nicht zugänglich, ebenso wie die im Bergland südlich des Sevan-Sees: die Klosterkomplexe zum Beispiel von *Gladzor*, *Noravank*, *Vorotavank* oder *Tatev*. Auch die angrenzenden Gebiete der Aserbeidschanischen Sowjetrepublik sind für den Tourismus gesperrt.

Diese Unionsrepublik (Hauptstadt: Baku), die antike ›Media Atropatene‹, das Erdölland, mit seiner vorwiegend vom Islam geprägten Kultur liegt schon außerhalb unseres imaginären Zirkelschlags. Doch auch hier noch findet sich Armenisches, gehörten doch Teile des Gebiets zeitweilig zum armenischen Reich. In den einsamen Bergen um Kahi sollen Reste von Kirchen des 6. und 7. Jahrhunderts stehen.

Ins iranische Aserbeidschan, nach Täbriz, kann man mit der Eisenbahn von Eriwan aus über den internationalen Grenzübergang bei Djulfa gelangen. Die Linie führt das Tal des Araxes entlang, durch die Nachitschewanische Autonome Sozialistische Sowjetrepublik, die zur SSR Aserbeidschan gehört, aber von armenischem Gebiet umschlossen ist. Der Aufenthalt im Verwaltungszentrum Nachitschewan ist trotz seiner bedeutenden islamischen Bauwerke aus dem 12. Jahrhundert dem Touristen noch verwehrt. Bei Hin-Dschuga, kurz vor der Grenzstation zum Iran, schneidet die Bahnlinie den Rand eines ausgedehnten Friedhofes mit Hunderten von khatchkarförmigen Grabsteinen. Sie stammen – Rest der von Schah Abbas verpflanzten Stadt Djulfa – zumeist aus dem 16. und den allerersten Jahren des 17. Jahrhunderts. Viele Details verraten den Einfluß islamischer Formen auf die nachmittelalterlichen armenischen Kreuzsteine, die vorher ihrerseits so wesentliche Impulse für die Gestaltung seldschukischer Totenstelen geliefert hatten. Trotz aller Feindseligkeiten herrschte in diesem Land zwischen allen Fronten ein dauerndes Geben und Nehmen.

Aber wir werden – Umwege sind oft die einfacheren Routen – ins persische Armenien von der Türkei aus einreisen. Von Eriwan führt eine neue Schnellstraße hinauf zum Sevan-See. Die Wohnblocks und Elektromasten bleiben zurück, ein Denkmal markiert die Stadtgrenze. Die Straße steigt sacht, aber stetig, schneidet durch baumlose Hügellehnen. Und wo sie es tut, da liegen Knollen, nein ganze Blöcke des schwarzen vulka-

Sevan-See

nischen Glases wie dicke Rosinen im gelblich-sandigen Tuffgeröll. Wir halten, um ein paar Splitter als Souvenirs mitzunehmen. Wie klingt nicht schon der Name – Obsidian! –, und welche Erinnerungen an tiefste Vergangenheit ruft ein solcher schwarzer Brocken nicht wach! Uns unerfahrenen Spätlingen gelingt es freilich nicht, so scharfschneidende Klingen von den wohlgeformten Knollen abzuschlagen, wie den Menschen der Steinzeit.

Linker Hand, jenseits des Razdan-Tals, steht noch weißgezackt der Aragaz im Blau, der Ararat aber entzieht sich nun unseren Blicken. Die bloße Andeutung einer Kurve – und er ist verschwunden. Bald aber danach – wir haben etwa tausend Höhenmeter überwunden – öffnet sich der Blick auf einen glänzenden blauen Spiegel: den *Sevan-See*, das ›Meerauge‹ der Alten. Jeder Intourist-Führer füttert einen mit Superlativen. Hier wieder einer. Der ›Ozero Sevan‹ ist der größte Bergsee der UdSSR, etwa 1900 Meter über dem Meer. Er ist natürlich nicht der einzige See Sowjet-Armeniens. Im Bergland gibt es mehrere Dutzend davon, schwer zugänglich und nicht erschlossen.

Er aber ist eben der größte, besteht aus dem ›Großen‹ Becken, nur etwa 50 Meter tief, und dem ›Kleinen‹, doppelt so tief, aber nur halb so groß. An der schmalsten

Stelle ist er bloß 9 Kilometer, an der weitesten 37 Kilometer breit. Seine Oberfläche maß einst mehr denn 1400 Quadratkilometer (zum Vergleich der Bodensee: 539 Quadratkilometer), ist heute jedoch um etliches kleiner. Er soll 28 Zuflüsse haben (aber wer kann schon alle Bergbäche ringsum genau zählen?), besitzt jedoch, anders als die beiden anderen großen Binnenseen im Ararat-Land, auch einen Ausfluß – den uns schon bekannten Razdan. Aber alle Versuche, präzise Angaben über den See zu machen, führen zu nichts. Die Wirtschaftsplaner der Armenischen SSR haben nicht nur die Kraft des Ausflusses zur Elektrizitätserzeugung, sondern auch sein Wasser zur Berieselung von Feldern in der Aras-Ebene nutzen wollen. Sie ließen das Seebecken unterirdisch anbohren. Damit haben sie zwar zunächst den Wasserkraftwerken die Existenz gesichert, den Seespiegel jedoch beträchtlich gesenkt. Um 18 Meter bereits. Dann hagelte es Proteste, die Einsicht setzte sich durch, daß es so simpel nicht weitergehen könne. Jetzt hilft aserbeidschanisches Erdgas den Energiebedarf Armeniens decken, speist das Wärmekraftwerk von Razdan und das Fernheizwerk, das die Wohnungen von Eriwan im eisigen Winter erwärmt. Außerdem wird ein 50 Kilometer langer Tunnel gebohrt, um das Wasser des Grenzflusses Arpa Cay in den Sevan-See zu leiten und dessen Wasserspiegel auf dem derzeitigen Stand zu halten. Selbst in der UdSSR scheint sich die Erkenntnis zu verbreiten, daß der Mensch die Natur, die er heute schnöde egozentrisch als ›seine Umwelt‹ bezeichnet, nicht zerstören kann, ohne sich selbst zu schaden.

Eriwan, Brunnen mit 2750 Düsen; jede erinnert an ein Jahr der langen Geschichte dieser Stadt

Trotzdem: das »auf die Erde gefallene Stück Himmel« (Maxim Gorki) ist auf sein prähistorisches Format geschrumpft. Die weichenden Wasser gaben den Archäologen ein reiches Feld frei. Zuerst die Reste der Stadt Kijechuni, die König Argišti I. zerstörte, als er den See und seine Ufer dem Reich Urartu einverleibte. Wenige Jahre später wurden in den Gräbern von Itschavan bronzene Waffen und Geräte und die Beschläge jener Wagen aus dem 13. und 12. Jahrhundert v. Chr. entdeckt, deren Rekonstruktion wir im Historischen Museum von Eriwan sehen konnten. Außerdem entstand in der Nähe von Sevan ein breiter und bequemer Badestrand, ein Naherholungsgebiet für die Bewohner der Hauptstadt mit Hotel, Restaurant, Badehütten, Bootsverleih, Erholungsheimen (einem für Schriftsteller!), mit ein paar kleinen Lokalen, wo man mit einigem Glück einen der köstlichen Fische aus dem See verkosten kann. Sein Wasser ist weder salzig, wie das des Urmia-Sees, noch laugig, wie das im See von Van, sondern einfach klar und sauerstoffreich. Das hat den Fischen behagt. Es gibt hier mächtige Forellen, und auch aus nordrussischen und sibirischen Gewässern verpflanzte Arten gedeihen, finden sie doch ähnliche Lebensbedingungen wie im Ladoga- oder Baikal-See. Selbst im Juli oder August erwärmt sich das Wasser nicht zu stark (kaum je über 20 Grad), aber bei sommerlicher Lufttemperatur ist ein Bad im seidenblauen Wasser ein Labsal. An Wochenenden herrscht Hochbetrieb am Seeufer. Zwar nicht so bunt und komfortabel wie an den Küsten des

Blick auf den 5165 Meter hohen Ararat

Kreuzstein auf der Insel Achthamar im Van-See

Mittelmeers, aber fast so ›südlich‹ – auf sowjetische Art.

Eine felsige Insel lag einst ein Stück weit im See. Jetzt ist sie zum bloßen Ende einer Landzunge degradiert. Auf dem flachen Hals dahin ist inzwischen ein Uferwäldchen aufgewachsen, eine halbwegs idyllische Verbindung zur alten Insel, die zwei alte Kirchen trägt als Reste eines alten Klosters, das in alten Zeiten als Verbannungsort für alt gewordene Königinnen und mißliebige Adlige herhalten mußte.

Über 230 neue Basaltstufen steigen wir hinauf zu den beiden Gotteshäusern, vorbei an einigen geschwärzten Kreuzsteinen. Die kleinere der beiden Kirchen, zunächst den Aposteln geweiht und im 13. Jahrhundert dem Vorläufer Johannes, ist geschlossen. Die größere Marienkirche, höher gelegen, gleichfalls aus dem 9. Jahrhundert stammend, ist noch ›in Betrieb‹. Und wie! Wenn Besucher kommen, ertönt vom Tonband geistliche Musik, verkauft der Küster Postkarten und Broschüren, zeigt er ein paar Reste der alten Ausstattung, einen bemerkenswerten Kreuzstein und einen Abguß der Tür, die wir im Museum von Eriwan sahen. Die einstige Vorkirche ist nur noch als Mauerviereck erhalten.

Ein Ausfahrtsschild wies unterwegs nach Kamo, in dessen Nähe am Seeufer der aus einer Vierpaßkirche des 9., einem schönen Gavit des 12. Jahrhunderts und einer Apsidenkapelle ineinandergeschobene Komplex des *Klosters Hairavank* zu finden wäre.

Aber nur der Abstecher zum ›Tal der Blumen‹ (Bagh Kadzor) ist uns vergönnt, einem Luftkurort – und zum Kloster *Ketcharis* mit einer Gruppe von fünf Kapellen und Kirchen, die sich in gerader Linie an die Ostmauer anschließen oder -schlossen, denn einige der alten Gotteshäuser sind heute nur noch durch Kreuzsteine

Auf der Sevan-Insel

bezeichnet. Die abseits und erhöht stehende Harountioun-Kirche ist ein reizendes Beispiel der Baukunst des 13. Jahrhunderts.

Auch Dilidjan ist ein Ausflugsziel, vom Sevan-See ohne Umstände zu erreichen. Links am Hang sehen wir bald die dunkle Figur einer anmutig-schlanken Jungfrau mit einer Feuerschale in Händen: Thamar, ein sagenhaftes Mädchen mit ähnlich traurigem Schicksal wie die Hero der Griechen. Auch ihr Geliebter, der sie als nächtlich-kühner Schwimmer besuchte, fand den Tod in den Wellen, als nachts die ihn leitende Fackel verloschen war.

Nach der Abzweigung zu einem Internationalen Motel verläßt die Straße den See, zieht bergan, dem Sevan- oder Dilidjan-Paß entgegen, genannt auch Semjonow-Paß nach dem Leibgarderegiment, dessen Pioniere die erste Straße bauten. Der See, schon fern, entschwindet hinter einer Bodenwelle. Das ärmliche Dorf Semjonovka erinnert an die Straßenbauer. Dürftige Almweiden, dann die Paßhöhe, 2130 Meter überm Meeresspiegel. Und nun wandelt sich die Landschaft dramatisch. Der Blick fällt hinunter in ein grünes Tal, in das sich die Straße in engen Kehren hinabwindet. Auf einer Strecke von wenig mehr als zehn Kilometern geht es aus dem Steinig-Kargen ins Üppig-Grüne mächtiger Laubwälder.

Man sagte uns, zehn Prozent Armeniens seien bewaldet, und hier nun haben wir dieses Waldland. Etwas, das wir auf unserer Fahrt schon allzulange nicht sahen. Vergebens suchen wir nach einem Vergleich. Stünden hier Tannen und Fichten, ließe sich an den Schwarzwald denken. Aber hier wächst anderes: Eichen, Kastanien, riesige Buchen. Der Intourist-Begleiter berichtet, daß es in den romantischen Tälern sogar alte Eibenhaine geben soll.

Dilidjan, etwa 100 Kilometer von Eriwan entfernt im Tal des Achstew-(Aghstev-)Flusses gelegen, ist ein Luft-

Kloster Hagartzin

kurort, eine Ansammlung von Kurkasernen mit Sportanlagen und Spazierwegen in die zum Naturschutzgebiet erklärte Umgegend. Zum Pars-Litsch-See zum Beispiel, genannt nach seinem klar-durchsichtigen Wasser, den alle Prospekte preisen.

Bald nach dem Ortsende weist ein Schild links ab: sechs Kilometer bis *Hagartzin.* Vom heutigen Dorf ist's noch ein ausgedehnter Waldspaziergang bis zu dem Kloster in waldiger Einsamkeit. Der Komplex besteht aus drei Kuppelsaal-Kirchen, deren eine noch einen intakten Gavit besitzt, und dem Refektorium. Die Hauptkirche mit bemerkenswerter dekorativer Bauplastik stammt neuerer Erkenntnis nach erst aus dem späten 13. Jahrhundert (1281). Ihre einstige Vorkirche ist zerfallen. Südlich von ihr, am Rand der Schlucht, die Gregorkirche aus dem 11. Jahrhundert, ein enger Kreuzkuppelraum, dem um 1200 die Zachariden-Fürsten einen Vierpfeilergavit vorsetzen ließen. Östlich die winzige Stephanos-Kapelle. Der bemerkenswerteste Bau hier ist jedoch das gut erhaltene Refektorium (1248), bestehend aus zwei nahezu quadratischen, von sich kreuzenden Bandrippen überwölbten Sälen, die nur die zwei Pfeiler einer Dreibogenarkade trennen. Der Baumeister Minas hat sich vom älteren Vorbild Haghbat anregen lassen.

Auch mit einem anderen Tagesausflug schöpft man fremde Valuta ab: mit der Exkursion zu den Klöstern Haghbat, Sanahin und Odzoun, die leider nicht auch nach *Goschavank* (Nor-Getik) führt, das sich wie andere Klöster nach der Verheerung der Städte durch die Mongolen zu einem lokalen Herrschaftszentrum entwickelt hatte und zum Glied der großen Route von Persien zum Schwarzen Meer.

Odzoun im Lori-Bezirk überrascht mit einer wohlerhaltenen dreischiffigen Kuppelbasilika mit Narthex und seitlichen Pfeilerportiken aus dem 6. oder 7. Jahrhundert. Nördlich daneben ein aus der gleichen Zeit stammendes, so gut wie einzigartiges Grabmonument: ein Doppelbogen als Rahmen für zwei fein skulptierte Obelisken, datiert zwischen das 4. und 7. Jahrhundert.

Die Hauptkirche des mit unbegreiflicher Sicherheit in den waldigen Hang überm Debet-Tal komponierten Klosters *Sanahin* oberhalb des gleichnamigen Dorfes entstand bereits im 10. Jahrhundert (967-972) und ist durch die ›Akademie‹ (nach 1100), einen breiten gewölbten Gang mit Gurtbogen und Wandnischen, verbunden mit der älteren Marienkirche (um 934). Das späte 12. und das frühe 13. Jahrhundert haben den beiden Kirchen Gavits vorgesetzt. Nach den seldschukischen Einfällen seit 1121 entstand der reizvolle Glockenturm. Bereits 1061 wurde der zierlich-kleine, nach außen sich als schlichter Zylinder darstellende Vierpaß der Gregorkapelle errichtet, bald danach die ihm nördlich durch einen Portikus angeschlossene Bibliothek mit übereck gespannten Gewölbegurten. Dieses Kloster fand eine besondere Förderin in der Königin Khosrovanusch, der Gattin Aschots III. (952-977). Auch ihre Söhne Smbat II. und Gurgan blieben dem Kloster als Stifter verbunden, das ebenso später unter dem Schutz der Zakarian-Fürsten als reges Zentrum des Lehrens und Lernens selbst die Invasion durch die Tataren der Goldenen Horde überlebte.

Nicht geringer war die Rolle des nur wenige Jahre jüngeren, um 976 gegründeten Klosters *Haghbat* (Hagpat). Für die Kunstgeschichte ist es womöglich noch bedeutender. Innerhalb seiner vieleckig gebrochenen und vielfach erneuerten, durch halbrunde Türme verstärkten Mauer stehen noch heute nicht weniger als vier Kirchen, zwei große Gavits, eine Bibliothek, ein Refektorium, ein Glockenturm. Dazu – außerhalb des umfriedeten Bezirks – Kapellen, Brunnen, Grabmäler, Kreuzsteine ... Nur etwa zehn Kilometer von Alaverdi entfernt erhebt sich dieser sehr geschlossene Komplex unweit des Dorfes Haghbat.

Als Schöpfer seiner zentralen Heiligkreuzkirche (976 bis 991) gilt Trdat, der Baumeister der Kathedrale von Ani, der hier das alte Planschema eines rechteckigen Kuppelsaales neu belebte. Seine Auftraggeberin war die Königin, die auch die Kirche von Sanahin gestiftet hatte. Auch hier finden wir ein Abbild ihrer beiden Söhne. Eine Reliefplatte im Ostgiebel zeigt sie mit dem Modell der Kirche.

Anstelle eines älteren wurde 1208 der Kirche ein höchst origineller Gavit (21 × 18 Meter) vorgesetzt, überwölbt von sich überkreuzenden Doppelbögen. Ihn flankieren zwei Kapellen, die südliche (1025) dem heili-

Kloster Sanahin

gen Gregor, die nördliche (12. Jahrhundert) der Gottesmutter geweiht. Dem wie in den Boden hineingesenkten Bibliotheksbau (11. Jahrhundert) bescherte 1273 eine Wiederherstellung eine der des Großen Gavit ähnliche Einwölbung. Eine gewölbte Galerie – weniger klar gestaltet als die ›Akademie‹ von Sanahin – verbindet die Hauptkirche mit dem nördlich gelegenen Vierstützengavit, den Bischof Hamazasp 1245 als Hör- und Lehrsaal errichten ließ. Die kleine Kirche an seiner Ostseite wirkt nur wie ein Anhängsel.

Etwas erhöht und isoliert von diesem geballten Baukern steht der dreistöckige Glockenturm, ein reizvolles Werk von 1245. An die nördliche Umfassungsmauer angelehnt das Refektorium aus zwei durch eine Bogenstellung eher verbundenen als getrennten gavit-ähnlichen Räumen. Erdbebenschäden von 1940 sind inzwischen behoben.

Wenige Minuten bergaufwärts führen zur kleinen Marien-Einsiedelei, umgeben von einem Friedhof, flankiert von einigen Kreuzsteinen, mit weitem Blick über die Landschaft und doch ihr nicht ›aufgesetzt‹, sondern eingebunden mit jener rätselhaften Sicherheit, die uns immer wieder erstaunt und beglückt.

Die Straße von Dilidjan nach Norden folgt dem Tal des Akstia-Flusses. In Intschevan – einst Rastpunkt der Karawanen – sehen wir zum letzten Mal den rosigen armenischen Tuff an den Fassaden. Eine silberne Jungfrau grüßt uns nach, als wir Armenien verlassen, ein Stück aserbeidschanischen Gebietes durchfahren, um nach Georgien zu gelangen. Fruchtbarer und fröhlicher ist dieses Land als Armenien, obwohl es dessen Geschicke oft geteilt hat. Nur wenig später christianisiert, war es gleichfalls Opfer im Streit zwischen Ost und

Haghbat, Marienkapelle

West. Leidvoll waren auch hier die Jahrhunderte, aber etwas gnädiger doch das Los als im Nachbarland, mit dem nie Kriege geführt wurden, sondern enge Bindungen bestanden, wie die mittelalterlichen Bauten augenfällig und handgreiflich dartun. Ein Zweig der armenischen Bagratiden hat das Land bis zum Ende seiner Selbständigkeit (1801) regiert, zahlreiche Armenier lebten in seiner Hauptstadt. Aber Georgien war und blieb doch immer ein Land für sich, mit eigener Sprache, eigener Schrift, eigener Geschichte, kirchlich mit Byzanz verbunden. Es liegt außerhalb unseres imaginären Kreises um den Ararat.

IX

IN PERSISCH-ARMENIEN

AUCH JENSEITS der sowjetischen und der türkischen Grenze zum Iran, in der persischen Provinz West-Aserbeidschan, ist Armenien, gibt es Festungen der Urartäer und armenische Klöster, lebten und leben Armenier. Aber hier ist auch Kurdenland, und friedlich und politisch still war es hier nie und ist es im Augenblick ganz und gar nicht. Eigentlich darf von der Fahrt durch diese Gegend nicht im Präsens, sondern nur in der Vergangenheitsform gesprochen werden, denn des Verfassers Erinnerungen an diese Landschaft sind im Lauf eines Jahrzehnts etwas verblaßt. Die gegenwärtige Situation hielt ihn davon ab, sich vor der Niederschrift dieses Kapitels dort noch einmal umzusehen, und er bittet deswegen um Nachsicht.

Und es sei auch gleich gesagt: Die Zeugnisse älterer Zeiten liegen meist abseits der Hauptstraßen, sind schwer zugänglich, und neue Farben zum Bild Armeniens steuern sie kaum bei.

Wir durchfuhren nach den Grenzformalitäten das Städtchen Bazargan, erreichten nach 25 Kilometern durchs bergige Land *Maku*. Nicht daß der Ort uns überaus sehenswert erschien – aber er war wie eine erste Einstimmung ins Persische. Da war die platanengesäumte Hauptstraße, in deren Mitte in sorgsam gemauerter Rinne ein Wasser lief wie in den meisten Städten des Iran. Da waren die arabischen Schriftzeichen, abgewandelt in den persischen Nastaliq-Duktus, statt der lateinischen Lettern, die seit 1928 in der Türkei obligat sind. Aus dem türkischen Osten waren wir in noch östlichere Bereiche eingetreten. Es schien uns, als wären wir erst jetzt so recht im Orient.

Östlich von Maku soll es beachtliche Reste einer Urartäerburg, Qale Siah, geben, Urartäisches auch auf der einstigen Burg von Danalu.

Die verkehrsreiche Europa-Asien-Route führt vorbei an Karaziyaeddin (auf Karten und in Führern auch Qara Zia Eddin, Sia ed-Din oder ähnlich geschrieben – so genau nimmt man's hier nicht mit der Transkription) und weiter über Marand nach Täbriz.

Von Maku, einem alten Reiterpfad folgend, zieht ein Holperweg 20 Kilometer nach Süden zum armenischen *Thaddäuskloster*, Surb Tadeos oder – volkstümlich – Kara Kilise, also ›Schwarze Kirche‹ genannt. Es ist das große Pilgerheiligtum der armenischen Christen Aserbeidschans, die sich im Juli hier zu Hunderten versammeln, um das Gedächtnis des Apostels Judas Thaddäus zu feiern, der im Jahre 66 in diesen Winkel Armeniens gekommen sein und hier die erste Kirche errichtet haben soll, in der er nach seinem Martertod begraben wurde. Die mittelalterlichen Legenden erzählen, Sankt Judas sei zu dem aussätzigen König Abgar von Edessa entsandt worden, der aus der Pein seiner Krankheit brieflich Jesus gebeten hatte, zu ihm zu kommen und ihn zu heilen, und der das Versprechen empfing, ein Bote des Heilands werde bei ihm erscheinen. Das war

Thaddäuskloster

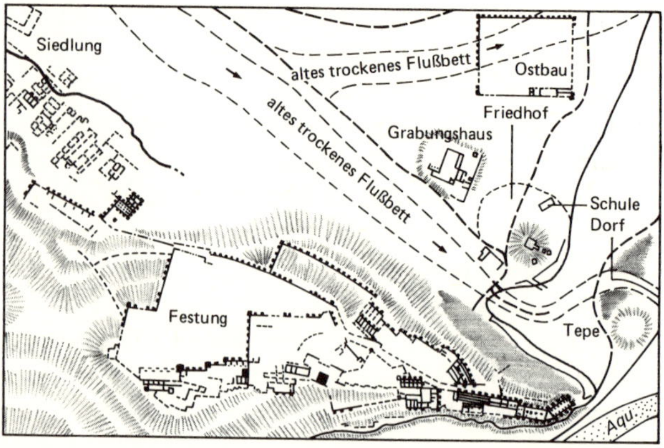

Plan von Bastam

eben dieser Apostel, und er gilt seither als derjenige, der das erste Korn christlicher Lehre in den rauhen Boden Armeniens senkte.

Den einprägsamsten Blick über die von drei Seiten bergumschlossene Talebene genießt man von Süden. Da liegt das Claustrum wirklich in eremo, nur von ein paar traurig-armen Kurdenanwesen respektvoll umlagert. Ein rostrot-fahles Gefilde, umsäumt von nackten, veilchenfarbenen Hügeln und Bergketten.

Ein paar Kilometer südlich markiert ein Kreuzstein die Abzweigung auf ein nach Ost führendes Schottersträßchen. Eine ungute Fahrstunde braucht man für die 40 Kilometer nach *Bastam*. In der Nähe dieses Dorfes die Reste einer urartäischen Festung und Niederlassung, einer Gründung König Rusas II., die W. Kleiss, der Leiter des Deutschen Archäologischen Instituts in Teheran, 1967 entdeckte. Sie wurde inzwischen unter seiner Leitung erforscht. Er möge selbst zu Wort kommen:

»Eine auf Grund der Funde wahrscheinlich königliche Residenz der Urartäer, in der Größe vergleichbar mit den beiden Hauptstadtburgen Van Kalesi und Toprakkale bei Van. Die Ausdehnung der Burg von Bastam beträgt 800 m auf 400 m, die der Siedlung 600 m auf 300 m. Dazu kommen weitere Baukomplexe wie ein isoliert von Burg und Siedlung angelegter Rechteckbau und Ufermauern einer Kanalisierung des Flußbettes. – Bastam erlebte seine Blütezeit im 7. Jh. v. Chr.; es scheint im ersten Viertel des 6. Jhs., um 590 v. Chr., zerstört worden zu sein, sehr wahrscheinlich durch die Meder, die dann einen Teil der Anlage weiterbenutzten ... Die urartäischen Anlagen erstrecken sich – fortifikatorisch sehr günstig – auf einem in das Tal des Aq Chay vorspringenden Bergrücken, der 174 m hoch über das Flußbett ragt. Der Burgberg von Bastam (Rusai-URU.TUR) trennt das Flußtal von der sehr fruchtbaren Ebene von Qara Zia Eddin, die mehrere urartäische Siedlungen aufweist: in Chassian, auf dem Tepe von Qara Zia Eddin, in Allah Verdikand und auf dem Uzub Tepe, letzterer eine urartäische Straßenstation am Wege von Bastam ins Araxes-Tal und in die Gegend von Evoghlu und Marand. – Bastam liegt an einem strategisch und wohl auch wirtschaftlich bedeutenden urartäischen Weg aus den östlichen Landesteilen zur Hauptstadt Tušpa (Van) am Van-See.« (Katalog Urartu, München 1976, S. 33f.)

In der Nähe von *Evoghlu* erhebt sich eine heute Kiz Kalesi, also ›Mädchenschloß‹, genannte urartäische Burg. Welches Ereignis oder welche Sage zu dieser märchenhaften Namengebung geführt haben mag? Jedenfalls war die auf hohem Fels im 9. oder 8. Jahrhundert v. Chr. errichtete Anlage mit ihren streng rechteckigen Terrassen mehr als bloß ein Sperrfort. Im

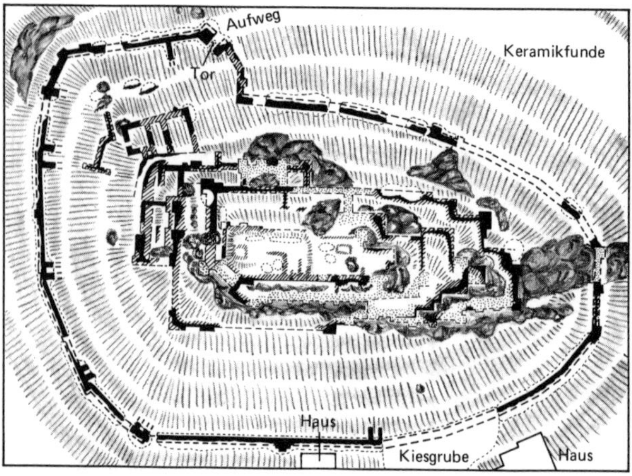

Plan von Kiz Kalesi bei Evoghlu

7. Jahrhundert wurde sie durch eine zusätzliche Ummauerung mit einem stattlichen Tor am Fuß des Burgfelsens gesichert.

Das Land, obwohl noch gut 1300 Meter über dem Meeresspiegel, erscheint als eine weite, von fernen Hügeln umzogene Ebene. Abseits der Straße die langsam dahinstelzenden Silhouetten einer Kamelherde. Menschenleeres Land. Aber als wir zu einer kurzen Rast Halt machten, da liefen – wie aus dem Nichts aufgetaucht – barfüßige Kinder auf uns zu: eines und noch eines und immer mehr. Offenbar lagen hinter einer der Bodenwellen ein paar armselige Lehmhütten versteckt. Die Kinder rannten atemlos heran, dann aber trauten sie sich doch nicht so ganz in die Nähe der Fremden. Deutlich spiegelte sich in ihren verschmierten Gesichtern der Kampf zwischen Neugier, Furcht und Keckheit. Bis der erste Bub seine Schwellenangst überwand und uns zu verstehen gab, was er wollte: Zigaretten.

Nicht lange dauerte es mehr, dann sprenkelte sich dunkles Grün in die steppenhafte Kahlheit, verriet, daß wir uns *Marand* nähern, einer Kleinstadt, die von einem dichten grünen Gürtel umzogen ist, mit den Resten einer kleinen alten Festung. Es ist die letzte Bahnstation der Linie Teheran–Täbriz–Eriwan vor der Grenze.

Schiene und Straße führen von hier stracks nach Norden, nach *Djulfa* im Tal des Aras, dem einzigen Übergang zwischen dem Iran und der UdSSR. Es gibt zweifellos Grenzstationen, an denen der Reisende freundlicher, schneller und mit weniger Umständen abgefertigt wird. Die heutige iranische Stadt ist Nachfolgerin jener viel älteren, weiter westlich und schon auf sowjetischem Gebiet gelegenen, deren Bewohner Schah Abbas der Große um 1605 zwangsweise in seine Hauptstadt Isfahan umsiedelte. Das Grenzgebiet war damals von den Osmanen bedroht, der Kaiser wollte die Armenier – tapfere Soldaten, unternehmungslustige Kaufleute mit Verbindungen bis Indien und England, geschickte Handwerker – nicht an den Feind verlieren. Daß bei der Verschleppungsaktion Hunderte und Tausende auf der Strecke blieben, das kümmerte den Herrscher wenig, darin war er ganz orientalischer Despot. Die Überlebenden wurden in Isfahan südlich des Zayande-Rud angesiedelt, wurden mit Privilegien begabt, durften nicht nur ihrem Glauben treu bleiben, sondern – was in den meisten islamischen Ländern verboten war – auch neue Gotteshäuser errichten und ihre Glocken läuten. Es soll damals 28 armenische Kirchen in Isfahan gegeben haben. Hier entwickelte sich ein reges Zentrum armenischen Lebens, das weitere Zuzügler anlockte und blühte, bis der vierte Nachfolger des großen Abbas Intoleranz für Frömmigkeit hielt und den Christen Beschränkungen auferlegte.

Täbriz, Ark

Marand war einst der Ausgangspunkt für die beschwerliche Pilgerfahrt zum *Kloster des Erzmärtyrers Stephanos* (Sdepannos Nachawega), das der Legende nach der Apostel Bartholomäus gegründet hat. In Grenznähe gelegen, ist dieses sehenswerte Ensemble zur Zeit ganz unerreichbar.

Kaum mehr als 70 Kilometer sind es von Marand noch nach *Täbriz*, der Hauptstadt der Provinz Aserbeidschan, in einem weiten Becken, das im Süden der 3506 Meter hohe Kuh-e Sahand überherrscht und das sich sacht von den Höhen im Osten hinabsenkt zum Becken des Urmia-Sees. Obwohl hier ein paar tausend Armenier daheim sind: drei Viertel der Bevölkerung sind aserbeidschanische Türken und sprechen den lokalen Dialekt.

Die Stadt, immer wieder von Erdbeben heimgesucht, wurde unter den mongolischen Ilkhanen, den Nachkommen des schrecklichen Dschingis Khan, Hauptstadt ihres Teilreiches. Ghazan Khan (1295-1304) ließ, nachdem er sich zum Islam bekehrt hatte, die Kultstätten anderer Religionen schließen und versuchte, seine Hauptstadt Täbriz zu einem Zentrum islamischer Gelehrsamkeit umzuschaffen. Aber erst nachdem er in seinem – längst zerstörten – Mausoleum Ruhe gefunden hatte, ward das Ziel erreicht. Sein Vezir, sein Nachfolger Üldscheitü Chodabende und dessen erster Minister ließen es sich angelegen sein, eine ganze Universitätsvorstadt mit Wohnheimen, Bibliotheken und Hörsälen zu errichten. Geblieben sind davon nur ein paar Brocken von Lehmmauern. Noch einmal wurde Täbriz Hauptstadt: unter den Turkmenen vom Clan der ›Schwarzen Widder‹ (Kara Koyunlu), die den immer hilfloser werdenden Erben des entsetzlichen Timur den iranisch-armenischen Westen entrissen hatten.

Für kurze Zeit Residenz Ismails, des ersten Schahs aus dem Geschlecht des Scheikh Safi, war die Stadt zweihundert Jahre lang Zankapfel zwischen Osmanen und Safawiden, seit dem 18. Jahrhundert wiederholt Ziel der russischen Expansionspolitik.

Auch wer es eilig hat, wird in Täbriz die mächtige Ruine der *Zitadelle* (Ark) besuchen, im 14. Jahrhundert errichtet auf den Fundamenten eines der riesig konzipierten Bauwerke der Mongolenherrscher, der Ali-Schah-Moschee.

Nicht durch Masse und Quantität dagegen beeindruckt die *Blaue Moschee* (1465), vielmehr durch die Qualität jener Dekorpartien, welche die betrübliche Zerstörung des höchst originellen Bauwerkes überlebt haben. Inzwischen wurde das Mauerwerk der Moschee rekonstruiert, um die Reste der köstlich-kostbaren Fayencemosaiken vor weiteren Schäden durch Wetterunbill zu bewahren.

Ein Besuch im *Museum*, und sei er auch noch so flüchtig, öffnet mit der Keramik vom vorgeschichtlichen

Maragheh, Rotes Mausoleum

Hasanlu bis in safawidische Zeiten mancherlei Perspektiven in die Vergangenheit.

Mochten auch die Straßenschilder noch so sehr nach Teheran und weiter nach Isfahan, nach Persepolis locken – Orte, die eigentlich ›zur Sache‹ gehören –, wir widerstanden dem Sirenengesang und verließen Täbriz auf der westlichen Ausfahrt, auf der Straße, die später in südwestliche Richtung zum Urmia-See hin abbiegt, westlich den Fuß des fast klassischen Vulkankegels Kuh-e Sahand (3700 m) umzieht. Sie nähert sich zwar der glänzenden Fläche des Sees, führt aber dann in einiger Entfernung vom Ufer südwärts.

Der *Urmia-See* liegt in einem von Bergen umsäumten flachen Becken gut 1300 Meter über dem Meer, ist 140 Kilometer lang und etwa 55 Kilometer breit und bedeckt eine Fläche von mehr als 5700 Quadratkilometern – ist also etwa elfmal so groß wie der Bodensee. Das ist freilich ein Annäherungswert, denn je nach der Jahreszeit schwankt sein Spiegel beträchtlich. Wenn im Frühjahr die einmündenden Flüsse Schmelzwasser von den

Bergen herabführen, steigt der See und überflutet die Ufer, vor allem im Süden und Osten. Da er keinen Ausfluß besitzt, wirkt regulierend einzig die sommerliche Hitze, in der das Wasser sich stark erwärmt und schnell verdunstet, denn er ist seicht, in der nördlichen Hälfte bei mittlerem Wasserstand bloß sechs Meter tief. Im südlichen Teil, in dem sich mehrere, auch bewohnte, Inseln befinden, wurde an manchen Stellen der doppelte Wert gelotet.

Wie zu erwarten, ist das Wasser schon im Frühsommer angenehm badewarm, aber sehr salzhaltig. Obwohl es als heilsam bei Hautkrankheiten gilt und der warme Uferschlamm gegen rheumatische Leiden helfen soll, kann weitum von Kur- und Badebetrieb nicht die Rede sein. Moslems befriedigen ihr großes und rituell gebotenes Bedürfnis nach körperlicher Reinlichkeit im Hammam, dem Warm- und Dampfbad – und streng nach Geschlechtern getrennt. Das Baden im Freien gilt dem Frommen als kindisches oder gar frivoles Spiel, zumal wenn Männer und Frauen gemeinsam ›nackt‹ (das heißt in immerhin stoffreicher Badekleidung) in aller Öffentlichkeit zum bloßen Vergnügen im Wasser planschen – denn schwimmen können die wenigsten.

Nach 110 Kilometern seit Täbriz führen weitere 20 Kilometer links ab nach *Maragheh*, einer nicht eben anziehenden Stadt am Südfuß des Kuh-e Sahand.

Daß Üldscheitü, der Mongolenkhan, vorübergehend hier residierte, ist verwehte Erinnerung. Fünf prächtige Grabmalsbauten jedoch lassen den Bewunderer islamischer Bau- und Dekorkunst alle Unzuträglichkeiten vergessen. Drei von ihnen stammen aus dem seldschukischen 12. Jahrhundert: das würfelförmige ›rote‹ Gümbed (1147), der zylindrische Grabturm von 1167 – gleichfalls mit schönem Portal – und das achteckige, wegen seiner türkisfarbenen Ziegelmuster so genannte ›blaue‹ Grabmal (1196). Neben ihm steht ein rundes, Qoni-ye Bordsch benanntes Mal aus der mongolischen Zeit (um 1300) mit prächtigem Portalschmuck. Das jüngste Bauwerk, das Gumbad-e Dschafariya aus dem frühen 14. Jahrhundert, nach dem Vorbild des ›roten‹ Grabmals‹ geschaffen, zeigt nur Reste eines besonders prachtvollen Dekors.

Bei Miandoab zweigt eine staubige Straße nach Süden ab, nach Sakiz und Sanandaj im Bergland der iranischen Kurden. Jahrhundertelang kannten diese wie ihre Brüder drüben auf osmanischem Gebiet keine höhere Ordnung als die des Stammes, dessen Häuptling ein patriarchalisches und autokratisches Regiment führte. Regelmäßig zogen sie mit ihren Herden zur sommerlichen Bergweide und winters ins Tiefland, unbekümmert um Staatsgrenzen. Unbekümmert um staatliche Autoritäten trugen sie ihre Fehden aus, die meist Rivalitäten um Weidegründe entsprangen und, war erst einmal Blut geflossen, zu immer neuem Blutvergießen führten. Die Stammeshäupter waren amtlich anerkannt als ›Valis‹, als Gouverneure in den Grenzgebieten, und sie anerkannten den Schah als ihren Herrn, der fern war und sich nicht in ihre Angelegenheiten mischte.

Erst als Mitglieder der damals herrschenden Qadjaren-Dynastie die Feudalherren als Vertreter der Krone ablösten, kam es auch im persischen Kurdenland zu vereinzelten Revolten mit ›nationaler‹ Zielsetzung. Die meisten der Stammesführer jedoch blieben dem Schah nicht nur treu ergeben, sie liehen ihm vielmehr ihre Unterstützung gegen Verfassung und Parlament, waren sie doch jeder Neuerung abhold, die ihre privilegierte Stellung hätte erschüttern können.

Mahabad hat in den Jahren nach dem Zweiten Weltkrieg für kurze Zeit eine große Rolle gespielt: als Hauptstadt einer Kurdischen Republik, die, von den sowjetischen ›Verbündeten‹ preisgegeben, weil sie sich ihnen nicht ausliefern wollte, von den Truppen des Schahs zurückerobert wurde. Nachdem 1950 eine kurdische Revolte schnell und blutig niedergetreten wurde, schien das Gebiet ›beruhigt‹. Im Untergrund jedoch schwelte es weiter. Es gab viele, die dem Schah Blutrache geschworen hatten, auch wenn unmittelbar nach dem Sturz der Haschimiden im Irak (1958), als den Kurden dort Erfüllung ihrer Wünsche zu winken schien, die Regierung in Teheran ›ihren‹ Kurden schmeichelnd entgegenkam.

Die nomadenfeindliche und progressistisch-›persische‹ Politik des verflossenen Schahs schuf ihm unter den Kurden weitere Todfeinde. Chomeini hat in seinem Pariser Exil eng mit kurdischen Führern zusammengearbeitet und ihnen für aktive Beteiligung an der Revolution Autonomie versprochen. Aber als der Umsturz geglückt war, ward der Führer der Schiiten den mehrheitlich sunnitischen Kurden wortbrüchig. Volle Unabhängigkeit und einen großkurdischen Staat können nur Träumer erhoffen. Realistische Politiker unter den Kurden wollten und wollen immer nur Autonomie oder zumindest größere Rechte und sprachlich-kulturelle Anerkennung innerhalb der bestehenden Staaten. Doch auch das können Qom und Teheran den Kurden nicht gewähren, denn dann würden die anderen Minderheiten, die Aserbeidschaner, die Belutschen, die Turkmenen, gleiches beanspruchen.

Vor allem die Araber in der Ölprovinz Khuzistan, auf die der irakische Nachbar ein begehrliches Auge geworfen hat, jener arabische Staat, dessen Ölquellen in Kurdengebiet liegen und der seine eigenen Kurden-

Nomaden am Urmia-See

probleme hat. Oder mit dem die Kurden ihr eigenes Problem haben, denn dort reißen die Kämpfe nicht ab, auch wenn an der Oberfläche ab und zu eine Stille eintritt, die manches von der eines Friedhofes hat. Aber seit 1979 herrscht offener Krieg zwischen den ölfördernden islamischen Staaten: Krieg um die ›arabischen‹ Gebiete, Krieg ums Öl.

Hinter Mahabad einsame Kilometer. Dann eine Handvoll Nomadenzelte, um die rings wollige Schafe und Geißen mit strotzenden Eutern grasten. Als wir hielten, winkte man uns einladend heran. Gesten der Begrüßung. Wir wurden in eines der schwarzen Zelte geleitet. Zaghaftes Palaver. Unsere Zigaretten, die wir zum dargereichten Tee anboten, öffneten in den schwarzen Bärten einen breiten weißen Streifen des Lächelns. Schlanke und stolze Männer, mit Adlernasen und blitzenden schwarzen Augen – wir waren froh, hier als Gäste aufgenommen zu sein, mit diesen Gesellen nicht in Unfrieden zusammenzutreffen. Wir durften dann auch zusehen, wie die Frauen an den erhitzten Wänden großer Tonkrüge das tägliche Brot buken. Der papierdünn ausgewalzte Teig wurde an die heiße Innenwand geklatscht, und wenn er gar war, löste er sich von selbst ab.

Nach staubigen Kilometern, die sich dehnend dahinziehen, endlich der himmelblaue See. Da die Straße sich ihm nähert, konnten wir nach wasserarmen Tagen auf staubigen Strecken unser Badeverlangen kaum mehr zügeln. Wir passierten das Dorf Heydarabad. Eine Fahrstunde abseits von hier soll das Kurdendorf Ochnou liegen, eine schon prähistorische Stätte, wo im 10. Jahrhundert eine Kirche entstand, die im 13. Jahrhundert Sitz des Katholikos der Assyrischen Kirche war. Doch wir verzichteten auf den Ausflug. Wo sich zwischen den Tabakfeldern ein Nebenweg zum See hin öffnete, da bogen wir ein. Das ersehnte Bad im Salzig-Warmen erfrischte zwar nicht so recht, das Wasser biß in den Mückenstichwunden, aber es spülte den Staub wenigstens weg. Für eine kühle Dusche hinterher hätte man viel gegeben. Dann blinzelten wir, auf den Steinblöcken am Ufer sitzend, in die spätsommerliche Hochlandsonne, genossen die Stille. Ab und zu nur zog ein Lastkraftwagen jenseits der Tabakfelder seine lange Staubfahne hinter sich her – sonst kein Laut, nicht einmal die Stimme eines Vogels.

Wir vergaßen, daß wir gelesen hatten, gerade hier am Westufer des Urmia-Sees habe man in besonderer Dichte Siedlungsspuren der sogenannten frühtranskaukasischen Kultur festgestellt: bei Geoy Tepe und bei Urmia und in der weiteren Umgebung des Sees bei Haftavan im Nordwesten, in Yanik Tepe bei Täbriz und in Hasanlu nördlich von Mahabad.

Die Straße entfernt sich wieder weiter vom See, den die Perser Dariatcheh-i Chahi nannten, der seit dem Altertum vielerlei Namen hatte und der bei den Geographen der Neuzeit nach der alten Stadt *Urmia* heißt, dem Verwaltungszentrum von West-Aserbeidschan. Zu Ehren des Gründers der Pahlevi-Dynastie wurde die

Stadt 1932 umgetauft in Rezayeh. Man wird nach dem Sturz des Schahs nicht vergessen haben, Stadt und See wieder einmal umzubenennen. Urmia, mit 135 000 Einwohnern, 1350 Meter überm Meeresspiegel gelegen, war wohl schon vor urartäischen Tagen besiedelt. Es behauptet – sicher zu Unrecht –, die Geburtsstadt Zarathustras zu sein. Urartäer, Hurriter und Meder, Perser und Araber, Türken und Mongolen, Turkmenen, Osmanen und Russen lösten sich in der Herrschaft ab. Bis 1914 aber war Urmia – seit der arabischen Invasion islamischem Gesetz gehorchend – Hauptstadt der christlich-nestorianischen ›Assyrer‹ gewesen, die das chaotische frühe zwanzigste Jahrhundert hier ausgerottet hat.

Das nestorianische Christentum, das in Jesus nur den Menschen sah, in dem der göttliche Logos »wie in einem Tempel wohnte«, war auf dem Konzil von Ephesos 431 verdammt worden. Und weil in Byzanz verteufelt, ward es oft von den Herrschern Persiens begünstigt und konnte sich durch den ganzen asiatischen Kontinent hin bis China und Ceylon verbreiten. Die Massaker unter Dschingis Khan und Timur haben die fern- und zentralasiatischen Gemeinden dezimiert und schließlich ausgelöscht. Enkel der Überlebenden suchten Zuflucht in den schwer zugänglichen Bergen Kurdistans. Um die Mitte des 16. Jahrhunderts und wieder hundert Jahre später unierten sich viele Nestorianer des obermesopotamischen Flachlandes mit der römischen Kirche und durften als ›Chaldäer‹ ihre eigene Liturgie und Kultsprache behalten. Die Unbeugsamen aber zogen sich in die schroffen Hakkari-Berge zurück, rackerten den steilen Hängen schmale Terrassen ab, auf denen Feldfrüchte gedeihen konnten. Frieden fanden sie auch hier nicht.

Urmia, im Hof der Freitagsmoschee

Ständig gab es Reibereien mit den Kurden, die als Moslems zum ›Staatsvolk‹ gehörten.

Wie andere christliche Minderheiten auch, hatten die nestorianischen ›Assyrer‹ unter dem Regime des mißtrauischen Despoten Abd ul-Hamid zu leiden. Kein Wunder, daß ihnen die Russen, die 1915 Kars und dann die Urmia-Gegend besetzten, wie Retter aus der Not erschienen. In Diz traten Katholikos und Notabeln der Gemeinschaft förmlich auf die Seite der Feinde des Sultans. Das bot den jungtürkischen Paschas den erwünschten Anlaß, die Ausrottung auch dieser Christen zu befehlen. Die Russen sandten keine Hilfe. So kämpften sich die etwa 80000 Überlebenden, das heißt ungefähr 25000 Familien zum persischen Urmiasee durch. Kein Franz Werfel hat dem Zug dieser Schar unter ihrem Katholikos Benjamin ein literarisches Denkmal gesetzt. Aber wie viele Bände wären nötig, alle Leiden in diesem vergessenen Weltwinkel dem Gedächtnis der Nachwelt aufzubewahren!

Im verworrenen Jahr 1917 – als auf die Einmischung Rußlands nicht mehr zu rechnen war – schienen sich Kurden und ›Assyrer‹ über allen Abgründen zusammenzufinden. Eine Episode: Der Chef des Sikakstammes der Kurden, Ismail Agha, seinerzeit besser bekannt und traurig berühmt unter dem Namen Simko, ein Christenjäger, den die Russen gebändigt hatten, machte sich nach deren Rückzug zum Herrn des persischen Kurdistan westlich des Urmia-Sees. Bei einem Festmahl, das ein Bündnis zwischen den beiden Gruppen hätte besiegeln sollen, schoß Simko am 25. Februar 1918 Mar Shimun, den Katholikos der Assyrer, nieder. Seither herrschte Blutrache zwischen den Sikak und den Christen, und deren Gruppe wurde dabei fast vernichtet. Britischen Zusagen vertrauend, versuchte Agha Petros, der Nachfolger des Getöteten, die Reste seines Volkes den Engländern entgegenzuführen. Nach Hunger- und Durststrecken, auf denen Ungezählte verschmachteten, trafen die Überlebenden bei Hamadan auf Briten und wurden von diesen in Auffanglager bei Bagdad gepfercht, wo wieder Tag für Tag der Tod seine Opfer fand. Erst 1921 siedelte man die Übriggebliebenen (etwa 25000 Seelen) nördlich von Mosul an. Die 4000 Waffenfähigen wurden in den ›Iraquian Levies‹ für die Zwecke der neuen Kolonialmacht eingesetzt. Das Ziel dieser Märtyrer ihres Glaubens, die Heimkehr in ihre karge Bergheimat, rückte angesichts der internationalen Lage in immer weitere Fernen.

Den blutigen Banditen Simko erkannte die Regierung in Teheran als ›Gouverneur‹ in dem von ihm beherrschten Gebiet an, billigte ihm allerdings keine wirkliche Selbständigkeit zu. Das diente ihm 1921 zum Vorwand für einen Angriff auf Sanj Bulaq (Mahabad), wo er – so heißt es – 600 persische Gendarmen niedermetzeln ließ. An den darauffolgenden Vergeltungsaktionen beteiligte sich auch die türkische Republik. Simko sah sich im Oktober 1922 gezwungen, in den Irak auszuweichen, und erbot sich, im Auftrag der Briten die Türken aus dem Vilayet Mosul zu vertreiben. London verzichtete auf einen solchen Bundesgenossen. Des Banditen Anwesenheit vermehrte auch in diesem Teil Kurdistans das Chaos. Als dieser noch heute als Urbild des kurdischen Freischärlers da verehrte und dort gehaßte Mann 1930 endlich bereit war, sich der persischen Regierung zu unterwerfen, wurde er unterwegs aus dem Hinterhalt erschossen.

1932 gewann der Irak eine halbe Selbständigkeit, und nun versuchten verzweifelte Überlebende der assyrischen Minderheit noch einmal, ihre alte Heimat zu erreichen. Doch während der König des neugebackenen Staates in London weilte und ein englisches Flugzeug den letzten Katholikos der Assyrer nach Zypern verfrachtete, massakrierten die Soldaten des Obersten Bekr Sidki die ›Aufständischen‹. Die mit dem Leben davonkamen, suchten Arbeit und Brot irgendwo in der Ferne. Nur ein paar hundert assyrische Christen noch hausen ärmlich und weltentlegen im Bergland westlich des Urmiasees und um Hakkari. E. Hammerschmidt weiß noch von 55 Kirchenbauten in 43 Weilern. Nur wer sich für eine Bergexpedition rüstet, kann sie aufsuchen. Immerhin soll es noch in Teheran einen Bischof der assyrischen Christen geben und also auch eine kleine Gemeinde.

Das Schicksal einer Volks- und Religionsgemeinschaft, wie es in diesem Bereich nicht allein steht, verweht schon fast, ist bald vergessen. So wenig also blieb von den Assyrern, vor denen einst der Nahe Osten zitterte, so wenig von den Nestorianern, die einst bis in den Fernen Osten missioniert hatten.

X

ZUM SEE VON VAN UND RUNDHERUM

DAS LAND um den See von Van bildete das Kerngebiet des Reiches Urartu. Auf den Bergrücken beim heutigen Van hatten seine Könige ihre Festungen, von denen aus sie das Land ringsum beherrschten. Es ist alter armenischer Boden – und die Heiligkreuzkirche auf der Insel Achthamar inmitten einer wahrhaft großen Landschaft zählen wir zu den bleibenden Eindrücken unserer Fahrt.

Der Van-See (Van Gölü), mit 3764 Quadratkilometern Oberfläche, siebenmal die des Bodensees, das größte Binnengewässer der Türkei, liegt 1720 Meter über dem Meer und entstand, als vor undenklichen Zeiten seismische Kräfte den Wassern, die sich in dem Becken zwischen Vulkankegeln sammelten, den Abfluß nach Südwesten verbauten. Seither hat das ›Meer von Ahlat‹, wie die Araber den See nannten, der den antiken Geographen als Thospitis, Arsena, Arissa, Arethusa, Arsippa mehr vom Hörensagen als durch Anschauung bekannt war, keinen erkennbaren Ausfluß. Gerüchte gehen von heimlichen unterirdischen Wasserläufen, aber sie bleiben Gerücht, solange der See mit allen seinen Phänomenen noch nicht erforscht ist. Selbst die immer wieder kolportierte Behauptung, es könne in ihm kein organisches Leben gedeihen, ist irrig. Sehr wohl werden vor den Mündungen der Gebirgsbäche lachsartige Fische gefangen. Nur weiter draußen kommen sie nicht mehr vor. – Die Wasser, die von den Bergen dem See zuströmen, verdunsten in der Sommerhitze, doch sind beträchtliche Schwankungen im Pegelstand keine Seltenheit. Im Lauf

18 Figurenrelief an der Kathedrale von Mren, 623-40 n. Chr.
19 Noah verläßt mit den Seinen die Arche, Wiener Genesis, 7. Jahrhundert. Wien, Österreichische Nationalbibliothek
20 Taufe Jesu. Armenisches Evangeliar, 1038. Eriwan, Matenaderan

18

19

20

Die Anbetung der Heiligen Drei Könige. Evangeliar von Edschmiadsin, 7. Jahrhundert. Eriwan, Matenaderan 21

Maria mit dem Kinde, Relief an einem Kapitell aus Dwin, 6.-7. Jahrhundert. Eriwan, Historisches Museum

Korbkapitell der Kathedrale von Zwarthnoz, 645-660

22

23

24 Elfenbeinplatte des Evangeliars von Edschmiadsin mit Darstellung der Verkündigung, des Tempelgangs, der Geburt Christi und der Flucht nach Ägypten. In der Mitte Maria mit dem Kinde, unten die Anbetung der Heiligen Drei Könige. 7. Jh. Eriwan, Matenaderan 24

25 Edschmiadsin, Kirche der heiligen Hripsime, begonnen 618

26 Edschmiadsin, Kirche der heiligen Gayane, 630-641

25

26

27 Insel Achthamar, Kirche zum Heiligen Kreuz, Apostel, Wandgemälde in den Apsiden, 10. Jahrhundert

28 Insel Achthamar, Kirche zum Heiligen Kreuz, 915-21. König Gagik und Christus, Relief an der Außenmauer

29 Ani, Kathedrale, 10.-11. Jahrhundert. Nische an der Außenmauer
30 Gottesmutter, Relief im Tympanon des Westportals der Kirche von Spitakawor, 1321

31 Ani, Kathedrale, 989-1001
32 Ani, Gregorkirche des Tigran Honentz, 13. Jahrhundert

33 Kloster Geghard, Stalaktitengewölbe der Vorkirche (Gavit), 13. Jahrhundert

34 Kloster Sanahin, Vorhalle der Erlöserkirche, 1181

35

35 Holztafel mit Kreuzabnahme aus dem Kloster Havuz-Tar,
10. Jahrhundert. Edschmiadsin, Schatzkammer der Kathedrale
36 Kreuzstein im Bereich der Kathedrale von Edschmiadsin, 13. Jh.

37 Ani, Gregorkirche des Tigran Honentz, Wandgemälde mit dem Einzug Christi in Jerusalem und dem Tod Mariens, um 1215

38 Trabzon, Wandmalerei an der Bema der Sophienkirche, um 1260. Detail der Tiberias-Szene

39 Sumelakloster bei Trabzon, Wandmalereien an der Außenmauer der Kirche, 17. Jahrhundert

der Zeiten haben sich die mineralischen Spuren allmählich verdichtet, Analysen des Wassers ergaben einen hohen Gehalt von Soda, dazu Spuren von Chlorinen, Carbonaten und Sulfaten. Der Van-See ist also eher ein Laugen- als ein Salzsee, und wer sommers in ihm badet, erlebt das köstliche Gefühl, wie eingecremt durchs seidenweich Blaue zu gleiten, fühlt sich beim Herauskommen nicht nur sauber, sondern wie in einer Haut aus Samt und Seide. Anders als unsere dicht umbauten und von Freizeitvolk umringten Seen ist der von Van so einsam, wie ein Gewässer nur sein kann. Keine verbauten Ufer, keine Badehotels, keine Segelboote oder Windsurfer. Einzige Schiffahrtslinie: das Eisenbahn-Trajekt, das der Bahnlinie Istanbul–Teheran unmögliche Umwege durchs Gebirgige erspart. Es liegt jedoch nicht nur an dieser Einsamkeit, daß der See nichts Heiteres hat. Als wäre er mit Blei hinterlegt, so stumpfgrau liegt er unterm trüben Frühjahrshimmel, bleierne Wellen ans Ufer werfend – und auch das ganz unirdische seifigtürkise Blau spätsommerlicher Tage bleibt wie an der Oberfläche, scheint nicht aus der Tiefe der Wässer zu dringen. Ein flaches, ein unglaublich blaues Blau, aber es lächelt nicht.

In Ağri zweigt von der E 23 eine Straße nach Süden ab, folgt zunächst dem Murat Nahr, der sich tief in weite, kahle Hochflächen eingefressen hat, verliert den Fluß dann aus den Augen, zieht in weiten Windungen eintönig zwischen kahlen Hügelzügen durch leeres Land. Kein Baum, kaum einmal da und dort ein frühlingsgrüner Fleck, weltverloren ein paar Hütten, eine wollige Herde.

40 Kreuzstein aus Hoschawank bei Dilidjan, 14. Jahrhundert. Eriwan, Historisches Museum

Schneereste auf fernen Bergzügen. Die melancholische Weite der ostanatolischen Landschaft rührt uns an. Nach 80 und etlichen Kilometern das Ortsschild *Patnos*. Die Stadt scheint nur aus einer Hauptstraße mit kleinen staubigen Läden, zwei Querstraßen und Lehmhütten rundherum zu bestehen – und den ausgedehnten Militäranlagen nördlich vor dem Städtchen. Militärisches hat hier Tradition, fanden sich doch auf dem ›Hausberg‹ oberhalb des Kasernenbereichs Spuren einer bereits urartäischen Festung. Die für solche Anlagen typische Situation: ein schmaler Felsrücken, leicht zu verteidigen, über einer fruchtbaren Talebene. Keilinschriften auf schwärzlichen Basalttrümmern kamen da oben ans Licht, zerbrochene Fundamente eines Tempels, der nach Süden sah, zum schneeglänzenden Kegel des Süphan Dağ, jenes 4434 Meter hohen erloschenen Vulkans, der über dem nördlichen Gestade des Van-Sees thront und dessen Bild uns nun immer wieder vor Augen stehen wird.

Von Patnos führen 40 holprige Kilometer in westlicher Richtung nach Malazgirt. Nicht daß der Ort mit

Flußtal des Murat Nahr

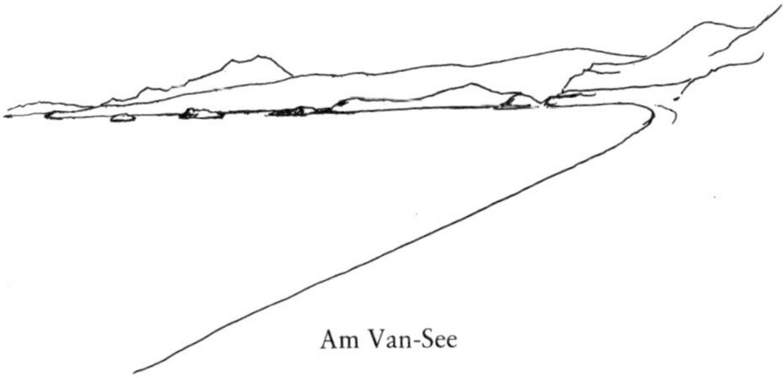

Am Van-See

den Trümmern einer Stadtmauer an sich bemerkenswert wäre, aber sein Name bleibt mit einem für die Geschichte Kleinasiens entscheidenden Ereignis verbunden. Hier bei ›Manzikert‹ schlugen im Jahre 1071 die seldschukischen Türken unter dem ›Löwen‹ Arp Arslan die Byzantiner und nahmen den Basileus Romanos IV. Diogenes gefangen. Fortan lag ihnen ganz Kleinasien offen – und sie wußten diese Tatsache zu nutzen. Die Schlacht war für die weitere Geschichte Anatoliens nicht minder folgenreich als die von Hastings (1066) für England.

Von Patnos nach Südosten bringt uns eine schmale Teerstraße, die langsam in wasserreichere Niederungen hinabführt, zum See von Van. Kurz vor Ercis weist ein Schild auf eine nach rechts abzweigende Nebenstraße, die am Nordufer des Sees über Adilcevaz und Ahlat nach Tatvan führt und von dort nach Van. Aber wir bleiben auf der bequemer ausgebauten, am Ostufer des Sees verlaufenden Straße, die uns schneller dorthin und unter ein Hoteldach bringt. Im See liegen, nicht zu weit vom Ufer entfernt, zwei Inselchen, Lim und Ktouts, beide mit Überresten von Klöstern des 9. oder 10. Jahrhunderts. Unerreichbar, da es keinen Fergen gibt, der sich zur Überfahrt erböte. Eine einsame Türbe rechts der Straße, bevor sie *Erciz* – einst die erste Hauptstadt der Kara-Koyunlu-Turkmenen – mit seiner gelbgetünchten Schule passiert – viel mehr gibt es auf dieser Strecke nicht zu sehen.

Nach 30 und ein paar Kilometern, dort, wo ein Flüßchen in die nordöstlichste Bucht des Van-Sees einmündet, zweigt links ein Sträßlein ab zum lokalen Verwaltungsort Muradiye und weiter nach Çalderan. Das sind beides keine ›sehenswerten‹ Orte. Nur der Name *Muradiye* klingt noch in manchen Ohren, war es doch Zentrum jener Erdbebenkatastrophe, die im Winter 1976 Tausenden das Leben kostete. Mehr Opfer als die unterirdischen Kräfte selbst forderten damals freilich die Jahreszeit und die schamlose Korruption. Der Schnee lag meterhoch, es gab kein Durchkommen für die Rettungsmannschaften, und die Hilfsgüter verschwanden in dunklen Kanälen. Die Obdachlosen – es waren ja ›bloß‹ Kurden – erfroren und verhungerten. Die Festung über dem Ort hatte um 1500 Perserschah Ismail auf urartäischen Fundamenten errichten lassen. 1514 verlor er sie an den ›Grimmig-Gestrengen‹ Sultan Selim I. Von den Urartäern erzählt – wie die südöstlich liegende Koryat Kalesi – auch die Burg von *Çaldıran* – nicht identisch zwar mit dem Ort, wo der Sultan den Schah besiegte, aber das Zentrum unsres ›Zirkelschlags um Armenien‹.

Eine ›freundliche Provinzstadt‹ nennt der Touristenprospekt das *Van* von heute mit seinen knapp 50000 Einwohnern. Einst war es nur die Gartenvorstadt der alten – schon vorzeitlichen – Siedlung, aber es mausert sich mählich zu einer vielleicht einmal modernen Stadt. Vorläufig scheint es uns – mit grünen Gärten und Alleen – nicht mehr als eine breite Straße mit einer Kreuzung am

Van

einen Ende, in deren Nähe sich die Tankstelle, zwei Hotels, zwei Teppichläden, ein paar Restaurants, das Fremdenverkehrsamt und – gleich um die Ecke – das Museum angesiedelt haben, und einer Kreuzung am anderen Ende, wo die zwei nadelspitzen Minaretts der neuen Moschee in den Himmel stechen. Parallel zu dieser Hauptstraße das Markt- und Handwerkerviertel. Ländlich-alltäglich, kein Märchenbasar. Merkwürdigkeiten bietet die Stadt selbst kaum, doch ist sie bequemer Stützpunkt für den Besuch sehenswerter Stätten.

Das *Museum* von Van ist klein. Auf den ersten Blick scheint es nur eben eines der vielen Provinzmuseen zu sein, die in den letzten 20 Jahren überall im Lande eingerichtet wurden. Im Oberstock Lokal-Folkloristisches. Das ist zwar schön, jedoch nicht einmalig. Einmaliges aber bergen die Vitrinen im Erdgeschoß. Urartäische

Funde, aus Cavuştepe zumeist. In den großen Museen, in London, Leningrad, Istanbul, Ankara, gibt es vielleicht Bedeutenderes, aber nirgendwo sieht man eine so vielfältige Breite, nicht einmal in Eriwan. Da sind Bronzescheiben aus der Zeit des ersten Argišti, Bronzekragen und bronzene Votivmännlein, Bronzeblechplaketten, Siegel und Siegelabrollungen, rotglänzend polierte Tonpokale, bauchige Becher, Krüge, Votivgefäße in Stiefelform, tierförmige Rhytha, Armreifen aus Silber, Stein-Perlen-Ketten, eine Serie von Kinderspielzeugen. In den zentralen Vitrinen: Votivbilder und Gürtel, getrieben aus Bronzeblech. Männliche Gottheiten (Haldi und Teišpa), stehend und thronend, auf den einen, die Verehrung weiblicher, die sich nicht mehr benennen lassen, auf den anderen im ›klassischen‹ Stil des 8. Jahrhunderts – aber auch neue Motive wie en face gesehene Köpfe oder Kriegerzüge und Prozessionen. Freilich finden wir hier keinen der großen bronzenen Dreifußkessel, die bis Etrurien exportiert wurden, aber wenigstens Tierprotomen, die den Rand solcher Weihungen zierten. Mir schien das schönste Stück ein kaum zehn Zentimeter langer fauchender Bronzelöwe, vielleicht von einem der Götter- oder Zeremonialthrone. So lebendig wie die assyrischen Löwen, so aufs Wesentliche reduziert wie ägyptische Tierbilder, so stilisiert wie die achämenidischen. Eine wenig mehr als handtellerlange Kleinplastik bringt die Ernte von 20 Jahrhunderten ein.

Im überdeckten Zentralhof Felsbilder, nestorianische Inschriftsteine – so schwer von vieler Völker Vergangenheiten ist hier der Boden! – und urartäische Keilinschriften. Im Vorgarten des Museums stehen auf einer Seite weitere urartäische Keilschriftsteine und Stelen und das aus massigen Blöcken aufgebaute und ausgehauene Relief aus Adilcevaz. Es stellt wohl den höchsten Gott

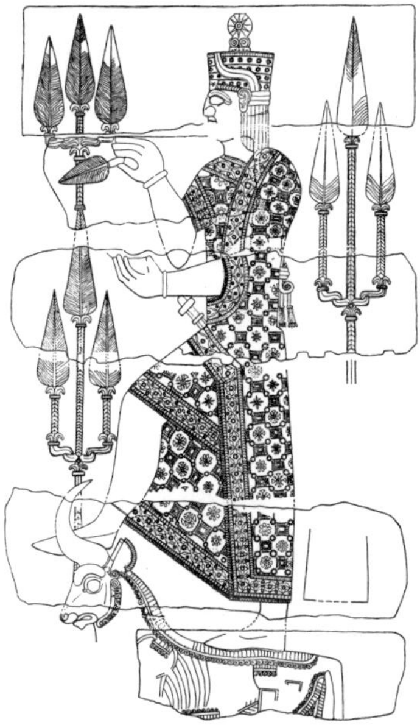

Van, Relief des Gottes Chaldi aus Adilcevaz

des urartäischen Pantheons dar: Chaldi, der auf einem Stier steht, umgeben von baumartigen Gebilden mit Speerspitzen als Blättern. Gegenüber fast zwei Dutzend jener ›rohen‹, von einem archaisch-starken Körpergefühl erfüllten Widderbilder der turkmenischen ›Schaf‹-Stämme.

Nordöstlich der Stadt, durch einen Bachlauf und einen Schießplatz der Garnison abgeschnitten und nur auf Umwegen erreichbar: die ›Erdburg‹ *Toprakkale*, einst Residenz des Königs Rusas I., von den Kimmeriern genommen, von den Medern anfangs des 6. Jahrhunderts v. Chr. zerstört. Was die ersten Erforscher freilegten, ist seither von Steinräubern abgetragen worden: die Fundamentblöcke des etwa 14 mal 14 Meter messenden Tempels – Vorbild für die des späteren achämenidischen Perserreiches.

Wer in Van nur kurze Station macht, wird seine knappe Zeit der anderen urartäischen Bergfestung widmen, der *Van-Kale*. Es ist die Stätte von Tušpa, der Hauptstadt Urartus – eine bedeutende Stelle mithin. Der Bergrücken, der sie einst trug, stößt wie ein Hahnenkamm aus dem flachen Land vor ins fast unanständig protzende Blau des Sees. Eine vor langer Zeit landfest gewordene Insel? Es ist eine exemplarische Situation für urartäische Festungen. An der Nordseite ein kleines islamisches Heiligengrab. Am Hang darüber ist die Bergwand geglättet, eine urartäische Opferstätte in sie eingeschnitten. Ein Podium, zwei Nischen im klingenden Kalkstein, die eine mit einer Statuenbasis und verwischten Keilschriftzeichen, die von der Wiederherstellung des Heiligtums unter König Menua, dem großen Krieger und Bauherrn, künden. Es muß sich um eine sehr alte Anlage handeln.

Die Besteigung des Burgbergs beginnt gewöhnlich weiter im Westen, dort, wo bei einer früher wohl ergiebigeren Süßwasserquelle sich ein kleines Teehaus angesiedelt hat. Einst reichte der See bis an den Fuß des Felsens, die Königsburg hatte einen eigenen Hafen, und um diesen zu schützen, ließ bereits König Sarduri I. eine Mole aus gewaltigen, exakt behauenen und geschichteten Steinblöcken errichten. (Manche sind bei einer Stärke von einem Dreiviertelmeter fast 6 Meter lang!) In assyrischer Sprache ließ der König drei Keilinschriften einmeißeln. »Eine Inschrift Sarduris, des Sohnes des Lutipri, des erhabenen Königs, des mächtigen Königs, des Königs des Weltalls, des Königs des Nairi-Landes,

Van-Kale

eines Königs, der nicht seinesgleichen hat, des bewunderten Hirten, der keinen Kampf fürchtet, eines Königs, der zu Boden warf, die sich nicht seinem Gebot unterwerfen wollten ... Ich, Sarduri, der Sohn des Lutipri, empfing Tribut von allen Königen. Sarduri, der Sohn des Lutipri, spricht: ›Ich schaffte diesen Kalkstein von der Stadt Alniunu herbei. Ich errichtete diese Mauer.‹« (zitiert nach Pjotrowski)

Beim Anstieg begegnen wir immer wieder den treppenförmig in den Fels geschlagenen Bettungen für die Fundamente längst vergangener urartäischer Bauten. Was wir heute noch am Hügelhang und auf der Höhe sehen, das stammt erst aus seldschukischer und osmanischer Zeit und schließt nur noch da und dort einen Block oder ein paar Blöcke aus tieferer Vergangenheit ein. Trotzdem oder gerade deswegen ist das, was den Hügelkamm krönt, höchst pittoresk. Ganz unglaublich vor allem die Oberburg, zwischen steilen Abstürzen aufragend wie ein unersteigliches Walhall aus Lehmziegeln, braungelb und rostrot und schwarzdurchlöchert. Der Weg da hinauf ist gar so steil nicht, doch der Gipfel bietet außer dem durch die Mauern erschwerten Rundblick keine Sensation. Man braucht nicht bis zur letzten Höhe zu klimmen. Schon vom ersten Sattel des Grats aus führen – durch ein wackliges Geländer ›gesichert‹ – Steinstufen hinunter in eine Felskammer, an deren geglätteter Außenfront präzise gemeißelte Keilzeichen die Eroberertaten von König Menuas Sohn Argišti I. rühmen. Den finsteren Hauptraum flankieren kleinere Nebenräume, auch sie mit Nischen in den Wänden. Aus der linken Nebenkammer führt eine zum Teil verschüttete Treppe glitschig ins ganz Dunkle. Zu einem ›Hinterausgang‹, der durch einen Tunnel wieder ins Freie führte? Aber solche Kammern können ja nicht für die Lebenden bestimmt gewesen sein, sondern nur als letzte Ruhestätten der Könige und ihrer Angehörigen.

Dem Burgfels von Tušpa sind noch weitere derartige ›Felswohnungen‹ eingehöhlt, aber um sie zu erreichen, müßte man ausgerüsteter Kletterer sein.

Unterhalb der steil abfallenden Südflanke des Bergrückens liegt ein kaum übergrüntes Buckelfeld. Das sind die Reste von Alt-Van. Noch zu Beginn unseres Jahrhunderts war das eine geschäftige Stadt mit einer ausgedehnten Gartenvorstadt, dem heutigen Van, von einer großen armenischen Gemeinde bewohnt, von den Osmanen im frühen 16. Jahrhundert ummauert. Wir Kinder des 20. Jahrhunderts wissen um die Vergänglichkeit alter und wie für alle Zeiten gebauter Städte. Aber daß so wenig bleibt selbst von gar nicht alten Ruinen, daß die Zeit so gleichmütig gefräßig ist, das rührt auch den an, der die Trümmerstädte nach dem Zweiten Weltkrieg noch in Erinnerung hat. Wer aber fragt, wie Van sein Ende fand, dem versagen sich Archive und Bibliotheken. Als die Stadt zerstört wurde, hatte Europa andere Sorgen, als sich um das Los einer so fernen Siedlung zu bekümmern. Was geschah, wird sich sowenig rekonstruieren lassen wie die zerfallene Stadt selbst.

Wer indiskret fragt und bohrt, bekommt zweierlei Auskünfte. Die eine: die Armenier hätten die Stadt, während die Türken sich gegen die Russen wehren mußten, niedergebrannt. Gemeint ist damit wohl der sogenannte ›Aufruhr von Van‹ vom April 1915, als sich nämlich die Armenier in ihrem Viertel gegen Plünderungen und Gewalttaten zur Wehr setzten und einen Monat lang einer förmlichen Belagerung durch türkisches Militär widerstanden. Aber viel Schaden scheint damals nicht angerichtet worden zu sein – nur bot der Vorfall einen der Vorwände für die bereits ins Auge gefaßte ›Endlösung‹ der armenischen Frage durch brutalen Völkermord.

Die andere Antwort lautet, es seien die Russen gewesen. Aber wann, ob 1915, 1917 oder 1921, darauf kann man sich nicht einigen. Lynch jedenfalls veröffentlichte 1901 in seinem großen Armenien-Werk Fotos aus der Stadt Van, auf deren Gelände heute ein paar Rinder und Schafe grasen.

Im Sumpfigen am Rand des einstigen Stadtgebietes steht eine Gruppe wohl seldschukischer Türben, offene Säulenpavillons mit Pyramidendach und zwei Moscheen des 16. Jahrhunderts wurden jüngst restauriert.

Von der Stätte der zerstörten Stadt überschaut man am eindrucksvollsten den Südhang der Bergfeste Tušpa, der wie durchlöchert ist von den unzugänglichen Felskammern aus urartäischer Zeit, bekrönt vom steilen Rundturm der osmanischen Burg. Drei Jahrtausende ziehen vorüber und sind doch wie ausgelöscht. Was blieb, verkündet in einer Landschaft großer Formen und weniger, starker Farben die triviale Tatsache, daß alles vorbeigeht. Aber der Satz »auch dieses geht vorüber« ist doch zugleich die Summe aller Weisheit und wie oft nicht auch tröstlichste Gewißheit.

Von Van aus führt eine Straße nach Südosten, nach *Hakkari*, der abgelegenen Hauptstadt des abgelegensten und menschenärmsten Regierungsbezirks der Türkei, in eine Sackgasse. Aus dem Wurmfortsatz, der sich hier zwischen Iran und Irak schiebt, führt kein Weg weiter. Hakkari ist bestenfalls Ausgangsbasis für Bergexpeditionen. Der höchste Eisgipfel des Cilogebirges, der Resko Tepesi (4168 Meter), liegt nur 20 Kilometer entfernt.

Selbst wer darauf verzichtet, bis Hakkari selbst vorzudringen, findet unterwegs Sehenswertes. Kaum 20 Kilometer südöstlich von Van liegt – nein: lag – seit dem 10. Jahrhundert das Kloster *Varagvank*, das Bachmann 1911 noch intakt und lebendig sah, mit einer Bibliothek, die alte Manuskripte bewahrte. Heute heißt die Stätte Yedi Kilise, aber von den sieben Kirchen und Kapellen sind nur noch kärgliche Raumfragmente geblieben, als Scheunen genutzt von den Bauern des Dörfchens, das sich in die Ruinen eingenistet hat.

Über den 2225 Meter hohen Kurubağ-Paß hinab gelangen wir in eine Ebene, aus der ein Hügelkamm aufsteigt, wie er den Urartäern behagt hätte. Tatsächlich: seine Flanke bekrönt urartäisches Mauerwerk. Ein gelbes Schild weist hinauf zum *Cavuş-tepe*, dem ›Gefreitenhügel‹, der jüngst von A. Erzen ausgegrabenen Festung Sardurhinili, einer Gründung Sarduris II. Droben, wo das Fahrzeug stehenbleibt, könnten wir linker Hand hinaufsteigen zur ›Oberburg‹ mit einem teils in den

Felsen gehauenen, teils aus großen Blöcken aufgemauerten Tempelplatz, hinter dem ein in den Bergrücken tief eingesägter Graben die östliche Verteidigungsgrenze bildete. Von hier oben läßt sich der westlich streichende Bergrücken überblicken mit den noch in langsamem Gang befindlichen Ausgrabungen.

Der Wärter aber – er muß auf der Lauer gelegen haben – leitet uns zunächst zu Mauerfundamenten und massiven Säulenbasen: Vorbauten einer Burg, Läden oder Vorratsräumen. An sie schließt ein von Quadermauern umzogener Bezirk, zu dem von Süden aus eine Felsentreppe hinaufführte. Das vermutlich war die eigentliche Zitadelle, von zinnenumkrönten Mauern eingeschlossen, wie sie uns alte Abbildungen zeigen. Es folgt dann ein nur durch Stichgrabungen angeschnittenes Areal, in denen man ebensolche Magazine vermutet, wie sie einige Schritte weiter freigelegt sind: rechteckige Räume mit in den Boden versenkten riesigen Tonkrügen für Getreide, Wein, Öl. Von dem turmähnlichen Tempelbau blieben freilich nur Fundamentblöcke, aber sie sind bewundernswert geglättet und gefügt und tragen im Basaltschwarz klar geschnittene Keilschriftzeichen. Das aufgehende Mauerwerk bestand – wie das des anschließenden Komplexes – aus Lehmziegeln. Hinter den südlichen wie den nördlichen Mauern zogen einst Wege entlang, ein zum Teil aus dem anstehenden Gestein ausgehauener Korridor führt ins Westende der Burg, an dem man einen mehrstöckigen Palast vermutet und eine Halle über tiefen Zisternen, welche notfalls die gesamte Festung versorgen konnten. Wie im Osten, so schneidet auch im Westen ein künstlicher Graben quer über den Bergkamm.

Eine halbe Autostunde durch eine Landschaft einsam-kahler und groß-bizarrer Formen, dann kommt die Burg

Festung Hoşāb

von *Hoşāb* in Sicht, das, den persischen Namen ins gereinigte Türkisch übersetzend, nun offiziell Güzelsu, ›Schönwasser‹, genannt wird. Von welcher Seite man sich auch dem Ort nähert, das Bild ist phantastisch. Auf hohem Felskegel über dem engen Flußtal sitzt eine mit Zinnen und Scharten und massiven Türmen versehene Festung. Von ihren Schicksalen ist so gut wie nichts bekannt. Der riesige Türsturz suggeriert die Vorstellung von Uraltem, doch Spuren früher Zeiten fanden sich bislang nicht. Im 14. oder wahrscheinlich erst im 15. Jahrhundert mag sich ein kurdischer Machthaber – halb Stammesfürst, halb Raubritter – hier in einem seldschukischen Fort eingehorstet haben. Vielleicht hat Selim I. im Gefolg seiner persischen Feldzüge, vielleicht erst sein Sohn, der glanzvolle Süleyman, die Festung verstärken lassen. Ihr Erscheinungsbild jedenfalls ist gar nicht osmanisch. Nach 1640 hat sie ein lokaler Feudalherr, Sarı Süleyman Bey, weiter ausgebaut und verstärkt, elf Jahre später wurde sie belagert und schwer beschädigt.

Die Pforte in dem riesigen Turm ist schön gefaßt. Im Spitzbogenfeld über dem Tor eine stalaktitgerahmte

Schrifttafel – schön, aber wenig aufschlußreich. Darüber, im schwarzweißen Dreipaßrahmen, ein tränenartiges Blatt, wie es sich mehrfach in ostanatolisch-nordsyrischen Dekorationen findet, flankiert von zwei noch ganz und gar seldschukisch anmutenden Löwen. Wir klimmen durch den Torturm, vorbei an tiefen Verliesen, hinauf zur Vorburg, über der sich die Oberburg erhebt, zinnenbekrönt und mit einem Luginsland, von dessen höchster Plattform fernrohrartige Tonröhren dem Beobachtungsposten nach allen Seiten windgeschützte und blendungsfreie Ausschau erlaubten. Von hier oben sehen wir hinunter auf die einstige ›Unterstadt‹. Eine lückenhafte Lehmziegelmauer zieht sich von Hügel zu Hügel, kriecht wie der stachelige Rücken einer Riesenechse hangauf, umgrenzt einen Bezirk, der viel mehr umfaßte als nur das armselige Dorf von heute. In den letzten Jahren hat sich aber selbst hier im letzten Winkel einiges verändert – zum Positiven. Die fensterlosen, halb in den Boden eingesenkten flachen Lehmhütten weichen langsam oberirdischen, aufgemauerten Häusern mit Ofen und Schornstein und einer von dünnen Pappelstämmen getragenen ›Talar‹-Vorhalle. Wunder darf man in einer so entlegenen Gegend nicht erwarten, aber daß sich hier – langsam freilich, aber immerhin doch – die Lebensbedingungen der Menschen verbessern, das erfüllt einen mit zager Hoffnung und Freude. Ein knallroter neuer Traktor steht auf der mit dekorativen Basalteinlagen gezierten 500 Jahre alten doppelbögigen Brücke.

Ein Tagesausflug von Başkale aus – rauh und unbequem – führt zum *Bartholomäuskloster*, der Legende nach Grabstätte des geschundenen Apostels. Und auch die kunstgeschichtlich bedeutsame Kirche von *Sorardir* ließe sich erreichen.

Aber Van ist doch vor allem Ausgangspunkt für den Besuch der armenischen Heiligkreuzkirche auf der Insel *Achthamar*. Sie ist zweifellos ein Höhepunkt unserer beschwerlichen Reise – und das durch Abbildungen bekannteste Denkmal der armenischen Architektur und Bildkunst. Die Fahrt das Südufer des Sees entlang hat zu jeder Jahreszeit ihren strengen Reiz. Der Wasserspiegel, große Bergformen und die intensiven oder wie bleiblassen Farben einer zum Teil vulkanischen Landschaft, ein kleines Teehaus über der Straße, ein Bootssteg. Wir haben Glück: Das Motorboot ist zur Stelle und bringt uns in etwa 20 Minuten hinüber zu dem dreieckigen Eiland, das uns auf seinem flacheren südöstlichen Sporn – je näher wir kommen, um so deutlicher – einen kostbaren Kristall entgegenhält: die *Kirche zum Heiligen Kreuz* auf der Insel Achthamar.

Achthamar im Van-See

Die Insel war jahrhundertelang eines der geistigen Zentren Armeniens. Von 931 bis 992 und wieder seit 1113 bis 1895 war Achthamar Sitz des Katholikos der armenischen Kirche, wobei allerdings anzumerken ist, daß seit dem frühen 12. Jahrhundert der Katholikatsanspruch des hier residierenden Bischofs nur in der unmittelbaren Umgebung und endlich nur noch auf der Insel selbst Anerkennung fand.

Seinen hohen Rang verdankt das Eiland König Gagik (904-938) aus dem Adelshaus der Artzruni, Herrscher über das Gebiet zwischen Van- und Urmia-See, den Großen Zab und den Aras umfassenden Kleinstaat Vaspurakan, der sich vom Reich der Bagratiden abgespalten hatte. In früheren Tagen war hier das Geschlecht der Rshthuni maßgebend gewesen, aber seit der arabischen Eroberung hatte sich manches verändert, hatten die Artzruni immer mehr Land in ihren Besitz gebracht. In Rivalität zum bagratidischen König von Großarmenien, den Kalif wie Kaiser anerkannt hatten, gelang es Gagik, seine Stellung zu festigen, Fürsprecher am Hof von Bagdad zu finden (heute würde man sagen: eine Lobby). Schließlich krönte ihn der Kalif al-Muqtadir im Jahre 908 mit einer goldenen, reich mit Edelgestein und Perlen gezierten Krone, bekleidete ihn mit einem brokatenen Ehrengewand und umgürtete ihn mit einem goldverzierten Schwert. Als Lehensleute des Kalifen herrschten die Artzruni in Vaspurakan, bis ein letzter Nachfolger Gagiks, Senekerim/Sanherib (1003-1021), benannt nach dem Assyrerkönig, auf den – vielmehr auf dessen vatermörderische Söhne (2. Kön. 19, 37) – die Familie ihren Ursprung zurückführte, das Land den Byzantinern überließ. Aus dem Geschlecht gingen mehrere Katholikoi hervor, ihm entstammte auch Thomas, der Chronist der Taten des Königs Gagik, die dem Reich

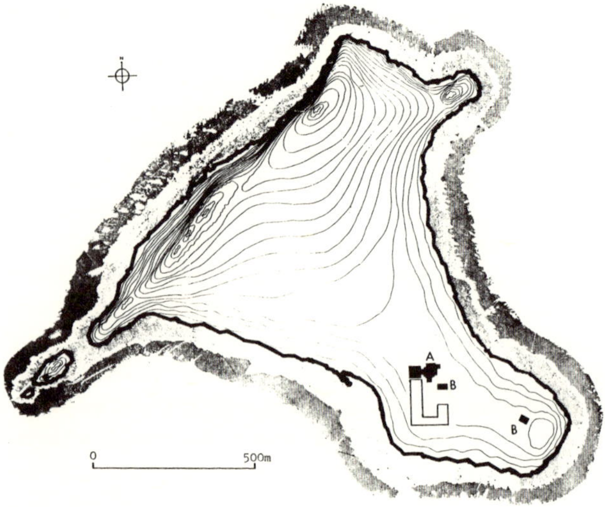

Insel Achthamar (A = Heiligkreuzkirche, B = Kapellen)

zu Wohlstand verhalfen. Er berichtet davon, daß der König, obwohl in Van residierend, Achthamar zu seinem Erholungs- und zweiten Wohnsitz bestimmte, die Insel mit betürmten Mauern umziehen ließ, einen kleinen Hafen anlegte, Terrassen, Gärten, einen Palast mit Vorratsräumen und ein Arsenal, daran sich endlich eine ganze Stadt anschloß. Vor allem der Palast, ein kubischer Bau mit Nischen und zentraler Kuppel, wird als Stätte überschwenglicher Prachtentfaltung geschildert, versehen mit goldenen Zieraten, bunten Bildern, schön gefügten Türen. Von all dem ist nichts, aber auch gar nichts mehr vorhanden.

Einzig die Kirche, die dazugehörte, steht noch heute fast unversehrt, wenn sie auch ihre einstige strahlende Farbfassung eingebüßt hat. Im Jahre 915 beauftragte

Gagik den Mönchsbaumeister Manuel mit ihrer Errichtung. Sechs Jahre später war sie fertig: ein Bau von knapp 15 Metern Länge und 11,5 Metern größter Breitendehnung, in der von Edschmiadsin/Hripsime herkommenden Tradition, ist also nicht einzigartig in Grund- und Aufriß. Einzigartig jedoch in der ganzen Christenheit des 10. Jahrhunderts ist sie durch den Reliefschmuck, der die Außenmauern gliedernd überzieht. Diese Skulpturen machen den Ruhm der Inselkirche aus. Obwohl sie zum Teil wie aufgesetzte Silhouetten wirken, bilden sie mit dem Mauerwerk eine Einheit, sind sie aus stehengelassenen Bossen der äußeren Sandsteinschale um den Gußwerkkern herausgearbeitet, gehören sie von Anfang an zu dem Bau, sind sie zusammen mit ihm konzipiert, gliedern sie ihn und machen ihn zugleich zu einem köstlichen Schrein. Denn einstens waren sie bunt bemalt, mit farbigen Einlagen versehen und hoben sich von einem vergoldeten Hintergrund ab. Als ein funkelndes Reliquiar muß sich in der klaren Gebirgsluft das Heiligtum des Heiligen Kreuzes in den blauen Fluten des Sees gespiegelt haben.

Heute sind Farben und Gold spurlos vergangen, doch faszinierten uns der plastische Schmuck und sein Leben im wechselnden Licht des Sonnenlaufs darum nicht weniger. Ein flaches Rankenband schließt das Sockelgeschoß nach oben ab. Über ihm zieht sich, etwa die halbe Mauerhöhe einnehmend, ein großer Figurenfries rings um den Baukörper, mit Propheten und Heiligen und Szenen aus dem Alten Testament, begleitet von Büsten in Medaillons und Tierfiguren. Sind diese nur willkürliche Füllsel leerer Stellen? Schwer zu sagen, denn wir können zwar einzelne Gestalten und Szenen benennen, Programm und Aussage dieses Frieses sind uns Heutigen jedoch verschlossen. Darüber stößt eine Reihe von konsolenartigen Tierprotomen sehr plastisch aus der Fläche heraus, noch höher wiederum zieht als breites Band eine Weinranke dahin, in welche immer wieder kleine Figuren von Tieren und Menschen, Szenen von Kampf und Jagd, eingeflochten sind. In den Giebelfeldern schauen die frontalen Gestalten der vier Evangelisten, mit dem Buch in der Linken und segnend erhobener Rechten, in die vier Weltgegenden. Unter dem Dachansatz der Kreuzarme sowohl wie der zentralen Pyramide ziehen sich Tierfriese dahin, rundplastisch beinahe, genauso wie die Köpfe und maskenhaften Gesichter. Der Schmuck gewinnt um so stärkeres Relief, je höher am Bau, je ferner also er dem Auge angebracht ist.

Als wäre es noch nicht genug, umziehen zierlich vegetabile Bogenbänder den oberen Abschluß der Fenster, knicken an den Ecken horizontal ab und verbinden nebeneinanderliegende Fensternischen. Gerade in den oberen Regionen sind mit Hilfe eines Fernglases so viele reizende oder befremdliche Details zu entdecken, daß man sich lange vergnügen kann – aber sie alle zu beschreiben ginge weit über unsere Absicht und Möglichkeit hinaus. Es seien also einzig die Hauptgestalten des unteren großen Figurenfrieses als Hilfe zur ›Lektüre‹ der Bildwerke der Reihe nach – an der Westfront beginnend gegen den Uhrzeigersinn – aufgeführt.

Im Westen – am besten vom Dach der Vorkirche aus zu sehen, flankiert von zwei Cherubim mit augenbedeckten Flügeln – ist dargestellt, wie König Gagik, in reichem Ornat, den der Kalif ihm verlieh, das fast vollplastisch aus der Mauer tretende Modell der Kirche dem segnenden Christus überreicht, der merkwürdigerweise kleiner gebildet ist als der Stifter. In der Mitte unter dem Fenster halten zwei Engel ein Rund mit einem reich geschmückten Kreuz.

Um die Ecke an der Südseite zunächst eine Szenenfolge aus der Jonas-Geschichte. Jonas, der nach drei Tagen aus dem Bauch des Walfisches errettet wurde, galt ja seit frühester Zeit als Präfiguration Christi und seiner Auferstehung am dritten Tage. Links wird der Prophet aus einem Schiff direkt in den Rachen des Untiers geworfen, das gleich daneben noch einmal auftritt, diesmal in Gestalt eines Löwendrachen (ein altes persisches Motiv, hier mit Fischschwanz allerdings, wogegen in Persien der Pfauenschweif üblich ist). Jonas liegt unter – im Bild eher: auf – der Kürbislaube; darüber sehen wir, wie er dem im Türkensitz auf Kissen thronenden König von Ninive die Zerstörung der Stadt prophezeit. Die Heiligen, deren Büsten in Medaillons dargestellt, aber nur teilweise durch Beischriften als

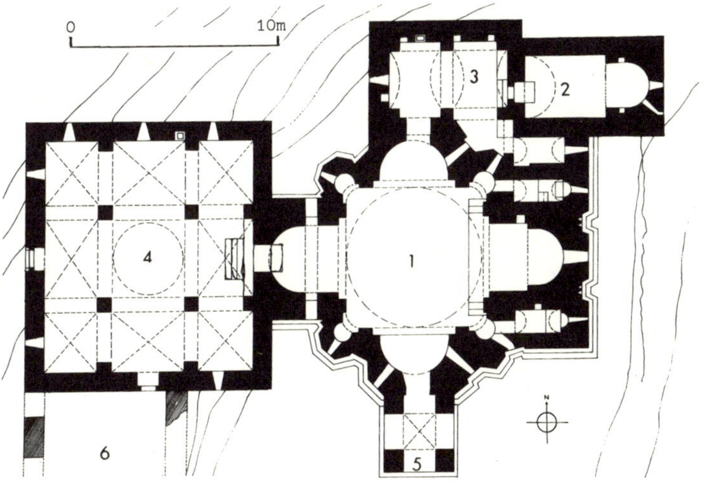

Grundriß der Heiligkreuzkirche von Achthamar. 1 = Kirche, 2 = Oratorium, 3 = kleine Vorkirche, 4 = Zamatun, 5 = Glockenturm, 6 = Reste des Klostergebäudes

Stephanos, Elias, Zephania kenntlich gemacht sind, stehen in keinem deutlichen Bezug zu den Hauptszenen. Beinahe versteckt folgt dann Abrahams Opfer (auch wieder ein altchristliches Heilandssymbol). Der Vater hat Isaak bereits am Schopf gepackt, um ihn zu schlachten, als die himmlische Stimme – sichtbar gemacht als die Hand Gottes – ihn auf den im Geäst verfangenen Widder hinweist. Mit der folgenden nimbierten Gestalt, die unter nach byzantinischem Hofbrauch verhüllten Händen etwas nicht Erkennbares trägt, könnte Moses gemeint sein. Jenseits des Fensters, unter dem gegenständige Ziegen einen Palmbaum flankieren, wendet sich ein Engel dem unter einem Baldachin thronenden Christus zu. Daneben, begleitet von den Erzengeln Michael und Gabriel, die thronende Mutter mit dem göttlichen Kind. In den Tondi darüber Propheten: Zwei sind als Joel und Nahum ausgewiesen. Wir erkennen gerade noch einen Steinbock, darunter zwei Adler, die einen Ring im Schnabel halten, dann verdeckt der später angefügte Glockenturm die Reliefs. – Östlich von ihm, von Tierwesen umgeben, zwei Heilige: Sahak und sein Bruder Hamazasp, Prinzen von Vaspurakan, Angehörige der Artzruni-Familie, die 786 unter dem älteren Bruder Harun ar-Raschids getötet und von der armenischen Kirche als Märtyrer verehrt wurden. Sie interessieren uns heute als Abbilder der Tracht armenischer Adliger des 10. Jahrhunderts. Nur eine der drei Medaillonbüsten ist namentlich gekennzeichnet als Eli – und der Hohepriester schaut auf die Szene des Kampfes zwischen David und dem schwer gepanzerten Goliath. Über dem künftigen Sieger mit seiner Schleuder schwebt das Rundbild des Propheten Samuel, der ihn salbte; ihm folgt, klein, aber als orientalischer Herrscher gekleidet, sein Vorgänger im Königsamt: Saul.

An der nach Osten blickenden Front mit dem bartlosen Johannes im Giebel sehen wir besonders viele Tiere. Der haarumwallte Adam im Rund über dem Mittelfenster war es, der »allen Tieren, den Vögeln des Himmels und dem Wild einen Namen gab«. Zunächst der linken Ecke steht Johannes der Täufer. Ihm entspricht fast spiegelbildlich am anderen Ende der Front der Prophet Elias, zu dessen Füßen eine Gestalt kniet, vermutlich die Witwe von Sarepta. Kleiner und auf höherem Niveau links Gregor der Erleuchter, während man in der entsprechenden Gestalt rechts den Apostel Thomas vermutet. Auch die beiden Heiligen im Mittelfeld, seitlich des Fensters, sind mangels Beischriften nicht eindeutig zu benennen. Vielleicht handelt es sich um die Apostel Thaddäus und Bartholomäus – beide Missionare in Armenien und Hausheilige der Artzruni. Gar die Büsten in den Medaillons sind nicht zu identifizieren. Gleiches gilt von den Rundfeldern an der Nordseite. Da sehen wir zunächst den riesigen Simson (seine Größe symbolisiert seine Kraft) mit dem Eselskinnbacken den Philister erschlagen, dann folgen zwei nimbierte und modisch gekleidete Gestalten, deren eine durch den Text des Schriftbandes als der Prophet Hesekiel ausgewiesen ist. Noch einmal begegnet uns Simson, wie er den Löwen erschlägt, darunter – nur noch fragmentarisch – eine Sirene. Wieder Tierbilder, die auf lange östliche Tradition zurückgehen. Mit Turban auf dem Haupt Ezechias, König von Juda, der den Götzendienst ausrottete, neben ihm groß der Prophet Jesaia.

An der Giebelwand links des Fensters der Sündenfall. Die bäuchig-geschlechtslosen Ureltern stehen zu beiden Seiten des Baumes der Erkenntnis. Der taucht rechts noch einmal auf in der Szene, da Eva (ihre kniende Gestalt ist kaum mehr kenntlich) den Einflüsterungen der Schlange lauscht. Es folgen dann drei in Anatolien sehr populäre Reiterheilige: Theodor, Sergios und Georg, die mit ihren Kreuzlanzen Schlange, Panther und einen Gefangenen töten. An den polygonal gebrochenen Mauern dann Tiere und Tierszenen, zwei Löwentöter, von denen einer sich als David ausweist, die drei Jünglinge, die im babylonischen Feuerofen wunderbar überlebten, und Daniel zwischen den Löwen. Beides wiederum Szenen von Rettung und Erlösung, die seit dem Beginn christlicher Kunst immer wieder dargestellt wurden.

Wenn uns auch die dem Bildprogramm zugrundeliegene Idee nicht völlig einsichtig ist: allgemeines läßt sich sagen. Es verbindet frühchristliche mit speziell armenischen Motiven, zeigt in den westlichen Teilen der Nord- und Südfronten alttestamentarische Heilspräfigurationen, stellt den sündigen Stammeltern im sonnenfernen Norden im Süden Jesus und Maria als den neuen Adam und die neue Eva gegenüber, dann große Gestalten der Zeit vor und nach Christus, während die Ostfront den Heiligen des Ostens gewidmet ist. Kaum ahnbar bleibt der Sinn der vielen, oft auf alte Überlieferungen zurückgehenden Tierwesen. Sicher nur, daß dieser Fries sich als Heilszyklus verstand.

Anders das in höherem Relief gearbeitete Friesband, das über den Fenstern die Kirche umzieht. Es zeigt – mit köstlich beobachteten Details – Szenen rein weltlicher Art. Da sehen wir im Weingeranke eine säugende Bärin, einen Bären beim Honigschlecken, Bärenjäger und Kürbisträger, friedliche Tiere und Kämpfe zwischen Löwe und Stier; Vögel, Hasen, Fuchs und Hund und

Brevier König Hetums II. von Kleinarmenien mit seinem Bildnis auf der Eingangsseite, illustriert von Thoros Roslin, 1286. Eriwan, Matenaderan

Szenen von der Jagd. Motive, wie man sie später als Initialenschmuck auf Pergamenten wiederfindet im Osten wie im Westen. Ist das nur freie Fabelei, wird auf Fabeln angespielt?

In der Mitte des Ostfrieses thront im Türkensitz ein Gekrönter, nimbiert, mit Trinkbecher und Traube in den Händen. Ihm warten Männer auf in der Tracht, die in Samarra wie in Laschgari Bazar im fernen Afghanistan türkische Sklavensoldaten kennzeichnet. Dieser Thronende ist nicht König Gagik, sondern sein Oberherr, der Kalif von Bagdad, versehen mit dem Weltschaubecher des iranischen Kulturheros Dschamschid und den Zeichen des Dionysos, die über christliche Vermittlung auch die frühe islamische Kunst erobert hatten.

Im skulpturalen Schmuck der Kirche von Achthamar kommt vieles zu vielem: altchristliche und frühbyzantinische, altorientalische und sassanidische Motive, unter dem Zeichen des Islam verschmolzen, in den Dienst der christlichen Religion und höfischer Repräsentation gestellt. Armenien erscheint uns wie eine Agraffe, die Köstliches aus Ost und West zusammenbindet.

Auch die Fresken im Kircheninneren verdienen Beachtung. Sie stammen aus der gleichen Zeit wie die Reliefs, nur ist hier »alles auf lineare Einfachheit und die Tendenz zur Abstraktion abgestellt«. (E. Storm) Der Pinsel konnte auf engeren Flächen eine größere Anzahl figurenreicher Szenen darstellen als der Meißel. Was von diesem Zyklus – schwarzgelb verblaßt – geblieben ist, stellt das immerhin vollständigste Ensemble armenischer Monumentalmalerei des Mittelalters dar.

Im einstigen Friedhof hinter der Kirche stehen Mönchs-

Bibel von 1318. Oben Moses und Aaron, unten Adam und Eva. Eriwan, Matenaderan grabsteine, rohe Blöcke mit einem schlichten eingeschnittenen Kreuz von schönen Proportionen, dazu ein paar reich dekorierte und sorgsam gemeißelte Kreuzsteine.

Beim Schauen und Bedenken vergehen Stunden wie ein paar Minuten. Unsere Überfahrer drängen, und wir müssen uns von dem faszinierenden Bau losreißen. Vielleicht wäre es klug gewesen, uns gleich nach der Ankunft bedenkenlos und schaufroh dem Zauber des Eiland hinzugeben, das Grün des frühen Jahres genießend.

Plötzlich wissen wir, was uns in den letzten Tagen so gefehlt hat: Nirgendwo sahen wir eine Blüte, keinen Farbtupfer im stumpfen Graugrün. Hier nun die blauen, lila, gelben Blumen, die schneeige und rosige Blütenpracht der wilden Kirschen vor dem Schnee der Berge rings um den See. Im späten Jahr ist hier alles zu goldenem Ocker verbrannt, hie und da mit Immergrünem getupft. Über dem satten Blau des Seespiegels stehen dann fahlgrau und kahl die Berge, in die das sinkende Sonnenlicht harte, sich ins Veilchenfarbene wandelnde Schatten zwischen goldene oder eisenfarbige Höhen zeichnet.

Die Kirche von Achthamar ist keineswegs die einzige Erinnerung ans Königreich Vaspurakan, aber die anderen sind entweder bis zur Unkenntlichkeit verfallen oder nur auf langen und nicht ratsamen Umwegen zu erreichen.

Aufs Festland zurückgekehrt, nehmen wir uns in Gevaş Zeit, die Türbe zu besehen. 1358 für eine Prinzessin aus dem Türkenclan der ›Schwarzen Schafe‹ errichtet. Ein Zwölfeck unterm steilen Pyramidendach mit Palmettmuster, schlank, mit reichem Simsband und reichen

Türbe und Friedhof von Gevaş

Rahmungen der schmal-hohen muschelig geschlossenen Nischen. Ein ganz ›islamisches‹ und türkisches Werk, das aber zugleich augenfällig macht, welche Vorbildrolle die Kuppeltürme der Armenierkirchen für diese Türben gespielt haben.

Auch für die Gestaltung türkischer Grabstelen boten die armenischen Kreuzsteine Anhalt und Vorbild. Der Friedhof hier – zwar verkommen und verkleinert – bietet reichliche Anschauung. Auf den hochrechteckigen Schauseiten umzieht – das armenische Kreuz ist stets durch einen Mihrabbogen ersetzt – ein Inschriftband das Mittelfeld. Die Zeit hat die scharfen Kanten der abstrakten Flechtwerke abgeschliffen, hat die Stelen geneigt, den Schleier des Vergessens über so viele Versuche gelegt, dem, der hier seine Ruhe gefunden hatte, ein Gedenken über den Tod hinaus zu bewahren.

Die Straße nach Tatvan quert – fern vom Seeufer – den 2234 Meter hohen Kuzgunkıran-Paß, zeigt ein paar Andeutungen von Wald, ganz selten ein paar Wohnhäuser. Schneeweiße Gipfel schauen hinab ins grüne Tal. Unerwartet öffnet sich nach einer ›grünen‹ Fahrt der Blick auf den See, über dessen bleigrauem Spiegel fern und feierlich der makellose Kegel des Süphan Dağ schwebt. In Tatvan, einem Städtchen ohne Farbe, findet sich Unterkunft.

Ein Ausflug noch zum nordwestlichen Ufer des Van-Sees: Staubige 50 Kilometer – aber die großen, weiten Landschaftsbilder entschädigen für jedes Ungemach – führen am See entlang, vorbei am Nemrud Dağ (3050 m), einem erloschenen Vulkan mit gerühmten Kraterseen, wo sommers das Vieh der Kurden Futter findet, bringen uns nach *Ahlat*. Der Ort, von den Arabern schon im 7. Jahrhundert erobert, blieb eine immer wieder umkämpfte Enklave des Islam, war im 12. Jahrhundert Residenz seldschukischer Emire, gehörte im 13. Jahrhundert Eyyubidenenkeln – entfernten Nachkommen des Kurden Saladin –, dann dem Choresm-Schah, seit 1245 den Mongolen, danach den turkmenischen ›Weißen Schafen‹. 1513 fiel der Bereich an Ismail Schah und bald darauf an die Osmanen. Der große Süleiman ließ 1544 am Seeufer eine von doppeltem Mauerkranz umzogene Festung errichten. Sie ist verfallen und so tot wie die Ruinen der im frühen 16. Jahrhundert entstandenen Moschee, so tot wie das alte Ahlat, das man nur noch seiner Totenmäler wegen besucht: wegen der Türben und des Friedhofes, die allein noch Zeugnis ablegen von der einstigen Größe der Stadt. Da sind die ›Zwei Türben‹ (Iki Türbe), bestehend aus einem größeren Mausoleum, 1279 für einen Hasan Tikin bestimmt, und einem kleineren, 1281 für einen Emir Bugatay Agă und seine Gattin Şirin errichtet, beide sind besonders reich und schön geschmückte Totenzelte. Die weiteren Mausoleen, an denen der Weg vorbeizieht, belehren uns drastisch, daß bei aller Einheitlichkeit der Grundgestalt Türbe nicht gleich Türbe ist. Zwischen schnellwüchsigen Bäumen

Türben bei Ahlat

entstehen neue Häuser aus verschiedenfarbigem Tuff, die aussehen, als seien sie von armenischen Bauherren bestellt. Unweit der Türbe des Emirs Bayrindir, einem Säulenpavillon mit anschließendem viereckigen Betsaal, beginnt der museal abgegrenzte Teil der einst noch viel ausgedehnteren Friedhöfe, die seit dem 12. Jahrhundert die einstige Stadt umzogen. Die Mehrzahl der Stelen, das Vorbild armenischer Kreuzsteine in islamische Mihrabform umsetzend, stammt freilich erst aus dem 17. und 18. Jahrhundert. Jenseits der Bachschlucht die wohlerhaltene Hasan-Paşa-Türbe (1275), benachbart zwei ruinierten Mausoleen.

Das Gräberfeld: eine krautige und grasige Ödnis, in der sich die Schlangen sonnen. Die Denksteine, schön gemeißelt mit fein ziselierten Borten um das innere Bogenfeld und mit Schriftzügen geschmückt, stehen in dunklen Gruppen, stehen schief und schräg durcheinander, verlassen und vergessen. Wenn ein grauer Himmel tief herunterhängt und der See bleidunkel daliegt, dann ist's, als zöge sich die ganze Trauer Ostanatoliens

Ahlat, Friedhof

hier zusammen. Aber auch bei hellem Himmel, wenn die weiße Pyramide des Süphan Dağ überm Horizont schwebt, ist das Bild nicht heiter. Ahlat – das ist die Schwermut des Landes.

Das kleine Museum, dessen zwei Räume spätbronzezeitliche, urartäische, seldschukische und armenische Kleinfunde, Keramik, ein paar Erzeugnisse der Volkskunst bewahrt, ist bald besehen. Wenige hundert Meter südöstlich erhebt sich das Ulu Kümbet, das ›Große Grabmal‹, mit seiner wie in den anderen Mausoleen in den Boden versenkten Grabkrypta und dem mit einem Mihrabfenster versehenen Betraum darüber. Eine datierende Inschrift fehlt, vielleicht stammt es aus dem späten 13. Jahrhundert. Trichternischen armenischer Art gliedern sein Äußeres.

Die 25 Kilometer nach *Adilcevaz* – zwischen dem See und dem Fuß des Süphan Dağ entlanglaufend – sind herrlich: Nur der Fahrer hat wenig davon, denn er darf seine Aufmerksamkeit kaum einmal von der Straße wegwenden. Das Städtchen – mit Bach, Platanen und verschlafenen Teehäusern zu Füßen einer mittelalterlichen

Burg – gilt als Ausgangspunkt zur Besteigung des Süphan Dağ wie des Besuchs der Urartäerfestung Kefkalesi. Von hier stammen jene Blöcke, die – wieder zum Reliefbild des Gottes Chaldi zusammengefügt – wir schon vor dem Museum von Van bewundert haben.

Von Van nach Tatvan führt nicht nur die kurvenreiche Straße, sondern auch ein eher ›lustvoller‹ Weg; einer freilich, den man 1720 Meter über dem Meer nicht erwarten würde: der Wasserweg mit den Fährschiffen. Eine Strecke von 90 Seemeilen, also etwa so lang wie die zwischen Ostende und Dover, ein Teil der zwischen 1970 und 1972 geschaffenen Bahnverbindung von Istanbul nach Teheran. 1971 wurde das erste der vier Schiffe der Van Lake Ferry Line in der Istanbuler Malik-Werft auf Kiel gelegt, in Einzelteilen auf dem Landweg nach Tatvan gebracht und dort in einem eigens geschaffenen Trockendock zusammenmontiert. Seit 1976 besorgen nun vier Schiffe von etwas unter 2000 Bruttoregistertonnen, fast 82 Meter lang und 14,50 Meter breit, mit vollständigem Navigationssystem und je 26 Mann Besatzung die Verbindung über den See. Jedes von ihnen kann 14 Eisenbahnwaggons oder 12 vierachsige Laster und 40 Personenwagen, dazu noch 170 bis 310 Passagiere aufnehmen. Man kennt derartiges vom Meer her. Eigenartiger Gedanke, nun hoch über dessen Niveau einen Binnensee zu überqueren, den Hochgebirgsgipfel umstehen, darunter 25 Dreitausender.

XI

ZWISCHEN VAN-SEE UND TIGRIS

GESTERN abend rauschte unendlicher Regen herab und verwandelte das Städtchen Tatvan – selbst die paar Meter Asphaltstraße – in einen lehmfarbenen Sumpf. Als wir heute vors Haus treten, um die heraufsteigende Sonne zu grüßen, ist der Boden hart gefroren, die Berge haben ihre Wolkenhüte abgeworfen, glänzen in schneefrischem Weiß vor einem klaren Himmel. Früher Aufbruch.

Links vor Başhan sehen wir einen schöngewölbten Han, eine Karawanenherberge von einst, die Mauern beschmiert mit politischen Parolen, bald dann rechts eine zweite, viel bescheidenere Karawanserei.

Rechts zweigt die Straße ab, die über Muş und Bingöl, über Elazig und Malatya nach Westen führt, nach Kayseri und zur wundersamen Landschaft um Ürgüp und Göreme im geometrischen Zentrum der heutigen Türkei. Sie nutzt eine der westöstlich verlaufenden Furchen (folgt allerdings dem Murat Nahr nicht so genau wie die Bahnlinie), steigt, fällt ab, steigt wieder, wiederholt das Spiel mehrmals. Beiderseits begleiten blaßgelbe, dann rostrot behauchte Bergzüge, die bei spätem Sonnenstand glasig verblauen. Grandios-einsame Landschaft auf dieser schnellen Verbindung, aber wenig, was einen auf historische Spuren Neugierigen fesseln könnte. *Muş*, an dem wir vorbeifahren, der bescheidene Hauptort eines Regierungsbezirks, ist eine armenische Gründung, war immer wieder umkämpft, wurde wiederholt zerstört. Seit 1915 gibt es hier keine Armenier mehr.

Etwa 15 Kilometer hinter Muş zweigt eine der wenigen Nord-Süd-Verbindungen ab: die Route über Varto und Hinis nach Pasınler. Eine rauhe Strecke. Immer wieder muß sich der Wagen aus einer Talfurche bergauf quälen, um jenseits in ein anderes Tal hinabzukurven.

Auch wir haben in der Richtung nach Westen eine 1640 Meter hohe Paßhöhe zu überwinden, bevor wir *Bingöl* erreichen: Zentrale wieder eines Regierungsbezirks. Nichts zeugt von einer langen Vergangenheit – selbst die Schäden, die das Erdbeben von 1971 angerichtet hat, sind fast vernarbt. Man legt höchstens eine Teepause ein, um danach weiterzufahren über eine Paßschwelle nach *Elaziğ*, das wie eine Spinne im Netz eines wichtigen Straßenknotens sitzt. Sehr besehenswert ist auch diese Stadt nicht, eine Gründung ihres Namengebers, des Sultans Abd ul-Aziz (1861-1876) und eine junge Tochter jener viel älteren Siedlung, die sich um die ursprünglich byzantinische Festung *Harput*, ein paar Kilometer nördlich, gelegt hatte. Dort saß einmal ein armenischer Glücksritter, bis der Seldschukensultan Malik Schah (1072-1092) sein Nest aushob. Artukiden, Timuriden, Turkmenen, Perser und Osmanen folgten einander hier als Herren. Das Minar der Großen Moschee im seither verlassenen ›alten Dorf‹ ward in diesen Zeiten mehrfach umgestaltet.

Wer über Elaziğ stracks nach Westen strebt, hat meist keine Zeit zu Abstechern ins Abgelegen-Vergangene. Eine unebene Strecke, aber eine, die noch einmal die nackten Formen und die fast bedrohliche Melancholie des östlichen Anatolien herzeigt. Wer die Hälfte des Wegs nach Malatya zurückgelegt hat, überquert den Euphrat an der engsten Stelle der Schlucht, die der sich durch die Ketten des östlichen Taurus genagt hat, überschreitet damit unseren imaginären Grenzzirkel.

Das Malatya von heute – schon »jenseits« – ist ein Markt für die Umgebung, weniger sehenswert als die alte Stadt (Eski Malatya) mit ihren leider recht schadhaften vorosmanischen Bauten. Halbwegs zwischen beiden die Stelle des antiken Melitene/Milid.

Kaum 20 Kilometer weiter zweigt von der Straße nach Kayseri eine andere ab, die nach Süden führt. An ihr liegt Gölbaşi, von wo aus sich Adiyaman erreichen läßt. Es bildet einen der möglichen Ausgangspunkte für eine Exkursion auf den Nemrud Dağ, den heiligen Berg der Kommagene. Davon aber sei später die Rede.

Wir lassen diese schnelle Strecke ins Zentrum Anatoliens dieses Mal rechts liegen, wählen vielmehr die Route nach Diyarbakır über *Bitlis* in seiner bergflußdurchrauschten Talkrümme. Es war im 16. und 17. Jahrhundert Hauptstadt eines so gut wie selbständigen kurdischen Fürstentums. Auf einem Hügel die Mauern einer schon byzantinischen Zitadelle. In die Stadt eingeklemmt die hoflose *Ulu Cami* mit drei qiblaparallelen Schiffen und einer Kuppel über dem Joch vor dem Mihrab. Strzygowski nennt sie das Gegenstück zum burgundischen Fontenay – und das will einiges heißen. Eine asketisch strenge Variante des omayyadischen Betsaals der Moschee von Damaskus. Auf unserem Weg nach Diyarbakır – wo die dortige Ulu Cami das bedeutendste Beispiel des Typus darstellt – könnten wir ihm wiederholt begegnen: in Siirt, das abseits der Straße liegt, in Silvan, auch noch einmal in Bitlis selbst. Brücken überspannen den Fluß, stattliche Steinhäuser staffeln sich hangauf übereinander. Einst gehörten sie armenischen Familien. Glücklich jene, die sich seinerzeit noch retten konnten, hinaus in fremde Ferne.

Talab schlängelt sich die Straße. Je tiefer sie sich senkt und je höher die Sonne steigt, um so grüner und frühlingshafter wird das Bild. Aus dem frostigen Morgen des Hochlandes kurven wir hinab in behagliche Temperaturen. Erst sind die Hänge der Talschlucht noch unwirtlich kahl, dann gestrichelt mit schwarzen, verknorzten

Landschaft bei Kozlük

Stämmen, als Maulbeerbäume kaum kenntlich, so nackt und verkrüppelt. Mit jedem Kilometer, den es abwärts geht, scheinen sie uns freier zu wachsen, und die ersten blaßgrünen Tupfer in ihrem Gezweig entfalten sich wie im Zeitraffer zu grünen Kronen, so wie die Eichen, die Feigen- und Nußbäume.

Vor *Kozlük* überqueren wir einen der Nebenflüsse des oberen Tigris, machen dann bei einem Teehaus an der Straße Rast. Wieder einmal beschämt uns die selbstverständliche Gastfreundschaft. Wie würde man bei uns daheim einen Wildfremden empfangen, der nicht einmal der Landessprache mächtig ist? Hier sind wir die Fremden, der Sprache kaum kundig. Ganz arg- und harmlos lädt man uns ein zu Tee und Nüssen, zu Brot und Käse und einer scharf gewürzten Suppe.

Die Weiten des Zweistromlandes spürt man bereits im Hügeligen nördlich des oberen Tigris, dem hier schon alle Wässer zuströmen. Regengüsse haben die Grasnarbe weggefressen, nun liegt das fahlrote Erdreich nackt. Ein paar Schafe, ein winkender Hemdenmatz.

Dann Wegweiser nach links, nach Batman zeigend. Wenn wir sie übersehen, finden wir uns bald an der imponierenden Brücke von *Malabadi*, die den Batman Suyu überspannt, ein Ingenieur- und zugleich ein Kunstwerk aus der Zeit der Artukiden. Heute ist die Brücke stillgelegt, ein neuer Straßenübergang nimmt ihr die Lasten und Erschütterungen des modernen Verkehrs ab, stört allerdings den Anblick empfindlich.

Führen wir weiter geradeaus, träfen wir nach 20 Kilometern in *Silvan* (Mayafarıkin) ein, das früher Martyropolis und noch früher – als Hauptstadt des Tigranes von Armenien – Tigranocerta hieß. Dort erinnert auch die Ul Cami – im Auftrag des Artukiden Najam ed-Din Alpi (1152-1176) errichtet – an den Plan der Moschee von Damaskus. Aber sie ersetzt das überkuppelte Qiblajoch durch eine neun Jocheinheiten überwölbende Trompenkuppel: ein Vorspiel zu den Zentralkuppelbauten der osmanischen Zeit.

Näher dem omayyadischen Vorbild steht die Moschee von Diyarbakır. Dorthin sind es noch zwei rauhe Autostunden, während denen uns nichts zum Anhalten lockt, es sei denn einmal der Zug einer Nomadensippe, die mit Sack und Pack unterwegs ist von den tiefergelegenen Winterweiden in die Höhen, wo das Kleinvieh auch sommers sein Futter findet.

Noch vor Malabadi entschließen wir uns zu einem Umweg. Freilich können wir nicht das ganze so geschichtsträchtige Land erkunden, aber auf befahrbaren Wegen abseits der mit dickem Rot in den Karten eingezeichneten Hauptstraßen finden wir manches sehenswerte Denkmal aus frühen Tagen. Wir folgen also der Straße am Batman Suyu entlang nach Süden, nach *Batman*. Der Ort ist das osttürkische Zentrum von Ölförderung und -raffinerie. Keine ›schöne‹ Stadt, aber eine lebendige. Ein Fremdling freilich macht auch hier Aufsehen.

Hasankeyf am Tigris

Etliche Kilometer hügelauf und -ab (zunächst noch da und dort geduldig drehende Bohranlagen) – dann der erste Blick auf den Tigris, der sich zwischen Bergen sein Bett genagt hat, hier nun an einer steilen Felswand entlangschäumt.

Noch vor der Brücke von *Hasankeyf* (Hisn Kayfa) steht angesichts der Uferwände und der malerischen Stadt mit ihren schlanken Rundminaretts rechts im freien Feld ein Grabturm, dessen türkis-blau-weiße Fayencen im rostigen Ocker der Ziegel uns an Bauten der Timuriden und Turkmenen im Iran erinnern. Tatsächlich handelt es sich um ein turkmenisches Werk, errichtet für Zeynal Beg, einen Sohn des Uzun Hasan, des Herrn der ›Weißen Hammel‹ (Ak Koyunlu), die nach den Eyyubiden hier herrschten, bis die Gegend unter die Herrschaft der Safaviden fiel, denen Selim I. sie 1516 entriß. Seit damals schrumpfte die Stadt, die einst eine Grenzfeste von hoher strategischer Bedeutung gewesen war, zu einem unbedeutenden Nest von wenig mehr als tausend Einwohnern. Der Flußübergang hier war seit alter Zeit eine wichtige Etappe auf dem Handelsweg von Mosul nach Diyarbakır und seit dem 5. Jahrhundert

Sitz eines nestorianischen Bischofs. Noch im 13. Jahrhundert waren die Christen hier einflußreich. Die Araber nahmen den Byzantinern die Festung ab, und als das Reich der Abbasiden zerfiel, saßen hier die Handaniden als selbständige Herren. Ihnen folgten die Seldschuken und dann die Artukiden (Ortokiden).

Der Stammvater dieser Dynastie war als turkmenischer Häuptling 1073 nach Anatolien gekommen, diente dem Großseldschuken Malik Schah getreu in Syrien und Persien. Seine Nachkommen gewannen die Herrschaft über Diyarbakır und Mardin. Erbstreitigkeiten führten zur Aufspaltung in zwei Kleinreiche (mit den erwähnten Städten als Zentren), von denen weitere Lokalherrschaften absplitterten: in Ahlat, in Arzan, in Mayafarıkın (Silvan). Zwischen Seldschuken und Eyyubiden eingeklemmt, sahen die Artukiden sich nach 1234 aufs Gebiet von Mardin beschränkt. Als adlige Krieger waren sie weitherzig-tolerant (die christlichen Klöster im Tur Abdin blühten unter ihrer Herrschaft), sie kümmerten sich auch weniger um Fragen der wirtschaftlichen Struktur als um die schönen und das Dasein verschönenden Künste.

Unter artukidischer Herrschaft entstand die fünfbogige Brücke über den Tigris. Noch zu Beginn des 16. Jahrhunderts sah sie ein Augenzeuge intakt. Heute ragen nur noch drei Pfeilerstümpfe aus den trüb schäumenden Wässern. Der Übergang war einst fast so berühmt wie die Festung droben auf dem nach allen Seiten durch Schluchten isolierten, zum Tigris ebenso steil abfallenden Felsklotz. Sie ist viel älter als ihr artukidisches Mauerwerk, gab schon in antiken Zeiten der Stadt den Namen Kephas, der Fels. Unweit der einstigen Brücke am Tigrisufer die Rizk-Moschee von 1409, mit einem

30 Meter hohen zylindrischen Minar auf kubischer Basis.

Südlich des Tigris erstreckt sich bis zur syrischen Grenze und zwischen Mardin im Westen und Cizre im Osten, mit einer durchschnittlichen Höhenlage von mehr als 1100 Metern, das hügelig-bergige und verkarstete Hochland des *Tur Abdin*, des ›Bergs der Knechte (Gottes)‹. Das war einst der ›Athos‹ jener Frommen, die mit der offiziellen Theologie von Ostrom nicht einverstanden waren. Wir wollen nicht noch einmal christologische Haarspaltereien der frühen Jahrhunderte erörtern. Genug: zunächst hing man hier der Auffassung des Nestorios an. Kaiserin Theodora – im Gegensatz zu ihrem Gatten Justinian (527-565) den Monophysiten gewogen – sandte einen Missionar aus, einen Wandermönch, der einzig eine Filzdecke als Schutz gegen die Unbilden des Wetters mit sich führte. Den ›Filzenen‹ nannte man ihn, aber sein eigentlicher Name war Jakobos. Nach ihm heißen noch heute die monophysitischen syrischen Jakobs-Christen, die sich selbst als ›syrisch-orthodox‹ bezeichnen. Sie sind nur noch eine kleine Gemeinde. Knapp drei Millionen Jakobiner soll es in der Welt noch geben, etwa zwei Millionen davon leben in Indien.

Vor tausend Jahren war der Tur Abdin mit über 80 Klöstern besetzt und in vier Bischofssprengel eingeteilt. Als hier noch die reichen Karawanen von Indien und Persien vorbeizogen, wurden die fleißigen Bauern durch zusätzliche Gewinne reich. Sassaniden wie Byzantiner, Araber wie Seldschuken förderten den Warenverkehr. Aber dann kamen die Kreuzritter aus dem Frankenland, raubten und herrschten mit eiserner Faust. Und nach ihnen die Heerscharen der Mongolen. Trotzdem überlebten die christlichen Gemeinden bis ins

20. Jahrhundert. Während des Ersten Weltkriegs bereiteten die jungtürkischen Fanatiker ihnen ein ähnliches Schicksal wie den Armeniern. Wenn es eines Vorwandes bedurfte, ließ er sich leicht finden. Frankreichs Anspruch auf eine Schutzmachtfunktion für alle christlichen Syrer und Palästinenser stempelte in einer Zeit, da Frankreich Kriegsgegner war, alle seine Schützlinge zu Feinden. Rettung vor den behördlich gesteuerten Pogromen, vor der Deportation ins Nichts bot einzig das Verschwinden im Maquis, in der gnadenlosen Einsamkeit des heiligen Hochlandes.

Nur noch eine Handvoll von Klöstern besteht, und wo einst Hunderte von Mönchen beteten und arbeiteten, kümmern heute zwei oder drei Alte dahin. In 23 Dörfern der Region zählt man nur noch etwa 20000 Christen. Von ihnen sind gut 6000 Männer – also so gut wie alle Arbeitsfähigen – als Gastarbeiter ins Ausland gewandert, vor allem in die Bundesrepublik. Heute ist der Tur Abdin innerhalb der sowieso rückständigen Osttürkei ein besonderes Notstandsgebiet, dem eigene Entwicklungsprogramme helfen sollen.

Im Herzen des Gebietes liegt das Städtchen *Midyat*. Auf den ersten Blick schaut es aus wie viele andere – und doch stutzt man. Die Türme, die schlank die niedrigen Häuser überragen, tragen nicht den Halbmond, sondern das Kreuz. Hier leben, wie man uns erzählt, noch mehrere hundert christliche Familien, Midyat ist der offizielle Sitz des ›jakobitischen‹ Bischofs, der dem in Damaskus residierenden Patriarchen von Antiochia untersteht. Für uns ist es der Ausgangspunkt zum Besuch eines der alten Klöster des Tur Abdin.

Dieses Rückzugsgebiet der Christen birgt nämlich eine Reihe von Kirchen- und Klosteranlagen, die für die Geschichte der christlichen Baukunst der Frühzeit von

In Midyat

Interesse sind. Bei den Kirchen handelt es sich zumeist um tonnengewölbte Räume, bei denen sich alte mesopotamische und persische Anregungen mit Dekorgedanken aus Syrien verbinden, die sich Einflüssen aus Byzanz nicht verschließen, mit den armenischen Entwicklungen jedoch kaum etwas gemein haben.

Als die Klöster und Kirchen entstanden, scheint noch alles im Fluß gewesen zu sein, doch wurden für den Kirchenbau im Tur Abdin zwei Typen vor allen anderen bedeutsam. Zum einen das lange und schmale, überwölbte Schiff mit Nischen oder Blendarkaden an den Seiten, einer meist halbrunden Apsis und einem Narthex, der gern der südlichen Langseite (alle Kirchen sind exakt geostet) vorgelegt wird. Diesem Schema folgten Mar Philoxenos in Midyat (das schon anfangs dieses Jahrhunderts eine Ruine war), es vertraten Mar Aaziel in Kefr Zeh, Mar Kyriakos in Anas (beide östlich der Straße Hasenkeyf–Midyat) und Mar Yuhana bei Mar Augen.

Der andere wichtige Typus zeigt hinter einer Vorhalle einen rechteckigen Breitraum mit Wandnischen, den in nordsüdlicher Richtung eine Tonne überwölbt, zum Teil aus Haustein, im Scheitel aus Ziegeln, die fast ornamental verlegt sind. Von ihm aus betritt man durch Türen drei gesonderte Chorkapellen, alle quertonnengewölbt, doch nur die mittlere ist mit einer gerundeten Apsis versehen. Das nach außen wie ein Block wirkende Ganze überdeckt ein schweres Satteldach mit nordsüdlich gerichtetem First. Diesen für westliche Augen ungewöhnlichen Typus vertritt neben Mar Yakub, der Jakobskirche in Salah, die etwa gleichzeitige, also dem späteren 5. oder dem frühen 6. Jahrhundert entstammende Klosterkirche von Mar Gabriel.

Mar Gabriel ist die berühmteste Niederlassung jakobitischer Mönche und noch heute lebendig, denn es beherbergt eine manchen behördlichen Schikanen ausgesetzte Internatsschule und läßt sich, seit 1966 im Rahmen eines Hilfsprogramms für das Gebiet ein Autofahrweg angelegt wurde, bequem erreichen.

Durch einsam-karstige Landschaft, mit harthäutigem Gebüsch gesprenkelt, zieht der Weg. Nach etwa 20 Kilometern biegen wir links ab, holpern ein paar Kilometer auf sachter Anhöhe. Auf den ersten Blick erscheint der Klosterbezirk gestaltlos, neu, enttäuschend. Ob wir hier wirklich Sehenswertes zu sehen bekommen?

Man heißt uns willkommen, führt uns in einen Empfangsraum, bietet Tee an. Der Abbas, ein schlanker Herr mit schwarzem Bart, im tadellos geschnittenen Anzug mit dem weißen Kräglein, das man auch von der Tracht katholischer Priester kennt – ungewohnt nur die polosartige Kopfbedeckung mit einer Art Nackenschutz, der unterm Jackettkragen verschwindet –, gibt sich distin-

Hof im Kloster Mar Gabriel

guiert wie ein Kurienkardinal. Mit mokantem Lächeln sitzt er in einer Ecke und wirft nur ab und zu ein hilfreiches Wort ein, wenn dem älteren Schüler, der auf seinen Wink hin in einem etwas unbeholfenen Englisch unseren Cicerone macht, die rechten Vokabeln fehlen. Wir hören von der Vergangenheit der Christengemeinden des Tur Abdin. An die Wand geheftete Postkarten und andere Souvenirs aus Köln, Frankfurt, München zeigen, wo heute die verstreuten Schäflein der Herde wohnen. Sie, vor allem aber die Jakobiten in Amerika, erhalten durch ihre Spenden Schule und Kloster am Leben.

Das Kloster soll unter Kaiser Arkadios (395-408) gegründet, unter Anastasios I. (491-518) erneuert worden sein, als Abt Simeon, ein Aristokrat aus Mardin, der Niederlassung vorstand. Seit dem 7. Jahrhundert ist es nach dem Bischof Gabriel (593-667) benannt, dem mächtige Wundertaten zugeschrieben werden. Ihm ist die Hauptkirche des Klosters geweiht, sein Grab wird in der neben dem Gotteshaus liegenden gangartigen

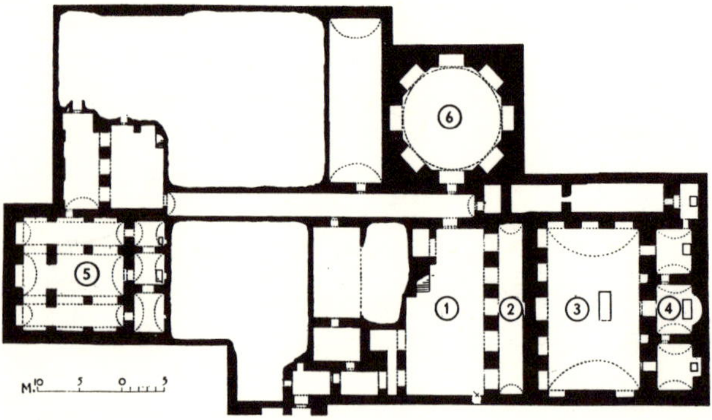

Kloster Mar Gabriel, Grundriß. 1 = Klosterhof, 2 = Narthex der Gabrielkirche, 3 = Gabrielkirche, Hauptschiff, 4 = Mittlere Chorkapelle mit Altar und Mosaik, 5 = Marienkirche, 6 = Kuppelbau der Theodora

Krypta gezeigt und verehrt. Der Weg durch Gänge und treppauf und -ab erscheint uns einigermaßen labyrinthisch, doch anhand des von Gertrude L. Bell 1910 veröffentlichten Plans finden wir uns bald zurecht, wenn es gilt, die alten, das sind die im Erd- und Untergeschoß gelegenen Teile des Komplexes, zu beschauen.

Als wir uns nach dem Rundgang wieder am Tor finden, werden wir fast herzlich verabschiedet, um Erinnerungsfotos gebeten. Und wir wissen: Der allererste Eindruck hat getrogen. Wir sahen Bedeutendes aus einer Zeit, da die christliche Baukunst noch so offen war wie die christliche Lehre. Als die Klöster des Tur Abdin entstanden, suchte das Dogma erst nach theologischen Fixierungen – und es gab auch noch kein architektonisches Credo.

Ein junger Offizier, in Midyat stationiert, hat den Abt am Feiertag besucht. Wir nehmen ihn auf dem Heimweg mit, und er revanchiert sich durch das Anerbieten, uns für den weiteren Weg nach Mardin eine bewaffnete Eskorte mitzugeben: als Schutz gegen Räuber. Wir erinnern uns an frühere Erfahrungen mit solchen Helfern und danken für so viel Freundlichkeit. Die ›Räuber‹, von denen so oft die Rede ist, sind jene völlig Entrechteten, die von den Agas, den Großgrundbesitzern, von Grund und Boden vertrieben, aus Verzweiflung ›in die Berge‹ gegangen sind. Die Agas, das sind die meist kurdischen Stammeschefs: ausbeuterische Feudalherren und alles andere als gerechte ›Väter‹ ihrer Leute. In den zu 80 Prozent von Kurden bewohnten, einzig von der Landwirtschaft lebenden Provinzen Ostanatoliens besitzt fast die Hälfte der Familien keinen Fußbreit eigenen Bodens, während die Großgrundbesitzer – 4 Prozent der Bevölkerung – etwa ein Drittel der Nutzfläche in Händen haben. Sie wohnen bequem in den Städten, lassen ihren Besitz durch Pächter bestellen und beanspruchen die Hälfte der Ernte für sich. Sie verfügen über eine ›Leibwache‹ aus bewaffneten Schlägern, über ausgezeichnete Verbindungen zu Gendarmerie und Gerichten und über eine starke Lobby im Parlament, so daß sie es ungestraft unternehmen können, ihnen mißliebige Pächter kurzerhand zu verjagen, mehr noch: mit Gewalt Kleinbauern unter fadenscheinigen Vorwänden von ihrem Besitz zu verdrängen und zu Leibeigenen zu degradieren, die, selbst wenn sie abwandern, noch in der Ferne die Hand des Herrn zu spüren bekommen. Auch im Ausland.

Solche himmelschreienden Verhältnisse bilden den realen Hintergrund für die ›biblischen‹ Bilder eines ursprünglichen Landlebens, die wir vom Fahrzeug aus in sträflicher Gedankenlosigkeit wahrnehmen. Aber auch für das Risiko, das ein einsamer Autofahrer hier im Südosten der Türkei eingeht. In den Provinzen, in denen der

Großgrundbesitz am mächtigsten ist, wie Siirt, Batman, Mardin, gibt es die meisten ›Räuber‹.

Ahmet, unser Fahrer, ist merkbar beunruhigt und atmet erleichtert auf, als wir – auf einer Achterbahn, die kurvig und hügelig der zwischen aschgrauen Wolken lackrot untergehenden Sonne entgegenführt – *Mardin* erreichen. Nacht ist schon hereingesunken, als wir über Umleitungen und durch verstopfte Gassen vor unserer Unterkunft halten.

Gut, daß wir – im Finsteren angekommen – gleich fahrtmüde ins Bett gefallen sind. Vermutlich hätten wir weniger friedlich geschlafen, hätten wir die Grautöne der wohl seit vielen Wochen nicht mehr gewechselten Bettwäsche gesehen. Man sollte seinen Wäscheschlafsack nicht nur dabeihaben, sondern auch benutzen... Aber was soll das uns jetzt noch bekümmern, wo ein heller Morgen ins schäbige Zimmer lacht. Was ein erster Blick aus dem Fenster zeigt, ist so wunderschön: terrassenartig staffeln sich die steinernen Häuser der Stadt den Hang hinab wie die Sitzreihen eines riesigen Theaterhalbrunds, da und dort steigt ein schlankes Steinminarett mit Kuppelknauf empor, unten breitet sich frühlingsgrün und unabsehbar die nordmesopotamische Ebene.

Den Stadtberg bekrönte einst eine Zitadelle. Heute blähen sich da droben blendendweiße abstrakte Plastiken: die Radaranlagen der Amerikaner. Sie stören nicht nur das Stadtbild, sie behindern durch ihre Anwesenheit auch die Umschau auf der einstigen Festung, wo zwei Moscheen aus dem 15. Jahrhundert und ein Palast ohne Pflege zerfallen. Am sehenswertesten ist das Zugangstor mit seinem Felstunnel und Reliefs aus der Zeit der turkmenischen Ak Koyunlu. Daß die Burg so gut wie uneinnehmbar war, erkennt auch der Laie. Nach allen Seiten fällt die Hügelkrone steil ab.

Mardin

Die Glanzzeit Mardins waren sicher die Jahrzehnte der Artukiden. Aus ihrer Zeit stammen jene Bauwerke, die den Ruhm der Stadt ausmachen, selbst wenn spätere Schäden und gutgemeinte Ergänzungen das ursprüngliche Konzept da und dort gestört haben. Lassen wir die Kasim Paşa Medresesi oder die Latifiye Camii (1371?), nehmen wir durch enge und abfallglitschige Gäßchen bescheidener Handwerker und über winklige Sträßchen den Weg zur *Ulu Cami*, der Großen Moschee, einer aus artukidischen Tagen stammenden und später aus ihrem Gleichgewicht gebrachten Variation über den Damaskus-Plan. Das Minarett ist Stilmimikry des 19. Jahrhunderts, Rekonstruktion des durch eine Pulverexplosion zerstörten alten Schafts von 1176.

Das schönste Bauwerk aus der Artukidenzeit ist die *Medrese des Sultans Isa* von 1385, die zu Füßen der Zitadelle am Hang klebt. Eine Fassade steht steil über uns, darüber eine Rippenkuppel. Symmetrisch springen rechts und links pfeilerartige Gebilde vor, die Mihrabnischen nach außen verhüllen. Rechts über einer Doppeltreppe das Portal: schlank und schön gerahmt eine Dreipaßnische mit Stalaktitfüllung. Herrliche Inschriften und Medaillons. Ein Vorraum, ein Korridor nach links, wieder linker Hand ein Betsaal mit schönem Mihrab, dann der Hof mit einer schlanken Iwannische. Im anschließenden Kuppelsaal, dem einstigen Grabraum des Stifters, ein kleines Museum: eine Handvoll neolithischer und urartäischer Fundstücke, römische Fragmente, parthische Tonidole, seldschukische Tierreliefs und Gefäße, verschlissene persische Teppiche. Im Umgang des Hofes ein Lapidarium assyrischer, römischer, parthischer, byzantinischer und sassanidischer Bruchstücke, Zeugnisse sie alle für die vielen Kulturen, die sich in diesem Raum überschnitten und überlagerten.

Über eine enge Treppe steigen wir dann zum Wohngeschoß hinauf. Da hausen noch heute ›Studenten‹ und Halbwüchsige. Bücher sieht man kaum in diesem gedrängt vollen Quartier, nur ein paar dünne Schlafdecken, Bündel vertragener Kleider und auf den fleckigen Tischen leergegessene Plastikteller, Brotkrümel, Gemüsereste und verschüttetes Wasser.

Beim ziellosen Streifzug durch die nicht eben sauberen Straßen mit ihren schönen arabischen Steinhäusern verstohlene Blick in fremde Gesichter. Kaum Frauen. Wenn, dann meist verhüllt und geduckt. Nur wenige selbstbewußt modern. Die Gangart der Männer ist lässig, die Gesichter sind kühn geschnitten, schwarzäugig mit buschigen Brauen, dunkelgebeizt oder von einem blassen Olivton unterm weißen oder gewürfelten Kopftuch der Araber. Mardin schaut nicht nur nach Syrien hinein, es ist ein Stück Syrien, das die Grenzziehung nach dem

Ersten Weltkrieg dem türkischen Nationalstaat einverleibte, in welchem heute noch immer etwa eine Viertelmillion Menschen das Arabische als Muttersprache verwendet.

Sicher ist Mardin nicht die schönste Stadt der Welt, wie Arnold Toynbee wollte, aber eine sehr lebendige und auch ein Ausgangspunkt für Tagesausflüge zu Orten, die einst im hellen Licht der Geschichte standen, die heute in ihrem Windschatten dahindösen, wie das Grenzdorf Nusaybin, das einst immer wieder umkämpfte Nisibis, wo die von Sankt Ephrem dem Syrer begründete ›persische‹ Theologenschule – von den Byzantinern als ›diophysitisch‹ verketzert – blühte. Erst die Mongolen haben das Umland zur Wüste gemacht.

Das Eugeniuskloster, das ein tüchtiger Marschierer von Girmeli aus erreichen könnte, und die noch eine halbe Gehstunde weiter östlich gelegene Johanniskirche (Mar Yuhana) liegen schon in mißtrauisch bewachter Grenznähe. Ganz ohne Schwierigkeiten aber läßt sich – am Stadtrand von der Nusaybin-Straße links abzweigend – ein nur wenige Kilometer von Mardin entferntes Kloster erreichen: *Deir es-Safaran* (auch Deyrulzaferan geschrieben), das Ananiaskloster. Am Hang unterhalb des von Eremitenhöhlen durchlöcherten Höhenrandes steht der mauerumzogene Kubus, überragt von den Dächern der drei Kirchen, zeigt dem Eintretenden eine Bogenfassade. Ein Arkadenhof mit stämmigen Pfeilern empfängt mit Grün und Blumen den Besucher so freundlich wie die wenigen Mönche, die hier noch leben und eine kleine Internatsschule unterhalten. Von 1160 an und wiederum im 19. Jahrhundert war das Kloster Sitz des aus Antiochia vertriebenen Patriarchen der syrisch-orthodoxen, der jakobitischen Kirche, ist vielleicht deshalb so stattlich und wohlerhalten.

Deir es-Safaran

Der Bergseite zugewandt erhebt sich die Hauptkirche, dem heiligen Ananias geweiht, ein Würfel mit einem Pyramidendach, angeblich von Kaiser Anastasios (491 bis 518) über dem Grab von 12 000 Märtyrern errichtet. Stilistische Parallelen der Bauplastik mit syrischen Werken (wie der Südfront von Qalat Siman oder dem Nordtor von Rusafa) scheinen diese Zeitangabe zu bestätigen. Unterm Dachansatz läuft ein scharfgratiger Rankenfries, ein reichprofilierter Rahmen schmückt das Portal, kannelierte Pilaster flankieren es wie die seitlichen Nischen, Rundbogendekor überhöht sie. Der quadratische Innenraum erhält durch die tiefe Apsis und halbrunde Seitennischen kreuzförmige Gestalt. Pilaster, Friese mit aufgesetzten Vasen und Korbkapitellen, reiche Rundbögen schmücken gliedernd die Wände. Ähnliches tritt uns in der rechts anschließenden kleinen Grabkapelle entgegen, die im 13. oder 14. Jahrhundert allerdings eine gerippte Kuppel islamischer Art erhalten hat. Die links an die Kirche angrenzende Marienkapelle ist schlicht und dunkel und dient heute als Baptisterium. Wie in Mar Gabriel und in den Kirchen Midyats decken mit naiven Heiligenbildern bemalte Tücher vorhangartig die Durchgänge zu den seitlich des Chors liegenden Pastophorien.

Aramäisch ist immer noch die Kultsprache der Klöster im Tur Abdin. Auf unsere Bitte singen die zwei jungen Mönche das Vaterunser in jener Sprache, in der Jesus es zu beten gelehrt hat.

Ein heiterer Morgen, an dem wir Mardin verlassen, über leichte Hügelrücken nach Nordwesten fahren. Weites Land, fast baumlos. Jetzt im Frühling von dünnem Grün überzogen, später im Sommer zu fahlem Ockergrau verdörrt. Kaum 100 Kilometer beträgt unsere Strecke, und nach etwa zwei Stunden – fernher grüßen uns blauende Bergketten, schneebekappt noch im Mai – treffen wir wieder auf den Tigris, der sich durchs Hochland hier sein Tal gefressen hat. Bald zeigt sich von weitem der Stadtberg von *Diyarbakır*, umzogen von der schwarzen Mauer aus Lava und Basalt, die der alten Stadt Amida den Beinamen ›kara‹, der ›schwarzen‹, eingetragen hat. Den Hügel über einem Tigrisknie hatten schon alle die ansässigen oder auch nur durchziehenden Völker und Dynastien besessen, bevor Parther und Römer, Sassaniden und Byzantiner um die Stadt kämpften, die dabei mehrfach den Besitzer wechselte. Dann kamen die Araber und verstärkten die Befestigungen. Nur noch einmal – und nur für kurze Zeit – bemächtigten sich die Byzantiner 974 der starken Festung, die sie vorher wiederholt belagert hatten. Bald darauf kündigte der merwanidische Gouverneur dem abbasidischen Kalifen die Treue auf, seine Nachkommen herrschten unabhängig ein Jahrhundert lang, bis 1096 türkische Herrscher sie ablösten, die Nachkommen des seldschukischen Generals Artuq ibn Aksab, der 1086 als Gouverneur in Palästina eingesetzt worden war. Um 1225 fielen vor Dschingis Khan fliehende Türkenscharen wie Heuschrecken in das Gebiet um Diyarbakır ein, zwei Dezennien später nahmen die Mongolen selbst die Festung ein, dann kam Timur, kamen die Turkmenen, die ›Schwarzen‹ und die ›Weißen Schafe‹. Erst als Selim I. die Stadt dem Osmanenreich einverleibte, durfte sie endlich einige Jahrhunderte eines relativen, nur durch kurdische Unruhen getrübten Friedens genießen.

Den instruktivsten und umfassendsten Blick auf Kara Amida hat man beim Näherkommen an der unappetitlichsten Stelle, nämlich der Mülldeponie am Straßenrand, wo der stinkende Unrat einfach über den Hang ins Tigristal hinuntergekippt wird. Ein sehr zeitgemäßer Vordergrund, der keinerlei Romantik aufkommen läßt. In der Mitte des Bildes überquert die *Römerbrücke* auf zehn Bogen ungleicher Spannweite den Fluß. Vielleicht trajanischen Ursprungs, wurde sie bezeugtermaßen am Anfang des 6. Jahrhunderts so gut wie neugebaut, dann immer wieder restauriert, eine Ausbesserung ist inschriftlich für 1065 (457 der Hedschra) bezeugt. Dahinter, den Hügel bekrönend, die dunklen Mauern mit ihren Türmen und Bastionen.

Dieser *Mauerkranz* hat die Stadt oft und oft vor besitzgierigen Feinden geschützt und hat sie dazu berühmt gemacht, ist er doch ein bedeutendes Denkmal der römischen Spätzeit. Kaiser Constantius II., der Sohn Konstantins des Großen, ließ 349 das Festungswerk errichten, spätere römische und byzantinische Kaiser haben es weiter verstärkt, ausgebaut, erneuert, schließlich haben die Seldschuken ihm ihren Stempel aufgedrückt, zahlreiche Inschriften anbringen lassen. Sie sind wie ein schmückendes Ornament – bildschön, aber in schöner Rede wenig besagend: blumige Titulaturen, die

Diyarbakır, Teil der Stadtmauer

ein Körnlein Information umhüllen. Mehr locken uns die Tierreliefs, die sich, auch von den Seldschuken stammend, in großer Zahl finden, obwohl es immer wieder heißt, der Islam kenne so etwas nicht. Die artukidischen Herrscher schufen gewaltige Festungstürme, veränderten zum Teil die Tore. Noch in osmanischer Zeit wurden Schäden ausgebessert.

Dieser eindrucksvolle etwa ovale Zingel umschließt ein Stadtgebiet, dessen Ost-West-Ausdehnung etwa 2000 Meter beträgt. Im Kreuz aus Cardo und Decumanus maximus schlägt noch die römische Stadtanlage durch, auch wenn außer eben der Mauer keine weiteren Erinnerungen an die antike Vergangenheit blieben. Im Nordosten liegt innerhalb des Mauergürtels die Zitadelle, von der aus ein Durchschlupf ins Tal hinunterführt, im Südwesten schiebt sich, dem Gelände folgend, die Mauer weiter hinaus. Ihre Eckpunkte sind hier durch die aus artukidischer Zeit stammenden Rundtürme Yedi Kardeş und Ulu Beden verstärkt.

Ein Gang um diese Festungsmauer herum wäre eigentlich ein touristisches Muß – aber es gibt keinen bequemen Spazierpfad ringsum, keine ›schönen‹ Blicke. Selbst den eindrucksvollsten Abschnitt der Mauer, den zwischen Mardin- und Urfa-Tor, kann man nicht in Ruhe besehen. Außerhalb sind in den letzten Jahren ärmliche Slumviertel entstanden, staubig, dreckig und kinderwimmelnd. Um den Fremden, der da auftaucht – sofort als solcher erkannt –, sammelt sich gleich eine lautstark bettelnde Schar. Am kecksten sind die schrillstimmigen Mädchen, die unentwegt ›okee – okee – okee‹ plärren. Was soll denn das? Bis es zündet. ›Okay‹, das ist hier der Spitzname für Amerikaner. Die haben lange Jahre bei Diyarbakır eine Radarstation unterhalten, waren auf den Ölfeldern um Batman tätig und eben oft in der Stadt zu sehen.

Außerhalb des Mardin-Tors ein buntes Gewimmel. Eselskarren, Taxis und Autobusse, Erfrischungsbuden und Holzlager. Neben dem alten turmverstärkten Torbau eine Bresche für den modernen Verkehr. Keine hundert Meter ostwärts springt wie ein Sporn der ›hintere Turm‹, der *Kıcı Burç*, gen Süden vor, endet in einem Rundturm mit Kasemattengelassen. Wer da oben hinaufsteigt, überblickt die Stadt, ihre Kuppeln und Minaretts. Im Vordergrund die Hüsrev Paşa Camii, 1522 gestiftet von jenem Gouverneur, der ein paar Jahre später einen noch unbekannten Pionieroffizier mit dem Bau einer Moschee in Aleppo beauftragen sollte – einen gewissen Sinan, der später zum Baumeister der osmanischen Klassik, zum Schöpfer der edelsten Moscheen Istanbuls und der Selimiye von Edirne werden sollte. Von hier oben auch ein ungehinderter Blick entlang des süd-

41 Erzurum, Yakutiye Medrese, Relief mit Adler, zwei Löwen und Lebensbaum, 1311

42 Eingang zur Burg von Hoşāb, 15.-17. Jahrhundert

41

42

43

44

lichen Mauerverlaufs nach Osten wie nach Westen, und weit ist's dann nicht bis zum *Delіller Han*, einer städtischen Herberge aus dem 17. Jahrhundert, die einen Besuch verdient. Heute freilich erfüllt ihren Hof metallisches Hämmern, werden hier Bleche und altes Eisen verhökert. Das von halbrunden Türmen flankierte *Harput-Tor*, in seiner Struktur antik, im Aussehen durch die islamischen Dynasten geprägt, dient nicht mehr als Durchlaß für den Verkehr. Der saust und wurlt drum herum und daran vorbei und tötet die zur Beschau nötige Beschaulichkeit. Auf dem kleinen Platz hinter dem Torbau appetitliche Restaurants, die besten Kaffee- und Teehäuser und süßesten Konditoreien. Bald danach an der nordsüdlichen Hauptstraße, der Izzet Paşa Caddassi, rechts die Nebi- oder *Peygamber-Camii*, die Prophetenmoschee (1524), ein reizvolles, durch handwerkliche Präzision bestechendes Werk, leider von gesichtslosem Beton arg bedrängt. Links ab führt eine Gasse stracks zur *Zitadelle*, die alle romantischen Erwartungen von Trutz- und Wehrburg enttäuscht. Hinter ihrem Tor Bäume, Hütten, ein paar gleichgültige, verwaschen gelb getünchte Bauten, eine Moschee (von 1160 zwar, doch wiederholt verändert und erneuert, also kein echtes Zeugnis mehr aus seldschukischer Zeit) mit einem überschlanken Vierkantminar und ein Durchschlupf zu den Lehmhütten am Talhang unten. Freude macht uns aber der kleine Löwenbrunnen. Die wasserspeiende Figur wirkt wie ein putziger Vetter der Löwen des Alhambrahofs. Keine Spur mehr von den Resten eines artukidischen Palastes, den die Archäologen einst freilegten.

43 Hasankeyf, Mausoleum des Zeynal Beg, Mitte 15. Jahrhundert
44 Diyarbakır, Inschrift am Turm Yedi Kardes (Detail), 1088?

Diyarbakır, Im Hof der Großen Moschee

Zurück zur Hauptstraße! Welch ein Gewimmel! Frauen kaum, und wenn, dann gebeugt und verhuscht, aber Männliches aller Altersstufen und aller Schichten. Alte am Stock, mit Turban und eisgrauem Bart, ölige Managertypen mit modischer Krawatte, Halbwüchsige in blauen Nietenhosen, vor allem aber sehnige Gestalten mit kühn geschnittenen Gesichtern, schwarzäugig, schwarzschnauzbärtig, schwarzhaarig, barhaupt oder mit gewürfeltem Kopftuch, im abgeschabten Jackett europäischer Mode, im wollenen Umhang. Leute nicht nur aus der Stadt, Leute vor allem vom Lande: Kurden. Offiziell gibt es zwar in der Türkei keine Kurden, aber Diyarbakır gilt doch als ihre heimliche Hauptstadt. Und nicht nur heimlich, sondern jedem sichtbar ist's die Metropole eines weiten Bereichs. Nicht nur, weil die Stadt hinausgreift über den alten Bering – auch innerhalb des Mauerkorsetts wachsen die Häuser in die Höhe. An ihren Fronten überschreien sich die Schilder, die verkünden, daß da ein Doktor und noch ein Doktor und noch einer und ein Rechtsanwalt und noch einer und auch noch ein Dentist zu finden sind. Von früh bis spät schiebt sich das Gedräng in den Hauptstraßen, wuselt selbst noch in die Nebengassen hinein, sonnenlose Schluchten voll Staub und Kot zwischen immer mehr in die Höhe schießenden Betonburgen.

Eine Insel des Friedens im Getümmel ist die *Große Moschee*. Stierschlagende Löwen – ein altes Thema im Orient – schmücken ihren Haupteingang. Ihr Betsaal ist bedeutsam als frühest-klarstes Beispiel der Übernahme des Plans der Omayyadenmoschee von Damaskus durch die Baumeister der Artukiden. Wie in Damaskus besteht der Betsaal aus drei qiblaparallelen Schiffen und einem breiten, auf den Mihrab zuführenden Mittelschiff, das allerdings nicht durch eine Kuppel über dem mittleren oder dem Mihrabjoch ausgezeichnet ist. Schlicht getünchte Wände, stämmige Pfeiler, die Sockelzone mit grüner Ölfarbe bemalt – kein Echo mehr des Glanzes, den damals noch die Moschee von Damaskus aufwies. Aber wie sie ein Raum, der Beter ohne Zwang in die Richtung des Gebets ordnet – ein überzeugend islamischer also. ›Interessanter‹ freilich noch ist der Hof. Nicht so sehr wegen der beiden Waschbrunnen (der eine mit acht-, der andere mit viereckigem Pyramidendach), nicht wegen der gedrückten Spitzbogenarkaden vor der Masudiye-Medrese oder der Pfeilerfront vor dem dreischiffigen Betsaal an der Nordseite, sondern der beiden Schmalseiten wegen. Zweigeschossige Arkaden mit vorgesetzten Säulen und verkröpftem Gesims alle beide. Die westliche – sie steht nicht genau im rechten Winkel zur Betsaalfront – weist keine datierende Inschrift auf, zeigt dafür ein Formenrepertoire, das genausogut christlich-syrisch wie frühislamisch-omayyadisch sein könnte. Das Problem hat viele gelehrte Federn in Bewegung gesetzt: Ist das nun ein Rest der alten Thomaskirche, sind deren Bauglieder in einer neueren Zeit in neuem Sinne neu zusammengefügt worden, ist's gänzlich eine Schöpfung der Omayyaden oder gar ein Erzeugnis erst einer ›Renaissance‹ unter den ersten türkischen Herrschern, also zwischen 1116 und 1125 zu datieren? Nur eines steht fest: Das um 1163/64 errichtete östliche Gegenstück ist jünger, wandelt das Vorbild eindeutig im islamischen Sinne ab, ersetzt antikische Friesformen durch schönklingende Inschriftbänder.

Der fremde Besucher wird hier immer jemanden finden, der ihm die nördlich anschließende, aber mit der Moschee nicht verbundene *Masudiye Medrese* zeigen möchte, ihn durch den Nordausgang des Hofes – rechts – links – rechts – zum tonnengewölbten Vestibül führt, von dem aus der Besucher das kleine, an drei Seiten von Portiken umgebene Höfchen betritt, das sich in voller Breite in eine Iwanhalle öffnet.

Eine nicht weniger intim-konzentrierende einstige Koranhochschule herkömmlichen Plans findet, wer den Hof der Großen Moschee durch die enge Passage in der Südostecke verläßt: die *Zincirli Medrese* aus dem Ende des 12. Jahrhunderts. Sie beherbergt das Archäologische Museum mit Zeugnissen aus der seit Assyrertagen blutig-bunten Vergangenheit.

XII

KOMMAGENE

RIESIGE Häupter aus rissigem Stein, auf Bergeshöh vor fernhin blauendem Blick – wer sah noch nie eines dieser Plakate der türkischen Touristenwerbung und hat sich nicht einmal gewünscht, diesen göttlichen Giganten Aug in Aug gegenüberzustehen auf dem ringsum höchsten Gipfel, den die Tauruskette dort emporsteilen, wo der Euphrat aus dem anatolischen Hochland in die nordsyrische Ebene eintritt: dem *Nemrud Dağ* im alten Königreich Kommagene.

Die klassischen Autoren erwähnen diesen Kleinstaat im anatolischen Osten nur selten und nur nebenbei, und schon in der Spätantike war die Zeit vergessen, da Könige persischer Herkunft hier mächtige Denkmale hellenistischer Herrschervergottung aufgerichtet hatten. Das gewaltigste eben auf dem 2150 Meter hohen Berg, der weit ins Land schaut.

Als Helmuth von Moltke 1838 im Auftrag der Pforte das Land um den Taurus kartographisch aufnahm, da wählte er diese Bergspitze als Richtpunkt seiner Vermessungen, aber er, der nicht versäumte, in seinen Briefen auf alle antiken Monumente hinzuweisen, die ihm bekannt wurden, er ahnte nicht, daß sich dort oben eines der eindrucksvollsten erhob. Die Hirten und Jäger mögen das Geheimnis des Berges wohl gekannt, es aber eifersüchtig gehütet haben. Entdeckt hat das ›Hierothesion‹ nahe den ›himmlischen Thronen‹ erst der deutsche Straßenbauunternehmer Karl Sester. Auf seinen Bericht hin beauftragte die Königlich-Preußische Akademie der Wissenschaften 1882 Otto Puchstein mit einer ersten anstrengenden und entbehrungsreichen Rekognoszierung und finanzierte dann eine Expedition unter Leitung von Karl Humann, dem Entdecker Pergamons. Doch nach dem 1890 von Humann und Puchstein veröffentlichten wissenschaftlichen Bericht wurde es wieder für mehr als ein halbes Jahrhundert still um Kommagene. Dann aber haben deutsche – vom hochverdienten Friedrich Karl Dörner, dem eigentlichen Erforscher des vergessenen Königreichs, geleitete – und gleichzeitige amerikanische Unternehmungen erneut das Interesse geweckt, und seither fügt die Wissenschaft Stein um Steinchen zum immer noch lückenhaften Bild dieser alten Kulturlandschaft zusammen.

Kummuh, wie sie seit dem 2. Jahrtausend v. Chr. in Quellen genannt wird, war eines der frühesten Zentren der Eisenverarbeitung, zu einer Zeit, da ›gutes Eisen‹, also Stahl, noch fünfzigmal kostbarer war als Gold. Schon zur Zeit Hammurabis von Babylon (1728-1686 v. Chr.) wird das Eisen von Kummuh genannt. Die Herrscher von Mitanni und die Pharaonen der 18. Dynastie, die Assyrer und Hethiter kannten und begehrten das dunkle Metall, das hier gewonnen wurde. Der hethitische Großkönig Hattušili III. konnte seinen assyrischen Kollegen durch das Geschenk von eisernen Dolchklingen aus Kummuh erfreuen.

Der Stadt Doliche (heute Dülük), etwas nördlich von Gaziantep gelegen, verdankt der im späteren Römerreich so weit verbreitete Gott Jupiter Dolichenus (der Nachfolger des hethitisch-hurritischen Tešup) seinen Beinamen. Ein Gott »natus ubi ferrum nascitur«, also dort geboren, wo Eisen verhüttet wurde. Bei Arsameia am Nymphaios stieß Dörner auf die Reste einer frühzeitlichen Eisenschmelze.

Hethiter, Römer und die nachantiken Jahrhunderte haben ihre Zeugnisse in der Landschaft hinterlassen, aber viele von ihnen sind nur schwer erreichbar und wohl auch nur dem Spezialisten wichtig. Das Hauptinteresse liegt bei den Denkmälern der hellenistischen Königszeit, exemplarischen Zeugnissen der griechischorientalischen Geistes-, Blut- und Kulturmischung, die Alexander der Große eingeleitet hatte, und des für den Hellenismus so charakteristischen Herrscherkultes.

Gründer der Dynastie war Aroandes (Orontes), der für seine und seines Vaters Hilfe gegen den rebellischen jüngeren Kyros in der Schlacht von Kunaxa (401 v. Chr.) vom siegreichen Artaxerxes II. Mnemon mit der Hand der Prinzessin Rhodogune belohnt wurde. Er war zugleich der Ahnherr des ersten Königsgeschlechts Armeniens. Als Provinzstatthalter herrschten die Nachkommen, die nun also den großen Dareios zu ihren Ahnen zählen konnten, auch unter Alexander dem Großen, der einen Nachkommen des Geschlechts als Satrapen auch in Armenien einsetzte (siehe Seite 77), und seinen seleukidischen Diadochen. Als im 2. Jahrhundert v. Chr. die Könige Syriens – 190 wurde Antiochos I. bei Magnesia geschlagen – Schritt für Schritt vor dem Machthunger der Römer und den parthischen Feinden zurückweichen mußten, da tat Ptolemaios von Kommagene beherzt jenen Schritt, den vor ihm schon andere Reichsgründer getan hatten: Er sagte sich 163 v. Chr. von seinem Oberherrn los, gewann als ›König‹ bald völlige Unabhängigkeit, sicherte diese durch Verträge und eine kluge Heiratspolitik. Bald galt die junge Dynastie, die mit dem Jahr 163 eine neue Zeitrechnung begann, als ›legitim‹. Des Ptolemaios Sohn Samos konnte für seinen Erben Mithradates I. Kallinikos (etwa 100-70 v. Chr.) die Hand der Laodike gewinnen, einer Tochter des Seleukiden Antiochos VIII. Grypos.

Während der Regierungszeit dieses Mithradates I. wurde Tigranes der Große von Armenien zur einflußreichsten Gestalt im kleinasiatischen Osten, trat seinerseits in Heiratsverbindung mit den Seleukiden und beanspruchte schließlich die Rechtsnachfolge des Seleukidenreichs für sich, zugleich mit der Oberhoheit über Kommagene, dessen König sich nun auf Münzen mit der armenischen Tiara abbilden ließ. Aber nach der Niederlage des Tigranes 69 v. Chr. nahm Antiochos I. Theos von Kommagene (69-38 v. Chr.) die Bezeichnung ›Philorhomaios‹ (Römerfreund) in seine Titulatur auf und begann vorsichtig mit den Römern zu kooperieren. Die strategisch bedeutsame Lage am Euphrat mußte das Interesse der benachbarten Großmächte auf das kleine Königreich lenken und verlangte vom kommagenischen Herrscher großes diplomatisches Geschick, war das Land doch nicht einfach ein ›Pufferstaat‹, an dessen Existenz die beiden Nachbarn Interesse gehabt hätten, sondern lag – obwohl im Grenzbereich – eindeutig in der seit Sullas Vertrag mit den Parthern den Römern zugesprochenen Sphäre. Immerhin gewährte die römische Politik, eine Sicherheitszone aus halbabhängigen Kleinreichen zu schaffen, dem König eine gewisse Bewegungsfreiheit. Antiochos I. erreichte von Lucullus einen günstigen Frieden, stellte sich dann zwar auf des Tigranes Seite gegen Pompejus, der jedoch, um Antiochos als Bundesgenossen zu gewinnen, ihm auf dem Fürstenkongreß von Amisos 65/64 v. Chr. die Stadt Seleukia am Euphrat zusprach. Damit war Kommagene (bis in augusteische Zeit) im Besitz der beiden schon seit Assyrertagen immer wieder umkämpften Euphratübergänge und der lukrativen Zolleinkünfte daraus, bildete auch eine günstige Ausgangsposition für römische Feldzüge gegen die Parther, was Antiochos in seiner Schaukeldiplomatie eher bestärken mußte. Zwar warnte er Cicero und den Senat mehrfach vor parthischen Invasionsabsichten, doch wich er auch Konflikten mit den auf seinen Reichtum begierigen Römern nicht aus. Er fühlte sich stark genug. Als M. Antonius, in der Hoffnung, eine riesige Beisteuer zu seinem geplanten Partherzug zu erpressen, Samosata belagerte, mußte er unter wenig ehrenvollen Bedingungen abziehen. Noch einmal schien die Unabhängigkeit der Kommagene gerettet. Antiochos I. verheiratete seine Tochter mit Orodes II., dem König der Parther, die sich ihrerseits mit Armenien verbanden. Als er starb, hatte er die Seleukiden und Tigranes überlebt, alle »großen Gefahren« in einem Leben voller »königlicher Kämpfe« überstanden und sein Land auf eine wirtschaftliche, kulturelle und politische Höhe geführt.

Sein Sohn Mithradates II. stand (31 v. Chr.) bei Aktium zwar auf der Seite des Verlierers, durfte jedoch seinen Thron behalten. Ein anderer Sohn aber, Antiochos II., war vorher seiner Umtriebe wegen vor den Senat nach Rom zitiert worden, wurde verurteilt und im Jahre 29 v. Chr. hingerichtet. Die von Augustus bewußt geförderten engen familiären Verbindungen, in deren Zentrum Kommagene stand, und die politische Zusammenarbeit der Kleindynasten des Ostens – auch wenn sie als romtreu galten – erweckten in Rom schließlich Bedenken und Argwohn, und beim Tod Antiochos' III. im Jahr 17 n.Chr. ließ Tiberius Kommagene annektieren. 20 Jahre lang flossen nun die Einkünfte aus den Zöllen nach Rom. Antiochos IV. (38-72) wurde in Rom erzogen, war von Jugend auf mit Caligula befreundet, und dieser setzte ihn bald nach seiner Thronbesteigung wieder in sein angestammtes Reich ein. Mit den Hasmonäern von Judäa, mit den Herrschern von Kappadokien, von Emesa, Pontus, Armenien und Armenia minor versippt und politisch eng verbunden, erweckte der König von Kommagene in Rom erneut Argwohn, als es um die Besetzung des armenischen Throns durch Tigranes V. ging.

Obwohl Antiochos IV. eine 1000 Reiter und 2000 Bogenschützen starke Hilfstruppe dem Jerusalem belagernden Titus zur Verfügung gestellt hatte, ließ Vespasian im Zug seiner neuen Ostpolitik den König und seine Söhne wegen angeblicher Partherfreundlichkeit angreifen. Der Vater, auf seine Loyalität pochend, ging ins Exil nach Rom. Aber die Söhne wehrten sich, flohen zu den Parthern, wurden von diesen mit allen Ehren zum Vater nach Rom überstellt, gewöhnten sich als Mitglieder des hohen Adels bald an die Dolce vita der römischen Jeunesse dorée. Ein Enkel des letzten Königs von Kommagene war C. Julius Antiochos Epiphanes Philopappos, 109 Consul suffectus und Archon von Athen. Das Denkmal, das er auf dem nach ihm benannten athenischen Hügel zur Ehre seiner Vorfahren errichtete, blickt hinüber zu jener Akropolis, deren archaische Bauten sein persischer Urahn Xerxes vor beinahe 600 Jahren hatte einäschern lassen. Auf seltsamen Wegen verknüpft die Geschichte Menschengeschicke.

Kaiser Heliogabalus (218-222) zählte die Könige von Kommagene unter seine Vorfahren und ebenso viele Dynasten des Ostens weit über das 3. Jahrhundert hinaus. Ein historischer Schnörkel: Auch in Mitteleuropa lebte der Name des östlichen Königreiches weiter. Die aus dem Osten rekrutierte ›Ala prima Comagenorum‹ war an der norischen Donaugrenze stationiert. Bis in die Zeit des heiligen Severin (5. Jahrhundert) hieß das Kastell an der Stelle des heutigen Tulln (Niederösterreich) ›Comagenis‹. Bis ins Mittelalter regierten letzte Nachfahren der Orontiden von Kommagene in Armenien. Die kultischen Begehungen jedoch, die Antiochos I. Theos auf dem Nemrud Dağ und anderswo »für alle Ewigkeit« gestiftet hatte, scheinen schon wesentlich früher vergessen worden zu sein.

Das Mittelalter hob hier an mit dem tödlichen Duell zwischen Byzanz und dem Sassanidenreich, dem Vorstoß der Araber, welcher Kommagene erneut zur Grenzregion machte, diesmal als Vorfeld des Ostens gegen den Westen. Der Taurus bildete die Grenze zwischen Byzanz und dem Kalifenreich, ein tiefgestaffelter Abwehrgürtel zog sich halbmondförmig von Malatya nach Tarsos. Die byzantinische ›Reconquista‹ um die Mitte des 10. Jahrhunderts brachte keine entscheidende Wendung. Erst das Ende Armeniens und der Seldschukensieg von 1071 veränderten auch die Lage im Taurusgebiet. Armenische Adelsfamilien waren mit ihrer Gefolgschaft hierher gezogen, hatten in Kilikien ein ›Kleinarmenien‹ geschaffen, von Byzanz isolierte und nur nominell abhängige Duodezherrschaften. Das Erscheinen der Kreuzritter in diesem Raum hat das Bild noch bunter und die Kämpfe noch wirrer gemacht, bis sich schließlich Artukiden und Rum-Seldschuken in den Besitz des Landes teilten.

Am Ende des 13. Jahrhunderts (1291) fiel die letzte christliche Enklave Hromgla (Rumkale), zeitweilige Residenz des armenischen Patriarchen. Von Syrien aus bemächtigten sich seit dem 14. Jahrhundert die Mamlukensultane von Ägypten des Gebiets, sicherten Verwaltung, Wege und Verkehr, aber konnten die Bevölkerung – jakobitische Syrer, Armenier, Griechen und Araber – nicht vor der Heimsuchung durch den schrecklichen Timur Lenk (1400/01) schützen. Seit 1516 gehörte das Gebiet, das einst Kommagene hieß, zum Reich der Osmanen.

Von Diyarbakır am Tigris sind wir durch gelbgrünes Hügelland nach Westen gefahren, über *Siverek*, wo die Frauen sich in blaue Umhänge hüllen und nicht in

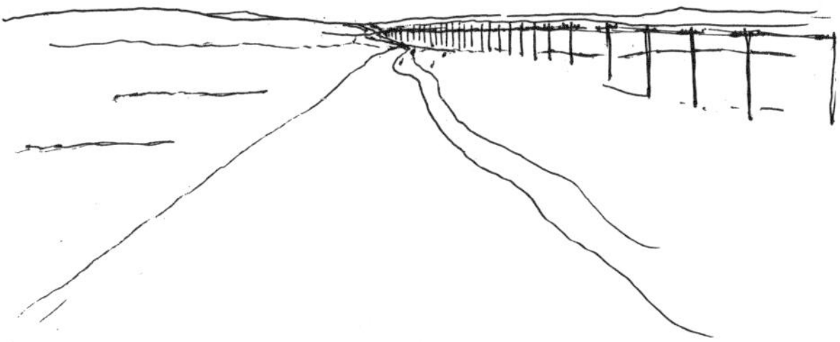

Zwischen Diyarbakır und Siverek

schwarze Tücher, dem Euphrat entgegen. Rechter Hand steht hoch der Nemrud Dağ mit dem Schotterkegel. Banaler Beton stützt die Fahrbahn über den Firat Nahr. Drüben auf niedrigem Hügel links ein Teehaus aus ein paar Stangen und Matten. Auf dem ›Tell‹ jenseits der Straße herrscht rege Tätigkeit. Ein Team britischer Archäologen ist dabei, eine vermutlich bis ins 4. Jahrtausend zurückgehende Siedlungsstelle zu erforschen und Erkenntnisse zu bergen, bevor eine bisher der archäologischen Forschung so gut wie verschlossene Landschaft unwiederbringlich im Wasser versinkt. Eine neue Sintflut droht dem Euphratgebiet: Etwa 50 Kilometer flußabwärts von hier, südlich von Samsat, ist ein 150 Meter hoher Staudamm geplant, der in zehn Jahren fertig sein soll und die ganze Landschaft verändern, das Flußtal in einen riesigen See verwandeln wird. 25 Archäologenteams sind – spärlich mit Geldmitteln ausgestattet – im Wettlauf mit der Zeit an der Arbeit. Sie sind keine Schatzsucher wie Schliemann, erwarten nicht, einen Laokoon oder eine Venus von Milo zu finden, aber hoffen, ein unbekanntes Stück Vergangenheit zu entdecken oder wenigstens soviel wie möglich an Wissen zu bergen. Nicht zuletzt über die römische Euphratgrenze, über die praktisch noch gar nichts bekannt ist.

Euphrat zwischen Siverek und Kâhta

Zahllose Stellen hat man geortet, an denen man nachforschen möchte, aber nur ein Bruchteil von ihnen wird untersucht werden können, die anderen werden rettungslos versinken, vor allem Samsat/Samosata selbst, ein 2500 Meter langer und 1500 Meter breiter Bereich, die vielleicht wichtigste Stätte zwischen Mittelmeer und Zweistromland, wo man nach den Worten des britischen Grabungsleiters 200 Jahre lang arbeiten könnte, ohne auch nur annähernd zu einem Abschluß zu kommen.

Von der Kommagene werden also nur jene Denkmäler bleiben, die in den Inschriften mit dem sonst nicht belegten Terminus ›Hierothesion‹ benannt werden: Grabstätte zugleich und Kultplatz des vergöttlichten Herrschers.

Uns Heutigen dünkt die Vergottung eines Sterblichen, sei es auch eines Königs (oder gerade eines solchen vielleicht), unbegreiflich, als ein Zeichen von Größenwahn. Den Griechen aber war der Gedanke, daß Gottheit sich in Menschengestalt offenbaren könne, so wenig fremd wie dem Orient die Auffassung, ein König sei nicht bloß ein Stellvertreter Gottes, nein: dessen Sohn und mithin selbst ein Gott. Und wenn ein solcher Herrscher sich als

Gottheit feiern ließ, war das nicht hybride Selbstvergötzung, sondern – wenn auch von politischen Notwendigkeiten und Ideen bestimmt – Ausdruck seiner ganz persönlichen Frömmigkeit und einer neuen Stufe von Religiosität.

Wachsende Skepsis und kritische Distanz gegenüber dem überkommenen, von der Polis getragenen Glauben, die immer deutlichere Wendung zur ›privaten‹ Frömmigkeit, die Erfahrung, daß die unsichtbaren Götter sich nicht um den Menschen kümmern, vielleicht, weil sie zu entfernt sind, so daß sie nicht hören können, oder so selig in sich selbst leben, daß sie nicht hören wollen, oder gar der Verdacht, daß es sie überhaupt nicht gebe – das alles hat die Neigung bestärkt, sich an sichtbare Götter zu halten. An jene, die im Besitz der politischen Macht als Herrscher auf Erden, oder jene, die am Himmel als Gestirne erscheinen, an die Theoi epiphanoi, die offenbaren Götter. ›Epiphanes‹ ist einer der häufigsten Beinamen hellenistischer Könige, ebenso wie ›Theos‹.

Herrscherkult und Sternenglaube, in der Frühzeit des Hellenismus noch nebeneinander herlaufend, gehen später ineinander über und treffen sich sichtbar auf der Höhe des Nemrud Dağ, wo auch griechische und persische Götter zu neuen Gestalten zusammenschießen. Theologische Schöpfungen des Königs Antiochos I. Theos. Dessen Hierothesion dort oben ist nicht bloß eine eindrucksvolle Sehenswürdigkeit, sondern auch ein religions- und geistesgeschichtliches Denkmal ersten Ranges.

Auf dem ragenden Gipfel 2100 Meter über dem Meer ließ der König – wohl über einen Felsstock, der seine noch immer unangetastete Grabkammer bergen mag – einen etwa 50 Meter hohen Schotterkegel von 150 Meter Durchmesser aufschütten. Ein gigantisches Werk in die-

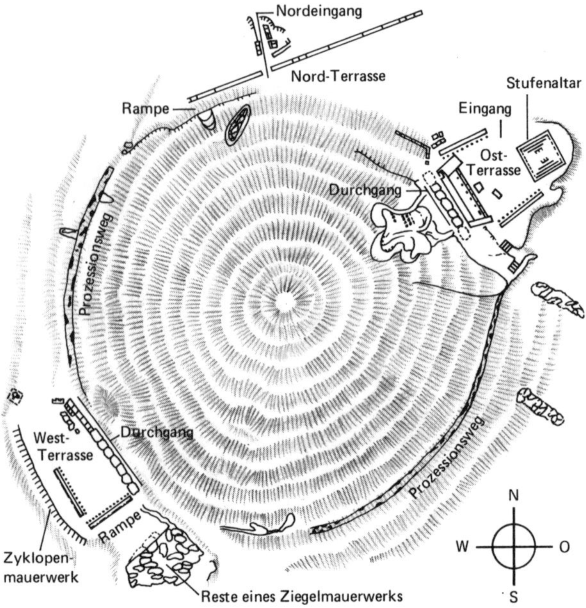

Nemrud Dağ, Hierothesion des Antiochus I.
von Kommagene (Mitte 1. Jh. v. Chr.)

ser windumtosten Einsamkeit. Damit nicht genug. Er ließ dahin Prozessionswege anlegen, die auf einen Vorplatz nördlich des Tumulus zuliefen und von dort aus auf die beiden östlich und westlich gelegenen Terrassen. Die nach Osten zu war zweifellos die wichtigere, denn auf ihr erhob sich über einem Stufenpodest der große Altar, dessen Opferfeuer weit hinaus ins Land geleuchtet haben mögen. Und wenn auch – wohl durchs Gelände bedingt – die Anordnung der Bildwerke auf den zwei Terrassen differiert: ihr Bildprogramm ist auf beiden das gleiche und ließ sich dank des ganz konträren Erhaltungszustands fast so lückenlos ergänzen und erschließen wie die große Kultinschrift auf der Rückseite der Götterthrone.

So spricht der König: »Als ich die Anlage dieses Hierothesions unzerstörbar durch die Schädigungen der Zeit in nächster Nähe der himmlischen Throne zu errichten beschloß, in welchem die bis ins Greisenalter hinein wohlerhaltene Hülle meiner Gestalt, nachdem sie die gottgeliebte Seele zu den himmlischen Thronen des Zeus-Oromazdes entsandt hatte, durch die unermeßliche Zeit ruhen soll, da nahm ich mir vor, auch diesen heiligen Ort zur gemeinsamen Thronstätte aller Götter zu machen, damit nicht nur die heroische Schar meiner Ahnen, die du vor dir siehst, durch meine Fürsorge hier aufgerichtet sei, sondern auch die auf heiligen Hügeln geweihten göttlichen Gestalten der großen waltenden Götter für meine Frömmigkeit auch an dieser Stelle als Zeugen dienen.« (Dies wie die folgenden Zitate nach Dörner, Kommagene.)

Und weiter: »Ich habe, wie du siehst, diese göttlichen Bilder des Zeus-Oromazdes und des Apollon-Mithras-Helios-Hermes und des Artagnes-Herakles-Ares sowie meines allnährenden Heimatlandes Kommagene aufgerichtet und aus dem gleichen Stein, gemeinsam thronend mit den Gottheiten das Abbild meiner eigenen Gestalt geweiht. Eine neue Tyche habe ich an der uralten Ehre der großen Götter Anteil nehmen lassen, indem ich dabei in gerechter Weise das Vorbild der göttlichen Fürsorge nachahmte, die mir bei den Kämpfen meiner Königsherrschaft zu wiederholten Malen als wohlwollende Helferin wirklich zur Seite getreten ist.«

Auf jeder der beiden Terrassen gab es die ›Ahnengalerien‹, zwei Reihen von Reliefstelen mit einem kleinen Altar vor jedem Bild. Da waren einerseits die persischen Ahnen dargestellt (auf der Ost-Terrasse in der Reihe der

1 2 3 4 5 6

Nemrud Dağ, Westterrasse, Rekonstruktionsentwurf von Karl Humann: 1: Nordsockel; 2: Antiochos und Kommagene; 3: Antiochos und Apollon – Mithras – Helios – Hermes; 4: Antiochos und Zeus-Oromasdes; 5: Antiochos und Atragnes – Herakles – Ares, 6: Horoskoplöwe; 7: Apollon – Mithras – Helios – Hermes (nach John H.

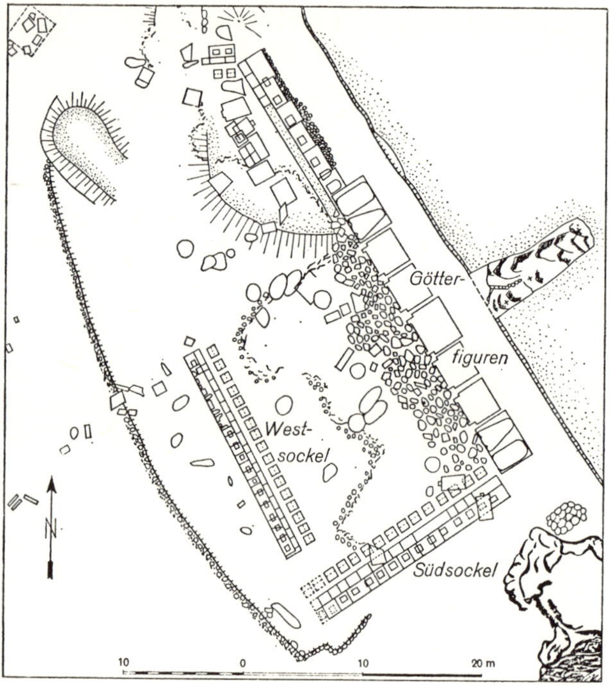

Westterrasse auf dem Nemrud Dağ mit den väterlichen, persischen Vorfahren auf den Südsockeln und der mütterlichen, seleukideischen Ahnenreihe auf den Westsockeln

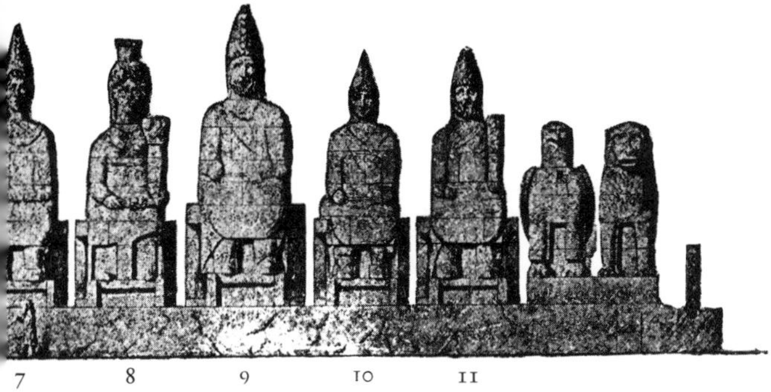

Young, Commagenian Tiaras: Royal and Divine, AJA 69, 1964, 33 ff: Antiochos); 8: Kommagene; 9: Zeus – Oromasdes; 10: Antiochos (nach Young: Apollon – Mithras – Helios – Hermes); 11: Artagnes – Herakles – Ares.

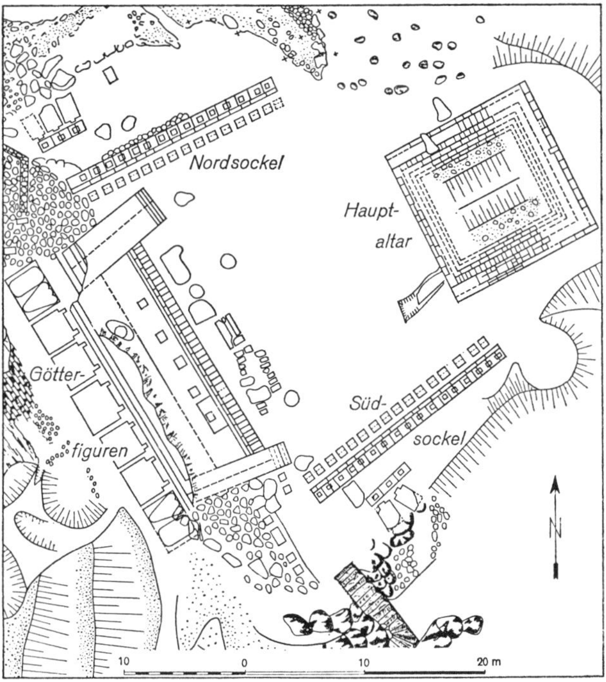

Ostterrasse auf dem Nemrud Dağ mit den väterlichen, persischen Vorfahren auf den Nordsockeln und der mütterlichen Ahnenreihe auf den Südsockeln

Nordseite, auf der West-Terrasse dagegen auf den südlichen Sockeln), beginnend mit Dareios I. dem Großen über Xerxes I., Artaxerxes I., Dareios II. Ochos, Artaxerxes II. Mnemon, den Schwiegervater des Aroandes (Orontes) I., bis zum Bildnis des Vaters Mithradates Kallinikos. Auf der anderen Seite (auf der östlichen Terrasse den väterlichen Vorfahren gegenübergestellt, während sie auf der westlichen Terrasse an den Westrand gerückt den großen Götterbildern gegenüberstanden) die Vorfahren von mütterlicher Seite bis hinauf zu Alexander dem Großen, den die hofoffizielle Genealogie als Stammherrn des Seleukidenhauses in Anspruch nahm. Er galt als ein Sohn des Zeus. Somit konnte Antiochos seinen Stammbaum bis auf den höchsten der Götter zurückführen.

Dazu kam jeweils eine Reihe von Reliefs, deren jedes eine der großen Gottheiten des kommagenischen Pantheons zeigte – jene, die durch die Thronfiguren dargestellt werden –, wie sie durch Handschlag (Dexiosis) den König Antiochos als ihresgleichen im Kreis der Himmlischen begrüßen und eine rätselhaft-interessante Reliefplatte mit der Darstellung eines mit Sternen besetzten Löwen: das Bild des Sternzeichens, mit dem von einem Halbmond umklammerten Hauptstern Regulus, dem Königsstern, auf der Brust, drei sechzehnstrahlige Sterne über dem Rücken. Diese sind inschriftlich als die Planeten Jupiter, Mars und Merkur gekennzeichnet. Damit ist eine Gestirnkonstellation dargestellt. Während die Sonne im Zeichen des Löwen stand, zogen Mars, Merkur, Mond und Jupiter dicht am Königsstern vorüber. Eine solche Konjunktion von drei Planeten mit dem Mond hat sich nach den Berechnungen Otto Neugebauers um den 7. Juli 62 v. Chr. ereignet. Diese Horoskopstellung muß für Antiochos eine besondere Bedeu-

Nemrud Dağ, Stele mit der Sternkonjunktion
in der Konstellation des Löwen

tung besessen haben, erlebte er doch durch sie seine ›Verstirnung‹, seine am Himmel sichtbare Aufnahme unter die Götter. Vermutlich fiel mit diesem Himmelsereignis der Beginn der Arbeiten am Hierothesion zusammen. Das Relief (nur das auf der Westseite ist – schwer beschädigt – erhalten, einen Abguß besitzt das Vorderasiatische Museum in Berlin/DDR) ist ein wichtiges Zeugnis für das Zusammentreten von Stern- und Herrscherkult.

Dieses Herrscherkults großartigste Kundgabe aber sind die je fünf riesigen Sitzstatuen, die sich auf jeder der beiden Terrassen, dem Tumulus den Rücken zukehrend, erhoben. Beinahe neun Meter waren sie hoch, aus je acht Blocklagen aufgeschichtet. In der Mitte, größer und erhabener noch als seine Throngefährten, der höchste Gott des griechischen wie des persischen Pantheons in einer Gestalt, der des Zeus-Oromazdes (Ahuramazda), vereinigt. Zu seiner Linken (vom Beschauer aus rechts) thronten Apollo-Mithras-Helios-Hermes (synkretistisch also die Lichtgötter von Hellas und Persien mit der Gestalt des Götterboten kombinierend) und Herakles-Artagnes-Ares, die Gottheit von Kampf und Sieg. Dem höchsten Gott zur Rechten die personifizierte Kommagene, ›die neue Tyche‹ des ›allnährenden Heimatlandes‹, im linken Arm das Füllhorn, Ährenbündel und Früchte in der Rechten, das Haupt mit Ährenkranz und Fruchtmaß geschmückt. Und neben ihr schließlich der Gottkönig Antiochos selbst, wie die anderen Figuren streng frontal und zusammengefaßt thronend, vergleichbar ägyptischen oder hethitischen Göttern, in persischer Tracht und mit der Tiara gekrönt, aber gleich den anderen im Stil so griechisch wie die Sprache der Inschriften. Es ist nicht mehr das Griechische der perikleischen Zeit. Auch in den Bildern nicht mehr deren menschliches Maß und nicht mehr ihre handwerkliche Präzision. Hier ist alles aufs Übermenschliche angelegt und auf die Wirkung in die Ferne, so daß selbst die Löcher sichtbar blieben, in welche die Hebestangen eingriffen, damit die Blöcke aufeinandergetürmt werden konnten. Jetzt, nach 2000 Jahren, wirkt das alles noch viel roher als einst, ist's doch von der allesfressenden Zeit zernagt und durcheinandergeworfen. Während über der Ost-Terrasse mit ihrem Altar noch die – kopflosen – Monumentalbilder thronen, ihre Köpfe aber verstümmelt sind und von den Reliefs nur geringe Reste blieben, sind die Thronfiguren der West-Terrasse zwar zu formlosen Massen zusammengesunken, doch blicken die Häupter noch in ewiger Jugend über die hintereinandergestaffelten blauen Bergketten hinweg, liegen hier noch einige der Reliefs.

Karakuş-Tepe

Doch ihr Sandstein kann dem Ewigkeitsanspruch des Stifters nicht standhalten. Unter der Einwirkung von Sonnenglut und Eiseskälte, von Schnee und Regen und – nicht zuletzt – menschlicher Zerstörungslust zerblättern auch sie, drohen zu Fragmenten zu zerfallen wie ihre Gegenstücke auf der östlichen Plattform. Vergänglichkeit gehört zum Los des Menschen und allen seines Tuns, und dünke er sich als Gott und maße sich an, für eine Ewigkeit zu schaffen. Allzumenschlich ist's zwar, der Zeit bei ihrem Zerstörungswerk zu helfen, menschlicher noch, Menschenwerk ihren malmenden Zähnen zu entreißen, sei es auch nur für eine begrenzte Frist. Vielleicht rührt unsere Ergriffenheit angesichts der zerfallenen Götterriesen vor einer uns unvergänglich dünkenden riesigen Naturkulisse gerade von diesem Bewußtsein her. Von hier vielleicht kommt auch jene Freude an der Begegnung mit Dingen, welche die Zeit überlebt haben.

Anders wollte der Bauherr sein Werk verstanden wissen. So spricht der König, der ›Heide‹: »Ich bin zu der Ansicht gekommen, daß für die Menschen von allen Gütern nicht nur der sicherste Besitz, sondern auch der größte Genuß die Frömmigkeit sei; dieses Urteil war für mich die Ursache glücklicher Macht und ihrer seligzupreisenden Anwendung. Während meines ganzen Lebens habe ich, wie alle sehen konnten, die Heiligkeit für die treue Wächterin und unnachahmliche Freude meines Königreiches betrachtet. Dadurch bin ich auch großen Gefahren wider Erwarten entronnen, verzweifelter Lebenslagen mit leichter Mühe Herr geworden und in seligzupreisender Weise zur Fülle eines langjährigen Lebens gelangt.«

Man kann für den Ausflug auf den Nemrud Dağ das Hotel in der Provinzhauptstadt Adıyaman wählen. Eine Unterkunft ohne viel Komfort. Wer seine Ansprüche noch weiter zurückschraubt, findet auch Quartier im Kurdendorf Eski Kâhta, von wo aus Dörner seine Grabungsarbeiten leitete. Im Haus des einstigen Vorarbeiters und jetzigen Bürgermeisters lebt man einige Tage sehr ›volksnah‹.

Wir zweigen also hinterm neuen Städtchen Kâhta von der Adıyamanstraße rechts ab. Nach etwa zehn Kilometern halten wir vor dem *Karakuş-Tepe*. Dieser schon von weither sichtbare Schotterkegel war das Hierothesion dreier Damen aus der orontidischen Dynastie, der Isias, der Mutter Mithradates' I., ihrer Tochter und ihrer Enkelin. Den Namen ›Schwarzer Vogel‹, das heißt ›Adler‹, erhielt der Hügel von dem einzigen, noch auf einer rohen dorischen Säule horstenden Adlerbild. Den von der Basis dieser Säule aus gemessen etwa 20 Meter hohen Tumulus umstanden einst drei Säulentriaden. In der Mitte jeweils ein Shakehands-Relief, flankiert von Löwen, Adlern, Stieren. Nur vier der Säulen stehen noch aufrecht, das einzige erhaltene Relief ist zur Unkennt-

Die Heiligkreuzkirche auf der Insel Achthamar im Van-See, 10. Jahrhundert

lichkeit verstümmelt. Von den starken Tieren blieben nur mächtige Torsi.

Ein vergleichbares Grabheiligtum fand man in *Sesönk* (Dikili Taş), einige Kilometer entfernt von der Römerbrücke über den Singas. Der Tumulus besteht hier aus Bruchstein und war an der Peripherie umstanden von drei durch einen Architrav verbundenen Säulenpaaren, auf denen Wappentiere je drei Sitzfiguren rahmten. Ein Zugang zu einer verborgenen Grabkammer zeichnet sich ab.

Die Grabkammer des Karakuş-Tepe hat sich nicht mehr gefunden. Bohrungen haben vielmehr erhärtet, was bis dahin nur vermutet wurde: daß nämlich der Hügel längst geplündert ist. So gründlich, daß selbst die Blöcke, aus denen die innere Grabkammer aufgebaut war, weggeschleppt wurden.

Mit einiger Sicherheit lassen sich die Räuber namhaft machen: Es waren die Pioniere der Legio XVI unter L. Marius Perpetuus. Sie haben die Steine zum Bau der noch heute ihren Dienst tuenden *Brücke über den Chabinas* (Cenderecay) verwendet.

Ein einziger kühn und präzis geschwungener Bogen über das oft reißende Wasser, exakt geschichtete Quadern. Die Fahrbahn hebt sich leicht und senkt sich, ist – man traut seinen Augen kaum – noch immer gesäumt von den Quadern der Brüstung von dazumal. Stets ist es die Schönheit und praktischen Zweck verbindende Ingenieurkunst, die uns an der Hinterlassenschaft der Römer am meisten fesselt. In einer heute so entlegenen Gegend einem so wohlerhaltenen Zeugnis römischen Wesens zu begegnen, das ist so überraschend wie er-

Die Emir Hassan Türbe bei Ahlat am Van-See

schütternd. Über welche Weiten spannten die Imperatoren ihre Herrschaft, welche Strecken überwanden die Legionen!

Diese Brücke wurde 197 errichtet, zur Zeit des Septimius Severus, der 211 in York in Britannien starb. Den Übergang flankierten je zwei Säulen, vier im ganzen also, als Denkzeichen für den afrikanischen Kaiser, seine syrische Gattin und ihre beiden Söhne. Aber nur drei stehen noch aufrecht. Als der Sohn Caracalla den Bruder Geta in den Armen der Mutter erdolcht hatte, ließ er allüberall Bilder, Namen, Erinnerung des Verhaßten tilgen. Doch damit löschte er nicht das Andenken des Gemordeten, setzte nur seiner Kainstat ein Mal.

Einige Kehren noch, und nach links hinauf abbiegend endet das Sträßchen auf dem Dorfplatz von *Eski Kâhta*, zu Füßen einer ganz und gar unglaublichen Burganlage,

Brücke über den Cenderecay

Burg Eski Kâhta

Yeni Kale, die mächtig ragt, deren Bedrohlichkeit einzig der Verfall zum Malerischen dämpft. Uns scheint sie die eindrucksvollste Festung weitum, gewaltiger noch und besser erhalten als selbst die mächtige Burg von Hromgla/Rumkale, der letzten einst christlichen Enklave, und viel sehenswerter als die meisten anderen mittelalterlichen Festungen zwischen Euphrat und Taurus, von denen nur Kümmerliches blieb oder die später umgestaltet wurden wie in Adıyaman, Birecik, Dülük, Gaziantep …

Um die Wende vom 11. zum 12. Jahrhundert mag auf dem schmalen Felsenrücken über der Schlucht des Kâhta Cay schon eine armenische Befestigung entstanden sein, vielleicht antike Trümmer nutzend. Arsames, dessen Namen die Stadt Arsameia trug, hatte hier oben bereits eine »Stadt auf zwei Gipfeln« erbauen lassen. Zur Zeit der lateinischen Fürsten von Urfa/Edessa jedenfalls saß hier ein armenischer Feudalherr, der seine Burg schließlich den siegreichen Artukiden übergeben mußte.

Während die Stadtfestungen veralteten und somit an Bedeutung verloren, entwickelten sich die seit der zweiten Hälfte des 12. Jahrhunderts ständig erweiterten Burgen zu wichtigen Zentren. Kâhta wurde bald so bedeutend, daß der Seldschukenherrscher Ala ed-Din Kaikobad es 1226 zu erobern suchte. Der ägyptische Mamlukensultan Malik al-Aschraf wollte den Artukiden Hilfe bringen, ward jedoch geschlagen. Aber schließlich, seit 1283, waren doch die ägyptischen Sultane Herren der Festung. Unter Qalaūn (1279-1290) Aschraf Khalil (1290-1293) und Mohammed an-Nasir (1293-1341) entstanden Vor-, Hauptburg und Zwinger, wie wir sie heute noch, seit 1965 restauriert, das heißt in ihrem Bestand gesichert, sehen.

Unser weißbärtiger Wirt stülpt sich die Schirmmütze des bestallten Wärters auf, nimmt den Schlüsselbund und führt uns selbst hinauf zum Tor der imposanten Anlage. Großartiger noch als die Festungswerke scheinen uns die Ausblicke von dort oben: auf das Dorf mit seinen niedrigen Lehmhäusern, die bis in unsere Tage den alten hethitischen Hilani-Typus bewahren – einzig das rote Ziegeldach des neuen Schulhauses fällt wie überall in diesen Dörfern aus dem Rahmen –, auf die mit zähen immergrünen Sträuchern betupften bleichen Kalkfelsenberge. Jenseits der tiefen Schlucht des Nymphenflusses die schroffe Höhe der Eski Kale, der ›alten Burg‹, wo sich das Hierothesion Mithradates' I. Kallinikos befand. Und dann der Flußlauf hinaus ins gemuldete Tal des Cendere-Cay, mit dem der Nymphaios seine Wasser vereinigt, um sie unter dem schon fernen Mal des Karakuş vorbei dem Euphrat zuzusenden.

Ein steiler, schwer gangbarer Treppenweg, teilweise als gedeckter Gang in den Fels geschlagen, führt an der Flanke des Festungsberges hinunter zum ›Tauben-

Dorf Eski Kâhta

schloß‹ (1286), einer in sich geschlossenen kleinen Festung unter einer überhängenden Felswand, knapp über dem strudelnden Bergbach der Nymphen. Sie sollte nicht nur die Wasserversorgung der Burg sichern, sondern diente als Brieftaubenstation. Abgerichtete Tauben waren zu einer Zeit, die Radiowellen noch nicht kannte, die schnellsten Boten und waren nicht weniger wertvoll als Jagdfalken. Die Mamlukensultane Ägyptens haben die Taubenpost systematisch organisiert und verdankten ihr bedeutende politische und militärische Erfolge. Nistplätze für 32 Botenvögel sind noch zu sehen, auch die Unterkünfte für die Besatzung dieser Außenstelle, welche durch einen unter dem Fluß hindurchführenden Gang auch mit der ›alten Burg‹ in Verbindung treten konnte.

Das Dorf hat schon die giftigen Früchte vom Baum des Tourismus gekostet. Zudringliche Fotografen und wahllos billige Bonbons verteilende freundliche Tanten haben die Kinder zu frechen Kletten erzogen. Und wer nicht auf Eselsrücken hinaufreiten will zur ›alten Festung‹, den verfolgen die Eseltreiber ohne Erbarmen.

Rekonstruktion des Hierothesion von Arsameia (Eski Kale) nach W. Hoepfner

Wer den Dörflern nichts zu verdienen gibt und seine Füße gebrauchen möchte, sollte dann wenigstens den Weg nehmen, den einst die Kultprozessionen nahmen: den von Südwesten her, den über die alte Brücke beim ›Taubenschloß‹. Jenseits des Nymphenbaches geht es bei einem weiteren kleinen Bachlauf über die Böschung steil hinan. Immer eindrücklicher entfaltet sich die gesamte Bergflanke dem Blick, bald können wir bereits die einzelnen ›Stationen‹ auf dem Prozessionsweg erkennen. Wo der Einschnitt so flach wird, daß er sich ohne Mühe überqueren läßt, finden wir den Steig, der zum ersten Halt hinaufführt, zur ›Sockelanlage II‹, wie die Archäologen die Stelle ›poetisch‹ nannten. Hier steht jetzt wieder ein großes Relief des persischen Sonnengottes Mithras aufrecht, der, als die Stele unbeschädigt war, mit Handschlag den König Mithradates begrüßte wie auf anderen gleichartigen Darstellungen. Der avestische Lichtgott, dessen Kult in der römischen Kaiserzeit über das ganze Reich verbreitet war, trägt auf den Reliefs von Arsameia und auf dem Nemrud Dağ die persische Tiara mit nach vorn geknickter Spitze, persische Hosentracht und in der Linken das Barsombüschel der Magier. Sein Haupt ist von einem Strahlenkranz umgeben. Antiochos I. von Kommagene hat in Arsameia eigens einen Priester für Mithras-Apollon-Hermes bestallt, Mithras zu einer Art Staatsgott erhoben, sich mit ihm identifiziert. Möglich, daß Mithras gerade von Kommagene aus jenen Siegeszug durch das Römische Reich antrat, der ihn schließlich zum gefährlichsten Rivalen des jungen Christentums machte. Welcher Art die Verehrung war, die der Gott in Arsameia genoß, darüber sagen die Inschriften und Bilder allerdings nichts. Nur zu vermuten steht, daß die Felshalle bei ›Sockelanlage I‹ etwas mit seinem Kult zu tun hatte. In ihrem unteren Teil standen Reliefs kontrastierend gegen eine leuchtend weiße Blendmauer aus Kalksteinquadern, während sich darüber ein Iwan, eine bogenförmige Halle, in den Felsen öffnet, von der aus 14 Stufen eines Treppentunnels zu einer Plattform hinabführen. Dann fällt die Wand steil ab zu einer sechs Meter tiefer gelegenen Felsenkammer. Daß sie einst eine sakrale Funktion erfüllte, läßt sich vermuten. Mehr nicht. Um eine Grabstätte kann es sich bei ihr genausowenig gehandelt haben wie bei dem Felsgang von ›Sockelanlage III‹. Mehr denn 158 Meter tief ins Unterirdische führen dort die Stufen und enden dann einfach und unvermittelt. Über dem Eingang steht kein ›lasciate ogni speranza‹, vielmehr die ausführlichste Kultinschrift, in der Antiochos I. die Feste und ihre Abfolge regelt. Aber sie erwähnt die Felsentreppe und ihre Funktion mit keinem Wort.

Links oberhalb, von Dörner aufgefunden und am alten Platz wieder aufgestellt, das besterhaltene Dexiosis-Relief von fast 3,50 Meter Höhe. Ein König – der Tracht und Tiara nach eher Antiochos I. als sein Vater Mithradates Kallinikos, dem doch das Heiligtum gewidmet ist – im Händedruck mit Herakles, als Gott den Gott begrüßend oder von ihm begrüßt. (Das Fragment eines ähnlichen Reliefs wurde auf der Akropolis von Zeugma/Seleukia am Euphrat gefunden.) Die Machart ist weit entfernt von klassischer Eleganz, der nackte Heros-Gott wirkt schwergliedrig und der König-Gott allein schon durch seine persische Tracht ›barbarisch‹, doch ist's ein unschätzbares geistesgeschichtliches Zeugnis – und als solches noch dazu einzigartig wohlerhalten.

Wenige Schritte oberhalb setzt sich der Aufweg als sieben Meter breite Freitreppe fort, die, von zwei Podesten unterbrochen, durch eine Art Propylaion führte. Seitlich der Treppe einst zwei dorische Hallen, die sich nach Süden öffneten, hinter ihnen Räume, die Mosaikböden besaßen und deren Wände mit farbigen Marmorimitationen verputzt waren.

Den Teil des Berges, der einst einen Peristylhof trug, hat ein Erdbeben in die Tiefe gestürzt. Altar und Kultstätte befanden sich auf der östlichen, der höheren Hälfte des Bergplateaus: Sitzbilder, überlebensgroß, wohl ein Mausoleum korinthischer Ordnung.

Noch am Ende des 12. Jahrhunderts muß so Erstaunliches vorhanden gewesen sein, daß Dämonen als seine Urheber galten. So wurde das Unheimliche zertrümmert, um als Baumaterial für die 1194 geweihte Kirche des jakobitischen Klosters Barsauma beim heutigen Dorf Peraş weggeführt zu werden. Bitter wenig entging den frommen Steinräubern. Von der einstigen Pracht ist

Arsameia (Eski Kale), Sockelanlage III mit Felsinschrift,
Eingang zum großen Felsgang und wiederaufgestellten Dexiosis-Relief.
Rekonstruktion von W. Hoepfner

nicht einmal mehr ein Schatten geblieben. Aber wie vor 2000 Jahren öffnet sich uns der Blick ins Tal mit dem silberglänzenden Fluß, auf den fernen Karakuş-Tepe, in die Schlucht des Nymphenflusses hinab, jenseits deren die Mamlukenburg trutzt und zu deren Füßen das Lehmhüttendorf von heute liegt. Könige sind vergangen und ihre Götter mit ihnen, geblieben ist die Mühsal des kleinen Mannes – und die Landschaft. Sie spricht noch zu den späten Erben.

Noch ein anderes städtisches Hierothesion ist entdeckt worden, das von *Arsameia* am Euphrat (heute: Gerger), wohin uns schon unterwegs einmal ein Wegweiser lenken wollte. Gäben wir der Lockung nach, fänden wir außer einer beschädigten Inschrift, einem Felsrelief – darstellend wohl den König Samos – und dem Eingang zu einem unterirdischen Raum nichts mehr von antiken

Resten, denn das Heiligtum der – sonst unbekannten – Göttin Andragene mußte einer Festung der Moslems weichen. Moltke hat die Ruinen von Gerger gesehen. Er berichtet: »Ein zwanzigstündiger Marsch auf halsbrechenden Gebirgswegen und durch angeschwollene Bäche führte uns nach Gerger, einem alten Schloß auf einer Felsenspitze am Euphrat. Das Kastell, verfallen wie es ist, wenn es nur Proviant hat, ist uneinnehmbar und hat nur den Fehler, daß eben niemand es nehmen wird in der weglosen Einöde, wo es liegt. In den Fehden der Kurden aber konnte es eine bedeutende Rolle spielen. Es finden sich Fundamente und Reste, die von sehr hohem Alter sein müssen; in einer Felsentafel war eine griechische Inschrift, die ich leider nicht verstehe und die ich ihrer übermäßigen Länge wegen nicht abschreiben konnte; in einer Felswand sieht man vier Fenster, die in Felsenkammern führen, aber ganz unerreichbar waren.« Die erwähnte Inschrift enthält das Kultgesetz des Antiochos für die Hierothesia seiner Vorfahren in Arsameia am Euphrat.

Einst ließ man sich Zeit und nicht von Flugterminen hetzen, mietete in Eski Kāhta Maultiere und einen Führer, um durch Bach, Buschwald und Schluchten, über Bergweiden und kahle Hänge (vielleicht mit einer Tee- oder Imbißrast auf halber Wegstrecke im Dörfchen Horik) hinaufzupilgern zum Tumulus des Antiochos auf dem Gipfel des *Nemrud Dağ*. Aber seitdem eine Fahrstraße für hochbeinige und widerstandsfähige Wagen bis knapp unter das hohe Ziel führt, ist's üblich, sich unromantisch-einfacher auf erheblichen Umwegen motorisiert hochrütteln zu lassen zu den himmlischen Thronen. Und es ist Mode geworden, möglichst zum Sonnenaufgang oben zu sein. Eine Torheit wie alle

Moden. Zu nachtschlafender Zeit muß man aufbrechen, fröstelnd kommt man dann zu den Stunden an, da hier oben die Winde auf ihren schärfsten Instrumenten pfeifen – und das Fotolicht ist denkbar schlecht. Man ist hinterher froh, in einem der einsamen Anwesen, die sich mit einem Schild ›Hotel‹ zieren, im Windschutz und bei einem heißen Tee die unvermeidlichen Postkarten zu kaufen, nebenbei manches zu bemerken, was kein Touristenprospekt erwähnt: die tägliche Mühe des Frauenvolks. Auf einfachstem Herd bereitet die Mutter das Nötigste für die Gäste zu. Der Hausherr: schlank, knochig-hochgewachsen, mit dickem schwarzen Schnauz im adlerkühnen Gesicht, trägt in der Rocktasche die Pistole so wie unsereiner seinen Geldbeutel. Man lebt gefährlich in diesem wilden Kurdistan. Ärmlich das Mobiliar: ein Kasten, ein Regal auf bloßem Lehmboden, aber fleckenlos die Decken, die Matratzen, die zusammengerollt tagsüber als Sitz, ausgebreitet nächtens als Liegegelegenheit dienen.

Wir denken noch an das Erlebnis des Berges zurück: wie wir, nach einer knappen halben Stunde vom Parkplatz des Vehikels aufgestiegen, erschrocken vor den riesigen Götterköpfen standen, die auf der Westterrasse Wache halten, Köpfen, die dem hellenischen Formenkanon folgen und doch mit ihren parthischen Tiaren und der Frontalität des Blicks ungriechisch-östlich wirken, unnahbar abgerückt wie orthodoxe Ikonen. Aber von diesen trennen sie ja Welten – oder ist der Abstand doch so groß gar nicht? Sind das hier nicht schon erste ›Ikonen‹?

Ein paar Reliefs: Antiochos beim Shakehands mit dem Götterkollegen, der Horoskop-Löwe, zerblätternd unter Eis, Regen und sommerlichem Sonnenbrand, die Sitzbilder, zusammengenommen wie die Memnonskolosse, die kopflos allesamt hinausschauen in die Weite: Bergketten hinter Bergketten, verblauend im Fernedunst, nach Süden die in rötlichem Duft verschwimmende Weite der mesopotamischen Ebene. Die malmenden Kiefer der Zeit scheinen für einen Augenblick stillzustehen.

So erinnert sich Otto Puchstein an seinen Besuch 1883: »Das alles erzeugt in der Seele des auf die Kuppe klimmenden Wanderers einen Schauer, der dem erstaunlichen Menschenwerk, das sich auf ihrer höchsten Höhe plötzlich vor dem Auge ausbreitet, eine eigentümlich feierliche Weihe verleiht und es in der Tat auf den so nahen Himmel bezieht.«

XIII

PATRIARCHENLUFT

OB MAN von Adıyaman über Samsat nach Südosten, von Diyabakır über Siverek oder von Mardin gleich nach Westen fährt: Alle Wege führen über Urfa.

Von dort sind es dann nur noch 150 Kilometer nach *Gaziantep*. Aus der arabischen Bezeichnung Aïn Tab wurde im türkischen Munde Antep, und so kurz heißt die Stadt noch heute bei den Leuten. Den Kämpfertitel eines ›Gazi‹ hat ihr erst Atatürk für ihren patriotischen Widerstand gegen die französische Besatzung nach dem Ersten Weltkrieg verliehen. Seither ist der ›Siegreiche Glaubensstreiter (Gazi) Antep‹ zu einer Großstadt herangewachsen, leidlich modern, geschäftig, quirlig lebendig, zum bedeutendsten Zentrum östlich von Ankara.

Nach ostanatolischen Wochen genießen wir unbedenklich den Komfort eines Hotels, in dem die meisten Lichtschalter funktionieren, der Hahn im WC nicht das ganze Örtchen unter Wasser setzt, Wasser dafür aus der Dusche läuft. Frischgebadet und in sauberer Wäsche flanieren wir abends durch die Straßen. In den Auslagen die Reklamen aller bekannten Firmen Europas und Amerikas mit dem Dernier cri von gestern. Dazwischen immer wieder winzige Läden, in denen man Pistazien in Pfund- oder Kilopackungen kaufen kann. Und Zuckerbäckereien.

Gaziantep ist das Zentrum des türkischen Pistazienanbaues. Schon auf der Fahrt hierher sahen wir die Pistazienbäume in breiten Kulturen, durchsetzt von Mandel-, Walnuß-, Feigen-, Aprikosen- und anderen Bäumen. Wer immer hierherkommt, von dem erwarten die Daheimgebliebenen als Mitbringsel die grünen Kerne in den beinhellen Schalen. Pistazien sind das Tüpferl auf dem i der türkischen Mehlspeisen, also schmecken hier all die Köstlichkeiten aus süßen Blätter- und Strudelteigen besonders gut. Man genießt den Aufenthalt in dieser Stadt, die einem wie ein Klein-Paris vorkommt, weil man aus östlicheren Bereichen hierherkam.

Aber so von heute ist die Stadt gar nicht. Es gibt mitten darin eine Altstadt, zum einen Teil auf einem natürlichen Felssporn, zum anderen auf einem ›Tell‹, der aus sich überlagernden Kulturschichten emporwuchs: die seldschukisch-osmanische Zitadelle auf byzantinischen Fundamenten. Der Hügel gab Scherben aus der ersten Hälfte des 4. Jahrtausends v. Chr. heraus.

Sehenswerter als die Festung ist das Archäologische Museum mit Zeugnissen fast all jener Kulturen, die sich in diesem Raum kreuzten: Siegelzylinder vom 4. Jahrtausend bis ins späthethitische 8. Jahrhundert v. Chr., Stelen und Inschriften aus Kargamiş und Zincirli, eine kommagenische Dexiosis-Stele; würdige Beispiele der Volkskunst.

Von Osten kommend haben wir unterwegs bei *Birecık* auf einer modernen Brücke den Euphrat überquert, auf der Nachfolgerin jener Pontonbrücke, welche schon die Seleukiden über den Strom gelegt hatten, der von hier ab schiffbar wird. Die Seldschuken hatten hier kaum Fuß gefaßt, als die ersten Kreuzritter auftauchten mit Balduin von Boulogne an ihrer Spitze. Birecık war für sie der Brückenkopf des Fürstentums Edessa.

Der Überlandbus hält zu einer Teepause bei der Motel-Café-Tankstelle am jenseitigen, am westlichen Brückenende. Ein Blick hinüber aufs durch billig-moderne Bauten entstellte alte Stadtbild. Dreimal läßt der Fahrer die Hupe aufheulen wie einen klagenden Esel, dann geht es weiter in Richtung *Nizip*. Das ist ein nicht eben säuberliches und eher gleichgültiges Städtchen.

Hier müßte allerdings Quartier machen, wer dann die 30 und etlichen Kilometer nach Barak abzweigen möchte, um die Stätte des späthethitischen Kargamiş (Karkemisch, Carchamish) zu besuchen. Wie Zincirli und Karatepe weiter im Westen war es Hauptstadt eines der südanatolisch-syrischen Fürstentümer, die zwar schon im 2. Jahrtausend v. Chr. bestanden, jedoch erst nach dem Sturz des hethitischen Großreichs aufblühten. Engländer haben im 19. Jahrhundert Kargamiş wiederentdeckt, George Smith hat sie identifiziert, C. Leonard Woolley und T.E. Lawrence haben Kargamiş erforscht, kurz vor dem Ersten Weltkrieg und noch bevor die Trasse der Bagdadbahn durchs Gelände geführt wurde. Die Stadt bestand aus einer äußeren Siedlung, die wie ein Halbmond die stärker befestigte, unmittelbar über dem Euphrat gelegene Innenstadt umschloß, welche ihrerseits von der Zitadelle 40 Meter über dem Flußufer beherrscht wurde. An deren Fuß lag der königliche Palast mit Gemächern, Korridoren und einem Tempel.

Wenn sich der Ausflug in die Nähe der syrischen Grenze nicht machen läßt, kann man sich trösten. Man verfehlt nur den Augenschein der landschaftlichen Situation. Das Sehenswerte, die Inschriften, Statuenbasen und Orthostatenreliefs, gelangten, soweit sie nicht verlorengingen, ins Britische Museum und – zum überwiegenden Teil – ins Museum von Ankara. Die älteren Reliefs im traditionellen Spätstil hethitischer Kunst mit Sphingen, mit Vogel-, Stier- und Löwenmenschen, mit Göttergestalten und Prozessionsdarstellungen werden in die Zeit zwischen 1050 und 850 v. Chr. datiert. Andere, den König und seinen Hofstaat abbildend und stilistisch deutlich von assyrischen Vorbildern bestimmt, gehören dem 9. und 8. Jahrhundert v. Chr. an.

Köpfe auf der Westterrasse auf dem Nemrud Dağ

Immer wieder Begegnungen mit fernen Vergangenheiten. Nirgends jedoch hat uns das Vormaleinst so angerührt wie in Urfa und Harran. Vielleicht, weil hier die Erinnerung noch lebendig ist an Gestalten, die uns von Kind an aus den Erzählungen des Buches Genesis vertraut sind, die zum Mythengut aller drei monotheistischen Religionen gehören.

Urfa, zwischen den Vorbergen des anatolischen Hochlandes und den weiten Weideflächen der mesopotamischen Ebene gelegen, war seit alters ein bedeutender Platz und exemplarische Bühne für das kämpferische Hin und Her am Schnittpunkt vieler Völker und Religionen. Die Uranfänge verlieren sich in der Tiefe der Vergangenheit. Um die Mitte des 2. Jahrtausends v. Chr. hat der Ort schon manches Schicksal hinter sich und erscheint als Hauptstadt der indoeuropäischen Hurriter, eng verbunden mit dem Reich von Mitanni. ›Hanigalbat‹ nannten die Leute von Babylon dieses Gebiet, seine Stadt ›Hurri‹, und die Aramäer sprachen von Urhai oder Orhai. Die Griechen machten daraus Osrhoe und die Araber später ›Ruha‹, was im türkischen Mund zu ›Urfa‹ wurde.

Zur Zeit, da die Kassiten (Kossäer) Babylon eroberten und die Hyksos die Herrschaft im Niltal errangen, wahrten die Hurriter und Mitanni – eine dünne Oberschicht nur über einer alteingesessenen Bevölkerung – die Unabhängigkeit ihrer Gebiete. Das gelang ihnen dank einer im Vorderen Orient bis dahin unbekannten Waffe, die sich dann über die ganze ›alte Welt‹ von Theben bis Troja ausgebreitet hat: des von Rossen gezogenen zweirädrigen Streitwagens. Im 15. Jahrhundert

Der Heilige See in Urfa

v. Chr. zerbrach Hanigalbat in zwei rivalisierende Teile – Urfa wurde die Hauptstadt des einen –, und beide suchten Anlehnung an Ägypten. Prinzessinnen aus Mitanni heirateten ins thebanische Frauenhaus des Pharao. Doch um 1370 v. Chr. überrannte der hethitische Großkönig Suppiluliuma I. diese seine östlichen Nachbarn. Nach dem jähen Sturz des hethitischen Großreiches (um 1200) gehörte Urfa den Fürsten von Karkemisch.

Als Alexander hier erschien, sprachen die meisten Bewohner der Gegend schon aramäisch. Der Diadoche Seleukos I. Nikator (305-281 v. Chr.) nannte den Ort zum Andenken an seine makedonische Heimat ›Edessa‹. Womit sich allerdings nicht verhindern ließ, daß die allem hellenischen Wesen abholde Stadt mitsamt ihrer Umgebung um 130 v. Chr. zu einem eigenen Fürstentum wurde, unter eigenen Königen. – Elf aus ihrer Reihe hießen Abgar, und sie vermochten durch fast vier Jahrhunderte römisch-armenischer und römisch-parthischer Kämpfe hinweg sich nicht nur zu behaupten, sondern eine wesentliche Rolle in der semitischen Reaktion gegen den oktroyierten Hellenismus zu spielen.

Die apokryphe Überlieferung weiß von einem Bittschreiben Abgars V. (9-46) an Jesus von Nazareth, in dem der König den Wundermann bat, zu ihm zu kommen und ihn vom Aussatz zu heilen, ihm zugleich Schutz anbot vor den Nachstellungen der Juden. Jesus ließ antworten, er werde nach seiner Himmelfahrt einen seiner Jünger senden, um Abgar gesund zu machen. Solches berichtet schon Eusebios von Caesarea in seiner Kirchengeschichte. Abgar aber, so weiß die Legenda aurea weiter, wollte – konnte er schon den Herrn nicht von Angesicht sehen – wenigstens dessen Konterfei besitzen und sandte einen Porträtisten zu Jesus. Als der Maler seine Arbeit begann, ging vom Antlitz des Modells solch ein Leuchten aus, daß der Künstler geblendet ward. Da drückte Jesus sein Antlitz auf das Gewand des unglücklichen Porträtisten und sandte diese erste Vera ikon an Abgar. Nach der Himmelfahrt des Herrn habe der Apostel Thomas den Judas Thaddäus nach Edessa entsandt, der den König heilte und taufte. Thomas selbst soll in Indien missioniert und dort den Märtyrertod gefunden haben, worauf seine Schüler den Leichnam nach Edessa brachten. Die Chronik von Edessa überliefert, die Gebeine des Apostels seien am 22. August 394 in die ›Große Kirche‹ überführt worden. Aber die ist längst zerstört, und von dem Apostelgrab findet sich keine Spur mehr.

Schlichte Tatsache, daß schon im frühen 2. Jahrhundert sich das Christentum hier auszubreiten begann, daß König Abgar IX. (179-212/13) sich um 204 zu dieser Religion bekehrte und die aufkeimende syrisch-christliche Literatur nach Kräften förderte. Freilich: Heidnisches hielt sich noch zäh. Die Sonne ward hier verehrt, die man mit dem Abend- und Morgenstern zur himmlischen Trias verband, und der Mondgott Sin, der in Harran sein uralt-großes Heiligtum besaß.

Dort und in Urfa und seiner weiteren Umgebung blühte in christlicher Zeit sogar eine ganz und gar unchristliche Glaubensgemeinschaft: die der *Scabier*. In ihrer Religion mischten sich altbabylonische Astrologie und neuplatonische Ideen. Ein höchster Gott, Marilaha genannt und durch einen Baetylus kultisch versinnlicht, lenkte die Welt durch die sieben Planetengötter. Die Scabier besaßen ein heiliges Buch, führten ihren Kult auf Abraham zurück und wurden daher von den Moslems den ›Schriftbesitzern‹, den Juden und Christen, gleichgestellt und wie diese toleriert. Ihre eigenartigen Sitten und Trachten allerdings gaben manchen Anstoß, und der Kalif al-

Mamun begann 830 eine regelrechte Verfolgung. Trotzdem ist die Gemeinschaft der Scabier noch im 12. Jahrhundert als sehr lebendig bezeugt, soll sich bis ins 17. Jahrhundert erhalten haben.

Nach dem Ende der Seleukiden mußten die Fürsten von Edessa zwischen den beiden Großmächten Rom und Persien lavieren. Nur ein paar Reitstunden von hier erlitt der Triumvir Crassus 53 v. Chr. seine nicht nur ihm allein tödliche Niederlage. Die Feldzeichen gingen verloren, erst Augustus bekam sie zurück. Edessa sah den Rückzug des Antonius aus Aserbeidschan (Atropatene, 36 v. Chr.), den Vormarsch Trajans (115/116), Mark Aurels (165) und des Septimius Severus (194-197). In dieser Landschaft erlitt Valerian 260 seine schmähliche Niederlage. Der Kaiser wurde zum Gefangenen des Perserkönigs Schapur I., und dessen Truppen besetzten Edessa. Nur vorübergehend, denn König Odeinathos II. von Palmyra vertrieb sie. Kaiser Jovian jedoch überließ 363 weite Gebiete Obermesopotamiens mit dem Zentrum Nisibis den Persern. Sankt Ephrem der Syrer wählte nun Urfa zum Sitz, von dem aus er seine nestorianischen – man nannte sie damals die ›persischen‹ – Lehren verkünden konnte. Sie widersprachen so sehr der reichsoffiziellen Theologie, daß die Gelehrten von Edessa seit 457 nicht bloß schikaniert, sondern regelrecht verfolgt wurden und endlich ein kaiserliches Dekret 489 die Schule schloß.

Dann kamen die Perser wieder, wieder die Byzantiner, endlich die Araber (bis 944), bis ins 11. Jahrhundert war Edessa dann umkämpfte Grenzfestung der Byzantiner. Die Seldschuken haben sie 1070 zum ersten Mal belagert, 1087 eingenommen. Danach gehorchte die Stadt einem armenischen Ritter namens Thoros. Einige vor den Türken mit ihren Gefolgsleuten ins Gebiet um

Edessa, in den Taurus und die kilikische Ebene ausgewanderte armenische Adlige vermochten in dem durch die arabisch-byzantinischen Grenzkämpfe fast entvölkerten Gebiet eigene Herrschaften aufzurichten, und der ferne und selbst bedrängte Kaiser anerkannte sie als ›Lehen‹. Von größerer Bedeutung waren allerdings nur zwei: westlich der Kilikischen Pforte der Machtbereich eines Hetum und seiner Nachkommen mit dem Zentrum Lampron, der festen Burg oberhalb von Tarsos und der kilikischen Ebene. Sie sympathisierten mit Byzanz und seiner Kirche. Weiter östlich war das Gebirge in der Hand der Nachkommen des mit den Bagratiden verwandten Ruben, eines engagierten Vorkämpfers einer selbständigen armenischen Kirche und daher mit dem Kaiser verfeindet. Rubens Sohn Konstantin regierte 1095-1100 bereits als unabhängiger Fürst über ein ausgedehntes Gebiet.

Just als er sich nach zwei Fronten zu wehren hatte, gegen die Moslems und gegen die Byzantiner, betraten die Ritter des ersten Kreuzzugs den Schauplatz, rauhe und stolze Gesellen, jüngere Söhne meist, ohne Aussicht auf Erbe und Versorgung daheim. Mit dem Ruf ›Gott will es!‹ waren sie ausgezogen, um das Heilige Grab zu befreien, aber nicht ohne die Hoffnung, im Osten neue Fürstentümer für sich erbeuten zu können. Balduin von Boulogne, der Bruder Gottfrieds von Boullion, überrundete den Normannen Tancred, den Neffen Bohemunds von Tarent. Ihm gelang als erstem der Erwerb einer eigenen Herrschaft. Er ließ sich von dem kinderlosen Fürsten Thoros von Edessa als Vorschuß für Hilfe gegen die Seldschuken adoptieren. Balduin half auch wirksam gegen die Türken, aber bald fiel sein neuer ›Vater‹ einer Verschwörung zum Opfer, und der ›Sohn‹, der kaum ganz unwissend gewesen sein kann, war nun Herr und Graf von Edessa. Zwar war er ›Lateiner‹, aber die römischen Christen waren den Armeniern lieber als die griechischen – und Thoros war verhaßt gewesen, weil er sich der ›kaiserlichen‹ Kirche unterworfen hatte. Nur einige Monate nach der Gründung dieses ersten Kreuzfahrerstaates eroberten die Ritter Jerusalem, metzelten dort alles nieder, was nicht christlich war, Mann, Weib und Kind, und gründeten – knöcheltief im vergossenen Blute watend – das Königreich vom Heiligen Grab, dessen ›Advocatus‹ Balduins Bruder Gottfried wurde.

Wer versuchen wollte, dem so abenteuerlichen wie heroischen und schmutzigen Hin und Her der folgenden zweieinhalb Jahrhunderte im und um den syrischen Raum Schritt für Schritt nachzugehen, der müßte, wollte er nicht bloß eine ermüdende Liste von Schlachten und Belagerungen, von Treubruch und Verräterei, von schäbigen Intrigen und hochherzigen Gesten und von immer neuem Blutvergießen erstellen, eine Abenteuermär erzählen: eisern und luxuriös, verliebt und verzweifelt, kirchenfromm und doch bar jeder echten Frömmigkeit. Dafür ist hier nicht der Ort. Doch wo von armenischen Dingen berichtet wird, da muß die Rede vom Reiche Kleinarmenien gehen, wo die Nachkommen des Ruben schließlich als Könige regierten, deren Untertanen, fern vom alten Heimatboden, dem Landstrich eine, allerdings kurzlebige, Blüte bescherten.

Die Enkel des Ruben, Thoros I. (1100-1129) und Leon I. (1129-1137), waren verschwägert mit Joscelin von Courtenay, dem dritten Grafen von Edessa. Leon starb als Gefangener in Byzanz. Sein Enkel – er hieß gleichfalls Leon (1187-1219) – erlangte die begehrte Königskrone, die nur ein Kaiser oder Papst verleihen konnte. Friedrich Barbarossa hatte sie bereits verheißen, doch erst Heinrich VI. sandte die Insignien. Er lag bereits in seinem

Porphyrsarg im Dom von Palermo, als im Januar 1199 in der Kathedrale von Tarsos, dem Geburtsort des Apostels Paulus, der Katholikos Gregor Abirard in Gegenwart des kaiserlichen Kanzlers Konrad von Hildesheim, des Erzbischofs von Mainz, des Kardinals Konrad von Wittelsbach als päpstlichem Legaten, des griechisch-orthodoxen Erzbischofs, des jakobitischen Patriarchen, einer Gesandtschaft aus Bagdad und vieler Barone dem neuen König von Armenien die Krone aufs Haupt setzte. ›Kleinarmenien‹ hat man sein Reich genannt, um es von Großarmenien, dem Land um den Ararat, zu unterscheiden.

Der König verstand die relativ günstige politische Lage zu nutzen und förderte neben der Wirtschaft – vor allem dem ertragreichen Handel – eine lebhafte literarische wie künstlerische Tätigkeit. An den Höfen und in den Klöstern entstanden historiographische Werke, auch medizinische und juristische Schriften, manche in der Volkssprache, die nun also literaturfähig wurde. Die Erzeugnisse der Buchmalerei der ›kilikischen Schule‹ – vor allem die lebendig-feinen und farbfrohen Miniaturen des Thoros Roslin – gelten mit Recht als Meisterwerke. Sie knüpfen bewußt an ältere Überlieferungen an, doch ebenso deutlich schlagen sich in ihnen die Einflüsse der byzantinischen Malerei nieder.

König Leons Erbe trat sein Schwiegersohn Hetum I. von Lampron (1226-1270) an, der die Prinzessin Isabella (Zabel) gewaltsam in sein Bett gerissen hatte. Sein Vater hatte ihren ersten Gatten beseitigt und zwischenein als Regent das Land verwaltet. Der neue König vermochte sich zwar der Seldschuken von Konya zu erwehren, bewahrte durch seinen Mut zu persönlichen Verhandlungen mit dem Khan der Mongolen sein Land vor deren mörderischen Einfällen, doch meldete sich in seinen

Tagen ein neuer gefährlicher Feind, dem Kleinarmenien schließlich erliegen sollte: die ägyptischen Mamluken.

Mit ihren Kriegern mußten sich die Krieger Leons II. (1270-1289) und Hetums II. (1289-1297) messen. König Hetum wurde ermordet, sein Bruder Ochin (1308-1320) vermochte zwar die Bluttat zu rächen, sah sich aber hoffnungslos isoliert. Einzigen Halt fand Kleinarmenien an Zypern, dem letzten Relikt fränkischer Kreuzfahrerstaaten. Mit dem dort regierenden Lusignan hatte König Leon II. seine Tochter Isabelle verheiratet.

Letzter ›König von Armenien‹ war Leo V. von Lusignan. Ein König ohne Land, den franziskanische Barmherzigkeit aus mamlukischer Gefangenschaft freikaufte, der als armer Bittsteller Hilfe dort suchte, wo man andere Sorgen hatte als armenische. Nachdem er 1398 im Schloß La Tournelle zu Paris gestorben war, bestattete man ihn mit allem feierlichen Pomp im dortigen Zölestinerkloster. Die Revolution hat seine Asche verstreut, die Reaktion sein Grabmal ins Königspantheon von St. Denis überführt. Die zyprischen Lusignans trugen den Titel eines ›Königs von Armenien‹ weiter. Mit Caterina Cornaro, der letzten Königin von Zypern, die ihr Inselreich der Republik des heiligen Markus übereignen mußte, sank er 1510 für immer ins Grab.

Zurück nach Edessa selbst! Balduin, der erste fränkische Graf, war mit einer Armenierin verheiratet. Als ihm die Krone von Jerusalem zufiel, überließ er das Lehen Edessa und seine Verteidigung seinem Vetter Balduin von Le Bourg. Schließlich fiel die Grafschaft 1119 an Joscelin de Courtenay, doch 1144 machten die Moslems dem fränkischen Zwischenspiel ein blutiges Ende. Beatrice, die letzte aus dem Geschlecht derer von Courtenay, ließ alle Ansprüche auf das längst verlorene

Erbe fahren und folgte dem minnesingenden Grafen Otto aus dem Geschlecht der Henneberger auf seine Burg Botenlauben überm Saaletal. Noch schaut deren Ruine herab aufs unterfränkische Bad Kissingen.

Zitadelle und Stadt Edessa/Urfa gehörten später Saladin und seinen Nachkommen, dann den Mamlukensultanen Ägyptens und seit den Tagen des grimmgestrengen Selim zum Reich der Osmanen. Die Armenierpogrome Abd ul-Hamids fanden hier einen schaurigen Höhepunkt, als am Weihnachtstag des Jahres 1895 in ihrer Bischofskirche 1200 Armenier bei lebendigem Leib verbrannten.

Das Urfa von heute ist Wirtschafts- und Handelszentrum für ein weites Umland. Bis von der 30 Kilometer entfernten syrischen Grenze im Süden und ebensoweit von Norden kommen die Leute hierher. Immer herrscht Betrieb, begegnet man den malerischsten Typen. Zwar sind die modernen Viertel eher eintönig und staubig, aber im Basar schlagen des Lebens Pulse. In den breiteren Straßen schieben sich Esel und Träger und auch ein paar Autos durch- und gegeneinander. Abseits unter Laubengittern und blättergrünen Platanen das Kling-Klang der kleinen Werkstätten, die kehligen Schreie der Ausrufer, dann und wann das Jaulen eines auf Lautstärke zurechtgefeilten Fahrzeugs, das vom Autofriedhof auferstanden ist. Frauen sieht man nicht. Männer – die meisten mit dem schwarzweißgewürfelten arabischen Tuch überm Kopf – hocken beim Tee und überm Tricktrackbrett (obwohl der Koran das Spiel in einem Atem mit dem Wein verbietet). In den Gassen ist alles feil, was ein bescheidener Haushalt benötigen könnte.

Mit untrüglicher Sicherheit erkennen die dunklen Augen den Fremdling. Selbst wenn der versucht, sich der heranschleichenden Freundlichkeit dankbar abwinkend zu entziehen, bald ist er als Gast ›vereinnahmt‹, versteht kaum einen kehligen Brocken des arabisch-kurdisch-türkischen Dialektgemischs, fühlt sich von der Herzlichkeit beschämt, überflüssig und bald auch um ein paar Lira erleichtert. Und alles läuft auf die Bitte hinaus: der Effendi aus Almanya solle doch dort einen Arbeitsplatz besorgen. Kein Hinweis auf Gesetzesschranken wird anerkannt. Der Herr wird doch jemanden kennen, der jemanden kennt, der ein gutes Wort einlegen könnte, damit eine Ausnahme gemacht wird ...

Die bewegte Vergangenheit hat fast alles, was sie in der Stadt hervorbrachte, auch wieder verschlungen. Allzu viele ›Sehenswürdigkeiten‹ haben also nicht überlebt. Einige doch. Da ist zum Beispiel die Ulu Cami, die Große Moschee, aus dem Ende des 12. Jahrhunderts, da ist – im südlichen Teil der Stadt – der klotzige Fels, der die Zitadelle trägt, die Festung der Kreuzritter. Ein tiefer und breiter in den Fels gehauener Graben sicherte sie dort, wo sie nicht schon von Natur aus unzugänglich war. Innerhalb ihrer Mauern noch ein paar Reste von Mauerwerk und zwei hochragende korinthische Säulen. Schwer zu sagen, zu welchem Zweck sie einst hier oben errichtet wurden. Der Volksmund weiß eine Antwort. ›Thron des Nimrod‹ nennt er sie und bringt sie in Verbindung mit der lokalen Legende um Abraham, den biblischen Patriarchen, den die Moslems den ›Freund Gottes‹ heißen, den sie als den Erbauer der Kaaba in Mekka ansehen, dessen reine Lehre Mohammed der Prophet wiederherstellte.

Nimrod, der König von Babel – so weiß es eine der vielen Variationen des frommen Märchens –, der in Urfa herrschte, sah im Traum einen Stern aufgehen. Die Weisen deuteten ihm das Gesicht: Ein Kind werde geboren werden, das werde größer sein als er. Nimrod handelte wie ein Über-Herodes. Er ließ nicht nur alle Knäblein umbringen, sondern befahl auch die strikteste Trennung von Männern und Weibern als einfachstes Mittel der Empfängnis- und Geburtenverhütung. Abrahams Mutter jedoch, hochgesegneten Leibes, verbarg sich in einer Felshöhle ein paar hundert Meter nur östlich des Burgfelsens und gebar hier ihren Sohn. Eine Hirschkuh soll das Kind dort gesäugt haben. Diese ›Geburtsgrotte‹ gilt in Urfa vor allem bei Frauen als verehrungswürdiges Wallfahrtsziel – ein Mann, und gar ein ›Ungläubiger‹, hat dort nichts zu suchen!

Der Patriarch traute nun keinen Gottheitsansprüchen mehr. Als der Eine und Einzige sich ihm offenbarte, da heischte Abraham ein Wunder. Ihm ward die Botschaft, er solle viererlei Vögel fangen, sie rupfen, ausnehmen, sieden, zu einem Ragout verarbeiten und in Teig gewickelt in die Luft werfen. Und siehe: die Ravioli flogen zwitschernd als lebendige Vögel davon. Nun war der Erzvater überzeugt und bereit zu hören. Obwohl sein eigener Vater mit der Herstellung von Götzenbildern seinen Unterhalt erwarb, zerschmetterte Abraham in einer Nacht alle Idole im Tempel und hängte dem größten seine zerstörerische Axt um den Hals zum Zeichen, daß der Eine die vielen besiegt habe. König Nimrod raste, ließ den Frevler ergreifen und verdammte ihn zum Feuertod. Zwischen den beiden Säulen seines Thrones ward ein riesiger Scheiterhaufen errichtet. Doch der brannte so gewaltig, daß es die Henkersknechte nicht fertigbrachten, das Opfer in die rasenden Flammen zu werfen. Nimrod ließ also eine Art Katapult konstruieren, um den Verurteilten ins Feuer zu befördern, doch Abraham flog durch dasselbe hindurch und weit darüber hinaus bis ins Tal. Um ihn zu kühlen und den Aufprall abzufedern, ließ die göttliche Gnade einen Quell entspringen, jenen heiligen Teich, der immer noch ›die‹ Sehenswürdigkeit der Stadt bildet. Die paar Glutbrocken und Feuerfunken, die mit dem Gottesfreund herabgeflogen waren, verwandelten sich im Wasser in Fische. Die feisten Karpfen, die in dichten Schwärmen im Grünlichen dahinziehen, gierig und faul zugleich nach jedem Brocken schnappen, gelten als ihre Nachkommen. Sie zu füttern ist ein verdienstvolles Werk, das auch ein Ungläubiger verrichten mag (obwohl ihm der Futterverkäufer sicher ein paar Para mehr abverlangt), nur fangen und essen darf niemand die Urenkel der Feuerfunken.

Das ist – in dürren Worten referiert – eine der bunten Geschichten, die vielfältigste Motive zu neuen Mustern kombinieren: ein Querschnitt durch Legendengut von Jahrtausenden. Die Stelle, wo der über das Ziel hinausgeschossene Erzvater ›landete‹, ist innerhalb der Halil-ul-Rahman-Moschee von einem Gitter umzäunt. Nach außen zeigt sie ein vierkantiges Minar, das in Aufbau und Details an einen italienischen Campanile erinnert.

Im moosgrünen Teich mit den heiligen Karpfen, dem malerischsten Fleck innerhalb der Stadt, spiegelt sich eine marmorweiße zweikuppelige Moschee-Medrese mit einem bleistiftschlank gespitzten Minarett. Ein gern fotografiertes Wahrzeichen, aber keine 150 Jahre alt.

Durch die Ebene Obermesopotamiens, die jetzt frühlingsgrün sich breitet, führt die Straße nach Süden. Kein Halt fürs Auge. Von der Hauptroute links abbiegend sehen wir dann auf einer flachen Bodenwelle, an der sich das Auge festsaugt, etwas wie einen Campanile: das Minarett der alten Moschee von *Harran* (Altınbasak), dem Haran oder Charran der Bibel. Hier ließ sich Abrahams Vater Terach mit den Seinen auf dem Weg von Ur in Chaldäa her nieder, hier starb er, von hier zog

Urfa, Am Teich der heiligen Karpfen

Abraham mit seinem Weibe Sarai und mit Lot, dem Sohn seines Bruders Haran (er hatte geheißen wie die Stadt), fort ins Land Kanaan. Nachor aber, sein Bruder, blieb hier zurück. Dessen Enkelin Rebekka sollte die Gattin von Abrahams Sohn Isaak werden. Zu ihrem Bruder Laban floh, nachdem er seinen Zwilling Esau um den Vatersegen geprellt hatte, Jaakob. Und er diente dem Oheim sieben Jahre um Rahel, die Liebliche. Im Dunkel der Hochzeitsnacht aber ward ihm dann Lea untergeschoben, die Ungeliebte, und die schenkte ihm Ruben, den ersten seiner zwölf Söhne.

Ein Brunnen etwas nördlich der einstigen Stadt (es ist der mit dem immer noch besten Wasser weit und breit) heißt noch heute Bir Yakub, Jakobsbrunnen, und er wohl hat die erste Begegnung Jaakobs mit Rahel gesehen – und vorher schon die von Abrahams ältestem Knecht mit Rebekka. Szenen beides, die das Buch

Genesis nur knapp erzählt, die seither immer wieder neu dargestellt wurden, in Malerfarben und im Dichterwort. Alles was Jaakob in Harran erlebte, das haben Thomas Manns Josephsgeschichten aus dem Brunnen der Vergangenheit erzählerisch heraufgeholt. Und wenn's sich uns nicht eingeprägt hat, dann wollen wir's zu Hause nachlesen. Doch das liebliche Bild Rahels, wie Jaakob sie zum ersten Mal erblickte, das sei doch an Ort und Stelle beschworen:

»Da kommt sie. Labans Tochter war zierlich von Gestalt, man sah es trotz der losen Unförmigkeit ihres gelben Hemd- oder Schürzenkleides, an dem eine rote Borte, mit schwarzen Monden gezeichnet, vom Halse bis zum Saum über den kleinen bloßen Füßen lief. Ohne viel Schnitt und sogar ungegürtet fiel es in angenehmer und naiver Bequemlichkeit an ihr herab, ließ aber, den Schultern eng anliegend, deren rührende Schmalheit und Feinheit erkennen und hatte ebenfalls enge, nur bis zur Mitte der Oberarme reichende Ärmel. Das schwarze Haar des Mädchens war eher verwirrt als lockig. Sie trug es fast kurzgeschnitten, jedenfalls kürzer, als Jaakob es zu Hause bei Frauen je gesehen, und nur zwei längere Strähnen waren geschont und hingen ihr, unten geringelt, von den Ohren und zu beiden Seiten der Wangen auf die Schultern herab. Mit einer davon spielte sie, während sie stand und schaute. Was für ein liebliches Gesicht!«

Wann Jaakob Rahel zum ersten Male sah? – Wer vermags zu sagen, sind doch die Erzväter durch keine anderen Urkunden belegt als durch die biblische Ur-Kunde. Aber was wollen wir auch mit Daten bei Geschichten, die von immer sind und nicht nur von einst?

Nachdem die Meder Ninive 612 zerstört hatten, floh, was sich aus dieser Katastrophe retten konnte, nach

Harran, das für kurze Zeit, als es Assyrien als Staat schon nicht mehr gab, die Rolle einer assyrischen Hauptstadt spielte. Die Skythen haben diesem Exilreich ein Ende gemacht. Und schließlich hat Urfa, das die Seleukiden förderten, Harran buchstäblich das Wasser abgegraben, hat das Naß aus den beiden nahe an Harran vorbeiführenden Flußbetten abgeleitet.

Trotzdem blieb Harran bedeutend, war es doch die Tempelstadt des Mondgottes Sin. Schon um 2000 v. Chr. stand hier ein Heiligtum dieser Gottheit. In ihm wurde – erstmals für diese Zeit bezeugt – ein Friedensvertrag geschlossen. Auch später wurden gerade hier solche Verträge ausgehandelt und besiegelt. Harran muß für die frühe Zeit eine Art Genf gewesen sein. Seinem Ansehen zum Trotz wurde Sins Tempel mehrfach zerstört, immer wieder auch aufgebaut. Trotz aller Verträge ging es auch hier nicht immer friedlich zu.

In der Nähe von Harran, das die Römer Carrhae nannten, fand M. Licinius Crassus 53 v. Chr. in der Partherschlacht sein Ende. In Harran/Carrhae wurde – nach einem Opfer im Tempel am Feiertag des Mondgottes – auch der kaiserliche Bruder und vielfache Mörder Caracalla (211-217) selbst Opfer eines Attentats. Kaiser Julian kam 363 hierher, um vor seinem Perserzug den Mondgott zu verehren. Keine zehn Jahre später erging des Theodosius Edikt, die Heidentempel allesamt zu schließen und zu zerstören. Trotzdem lebte hier neben dem Christentum der Gestirnkult weiter und waren die Scabier trotz ihrer abstoßenden Opferbräuche bis ins 11. Jahrhundert von den Arabern geduldet, die 639 die Stadt in Besitz nahmen.

Man vermutet, der Tempel habe dort gestanden, wo sich heute die Ruine der Zitadelle erhebt, im Südosten der antiken Stadtbefestigung. Diese ist zwar in Trümmer

Harran, Trullogehöft

gesunken, doch läßt sich ihr Verlauf mit allen sieben Toren noch verfolgen. Ließe sich – wäre die Bewegungsfreiheit des Fremden nicht eingeschränkt durch den wachsamen Gendarmerieposten auf dem Hügel hinter dem Nordwest-Tor und durch die argusäugige Dorfbevölkerung, die in jedem Fremden einen Schatzsucher argwöhnt. Unter Gendarmerieschutz führt uns der ›Altertümerverwalter‹, der Bekci, durch die Festung, an der Fatimiden, Kreuzfahrer, Eyyubiden bauten und zerstörten. Von ihren polygonalen Ecktürmen schauen wir hinaus auf und hinein in die Lehmgehöfte des Dorfes, die sich nördlich und nordöstlich um die Festung legen. Es sind Bienenkorbhäuser, deren Gestalt und Bauweise verblüffend den Trulli Apuliens ähneln, den Nuraghen Sardiniens oder mykenischen Kuppelgräbern. Jede dieser konischen ›falschen‹ Kuppeln überdeckt ein Raumviereck, mehrere solcher Vierecke schließen sich zum Wohntrakt an der einen Seite eines Hofes zusammen. Andere nehmen innerhalb des Hofgevierts die Werkzeuge, die Vorräte, das Vieh auf. Frühgeschichtliche Formen bis heute bewahrend, haben sie sich bis heute auch als höchst zweckmäßig erwiesen: einbruchssicher, vielfältig brauchbar, dem Klima ideal angepaßt, natürlich belüftet, kurzum: als die bodenständig-sinnvollste Bauform. Aber ein Erlaß der Regierung verbietet seit ein paar Jahren, verfallende Trulli auszubessern und verfallene zu ersetzen. An ihre Stelle müssen flachdachige Betonhütten treten. Ist's Selbstherrlichkeit eines lokalen Machthabers, der alles nicht National-Türkische ausrotten möchte, oder ist's die sture Kurzsichtigkeit, die weitum in der Welt Regierungsmaßnahmen auszeichnet? Jedenfalls berauben die ›vorgesetzten Behörden‹ auf dem Verordnungsweg ihr Land einer seiner Attraktionen. Zentralen wollen ja immer nur gleichmachen. Glücklicherweise ist Harran nicht das einzige arabische Trullo-Dorf. Jenseits der Grenze gibt es noch Dutzende vergleichbarer – wenn auch geschichtlich eher ›anonymer‹ – Siedlungen. Noch weit südlich von Aleppo und bis an die Wüstenstraße von Homs nach Palmyra sind sie zu finden. Hier werden sich so urtümlich-praktische Wohnformen vielleicht länger erhalten dürfen.

Die Große Moschee – vielleicht an der Stelle des römischen Forums – nahm ein Geviert von etwa 100 mal 100 Metern ein und wurde vermutlich vom letzten Omayyadenkalifen Merwan II. (744-750) gegründet, der Harran zu seiner Hauptstadt erkor. Omayyadisch ist die Gesamtanlage mit drei qiblaparallelen Schiffen, einem verbreiterten Querschiff zum Mihrab hin und einem nördlich anschließenden Hof. Saladin, der sich mehrfach in Harran aufhielt, hat wohl die Moschee restaurieren lassen, Bauglieder, geschmückt in omayyadisch-antikisierender und seldschukisch-eyyubidischer Art, liegen wahllos durcheinander. Im Hof ein achteckiges Brunnenbecken, einst überfangen von einer auf Säulen ruhenden Kuppel. Das Vierkantminar – durchaus in syrisch-omayyadischer Tradition stehend – wurde erst im 12. Jahrhundert errichtet.

Ein unbequemer Abstecher vom Rückweg nach Urfa führt vorbei an einem einsam aus der Ebene steigenden Hügel, dem *Sultantepe.* ›Hügel des Sultans‹ heißt diese markante Erhebung, seit Murad IV. 1638 auf seinem Heimweg aus dem eroberten und geplünderten Bagdad hier sein Lager aufschlug. Es ist ein typischer ›Tell‹, also kein Erzeugnis der Natur, sondern dadurch gewachsen, daß sich an einer Siedlungsstätte seit vor- und frühgeschichtlichen Zeiten bis in die der Römer eine Kulturschicht über die andere gelegt hat. Ausgräber haben diese ›Prinzregententorte‹ mehrfach angeschnitten. Es gibt hier wenig zu schauen. Trotzdem ist, was zutage kam, bedeutsam. Ein gutes Geschick nämlich hat in der Schicht des assyrischen Palastes einen Hort von Keilschrift-Täfelchen bewahrt und den Forschern in die Hand gespielt. Zwar erst in der Zeit zwischen der Mitte des 7. Jahrhunderts und 612 v. Chr., also kurz vor dem Ende Assyriens, niedergeschrieben, enthalten die Tafeln doch älteres, ältestes Gut. Neben Gebeten, rituellen, medizinischen, astrologischen Texten fanden sich Bruchstücke der großen uralt-sumerischen Epen: des Sangs von der Weltschöpfung, des Lieds von Ischtars Abstieg in die Unterwelt und jener die Grundfragen allen Menschentums ins epische Wort fassenden Mythe von Gilgamesch, der Uruk erbaute und seine Mauern, der den wilden Bergmenschen Enkiddu vom Weibe verführen und in die Stadt locken ließ, mit ihm seine Kräfte maß und ihn zum Freund gewann.

Aber Gilgamesch, zu zwei Dritteln Gott, zu einem Drittel Mensch, muß sehen, wie sein Freund dem Tod anheimfällt und sich nicht mehr ins Leben zurückrufen läßt. Verzweifelt und von Todesfurcht geschüttelt begibt der Heros sich auf die Suche nach dem ewigen Leben, auf eine lange und beschwerliche Wanderung. Sie führt ihn schließlich zu Utnapischtim, seinem Ahnherrn, der weit im Osten jenseits der Menschenwelt unsterblich wohnt ... Gilgamesch gewinnt das Kraut des Lebens, aber als er auf dem Heimweg sich rastend erfrischt, stiehlt es ihm die listige Schlange, die Verkörperung des Bösen, das damit jene Dauer erlangt, die dem Menschen versagt ist. Das alte und immer wieder neue Lied von den das Menschenherz jenseits aller billigen Vertröstungen und Hoffnungen bewegenden Fragen. So gegenwärtig, daß nur im Präsens davon die Rede sein kann. Ohne Trost stirbt Gilgamesch in seiner Stadt Uruk.

Der weise Utnapischtim aus Schurippak am Euphrat erzählt dem drängend fragenden Nachkommen die Geschichte von der Großen Flut, durch welche die Götter das Menschengezücht ausrotten wollten. Doch gewarnt durch Ea, den Gott der Wassertiefe, baut Utnapischtim einen gedeckten Schilfkasten, eine Arche, rettet seine Familie, »Großvieh und kleines Getier und Handwerker jeglicher Art« darin über die alles vertilgende Gesamtersäufung.

Da endlich stieg aus dem Meer eine Insel.
Das Schiff trieb drauf zu und blieb haften am Berge.
Nissir war des Berges Name, das Schiff saß fest. –

Einen Tag, einen zweiten saß fest das Schiff am Berge.
Einen dritten Tag, einen vierten saß fest das Schiff am Berge.
Einen fünften Tag, einen sechsten saß fest das Schiff am Berge.
Als der siebte Tag endlich gekommen war,
Da ließ ich eine Taube auffliegen ins Freie.
Sie suchte und fand keine Stätte,
Kein Fleckchen Erde, um auszuruhn.
Da kehrte sie um und kam mir zurück. –

Da ließ ich eine Schwalbe auffliegen ins Freie.
Sie suchte und fand keine Stätte,
Kein Fleckchen Erde, um auszuruhn,
Da kehrte sie um und kam mir zurück.

Da ließ ich einen Raben auffliegen ins Freie.
Er sah, wie mählich die Wasser versiegten.
Er ließ sich nieder, er kratzte und scharrte.
Zum Schiffe kam er nicht mehr zurück. –

Da öffnet' ich weit meines Schiffes Türen,
Hinaus ließ ich alles, was Leben hatte.
Ich selbst bracht' den Göttern ein Opfer dar.
Auf des Berges Gipfel stieg ich.

(Übertragen von F. Jordan)

Unschwer erkennen wir im mesopotamischen Mythos das Ur- und Vorbild des biblischen Berichts. Der Berg, den das Epos Nissir nennt, der heißt in der Schrift ›das Gebirge Ararat‹. Rings um diesen Berg haben sich viele Kulturen entfaltet, gekreuzt, einander abgelöst, sind vergangen und haben doch ihre Spuren hinterlassen bis heute in einem Land, das so hart ist, so herb, so weit und so voll wie eine Wabe vom bitteren Honig vielfältiger Vergangenheiten.

ANHANG

Zeittafel

um 2300 v. Chr.	Beginn der Bronzezeit im ostanatolischen Raum
um 1800 v. Chr.	Erfindung der Eisenverarbeitung
1274 v. Chr.	Feldzug Salmanassars I. von Assyrien gegen Uruarti
etwa 840-825 v. Chr.	Sarduri I. von Urartu
783 v. Chr.	Gründung von Erebuni durch Argišti I. Höhepunkt des Reiches von Urartu
714 v. Chr.	8. Feldzug Sargons von Assur gegen Urartu
612 v. Chr.	Meder zerstören Assur
um 520 v. Chr.	Erste Nennung des Landes Arminiya auf der Inschrift Dareios I. in Behistun
401 v. Chr.	Schlacht bei Kunaxa
331 v. Chr.	Alexander der Große setzt einen Orontiden als Statthalter in Armenien ein
190 v. Chr.	Schlacht bei Magnesia: Rom siegt über Antiochos III. von Syrien
188 v. Chr.	Beginn der Artaxidendynastie in Armenien
95-55 v. Chr.	Tigranes II. der Große von Armenien
69-38 v. Chr.	Antiochos I. Theos von Kommagene
53 v. Chr.	Niederlage des Triumvirn Crassus gegen die Parther bei Harran (Carrhae)
53 n. Chr.	Tiridates I., erster armenischer König aus dem Haus der parthischen Arsakiden (66 in Rom gekrönt)
114–117	Armenien römische Provinz
163	Römer zerstören Artaschat
226	Herrschaftsantritt der Sassaniden in Persien
287-330	König Tradt (Tiridates) III. von Armenien. Unter ihm wird – nach anfänglicher Verfolgung – durch das Wirken Sankt Gregor des Erleuchters das Christentum Staatsreligion
387	Römisch-persischer Teilungsvertrag
395	Tod Theodosius' I. – Endgültige Teilung des römischen Reiches

um 436	Mesrop Mashtotz schafft die armenische Schrift
449	Aufstand des Wartan Mamikonian
451	Armenische Niederlage bei Awarair – Konzil von Chalkedon, dessen Beschlüsse die Synode von Wagharschapat (Edschmiadsin) verwirft
627	Byzanz siegt über das Sassanidenreich
636	Einfall der Araber in Palästina
640	Araber erstürmen Dwin
641-661	Katholikos Narses III. der Erbauer (Kathedrale von Zwarthnotz)
750	Herrschaftsantritt der Abbasiden-Kalifen
778	Armenischer Aufstand gegen die Araber niedergeschlagen
869	Aschot Bagratuni († 890), vom Kalifen als Statthalter eingesetzt, begründet die Dynastie der Bagratiden
908-937	Gagik I. von Vaspurakan, Erbauer von Palast und Kirche auf der Insel Achthamar (915)
961	Aschot III. der Barmherzige (953-77) in Ani zum König gekrönt
990-1020	König Gagik I. von Ani
1001	Vollendung der Kathedrale von Ani (Baumeister Trdat)
1064	Seldschuken suchen erstmals Ani heim
1071	Seldschukischer Sieg bei Manzikert über die Byzantiner öffnet den Türken den Weg nach Kleinasien
1079	Ende der Bagratiden von Ani
1080-1226	Rubeniden in Kilikien
1089-1125	David IV. der Erbauer, König von Georgien
1122	Befreiung Georgiens von den Seldschuken
1144	Kapitulation Edessas
1184-1213	Königin Tamara von Georgien
1204	Kreuzfahrer erobern Konstantinopel
1204-1461	Kaiserreich Trapezunt
1235	Dschingis Khans Enkel Batu verwüstet Ani
1384	Erster Einfall Timurs, dem seit 1386 weitere folgen

1453	Mehmet II. erobert Konstantinopel und macht 1461 dem Kaiserreich Trapezunt ein Ende
1516	Selim I. erobert Ostanatolien
1555	Aufteilung Armenien/Georgiens zwischen Persern und Türken
1605	Schah Abbas I. läßt die Armenier von Djulfa nach Isfahan umsiedeln
1620	Grenzziehung zwischen Osmanen und Safawiden teilt Armenien
1639	König Teimura von Kachetien anerkennt russische Oberhoheit
1715	Gründung des armenischen Mechitaristenklosters in Venedig
1722	Armenische Druckerei in Madras (Indien), wo 1791 die erste armenische Zeitung erscheint
1774	Friede von Kücük Kainarç: Rußland wird Schutzmacht für die orthodoxen Christen im Osmanischen Reich
1801	Tod des letzten Königs von Georgien, der den Zaren zu seinem Erben bestimmt hat.
1829	Friede von Edirne. Rußland verzichtet auf seine Eroberungen aus dem Krieg von 1828/29
1885/86	Von Sultan Abd ul-Hamid II (1842-1909) befohlene Armenierpogrome
1896	Armenierpogrom in Istanbul
1908	Jungtürkische Revolution
1915	Deportation und Ausrottung der Armenier in den östlichen Vilayets
1918	Die kurzlebige ›Transkaukasische Republik‹
1920	Friede von Alexandropol (Leninakan)
1922	Armenische Sozialistische Sowjetrepublik
1923-1938	Kemal Atatürk, Führer des türkischen Freiheitskampfes und Schöpfer eines türkischen Nationalstaates
1953	Tod Stalins
1972	Eröffnung des Fährbootverkehrs über den Van-See
1979	Sturz der Pahlewi-Dynastie im Iran
1980	Militärregime in der Türkei

Quellennachweis
und benutzte Literatur
in Auswahl

E. Akurgal, Urartäische und altiranische Kunstzentren. Ankara 1968
E. Akurgal – M. Hirmer, Die Kunst der Hethiter. München 1961
Architettura medievale armena. Catalogo della mostra, Rom, Palazzo Venezia 1968
Th. Ardsruni, Histoire de la maison des Ardsrounis, übers. v. M. Brosset (Collection d'historiens arméniens). St. Petersburg 1874
O. Aslanapa, Turkish Art and Architecture. London 1971
W. Bachmann, Kirchen und Moscheen in Armenien und Kurdistan. Leipzig 1913
E. Bauer, Armenien. Geschichte und Gegenwart. Luzern 1977
G. Bell, The Churches and Monasteries of the Tur Abdin, in: Berchem-Strzygowski, Amida. Heidelberg-Paris 1910, S. 224 ff.
H. Bengtson, Griechische Geschichte von den Anfängen bis in die römische Kaiserzeit (Handbuch der Altertumswissenschaften III, 4). München 1969
Berchem-Strzygowski, Amida. Heidelberg-Paris 1910
B. Brentjes, Drei Jahrtausende Armenien. Leipzig 1974
R.D. Barnett, Russian Excavations in Armenia, in: Iraq 14, S. 132 ff.
R.D. Barnett, Further Russian Excavations in Armenia, in: Iraq 21, 1959, S. 1 ff.
C. Bruney – D.M. Lang, Die Bergvölker Vorderasiens. Armenien und der Kaukasus von der Vorzeit bis zum Mongolensturm. Essen 1975
C.A. Burney, Eastern Anatolia in the Chacolithic and Early Bronze Age, in: Anatolian Studies 8, 1958, S. 157 ff.
C.A. Burney, Urartian Fortresses and Towns in the Van Region, in: Anatolian Studies 7, 1957, S. 37 ff.
C.A. Burney, Measured Plans of Urartian Fortresses, in: Anatolian Studies 10, 1960, S. 177 ff.
J. Carswell, New Julfa. The Armenian Churches and other Buildings. Oxford 1968
B.L. Choo Kaszian, The Mashtots Matenaderan. Eriwan 1980
P. Cuneo, Les modèles en pierre de l'architecture arménienne, in: Revue des Etudes Arméniennes IV. Paris 1969
S. Der Nersessian, Aght'amar, Church of the Holy Cross. Cambridge, Mass. 1965
S. Der Nersessian, The Armenians. London 1969

S. Der Nersessian, L'Art Arménien. Paris 1977
F.K. Dörner, Kommagene, Forschungsarbeiten von 1967 bis 1969. Mit Beiträgen von C. Böhne, W. Hoeppner, E. Lucius u. E.Fr. Schneider, in: Mitt. d. Deutschen Arch. Inst. Istanbul 19/20, 1969/70 S. 255ff.
F.K. Dörner, Kommagene, ein wiederentdecktes Königreich. Bundholzen u. Böblingen 1971
F.K. Dörner (Hrsg.) Kommagene. Geschichte und Kultur einer antiken Landschaft, in: Antike Welt, Sondernummer 1975
F.K. Dörner, Vom Bosporus zum Ararat. Mainz 1980
F.K. Dörner, Kommagene, Götterthrone und Königsgräber am Euphrat. Bergisch-Gladbach 1981
F.K. Dörner – Th. Goll, Arsameia am Nymphaios. Die Ausgrabungen im Hierothesion des Mithradates Kallinikos von 1953-1956. Berlin 1963
Documenti di Architettura Armena, hg. von Facoltà di architettura del Politecnico di Milano. Mailand 1974ff.
W. Eagleton, The Kurdish Republic of 1946. London 1946
F. Engels, Der Krieg in Asien. Marx-Engels, Werke, Bd. II. Leipzig 1974, S. 577ff.
J.Ph. Fallmerayer, Fragmente aus dem Orient. [Stuttgart 1845] München 1963
H. Frankfort, The Art and Architecture of the Ancient Orient. Harmondsworth 1954
A. Haghnazarian, Das armenische Thaddäuskloster in der Provinz Westaserbaidjan in Iran. Aachen 1973
Hagop-Krikov, Les arméniens connus et inconnus. Paris 1974
A. Gabriel, Voyages archéologiques dans la Turquie orientale, 2 Bde. Paris 1940
K. Gink – I. Turánszky, Aserbaidschan – Paläste, Türme, Moscheen. Hanau 1980
K. Gombos – K. Gink, Die Baukunst Armeniens. Leipzig 1972
G. Goodwin, A History of Ottoman Architecture. London 1971
V. u. H. Hell, Reisen in den Orient. Tübingen 1968
H. Hofrichter, Das Kloster Sdepannos Nachawega in der iranischen Provinz Aserbeidschan, in: Revue des Etudes arméniennes, Nouvelle série IX, 1972
K. Humann – O. Puchstein, Reisen in Kleinasien und Nordsyrien, ausgeführt im Auftrage der kgl. Preuss. Akad. d. Wiss. Berlin 1890
M.S. Ipsiroglu, Die Kirche von Achtamar. Bauplastik im Leben des Lichtes. Berlin und Mainz 1963
O. Kh. Khalpakhian. Sanahin, Architectural ensemble of Armenia, X-XIII centuries. Moskau 1973

H. Jedin, Kleine Konziliengeschichte. Basel, Freiburg, Wien 1959
A. Khatchatrian, L'architecture arménienne du IVe au VIe siècles. Paris 1971
K.F. Kienitz, Städte unter dem Halbmond. München 1972
F.W. König, Handbuch der chaldischen Inschriften, in: Archiv für Orientforschung, Beiheft 8, Graz 1955-57
E. Kleinbauer, Zvart'nots and the Origins of Christian Architecture, in: The Art Bulletin LIV, 1972, S. 245 ff.
W. Kleiss, Zur Rekonstruktion des urartäischen Tempels, in: Istanbuler Mitteilungen 13-14, 1963/64, S. 1 ff.
D. Kinnani, The Kurds and Kurdistan. London-New York 1964
R. Krautheimer, Early Christian and Byzantine Architecture (The Pelican History of Arts). Harmondsworth 1975
D.M. Lang, Armenia, Cradle of Civilization. London o.J.
D.M. Lang, The Armenian People in Exile. London 1981
D. Joh. Lepsius (Hrsg.) Deutschland und Armenien 1914-1918, Sammlung diplomatischer Aktenstücke. Potsdam 1919
J. Lepsius, Der Todesgang des armenischen Volkes. Potsdam 1919
H.F. Linskens, Een veerdienst, 1720 meter boven zee-niveau, in: De blauwe wimpel 34/Nr. 11, Nov. 1979, S. 348 ff.
N.N. van Loon, Urartian Art. Its distinctive traits in the light of new excavations. Istanbul 1966
H.F.B. Lynch, Armenia. 2 Bde. London 1901
F. de Maffei, Armenien, in: Propyläen-Kunstgeschichte Bd. 3. Berlin 1968
F. de Maffei, L'origine della cupola armena (Corsi di cultura sull'arte ravennate e byzantina, Ravenna 11.-24 marzo 1973). Ravenna 1973, S. 287 ff.
M. Makal, Mein Dorf in Anatolien. Frankfurt/M. 1976
M.V. Malcolm, The Armenians in America. Boston 1919
A.N. Mandelstam, La Société des Nations et les Puissances devant le Problème Arménien. Paris 1925
K. Marx, Der Fall von Kars. Marx-Engels, Werke Bd. 11. Leipzig 1974, S. 601 ff.
J. Mellaert, Çatal Hüyük. London 1967
J. Mellaert, The Earliest Settlements in Western Asia, in: The Cambridge Ancient History. Cambridge 1967
J. Mellaert, Early Cultures of the South Anatolian Plateau I, in: Anatolian Studies 4, 1954, S. 175 ff.
H. v. Moltke, Briefe über die Zustände und Begebenheiten in der Türkei aus den Jahren 1835 bis 1839, Auswahl in: Briefe aus der Türkei. München 1938
F. Nansen, Armenia and the Near East. London 1928

F. Nansen, Betrogenes Volk. Eine Studienreise durch Georgien und Armenien als Oberkommissar des Völkerbundes. Leipzig 1928
B. Narkiss (Hrsg.) Armenische Kunst. Die faszinierende Sammlung des Armenischen Patriarchats in Jerusalem. Stuttgart-Zürich 1980
O. Neugebauer – H.B. van Holsen, Greek Horoscopes (Memoirs of the American Philosophical Society 48). Philadelphia 1959
E. Neubauer, Armenische Baukunst vom 4. bis 14. Jh. Dresden 1970
M.P. Nilsson, Geschichte der griechischen Religion II. München 1950
M. Ormanian, L'Eglise Arménienne. Antelias 1954
Ostanatolien vom Schwarzen Meer zum Euphrat, in: Die Karawane 1975, H. 1/2. Ludwigsburg 1975
K. Otto-Dorn, Türkisch-islamisches Bildgut in den Figurenreliefs von Achtamar, in: Anatolia VI, 1961, S. 99ff.
I. Parigi, Südrußland (Kiew, Transkaukasien, Schwarzmeerküste). Stuttgart-Berlin-Köln-Mainz 1980
B. Pjotrowski, Urartu (Archaeologia Mundi). München 1980
A. Renz, Geschichte und Stätten des Islam. München 1977
M. Riemschneider, Das Reich am Ararat. Heidelberg 1966
P. Rohrbach, Vom Kaukasus bis zum Mittelmeer. Leipzig 1913
A. Sahinian, Garni i Gegard. Eriwan 1969
D. Schlumberger, Der hellenisierte Orient. Baden-Baden 1969
J.B. Segal, Pagan Syriac Monuments in the Vilayet of Urfa, in: Anatolian Studies III, S. 97ff.
St. J. Shaw, History of the Ottoman Empire and Modern Turkey, 2 Bde. Cambridge, London, New York, Melbourne o. J.
K. Steinhaus, Zur Soziologie der türkischen Revolution. Frankfurt a. Main 1969
N. Stepanian – A. Tschakanaktchian, Art décoratif de l'Arménie médiévale. Leningrad 1971
J. Strzygowski, Die Baukunst der Armenier und Europa. Wien 1918
M. Thierry, Monastères arméniens du Vaspurakan, in: Rev. des Etudes arméniennes, n. s. IV, 1967 – XI, 1975/76
N. u. M. Thierry, Notes sur des monuments arméniens en Turquie (1964), in: Revue des Etudes arméniennes, n. s. II, 1965, S. 165ff.
Y. Ternon, Tabu Armenien, Geschichte eines Völkermordes. Frankfurt a. Main, Berlin 1981
B. Ünsal, Turkish Islamic Architecture. London 1959
Urartu, ein wiederentdeckter Rivale Assyriens. München 1976
E. Urudjian, Les Monuments arméniens du IVe siecle au XVIIe sciècle. Paris 1967
G. Williams, Eastern Turkey. London 1972
C. Wittke, We who built America. New York 1946

Register

Fotonachweis

Die Abbildungsvorlagen stammen zum größten Teil vom Autor, ferner aus dem Besitz der genannten Museen und Sammlungen und von folgenden Fotografen:
Harding Picture Library, London (Sybil Sassoon S. 169; John Stathatos S. 170); Bildarchiv Jürgens, Köln (S. 92); Harald Sund, Seattle (Vorderseite des Schutzumschlag, S. 91 und S. 204-5).
Autor und Verlag danken für die Reproduktionsgenehmigungen und freundliche Mitarbeit.